# 出路

胡小平 著

CTS 湖南文艺出版社

图书在版编目（CIP）数据

出路 / 胡小平著. -- 长沙：湖南文艺出版社，2024.5
ISBN 978-7-5726-1851-2

Ⅰ. ①出… Ⅱ. ①胡… Ⅲ. ①长篇小说－中国－当代 Ⅳ. ①I247.5

中国国家版本馆CIP数据核字(2024)第095850号

# 出路

CHULU

**作　　者**：胡小平
**出 版 人**：陈新文
**责任编辑**：向朝晖
**封面设计**：汪　勇
**内文排版**：刘晓霞
**出版发行**：湖南文艺出版社
（长沙市雨花区东二环一段508号　邮编：410014）
**印　　刷**：长沙超峰印刷有限公司
**开　　本**：710 mm × 1000 mm　1 / 16
**印　　张**：28
**字　　数**：518千字
**版　　次**：2024年5月第1版
**印　　次**：2024年5月第1次印刷
**书　　号**：ISBN 978-7-5726-1851-2
**定　　价**：79.00元
（如有印装质量问题，请直接与本社出版科联系调换）

# 目　录

# 引子
# 心中有梦

杨立业回望一眼刚走过的垭口，指了指山下金黄的田塅，又指了指田塅四面的山峰，问站在他身旁的黄国庆村上像个什么。黄国庆脱口而出说像个大盆子，要不怎么会叫盆中村呢。

“那你知道不？”杨立业边说边比画着，“这盆可非同一般，是当年玉皇大帝的洗脸盆呢。说是有一天玉皇大帝不知怎么生气了，将盆一扔，没想到扔出了天庭，落到了这里。后来玉皇大帝说要将这盆收回去，王母娘娘说还收什么，就让它留下，造福人间吧。”

“你就吹吧，看你吹到天上去。”黄国庆一脸不以为然。

“可不是我吹，要不是有这盆，那湘西会战时，鬼子就打进来了，当年红军也就不会在村上休整两三天，又成功阻击了敌军，还安全撤离了。”

“可惜你再怎么吹得天花乱坠，也就一个木盆铁盆，不是一个金盆银盆，更不是一个聚宝盆。要是个聚宝盆就好了，那村上就不是这个穷样子了。如今虽然比从前好多了，也无非是不饿肚子。”黄国庆一声叹息，“这山那么多、那么高，要路没路，与世隔绝似的，去哪都不方便。不说别的，就这放学回家还得走小半天，脚都走出泡来。”

“这倒是，如今村上虽然不再有人挨饿，但也只是不挨饿而已。”杨立业指了指远远近近的山峰，又跺了跺脚，“要是能把这山移开，或是削平，开出一条大道，通到山外去，再把村上的每个院子串起来，让拖拉机能开进来，汽车也能开进来，那……”

“你想移山，想做愚公？”黄国庆一哼，“你做梦去吧！”

“做梦？”杨立业指着脚下的青石板，看着黄国庆，“你说当年祖辈们修这石板路时，是不是也有人说‘你做梦去吧’?”

“这……好了，我不跟你在这争长论短了。”黄国庆指了一下天边的晚霞，“快走吧，到家又要天黑了。”

杨立业刚要迈开脚步，就听到悠扬的《在希望的田野上》的笛声从下边拐弯处飘了上来。

“准是胡文化那个文化癫子。”黄国庆踮起脚，伸长了脖子，“看来他是人逢喜事精神爽啊，吹起这时兴又欢快的曲子来了。”

“人家现在是今非昔比，听说前几天去镇文化站上班了，真成文化人了。”杨立业看着走过来的胡文化，“你看人家那油光锃亮的小分头，那笔挺的中山装，那插在口袋上闪着光的钢笔，那都是文化人的象征呢。”

“那我还是喜欢他的另一个样子。”黄国庆看着吹着笛子从跟前走过的胡文化，“就是跟他师傅一样，戴一顶礼帽，穿一袭长衫，架一副墨镜，拄一根拐杖，那样显得更有文化，更有味道。”

笛声转成了《打虎上山》，往垭口那边去了。

杨立业哈哈一笑，转身就往山下跑。黄国庆跟着也跑。他们都在镇中学上高二，同一个班。从明天开始，学校放三天农忙假，让学生回家帮着秋收。

刚拐过弯就见枣红马前蹄一滑，跪了下去，杨立业连忙跑过去，马却已在黄国有的帮扶下站了起来。看着马一身是汗，杨立业说东西装多了点。黄国有说多就多在李长花非要带给一个亲戚的那袋米。杨立业看一眼已挨着山尖的夕阳，说都这个时候了，还去镇上，也太晚了。黄国有说没事，反正夜路走习惯了。

黄国有比杨立业大一岁半，小学没读完就跟着父亲赶马了。三年前，他父亲死在了马肚子下，他拿着父亲的马鞭，开始了独自赶马。

下了山，杨立业说不绕道了，就直接穿过田塅，蹚过从田塅中蜿蜒而去的流金河，至少可省下半个小时。黄国庆说起霜风了，河水会有点凉。杨立业没理他，大步往前走了。黄国庆犹豫着追了上去。

流金河将盆中村分为东西两边，西边地更大，人更多，是大边。东西两边又各分为南片、北片。村上大部分人不是姓杨就是姓黄，大多聚居在西边。杨姓主要居住在西边的南片，北片居住的主要是黄姓。

暮色里，杨立业边过河边对黄国庆说，他早想过了，这考大学太难，恢复高考四五年了，村上也就陈小军考了个大专，算是考了个大学，丢了锄头把，吃上了钵子饭。他是没指望过考大学的，不如早点到外边干活挣钱去。黄国庆问他去哪挣钱，杨立业没说去哪，只是望了望天上刚刚显现出来的几颗星星，问黄国庆一起去不。黄国庆干脆利落地说不去。杨立业说就知道他胆小，不敢去的。黄国庆说他可不去外边瞎闯。

“那好，你就在这盆里窝一辈子！”杨立业说着一哼。

“那……那你去外边过一辈子，别回来。”上了岸的黄国庆边穿鞋子边说。

“那我当然要回来，我家在这里啊。”杨立业在岸边的石头上坐下，望了望田塅和四周朦胧的山色，还有山上山下那零星的灯火，“你说村上好看不？”

“这怎么说呢？”黄国庆沉默了一会儿，“你说不好看吧，那村上有山有水，有‘横看成岭侧成峰’的连绵不断的山，有跨越千年饱经沧桑的古驿道，有‘疑是银河落九天’的瀑布，还有‘喜看稻菽千重浪’的田塅，还有好多好多，哪一样都好看。你说好看吧，天天看着，山还是那个山，水还是那个水，路还是那个路，也好看不到哪里去，好看不出个什么名堂来。”

“也是，有时这山这水仿佛静止了，凝固了。不过，我想啊，只要把通往山外的路一修，那这山这水就会鲜活起来，就会更好看，说不定有朝一日，这盆里聚的真就是金子银子了。”杨立业凝神望着垭口的方向。

“你又做梦了吧？”黄国庆伸着食指在杨立业眼前晃了晃。

杨立业起身就走，心想这就算是梦吧，但梦总有实现的时候，飞机上了天，宇宙飞船还落在了月球上呢。

到了岔路口，黄国庆肚子“咕噜咕噜”一响，忙在路边蹲了下去，接着是一串噼里啪啦的声音。杨立业捏着鼻子，笑他开拖拉机了，还挂空挡。他说昨天打篮球受了寒，刚才过河又着了凉，肚子闹意见了。

左侧小路上一对绿光移了过来，后边又飘来一对红光，绿光和红光在离他们不远处停了下来。杨立业大喊一声有鬼，撒腿就跑。黄国庆慌乱地在路边扯了一把草，往下边一擦，提了裤子就追。后边传来狗的争吵。杨立业哈哈大笑。

望着朦胧的田塅，望着若隐若现的河道，杨立业说要是能在山上修一条路，再在河上修一座桥，能走人，能过车，那多好。黄国庆摸了摸他的额头，说没发烧啊。他推开黄国庆的手，站到路边的石礅上，仿佛看到一条宽阔的马路从脚下延伸过去，穿过田塅，跨过河道，上了山坡，过了垭口……

# 第一章
# 路在何方

黄一欣板着脸，指了一下吴月英，说她这样不诚实，不诚信，贪图小便宜，会断了自己的财路，也坏了村上的声誉，是害人害己害村上。如果还要这样，那站里就不再给她家发货，也不再给她家带货了。吴月英一脸羞愧和委屈，眼泪在眼眶里打着转，想说什么又低下了头，垂手站在一旁。

吴月英本是兴冲冲地来发货的，没想到一进门就听到黄一欣在问纪晓霞退回来的两件货是谁家的，是什么。纪晓霞说都是吴月英家的，全是小鱼小虾，退货的理由是小鱼多，虾米少，又湿巴巴，也看得出来小鱼小虾不全是本地出产的，应该有所掺杂，还短斤少两，一斤只有九两多一点点，而在直播时说的是小鱼小虾各一半，是干货，从流金河捞上来先蒸后熏的，绝对保质保量，少一赔十。

"看你干的好事，害得我在那丢人现眼！"气冲冲地回到家，吴月英将退回的货往杨书才跟前一丢，一屁股坐在凳子上。

"还真退回来了？"愣了愣的杨书才看着退回来的货，自言自语地说。

"你以为就你聪明，人家就都是瞎子傻子？当初我要你别那样，没货就算了，可你偏不听。"吴月英横一眼杨书才，"这下好了，一欣妹子说站里不再给你发货，也不再给你带货了。"

"我找她去，看她敢不发。"杨书才拿了一个包裹就走。

黄一欣正边看统计表边听纪晓霞说着村上电商存在的问题，见杨书才风风火火进了门，便放下表，说："书才叔，就知道你会来的。"

"你是神仙啊！"杨书才将包裹往桌上一放，"来，快给我发货。"

"书才叔，对不起。"黄一欣边将包裹推开边说，"你家的货暂时不能发。"

"凭什么？"杨书才质问道。

“你自己心里清楚，月英婶子应该跟你说了。”黄一欣微笑着看着杨书才，“也好，你既然来了，那就说一说是怎么回事，行不？”

“说就说，又没偷没抢，是愿买愿卖！”杨书才瞪一眼在掩口笑着的纪晓霞，“那天有人要小鱼小虾，家里没多少货了，就去镇上买了一些外地贩过来的，也没怎么烘干就发了出去。我知道秤是不够，想着就差那么一点点，别人也不会在意。这说起来也怪胡文化胡半仙，好端端的要跟立业支书说眼下正是河虾下崽的时节，河里得禁止捕捞才行，害得我这些日子就没去河里捞虾捞鱼，当然也不是不想去，而是不敢去，怕抓到了挨罚，得不偿失。”

“书才叔，这话亏你说得出口，还怪人家胡半仙呢。”纪晓霞瞟一眼杨书才，“恕我说一句不敬的话，你这以次充好又短斤少两，跟偷跟抢也没多大区别。”

“纪晓霞，你这是什么话？”杨书才指着纪晓霞。

“书才叔，她说得没错，文化叔就说得更没错了。”黄一欣忙接过话，“你应该明白，如果鱼虾下崽的时节也去捞，那捞来捞去就没得捞了，是不是这样？再说，河里好不容易才又有了虾米，有了小鱼，如果又弄绝了，那是不是太可惜了？还有，如果买的人是你，你会怎么样？你想过没有？”

“那还要怎么？”杨书才问。

“那可多了。”纪晓霞接过话，“给人家的赔偿怎么赔，你想好了没有？对村上造成的负面影响怎么消除，你又想好了没有？还……”

“还真要一赔十？”杨书才手一摆，“那不行，打死也不行。东西没卖脱手，要退款，还花了邮寄费，已经亏大了，有得赔了。”

“不赔也得赔。这就是代价，也是你活该。”纪晓霞说。

“你……”杨书才指着纪晓霞，手有点抖。

“书才叔，你别激动。”黄一欣按下杨书才的手，“我只问你，你还想不想在这带货发货？你还想不想通过电商挣钱？”

杨书才点着头。

“那我再问你，你觉得这样对不对，行不行？大家会怎么看你，怎么说你？”

“刚才就有人说了，他这是一粒老鼠屎坏了一锅汤。”纪晓霞说。

“是啊，退货可不只是你一家的事，影响的也不只是你，而是村上所有的人家。”黄一欣看着杨书才，“你这更不只是以次充好、短斤少两那么简单。”

“那还有什么？”杨书才皱着眉头。

见黄一欣看着自己，纪晓霞接过了话：“你以次充好、短斤少两那都只是表象，而脑子里让你这样去做的思想才是关键，才是根子。”

“没错，以次充好、短斤少两只是你不诚实、不诚信的具体的外在表现，而内在的根本的是你脑子里的思想问题、观念问题。”黄一欣看着杨书才，“因为在你的脑子里，你从来就觉得以次充好、短斤少两没什么了不起，不是什么大事，无非是掺了点假，少了点秤，无非是贪了一点小便宜，压根就没意识到这是不诚实、不诚信，也是不道德、不光彩的行为。你要知道，无论是个人还是集体，一旦诚信受到损害，那损失就大了。你还要知道，如今通信这么通畅，网络这么发达，你这事一旦有人在网上传播，那就不知道会有多少人指责你和村上，不再买村上的东西，那村上的人不怪你，不骂你？那……”

“那……那我怎么办？”杨书才的脸色由红变白了。

“那至少得这样。”纪晓霞看一眼黄一欣，然后看着杨书才，“马上跟退货的人取得联系，承认错误，真诚道歉，取得对方的谅解，这是关键。至于怎么赔，赔多少，你自己跟对方商量好。同时，村上会发一个通报，对你进行批评，你得写份检讨，在村部张贴。”

“这……”杨书才看着黄一欣。

“这是必须要做的。”黄一欣一脸严肃，“这并不是针对你，对其他人也会是这样。当然，看你态度还算好，主动来讲清楚了是怎么回事，也认识到了错误，经济处罚这回就算了，下次再有类似的情况，加倍处罚。”

“那不敢了，不会有下次了。”杨书才连连摇头。

杨书才一走，纪晓霞笑得口里的茶水都喷了出来。等她笑过了，黄一欣说电商制度得尽快修改和完善，今后务必把好带货和发货这两个关口。

正说着，杨立业进门来了。黄一欣将杨书才退货的事简要地说了一遍，看这样处理是否妥当。杨立业说处理得很好，是要通过杨书才这事教育大家，让诚信在村上更加深入人心，并转化成大家的自觉行为，促进村上电商和乡村旅游等各项事业的发展。

黄一欣走到窗前，望着远处，说村上现在有三条路，那就是古老的石板路、这几年已修好的连心路，还有这电商之路。如果说石板路是历史，是过去，那连心路就是今天，就是现在，电商之路就是明天，就是未来。杨立业赞赏地看一眼黄一欣，说是的，电商之路似乎看不见，摸不着，却又实实在在、清清楚楚，而且有无数条，通向四方八面，无处不在，无所不至，真是太神奇了，太奇妙了。这条路必须修建好、维护好，让它在建设美丽乡村中发挥更大的作用。

夕阳里，回到家的杨书才将包裹往桌上一丢，长叹一声，说这回是亏大了，真没想到会这样。吴月英说那有什么办法，是堆屎也得吃了，算是个教训，如果还要贪小便宜，还不长记性，那还会有大亏吃。杨书才抽了一下自己的脸，说知道，记住了。

夜色浓稠。杨立业走在回家的路上，想着黄一欣说的那三条路，想着自己对电商还很陌生，得向黄一欣和纪晓霞她们学习才行。猛一抬头，他看到了前方自家的灯光，也依稀看到了杨书成在那编织着什么，他的思绪随之回到了三十年前和黄国庆结伴回家的那个晚上。

那晚杨立业到家时，他父亲杨书成正借着火光在补箩筐，他母亲贺小英在边烧火熬烧酒边跟杨书成商量着什么。除春节之外，每年的春耕和秋收时节，贺小英都要给杨书成熬一缸烧酒。

听到摆在灶后接酒的酒坛有了叮咚声，贺小英说开始出酒了。杨书成仿佛没听到，专心补着箩筐。狼吞虎咽吃着饭的杨立业闻了闻，说酒真香。

酒坛那边传来哗哗的响声。贺小英说酒来大的了，拿个小碗接了酒过来，送到杨书成嘴边。杨书成先抿了抿，然后猛喝了一口，“咕噜”吞下，咂咂嘴，点了点头。贺小英问他酒是再浓一点，还是再淡一点。杨书成说就这样，正好。

箩筐补好了。杨书成边看边转动着箩筐，满意写在脸上。酒坛那边的叮咚声稀疏下来。贺小英说酒只个尾巴了，熬了这锅水就没有了，然后舀了一碗酒过来，递给杨书成，说酒热多个味，趁热喝了。杨书成扫一眼碗，说多了。贺小英说没事，又不是喝不了。杨书成瞪一眼贺小英，说：“明天不喝了？后天不喝了？”贺小英皱一下眉头，说当然要喝，喝完了再熬就是。杨书成一把推开箩筐，说哪有那么多的粮食拿来熬。坐在一旁剥豆荚的杨立业嘿嘿一笑，双手捧过碗，一口喝了一小半，一抹嘴，将碗递给杨书成。杨书成一摆手，示意他接着喝。他一口气全喝了，将碗一翻，嘻嘻笑着。贺小英接过碗，说没事吧。杨立业打了个嗝，手一挥，说没事。贺小英看一眼杨书成，说杨立业比他强。杨书成嘴角浮起难得的笑意，抬头赞许地看了一眼杨立业。

第二天天刚亮，杨立业就扛着锄头，迎着霜风，跟着杨书成和贺小英去冲里挖红薯。挖出来的红薯红的黄的白的，大大小小地躺了一地，惹人喜爱。阳光下，空中弥漫着地表蒸腾起的热气和红薯的气息，令人舒畅。

杨立业蹲在地上，边将红薯往箩筐里捡，边试探着跟杨书成说他仔细想过了，反正考不上大学，也不想窝在这山里，不如早点去外边挣钱。杨书成没说话，只是捡了一个红薯就往地上砸。贺小英连忙向杨立业眨眼示意。杨立业视而不见，说他有个同学这学期就没来了，一个月挣的钱能买他们家小半仓稻谷。不等他说完，杨书成一脚蹬翻了箩筐，说祖宗几代到他，就都吃了没读书的亏。贺小英赶紧扶起箩筐，对杨立业说，不管考不考得上大学，高中怎么也得读完。杨书成板着脸，盯着杨立业，手抬起来又放下。见贺小英焦急地朝他又是挤眼又是拍腿，杨立业只好说好好好，读读读。

上小学三年级时，有天放学一进门，杨立业就蹲到在剁猪草的贺小英旁边，说他长大了就在大队当老师。贺小英瞟他一眼，说能在大队当老师，那当然好，既不要日晒雨淋，又受人敬重，还工分高，一个顶两个，只是这老师不是谁想当就能当。杨立业一脸茫然地眨着眼睛。贺小英放下刀，掰着手指，说哪个老师的爹是大队书记，哪个老师的娘是大队妇女主任，哪个老师虽然爹不是书记，娘不是妇女主任，但他家是全大队最穷的，穷得将蓑衣做被子盖，将草绳做裤带系。听贺小英这么一说，他不吭声了，望着学校的方向，在门槛上坐到天黑。第二天，他偷偷系了一根草绳去上学，差点把老师笑晕在讲台上。

这天放学回家，杨立业一到门口就看到一个穿中山装，戴眼镜，衣服口袋上插着一支钢笔，手上拿着一支钢笔和本子的人坐在竹椅上，跟贺小英在说着什么。一个黑色发亮的小提包靠竹椅放着。杨书成在打草鞋，不时瞟一眼在本子上记录着的那个人。杨立业的两个姐姐一个在烧火，一个在撕菜豆的筋。杨立业偷偷打量了一番那个人之后，蛇一样地溜过去，扯着贺小英的衣摆，指一下那个人，问那是谁。贺小英说那是陈干部，县里来的。

陈干部叫陈世旭，是县文化馆的副馆长，专程来考察古驿道和红军长征战斗遗址的。大队书记说杨书成的爷爷杨常顺给红军带过路，还将一个受伤的红军战士藏在自家地窖里。那个红军战士为了不连累杨常顺一家，晚上爬了出来，给民团抓着打死了。杨常顺给民团吊了“半边猪”（绑着一只手一只脚吊起来），被打得死去活来。湘西会战时，杨常顺跑去抬伤员，送弹药，一颗炸弹落在他身边，把他炸飞了。陈世旭对这个非常感兴趣，一早就由大队书记带着来到了杨书成家。书记将杨书成拉到一边，说陈干部到他家来，那是看得起他，要把知道的都说出来，又叮嘱贺小英，陈干部这一天的食宿都安排在她家了，要好生招待。

吃饭了，桌上摆了一碗炒菜豆，一碗切成了玉米粒大小的干鸭子，一碗咸菜汤。贺小英给杨立业姐弟三个每人夹了两粒干鸭子，一点菜豆，让他们进里屋吃，自己就忙活去了，只有杨书成陪着陈世旭喝酒。陈世旭几次请贺小英上桌一块吃饭，贺小英都说别管，她忙完再吃不迟。陈世旭说那等她。杨书成说不用等，她不会上桌的，村上有规矩，家里来客了，只男人上桌作陪，女人和小孩不上桌，以示对客人的看重和尊重。

第二天一早陈世旭就上了扯旗寨。杨书成数了摆在桌上的钱和粮票，说这两餐饭没吃亏，但那干鸭子不用炒那么多，还可以切碎一点。贺小英横一眼杨书成，说已经少了点，有点不像样了，再少再碎那还像什么。

晚上回家，杨立业将书包往桌上一扔，说陈干部那提包好看，那钢笔也好看，那衣服更好看，长大了他也要当干部。贺小英笑了，捂着肚子，说真把她的肚子都笑痛了，干部哪是他能当的。他也笑，莫名其妙地笑。

上初一那年，杨立业跟随挑着担的杨书成和挎着竹篮的贺小英，去山那边一个亲戚家喝喜酒，途中看到一个冒着黑烟的怪物轰隆隆地吼着，沿着那条一米多宽的泥巴路跑了过来。贺小英忙拉了杨立业一把，一起站到路边边上。杨立业问那是什么。贺小英说没见过，不知道。杨书成说那东西一蹦一跳的，就像一只大蚱蜢。“蚱蜢”在他们跟前停了下来。司机一听他们是要去前边喝喜酒，便请他们上了车，说这是手扶拖拉机，力可大了，这路叫机耕道，是专门给它修的。坐在车斗里，尽管一路颠颠簸簸，屁股都要颠破了，转弯时还差点给抛了出去，但杨立业仍觉得好玩又威风。

返回时，一过垭口，望着田垌，杨立业就双臂一张，说要是他也能开上拖拉机，在田垌里跑来跑去，那就好了。贺小英说他想得倒是美，哪来的拖拉机，就是有拖拉机，那也进不来。杨立业说那好办，抬进来就是。贺小英说，就算是抬进来了，路都没有，往哪开。杨立业沉默了，心想这路要到哪天才有。

半个月前，课间休息时，刘晓明不小心踩破了邻桌宁大贵的钢笔，吓得不知所措，蹲在地上直哭。宁大贵将刘晓明拖出教室，让他跪在池塘边，凶巴巴地要他赔，还非要买一模一样的，否则就要赔多少钱，不赔就将他丢塘里喂鱼。杨立业上去打抱不平，说刘晓明跟他是一个村的，欺侮刘晓明就是欺侮他。宁大贵把矛头对准了杨立业，说他要真有本事，讲义气，那就代替刘晓明赔钱好了。一气之下，杨立业说赔就赔，没什么了不起。宁大贵朝他手一伸，说拿钱来。他说现在手上没钱，得等。宁大贵哼了哼，说等也行，但得写个欠条，一个月内不给就翻一倍。杨立业一拍胸脯，说写就写，怕什么。黄国庆忙拉杨立业的手。杨立业推开他的手就写了起来。黄国庆在心里骂宁大贵是黄世仁，也怪刘晓明没意思，人家杨立业给他顶着，他自己倒是不吱声，没事似的。宁大贵是前几天才插班进来的，原来在县城上学，因跟人打架给劝退了。

前两天，宁大贵又在杨立业眼前晃了晃欠条，说一个月没几天了，要是没钱，那在他胯下钻一个来回，就算抵了。杨立业血一上涌，真想捡了地上半截红砖往他头上一拍，但还是忍住了，也有点后悔了，后悔欠条不该那么写，又想到了辍学去挣钱了的石磊。石磊与杨立业同年级，但不同班。

杨立业想过回家问杨书成要钱，但他知道杨书成准会刨根问底，一分一厘地跟他细算，还有，就算他能自圆其说，杨书成也不会给他那么多，最多给个六七折，不打个对折就谢天谢地了。再一想，这钱要杨书成出，也不应该，太冤枉，他挣个钱也太不容易。可欠条白纸黑字写着，又不好跟老师去说。怎么办？躺在床上一想，反正这考大学也没指望，不如跟石磊一样，早点到外边挣钱去，挣到了钱，既减轻了家里的负担，也不会在宁大贵跟前失信，让他把人看扁了。

杨立业是石磊介绍到煤矿上来的。石磊的舅舅是矿上的老板之一。怕矿上不收，登记时杨立业说在吃十八岁的饭了，其实他刚满十五岁不久。石磊告诉杨立业，下井活重，又脏，还有危险，但工资高，挣钱多，地上只有搞装卸的活，也不轻松，上班时间又长，工资还不高，看他是下井还是不下井。杨立业一想，自己是奔挣钱来的，那就下井吧。在离开村上之前，他去了杨常顺坟前，立誓不挣到钱不回家。

元旦杨立业本是想回家一趟的，好跟父母有个交代，也跟宁大贵把事情结了，可一问财务，挣的钱还没预想的那么多，杨立业就决定干脆等春节再回去，又给家里写了一封信。信上说他在一家厂矿看仓库，活不重，一天八小时，工资还不低，吃得好，睡得好，尽管放心好了，会早点回家过春节。

过小年那天，杨立业回了家。他将一沓钱往贺小英手上一放，再将两瓶酒往杨书成手上一递，站在那嘻嘻笑着。杨书成抢过贺小英手上的钱往他脸上一扔，说家里不缺他这卖命的钱。贺小英拉着杨立业坐下，拍着他的手，说过了年就别去矿上了，还是去读书，实在不想读书了，就回家干活。见杨书成血红着眼睛，气呼呼地盯着他，他只好顺从地点了点头。

过了春节，见杨立业和黄国庆结伴离开了村上，贺小英还跟杨书成说，这下他可以放心了。可半个月后，贺小英收到了杨立业的信，说他没去学校，而是到了矿上，又说他在矿上不会干多久，等挣了些钱就离开，还说他会小心的，放心好了。杨立业气得差点吐血。贺小英只好安慰他，说杨立业考大学是没希望，窝在这穷山沟里是没出息，出去见见世面也是好事。杨书成一声长叹，扛着锄头下地去了。

为了多挣钱，杨立业总加班加点。有一天，他一出井就眼前一黑，一个踉跄倒在地上，还是工友把他背回了宿舍。他躺在床上，想着挖煤实在是太苦太累了，不挖了，干别的去，但又想，也就几个月了，忍一忍，一咬牙就过了，再说那么多年纪比他大或比他还小的人都在抢着干，自己为什么就干不了。又想起在杨常顺坟前立誓的情景，愧疚随之涌上心头。他一拍床铺，坐了起来，心想：好，干，接着干！听说他昏倒了，石磊跑来看他，劝他别加那么多班，别把自己累坏了。他一笑，说没事，牛就是背犁的，累不死。

这一年，杨立业中途一次也没回过村上，直到腊月二十六这天杨书成过生日才回家。他将几沓钱摆到桌上，说挖煤确实辛苦，但挣钱，见杨书成黑着脸，一副要发火的样子，他忙嘻嘻一笑，说他已经想好了，不再去矿上了。正说着，村主任的老婆在门外喊杨立业快去接电话，半个小时后那边会再打过来。

电话是石磊打来的，还没说话就哭了，过了好一会儿才断断续续地说，就杨立业离开矿上的那天下午，矿上出事了，死了两个，伤了三四个，他舅舅也受了伤，断了一条腿。杨立业出了一身冷汗，心想如果没回来，那肯定也在井下，幸好没贪那加班工资。

听他将矿上的事一说，贺小英就搂着他边掉眼泪边说回来了就好，转身又一抹眼泪，朝神龛上的祖宗打躬作揖。杨书成拿来去年杨立业买回来的那瓶酒，说他们爷崽两个今天喝掉，醉了就醉了。

那天晚上，已有几分醉意的杨立业躺在床上回想着，放电影似的，又对未来想了许多，越想越兴奋，鸡叫第二遍了才蒙眬入睡。

正月初六，黄国庆来杨立业家拜年，问他还去矿上挣钱不。杨立业说不去了。黄国庆问那接下来去哪干什么。他说跟人学砌匠去。黄国庆说那好，砌匠挣钱。见黄国庆巴不得他早点外出的样子，杨立业又故意说其实还不知道，也许哪都不去，就在村上，跟他一样，修理地球算了。黄国庆有点急了，却欲言又止。

初四那天，贺小英带着杨立业去他外婆家拜年。去的路上，贺小英说他不去矿上了好，但也别回家握锄头把，干脆早点去学门手艺，请木匠、桶匠、篾匠干活的人家多，活也不算太重，一般人都吃得消；石匠、瓦匠都是力气活，还日晒雨淋的；铁匠就更是靠力气吃饭的粗活了，还不管冬天夏天都要围着火炉转；漆匠活是不重，也挣钱，但漆有毒，好多人一闻到漆就生疮；裁缝活是轻松，但要心灵手巧，还整天低着头、弯着腰，没几年就驼背了。杨立业说他想好了，学砌匠。

到了外婆家，正好碰到贺小英一个多年不见的表兄来拜年。表兄在省城的建筑工地上干活，是个砌匠师傅，也是一个小包工头。杨立业决定拿出挖煤挣来的一部分钱，拜他为师学砌匠。

杨立业一走，黄国庆读书就更没劲了，高考前的筛选都没上线，只拿到了一张高中毕业证。他有点后悔了，不如那时跟了杨立业一块去挣钱。回家昏睡了两天，跟他爹怄了几天的气，之后便跟着他爹下地干活去了，但在地里干活也总是心不在焉，时不时地弄坏了庄稼，惹得他爹老骂他眼睛是安在后脑上了还是放在裤裆里了。被骂得烦了，他锄头一扔，回家睡觉去了。

黄国庆的婶婶李长花是村上的妇女主任，能说会道。她跟黄国庆说，那考大学就是从前的点状元、中举人，世上没那么多的状元，没那么多的举人，村上从古到今上千年了，也就姓黄的、姓杨的各出了一个秀才，还有陈秀才的祖上胡子考白了，总算中了个举，可刚接到喜报就癫了，当上个芝麻官又死了，如今也就陈小军考了个中专。因此，没考上大学没关系，一样吃饭，一样睡觉，一样讨婆娘，一样生崽女。又说这村上说大也大，一眼都望不到头，眼下村上还没几个高中毕业生，好好干几年，到时候接村长的位。村长虽然不算什么，但大小也是个官，在村里也算得上个响当当的人物。又说他杨立业一心想挣钱，让他挣去，他挣的钱再多，还是村上的人，老了还得回村上来，到时候还得求你办事，看你的脸色行事。听她这么一说，黄国庆一个鲤鱼打挺坐了起来，说好，听她的。

两年后，杨立业一出师就自己去找活干了。又过了两年，他当起了小包工头，有了自己的小施工队，后来回到县城，跟人合伙，除了建房子，还修路架桥。二十六岁那年他和叶卉结婚。叶卉是县里一个副局长的侄女。而立那年，他成立了自己的建筑公司。

叶卉生下杨一鸣时，黄国庆已有一儿一女，女儿黄一欣也快一岁了。他妻子付秀珍是村治保主任的女儿。付秀珍和刘初菊曾是村上公认的两朵花。胡文化说她们一朵像玫瑰，一朵像百合。黄国庆本想采刘初菊这朵百合，却最终采的是付秀珍这朵玫瑰。

那天，杨书成面窗坐在火桶里烤火，胡明国坐在他的对面，一床打满了补丁的小花被铺在他们的膝盖上。靠着火桶的一端摆了一张还散发着淡淡桐油香的方桌。桌上放着一盘南瓜子、一盘花生、一碟干鸭肫、一碟猪血丸子，还有一个锡酒壶和两个小酒碗。

杨书成朝胡明国端起小酒碗，说喝酒，眼睛却看着爬进了堂屋门槛里的太阳。胡明国心里一笑，亮了亮两个手指，说都喝了两碗了，差不多了，不喝了。

“真不喝了？是嫌我家酒不好，还是怕我家没酒了？”杨书成放下碗，看着胡明国，“可别一出门，就跟人说在我这没喝到酒呢。”

“怎么会呢？”胡明国摆摆手，“你家小英能干，熬的酒在村上是数一数二的，点得火燃，你们家的酒也是喝不完的，就像门前河里的水，长流长有。”

“你看，支书就是支书，说话就是不一样。”贺小英起身在围裙上擦了擦手，给胡明国将酒满上。

听到脚步声，胡明国一扭头，见是杨立业跨进了堂屋的门槛，忙起身要出火桶。杨立业连忙把包往地上一搁，跑过来，扶着他坐下，脚一抬，进了火桶，接过贺小英递上的小酒碗，说敬胡明国。胡明国跟着也干了，一抹嘴，说杨立业是见过大世面的，就是不一样。贺小英笑着说，那是支书抬举，看得起。杨书成怪杨立业不早点回来，害得支书在这等了这么久。胡明国说有那么远的路要走，算快的了。又说等倒没事，只是多喝了他家的酒了。贺小英忙抢着说酒是拿来喝的，支书能来，那是给面子。

杨立业跟胡明国说着话，喝着酒。

“立业，我大年三十的特意过来，是有两个事想跟你打个商量。你也知道，如今村上最有出息的就两个人，一个是你，一个是陈小军。你是在外边做生意发了财，成了大老板，陈小军是考上秀才丢了锄头把，在外边当了大官。”

“支书抬举了。我就开家小公司，讨口饭吃而已。您有什么事，尽管吩咐。”

“好，那我就直说了。就是村上的学校太破了，外边下大雨，里边下小雨，外边出太阳，里边也晒着，要是哪天掉块瓦下来，砸在哪个孩子的头上，那就造大祸了。过了年，雨水跟着就来了。我想请人捡一下瓦，将破了的换了，缺的补上，还将那些朽了的楼板换掉，就怕一踩断了，人掉了下去。”

“学校也是太破烂了，哪还像个学校？”贺小英说。

“我跟镇里反映过多次了，镇长说不是不给钱，而是没钱给，因为不少村上的学校也好不到哪里去，但还是答应了春节开学后会给一点。我跟国庆算了一下，还差了一大半，前些天砍了集体山上的树卖了点钱，但还是少了。不过，也不会要一个很大的数目。”

“只怕也不是个小数目。”杨书成边说边踢着杨立业的脚。

“没事。”杨立业看一眼杨书成，看着胡明国，“大过年的，支书特意过来，还等了这么久，又是为了村上，为了大家。虽然我公司还不大，也没多少闲钱，但缺的那些钱我来想办法。”

“不影响你公司吧？”胡明国看一眼杨书成，看着杨立业，“要是为难那就算了，等一等再捡那瓦、换那楼板，村上也再去想想别的办法。”

见杨书成要说话，杨立业抢着说没事，那钱他来出。胡明国心底一热，松了一口气，眼睛也亮了。杨书成叹息一声，出了火桶，说清扫牛栏去，没工夫跟他们扯卵谈。贺小英指一下走到门口的杨书成，说他呀，别的什么都好，就是手紧，钱看得重。胡明国说也不是杨书成把钱看得重，而是这山窝窝里挣个钱实在不容易，他也常常恨不得一个钱掰开来做两个用。贺小英说那是的，不管钱多钱少，都得有个好划算，别大手大脚，寅吃卯粮。

“你和国庆是一块长大的，都是村上的好苗子。国庆去年入了党，半年前又接了村秘书的班，也算是村干部了。”胡明国拉着杨立业的手，“记得今年正月里我跟你说过，公司要发展，也要积极向组织靠拢，不知你想得怎么样了。”

杨立业从羽绒服衣兜里掏出两页纸，双手递给胡明国。胡明国浏览了一下，说好，写得不错，特别是那句“就盼着村上不再那么穷，山上有路，河上有桥”写得好，写出了他的心愿，也是全村人共同的心愿。

大黄牛被拴在牛栏旁边的枣树上，在悠闲地嚼着稻草。胡明国衣袖一撸，伸手就去抓靠在墙上的耙头。一头大汗的杨书成忙手一挡，说不劳支书了，别弄脏了手，粪都已拖出了栏，只清扫一下阶基就没事了。杨书成拿了竹扫把左一下右一下地扫着阶基，扫得牛粪直往胡明国脚下滚。胡明国边往后退，边说那好，就不帮他了，正月里再来。杨书成没抬头，也没回话，心想没谁稀罕他来。

送走胡明国后，杨立业边往牛栏里丢稻草，边问杨书成刚才怎么不回胡明国的话，一副要理不理的样子，人家虽然嘴上没说什么，但心里是不舒服的。杨书成白一眼杨立业，边将牛往栏里赶，边说管他舒服不舒服，没工夫陪他。杨立业心里清楚，他是怕人家一来，不仅耽误了他干活，还要酒菜招待，心疼。

天色暗下来了。杨立业烧火，杨书成劈柴。贺小英将整块的腊肉放进锅里，又将整只鸡放在腊肉上，盖上锅盖，招呼杨立业把火烧旺。

寒风从墙缝里挤进来，刺骨的冷。杨书成削了几块薄木片，将背后的墙缝塞上。杨立业看了看被烟熏黑了的墙壁和楼板，以及那有些腐朽的地梁和新旧不一的木地板，说这房子是该翻修或新建了。杨书成看看他，说他在做梦，村上还没哪家建房子呢。他笑了笑，说没哪家建房子没关系，总得有人带头的。

零星传来了爆竹声。锅沿“噗噗噗”地吐着热气，杨立业深吸了一口，说这么香的肉，好下酒呢。

“锅里这腊肉是我重阳节时买来挂上炕的，天天烟熏火燎的，腊透了，当然好吃。”贺小英看一眼杨立业，“你去年过年拿回来的那对酒还在，去拿一瓶来喝了。”她起身又坐下，“要不还是留着，等来了客人再喝。”

“喝烧酒行，谁来也喝烧酒。”杨书成瞟一眼贺小英，“瓶子酒贵，留着。”

“酒是拿来喝的，留着也不生崽。”贺小英看一眼杨立业，“还是喝了吧。”

“对，酒是拿来喝的。”杨立业看着杨书成，“你都辛苦一年了，过年喝点好酒是应该的，又不是没有。”

贺小英去了里屋。只听一声惊叫，杨书成和杨立业忙跑了过去。贺小英指一下打开的柜子，再指着被撬开的窗户，说别的什么都没丢，只那两瓶酒给人拿走了。杨立业边关窗户，边说没事，就当是有人帮着喝了。

“真是没名堂，还进屋偷来了，要是给我抓着，看不绑在树上打断他的腿。”杨书成恨恨地一跺脚，一拍额头，“准是青（qiāng）竹（diū）蛇（xiá）那坏家伙干的好事，我在那清扫牛栏时，好像看到一个人影往这边闪了一下。我找他去！”

贺小英拉住杨书成，说他急糊涂了，大年三十的，都快要吃砧板肉了呢。杨书成说那他明天一早去。贺小英说明天也不行，初一哪都不去，在家守着。

杨书成说的“青竹蛇”是黄国新，黄国庆的堂兄弟，比黄国庆小两岁多，是村上有名的懒汉。村里人把竹叶青蛇叫青竹蛇，把懒汉比做青竹蛇，因为青竹蛇躲在竹子或树上，常常大半天都不动弹一下。

初二天刚放亮，杨书成一到黄国新家门口就闻到了一股刺鼻的味道，往门缝里一看，只见凳子和酒瓶倒在地上，酒瓶旁边是一摊呕吐的污秽之物。他敲了敲门，说拜年来了，见没人回应，便推门进了屋。

“青竹蛇，你也真是懒，门都不闩。”杨书成推了一下蜷曲在床上的黄国新。

“闩门？”黄新国揉揉眼睛，扯了一下破了洞的蓝布床单，又拍了一下油渍麻花的被子，“你看我这下面垫的都是稻草，上面被套里塞的也是在街上捡来的破棉絮，穷得叮当响都不响，你说门还要闩吗？”

“闩不闩随你，那是你的事。谁要你一有个钱就喝酒喝了，打牌打了。”杨书成盯着黄国新，“我只问你，是你偷了我家的酒吧？”

“没错，”黄国新头一抬，“是我！”

“我猜就是你。”杨书成指着黄国新，“你为什么要偷？”

“你问我，我还问你呢。”黄国新摇摇晃晃地坐了起来，“前几天我碰到你，说村上就你家有好瓶子酒，快过年了的，你能不能送我一瓶，或是分我一碗，让我也尝个味，可你不但不给，还要我莫想偏了个脑壳，就是喂猪喂狗也不会给我，还骂我是个懒贼，就不配喝那好酒。可我就想喝你家的好酒，怎么办？没办法，我只能那样，撬开窗户，把酒拿走。”

“酒又不只我家有，你怎么不去偷别人家的？”

“你这问得好。”黄国新偏着脑袋看着杨书成，“我是想去别人家看看，可我知道别人家没什么好酒。再说了，你也知道，我从不拿没钱人家的东西，没钱人家的东西我哪怕是一片菜叶都不拿的，要拿就只去你这样的人家。”

“照你说，那你还是吃大户，劫富济贫了，是不？”

“没错，有点这个味道。”黄国新嘻嘻笑着。

“你……”杨书成一跺脚，举起手。

“来，打啊！”黄国新伸着头，“你一打，那我就正好去你家躺着喝酒了。”

“你……”杨书成又一跺脚，放下了手。

“铁公鸡，你别说，你家那酒还真是好喝。”黄国新边说边比画着，“只是那酒一喝就把不住嘴，本想做两顿喝的，下一顿叫刘晓明过来一起喝，没想到几下就把一瓶全喝了，害得我还醉了，又吐了，可惜了，真是可惜了，白喝了。”

“谁要你那么糟蹋酒啊！”杨书成指着黄国新，“喝死你好了！”

“喝死好了？”黄国新哈哈一笑，“可惜没死，还活着呢。这一睡不知道睡了多久，昏昏沉沉的，都不知道今天是初几了。真要死了倒是好了，那就听不见你骂了，但你的麻烦也大了，不得安宁了。不过，这回虽然没死，但酒瘾是上来了，往后一旦想好酒喝了，那就只能去找你了，你可不能再说不给，更不能骂人哦！”

“你……你还想喝？我喝得变成了屎也不会给你。”杨书成一甩手，转身就走，差点与进门来的杨立业撞了个满怀。

“哎呀，难怪刚才听到喜鹊叫，原来是财神爷进了门，看样子我今年有财发了。”黄国新下了床，边说边打量着杨立业，“这当老板的就是不一样，一看就是个菩萨心肠，一个积善积德的大好人，可不像有的人，就一只铁公鸡。”

杨立业看了看凹凸不平的地面，又看了看四面漏风的墙壁，再看了看空空如也的房梁，心里涌起一种说不出的滋味。他将拎着的糍粑放到靠墙蒙着灰尘的旧方桌上，掏出钱递给黄国新，说来得匆忙，没做准备，辛苦他自己去买点想要的东西。黄国新数了数钱，将手伸向杨立业，说能不能再给一点。杨书成一把抢过钱，说给了还不知足，那算了，不给了。黄国新抬了抬脚，指了指脚上那鞋面开了窗、底子穿了洞的鞋，看着杨立业，说他想买双胶鞋，再买把伞，好雨雪天出门。杨立业稍一想，问他愿意去工地干活不。他毫不犹豫地摇头。杨立业在心底叹息一声，从杨书成手上拿过钱，又加了一点，塞到黄国新的手上。

走到门口，杨书成回头将摆在床头的那瓶酒抱在胸前，气呼呼地快步走了出来。杨立业问他这是干吗，人家都已经拿过来了。杨书成回头望一眼追到门口的黄国新，说这酒他不配喝，不能再给他糟蹋了。抱紧酒，加快了步伐，生怕他追上来似的。

黄国新站在门外，扶着门框，望着远去的杨书成父子，一跺脚，叹息一声，后悔那酒没早点藏起来，或是一大早喝了，又一哼，心想：好，你今天抱走，反正你是铁公鸡，是舍不得喝的，看我哪天又拿回来，气死你。

贺小英醒来一看，不见了杨书成，猜着他找黄国新去了，怕他们争吵起来，忙捡了几个糍粑，叫杨立业追了过来。

一进门，贺小英就对杨立业说，刚才胡明国捎话过来，请他明天过去吃中饭，陈小军今天下午回来，后天一早就走。

田塅里传来笛声。贺小英望着田塅，说胡文化还真是有良心，这么多年了，没落一年，每年都在今天一早就给夏时香拜年来了。

东边的山脚下有一栋木房子，楼板和墙板都新旧不一，有的乌黑，有的浅褐，有的橙黄，有的灰白，有的暗红，显然是不断地更换过，有的地方新近刷过油漆。墙壁上不知写过多少标语，大大小小，高高低低，层层叠叠，有用或红或黑的油漆写的，有用石灰浆刷的，字迹有的清晰可辨，有的已模糊不清。北头打了一个垈，也显得比南头陈旧。

站在门前的地坪里，杨立业指着屋，说这屋也上年纪了。陈小军若有所思地点点头，说是啊，这屋就是一部历史，有点厚重，也有点沉重。

一张小方桌摆在门前的地坪里。桌上摆着一盘自家熬的红薯糖和柚子糖、一盘炒花生和南瓜子、一碟干鸭肫和油炸小鲫鱼、一碟腊猪心和腊猪耳、一个酒壶、四个小碗。

四把竹椅围桌摆着。胡明国面向田塅坐在桌前，左右分别坐着陈小军和杨立业。坐在胡明国对面的黄国庆不时举杯请陈小军和杨立业喝酒，喊他们吃这吃那。他们吃的是碟子茶，喝的是饭前酒，只是先打个底，为正餐热身。村上正月里请尊贵的人吃饭，都会多弄几个好菜，所以备饭的时间相对较长。为了不怠慢客人，就先让家里的长辈或是村上最有名望的人陪客人先吃吃碟子茶，喝喝酒，聊聊天。

杨立业看看田塅这绿一块那绿一片的萝卜白菜或是洋芋什么的，再看看对面山尖上这一团那一坨的尚未融化的积雪，又看看头顶闪着光芒的太阳，说："到了支书家就是不一样，风都不刮了，太阳裹在身上暖暖和和的，真舒服，还能看到这么好的风景，又摆了这么好的一桌碟子茶，这么好的酒，可惜我不是个画家，要不把村上此刻的景色画下来，准是绝好看的。"

陈小军四下看了看，说："这远看是令人叫好，近看就没那么动人了。村上的屋没几栋不歪歪斜斜，有的不知哪天就会倒，也没一条像样的路，弯来绕去的不说，还坑坑洼洼，一不小心就崴了脚。"

杨立业看一眼端坐在那里的胡明国，说："应该是村上远看有远看的味道、近看有近看的味道，只是味道有点不同而已，但都是好味道，家乡的味道。"

黄国庆吞下嘴里的花生，说："味道是还好，只是村上太穷了，味道也就差了，有点变了味。要是村上的路修通了，大家口袋里有钱了，味道就更好了。"

杨立业微笑着看着黄国庆，说："你现在是村干部了，而且是村上最年轻的干部，村上的味道能不能更好，今后就看你的了。"

黄国庆脸一红，看一眼低头想着什么的胡明国，说："我……我上任不久，也没什么经验，一切听支书的，支书说什么就是什么，支书说怎么干就怎么干。"

胡明国抬头看一眼黄国庆，起身一手拉着陈小军，一手拉着杨立业，说："谁不说俺家乡好，谁不唯愿家乡好。你们两个一个靠自己发奋读书，有了出息，在外边当了科长，是村上现在最大的官；一个靠自己的勤劳智慧，也有了出息，在外边开了公司，是村上现在最大的老板，往后村上的味道能不能更好，也得靠你们了。"

陈小军稍一迟疑，说责无旁贷。杨立业脱口而出，尽心尽力。

“国庆啊，”胡明国放下陈小军和杨立业的手，看着黄国庆，“你虽然年轻，但也有些历练了，往后可不能什么都听我的，不能我叫你怎么干就怎么干，还得有自己的想法，多出一些点子，有一股冲劲，不能怕这怕那。”

黄国庆脸又一红，边点头边嘴上“嗯嗯嗯”地应答着。

饭菜香味从屋里飘出来，杨立业说真香，陈小军说这就是家乡的味道。

“哎呀，贵客们都早到了啊！真不好意思，来迟了，来迟了。”李长花笑哈哈地快步扭了过来，跟陈小军和杨立业又是新年好，又是恭喜发财，走近了往桌上一看，双手往腿上一拍，“哎哟哟，你看支书，这招待贵客就是不一样啊，这么多好吃的，比玉皇大帝大宴群臣还隆重呢。”

“李主任，看你这说的什么话。”胡明国指指李长花，“我可不是什么玉皇大帝，陈科长和杨老板更不是什么群臣。”

“支书，这就看你怎么说了。我看不是，但又是。”李长花拈了一块鸭肫往嘴里一丢，“说不是吧，他们现在确实不在村上，不由你管；说是吧，他们不管在哪，终归还是村上的人。你是村上的支书，就相当于是村上的玉皇大帝啊！”

见胡明国眉头一皱，脸一阴，李长花忙往屋里走，说她到厨房打帮手去了。黄国庆端起杯子，敬陈小军和杨立业的酒。

胡明国想了想，还是找了一个时机，做出不经意的样子，把杨立业向村支部写了思想汇报和捐钱维修学校的事说了。陈小军有点尴尬地笑了笑，说杨立业不忘家乡，回报桑梓，得向他学习，往后他也要为家乡尽绵薄之力。黄国庆在夸赞杨立业的同时，心里莫名地有了一种怪怪的想法，却又说不清到底是什么。

田垌飘来悠扬的笛声。黄国庆看着胡明国，问是不是叫胡文化过来喝杯酒，听说现在他的名气比他师傅陈秀才还大了。胡明国瞥一眼陈小军，没吭声。陈小军起身望着田垌那个移动的身影，心想跟胡文化是有很久没见面了，一起说说话也行。

隔着两丘田，黄国庆喊胡文化过来喝杯酒再走，没想到胡文化只是扭头看了一眼站在地坪边的陈小军，边走边说他刚喝过酒，谢过了，今天还有事，得马上赶回镇上去，来日方长，只能下回再敬支书和各位的酒了。

胡文化吹着笛子，不紧不慢地往垭口的石板路走去。望着胡文化远去的背影，陈小军心想：我其实也没跟你争什么，何况都是那么多年前的事了，怎么还在生气啊？

# 第二章 死而复生

陈小军正在看央视的《新闻联播》，摆在茶几上的手机突然响了，拿过一看，是母亲吴翠莲打来的。吴翠莲开口就问还记得村上那个文化癫子不。陈小军一愣，问哪个文化癫子。吴翠莲说村上还有几个文化癫子，就老鹰冲里那个胡半仙胡文化啊。陈小军“哦”了一声，说那当然记得。吴翠莲叹息一声，说可惜他死了。陈小军一惊，说清明节回家扫墓时，还看到他在给人做法事，吹笛子、拉二胡，念经文、唱祭歌，都有板有眼，中气十足的，才过了半个月，怎么一下就死了。吴翠莲说可不是，那是谁也没想到的，一个时辰前还在给人做法事，也不知道他是给什么恶鬼捉着了，好端端地就怪叫一声，将锣、钹往地上一扔，捧起桌上那碗酒“咕噜”几口喝了，将碗往地上一砸，取下挂在胸前的笛子，吹着就走了，结果掉进了路边的鱼塘里。

陈小军走进卧室，从抽屉里取出那根用绸子包着的斑竹笛，走到阳台上，望着家乡的方向，轻轻地吹着……

那晚，刚要蒙眬睡去，院子东头的石板路上传来了笛声，陈小军一下瞌睡全跑了，跟着笛声哼了起来。那是《让我们荡起双桨》的旋律。他才跟着哼了几下，就听到隔壁拍床沿的声响。吴翠莲问他怎么还不睡，还在哼什么。又说这胡文化也真是，天寒地冻的，都这么晚了，还在外边吹什么鬼笛子，真是个文化癫子。

深浅快慢不一的脚步声伴着悠扬清亮的笛声从窗外飘过。陈小军正听得入神，猛地传来“咕咚”一声闷响，还没等他反应过来，吴翠莲已“嘎吱”一声开了门，说准是文化癫子掉进鱼塘里了。

进了屋，哆嗦着的胡文化一数挂在胸前的笛子，说怎么只有五根，少了一根，转身就要去塘边找。陈小军说他手上还拿着一根呢。他一看，嘻嘻笑了。吴翠莲给他找来衣服，让他换上。衣服长长短短、松松紧紧地套在身上，他一看，自个儿也笑了。吴翠莲给他用老姜和干红辣椒煮了姜辣汤，又要陈小军多往火塘里添些柴火，把火烧旺，让他烤着。

胡文化给吴翠莲鞠一躬，后退一步，说请吴翠莲再受他一拜。吴翠莲忙扶着他，说不用，不敢当。他说吴翠莲刚才救了他一命，还给他找衣服，煮姜辣汤，比他亲娘还好。又说他也算是个文化人，这点礼数他懂，说着又要拜。吴翠莲一笑，说知道他是个文化人，知道他懂礼数，可她受不起。他挠挠头，笛子一横，说那他给吴翠莲吹个笛子。吴翠莲摆摆手，说深更半夜的，别吓着邻里，快早点回去。他偏着头一想，看了看那几根笛子，取下中间那根短的斑竹笛，双手托着，说送给陈小军。陈小军看一眼吴翠莲，满心欢喜地双手接了过来。

胡文化刚要出门，院子东头的方小竹跑过来，看一眼胡文化，脸一红，说外边在加寒，起青水冰了。胡文化说知道，他刚才就是一不留神，一脚踩在码头边那块“团鱼背”石头上，一滑就掉塘里了。吴翠莲点燃了一把竹篾递给胡文化，催着他快走，晚了路上就更走不稳了。方小竹要他等一下，她马上回来。她转身就跑，转眼又来了，边说外面冷，下刀子似的，边将一件补丁叠补丁的夹衣往胡文化手上塞。胡文化看着夹衣往后退。方小竹红着脸，说没事，她娘没看见。吴翠莲接过夹衣，说没关系，面子是有点花花绿绿，但里子是蓝的，翻一面穿就行了，穿着总比挨冻好。胡文化犹豫着接过夹衣，抖了抖，往身上披，看一眼方小竹，说这就好，下刀也不怕了。方小竹脸又一红，瞟一眼胡文化，跑回家去了。吴翠莲飞快地搓了两根稻草绳，绑在胡文化鞋底上，说这样就没那么滑，会走得稳当些。

第二天天刚麻麻亮陈小军就醒了，摸出放在枕头下的斑竹笛，放到胸口上，透过窗户上的薄膜数着屋檐上垂挂下来的长长短短、大大小小的冰锥，等着胡文化的歌声或笛声从屋前的地坪飘过。

这两年来，不管春夏秋冬，不管阴晴雨雪，胡文化都是天刚大亮，就会唱着歌或吹着笛子，从陈小军家屋前地坪走过，偶尔还会招呼他一声。他的歌声和笛声成了陈小军的时钟和号角。每每听到他的歌声或笛声，陈小军准会被子一掀，一个鲤鱼打挺坐起来。

陈小军问吴翠莲怎么叫胡文化“文化癫子”。吴翠莲一愣，说这可不是她叫出来的，早就有人这么叫了。又说胡文化是像个有文化的样子，会唱好多的歌，还会吹笛子，说话又讨人喜欢，也不知道他是从哪学来的，但他不分早晚，不分场合，想唱就唱，想吹就吹，跟癫子一样，叫他文化癫子也没错。又说他虽然会唱歌，会吹笛子，可那些都换不来油盐，换不来柴米，没半点用处，千万不要学他，上学就得有个上学的样子，要不就回来帮家里挣工分。陈小军小鸡啄米一般点着头，心里却有点羡慕胡文化，羡慕他会歌唱，又会吹笛子，还讨方小竹的喜欢。方小竹那小酒窝、大眼睛着实让人着迷。

早上起来一看，地上全白了。吴翠莲要陈小军快去一趟胡文化家，把衣服换回来，也看看他怎么样了，都两天没听他唱歌，没听他吹笛子了。陈小军高兴坏了，拿了那根斑竹笛就跑。方小竹追了上来，说跟他一起去，好把她的衣服讨回来。他知道她这是借口，就故意逗她，说给她顺便拿回来就是，免得她跑一趟。她说反正没事，走一走还暖和些，也正好给他做个伴。他指了指她，哈哈大笑，笑得她脸一红，映红了路边坎上的雪。

一栋老旧木房子，上一层四面敞开着，堆放着稻草、木柴和晒簟、甑子之类的物件，还晾着几件补丁叠补丁的衣服。房子西头是一片小竹林，竹林里最抢眼的是那一丛斑竹；东边是菜园，菜园边上有一棵大梨树；房子的前边是地坪，地坪前边是梯田，一条石板路蜿蜒下去，连着田垄那边的机耕道。

进了门，一听说是来找胡文化的，易美秀将手上的潲桶往地上一蹾，一指里边卧室，说还在床上躺尸呢，淹死好了。

胡文化有气无力地说，今天好多了，一身没那么疼了，昨天晚上烧得差点把床铺都点燃了，后来又迷迷糊糊地骑着什么往哪里去了，还以为是上西天了呢。方小竹忙问他是怎么了。他说前天晚上从陈小军家出来后，半路上滑落到水田里，火把熄了，脚上的草绳脱了，几乎是爬回来的。方小竹抹了抹湿润的眼睛，说怎么不早点回家，非要遭这个罪。他说跟街上的陈秀才学吹笛子，学拉二胡，忘了时辰。方小竹说那是好事，但也得有个早晚，今后不能再这样了。

吴翠莲见陈小军怏怏不乐地回了家，问是怎么了。他说没什么。闷坐了一会儿，他问在剁干红薯藤用来煮猪食的吴翠莲，都说天下爹娘疼崽女，怎么易美秀就一点也不疼胡文化，还巴不得他淹死。吴翠莲瞟他一眼，说那是怄气话，哪有爹娘巴不得儿子淹死的。他说看易美秀那样子，凶巴巴的，可不像是说的怄气话。吴翠莲放下刀，看着他，说胡文化也是不太争气，既不好好上学，也不好好帮家里干活，要他是这个样，她也不会喜欢的。他忙把手背到身后，手上紧攥着那根斑竹笛。

胡文化说的陈秀才叫陈梦生，说是他母亲多年未孕，一日坐在堂前小憩，做了一个奇怪的梦，不久就怀上了。他出生时科举考试已废止十来年了，只因他是村上少有的读了书，能识文断字的文化人，加上长得斯斯文文，说话细声细气，又长年蓄着胡须，还一年四季一身长衫，真就一个秀才似的。

陈秀才年少时家中有上百担谷的田地，镇上还有一家铺子，是村上有名的殷实大户。他父亲陈善人先是请了先生教他，后来又送他去了县里的学堂，正准备给他娶亲，就因一件事惹恼了扯旗寨上的土匪头子田大麻子。那天晚上，田大麻子本来只想吓唬一下陈善人，让他有所畏惧，多孝敬山上，没想到火一点，刚好起风了，结果风助火势，把一个大院子差点烧了个精光，烧得陈善人大口吐血，昏倒在地。田大麻子见祸闯大了，也怕了起来，但走时又扬言过几天再来，到时候把陈秀才这根独苗掳上山去，吓得陈秀才他娘只好连夜让他去省城投奔亲戚，还一再叮嘱他，田大麻子没死就别回来。

前不久，红军来到村上，陈善人见红军纪律严明，不烧不抢，说话和气，买卖公平，便偷偷将藏在屋后地窖里的十担稻谷卖给了红军。他说是送给红军，但红军还是付了钱给他。而此前不久，田大麻子捎来口信，要他准备十担稻谷，不日派人来取。他回信说上次已给了山上十多担，再没多余的粮了。

陈秀才离开村上没多久，陈善人就归西了。两个多月后，陈秀才他娘也跟着走了。他从离开家的那一刻起就发誓要灭了土匪，杀了田大麻子；不灭土匪，不杀了田大麻子，就不剃胡须，不娶妻成家。

投奔亲戚没几天，看到街上招兵，陈秀才一想，自己去当兵，好好干几年，等当上连长团长什么的，到时候就带兵回去剿灭田大麻子，为地方除害，为父母报仇。第二天，他给亲戚留了张字条就跟着队伍走了。

到了连队，陈秀才做的是文书，可他不想拿笔，就想扛枪，因为扛枪才好立功，才好当排长连长，当营长团长。一年多后，连长给了他一个机会，让他去当副排长，可上任没几天，在转移途中，碰到日寇飞机轰炸，一发炮弹落在他身边，把他炸到山崖下边去了。部队以为他死了，走了。他昏迷一天后给村民救了下来，身上伤了几处，一条腿也残了。

刚能下地，陈秀才就去找队伍，可不知队伍去了哪里，他便去找招兵的地方，招兵的一看他瘸着腿就直摇头。兵是当不成了，又不敢回村上，怎么办？他思来想去，只好回到亲戚那里，穿了长衫，在街上摆个小摊子，干点代人写信写春联之类的事，后来又开了一个小杂货铺。亲戚几次让他剃掉胡子，给他张罗亲事，他都摇头，说还没到时候。

那年等陈秀才回到村上，土匪已给解放军消灭干净了，田大麻子也给政府枪毙了。有人说这下他可以剃胡子了，可以娶亲了。他说土匪不是他灭的，田大麻子更不是他杀的。就这样，他到死都没剃过胡子，只是太长了就修剪一下，也没成家，虽然有女人想着他，还在他那住过一夜，但他说什么都没发生。

乡亲们知道他是打鬼子伤了腿，家里又遭了那么大的变故，陈善人在村上也没做过什么恶事，土改时便没打陈秀才的地主，一样给他分了田地，分了房子，见他腿残了，又没下地干过活，就让他在街上开了一个小杂货铺，田地有人代他种着。于是，他长衫一穿，在铺子里一站，又干起了给人写信写春联的活来，同时卖点日杂南货，闲暇时学着刻印章，学着吹笛子拉二胡，后来又喜欢上了《易经》，琢磨起了看相看风水。

这天，陈秀才放下刻刀，将章子放进抽屉的铁盒里，等人明天来取。他端起搪瓷杯，喝了两口水，一抹嘴，取下挂在墙上的竹笛，看一眼铺子前边夕阳里金波闪跳的河湾，对着墙上的杨子荣画像吹了起来，吹着吹着笛声就呜咽了，眼泪掉在了笛子上。《打虎上山》是他最喜欢吹的，每每吹着就把敬佩杨子荣的英勇机智，恨座山雕的凶狠狡诈，恨自己没能亲手灭了土匪，没能亲手杀了田大麻子的情感融入了笛声里。

陈秀才一抹眼睛，再一声叹息，一转身看到一个小脑袋倏地缩到柜台下边去了，便用竹笛轻轻敲了敲柜台，说："好啊，你又在偷听，还躲什么呢，快出来吧！"胡文化腼腆地笑着，露出大半个头来。陈秀才问他是不是喜欢听。他说喜欢，比听老师上课还喜欢。陈秀才问是不是好听。他说好听，比广播里的还好听。陈秀才用竹笛轻轻敲了一下他的脑袋，指了一下柜台里边。他挠挠头，嘿嘿一笑，从柜台一侧下边的小门钻了进去，说他来镇里上初中了。

才听胡文化吹了几口，陈秀才就点了点头，拿过他手上的笛子，要他唱个歌来听听。他一段还没唱完，陈秀才就手一抬，把他拉到跟前，看了看他的五官，摸了摸他的后颈，捏了捏他的手骨，捋了捋胡须，说好一个文曲星的料，却只怕没这个命。虽然陈秀才声音小，也有点含糊，但"文曲星"三个字他是听到了。

一座廊桥飞架在河湾的尾巴上，把古老的青石板路连接起来。这路往西延伸过去，上了山，翻过垭口，下到盆中村，越过盆中村西北面的老鸹坡，往大湘西去了。这石板路，林则徐和魏源曾结伴走过，还一起在廊桥当头的茶亭歇息喝茶。石达开入川时有一队人马从桥上开过，但未在镇上停留。红军就是沿着这条路来到村上，来到镇上的。湘西会战时，有两股日军分别从南北打过来，计划在此会合，然后经溆浦去攻芷江，结果离这还有二三十里地就或给围歼了，或改了道。这些陈秀才都考证过，常常津津乐道，特别是每每一说起林则徐和魏源的交往，说起魏源蘸墨吃粽子的故事，那准是绘声绘色、眉飞色舞。

河湾岸边，店铺鳞次栉比，绵延三四里。这就是胡文化说的街上。陈秀才的铺子依山面河，站在柜台里边，远处那层层叠叠的山色、蜿蜒而来的油溪河，近处廊桥上的景致、街上的热闹，可尽在眼底，尽在胸中。

村上只有小学，上中学就得去镇上了。住校一般人家拿不出钱米，走读又路途太远，摸着黑上路还常迟到，因此村上大多数孩子小学毕业就在家务农了。易美秀想让胡文化多读点书，要他住校。他不肯，说他家比有的人离镇上近多了，他就走读，早去晚归。

放下吹火筒，胡文化用手扇了扇眼前的烟雾，抹一下眼角的泪水，问易美秀要点灯不。易美秀头都没抬，没好气地说："你眼瞎了，好好的点什么灯，油不用钱买，天上掉下来啊！"胡文化看一眼门外黑沉沉的夜色，心想自己一片好意却又要挨骂，好像自己不是她养的崽似的，就想顶她两句。易美秀瞟他一眼，往灶前挪了挪大木盆，扭头朝后边呵斥了两声，借着灶口时明时暗的火光继续剁着猪草。后边传来猪"饿了饿了"的号叫，还有拱猪栏的响声。

易美秀将一碗水煮洋芋片端上桌，又在坛子里夹来两块酸萝卜，坐下来调着油灯的灯芯。胡文化说灯光没一粒黄豆大了。易美秀说只要饭不扒到鼻孔里就行。胡文化问文曲星是什么样子，长在哪。易美秀皱一下眉头，咽下饭，说她又没见过，谁知道长什么样，应该是在天上吧。胡文化吞下饭，说陈秀才说的，他就是个文曲星。易美秀一哼，用筷子指着他，说还文曲星呢，他别是个灾星就烧高香了。胡文化没趣地低下了头。

想了一晚上，胡文化也没想出来文曲星到底是个什么样子，也没想出来陈秀才为什么说他是文曲星。第二天最后一节课是自习，他偷偷溜了，跑去问陈秀才。见陈秀才头上箍着一个小放大镜，眯着一只眼，在埋头刻着牛角料的章子，便一声不响地在旁边看着。

陈秀才指着天上稀疏的星星，说天上一个星，地上一个丁，丁就是人，一个人对应着天上的一颗星。胡文化说那天上的星星怎么有时有，有时没有，有的老在那，有的过一天就不见了。陈秀才稍一想，说："你看啊，人不会老在家吧，是不是一会儿下地干活去了，一会儿又上街买东西来了，早上起来了，晚上又睡了，村上是不是上个月这家添了崽女，这个月哪家又有人老了，不在世了。"胡文化点点头。陈秀才指着天上那颗又大又亮的星，说那就是文曲星。胡文化问那是谁。陈秀才说是魏源。胡文化说魏源早就不在了，那颗星怎么还在，还那么亮。陈秀才说像魏源这样的文曲星，在天上对应的那颗星是不会暗淡、不会坠落的，因为人间总有人记得他，想起他。胡文化说他又想起魏源蘸墨吃粽子的故事了。陈秀才说他讲魏源的故事给大伙听，并不是要大伙去学魏源蘸墨吃粽子，而是要学他无论干什么都专心、专注。

星星不断地冒出来，一会儿就是繁星满天了。胡文化出神地盯着挂在墙上的那一溜长长短短的笛子和两把大小不一的二胡。陈秀才取下一根笛子，让胡文化自个儿吹去。

吃过饭，陈秀才坐在那里翻看着胡文化的作文，看到老师打了波浪线或画了圈的地方，不由得读出声来，而在一旁胡乱拉着二胡的胡文化似乎一点也没听到。陈秀才打量着胡文化的后脑和后背。当胡文化蓦然扭头朝他一笑时，胡文化那眼神和微笑让他心底一惊，一下弹了起来。胡文化忙放下二胡，问怎么了。陈秀才说没什么，时候不早了，他该回家了。他挎上书包，道过谢就走。陈秀才追上来，将手电筒塞到他手上，又将一本书和一根短笛放进他书包里。

陈秀才和胡文化有说有笑地走着，像父子，又像朋友。到街尾了，陈秀才说送胡文化回家。胡文化说不用，他不怕，又把手电给了陈秀才，说有月亮，有星星，看得见。

直到胡文化消失在茫茫夜色里，陈秀才才转身往回走，但走了不到两百米又转身尾随过去。胡文化一会儿走，一会儿跑，一会儿咳两声，一会儿跺几下脚，绕过坟地时先是大声唱歌，接着又吹起了笛子。那笛声尽管断断续续、高高低低，在山间的夜里却是格外地清亮，山鸟也跟着和鸣起来。

见胡文化下了石板路，往院子里去了，听到狗叫着迎了出来，又听到了女人的责骂声，陈秀才才在路边的石块上坐下来。责骂声没有了，满耳是蛙和虫的大合唱。陈秀才似乎在想什么，又似乎什么都没想，莫名地好像自己变成了一只蛙，一条虫。

一只萤火虫飞过来，落在陈秀才的鼻尖，痒得他打了一个喷嚏，打得萤火虫歪歪斜斜地飞走了，也打得对面院子里的狗叫了起来。他起身拍了拍屁股，望一眼院子，起身往回走。

“嘎吱”一声门开了，易美秀探出头左右扫了一眼，跨出门槛，走到地坪边，朦胧中看到了陈秀才的身影。

这一晚，陈秀才和胡文化都在床上“烙饼”。陈秀才琢磨的是胡文化那眼神和微笑。胡文化想的是陈秀才怎么比易美秀对他还好。易美秀也没怎么睡好，那身影虽然没看清是谁，却让她想起了很多。

也就这天晚上之后，胡文化说他再也不怕走夜路了，他的歌声或笛声也总是伴着夜色飘洒在从街头到老鹰冲的路上。

方小竹就是听着胡文化的歌声和笛声喜欢上他的。每次看到胡文化吹笛子，她都是一副又陶醉又羡慕的样子。

星光下，挑着一担红薯的易美秀刚进院，就闻到了一股烧焦的味道。她撂下担子就往屋里跑，以为是失火了。在用烧红了的火钳烙着竹子的胡文化全然不知易美秀进了屋，直到她一把夺过火钳扔在灶坑里，又去抢他手上的斑竹时，他才反应过来，本能地将斑竹往身后藏，身子往后挪。易美秀抓住他的一只手，鼓起腮帮往外拖。胡文化双脚抵着地板，咬着牙往后缩。

僵持了一阵，没劲了的易美秀手一松，一屁股坐地上。掉进了灶坑的胡文化“哇”的一声惨叫，倏地爬了上来，斑竹紧攥在手上。易美秀起身就往屋场当头跑，一会儿又跑了回来，将嘴上嚼着的一口绿色的东西敷在胡文化的小腿上。胡文化只觉得一股清凉沁入骨髓，那灼痛感一下不见了。

易美秀这口药是她外婆传给她的，不管是烧伤还是烫伤，只要及时将药一敷，立马就不痛了，皮肤一般不留痕迹。奇怪的是，同样是那草药，如果不是用嘴嚼烂，药效就差多了，如果是别人嚼了敷上，效果也大相径庭，有人说那是她有特异功能。

让易美秀生气的是，胡文化本是跟她一块去挖红薯的，可才到半路上，他就捂着肚子往地上一坐，“哎哟哎哟”地叫唤起来，叫得她心里发慌，只好让他先回去。

吃过饭，忙完了活，易美秀问胡文化是不是压根就没肚子疼。他埋着头，没吭声。易美秀用竹条抽了一下他的手，问是不是有人教他撒谎的。他摇摇头。易美秀再抽一下他的手，问为什么要砍斑竹，那斑竹是她从娘家带过来的，就那么一丛，她从来舍不得砍。他抬一下头，将手背到身后，说他想有一根自己的好笛子，但没钱买，就想自己做，陈秀才说过，用斑竹做的笛子好看，吹得又好听。

前几天，学校搞文艺演出，胡文化用陈秀才送给他的那根笛子吹了《草原英雄小姐妹》，学校奖了他两个作业本。放学后，他跑到陈秀才店里，拿出两个作业本，说想跟陈秀才换一根笛子。陈秀才笑了笑，说作业本还是归他，再送他一根笛子，以资鼓励。又说要是有斑竹，那做出来的笛子就好看又好吹了。

易美秀窝了一肚子的火，牵着胡文化去找陈秀才，说要看看陈秀才是个什么样的人，不教孩子好好上学，天天就搞些什么吹笛子、拉二胡之类的鬼把戏，还要怂恿他砍斑竹做什么鬼笛子，真是没名堂。

离店铺还有二十来米，胡文化趁易美秀跟人回话的时机，一下挣脱她的手，箭一样地奔跑过去，钻进店里，说他娘来了，要陈秀才快跑，或是赶紧上了铺板，别让她进来。正在刻印的陈秀才看都没看他一眼，说他娘又不是老虎，怕什么，正好有话跟她说呢。

易美秀往柜台前一站，敲了敲柜面，见陈秀才头都不抬一下，抓了柜面上的砚台就要砸。陈秀才说别急，快了快了，就几刀了，请稍等一下。易美秀放下砚台，打量起了挂在墙上的笛子、二胡。

躲在柜台下的胡文化大气都不敢出，从木板缝里看着易美秀的脚踮起又放下，放下又踮起，一下往左挪挪，一下又往右碎步移动。

陈秀才放下刻刀，取下箍在头上的放大镜，说对不起，久等了。易美秀似乎没听见，还在盯着墙上的笛子和二胡。

就在陈秀才的目光从易美秀的胸口移到脸上时，易美秀也在看陈秀才了。陈秀才一愣，站了起来，刚要说请易美秀进店里坐，易美秀却转身走了。

胡文化从柜台下钻了出来，看着双手撑在柜面上，伸着脖子，出神地望着桥亭方向的陈秀才，问他娘怎么一下就走了，没有吵，也没有骂。陈秀才有点慌乱地嘿嘿笑了笑，说他也不知道是怎么回事。

第二天早上，陈秀才才取下第一块铺板，胡文化就将几节斑竹递了过去，说是易美秀要他送过来的，易美秀昨晚砍了一根斑竹，连同他砍的一块拿过来了。

就用那两根斑竹，陈秀才花了好几天的时间，做了长长短短四根笛子，自己留了一长一短，给了胡文化一短一长。

掉在塘里的那天晚上，胡文化将那根短斑竹笛送给了陈小军。陈小军一有空闲就吹，吹得自己听起来还算舒服了，可方小竹总说他怎么都没胡文化吹得好听，没那种味道。吴翠莲趁机就说，比吹笛子没用，要比就比谁会读书。

那天，胡文化一心琢磨着怎么把新歌吹好，又把饭烧煳了。易美秀在柴堆里抽了一根棍子，追着胡文化从灶屋打到堂屋，从堂屋打到院子里。

方小竹背篮一扔，冲进了院子。就在方小竹冲进院子的同时，从屋后走出来的胡志清将肩上的篼箕往地上一丢，边跑边伸出双臂去挡，但为时已晚，棍子已迎面打在了方小竹的头上。易美秀棍子一扔，剜方小竹一眼，甩手往屋里去了。跑到了前边的胡文化转身跑过来，问方小竹怎么来了。方小竹说在下边打猪草，正好看到了。胡文化问打着哪没有。她一摸头，摸到了一个包。胡文化问痛不。她摇摇头，说没事。又说笛子要吹，但也不要误事，别老是惹易美秀生气，看着他挨打，她心里难受。他瞟一眼屋里，说他也不知道是怎么回事，易美秀老是看他不顺眼，巴不得家里没有他似的。方小竹要他千万别这么想，谁都有挨父母打骂的时候，再说父母也不会无缘无故地打骂人，总是自己做错了什么。胡文化沉默不语。方小竹推了一下胡文化，要他快进屋去跟易美秀认个错，毕竟是他把饭烧煳了。他没动，木桩一样杵在那里。方小竹推了他一把，说他要不去，那她就不再进冲里来了。胡志清在一旁打量着方小竹，也跟着方小竹劝他去认错。

胡志清是才下放来村上的知青，说哪家条件最差就住哪家。大队书记一思量，把他安排在了易美秀家。易美秀见胡志清人长得清秀，一进门就问有什么活可以帮着干，也就高兴地接纳了他，并把胡文化睡的那间当阳的房子给了他，让胡文化睡里边那间。

望着方小竹跳动的背影，想着她迷人的酒窝和眼睛，胡志清不由得怦然心动，还没见过这么可爱的女孩呢。

胡文化不情愿地进了屋，站到正在烧火的易美秀跟前，低头将棍子递了过去。她横他一眼，接过棍子，扬起，却没落下，而是在空中画了一道弧线后，在膝盖上一折两段，然后往灶膛里一塞，说他还要把饭烧煳了，看不把他的笛子全当柴火烧了。

第二天一早，胡文化敲开了陈秀才的门，把长长短短、大大小小的十来根笛子全交给他保管，只留那根斑竹笛随身带着。放学后，他又去了陈秀才那里，直到天快黑才回家。看着他吹笛子、拉二胡那陶醉的样子，陈秀才叹息一声，心想他要是生在城里，或是哪个干部家庭多好，可惜了一个好苗子，真是田埂下埋没了多少秀才。

又回家晚了，胡文化做好了挨骂的准备，没想到易美秀不但没骂他，还切了半碗辣椒，加上两个鸡蛋，一搅拌，给他煎了一个辣椒鸡蛋饼。

吃饭时，易美秀给胡文化夹辣椒鸡蛋饼，自己只吃冬瓜。忐忑不安的胡文化看着易美秀，问胡志清去哪了。易美秀说去公社了，今晚不回来。

屋里静悄悄的，只有猪的号叫声和拱栏的响动一阵阵传来。

易美秀看着胡文化，说他初中眼看要读完了，反正不爱读书，又不想回家干活，高中就别上了，要是陈秀才愿意，就去跟他学刻章子，在他那里吃，在他那里睡。胡文化没吭声，眼泪滚出眼眶，掉进碗里。

月亮西斜了，胡文化还坐在地坪边的石礅上，手上拿着那根斑竹笛。喂过猪，捡拾完了的易美秀捶捶腰，扶着门框，望着朦胧夜色里的胡文化。

望着天上那颗最亮的星星，胡文化一遍又一遍地问自己：那真的是文曲星吗？真的是魏源吗？问过了，又一颗一颗星地找过去、找过来，想找自己是哪一颗，可怎么也没找到。他叹息一声，心想应该是自己太渺小，那颗星也就小，看不见。

月光流进窗户，流到了床前。易美秀在回忆着什么，却怎么也连贯不起来，总是零零碎碎、断断续续的，好像是那样，却又不能肯定。

那天，易美秀赶到街上，挑了一头小猪崽，过了秤，算好了数，可当她掏钱来付时，兜里的手帕包包不见了——给扒手扒走了。她当即昏倒在地。

易美秀昨天中了暑，本想上午来赶场的，无奈一身还疼着，到中午好些了才头重脚轻地来了。半路上有人笑她，说都要散场了，卖猪崽的只怕早走了。她说，碰一下运气，要是不去，那栏就还要空十天，得等下一场了。那人说这买猪崽的活应当石头去干的。她说石头给亲戚家帮工去了，还要几天才回。石头是她丈夫，为人忠厚，不多话，更不多事，家里是她做主。他们成亲已有三四年了，却总不见易美秀的肚子有什么动静，前天晚上石头又为这个跟她生了闷气。

陈秀才挤进来一看，再一问，忙把猪崽的钱数了，又让人赶紧背了易美秀跟他走。到了店里，他将易美秀放到床上，喂了十滴水，又请邻居照看，等她可以走了，就让她将猪崽背回去，他要去镇里的陈干部家喝酒。

陈秀才说的陈干部就是陈世旭，是去年从县里“贬谪”到镇上来的。陈秀才用心给他刻了两枚印章，一枚是硬木的隶书，一枚是石材的篆刻。他一看印章就夸陈秀才好书法、好刀功，非请陈秀才喝酒不可。

哼着曲，摇摇晃晃进了门的陈秀才刚要去点灯，没想到一下给人死死地箍住了腰，倒在了床上。他本能地想要挣脱，却没力气，一身都是软的。等他醒来一看，人不见了，小猪崽也不见了。他还不知道易美秀姓什么，叫什么，哪里人，家里什么情况呢。

易美秀回家放下猪崽，往竹椅上一坐，边喘气边想着陈秀才的模样，却总是模模糊糊。她没看清陈秀才的脸，只在黑暗中抱过他，摸过他。她就想这人这么好，她又没有别的，就这样也算是报答过他了。

在易美秀离开陈秀才的同时，石头正走在回家的路上。那晚他本是没准备回家的，不知怎么的就心慌，想回家。半路上一脚踩空，他掉进了沟里，人没了。

见易美秀呕吐，肚子一天天鼓起来，有人就掰着手指算，说这孩子是石头的，那两天石头在家，石头虽然命没了，却有了后，也值得。也有人说那么多年都不见易美秀肚子大起来，怎么一下就有了，是不是石头的，难说。易美秀心里也没底，不知是石头的还是陈秀才的，直到胡文化出生后，不少人说还真有点像石头，才松了一口气，但她心里清楚，应该不是石头的。见了陈秀才后，她心里更有数了，但这死也不能说破。

月光跳到了床上。抹了抹给泪水湿了的脸，易美秀望一眼窗外，想着这些年来，她没让胡文化干什么活，就想让他好好读书，可他整天只想着吹笛子、拉二胡，她没少骂，也没少打，可他还是一样，看样子是没救了。她一声叹息，心想也好，如果陈秀才真心待他，他跟着陈秀才学刻章子，也是一门手艺，总比跟着她在田地里滚要好。吹笛子虽然赚不来钱，当不了饭，有时听着倒也舒服，不比广播里的差多少。

悠扬的笛声传了过来，那是《让我们荡起双桨》的旋律。刚下床，准备去叫胡文化进屋睡觉的易美秀在床沿坐了下来。笛声转而变成了欢快的《火车向着韶山跑》，接着是激昂的《打虎上山》。易美秀不由自主地跟着节拍用指尖点着床沿，难得的一脸陶醉。

笛声停了，屋里屋外一片沉寂。

可床下的蟋蟀刚一开腔，笛声又来了。那笛声时而舒缓，时而激越，时而畅快，时而沉郁，有忧愁和悲伤，也有欢乐和向往……

这一曲易美秀从没听过，但听得她泪流满面，也听得田坌对面和上下院子里不少睡了的人起了床，一个个唏嘘不已。

第二天一早，对面山上的一个老人家跑过来，说昨晚天上有个文曲星吹着笛子下凡，落在了这院子里。易美秀苦笑了笑，指了指手上拿着斑竹笛正准备去陈秀才那的胡文化，说哪来的文曲星下凡，就他胡乱地吹了一通。老人家打量了一下胡文化，大笑而去。

陈秀才二话没说，满心欢喜地收了胡文化为徒。易美秀叮嘱了胡文化几句，跟陈秀才道个谢就走了。陈秀才想留易美秀吃饭，跟她说说话，但一犹豫，她已走远了。

自从胡文化去了陈秀才那里，陈小军早晚就听不到胡文化的歌声和笛声了，不免心里空落落的。吴翠莲也说这文化癫子不从门前过了，这一方都没那么响亮了。

胡文化去陈秀才那没几天，胡志清搬进了刘初菊家。大队书记口头上说是刘初菊家比易美秀家条件更差，更能接受再教育，其实是易美秀找了他，说胡文化不在家了，家里就她和胡志清，孤男寡女的，她倒没什么，但对胡志清不好。

陈小军上中学是住校，他一个亲戚是学校的老师。亲戚把他看得紧，每次去街上还要编个理由，这样他与胡文化见面的机会自然少了，想起胡文化一般只能看看笛子或是吹上几口。再后来那支笛子也被放进了抽屉，吴翠莲要他好好上学，别想着那些没用的东西。

那是一个星期天的中午，陈小军正躺在屋前地坪边的梨树丫上背课文，方小竹跑来报喜似的说胡文化上广播了。他忙跳下树，问怎么回事。她说她刚从供销社买东西回来，听到广播里播了一篇文章，是胡文化写的。他还在愣着，方小竹从挎在手上的小竹篮里拿出一个小纸包，说里边是纸包糖，他跟胡文化一人一半，辛苦他明天上学时绕个弯，给胡文化带过去。不等他回话，方小竹已飘然而去，又长又粗的大辫子在身后一晃一晃的，好亮眼。

打开纸包一数，总共是五粒纸包糖。一人一半，怎么分？是把一粒切开，分成两半，还是自己拿两粒，给胡文化三粒，还是自己只拿一粒，给胡文化四粒，还是全部给胡文化，自己不吃？这么想着，陈小军心里莫名地有点酸酸的。

胡文化正埋头刻章，落日的余晖映在他的额头上。坐在他身后一侧高脚椅上的陈秀才站了起来，左手拿着书，右手朝陈小军轻轻摆了摆。陈小军点点头，屏息站在柜台一侧的石磡上，一时目光跟着刻刀移动，一时伸了脖子去看陈秀才手上那本古色古香的线装书。当时他只觉得那书有一种神秘感，后来才知道那是《易经》。

夕阳陡地掉到山下去了，柜台里随之暗了下来。胡文化放下刻刀，伸了个懒腰，一抬头看到陈小军，忙站了起来，边打量着他，边说都上高中了，怎么还有时间过来。陈小军从书包里取出小纸包，往胡文化手上递，说是方小竹给的。胡文化稍一迟疑，接过纸包打开，问方小竹怎么想起给他买糖了，都有些日子没见到她了。陈小军说是他的文章上了广播，她听到了。胡文化抓了三粒糖递给陈小军，说辛苦他了。陈小军将糖放到桌上，说方小竹是给他买的。胡文化抓着陈小军的手，将三粒糖往陈小军手上塞，说有好处一同分享，何况他还跑了路，耽误了学习。陈小军将手握成拳头，糖掉在桌上。陈秀才走过来，剥了一粒糖往自己嘴里一丢，再剥了两粒糖，分别塞进陈小军和胡文化的嘴中。剩下的两粒糖一粒进了陈小军的兜里，一粒到了胡文化的手上。

胡文化说那是半个月前，有人来店里刻章，说了几个有趣的故事，他把其中一个写了出来。前几天陈世旭从这里路过，进店里坐了一会儿，说他可能要回县里去了。陈秀才要他把写的东西拿出来，请陈世旭指点。陈世旭看了，又改了，说拿回去推荐给县广播站。

陈秀才说陈小军的作文写得不错，往后见到什么新奇的、有意义的东西就写下来，让陈世旭推荐推荐，也上一上广播。胡文化说陈小军脑瓜子比他灵，书又读得比他多，比他好，一写准能上。

陈小军打量着胡文化，见他这两三年明显长高了，结实多了，小平头变成了小分头，白衬衣干干净净的，口袋上插着一黑一红两支钢笔，有点文化人的味道。

胡文化说陈秀才每天给他安排得满满的，除了学刻章子，还要吹笛子、拉二胡，还要练书法、背古诗古文。又说陈小军难得来一回，是想听他吹笛子，还是拉二胡。陈小军毫不犹豫地说想听他吹笛子。胡文化取下挂在胸前的斑竹笛，看一眼陈秀才，试一下音就吹起了《打虎上山》，吹得一气呵成，听得陈小军热血沸腾，好生羡慕。陈秀才朝胡文化点点头，说如果个别地方换气能把握得更好一点，就胜过他了，他上了年纪，中气没那么足，吹出来也就没那么饱满。胡文化腼腆地笑了笑，说那不管怎么样他都是赶不上师傅的。

方小竹比胡文化晚出生一年多，比陈小军大半岁，初中没毕业就辍学了，成了家里的主要劳力。胡文化去跟陈秀才当学徒的那天早上，跛着左腿的夏时香举着用树丫做的拐杖，朝踮起脚打望着已走过屋场的胡文化的方小竹说，要是看到她还跟胡文化牵牵扯扯，就打断她的腿。方小竹没敢说什么，只有泪往心里流。那天晚上，黑暗中，夏时香紧抓着她的手，说她们家就这个样，胡文化家就那个样，她跟胡文化都大了，不能再往来，再往来准出事，会死人的。她没吭声，身子不停地抖着。夏时香问她是不是害怕了。她还是没说话，只是抖得更厉害了。夏时香说知道怕就好，那就别跟胡文化见面了。

半个月后，陈小军羞怯地将一篇广播稿递给了陈秀才。陈秀才稍一浏览，说稿子写得不错，只是陈世旭已经回县里去了，明天跟胡文化写的一块寄过去。

之后陈小军隔几天就去店里，名义上是去看陈秀才，听胡文化吹笛子、拉二胡，心里是想听稿子广播了没有。见他去的次数多了，陈秀才就说稿子也许广播了，只是没听到。陈小军听出了他的意思，就不再去了，也没写了。而胡文化接连有几篇稿子在县里广播了，有一篇还上了省电台。

其实陈小军写那稿子，没别的，只是想让方小竹也给他买一回糖。他不知道为什么，反正就是喜欢她那酒窝、那眼睛，还有那大辫子。

陈小军将广播稿交给陈秀才那天，胡志清回城里去了。

一见陈小军进了门，吴翠莲就端来一小簸箕鸡蛋，说特意给他留的，谁也没舍得吃。他吃完第四个荷包蛋就不想吃了，可吴翠莲非要他接着吃，说下个月就高考了，营养一定得跟上，明天再去给他买一瓶维磷补脑汁。他说不用，有饭吃就行，蛋也不用给他留，大家都吃。吴翠莲说那不行，考大学比什么都重要。

陈小军打了个饱嗝，刚要起身去做数学试卷，隐约听到了哭声。吴翠莲侧耳一听，说夏时香又在哭了，都哭了两天了，眼睛已哭成两个熟桃子，再哭只怕要瞎了。陈小军问她哭什么。吴翠莲说哭人不见了啊。陈小军问谁不见了。吴翠莲说方小竹啊，都两天了，没一点音信，只怕没在这个世上了。陈小军一惊，忙问怎么回事。吴翠莲叹了一口气，说夏时香给方小竹瞄上了胡志清，还让人去试探过，可他不说行，也不说不行。后来才知道，胡志清真正喜欢的是刘初菊，可惜也没成。胡志清回城里后，夏时香给方小竹说了一门亲，可她死活不肯。也不是那家不好，是她心里只有胡文化。可不管她哭也好，下跪也好，撞墙也好，夏时香就是不松口。她只好半夜跑了，第二天四处找的人在河边捡到了她的鞋，又请人来打了时。打时的人掐指算了好一阵，一摇脑袋，钱也没要就走了。

陈小军一时全没心思做试卷了，坐在那里发呆。吴翠莲边收拾碗筷边埋怨起夏时香来，说她还哭什么，都哭了两天了，哭又哭不出一个人来，何况又不是哭人，只是哭那眼看到手的彩礼钱掉河里去了。

那晚陈小军没怎么合眼，眼前老是方小竹那酒窝、那眼睛、那大辫子。上高二之后他就只到放月假才回家。上个月回家，一同在菜园里摘菜时，方小竹还特意跟他挑明了，说知道他喜欢她，可她只把他当弟弟看。又说知道他只是现在喜欢她，不会长久的。他说他知道她喜欢的是胡文化，可他不知怎么的还是喜欢她。她就笑，指着他，笑得蹲在了地上。

窗户上刚透进来一点曙色，陈小军就悄悄下了床，可刚摸到门闩，吴翠莲就问他要去哪。他说早点去学校，还要去街上买作业本什么的。吴翠莲说还早，天都没大亮，等下一起去，还要给他买补脑汁。他赶紧开了门，拔腿就往街上跑。

陈小军坐在路边的石礅上，边大口地喘气边扯了路边的草叶擦着手上的血珠。他刚才只顾着快跑，没注意脚下，绊着石头摔倒了，手擦破了皮。正起身要跑，一抬头看到有人走了过来，前边那个戴一顶黑色礼帽，架一副墨镜，穿一身灰色长衫，拄一根褐色手杖，走路有点一高一低。后面那个也架一副墨镜，但穿青色长裤、白色衬衣，衬衣口袋上插着两支钢笔，肩上挎着一个棕色布袋，胸前挂着一根斑竹笛，手上托一个罗盘。

还在愣着，已走到陈小军跟前的陈秀才问他怎么一大早在这里。他说本是要去店里，没想到在这里碰上了他们。陈秀才捋了捋胡须，说老鹰冲老王家的旧房子去年就给风刮倒了，要建新的，请他去看风水，定朝向。胡文化说他们正好从他家门口过，可一块走。

一听陈小军说方小竹投河了，人没了，胡文化身子一颤，手上的罗盘差点掉在地上，眼泪夺眶而出。陈秀才一声叹息，朝前走去。

进了院子，胡文化将罗盘递给陈秀才，取下斑竹笛，对着方小竹家的门就吹了起来，吹得满院子的人都跑出了门，流了泪，一片唏嘘。

夏时香举了拐杖，对着胡文化就打，边打边说拿钱来。胡文化任她怎么打也不说话，也不还手，只是吹着笛子，吹得猫狗不再追逐，鸡鸭不再叫唤。有人说他们都癫了，一个是为钱，一个是为人。有人说胡文化本来就是个癫子，一个文化癫子。有人立马说，人家现在可不是文化癫子，是文化人了，写的东西上了省里的电台、报纸，出名了，出息了。

笛声一停，胡文化扑通一声跪在夏时香脚下，说往后他就有两个娘了，一个是易美秀，一个是夏时香。陈秀才掏出钱，让胡文化给夏时香。有人说陈秀才一贯乐善好施，还真是个好人，只是打一辈子的光棍，也太不值得。

夏时香看看手上的钱，看看跪在脚下的胡文化，不再哭闹，擤了一把鼻涕，在吴翠莲的搀扶下进屋里去了。

望着往老鹰冲里走的胡文化的背影，吴翠莲对陈小军说，真没想到，胡文化这文化癫子还这么重情重义。又说陈秀才还真是个大好人，胡文化跟他算是跟对了，也看不出易美秀还有这样的眼光。

忙完了事，胡文化说想顺便回家看一下易美秀，都有一段时间没进冲里来了。陈秀才说行，陪他一块去。可到了胡文化家对面的路口，陈秀才又不走了，让胡文化自己回家，他就在路边坐一会儿。在屋前菜园里锄草施肥的易美秀早就看到陈秀才来了，开始还想招呼他进屋坐一坐，喝碗自家采制的新茶，可一犹豫，又装着没看见，进了屋。

不等胡文化说完，易美秀就说方小竹投河的事她知道了，又说方小竹是个好姑娘，那天的当头一棍，早就想跟她赔个不是的，却没来得及人就没了。胡文化说他认了夏时香做娘，他有两个娘了。易美秀脱口就说行，这是好事，她没意见。这让胡文化深感意外，便坐正了看着易美秀，越看越觉得好看，又有了一种温暖的感觉，而这是之前从没有过的。

胡文化将一包茶叶递给陈秀才，说是易美秀自己采制的今年的新茶，特意给他留的。陈秀才望一眼院子，闻闻茶叶，说真香，准好喝。这话在屋里的易美秀似乎听到了，脸上浮起动人的光亮。

陈小军在山东上的大学，毕业后分在了政府机关，之后又娶了一个当地姑娘小曼，还接吴翠莲去带了三年孩子，这样他回老家的次数自然就少了。

那天中午，他在长沙转车，在候车室看到一个好像是谁的背影，便跟了过去，绕到前边一看，试着叫了一声方小竹。那人愣了一下，将电话挂了，打量他一下，摘下墨镜，惊喜地问他怎么在这里。

“明天是我爹的花甲寿辰，后天是镇上中学五十周年校庆。学校给我寄了邀请函，校长又给我打了电话，还要我在典礼上发言。”

“一看你的样子就是成功人士，在校庆上是应该有所表现。”

“你看你这穿戴，这气质，就像是一个港商，或是一个归国华侨。”

方小竹摇头一笑，指了指陈小军。她那大辫子不见了，但那酒窝和眼睛还是那么迷人，更多了一种成熟的味道。

“那天晚上我真的去投了河，只是走到水快齐胸口时，脑子一下清醒了，觉得自己不能这样离开这个世界，就将鞋子丢在河滩上，心想再也不回来了。”

“我当时就感觉到你还在人间，因为你没那么傻，只是前几天那个桂花投河死了，打时的又弄得神秘兮兮的，不少人也就信了，以为你真的去了。”

“我连夜逃离了村里，在镇上爬上了一辆去县城的货车，在县城又碰到了一位好心的大婶。她听我说了是怎么回事之后，说要认我做女儿，还要托人给我找工作。我一想，谢了她的好意，坚持要去深圳打工。她见留不住我，就给了我路费，让我去了深圳。”

“你胆子也真大，那时打工才刚刚兴起，村上还没人去那边闯过，你人生地不熟的，又是个女孩，还一个人。”

“当时也管不得那么多了，只那么一条路可走，去那边既能有个落脚的地方，又能让人找不着。幸好老天开眼，有那么一条路在那，要不就真是走投无路了。”

“那倒不会，从来就是天无绝人之路，只要人心不死，就会有出路。如果当年没去深圳，你也许如今在长沙，或是在上海。”

“那也未必，也许是在哪个商场站柜台，也许是在哪家餐馆端盘子，也许是流落街头，也许是早已不在人世。”方小竹说着笑了笑。

“人生没有那么多也许，只有过去、现在和将来，而无论是过去也好，现在也好，将来也好，其实都在自己手中。如果当初你要不是一下清醒了，也就没有你现在的现在，更没有将来的现在了。”

“这十来年里，我从一个踩缝纫机的小打工妹，做到如今的大片区销售主管，其间的酸甜苦辣一言难尽，几天几晚也说不完。”

“你正因为经历了风吹雨打，才锤炼得更加美丽动人了。”

“没错，时间是个好老师，生活是个好老师，社会是个好老师。”

陈小军点点头，问她这些年回过老家没有。她点一下头，马上又摇头，说她知道她娘身体还好，日子过得不错，她放心，也安心。

一个打扮入时的女孩带着一阵有点刺鼻的香风从身旁飘过，手上拎着一个台式收录机，大声播放着刘若英唱的《后来》。在候车室中央，一个长发披肩的小青年在那自我陶醉地跳着霹雳舞，引来一圈又一圈的围观者，赢得了阵阵掌声和喝彩。

方小竹说她早就不怪她娘了，不但不怪她娘，反而要感谢她娘，如果当初不是她娘死活不松口，那她就不会去投河，就不会去深圳，就不会有今天。陈小军说那倒未必，她去深圳也许只是迟早的事，后来村上的年轻人没几个不是去了广东，或是在深圳，或是在东莞。

听陈小军说了自己的情况，方小竹脸上掠过一丝失落，问他还记得那时在菜园里说的话不。他当然记得，却做出有点茫然的样子。她朝他一笑，说好，不记得更好。他脸一热，有点手不知道往哪放好，见旁边有卖饮料的，忙过去买了两瓶，打开一瓶递给她。她接过喝了一口，笑眯眯地看着他，说好喝，味道不错。

临上车时，她告诉陈小军，下个月她就有自己的公司了，先开在深圳，看情况再在别的地方开设分公司。又说她一直是自己过，也挺好的。他说有合适的还是成个家，生个孩子，那才是完整的人生。她只是笑了笑，没说什么。

方小竹的突然出现，仿佛一颗石子投进了平静的水潭，溅起一朵朵浪花，激起一层层涟漪，荡开了去……陈小军一时有了一连串的假设——如果他怎么那她又会怎样，如果胡文化怎么那她又会如何……直到登上了西去的列车，在哐当声里那涟漪才渐渐消散去。

河水或清或浊，或明或暗。采砂船兴奋地吼着，高昂地张着又长又大的嘴巴，将砂石喷吐到河堤上，洒落的砂石在夕阳的映照下金光闪亮。采砂挖出的坑大大小小、深深浅浅，一个个像睁开的眼，也像张开的嘴。老街的房子不少已是破败不堪，一副颤颤巍巍、摇摇欲坠的样子。那横跨河上的木质廊桥不见了，代之而起的是灰白单调的水泥桥。这让陈小军不免连连叹息，那廊桥实在是不该拆了，这老街真的是老了。

陈秀才的店铺关着门，前边一侧打了一个铧。门上挂了块小黑板，用红粉笔写着“临时外出”几个工整的楷体字。左邻的店铺应该是刚翻修过，还散发着一股淡淡的桐油香。

月光从梨树的枝叶间筛落下来，在地上晃动着，跳动着。稻穗和梨子、葡萄的清香糅在空气里，一阵又一阵地扑鼻而来，令人陶醉。

坐在竹椅上的吴翠莲用蒲扇指了一下院子东侧，边摇着蒲扇边说夏时香倒是八字不错，虽然没了方小竹这个女，却得了胡文化这个崽，这些年胡文化可没少给她钱花，还一有空就来看她，比对易美秀还好。陈小军说陈秀才是个好人，胡文化跟了他自然不会差到哪里去。吴翠莲说陈秀才两年前就走了，真是可惜。又说胡文化这几年名气大了，再没谁叫他文化癫子，而是叫他胡半仙了。

陈小军差点说漏嘴，把在车站碰到方小竹的事说出来。吴翠莲眉头一皱，问他是不是有方小竹的消息。他忙说没有，赶紧岔开话题，问起村上的变化。

吴翠莲左右指了指，说谁家的儿子去深圳发了点毛毛财，去年回家建了一栋大房子；谁家的女儿去深圳也发了点财，给家里寄回来不少钱，也让家里起了房子，只是不知道她那钱是怎么来的，听说是给一个香港老板守着一个院子，当什么奶的，那钱怕是不太干净。陈小军忍不住笑了。吴翠莲用力扇了两下扇子，说也是，如今能赚到钱就是本事。陈小军说那倒也不是，昧心钱就不能赚，黑心钱更不能赚。吴翠莲点点头，看着他，说他们家好几代才出了他这么一个当官的，可得老成点，小心点，夹着尾巴做人好。

指了指田塅对面山脚下的亮光，吴翠莲说那是杨立业家的房子，前年建的，叫什么小洋楼，她就不喜欢，不好用，又说黄国庆去年就是村主任了，跟杨立业家一样，也从山上搬了下来，建了新房子，只是没杨立业家的那么气派，但院子比杨立业家还大。

吴翠莲挪了挪椅子，面对自家大门，说这房子老了，漏风漏雨的，他爹一看别人起房子就叹气。陈小军说房子是该翻修或新建了，父亲年纪大了，就别再操心，由他们兄弟出钱以他的名义来建。吴翠莲说她也是这么想的，但钱主要由陈小华出，他下海做生意赚了钱。陈小军说那他多少也出一点。吴翠莲一默神，说他工资就那么点，应该拿不出什么钱来，就干脆别出了。他一时无语。

陈小华房子是建了，但不是以他父亲的名义建的，只是说他父亲想住哪层就住哪层，想住哪间就住哪间。他父亲不去，说还是住自己的窝好。

那女人边将钱慢慢往铁盒里放边用眼睛的余光瞟着胡文化，见他没注意便飞快地将放进铁盒的钱拿了出来，捏在手心里，边跟他道谢边掀开柜台一侧的盖板，出门快步走了。站在柜台外的一个中年男人朝那女人呸了一口，说她手脚不干净，不要脸，还以为没人看见，胡文化是白给她看了相，算了八字。胡文化摆摆手，说没事，相没白看，八字也没白算。又说她也是可怜人，挣个钱不容易。那男人说胡文化就是好，跟陈秀才一个样。又问可以跟他去看屋场地基了不，还不走就要走夜路，吃夜饭了。他望一眼快落山的太阳，再看一眼陈小军，说明天一早去。那男人有点失落，说那他明天赶早再来接一趟。胡文化说不用，他答应了的就一定会去，不会误事。

等那男人走了，戴一顶黑色礼帽，架一副墨镜，穿一身灰色长衫的胡文化才放下手中的鹅毛扇，朝陈小军双手一拱，再做了一个“请”的手势。陈小军没像那女人一样掀开盖板，而是像当年那样从下边钻了进去。胡文化捋须而笑。

陈小军指着柜台，说这么多年了，还是原样，也是难得，不像那廊桥，不见了踪影，好可惜。胡文化说他师傅念旧，哪里实在破烂了才会修补一下，又望着左前方，说新镇政府那边搞开发，建了新市场、新车站、新学校、新医院，什么都是新的，有钱人大多去了那边买地建门面，那边看着就热闹起来了。那边一热闹，老街这边往来的人自然就少了，冷清了。陈小军问他在那边买地没有。胡文化一笑，说他师傅没留下什么钱，他也没几个钱存在哪。陈小军坏笑着，说听说他们是挣了钱的，是不是钱花在女人身上去了。胡文化脸一沉，指着陈小军要他别乱说，他师傅可是个规规矩矩的人。陈小军嘿嘿一笑，说开玩笑的。胡文化黑着脸，说这样的玩笑不能开。陈小军说好好好，不再开这样的玩笑。

胡文化摘下礼帽，取下墨镜，脱了长衫。陈小军说他这转眼间就是判若两人，也是有趣。他说刚才是工作时间，那就得有个样子，才对得起客户，对得起自己，对得起师傅，对得起神灵。

一提起陈秀才，胡文化眼泪就来了，说那天同时有两家人来请陈秀才去看地基，又不顺路，陈秀才让他也去一个地方。他抢着去了路远的那家，可当他披着夕阳回到店里一看，门还锁着。他急了，抬腿就往北边跑，想赶在天黑之前接到陈秀才。他在山崖下找到了手杖，也找到了气息微弱的陈秀才。陈秀才抓着他的手，想跟他说什么，却怎么也说不出来，只是流着泪，眼里满是爱。那天早上，陈秀才还边捶着腿，边跟下着门板的胡文化说，他这腿是越来越不中用了，过了这个年，往后他就只守在店里，外边的活就交给胡文化。

回到店里，陈秀才在胡文化手心里艰难地写了两个字。他心领神会，飞奔而去叫来了易美秀。陈秀才一手拉着易美秀，一手拉着胡文化，安详地闭上了眼睛。易美秀一头扑在陈秀才的身上，哭得死去活来。出殡那天，易美秀要胡文化给陈秀才披麻戴孝，又两次哭得昏厥过去。有人说石头死了，易美秀还没这么伤心，现在这样也算是重情重义，对得起陈秀才了。也有人说，要不是陈秀才，哪有今天的胡文化，她哭几场应该，胡文化给陈秀才披麻戴孝也在情理之中，陈秀才带他那么多年，又什么都给了他，就当亲儿子一样。

见胡文化不再流泪，陈小军说请他下馆子去。胡文化说不用，他来炒两个菜。陪陈小军喝了两杯后，胡文化就不端杯了。陈小军说他是个文化人，如今又是个半仙，喝酒就得有个文化人和半仙的样子。他有点羞涩地笑了笑，说文化人也好，半仙也好，那都是别人叫出来的。陈小军说虽然不是他自封的，却乐意别人那么叫他。他嘿嘿一笑，说嘴在别人身上，总不好去缝了别人的嘴吧。

一聊到《易经》，胡文化就叹气，说可惜自己书读得太少。陈小军指了一下那写有“胡半仙”几个字的幡旗，说建议那个只外出时用，店里就挂牌“胡半仙周易馆”好了。胡文化又摇头又摆手，说不敢不敢，《易经》太博大、太深奥了，师傅传授了他那么多，他又研读了这么多年，但还是只知其皮毛。

陈小军酒杯一搁，故做一本正经地说看相也好，算八字也好，看风水也好，那都是封建迷信，骗人的把戏，害人的东西。胡文化猛地站了起来，涨红着脸，指着陈小军大声说出去，马上出去。陈小军哈哈一笑，拉着胡文化坐下，说《易经》本身是科学的，打时算八字也好，看相看风水也好，那都有科学的成分。

胡文化一拍桌子，说天人感应，天人合一，人在天地之间，天地之万千气象、万千变化，都会与人的精气和血脉相连，与人的五脏和六腑相通，都会从人的五官和骨骼、眼神和气色、语言和行为等表露出来。

陈小军说这没错，可惜这给有的人利用了，他们故意把它弄得那么神秘，那么玄乎，把它变成他们愚弄人和赚钱的工具。胡文化张了张嘴，低头不语。陈小军拉着胡文化的手拍了拍，说当然了，他是一个讲良心的文化人、一个讲道德的胡半仙，从来不骗人，更不害人，又传承了陈秀才的与人为善、乐善好施。胡文化抬起头，眼睛一亮，给陈小军斟上酒，说那好，今天就破个例，再喝一杯。陈小军说既然破了例，那就多喝几杯，来个尽兴。

瓶见底了，有点醉眼蒙眬的胡文化说再来一瓶。陈小军说算了，酒喝好，不喝醉，他明天还要赶早走路的。胡文化打了一个酒嗝，双手一抹脸，伏在桌上哭了起来。

见胡文化抬起头，陈小军问他刚才哭什么。他说哭陈秀才，哭方小竹，也哭自己。陈小军说好好的怎么哭自己。胡文化说都过不惑之年了，却一事无成，既无家室，也无家财，枉在人世。陈小军说人各有志，人各有路，他在村上镇上都口碑载道，受人尊重。胡文化说他给人看相看风水，虽然从不骗人，更不坑人，但那毕竟不是正道，上不得台面，也不是自己当初想走之路。陈小军说也是，当年他要是在镇文化站不回来，早就是站长或是县里的局长了。胡文化摆摆手，说他就没那个命，也干不来那个事，迟早会回来的。

几篇稿子在县里一广播，省报又上了两个豆腐块，加上有陈世旭的推荐，在陈小军上大学的那一年，胡文化成了镇文化站的一员。有人说，这下胡文化真是一个文化人了。一天晚上，他回到店里，拉着陈秀才一起找星星，眼睛酸了也没找到自己在哪。陈秀才说那是因为别的星星太亮了，再过些日子，等他的那颗更亮了，自然就好找了。

一年多后的一天，一位镇领导给胡文化一份材料，要他写成一个新闻故事在省报发表。他一看材料，再一了解情况，说这稿子他不写，要写也不能写成那个样。一周后，站长说镇里开了会，站里要精减人，胡文化给精减了。在他被精减的前两天，陈世旭莫名其妙地提前退了线，而在他被精减后没几天，文化站就进了一个人。他是笑着离开文化站的，但一回到店里就哭了。陈秀才放下刻刀安慰他，他反而哭得更伤心，陈秀才就不管他，随他哭去，自己拿了《易经》研读着，进入了自己的世界。

突然，胡文化抓着陈小军的手，问他是不是见过方小竹。他一怔，下意识地摇头。胡文化盯着陈小军，说他总觉得方小竹还在。陈小军说这是一种美好的愿望，他也这样想。胡文化说两年前的一个晚上，他从夏时香家出来，看到一个人影在窗前一闪就不见了，很像方小竹。陈小军说那应该是幻觉。他沉默了一会儿，抬头看着陈小军，说如果看到方小竹，那就告诉她，他都认夏时香做娘了，他们早就是兄妹了。陈小军说他有妻儿了，也不多想了。

陈小军和胡文化都望着天上的月亮。月亮是那么明亮，那么美好。

胡文化取下斑竹笛，吹起了《打虎上山》，吹得月亮驻足倾听。笛声还在回响之际，他又取下二胡，拉起了《春江花月夜》，拉得河水停止了喧哗。他说一支是送给陈秀才的，一支是送给方小竹的。

《晚间新闻》播放完了，陈小军还拿着笛子，在那想着胡文化怎么就死了，又想到了方小竹，想她此刻在哪，在干什么。

手机突然又响了，还是吴翠莲打来的，说也是怪了，胡文化命大，没死，又活过来了，还一睁眼就找他的笛子。陈小军连连说那太好了，太好了。

这时，黄国庆和杨立业都还在纠结着，不知如何是好。

# 第三章
# 语重心长

杨立业纠结是不是现在赶回去，参加明天上午村支部的组织生活会。前天胡明国给他打电话，说定在明天，也就“七一”这天上午召开村支部的组织生活会。当时他在一个单位催讨工程款，二话没说就答应了。

春节后还没回过村上，杨立业本想吃了中饭就动身，争取赶到家陪杨书成和贺小英吃晚饭，晚上给黄国新送点药过去。春节回村上时，杨立业看到黄国新长了一身的疮，回城后给他买了一些药让人捎过去，听说吃了有效果，就又买了一些。可杨立业刚上车，叶卉就风风火火跑来了，说他不能走。他问什么事，这么急。她说只问他，明天拍卖的那块地是不是还想要。他说想也白想，不想了。

“那不见得。”叶卉左右瞟一眼，“我告诉你，机会来了。”

“那块地情况复杂，原本是分块拍卖的，一下又变成了整体拍卖。”杨立业关上车门，“算了，你也别费那个神了。”

“还真不能算了。”叶卉打开车门，“有个朋友给我牵上了一家公司的线，我跟那家公司初步谈了一下，他们同意中标后跟我们一起开发，将土建部分交给我们来做。那家公司中标应该是八九不离十，听说是有点来头的。”

“是吗?”杨立业不知不觉地下了车。

“是啊!”叶卉关上车门，“你怎么也得下午去见一见那家公司的老板。”

近年来，竞争越来越激烈，拿到好项目越来越难，而人工成本大幅提升，各种费用明显增加，应收款越来越多，利润越来越薄，公司的资金有时也是捉襟见肘。这回要是能跟那家公司一同来开发这块地，那不仅业绩上来了，在同业中的地位也高了。

在是回村上还是去见那个老板的纠结中，杨立业到了那家公司。他刚要上楼，那个老板下楼来了，说某局长找他，得赶紧过去，会另有人跟他谈。那个老板尽管从外貌到气质都有了很大变化，但杨立业认出来了，他就是当年的宁大贵。

谈了一下午，吃过饭，到家已是十点多了，杨立业越想越觉得自己应该回去，也必须回去，后悔下午没让叶卉去谈好了。

见杨立业一副心神不宁的样子，叶卉说知道他在想什么，只是现在回去也晚了，就请个假，支书会同意的。杨立业默了默神，说不行，怎么都得回去。

见杨立业是铁了心要回去，叶卉便要他安心回去开会，明天她去竞拍现场，但他散了会就回，别在村上多耽搁。

枫树村在盆中村南边，两村交界之处是两山夹着的流金河峡谷，只有一条在东边崖壁上开凿出来的又狭窄又低矮的小路将两村连接起来。

去年秋天枫树村把马路修到了峡谷的最南端。路通车之日，胡明国带着村上一班人过去表示祝贺，也想看看他们是怎么把路修起来的，还特意把胡文化请了回来，没想到他们还没下小路就给枫树村的人挡住了，说不稀罕他们过来，往后这路盆中村的人也别想走，但胡文化例外。胡文化却鼻子一哼，说这路他不稀罕，往后枫树村的人就是用轿子来抬，他还不想坐呢。接着又哈哈一笑，说不过哪天他想来了，那谁也拦不住，想怎么走就怎么走。盆中村的人朝他竖起大拇指，枫树村的人骂他不识抬举。

在过往的风雨岁月里，盆中村和枫树村就因为通行或用水的事不知发生过多少纠纷，甚至械斗，最近的一次械斗就发生在三十年前的夏天。

枫树村和盆中村既是两个村镇的接壤之处，也是两个县市的交界之地。盆中村的人出村大多是翻越垭口，往镇上去。

爆竹停了，硝烟散了，胡明国还站在那里，望着路发呆。站在他旁边的胡文化跳下小路，吹着笛子走到枫树村村主任田大志跟前，用笛子一指前边那个拐上山嘴的地方，说那儿风水不对，会造祸的。他话音还没落，一辆小面包车冲进了田里。有人追着胡文化打，骂他是乌鸦嘴。他往小路上跑，边跑边说那里坏了风水，不重修一下，还会造祸的。胡明国拉他一把，一块沿着小路往村上去了。

那辆小面包车给抬到了路边。田大志背着手，在路上左右前后看了又看。有人说这条路才通车就出了事，只怕真是风水不对。田大志瞪了那人一眼，目光落在路边那栋破旧的房子上，心想当初没下决心将那房子拆了，或是将路改一下道，让坡没那么陡、弯没那么急就好了。

“你刚才怎么又扯到风水上去了？”胡明国边走边问胡文化。

“支书，你这就没我懂了吧。我跟你说，万物皆是风水，皆有风水可言。”胡文化嘿嘿一笑，“其实我那是借风水之名，有意说给旁边那几个人听的，也是说给田大志听的。那田大志看上去是个明白人，应该听得懂。那段路要是不改，肯定还会出事。”

胡明国停下脚步，望了望就在眼前的盆中村，又望了望后边模糊了的枫树村，看着脚下的石板，说：“这条小路，要是哪天拓宽成一条能通车的大路，那就好了。”

胡文化看着胡明国，笑着说：“支书，现在是大白天呢。”

胡明国摇头一笑，边加快了往村上去的步伐，边望着垭口那边，心想要是翻过垭口到镇上的路修通了那多好啊！

就在杨立业消失在前往村上的夜色里时，躺在屋前地坪凉椅上的黄国庆站了起来，在院子里一圈又一圈地转着。

“你老在那转什么？”坐在竹椅上的付秀珍在脚上猛地扇了几下蒲扇以驱赶蚊子，“人都给你转晕了，烦人。”

“你知道什么！”黄国庆瞪付秀珍一眼，“烦人你就睡觉去，没谁拖着你。”

“睡觉就睡觉，懒得看着你心烦。”付秀珍一手拎着竹椅，一手摇着蒲扇，边说边往屋里走，“你心里纠结什么，你不说我也清楚。人家支书说得没错，你要是那个一点，你这主任就当得更好了。”

“你……”黄国庆朝走到门口的付秀珍一甩手，一屁股坐在凉椅上，接着又躺了下去，双手枕着头，出神地望着天上的星星。星星闪着光亮，闪得他闭上了眼睛。可眼睛一闭，那入耳的虫鸟的鸣唱又变成了吵闹。他双手捂住耳朵，可才捂住耳朵，眼前又出现了早上在茶园里的画面……

一垄又一垄的茶叶随着石板路往上走，一直攀升到半山腰。朝阳下，碧绿的茶叶闪跳着光芒，散发着茶叶特有的芳香。

黄国庆接过付秀珍递过来的竹篓，抓了一把茶叶看了看，闻了闻，将竹篓里的茶叶倒进放在路边的一个大竹筐里。付秀珍一转身看到胡明国从下面走了上来，便碰了碰黄国庆的手。黄国庆忙跨出茶垄，上了石板路。

“国庆，这么早啊！”胡明国走过来，“又摘茶？”

“嗯，摘茶。”黄国庆说着迎上去，“你也早啊，都走这么远了。”

“特意早点，想先去找镇长再说说那修桥的事，下午参加镇里的会。”

“支书，那桥是该修一下了。自从春上给水冲垮之后，河东的去河西，河西的来河东，都得下水，要不就得绕路走，现在还好，立秋之后，河水一凉，下水就不好了。”付秀珍边说边摘着茶，“那桥你还真得想个法子快点修上才好。”

“法子一直在想，只是还没想出个好法子来。我跟镇里都不知汇报过多少次了，上个月还硬是把镇长拖到了河边。镇长说这桥是该修，镇里只要能挤得出钱来一定优先给，就下个月。这个月马上就要过去了，昨天我又打电话问镇长，可镇长说不是他不想给，而是确实挤不出钱来，得再等一等。我有什么法子？我又印不出钱来。”胡明国叹息一声，看着黄国庆，“那天在河边，你也在现场吧？”

“在，我在。”黄国庆点点头，“支书说得没错，是这样。”

“就不能想想别的法子？”付秀珍直起身子看着胡明国。

“我也想过要立业再出点钱。”胡明国摇摇头，“可又不好意思再开口，总不能老找他要钱吧，听说他的公司这两年也不是太景气。”

“我看，跟他说说也不是不可以。”黄国庆瞟一眼胡明国，“说不说是村上的事，出不出那是他的事，你要不说，他也不会主动给的。”

“人家已经为村上出过不少的钱了，我是不好意思再开口。”胡明国看着黄国庆，“要不你跟他说一说？”

“我……还是你跟他说好。你是支书，你说话他应该会听。”黄国庆讪讪一笑，看着胡明国，“噢，那你什么时候回来？”

“也不去哪，”胡明国往上挪了一个石级，“散了会就回。”

“那要是太晚，你就在镇上歇了，明天赶早回来。路上你也不用太赶，组织生活会推迟一点开没事。”黄国庆往一边挪了挪，仰视着胡明国，“深更半夜的，又是山路，一个人走不安全。”

“你说在镇上歇了？”胡明国摇摇头，“要我自己掏钱吧，舍不得，也没那个钱，要村上掏钱吧，更舍不得，更没那个钱。”

“那……那你就去胡文化那住一晚，既看了他，也省了钱。”

“不去。”胡明国瞥一眼黄国庆，“人家也忙不赢，没空来管你。”

“那……”黄国庆搓了搓手，“那就辛苦你了。”

“这路又不是夜里没走过。二十年前，还一夜去镇上走了两个来回呢。只是如今年岁大了，腿脚没那么利索了。”胡明国看看竹筐里的茶叶，又抓了一把拧了拧，“这茶不错，长相好，手感也好。”

“不瞒支书说，我这茶是下了本钱，也下了功夫的。”黄国庆看着下边的茶垄，“得赶在这几天摘了，要不品质就差了。”

“忙不过来吧？”胡明国看着黄国庆，“那你就请几个人帮忙摘呗。”

“还好，反正也就这几垄茶。”黄国庆跨进茶垄又退了回来。

“你看这片茶山，大多荒废了，杂草长得比茶还高，就你家这几垄像个样子。”胡明国指了指石板路左右的茶垄，望了望山下升起的炊烟，“要是这一片茶山都能像你家的一样讨人喜爱，村上的人家都能像你家一样忙起来就好了。”

“我……”黄国庆脸红了一下。

胡明国走两步又停下，转身看着黄国庆，说：“国庆啊，有几句掏心的话，今天在这我就敞开跟你说了。作为一个村干部，不仅自己要干，更要带领大家一起干，不仅自己要挣钱，更要带领大家都挣钱；得把时间和功夫花在怎样多为村上想些事、多为村上做些事上，可不能只想着自己家的那几块地、那几丘田，不能只想着自家怎么多挣钱，自家的事怎么办；眼界、格局、胸怀、气度都大一点，眼里不能只有盆中村，心里不能只有自己家。你说是不是？”

“那是，那是。”黄国庆头上的汗直往外冒，背上的汗直往下淌。

“这话我是说给你听的，也是说给我自己听的。”胡明国拍了拍黄国庆的肩膀，边往上走边说，“好了，我去镇上了。”

黄国庆的目光跟着胡明国一步一步往上走，直到胡明国消失在山脊那边，才抹了一把脸上的汗，一甩，再一看胸前，衣襟全湿了。

“看你这样子，仿佛刚从河里爬上来似的，一身透湿。”付秀珍边说边将茶叶往竹筐里倒，“你是给支书的话戳到心尖上，心虚了吧？”

“你这说的什么话？我又不偷不抢，也没占谁的便宜，我心虚什么？”黄国庆虽然嘴上这么说，心里还真是有点虚，就怕明天的组织生活会上胡明国再说起这番话，到时候李长花又跟着一说，自己就尴尬了。

“你看我们黄大主任家，不说别的，就这茶叶都长得与众不同，跟朵花似的。我家倒是不要你管，但你还得教教别人，不能只闷声不响地自己发财哦！”这是前天早上，也是在这里，李长花阴阳怪气地跟黄国庆说的话。

一年多前，李长花家跟邻里因地基起了冲突，胡明国有意让黄国庆去处理。大家都觉得黄国庆处理得还算公道，尽管有点偏向李长花家，但李长花觉得黄国庆没给她面子，让她吃了亏，大骂他忘恩负义，不识抬举，不知好歹。正月里，见黄国庆和付秀珍登门拜年，李长花将大门关上，只留了小门。黄国庆掉头就走，付秀珍忙拉住他，说来都来了，走小门也一样，毕竟她是长辈。可李长花还是不肯原谅他，这一年多来对他总是耿耿于怀。

付秀珍看一眼升高了的太阳，再看看快盛满茶叶的竹筐，问黄国庆是再摘一会儿还是回去炒茶。黄国庆说算了，没心思摘了，回去吧。付秀珍将手探进竹筐里，说是该快点回去了，要不炒出来的茶就会降一个级。

“哎呀，主任又在摘茶啊？”

黄国庆刚背了竹筐要走，转身一看，见黄国新已跨进了茶垄。

“主任，你这可不是在摘茶，而是在捡钱呢。”黄国新边嘿嘿笑着边摘着茶，“我也来捡几个钱，行吗？”

“你……你快上来。”黄国庆跑过去，一把拖开黄国新，“看你这一身疮的，别污坏了这好茶。”

“咦，你这说的什么话？”黄国庆将手上的茶叶往空中一抛，再往茶树上吐一口唾沫，双手往腰间一叉，盯着黄国庆，“我真污坏你的茶了？”

“哎，国新兄弟，国庆说的不是这个意思，是看你身体不太好，怕你累着。”付秀珍走过来，给黄国庆递了个眼色，看着黄国新，“你要真是想来摘茶，那我们欢迎，而且给你开工资，行不？”

“嗯，秀珍这话就像话了，我爱听。只是我不是来摘茶的，真要是来摘茶，只怕你们付不起工资哦！”黄国新嘻嘻一笑，“也不瞒你们说，我刚才去找人打牌，可他们嫌我长疮，口袋又瘪瘪的，赶我走，我也不知怎么就转到这来了。”

“你这长疮跟你不讲卫生有关。”付秀珍边说边背了竹篓往山下走，“过两天我跟易美秀说一下，要她给你找些草药煎水洗澡，你自己勤快点。”

“不用呢，懒得搞。”黄国新说着看看山下，又望望垭口那边，往上走去。

到了河边，付秀珍裤腿一挽下了水。刚到河心，黄国庆脚下一滑，差点连人带筐一起倒了下去，好在付秀珍搀扶住了他，但竹筐的底部已浸了水。

“唉，这桥实在是该修了。”上了岸，付秀珍看着河面，“也不一定非要修成个什么样子，能过人，能拖板车什么的就行了。”

黄国新将竹筐换了一个肩，没吭声。

“那应该不用多少钱。”付秀珍看着黄国庆，“要不我们家带头出点钱，也许我们家一带头，这家出一点，那家出一点，再到镇上去要一点，钱就有了。”

“你……你脑子进水了吧！”黄国庆瞪了一眼付秀珍，左右看看，“你傻啊！

你也不想一想，你一带头，那人家出不出呢？你这不是让人家为难，让人家明里暗里骂你多事？还有，你一带头，人家想的肯定是你家钱多了，没地方放了，可你钱多吗？再说了，你一带头，有的人就会想你家肯定是贪污了村上的钱，占了村上的便宜，可我贪污了吗？占了村上的便宜吗？说不定有的人还会想，他家怎么突然带头出钱了？是不是做了什么亏心事？你做了吗？我是没有。”

“好了好了，你不出就不出，也别找借口了。看来刚才支书说的话你是没听进去，算是对牛弹琴了。”付秀珍横一眼黄国庆，大步往前走了。

黄国庆愣了愣，又出了一身大汗。

进门刚放下竹筐，放在五屉柜上的电话机响了。是黄国庆一个表哥打来的，问他去不去，想好了没有。他说再想一想，晚上回话过去。昨天吃晚饭的时候，在东莞打工的表哥给他打电话，说厂里正好空了一个职位，可以给他，今天上午得回一个准信。昨晚他左想右想也没想清楚是去还是不去，上山摘茶的路上还想着这事，直到见了胡明国这事才闪到一边了，现在表哥一问，他又纠结起来。去吧，这村主任无疑不再是他的了，不去吧，那边的收入又确实让人心动。

见黄国庆好一会儿了还站在柜子跟前发呆，付秀珍走过去拉了他一下，说快去烧火炒茶，别想着这也要，那也要，去就痛痛快快地去，不去就安安心心在家当好主任。

炒制完茶叶已快中午，黄国庆看看太阳，想去问问李长花的意见，但刚走出院子没多远又返回来，扛着锄头进了屋后的板栗林子。

听到有人来了，正出神地望着枝叶间那绿里透黄的栗果的黄国庆扭头一看，见是刘初菊从山上下来，吃力地背着一个大竹篓，竹篓里满是红薯藤和南瓜藤，便走过去说帮她背下山。她加快了步伐，说不用，自己背得动。

望着刘初菊的背影，黄国庆心想她都年过四十了，说话却还是那么甜，听得让人舒服，身材还是那么好，看得让人心跳。

黄国庆看看板栗林，望了望对面山上的茶垄，再一回味刘初菊那甜甜的声音，心想就在村上，不去外边了，可才出板栗林，又纠结起是去还是不去了。

屋里传来的急促的电话铃声打断了黄国庆的思绪，他连忙跑进屋，抓起听筒，说能不能再等一天。从卧室出来的付秀珍一把抢过听筒，说谢谢表哥的好意，黄国庆不去那边了。黄国庆一跺脚，说他都还没说完呢。付秀珍听筒一撂，说还说什么，睡觉。说着将开关一拉，再将门一关，月光给挡在了门外。

田塅满是翠绿，把河水都染绿了。禾苗已完成分蘖，正在孕育稻穗。清风吹过，绿浪一波一波地荡开了去，伴着一声又一声的蛤蟆或是鸟儿的鸣叫。

杨立业小跑到河边，披着晨曦蹲下，捧着水洗了一把脸，刚要脱了鞋袜下河，隐约听到了像是呻吟又像是打鼾的声音，又闻到了刺鼻的酒后呕吐的味道。

黄国新四脚八叉地躺在河堤下，额头上青了一小块，肚子袒露着，右手握着一个快空了的矿泉水瓶，左脚光着，大脚趾上的血迹已成了黑褐色。杨立业拍了拍他的手，见他没反应，便扯了一根狗尾巴草，在他鼻孔前轻轻地撩着。他眼皮动了动，猛地打了一个喷嚏，一翻身坐了起来。杨立业丢了狗尾巴草，问他怎么大清早地躺在这里。

"是……是这样。"黄国新揉了揉眼睛，"昨天好无聊，去找人打牌，没人理，后来又挨了黄国庆的白眼，心里烦，就想去街上走走。到了街上，开始想去听胡半仙吹笛子、拉二胡，没想到他又门上一把锁。一下没地方去了，我就在街上游荡。晌午了，看着人家吃饭，我肚子里'咕噜咕噜'地直闹着。没办法，我只好将裤带勒紧了再勒紧，可越勒越心慌。在一家牌馆门前，我来回走了好一阵，心想要是输了没钱数，那就让人揍一顿算了，要是赢了，就去吃喝一顿饱的，便装着有钱的样子，壮着胆子大摇大摆地进了门，没想到手气还出奇地好，几把下来就把他们打怕了，有人将牌一丢就走，说不打了，我也就趁机开溜，没再贪了。"

"后来呢?"

"后来我下了馆子，点了一钵爱吃的米粉肉，还有一盘韭菜鸡蛋饼，吃了两碗饭，喝了半斤烧酒，来了个酒足饭饱，饭都齐到这儿来了。"黄国新指了指喉咙，又指了一下地上的矿泉水瓶，"走时又要了一斤烧酒，要老板用这瓶子给我装着，想带回来慢慢喝，不知怎么地在路上就喝得差不多了。"

"你呀！看你喝成这样，也不知道你是怎么回来的。"杨立业指了指黄国新，"要是掉在哪个坎下，看你怎么得了。"

"那倒没什么，无非是摔断了脚手，死不了的。所幸的是没过河，要是下了水，那说不定一个踉跄，准早给水冲到龙王老子那里去了。"黄国新看一眼河水，指着河堤，"应该是刚上河堤，不知是绊着什么一下摔倒了，滚了下来，也就躺在这里了。"

"你看，多危险啊，真要是掉到坎下或是倒在河里，那就不是这个样子了。"杨立业指一下河，看着黄国新，"往后可不能再这么去打牌，这么去喝酒了。"

"那得看，有牌打，有酒喝，都是好事。"黄国新嘻嘻一笑，"就怕再没那么好的手气了。这么多年了，也就这一次。上回碰到胡半仙，他说我财运一时不会有。看来他也算不准，是个卵弹琴，信不得。”

杨立业一笑，说：“他也是随口说的，又不是真的神仙，怎么能说得准呢，就是神仙也有说错的时候，何况没谁见过真的神仙。”

“那他也有算得准的时候呢。”黄国新眨了眨眼睛，“那年杨书才家的一只老黑鸭丢了，找了两天两夜也没找到，正好胡半仙回来了，杨书才请他打个时。他问了问，四下看了看，再掐指一算，说到哪个方向去找。还真灵了，果然在那。”

“这并不是他会算，是他会问会看会想，会把这些综合起来进行分析判断。”

“那你别说，他说我今年会沾桃花运，这还真给他算准了。”

“桃花运？”

“是这样。”黄国新脸一红，“昨天我本来想去做一个那个。”

“那个？什么那个？”

“就是按摩。”黄国新一声叹息，“可惜少了钱，没做成，只能下次了。”

“下次？”杨立业指着黄国新，“你看你这一身是疤，衣服也油渍斑斑的，镜子一样，谁会让你进去？”

“那你想错了。”黄国新头一歪，“门口那姑娘一见我就眉开眼笑的，边将我往里头引边问我做什么价钱的，我一听最低价都要那么多，就赶紧撒谎说还有急事要去办，下回再来，还有意碰了一下那姑娘的手，碰得我一身都有点麻了。那姑娘个子高，模样好看，一朵花在摇似的，还朝我笑，要我记得再去。你说我这没花一分钱碰了姑娘的手，不是沾了桃花运又是什么？”

杨立业笑而不言。

“哎，你可别笑。”黄国新挪了一下屁股，“不瞒你说，当时一出门我就有点后悔了，后悔不该出来，管他呢，先做了再说，没钱无非是挨顿打得了。”

“你倒是想得美呢。你要真做了没钱给，那你就出不来了。”

“出不来更好，天天有现成的吃，还有美女看。”黄国新咽了咽口水。

“还看美女呢，只怕你哭都哭不出来，只有想死的心了。”

“做了那个，又看了美女，死也值了。”黄国新嘿嘿笑着。

“好，那你去，现在就去！”杨立业指着垭口。

“我……”黄国新看着杨立业愣了愣，双手一捂脸，哭了起来。

“怎么一下又哭了？”杨立业碰了碰黄国新，“你哭什么呀？”

“哭自己怎么不早点死了。”黄国新擤了一把鼻涕，看着杨立业，“你看我一身的疮，又这么穷，村上也没谁瞧得起，活一天算一天的，还不如一条狗，活着也没什么意思。不瞒你说，有几回我都捧着农药瓶子了，也不知怎么又放下了。”

“放下了好，往后也别再捧了。活着好，只要活着，就什么都可能会有。”

“可我有病。”

“你是有病，但你最大的病是懒。这懒病治好了，其他的病也跟着好了。你往后少打牌，少喝酒，勤快打扫卫生、换洗衣服，多洗澡，加上按时吃药，你这疮就会好得快。”

“可不打牌、不喝酒，那干什么？”

“干什么？”杨立业皱了一下眉头，“一时让你跟我去工地上抬石头什么的，那你是吃不消，让你牵了牛去犁田，那你不会，但你把家里弄干净点，在地里种点红薯、洋芋什么的，再养一头猪养几只鸡鸭，这总可以吧？”

“这……”

“你只要勤快起来，不再那么懒，多做些力所能及的事，你的生活就会得到改善，村上的人就会改变对你的看法。”杨立业望一眼东边的朝霞，将一个纸袋递给黄国新，“好了，我还得赶去村上开会，今天就不跟你多说了。这里边是两件衣服和一双运动鞋，还有两瓶药。”

黄国新拿出衣服和鞋子看了看，比了比，说等过生日再穿。杨立业看着黄国新的脚趾，说背他过河，别让脚趾沾水。黄国新看看自己，摇摇头，说别弄脏了杨立业的衣服，他自己过河好了。说着又捡起矿泉水瓶，张口就喝。杨立业一把抢过瓶子，将酒倒了，再腰一弯，朝他招了招手。

上了岸，脚一落地，黄国新就泪汪汪地看着杨立业，说村上就杨立业待他最好，他心里清楚，都记着。杨立业拍拍他的肩膀，说记不记着没关系，只要他好起来就行。

蹲在田埂上的杨书成一起身看到了一阵风似的往前去了的杨立业，忙咳了两下，又追了几步，见他没应答，也没停下，便又蹲了下去，扒开禾叶仔细看了起来。这些天，他每天一大早就下田，看水是深了还是浅了，看是不是要再杀一下虫，看是不是还有没拔干净的稗草，顺带也割些草给屋前塘里的鱼吃。

在竹椅脚上敲了敲烟锅，望一眼升起的太阳，胡明国起身跨进了门槛。这是一栋两层的木房子，下一层一大半是碾子铺，一小半是废弃了的发电房，角落里堆放着老榨油机和揉茶机，上一层一小半用来加工面条，一大半是村部的办公室和会议室。上楼得穿过碾子铺，从一侧靠墙的木楼梯上去。

见杨世海正在满头大汗地操作着碾米机，满脸通红的黄爱国双手用力拽着皮带，胡明国忙上去帮着拽了一把，水轮机随之有气无力地转了起来。

“支书，你看它这一副要死不活的样子，真是让人急出尿来，还没碾一箩谷就卡死两回了，还不知要死多少回。”黄爱国指一下前边的水轮机，又指一下箩筐，“就这一担谷，我在家里用碓来舂也早舂完了，这……”

见皮带又不动了，杨世海忙跑过去，将水闸上的杠子一退，水闸跌了下去。

“就这样子，今天这碾米钱我是不数了啊！”黄爱国拍了一把碾米机。

“你拍机子干吗？”杨世海跑过来，“不数钱？你凭什么？”

“钱就没得数。”黄爱国一哼，“你误了我的工，没问你要工钱就算不错了。”

“那……”杨世海指一下黄爱国，看着胡明国，“要是他不数碾米钱，我就不交村上的租金。”

“不交租金？”胡明国盯着杨世海，“为什么？”

“为什么？我请你去看看。”杨世海牵着胡明国走到水闸跟前，指着前边那一湾水域，“你没看到？原来那一片都有一个人深的水，可现在呢，全给淤泥霸占了，蓄不了水，碾一担谷都要放下好几次水闸，把机子都搞坏了，我还没说要村上赔机子呢。”

“支书，杨世海说的是个事实，明摆在这里。”黄爱国偷偷朝杨世海一挤眼，“他不交钱给村上，那也说得过去，不能怪他。”

胡明国默然无语，悄悄上楼去了。

米碾完了，黄爱国掏出钱，说他刚才只是说着玩的，该数的钱还得数。杨世海指了指楼上，说今天的钱他就别数了，感谢他刚才无意中演了一出好双簧。黄爱国皱了一下眉头，恍然大悟，指了指杨世海，心想他也太有心机了。

黄爱国小学毕业后就辍学了，十二岁时他母亲一病不起，十五岁那年他跟人学石匠。一过春节他就满二十岁了，小年前两天终于有媒婆登门，约好小年那天领妹子来看地方，要是看好了，就留在他家过年。可就在小年前一天，他父亲黄显贵的风湿病又发作了。妹子听说没有了婆婆管，伢子又长得标致，就满怀期待地来了，可一见他家那歪歪斜斜的房子，再一听他父亲的呻吟，屁股没挨凳就走了。之后黄显贵时好时坏，虽然大多时候能下床走动，但不能再下地干重活了，还药不能间断。这样黄爱国就不能外出干活了，只能在村上给这家砌个墙，给那家打个地基什么的，挣几个零钱，也就再没有媒婆登门了。近年来黄显贵的病情加重，整天躺在床上，只偶尔下床扶着墙走动一下。这样黄爱国就只能早出晚归，晚上实在回不来就托邻居照看一下黄显贵。

见杨立业匆匆上楼来了，胡明国说他是第二个到的，还提前到了八分钟。他问胡明国在看什么，看得那么入神。胡明国指了指淤塞了的水坝，说多年前清过一次淤泥，后来年轻力壮的大多到外边打工去了，想清都没人，就是有人愿意来，也得给工钱，可村上穷，拿不出钱，何况淤积的泥沙多，根本不是几个人一天两天清得完的。他叹息一声，说如果这淤泥不清除，这碾子铺只怕是开不下去了。他停顿了一下，又把刚才杨世海跟黄爱国的争吵说了。杨立业说这碾子铺怎么都还得开，总不能真让大家回家用碓来舂米。

“二十世纪七十年代，公社在大队搞小水电试点，为了节省时间和资金，就选在这里，在原有地基上建了这房子，又利用原有水渠，只是加宽了，改直了，还将两丘田挖低，扩大了蓄水的面积。这样，村上在七十年代后期就用上了电，邻村好多人还跑来看稀奇，好羡慕的。可惜没几年，那电就没发了，发电机也好，电线杆也好，都成了废物。后来利用那个发电的水轮机，村上买了碾米机、磨粉机什么的，碾子铺又热闹了起来。再后来，田分到了户，碾子铺也就承包给了杨世海家。”胡明国在椅子脚上磕了磕烟锅，眼里闪着光亮，“那时不管是修电站也好，修碾子铺也好，大多是做的义务工，只要一声喊，号子一吹，大家就来了，而且是抢着干，生怕落后。那水轮机、发电机，还有碾米机、磨粉机什么的都是大家不分白天黑夜，不管天晴下雨，一样一样从镇上抬回来的。”他摇摇头，叹息一声，“要是现在大家还有那个觉悟、那个干劲，那就好了。”

“是啊，时代变了，许多东西也成了美好的回忆。”杨立业点了点头。

“那一天，黄国新他爹跟大伙一块抬回来了水轮机，队长要他回家休息，他不肯，说要接着干，结果一不小心掉到安装水轮机的井下去了，还在送去镇医院的路上人就没了。黄国新他娘本来脑子就不太好，这一刺激，离家出走了，不知去了哪，一直没找着。一想到这，就觉得村上对不起黄国新，对不起黄国新他爹。”胡明国擦了擦湿润的眼睛，“不过，这黄国新也是太不争气，老破罐子破摔，一堆扶不起墙的烂泥似的。那年村上安排他看碾子铺，当天晚上铺子里就丢了东西，有人怀疑是他监守自盗，说要报案，还是我压下了。有一回，我家里的看他造孽，捉了一只下蛋的鸡给他，要他好生养着，也挣个油盐钱，他倒好，没养几天就杀了吃了，气得我家里的差点吐血，说再也不管他了。”

“他是不争气。”杨立业起身走了走，“只是他变成现在这样子，也不是一天两天的事。正因为这样，要他变过来，那急不得，但我相信他会变的，会……”

“谁会变的啊?”

杨立业扭头一看，是李长花上楼来了。

“没说谁呢。”杨立业边说边迎上去，“哎呀，你看李主任这穿得花枝招展的，可漂亮了，一个大美女呢。”

“看你说的，都一个老阿嫂了，还大美女呢。”李长花指了指杨立业，“你这发了财的老板就是不一样，会说话。”

“长花，这可不是立业夸你，还真是好看。”胡明国朝李长花点着头。

“好看吗?”李长花双手一抬，同时转了一圈，看着落下的裙摆，“女儿给我买的，开始我还不敢穿，怕人笑话，前几天去街上一看，比我年纪大的人都穿得比我还花呢，我也就穿上来了，没丢脸吧?”

“没有。”胡明国摆摆手，“你现在是好了，儿女都在外边挣钱，享福了。”

“快别说了，他们也没挣几个钱，还都是卖的苦力。他们要是能像陈小军那样，多读点书，考个大学，当个官，有权有势，或是像立业这样，当个老板，自己开个公司，要人有人，要钱有钱，那就好了。”李长花看着杨立业。

“李主任，不瞒你说，我这个小老板也当得苦呢，常常不是为了钱愁死了，就是为了人急死了。”杨立业做出一副苦笑的样子。

“你看你。”李长花指了指杨立业，“我又不会问你借钱，你哭什么穷啊!”

“长花，立业也不是哭穷。说起来，卖苦力有卖苦力的烦恼，当老板有当老板的苦处，条条蛇都咬人的。”胡明国看一眼李长花，看着地上，“就像你当这妇女主任，我当这支书一样，都各有各的难处。”

李长花点点头，朝杨立业一笑，转了一圈又一圈，摆了一个姿势又一个姿势。胡明国和杨立业边叫好边鼓掌。黄国庆满脸是汗地上楼来了，一见李长花在学着贵妃醉酒的样子心里就有点作呕，但还是跟着边鼓掌边朝杨立业点了点头。

吊扇突然转慢了，不转了。

李长花指着上来的黄国庆说：“你看你一来，电扇都不转了，真是的。”

胡明国朝黄国庆招了招手，说：“这是停电了，可不能怪国庆。”

“就是嘛，这也怪我，我头上又没长疮。”黄国庆在胡明国旁边坐下，“这电三天两天就停，有时一天还停好几次，又电力不足，灯跟萤火虫似的。”

“也别急，上次在镇里开会，镇长说有个什么农网改造，有的地方已经开始了。”胡明国看着吊扇，“到时候灯就亮堂了，这吊扇就转得呼呼响了。”

“还呼呼响了?”李长花一拍腿，哈哈大笑，笑过了，一抹眼角的泪水，“只怕是要猴年马月吧?”

胡明国没说话，只是笑了笑。

会议开始后，胡明国先表扬了杨立业，说他虽然在外地，又有非常重要的事情要去办，但还是连夜赶了回来，没有迟到，值得大家学习，然后带头检讨了支部存在的问题，重点剖析了自身存在的不足，还对支委成员展开了批评，指出今后要改正和加强的地方。

之后支委成员和党员逐个发言，或三言两语、支支吾吾，或长篇大论、滔滔不绝，或轻描淡写、谈笑自若，或尖锐激烈、面红耳赤。有的说村支委不作为，人家南边的枫树村也好，东边的石窝村也好，都变了样了，就盆中村还是老样子，甚至还不如从前了；有的说村上路不通，有点什么也卖不出去，橘子吃不过来，摘了去卖又不划算，只能任其烂在树上，河道不畅，一下大雨就成灾，一遇天旱又没水，收成好不好全看天老爷；有的说那给大水冲走了的桥也不修，冲垮了的堤也不砌，等到有人给水冲走了，田地又给水淹了，就晚了；有人说村上留不住人，男人往外跑，女人也往外跑，村上的光棍是有增无减，有的本来不是光棍的，可婆娘去外边打工，打着打着就不回来了，成了别人的婆娘，在村上的男人就成了光棍……

黄国庆两次抬手想要打断发言，见胡明国端坐在那认真听着，眼里显露出的是鼓励和赞许，便悄悄将手放下，挺直了腰，眼睛看着桌面，默默地听着。

杨立业说他虽然连夜赶来参会了，但他本来是可以不要那么赶的，到了车上还下了车，后来又犹豫过，权衡过，说明他的思想觉悟还不是那么高，党性修养还不是那么强，还有对村上的关心和回报也还不够。

有人就说既然知道回报村上还不够，就再多出几回钱，村上要用钱的地方多着呢。有人说他给村上已经出了不少的钱，凭什么老要他出钱，他的钱也不是哪里捡来的，更不是偷来的抢来的。

说着就有人争吵起来，对骂起来了。

“你们想打架是不?”胡明国用烟筒敲了一下桌子，“我告诉你们，我也想村上跟枫树村和石窝村一样，不再这么穷，不再这么落后，可要改变不是一天两天的事，也不是靠哪一个人给点钱就行的，还得靠自己，靠大家，特别是要靠在座的各位。”他看着杨立业，示意他再说几句。

“那时我去挖煤也好，后来学砌匠也好，再后来开公司也好，起先都是看着村上穷，日子不好过，想改变自己，改变自家，后来慢慢才明白，人不能只想着自己，不能只想着自家，还得想着他人，想着社会，也就力所能及地为村上建设出了点力。钱不多，说起来惭愧。”杨立业欠了欠身子，见胡明国示意他接着说，黄国庆若有所思地坐在那里，而李长花则用欣赏的目光看着他，便挪了挪椅子，“我还想说的是，那年我在矿上挖煤时，有人跟我说过一句话，‘改变从奋斗中来，幸福从创造中来’。当时我也不是太理解这句话的含意，但记住了，后来慢慢地明白了，那就是要想改变，就得奋斗，就得创造，就得不管怎么吃苦，不管碰到什么困难，都不要怕，要有信心，要相信总会有改变的路子和办法，要靠自己，自己才是改变自己最给力、最有效的人。”

“好，立业说得好，对我们在座的都应该有所启发。”胡明国边说边鼓掌，“要改变我们盆中村，就得靠我们自己。”

散会了，黄国庆终于松了一口气，头上不再冒汗，半捏着的拳头也松开了。他担心会上胡明国说起昨天早上在茶园里跟他说的话，更害怕李长花朝他开炮，变成开他的批判会。李长花在开展批评时是想炮轰他的，但话到嘴边时，还是想到了他毕竟是自己的侄子，更重要的是如果一旦把他轰下来，那黄姓在村上就倒旗了，不能与杨姓抗衡了，何况也看得出来，胡明国对他并不那么满意，应该说他一开始就不是胡明国心中理想的人选，是她将他扶上去的，如果她一炮轰，胡明国再一借力，那他这主任说不定就到头了。过后一想，幸好及时刹了车，把话硬是咽了回去，否则就坏了大事，但她又不甘心那么轻松地放过黄国庆，就不时地旁敲侧击一下他，让他心有余悸，知道她不是那么好惹的。

散会后，支委成员一商讨，在桥修不修的问题上很快达成共识，桥必须修，而且越快越好，但在修什么桥上就有了两种意见，一种是修坚固的石拱桥，一种是修简易的木板桥。可不管是修什么桥，都要钱，可钱从哪里来呢？有人说按人头或按户平摊，这公平合理；有人说那肯定行不通，有的桥上过得多，有的桥上过得少，有的离桥近，有的离桥远；有人说那就过桥收费。李长花哈哈大笑，说桥都没个影子，还收费呢，是在白日做梦吧。

“我看是这样。”胡明国吐了一口浓烟，咳了咳，“我想啊，根据目前村上的情况，这桥就暂时不修石拱桥了，只修木板桥，也不找谁去要钱了。”

“那木料总要吧，买木料的钱从哪里来？”有人问。

“木料就不买了，我们自己来解决。”胡明国停了一下，“我家楼上放着两棵杉树，是去年砍的，也干透了，就拿去修桥吧。”

“支书，不行。那是你修千年屋用的，不能拿。”有人说。

“没事，我三五年死不了。”胡明国笑了笑，“树山上还有，会长大的。”

有人问：“那……那木料是不是多少算点钱?”

胡明国说：“不算，是无偿送给村上。”

有人说：“老鹰冲里边公家山上还有点树，要不就把那些树砍了吧?”

胡明国摆摆手，说：“不行！那些树还小，不能砍。”

见黄国庆要说话，李长花忙抢先开了口，说那些树是不能砍了，再砍山上就秃了，又说既然支书带了头，把做千年屋的木料都贡献出来了，那她没什么说的，理当积极响应，回家就去楼上找，看有没有修桥用得上的。黄国庆说那好，为了修桥，他就忍痛将老屋后边那棵梓树砍了。李长花在心里好笑，前天还听付秀珍说是要砍了那梓树来做家具的，他倒说成是为了修桥，那棵树是不小，到时候看他拿多少出来。

见个别的人低头不语，胡明国有意咳了咳，又用烟筒敲了敲桌子。

看着胡明国，杨立业心里不知是个什么滋味，就想这支书还真不好当呢。

一看杨立业进了门，贺小英就边忙着炒菜边说还以为他不回来吃饭，从那边直接走了，要是真从那走了，那就不欢喜了。

杨立业坐下烧火，说会早散了，是在回来的路上先碰到了易美秀，后来又碰到了刘初菊和黄国新。易美秀说是给黄国新送草药过去，付秀珍早上让人给她捎了口信。刘初菊在塘里捞水葫芦，说是拿来煮了喂猪。看她那样子，还蛮能干的，也不显老。

“有个事，你是不知道的。”贺小英看一眼杨立业，“当年刘初菊她娘来跟我说过，想让刘初菊到我们家里来，又说黄国庆他娘还跟她说过，想让刘初菊去她家，虽然黄国庆也不错，但她没松口。说心里话，刘初菊人长得讨人喜欢又勤快，我当时想着你心不在村上，就说你年纪还小，等两年再说。她说也不急着过门，只是先定个亲。我说这事还早，也得看你们自己的意愿。听我这么一说，她一甩手，阴着脸走了。这事也就只有她跟我知道。”

杨立业摇头一笑，说：“那这我还真不知道。”

“黄国庆倒是真喜欢刘初菊的，”贺小英边说边炒菜，“只是不知为什么，刘初菊却不喜欢黄国庆，而是看上了那个知青胡志清，可她娘又死活不准她跟胡志清往来，说他是城里人，到时候一拍屁股走了，别害了她。后来她娘逼着她嫁给了县城的一个个体户，可这个体户吃喝嫖赌样样都来，没两年就把他爹积攒下来的家底败光了，还把气撒在她身上。她实在受不了，跟他离了婚，一个人回到了村上，正好她娘也病了，需要她来照顾。没几年，她娘就过了，她就再没离开村上，靠养猪过日子。不过，她养猪还真是有一手，不仅猪长得快，还很少发瘟，每到端午、中秋、重阳和小年那天，就会有一头猪出栏。”

“是这样啊。”杨立业摇了摇头，“那她也是可怜。”

“可不是。”贺小英看着杨立业，“你在哪看到黄国新了？”

“刘初菊在塘里捞水葫芦。黄国新蹲在塘堤上，也不知道他在那干什么。”

“干什么？准是麻雀崽想吃天鹅肉呗。他也是太不争气，好吃懒做的，还老三只手。前一阵又来家里撬窗子，正好给我碰上了。他说酒瘾又犯了，想喝我们家的瓶子酒。我也没多说，干脆打开柜子让他看。见柜子里真的没酒，他又说不一定要喝瓶子酒，烧酒也行，反正我们家的烧酒熬得浓，不比瓶子酒差。看他那可怜样，我就给他筛了一大半可乐瓶子烧酒。你爹回来还骂我，说不该给他，给他还不如喂狗。你过年拿回来的酒，正月里来客喝了两瓶，剩下的一对我给了你舅舅，你舅舅可高兴了。”贺小英边说边盛菜，“那黄国新如今在村上简直就成了过街老鼠，没几个人不见了他就躲、就骂。好了，你快去喊你爹回来吃饭。他前头回来等了你一阵的，应该是在菜园后边的四方丘杀虫。”

杨立业沿着田埂走过去，伸手去接喷雾器。杨书成说不用，就这一罐了，喷了就回家。又朝他扬了扬手，要他离远一点，药有毒。他退到田埂当头，坐在那里等着。

地上的蚂蚁红的黑的，来来往往，忙忙碌碌。田垄上边的山林里布谷在声声叫唤。背后菜园里蜜蜂“嗡嗡嗡”闹着，黄瓜、丝瓜、辣椒、茄子、豆角、生姜、韭菜等混合的菜香随风阵阵飘过来，与禾苗和山间草木生长的气息混合在一起，令人心醉。杨立业仰天躺下去，舒展开脚和手，闭上了眼睛。

一只红蜻蜓从下边飞上来，盘旋了两圈，落在他的鼻梁上。蜻蜓的尾巴在他鼻尖上点了点，点得他喷嚏一响，一下坐了起来。他揉了揉鼻子，听着喷嚏还在回响，心想真舒服，已不知有多久没这样的体验了。

杨书成走过来，说虫杀完了，回家吃饭去。杨立业走在后边，说杨书成如今也是年过花甲的人了，又不是没饭吃，田就别种那么多了，更不要去包种别人的田了。杨书成说没事，闲着反而病痛来了，牛不背犁老得更快，他最看不起的就是黄国新那样的人，整天游手好闲的，不像个人样子，又说如今免了农业税，不要交公粮了，种田更有味，更来劲了，看着田地荒在那里，心里怪不舒服的。

进了院子，杨书成不是进屋吃饭，而是牵着杨立业往老屋那边走。进了门，他领着杨立业上了二楼，取下上边的两块仓板，指着里边金黄的稻谷，说等到今年秋收后，这仓就满了，明年就得再建一个仓。杨立业问他存这么多稻谷干什么。

“干什么？积谷防饥啊！这也不算多，就两千来斤。不过，我还是头一次看到自家仓里有这么多谷呢。”杨书成抓了一把谷，看了看，往仓里一抛，“立业，我跟你说啊，每次一看到这仓谷，我心里就格外踏实，格外舒服。”

“那也不用这么多啊，你……”

“你什么，你是没挨过多少饿呢。”杨书成边说边上好仓板，“那时我一到过了年，见仓里的粮快见底了，心里就发慌，想新粮出来之前这几个月怎么过。”

“那也不用存这么多啊。”杨立业下楼，“陈谷的饭没新谷的好吃，不如把上年的卖了，只存当年的。”

“卖了？”杨书成锁上门，看一眼杨立业，说，“你卖给谁？卖到哪里去？村上如今又没哪家少饭吃了，送到镇上去还不如关在仓里划算呢。”

杨立业望了望山垭那边，一时无语，只是跟着杨书成默默地走着。

见杨立业他们进了院子，贺小英连忙上酒上菜。杨立业刚端上小酒碗，一扭头见胡明国进了门。杨书成瞟一眼胡明国，心想他倒是口福好，碰上了。胡明国一眼看出了他的心思，就笑着说他在家吃过了、喝过了，是来找杨立业商量个事的。

黄国庆进门一看桌上，说再炒个菜，得喝点酒。付秀珍问怎么今天想喝酒了。黄国庆扬扬手，说先别问，快把那半只干鸭子炒了。

付秀珍抱来酒坛子，“哗哗”地给黄国庆筛满了酒。黄国庆添了一个碗，抱过酒坛，满满地倒上，看着付秀珍，说她也来一碗。她将系在腰间的围裙一解，往竹椅上一搭，说来就来，谁怕谁啊。黄国庆将空碗一搁，问付秀珍知道他为什么要表哥再等一天不。付秀珍说她怎么知道，又不是他肚子里的蛔虫。黄国庆边筛酒边说他就猜着了，她是不知道的。

“你以为我真不知道？”付秀珍哈哈一笑，“可不是我说自己神机妙算，你那点脉，我就没几回没把准，你那点小心思，我真比你肚子里的蛔虫还清楚。要不这么多年，白跟你睡一张床了。”她朝黄国庆一哼，“我还知道，你今天想喝酒，是你心上的秤砣总算掉地上了，又没砸着谁的脚，你心里轻松了，踏实了。因为在会上，支书没提及昨天跟你说过的话，还有你婶子，也没有向你开火。如果今天的会真开成了你担心的批判会，你下不了台，在村上没脸面了，那你就去你表哥那里，是不是这样？”

黄国庆嘿嘿笑了笑，碗一端，朝付秀珍的碗一碰，“咕咚”几下干了。付秀珍跟着一口干了，指着黄国庆，说这就有点像个村主任了。黄国庆皱着眉头，问她这话什么意思。

“什么意思？”付秀珍看着黄国庆，“我跟你说，当村主任就得豪气一点、大气一点，别小里小气。那天支书跟你说的话，你还真得好好想一想。人家今天在会上没再提及，是给你面子，给你机会。你婶子没向你开火，是她存有私心，不想让你丢了村主任这个宝座，真丢了这个宝座她也心疼。”

“你……你就没想过，我要是不多挣几个钱，跟黄国新一样穷得叮当响的，还有谁会把我当主任，还不是一样遭人嫌弃？我要不多挣几个钱，这房子怎么建得起来，还不是要住在原来那破烂的木房子里？我要不多挣几个钱，一欣又怎么上得起大学，还不是要跟你一样天天喂猪打狗？再说了，我要不先富起来，又怎么带领大家去致富？”

“你这说得似乎在理，可你这是狡辩，是强词夺理！你要清楚，问题是你并没有把心思放在带领大家去致富上，而是只想着自己怎么多挣几个钱。如果你不是村主任，那人家不会说你，也没什么好说的，可你是村主任，那就不一样了。你知道有人是怎么说你的吗？”

“怎么说？”

“说像你这样的村主任还不如没有呢。”

“不如没有？”黄国庆一脚踢翻了旁边的小竹椅，“这说的什么话，我既不贪公家一分钱，也不占哪家的小便宜，还要怎么的？”

“怎么的？你以为不贪不占就好了，大家就满意了？你以为……”

“我以为主任没在家呢。”

付秀珍转身一看，见是黄桂花已到了门口，忙把她迎进来，说一块吃饭。黄桂花连连摆手，说吃过了，在靠墙的竹椅上坐下，把拎着的鸭子放到地上。黄国庆瞟一眼那鸭子，问黄桂花是路过还是有事。黄桂花说是特意来找他帮忙的，但不急，先吃饭。付秀珍看一眼黄国庆，说那不行，还是先办事，后吃饭。黄国庆放下碗，问黄桂花什么事。黄桂花掏出一张纸，说她家那房子，也不知哪天会倒，想翻修一下。家里的本想他自己来，可腿脚不利索，非要她来。黄国庆说他昨天还好好的，怎么一下腿脚就不利索了。付秀珍横一眼黄国庆，说她来也一样，这事本来就不用劳驾老主任的。

黄国庆接过纸，看了又看，双手往后一背，走了走，说这要占田的事，还有点不好办呢。黄桂花站了起来，说上个月有人起房子也占了田，都批了。黄国庆手一摆，说是有两家要起房子，但他只批了一家，只同意占一个田角，而她要占一丘田，他不好批，也不敢批，现在上边管得严了。黄桂花说那她不管，反正得给她批了。黄国庆要黄桂花别为难他。黄桂花说今天就为难他一回，如果不批，她就不走。黄国庆将那纸往她手上一塞，端了酒碗就喝。付秀珍扯了一下黄国庆的衣袖，给他递了个眼神，再跟黄桂花耳语了几句。

见黄桂花还想说什么，付秀珍连哄带劝地弄着黄桂花出了门。黄国庆追过来，将鸭子往黄桂花手上递。她躲着不接，说是特意拿来给他吃的。他说这鸭子吃不得，吃了会烂嘴巴的。付秀珍说别人家的东西都没收过，老主任家的就更不好意思收了。黄桂花看看黄国庆，又看看付秀珍，拎着鸭子走了。

等黄桂花一出院子，黄国庆就数落付秀珍，说她出的是馊主意，到时候镇上又怪他不讲原则，把关不严，把问题和矛盾上交。付秀珍说这事还只能这样，要是不签，就把老主任彻底得罪了。当然，那么签，老主任心里也会不舒服，但他又不好说什么，镇上能不能批下来，那是他自己的事了。黄国庆瞪一眼付秀珍，一屁股坐在凳子上，说随他怎么想怎么说去，反正也没拿谁的什么。

付秀珍端碗吃饭，要黄国庆也快吃。黄国庆一甩手，没好气地说不吃了。付秀珍说不吃就不吃，又不是饿着她。黄国庆起身要走，付秀珍问他去哪。他没说，只往门口走。付秀珍要他把支书的话记心里去，要还是老样子，到选举的时候，可别怪她也不投他的票。又追了两步，说她是为他好呢。

走到门口的黄国庆扭头瞪一眼付秀珍，刚好听到了电话铃声，便停在那里。电话是黄一欣打来的，说她上午在党旗下宣誓了，成了一名预备党员。付秀珍满心欢喜，连连说祝贺她。黄一欣在省城上大学，下学期读大四了。

杨书成放下碗筷，看一眼胡明国，说少陪了，他下地去。又问杨立业什么时候走，干脆明天再回城里，晚上跟他一起去看一下老主任。杨立业说等下就走。杨书成脸一拉，说那随他，想走就走。

“立业，你看我都六十好几了，这支书一干就是这么多年，真有点干不动了，力不从心了。”胡明国摇了摇头，“这么多年来，村上就没什么变化，不比远了，就比周边的石窝村也好，枫树村也好，都落了一大截。我看着心里难过，面子上也难堪。我知道，村上不少人有想法、有意见，只是有的是明里埋怨，有的是暗里骂娘。这我都不怪他们，只怪我自己，是我无能。我也想把这作为一种压力、一种动力，可就是压不上来，动不起来，为此也时不时莫名地郁闷，痛苦，有时通宵地睡不着，就光着眼睛在床上翻来翻去。我一这样，你婶子就骂我是神经病，问我是不是在哪里碰到什么了，是不是要喊师傅来收个魂。说得我烦了，我就说她才是神经病，好好的收什么魂。”

“支书，你也别太焦急，更别太过自责。你为村上做了那么多事，大家都看在眼里，记在心里。我娘都说，你是村上最受尊敬的人，没哪个比得过你。”杨立业边说边给胡明国夹菜，“再说，这些年村上也不是没变化，不说别的，村上就没哪家没饭吃了，也没哪家再穿补丁衣了，还有人家建了新房子。”

“这都是靠的国家政策好，年轻人能到外边去挣钱，有的还种起了橘子桃子什么的，或是搞起了养猪养鱼。”胡明国一声叹息，“可打的稻谷大多只能关在仓里，结的橘子桃子什么的不少还烂在了树上，养的猪养的鱼也卖不起价钱。村上虽然没哪家饿肚子了，但也只是解决了一个温饱的问题。说到房子，虽然有的人家建了房子，可那毕竟只是少数，大多数人还是住在老早的木房子里，我还真担心有的哪天倒了，把人砸了。一句话，村上穷，村里的人大多也穷。而这穷都跟路不通有关，或者说路不通就是村上贫穷和落后的关键。”

杨立业点了点头。

“去年石窝村那边开了一个采石场，把路修到了跟村上交界的地方，我跟石窝村的支书陈明亮和采石场的老板商量过了，请他们将路再往村上这边延伸一点，然后村上接着修下来。那边倒是答应了，也那么做了。村上卖了一些集体山上的树，我又去镇里讨了一点钱，顺着原有的山路修了一条毛路，摩托是可以骑了，但小车什么的就还不行，太窄了，又弯多坡多，而且也偏，村上大多数人不走那。”胡明国看着杨立业，“立业，我就想啊，要想村上真正有所改变，关键就是要把路修通，尤其是要把通往镇上的路修好。”

“是啊，要想富，先修路。”杨立业感慨道。

“可这路要修通，谈何容易？也许我是看不到了。”胡明国摇摇头，装了一锅烟，点上火，长长地吸了一口，慢慢地让烟从鼻孔里飘出来。

"修通这路是不容易，但我想总会有那一天。这些年城市发展很快，国家已在制定加强城市反哺农村的政策，中央对三农问题，特别是农村的贫困问题更是高度重视起来了。"

"这我也感觉到了，但那些要落地到这穷山村里来，不知要到什么时候。"胡明国拍了一下杨立业的手，"立业啊，我跟你说句掏心的话吧。也正因为感觉到了，我才越发觉得自己老了，越发觉得力不从心了，越发觉得这支书是得让贤了。"

"可村上现在只有你经验最丰富，又最熟悉村上的情况，也最受人尊重。"杨立业给胡明国添酒，"村上只有你撑得起，稳得住。"

"那不是，可别这么说。"胡明国摇摇头，抹了抹有点湿润的眼睛，"前一阵我悟出来了，村上之所以穷，没多大改变，最根本的还是人的问题。这首先在我，是我有心无力，没领好头，没带好样。而国庆作为村主任，也不是我说他，他比我有能力，但他没用心，自家的事想得多，村上的事想得少。这我跟他明里暗里都说过，但他似乎没在意。"

"他可能有他的想法，有他的难处。他一贯说话也好，做事也好，都比较谨慎，也可以说是有点胆小，而且首先想的是自己，有点'只扫自己门前雪，不管他人瓦上霜'的味道，而且有什么一般不说出来，有时真让人摸不着他到底在想什么，是怎么想的。不过，他很少占别人的便宜，这倒也是难能可贵的。"

"作为村干部，如果只想着自家那一亩三分地，还今天接了这家一只鸡，明天索要那家一块肉，那早就给人当狗屎嫌了。他正因这点还好，不像有的人雁过都要拔根毛，加上村上一时也没合适的人来接替他，也就只能这样了。"胡明国摇摇头，看着杨立业，"在今天的会上，杨姓和黄姓虽然没有像有时那样争吵，甚至打架，但暗中较劲是明摆着的。这你应该看到了，也感受到了。在村里，杨姓和黄姓之间的明争暗斗由来已久。我虽然不姓杨，也不姓黄，但你婶子姓杨，大家也就把我看成是杨姓的人。黄国庆能当上村主任，既跟他是当时村上少有的高中毕业生有关，也跟平衡杨姓和黄姓在村上的地位是分不开的。我曾努力过，就想村上是一个大家庭，地不再分东西南北，人不再分姓杨姓黄，但收效不大。"

"这我从小时就感受到了。那时我跟黄国庆一同上学，他比我成绩好，大家说的就不是黄国庆比我强，而是说姓黄的比姓杨的会读书。这在村上已根深蒂固，要改变不是一时一事可以做到。其实在会上我就在想，这跟村上的贫穷落后不无关系，也许等哪天村上富裕了、文明了，也就解决了。"

“但愿有这一天吧！我不管国庆他怎么想，往后怎么做，反正我这支书是要让贤了，也下决心了，再这么下去会害了村上，害了大家。这个想法我早就有了，今天跟你说了，下回去镇上再跟张书记认真说一说。”

“可是，如果国庆当主任都还有点那个，那村上谁能接你的手呢？”

“你呀！”

“我？”杨立业一愣，本能地摇了摇头。

“你来接替我，既能保持村上两大姓之间的基本平衡不被打破，更能带领大家改变村上的面貌。”胡明国拉着杨立业的手，摇了摇，捏了捏，又拍了拍他的肩膀，眼里满是期待和信任。杨立业沉默了一会儿，还是摇了摇头。胡明国说也不是要他明天就回来，可以先好好想一想，但记住一句话，村上需要他。

“村上需要我？”杨立业一路琢磨着这句话，穿过田塅，上了石板路，翻过垭口，刚走到车旁，叶卉来电话了，问他怎么不接电话。他说村上没信号。叶卉说这下他回去得好，到手的鸭子飞了。他问怎么回事。叶卉说标是宁大贵中了，可他现场临时又选择了别的合作伙伴。杨立业只安慰了叶卉几句就挂了电话。

难道是自己没去竞标现场，宁大贵生气了？这么一想，杨立业有点后悔回来了，不由得扭头望了望山上，但没走几步又想，这不对，也许是宁大贵对当年的不愉快还耿耿于怀，趁机来一个报复；再一想，这也不对，从昨天看到他的样子，和跟公司的人的交谈来看，他现在已是一个典型的商人，他看重的是利益，应该是别人更有实力，而这实力不只是财力，还有诸多方面。如果是这样，那自己就是在现场也会失去合作的机会。

胡明国跟杨立业辞别之后，本想去河边仔细看看，看修复那桥大概要多少木料，可走到半路又回过来，往自家方向去了。他爬上路边的大石头，对着垭口的方向一直坐到太阳下山，坐到天黑，直到杨四娥寻着来了才起身离去。

看到这个的不只黄国庆和李长花，吴翠莲和夏时香都看到了，刘初菊和黄国新也都看到了，但都不知道他坐在那里为什么，想什么，只有黄国庆隐约猜到了一些，因为他看到胡明国往杨书成家去了，又想起了会上和昨天在茶园的情景。当看到天黑下来了，胡明国还坐在那里，黄国庆莫名其妙就想，要是胡明国就坐在那里起不来了多好，但随即又在自己脸上抽了一下，自己怎么要这么想呢！

# 第四章
# 何去何从

胡志清小跑着走出垭口，往路边一站，边拿着草帽扇风边放眼四顾。胡春晖手上拿着几枝野花追了上来。

“有意思，这盆中村果真就像一个大盆子，一个绿壁黄底的大盆子啊！”胡春晖往胡志清身边一站，边说边指点着，“你看四面那山满目苍翠，连绵起伏地围成一个大圈，圈成一个绿的屏障，守护着这一方水土；你再看山下那田塅，黄灿灿地铺展过去，简直就是一片黄色的海洋，养育着这里的人们；还有田塅中那河，金光闪耀，就像一条金龙安静地躺在那沐浴着这秋日的阳光。”他收拢目光，指了指往山下走的石板路，“听说这路可不简单，不一般了，是一条通向成功和胜利的路，通向光明和希望的路。路上曾走过清朝的封疆大吏，走过中国睁眼看世界的第一人，走过新中国的元帅。当年林则徐和魏源就在这路上边走边谈，后来有了《海国图志》。当年贺龙就率领红军在这路上奔袭敌人，阻击敌人，向着陕北前进。”他蹲了下去，指着青石板，“你看，这石板上林则徐和魏源，还有贺龙的足迹都清晰可见。你听，他们的足音还清晰可闻呢。”

“看你说的，还神乎其神了。”胡志清看着石板。

“这石板路，这石板，那都是历史，当然也是现在，更是未来。”胡春晖面对田塅，两个手掌搭成喇叭，凑到嘴前，“盆中村，美丽的盆中村，我看你来啦！”

“美丽的盆中村？”胡志清四下一指，“这美吗？”

“当然美，而且是独特的美！”胡春晖也四下指了指，“你说哪里还有这样的山，有这样的田塅，有这样的石板路？”

“好，那你美吧。”胡志清指了指胡春晖，边说边自个儿往前走，“等你到村里住上三天五天，你就美不起来了。”

听到前边有水流潺潺，又听到了滴答和叮咚之声，胡春晖忙跑了过去，捧起溪水洗了一把脸，又张嘴接了几口山崖上滴下的泉水，再一看山上山下和田塅，边走边吟诵起了“重关已过数峰西，绕尽羊肠小踏尽梯。满耳水声千涧曲，四围山色一城低”，刚吟诵完又说不对，应该是“四围山色一塅低”。

在一个拐弯处，胡春晖一踩空，一屁股跌坐在石级上。胡志清笑了，说那年他也是在这个地方，只顾着看这看那，没想到脚下一滑，摔了个四脚朝天。

那天是方世明去公社接的胡志清，那时方世明任大队秘书。一路上方世明帮他挑着被褥什么的，他肩上挎着黄书包，手上拎着网兜。见他摔倒了，又摔坏了搪瓷盆和罐头，方世明有点不知所措，不住地怪自己没照顾好他。他虽然心疼得差点掉了眼泪，嘴上却说没事。就在他们你一瓣我一瓣地吃着橘子罐头时，天上飘起了雪花。

走着走着地上就白了，山上也白了，胡志清说他还没见过这么大的雪。跨进易美秀家院子时，雪已没到了踝关节。胡志清脱下鞋一看，里边全湿了，却冒着热气。易美秀端来两大碗姜葱汤，让方世明和胡志清快趁热喝了，暖暖身子。

胡春晖站起来，拍了拍屁股，说可惜今天没下雪，是艳阳高照。又说不过也好，那只是瑞雪兆丰年，而现在这满眼的是成熟，是丰收，更好呢。

胡志清多次说起想回盆中村看看，这次才下了决心，说如果还是石板路，那再过几年就走不动了。胡春晖说陪他来，顺便做一些社会调研。

就在胡春晖一屁股跌坐在石级上时，杨立业正蹲在地上，跟几个工人边说边比画着，要他们一定记住，这是国庆献礼项目，虽然赚不到什么钱，而且工期又紧，但绝不能偷工减料，哪怕亏本也必须把路修好。有人匆匆跑来，指一下工棚那边，说有人找他。他扭头一看，见是镇里的张书记风风火火地往这边来了。

“立业，你忙，我也忙，我就开门见山跟你说了。”张书记看着杨立业，“明国支书已不只跟我说过一回两回了，他想让贤，请你回村上接他的班，他说跟你也谈过了。”见杨立业要说话，他抬了一下手，“当然，我也知道，你一时半会是回去不了的，这我不霸蛮，但要请你有步骤地做些安排，尽量早些回到村上。我也跟明国书记说了，请他再坚持一下，站好最后一班岗。”

“可是，我……”

“我实话跟你说了吧，镇党委已留心考察过你两年了，国明书记也一直在培养你。去年在镇里的一次会上，我就说过，欢迎像你这样的企业家回家乡投资，更欢迎像你这样的优秀人才回来带领大家建设家乡。这你还记得不?”

“记得，记得。”杨立业连连点头，“你当时说了许多，激情四溢，很有鼓动性的，听得我也是热血沸腾。”

“村上确实需要你，需要你这样的人。当然，你回村上，那肯定会失去许多，但你在失去的同时，也会得到许多。”张书记拍了拍杨立业的肩膀，“好了，我给你三个月的时间考虑和安排，到时候你接了明国支书的移交过年。”

杨立业站在那里，直到看着张书记的身影消失在工棚那边才回过神来，心想难怪前年胡明国提议增补他为村支部委员，让他负责联络村上在外地的人，原来是有计划地在培养他，也是难得胡明国的一片苦心了。

禾场边有一棵高大的梨树，梨树下有一把竹凉椅，竹凉椅上半坐半躺着方世明。一个两三岁的小孩坐在方世明的大腿上，咯咯笑着。方世明双手扶着小孩子的双臂，往后一推再往前一扯，唱着：“推个粑，扯（qiǎ）个粑，扯个粑来哪个呷?扯个粑来爷爷（yáyá）呷，爷爷呷了看见篱笆底下一条蛇（xiá），吓（hā）得爷爷地上爬（lá）。推个粑，扯个粑，扯个粑来哪个呷?扯个粑来爷爷呷，爷爷呷了踩着篱笆底下一条狗，吓得爷爷赶紧走（jiǎo）。推个粑，扯个粑，扯个粑来哪个呷?扯个粑来爷爷呷，爷爷呷了看见篱笆上头一只鸡，吓得爷爷起了飞。推个粑，扯个粑，扯个粑来哪个呷?扯个粑来爷爷呷，爷爷呷了看见篱笆底下一只鸭（ā），笑得爷爷打哈哈。”

“好，真好!”在禾场入口处听着的胡春晖拍着手，边跟胡志清说边往里走，“难得的古音古韵，有了这就好理解为什么杜牧那‘远上寒山石径斜’中的‘斜’读 xiá，而不读 xié 了，因为那时就是这么读的，这样才押韵，更好听。”

听到有人叫好，方世明坐了起来。不等胡志清他们走近，方世明已认出了胡志清，连忙起了身，边迎上去边朝屋里大声说“你看谁来了”。

“这不是志清吗?”从屋里跑出来的黄桂花打量着胡志清，又看了看胡春晖，再看着胡志清，“一看就知道他是你的崽，跟你就一个模子呢。”

“一晃这么多年，梨树都这么大了。”胡志清仰头看看树梢，又抱了抱树干，看着方世明，“记得是离开村上的先一天，你问我在村上也过了三年多，想不想在村上留个什么念想。我一时不知留个什么好。你说现在是春天里，正是好栽树的时节，就栽棵梨树吧，大家一看到树，或是一吃到梨子就想起我。”

“可惜来迟了，梨子摘完了。”方世明看着梨树，似乎想找出梨子来。

“没事，明年早点来。”黄桂花看着胡志清，“要不这样，你干脆在村上再住一年，明年吃了梨子再回去。”

“爸，我看行。你看这里阳光灿烂，空气清新，景色优美，民风淳朴，简直就是一个世外桃源。哪像城里一年四季都是灰蒙蒙的，见不到蓝天，喘不过气来。”胡春晖嘻嘻一笑，“要是我啊，干脆留在村上不走了。”

“那你留啊!”胡志清指了指胡春晖，“你要真留下，有你哭的时候。”

“哭不哭那可说不准。”方世明看着胡志清，“那年又结冰又下雪，一场连着一场，镇上都不通车了，你不能回家过年，还不是急得哭了。你不记得了?”

“记得，当然记得。实在走不了，哭也没用，只好跟着你过年了。三十晚上吃的那砧板肉，喝的那烧酒，那个情景，那个味道，我是一辈子都忘不了的。你们一家不停地这个给我碗里夹肉，那个给我碗里添酒，生怕我没吃到没喝到，结果我一醉就是两年。”胡志清咽了咽口水，仿佛在回味当年的味道。

“一醉两年?”胡春晖看着胡志清，眼睛一转，“噢，我明白了。”

“那温了的烧酒好入口，喝时没觉得，后劲可大了。”胡志清笑了笑，指着房子，“我当年就住在东头靠阶基的那一间，当阳，光线好，每天一醒来就先到窗子跟前看看外边。那墙板有的应该是换过了。西头和前边那几个垛当时都没有，应该都是后头加的。”

“没错，你都还记得。”方世明将小孩递给黄桂花，指了一下房子，又指了一下房子东边的菜地和菜地下边的稻田，“这房子太老了，住不得了，等打完禾就拆了建新的。这几年他爹他娘在外边打工，积攒了一点钱，也不多。这房子只能先起上来，里边装修什么的以后慢慢来。”

方世明的儿子叫方刚，在深圳打工十多年了，先后换了三个厂子，有的是厂子倒闭了，有的是他不想在那干了，现在是一家食品厂的主管。他妻子宁丽是打工认识的，在一家鞋厂上班。

黄桂花边指点着边说，本是想就把那菜地打平，跟稻田一样高，新房子就建在菜地和稻田上。可请来胡半仙一看，说这老屋的屋场地基好，不如就在这老屋场上建，实在想房子再大一点，那菜地也最多占一半。胡半仙都说了，也就只能听他的了。

那天黄桂花去找黄国庆签字，方世明想着黄国庆是不会签的，没想到他签了个“同意占用一个田角”。这倒让他犯了难，如果真的只占一个田角，那地肯定不够用，如果多占了田，那又会让人说闲话，坏了他在村上几十年的好名声。他在地上走了走，又一想，反正你签了“同意占用一个田角”，那田角是可大可小的，何况村上杨立业家已起了小洋房，黄国庆家房子也起了新的，胡明国家虽然还没起，但那房子比他家的好，还能住，不像自家这房子全靠那竿顶着，说不定哪天风一刮就倒了。再说了，黄国庆是主任，自己还是老主任呢，你黄国庆新房子早建起来了，自己却还住在这破烂房子里，村上有的人已经在背后指指戳戳，笑他没本事，那么多年的主任白当了。他反复一想，也是，不管他了，先起了再说。

可没想到，黄桂花请来了胡文化。那天胡文化屋前屋后仔细一看，又到菜地和稻田反复看过，再用罗盘一定位，掐了掐手指，说现在这屋场地基很好的，如果起到田里去，那背后就有点空了，运势就不会那么好了。

近年来，盆中村建房的虽然没有枫树村和石窝村那么多，但一些人家也在比着建，且不少建在了粮田上。看着粮田一丘半丘地被侵占，想着小时候看到易美秀跟村上的人大年三十还在河滩上开田的情景，想起冒着纷飞大雪还在山上开地的场面，胡文化心里就难过，就心痛。于是，一有人喊他去看地基，他就尽量地让人利用现有的地基，或是少占用田地，当然得说出理由，让人信服。

去年枫树村的田老二请他去看地基，他说了别占用旁边的田地，就在现有的地基上新建最好。田老二没听他的，非要建在田上，结果才起到一小半就有一边坍塌了，田老二后悔不已，说没听他的。其实是地脚没打好，坍塌的那边地脚应该再挖深一些。

也是去年，石窝村的付老六家起房子，也请他去看了地基。他去看了，说占一个田角没事，又给他画了一条线。起的时候，付老六偷偷让师傅往线外移了一米多，结果就在下地基的当天，他停在路边拖石头的车好端端地就滑到路边的田里去了，好在没有伤到人。付老六一想，赶紧让师傅重新按他画的线下了地基。

这一传开，信他的人更多了，请他去看的人也更多了。而这，他除了能从风水上说出个子丑寅卯来，也是利用了人们宁可信其有，不可信其无的心理。

方世明一手拉着胡志清，一手拉着胡春晖，边进屋边说今天就不走了，在他家吃饭，在他家睡觉，要去别的地方，明天再说。胡志清说行，听他的。

胡志清在易美秀家只住了几个月就去了刘初菊家，在刘初菊家也没满一年，后来就一直住在方世明家了。

听说胡志清到了方世明家，邻近几个那时跟胡志清玩得好的都跑来了，边喝酒边说着那时的趣事。大半坛烧酒见了底，胡志清醉了，另两个也趴在了桌上。胡春晖见是用碗喝酒，一上桌就有点怕了，说不好意思，不会喝酒，但大家说不会喝也得喝一碗。在来的路上，胡志清跟他说过，村上的人好客，上了桌要么是不端杯，要么是准备醉。

扶着胡志清在床上躺下之后，胡春晖说他去外边走一走。黄桂花说让人带他去。他说不用，不会走丢的。黄桂花送他到门口，叮嘱他别走太远，早点回来吃晚饭。

黄国新坐在门槛上打瞌睡，听到有人走过来，懒懒地睁眼一看，一下站了起来，边打量着胡春晖边问他是谁，怎么像一个人。胡春晖问像谁。黄国新说像那个知青胡志清。胡春晖闻到了一股有点说不出的酸味，下意识地要往后退，但又打住了，说胡志清是他爸。黄国新“哦”了一声，说胡志清是个好人，当年还分过罐头给他吃。又问胡志清是不是回来了，在哪。胡春晖说回来了，在老主任家。

杨世海开着小三轮过来了，边减速停车边问黄国新碾米不。黄国新一笑，问要钱不。杨世海说没钱给谷也行。黄国新边说那不碾了边往车上爬。杨世海边将黄国新往车下拉边说别弄脏了车。

黄国新恨恨地拍了一掌车斗，又踢了一脚轮胎。杨世海瞪他一眼，一扬手，做出要打他的样子。他忙手一抬，头一缩，往后退。杨世海上了车。黄国新指着杨世海，说：“你神气个鬼呢，还不让老子搭车，等下你给我翻田里好了，等老子哪天有钱了，我买个大四轮的，气死你。”杨世海边开车边说：“就你那个懒贼样子，等你有钱了，狗都不吃屎了，流金河里的水都倒流了。”黄国新捡起一块石头狠狠地砸了过去。石头落在地上，翻了两滚。

黄国新看一眼胡春晖，说不陪他了，看他爹去。胡春晖指一下敞开的门，说他怎么门也不锁，就不怕给人偷了。他边走边说反正家里没金银财宝，也没漂亮婆娘，才不怕人偷呢，谁想进去只管进就是。

才到门口，一股说不出的酸臭和草药的混合气味扑面而来。胡春晖忙捂住鼻子，站在门口往里看了看，心想这家真穷，也真懒。

车陷沟里了，想着黄爱国等人约好四点在路边等他碾米的，杨世海急得直跺脚。黄国新哈哈笑着走过来，说怎么只陷沟里，没翻到田里去，这是不让他搭车的报应。

两个多月前，杨世海买了一台三轮车和碾米机、电动机，从石窝村那边开了回来。黄爱国说他胆子也是大，那么一个小毛路还敢去开车。杨世海说就因为那个路窄，他才三轮车也好，碾米机也好，都只挑了小的买，要不就买大的了。又说虽然是把车开回来了，但一路上也是麻着胆子，有几回差点毛都吓脱了，魂都吓跑了。

去年在枫树村，杨世海看到有人将碾米机和电动机安在三轮车上，开到院子里或路边给人碾米，既方便了大家，又赚了钱，就也有了这个想法。买回车的当天，他就把车开到了黄国庆家外边，给他家碾了一担谷，算是开了张。黄国庆要数碾米钱，他怎么都不肯收。黄国庆就给他挂了个红，说是贺喜他。他说碾子铺就不承包了，退回给村上。黄国庆劝他碾子铺还是别停，村子东边大部分地方还路不通，三轮车去不了，当然，承包费可以再商量。他要的就是这句话。

看着杨世海开着车子颠颠簸簸地出没在机耕道上，胡明国也为他高兴，似乎看到了一种希望，一种力量，也涌起一阵愧疚。这么多年了，村上的路还是通不起来，杨世海开着三轮车回来，要是真有个什么，那也是他的罪过。

之后，杨世海在碾子铺贴了一个告示，逢五逢十碾子铺开门，其他时间他就开着三轮车在村上能去的地方转。

在剁猪草的刘初菊一抬头见有人进了院子，便放下刀，起身跨出门槛，问他找谁。胡春晖一见刘初菊，不由得眼前一亮，问她是不是初菊婶子。刘初菊愣了愣，问他是谁。他说他是胡志清的儿子。刘初菊“哦”了一声，请他进了屋，又给他泡了茶，接着剁猪草，说猪等着吃，在喊饿了呢。

“我爸说你不仅人长得漂亮，是村上的村花，人还特别好，心地善良。”胡春晖喝了一口水，“他老跟我说起你。”

“是吗?”刘初菊没抬头，“他还好吗?”

“还好。”胡春晖放下杯子，“他回城里后，进了一家集体厂子上班，后来又托人调进了一家国有工厂，只是没干几年，这厂子破产了，他下了岗，后来就一直在一家民营企业干活。老板见他忠诚可靠，要他再干两年，干到六十。我看他身体不是太好，我去年大学毕业后考进了省城的一家大型国有银行上班，就劝他干到去年年底算了，可他非要干到今年六月底，说是正好干满二十年。”

“他是这样，做事很认真的。那年倒春寒，大家都不让他下田，可他非要下，而且非要把那活干完才上田，结果受了寒，烧得被子都要点燃了，还直说胡话。”

“我爸跟我说起过这事。他说全靠有你照顾，要不只怕是人都烧没了。”

“我就给他端了一下茶水什么的，在旁边守了一夜。老主任半夜里还去喊了大队的赤脚医生，又摸黑去镇上给他买药。”刘初菊拿来一本卷了角发了黄的《红灯记》连环画，递给胡春晖，“这是你爸的，带给他。那年他走时我去还给他，去晚了，没赶上。”

“这么多年了，你还收着。谢谢你。”胡春晖双手接过连环画，“五年前，我妈走了，对我爸打击很大。因为他们是在患难之中认识的，刚回城里时我爸一时找不到工作，是我妈帮了他。”

“你妈是走得太早了。”刘初菊叹息一声，见胡春晖要问什么，便抢着说，“那时你爸人长得标致，也有文化，待人又好，自然讨人喜欢。只是我那时年纪小，虽然有一种朦胧的喜欢，但又说不清楚，说要嫁给他，一是不敢想，觉得两个人的差距大，二是我娘不同意，怕城里人靠不住，后来你爸就去了老主任家。”

“其实我爸的心里也很复杂，他既觉得你聪明漂亮，能干可爱，想娶你，愿意等，但又怕回不了城，只能在村上了，加上你那时年纪确实也小，你妈又反对，去了老主任家之后，他也就很少来看你了。但这些年他常跟我提起你，说你的好。”

“谢谢他记得我。”刘初菊朝胡春晖一笑，“过去的事就随它过去好了。”

出了院子，看一眼快落山的太阳，胡春晖跟刘初菊扬扬手，往回走。

就在胡春晖跨进刘初菊家门槛时，黄国新轻手轻脚地进了方世明家的院子。正在树下挑菜的黄桂花问他来干什么。他说来看看胡志清。黄桂花说知道他来不是为了看胡志清，而是想要胡志清给他点什么。他停下脚步，无奈地看着黄桂花，要她别这么说。黄桂花起身走过来，双手赶鸭子似的赶着他，说走走走，快走，别在这让人讨嫌。黄国新连连后退，眼泪在眼眶里打着转。

到了路上，黄国新望着院子，眼泪往下掉，问自己，为什么现在连黄桂花都讨厌他了呢。这是他头一回这样问自己，但没走多远，又往地上一呸，说不让看就不让看，有什么了不起，要不是胡春晖上门来了，还不想来呢。

听到外面有声响，方世明从屋里出来，问谁来了。黄桂花说是黄国新想看胡志清，她没准，赶他走了。方世明指了指黄桂花，说怎么能这样，他想看就让他看得了。黄桂花说他又不是真心来看胡志清的。方世明说她又不是他，怎么就知道他不真心。黄桂花偷着一笑，说那好，她去把他请回来。方世明摇摇头，在凉椅上躺下了。

之后两天，胡志清领着胡春晖去拜访了胡明国和易美秀等人家，看了碾子铺和古树林，去了扯旗寨和青龙潭瀑布，等等。

回城那天，胡春晖站在垭口的路边，对着田塅大声说这里虽然还是那么贫穷，那么落后，却是那么美，他会再来的。

见胡明国领着黄爱国和刘晓明来了，真要抬走那两棵树，杨四娥哭着就往树上扑，双手死死抱着树不放。胡明国没办法，只好跟黄爱国耳语两句，让他们先回去。刘晓明朝胡明国伸着手，问工钱怎么给。黄爱国拉着刘晓明就走，说树都没抬，要什么工钱。刘晓明挣脱黄爱国的手，说不是他不抬，是有人不让抬，怪不得他。胡明国刚要说话，杨四娥突然爬了起来，捡了地上一根棍子朝刘晓明抽了过去，说谁还敢来抬这树就打断他的腿，吓得刘晓明抱头就跑。胡明国抢下杨四娥手上的棍子，朝黄爱国使了个眼色，黄爱国会意而去。

刘晓明不想上学，说宁愿下地干活也不想读书，可他父亲非要他读，说没钱借钱也要读。高中毕业后，他回家干了几年农活，以换亲的方式娶了吴春花。孩子出生后，吴春花天天催着他别窝在家里，快到外边挣钱去。他只好去了广东一家化工厂打工。几年下来，身体明显地虚弱了，去医院一检查，说是中毒了。他找厂子要说法。厂子说一年多前就要他走，是他自己不肯走，怪不得厂里。最后厂里还是给了他一点营养补贴。见他不能外出挣钱了，吴春花也着急，说总不能两个人都窝在这山里，他去不了，那她去。他虽然舍不得她去，可又无奈，只能随她去了。

可出去了的吴春花就像放飞了的鸟，只刚出去那年的春节回了家，之后就好几年再没回过村上，只是定期给孩子寄钱回来。刘晓明去找过她两次，面都没见到。

也许是村上水好空气好，刘晓明的身体逐渐康复。就在他想着可以跟吴春花一起去打工挣钱时，那天吴春花突然出现在他面前。她将两沓钱往桌上一扔，说离婚吧，孩子小强她带走，抚养费什么的不用他管。他觉得受到了莫大的污辱，抓了那钱就要往灶膛里丢，却又停下了，但他死活没在协议上签字。

婆娘跑了，孩子带走了，刘晓明把气撒在了老父亲身上。伤心不已的老父亲无话可说，只是老泪纵横，泣不成声。

此后的一个多月里，刘晓明就没出过门，也不跟谁说话，整天不是在床上蒙头大睡就是坐在床上对着窗子发呆。他父亲请来师傅，给他收了惊，烧了纸，化了符水，没用。胡明国想开导他，他门都不开。李长花说她来试试，却被他泼了一勺冷水。见杨立业回来了，胡明国请他去说说，也许有用。

杨立业一脚踹开门，被子一掀，还没等刘晓明反应过来，一巴掌已落在了他的脸上，说一个大男人要顶天立地，没什么想不开的，哪能这样。杨立业说完甩手就走。刘晓明摸着脸追了出来。杨立业拉着他的手在院子里的柴垛上坐下，动情地说知道他心里难受，但难受归难受，可不能这样，这样只会让自己更难受，爹娘也更难受。

刘晓明呜呜咽咽地哭泣起来。等他哭过了，杨立业说带他去公司干活，虽然工资没广东那边高，但离家近。刘晓明摇了摇头，指了指坐在门框上目光呆滞的老父亲，还有在菜园里浇水的母亲田秀英，说还有他们呢。杨立业拍拍他的手，说他既然心里还有他们，就不能再这样了，一定要振作起来。刘晓明点了点头。

可才过了半年，他父亲就走了。这一来，他婆娘飞了，孩子走了，父亲没了，一时万念俱灰，想死的心都有了。但他没死，而是整天只想着喝酒打牌，不再想下地干活，跟黄国新成了一对让胡明国头疼的油盐坛子。

刚才他跟几个人在那打牌，正好输了，见黄爱国路过，问去哪。黄爱国说去抬树修桥。他问有工钱发不。黄爱国逗他说当然有。他就牌一丢，跟黄爱国来了，想得了钱再去打。

第二天是杨四娥大哥的七十大寿。吃过早饭，换了衣服，胡明国就挑了贴着红“寿”字的担子，和杨四娥一起喝喜酒去了。走出院子时，杨四娥还停下脚步，回头看了看那两棵树，生怕有人偷走了似的。没想到太阳下山时回来一看，那两棵树还真不见了，杨四娥还没哭出声来就倒在了地上。胡明国慌忙撂下担子，掐住她的人中。她一睁开眼睛就双手拍打着自己的腿，边哭边骂是哪个挨千刀的，把树偷走了，可才哭骂了两句又晕倒了。

见杨四娥睁开了眼睛，坐在床沿的胡明国要她别急，那树还在。杨四娥一下坐了起来，问树在哪，是谁偷走了，赶紧抬回来。站在一旁的刘晓明闪了出来，黄爱国拖都拖不住。见胡明国使着眼色，黄爱国抢先说树是他们抬走的，是还在，只是已抬到河边，还锯断了。杨四娥“呜哇”一声，往后就倒。

胡明国拉亮了床头的电灯，杨四娥无力地开启了眼帘。心疼地看着她的胡明国用手去擦她挂在眼角的泪珠。她抓着他的手就咬，见他手背上渗出了血，才忙放开他的手，看着他，问疼不。他嘿嘿笑了笑，说有点疼，但心疼的不是他自己，而是她，又说除了疼，还有点痒，蛮舒服的。她嗔他一下，坐了起来，抓着他的手吹了吹，又吸了一口渗出的血吐在地上，说好了，见了血了，没事了。胡明国问什么没事了。杨四娥在他额头上一点，说他那树是定了给他打千年屋的，却抬去修桥了，那不好，会折他阳寿的。胡明国说没事，别想那么多，再说了，只要把桥修好了，就是折两年阳寿也值得。杨四娥连忙拍着床沿呸了两口，要他快别乱说。又说修桥是村上的事、大家的事，而千年屋是他个人的事、家里的事。胡明国说修桥是村上的事，但也是他的事，他是村支书呢。杨四娥说支书也是人，也会老。人活着一个屋，死了一个屋，活着的屋也就住那么几十年，而死了的屋是要住几百年、上千年的。胡明国扶着她下床，说没错，人是都会老，都会睡到千年屋里去，但自古以来，修路架桥都是千百年的好事，会增寿添福的。她看一眼胡明国，说那倒也是，好在刚才已见了血了，没事了。胡明国说没事了就好，看着她刚才那伤心欲绝的样子，真是把他吓死了。她一个踉跄，说刚才是又急又气又恼又恨的，还真是差点一口气就没接上来，如果真要一口气没接上来，那她是死也不会闭眼的。胡明国问为什么。她扶着他的手，看着他，说还没看到他的千年屋啊。

这时，夏时香家的门“嘎吱”一声开了，从门里出来的胡文化分明看到一个人影在阶基上一闪就不见了，而那人影是那么熟悉，又是那么陌生，像是方小竹，又不像是她。他跟送到门口的夏时香扬了扬手，关上门，到房子的两头看了看，什么都没看到，又取下笛子，边吹边在地坪上来回走了走，也没听到什么动静。他一笑，心想还真是自己看花眼了。

下午，胡文化到枫树村给人看完地基，想着有些日子没来看夏时香了，就踏着夜色过来，把主人家敬献给他的那只鸡给了夏时香。夏时香留他明天吃了早饭再走，他说不行，明天一早还有事去。

站在岔路口，胡文化望着老鹰冲的方向，心想娘啊，对不起，只能下回再去看你了。这时的易美秀坐在门槛上，出神地望着天上的月亮，也不知她是在想石头，还是在想陈秀才，或是在想胡文化。

听到“嘭”的一声响过，李长花抬头一看，见是黄国庆在拍着肩上的木屑，又朝她指了指地上的檩条。她跳下木料堆走过去，朝檩条看了看，踢了踢，大声向河滩边说黄主任扛来梓树长檩条两根。黄国庆指着檩条，说他其实早就安排好了，昨天是扛不下，要不昨天一块扛过来了。李长花笑了笑，说她知道，心里有数。河堤上方世明在指挥着黄爱国等人锯木料，凿榫眼。黄国新和刘晓明等人席地而坐，在一块木板上打跑得快。胡明国站在河滩边，用竹鞭长烟筒跟人指点着河面和桥墩。

昨天上午，付秀珍就要黄国庆把那两块边料和檩条一块送过来。他说一次扛不下，得分两次。付秀珍说那就先送檩条，不能让人说闲话。他嘴上应着，送的却是边料。他想留着檩条做家具，也想看看情况再说。李长花一见他扛来的是边料，不由得哈哈大笑，说果然给她猜中了，就知道他会这样小气。又指了指地上的那两棵大杉树，说人家支书就是大气，说话算数，自己打千年屋的树都抬了过来。听她这么一说，黄国庆顿时觉得自己矮了一截，想回她两句，却没底气，只好讪笑着走了，心想他是支书，不跟他比。又想也好，反正笑也让人笑过了，自己又不是没一点表示，檩条就自家留着，不送过来了。这么一想，他又觉得自己不矮了，轻快地走回家，取了大背篓，到后山摘油茶籽去了。

今天一早，付秀珍就催着黄国庆送檩条，说晚了不好。黄国庆将几根檩条翻来翻来覆去地看了好几遍，挑了两根，搬到地坪里，左看右看，还是有点舍不得。付秀珍从屋里出来，边往地上撒稻谷喂鸡鸭边问他还在磨蹭什么，就是剜了他一块肉也快点送过去，别让人瞧不起。他说檩条是自家的，又不是哪里偷来的、抢来的，何况他都送过一次了，村上还那么多人一点都没送呢。付秀珍说他不是别人，就得送，就得送好的，就得多送一点。她将手上的小簸箕往阶基上一扔，说他要不去，那她去。他只好扛着檩条来了。

黄国新走过来，踢了踢檩条，看着黄国庆，说今天才有点主任的样子，但跟人家支书比，还是一个天上、一个地下。黄国庆推了黄国新一掌，说去去去，他柴棍都没弄一根来，没他说话的份儿。黄国新眼一翻，又一哼，说他是家里没木料可拿，要是他家里有，他可不会这么小气，再说了，他要是主任，那就是拆了房子也要多送些过来，把最好的送来。刘晓明走过来指了指黄国新，说也不打盆水照一照，他要是主任，自己就是支书了呢。李长花瞪一眼黄国新和刘晓明，手一挥，说滚一边去，别来捣乱。

胡明国走过来，盯着黄国新和刘晓明，将提在手上的竹鞭烟筒往地上一礅，要他们要么在工地上干活，要么回家，别在这里碍事。黄国新嘻嘻一笑，说干活又没工钱，白费力气，那不干。胡明国说工钱会给，只是现在没有，先记着数。刘晓明眨眨眼睛，问前天抬树算不算工钱。胡明国说当然算。刘晓明问那哪天给。胡明国说村上有钱了就给。黄国新说那等于是给个空气。李长花捡了地上一块树皮，朝黄国新劈头盖脸地抽过去，说好，给他个空气。黄国新抱头就跑。刘晓明稍一犹豫，转身就追黄国新去了。胡明国望着他们的背影，心里一阵阵地痛，就想这一对油盐坛子怎么就变不过来呢。

见吴翠莲扛着两根小碗口粗的杉木过来了，胡明国忙迎上去，接过杉木，说辛苦她了。她捶了捶腰，说不辛苦，应该的，这一根记她的，一根记在陈小军名下。李长花心想吴翠莲真会说话，真会来事。

刚登记好陈小军名下的木料，李长花就听到“嘎吱嘎吱”的声响，扭头一看，见是杨书成和贺小英推着板车来了，车上放着檩条、枋子、木板等。

胡明国小跑过去，说怎么送来这么多。杨书成看一眼贺小英，说她还嫌少呢，恨不得把家里的门板都卸下搬过来。贺小英说是前两年修房子剩下的，堆在那里也没什么用处，拿过来总能派上用场。杨书成横一眼贺小英，说怎么就没用处了，还想用来搭个偏厦的呢。贺小英瞪一眼杨书成，说这么久了也没看他搭个什么。

杨书成拿过李长花手上的登记本，翻看了一遍，递回给李长花，边卸木料边说一半记他名下，一半写杨立业的名字。

易美秀气喘吁吁地扛着一根杉树过来了。杉树的头高高地翘起，上边挂着一个红色的塑料袋，杉树的尾巴拖在地上。贺小英连忙过去帮着将树放下。李长花看看吴翠莲，又看看杨书成，笑着问易美秀这树是记她的名字还是记在胡文化名下。易美秀愣了愣，摆摆手，说谁都不用记，她也要过桥的，只是不好意思，家里现成的也就这根最大了。

方世明走过来，目测了一下，说易美秀这棵树不大不小，就用最好。易美秀抹了抹脸上的汗，说那就好，还怕小了不好用呢。方世明说她都这岁数了，从老鹰冲扛过来，那么远，不容易。她说上了年纪，是不中用了，路上还真歇了好几回脚。又亮了亮手上的塑料袋，说还要给人送几口药去，有人脚烫伤了。

望着易美秀蹒跚而去的背影，胡明国心里油然有了感动，有了欣慰，心想这桥是怎么都得修好，也会修好的。

前天上午，方世明又站在屋前的地坪边上，出神地望着远处的河边。黄桂花要他别老在那打望了，想去就快去。方世明看一眼黄桂花，说他不懂。黄桂花笑了笑，说她是不懂，只知道有的人心思早到河边去了，却死要面子，非得人家用轿子来抬。

正说着，胡明国笑呵呵地进院子来了，说他本是前两天就要来请老主任出山的，只是怕劳烦他，累着他，就没来，可左想右想，这修桥是大事，村上就他最懂，怎么都得请他来主持才行。方世明摆摆手，说支书客气了，还亲自上门来，他只能帮着打打边鼓。他说着走到阶基上，将一根檩条往肩上扛，说走，去河边。胡明国说他来扛。方世明说不用，能行的。黄桂花说那两人一起抬呗。于是，方世明在前，胡明国在后，抬着檩条往河边去了。

易美秀蹒跚而去的时候，胡文化刚回到店里，正往墙上挂布袋和笛子、二胡什么的。衣兜里的手机响了，一看是陈小军打来的，他连忙接了。陈小军问他是在给人看相还是在研究《易经》。他说都不是，刚从外边给人看屋场地基回来，又问陈小军在哪，是不是回来了。陈小军说没回来，在山东呢。胡文化问他这两年还好不，升处长了没有。他笑了笑，一声叹息，说昨天就为处长的事，小曼还跟他吵了一架，她又是骂又是摔碗的，他拳头都捏出了水，差点就动手了。胡文化说没动手就好，一动手就不一样了，男人不是拿来骂的，婆娘也不是拿来打的。又说处长这东西啊，是个实的，也是个虚的，虚虚实实，可有可无，得看开点、想开点，是自己的终归是自己的，不是自己的强求也没用，天时地利人和，缺哪一样都不行的。陈小军说处长不处长，他倒是早就没想那么多了，问题是他不想，人家想。胡文化说那就让她想去，也不跟她争，不跟她吵，也许她一想，还真给想来了。陈小军哈哈大笑，笑过了，说打电话给他，没别的，就有一件事想听听他的意见。胡文化问什么事。

“就这些年我老在想村上为什么总那么穷，原来觉得是路不通，太闭塞，现在想明白了，路不通只是表面原因，深层次的原因还是村上的孩子不想读书，读不起书，缺知识，少文化。你看这么多年了，村上考上大学的没几个，去外边打工的大多也是卖苦力，费力不挣钱。因此，我想在村上设立一个基金，鼓励村上的孩子读书。”

“你这想法非常好，我举双手赞成。当年我就是不想读书，当然也读不起书。也就因为书读得少，后来跟师傅学这学那才那么吃力。”

“你赞成就好。那你也是发起人之一，行不？”

“这……”胡文化没有马上答应，而是默了默神，“这你应该清楚，设立一个基金可不是那么简单的事，首先就得有钱。我倒是没什么，反正钱是我自己赚，也是我自己用，没谁管着，多少还是能拿出一点来。你就不一样了，你婆娘还正为处长的事跟你吵着，你又搞什么基金，你就不怕她问你钱从哪里来？就不怕她为这事又跟你吵？”

“不瞒你说，跟她吵闹也不是昨天才开始的，都习惯了。也不瞒你说，前些年我还工资折子由她管着，平时有点什么钱也都一回家就主动交给她，这两年我不再那么傻了，多了个心眼，工资也好，单位的奖金也好，能留下的就自己留下了。”

“我没婆娘管，有些东西还真不知道其中的滋味。但作为一个大男人，有个时候，有些事情，是不能太老实，如果什么都要看婆娘的脸色，那太窝囊。”

“没错，是这样。看来你虽然没人管，但比我这有人管着的还看得透彻。”

“那倒也不是。”胡文化喝了一口水，“只是世上万物都是在阴阳互动中变化，男人跟女人是这样，山跟水也是这样。”

“看你这说的，都成哲学家了啊。”

“哪里，只是这些年人也好，事也好，山水也好，物件也好，见得多了，从中也就悟出了一些道理。”

“是啊，这些年来，经历得多了，我也就越来越有了一种感觉，就是愧对家乡，愧对乡亲，常常想回去，却又怕回去，心里空空的。”

胡文化问陈小军这事跟杨立业说过了没有。陈小军说还没有，是先跟他打个商量，等下就给杨立业打电话。

挂了电话，胡文化站在那里，出神地望着河湾。他原本以为陈小军上了大学，当了官，应该是春风得意，什么都顺风顺水，没想到也有那么多的烦心事，更没想到陈小军在外边都那么多年了，难得还有那份心思，拿出钱来设立基金。

听陈小军说了设立基金的事，正开车去工地的杨立业稍一沉吟，说这是大好事，他完全赞成，坚决支持，只是村上的情况有些复杂，这事没那么简单，别本来是好事，反而弄出矛盾和意见，还得见面好好商量才行。陈小军说那是，他也是这么想的。杨立业说他打算回村上任支书，往后还请陈小军多支持。陈小军说这也太令人意外了，简直不敢相信。

不知怎么的，自从那次在车站见到方小竹之后，陈小军就感到家里的摩擦不知不觉中多了起来，他时不时地看着小曼不顺眼，总觉得她心胸狭窄，言语刻薄，女人味越来越少，人情味越来越淡，老指责他这也不是，那也不是，这也不行，那也不行，先是嫌他工资低，还脑子笨，不会捞外快，一年到头就没给她多少钱，弄得家里一副寒碜样，跟这家比不上，跟那家也比不得，害得她街都不敢上，上了街也只能解个眼馋，好多东西摸都不敢摸一下，后来又嫌他进步慢，一个科长干了十来年，好不容易提了个副处，也是打了止，多少年了还在那原地踏步，厅长更是没指望了。她总说一个男人要么有权，当个大官，要么有钱，是个大老板，如果又有权又有钱，那才是男人中的上品，如果又有权又有钱还帅气，那就是男人中的极品了。有时他就想，自己作为一个男人，虽然不到而立就当了科长，却到年过不惑才弄了个副处，可以说是要权没权，要钱没钱，还父母就给了自己这副文弱书生的模样，既不高大，又不魁梧，也是可叹可悲，可又一想，自己的同学那么多，又有几个不是离乡背井去打工，为了生活四处奔波？自己身边的同事那么多，又有多少干了一辈子，什么长都没捞到一个？可他们一样还得工作，一样还得生活，也就释然了，坦然了，吵也好，闹也好，随她去了，懒得跟她计较，就再熬一年吧，等孩子上了大学再说。

就在陈小军给胡文化打电话的时候，方小竹正在从深圳去重庆的火车上。她去重庆洽谈业务，也顺便做些考察。

太阳刚从山尖上露出半个脸来，随着方世明那有点沙哑而又悠长的一声“起”，欢呼声和爆竹声同时响起。

昨天，当还差几块铺板，桥面合不拢来时，胡明国说谁也别去找了，他回家去想想办法。杨四娥见他要撬楼板，又不好劝阻，在一旁偷偷流着泪，后又扯了袖子一擦眼睛，帮着他撬了起来。赶过来的黄爱国感动不已，扛着楼板边走边流着眼泪，心想他等下就跟李长花说，他的工钱不要了。

看着披红挂彩的桥栏，看着兴奋的村民，胡明国提着竹鞭烟筒，悄悄地退到了河堤上，眼泪抑制不住地夺眶而出。他感到欣喜，感到欣慰，这桥虽然工程不太大，却有那么多的波折，好在总算完工了，在自己的任上修好了。他在石磴上坐了下去，装了一锅烟，慢悠悠地抽了起来。

杨世海开着小三轮从桥西开到桥东，又从桥东开回桥西，跳下车，将钱往胡明国手上一塞，笑呵呵地说这是他的买路钱，也是他表示贺喜的一点小心意。胡明国还没来得及说不用，手上的钱已给跑过来的刘晓明一把拿走了，说是领了他的工钱。跟过来的黄国庆拉着刘晓明就跑，说快走，喝酒去。

望着刘晓明和黄国庆嘻嘻哈哈远去的身影，胡明国摇摇头，笑了笑。杨世海指一下三轮车，说这下好了，桥通了，他可以去河东碾米了，东边的人也不用挑着谷过河了。有人说胡明国把这桥修好了，功德无量，会添福添寿的。站在旁边的杨四娥双手合拢，连说着那就好，那就好。

有人挤进来，朝胡明国伸着手，说桥是修好了，那工钱什么时候给。有人跟着附和，说那是的，可不能桥修好了，工钱就不管了。胡明国明朗的心情倏地阴了下来，一时不知道怎么说好。李长花指了指那几个人，说急什么急，又不是支书手上拿着钱不给，支书早就说了，有钱了就会给的。那些人不说了，但要么一脸不屑，要么一哼一哼的。黄国庆看看胡明国，又看看李长花，欲言又止。李长花亮了亮手上的本子，说大家下午去碾子铺那边看红榜，看送来的木料和出工的数量对不对。

夏时香用拐杖指着桥，说这桥要能再宽一点，顶上搭个罩，不日晒雨淋就好了。又说可惜她不知道，要不她也要送点木料过来。有人一笑，说那么大的动静，谁要不知道，那除非是眼瞎了、耳聋了。夏时香脸一红，一时语塞。胡明国忙说没事，往后还有的是机会。夏时香说那就好，往后村上有什么一定要告诉她。说着做出要在兜里掏钱的样子，说给桥挂个红。胡明国笑了，说不用。她也笑了笑，说那就算了。有人嘀咕着，说她装模作样。

黄国新在榜上找到了他的名字，欢喜得跳了起来，拉着刘晓明说真没想到他也上了榜呢。一直在旁边看着的胡明国走过来，微笑着看着他，说不管是谁，只要干了活，哪怕一丁点，都会记着，不会埋没的。黄国新偏着头，问也给工钱不。胡明国说当然给，只是眼下没有，得等一等。黄国新眨了眨眼睛，说有了得优先给他。胡明国笑了笑，说没问题。黄国新后退一步，朝胡明国一鞠躬，转身拖着刘晓明就走。黄国新这一鞠躬，让胡明国深感意外，心里也是暖暖的。

张榜前，李长花问胡明国，那天黄国新有点不情愿地帮着抬了几根檩条，前后也就个把小时，是不是也给他记上。胡明国稍一想，说当然要记，哪怕只十分钟也要记，就给他记半个工吧。

有人感到奇怪，怎么黄国庆出工比胡明国少那么多，不应该。胡明国说这些日子，黄国庆去镇上办事或是开会什么的比较多，都是他安排去的。这话传到付秀珍耳朵里，她心想胡明国还真会来事，真会说话，又指着黄国庆数落了一番，说他也太不注意自己的形象，太不把主任当回事了，等真到有那么一天，可别后悔。黄国庆任她说着，也不回话，只是拿了篾条补着背篮，心想这主任工资就那么一丁点，村上又没别的收入，一个碾子铺人家还不想承包了，这主任当着就没多大意思，还不如把自家的田地侍候好了，多点收入。他这么想着，起身将背篮往肩上一挎，锄头一扛，下地去了。

叶卉从银行出来，一上车就接到杨立业的电话，要她马上过去，他在城建局于局长办公室等她。一个小时前，夏行长打电话给她，说公司的贷款已到账上，可以用钱了。

十天前，杨立业通过朋友的引荐，带叶卉去与一家公司谈好了一个项目，需要先垫付一定的资金，但公司资金一时周转不过来，叶卉问了几个朋友都说没钱借。杨立业说别问了，眼下全球经济都不那么景气，房地产市场也在波动，一问准是没钱。叶卉说那就只能去找银行了，去年有银行还找上门来问要贷款不，当时公司不缺钱，也就没要。

叶卉直接去了那家曾找上门的银行。可听她一说，那家银行的客户经理就面露难色，说也不是不给她贷款，只是此一时彼一时，现在形势变了，贷款收紧了，得等一等，看看情况再说。叶卉一听就明白了，人家是说的漂亮话。上了车，叶卉突然想起前不久在一个会上认识了夏行长，便试着给她打电话，没想到夏行长笑呵呵地说欢迎欢迎，她下楼来接。等她说完，夏行长提了一些问题，她坦诚地一一做了解释。

这段日子，杨立业总带着叶卉去跑有业务关系的公司和一些有工作联系的政府部门，还总夸她比自己强，说话、做事更有章法，又让她独自去谈一些生意，夸她有方法有办法，效率高，成事多。开始她也没在意，一多了，她就有了疑惑，问他是怎么回事，是不是有什么瞒着她。他大多也就一笑或是在支吾中应付过去。

于局长是新近从乡镇党委书记任上过来的，杨立业这是第二次与他见面，头一次来他办公室拜见他。彼此一聊还算投缘，杨立业就想趁机让叶卉也来认识一下，为往后的衔接打个底，铺个路。

一见叶卉，于局长就赞不绝口，说一看她就是个又聪明又精明又能干的好老板，还是个又精致又漂亮又贤惠的好女人。又夸杨立业真是好运气好福气。

出了于局长的办公室，叶卉就用欣赏的口吻说，这于局长还不错，倒是没有乡镇干部的那种霸气，也没有那种土气，看上去斯斯文文的，一脸和善，说话也有水平。杨立业回头看一眼，见于局长已不在门口，便笑了笑，说这看上去斯斯文文的人其实更难打交道，可得多个心眼，因为他们脸上表现出来的跟心里想的有时是不一致的，嘴上说的跟实际做的有时也是不吻合的。叶卉不以为然地一笑，又回头看了一眼。

就在叶卉回头看于局长的同时，方小竹进了院子。听到有人大声喊妈，正准备烧火煮饭的夏时香一抬头看到了手上拎着大包小包的方小竹，一脸惊恐地往里挪着，手上的火钳掉在火塘里，话都说不出来了。

在屋后地里干活的吴翠莲一听到夏时香的哭声就跑了过来，一进门正好看到跪在地上，给夏时香搂得头发乱了的方小竹抬起头来，吓得连连后退。夏时香连忙说别怕，是方小竹回来了。吴翠莲打量着方小竹，说还是真的，比在家时更漂亮，还长高了不少。

方小竹拿了礼盒，双手恭恭敬敬地递到吴翠莲的手上，说是给她和陈伯买的。吴翠莲满心欢喜地接着，说那她们母女俩快说说话，她去煮饭做菜，等下她们一起过去吃饭。方小竹说这饭应该由她来做，等下她和陈伯一块过来吃。吴翠莲说也行，那她就过来帮忙。

袖子一挽，方小竹就忙着刷锅淘米了。夏时香边烧火边说方小竹怎么心就那么硬，这么多年也不给她一个音信，也不回来看她一眼。方小竹说是自己的不对，也是没脸回来见她，但其实回来过两次，有一次还差点给胡文化撞上了，只是见她还好，有胡文化照顾着，也就放心走了。夏时香说这些年，那是全靠胡文化，要不早就躺在哪个山上了。她说着就抓起听筒给胡文化打电话，要他马上赶回来吃饭，又说不要问为什么，只管打起飞脚跑。胡文化说再快也得两个小时。夏时香说反正等他，他不到不开饭。

吴翠莲乐呵呵地过来了，一手拎着一只鸡，一手拿着半块腊肉，说陈维民帮人干活去了，那边有饭吃，不用管他。夏时香还没来得及起身去抢下她手上的鸡，她已拿了刀割在鸡脖子上了。她说方小竹出去这么多年，今天回来了，她心里高兴，按理说应该去镇上摆一大桌，只是镇上那么远，又快天黑了，家里没别的拿得出手，也是个心意。方小竹连连道谢。夏时香说这些年里，吴翠莲对她可好了，可没少照顾她。方小竹说这就是远亲不如近邻。吴翠莲看着方小竹，说她从小就乖巧，讨人喜欢，如今这样子就更让人疼爱了。夏时香说方小竹从小讨人喜欢是没错，但这么多年都不回来让她看一眼，她不喜欢。吴翠莲朝方小竹一努嘴，看着夏时香，说人家没回来，那是有志气，等活出个样子来了才给她看，给她一个惊喜。

火给烧得旺旺的。夏时香说火在笑，还有客人来呢。

菜都出锅了，胡文化还没到。夏时香去门口望了望，抓起听筒，又放下，说打不通。方小竹边说应该是已进了村，下了山，手机没信号了，边将菜蒸到饭锅里。今年春上，胡文化给夏时香和易美秀都装上了电话，说有什么事就打他店里的电话或是他的手机。

听到脚步声，夏时香连忙去门口接，接到的却是胡明国。胡明国说一听小竹回来了，就赶紧过来看看。吴翠莲说难怪火笑，原来是支书这个贵客来了。

正聊着，胡文化满头大汗地进了门，一见方小竹笑盈盈地看着他，一时惊呆了，就睁着眼，张着嘴，一动不动地站在那里。

上了桌，夏时香不停地给胡文化夹菜，说这菜全是方小竹炒的，快多吃点。方小竹敬过胡明国和吴翠莲的酒，又敬了夏时香，才端起小酒碗走到胡文化跟前，说感谢他这么多年对夏时香的照顾。他说夏时香也是他的娘，说感谢就见外了。方小竹的泪掉进了酒碗里。她说先干为敬，一口气干了。他跟着也干了，嘴一抹，说这不是敬，是一起喝。吴翠莲说那再喝几个。胡明国边叫好边鼓掌。胡文化喝着就话有点多了，手有点抖了，人有点晃了，身子一歪，滑到桌子下边去了。这可急坏了夏时香，她拧了毛巾给他擦脸，怪方小竹喝酒没深浅。方小竹脸红扑扑的，有点不知所措。

看着方小竹可爱的样子，吴翠莲心想当初陈小军要是找着她就好了。

第二天一早，方小竹去了老鹰冲，跪在易美秀跟前，一连叫了易美秀三声娘。易美秀搂着她，抚摸着她的头，问那一棍打得还疼不。她说不疼，调皮地一笑，说她打的，疼也不疼。易美秀开心地笑着。她捧着易美秀的脸就亲了一口，亲得易美秀摸着脸，愣愣地看着她，随即又笑了，笑得泪汪汪的。

当天下午，胡文化陪方小竹走进田垭，走过桥，上石板路，翻过垭口，到了车站，目送着班车出了视线才回了店里。

这天晚上，吴翠莲给陈小军打电话，说方小竹回来了，还给她买了礼物，又说如今的方小竹跟从前可大不一样了，不仅发了财，模样也更讨人喜欢了。陈小军只是听着，没说话。吴翠莲问他跟小曼怎么样了。他说还能怎样，就那个样。叹息一声，挂了电话。

那天杨立业正要外出，一下楼就看见张书记从车里下来，便忙迎上去，说欢迎他来公司指导，快请上楼。张书记摆摆手，说不上楼了，得马上赶过去参加县长主持的一个会。杨立业说那晚上请他吃饭，正好向他请教。张书记说也不了，散了会就回镇上，又问杨立业那事想好了没有，时间过得飞快，离元旦不到一个月了。杨立业挠挠头，只是笑着。张书记从包里掏出一个信封，往杨立业手上一塞，说是胡明国昨天给他的，得好好看看，看明白。

杨立业抽出信封里的纸，展开一看，那是一封请他回村上担任支书的联名信，上边密密麻麻的满是村上户主的签名和手印。他数了数，全村只有十来户人家没签名，多数是黄姓人家，另有四户签名的不是户主。方世明一家就纸上无名。杨书成是户主，但不见名字，签名的是贺小英。

桥修好之后，胡明国就一门心思琢磨着怎样促使杨立业下定决心回村上，但就是想不出一个好法子来。前天晚上，他坐在那看电视，见剧里有村民联名上访，不由得一拍大腿，说好，村上也来个联名信。

昨天早上，杨书成正要下地，见胡明国来找他签名，不等胡明国开口就将锄头往墙角一扔，骂了杨立业一通，说他是吃错药了，想回来自讨苦吃。在里边的贺小英连忙走出来，给胡明国让了座，倒了水，说这字杨书成不签，她来签，这事她说了算。杨书成踢了一脚小竹椅，扛上锄头就走。晚上，为杨立业回村上的事，杨书成跟贺小英争吵了一场，最后杨书成不吭声了，要给杨立业打电话。贺小英一把抢过听筒，说他要敢给杨立业打电话，她就砸了电话机。他哼哼唧唧地上了床，被子一拉，蒙头就睡。

捧着这张纸，杨立业的眼前模糊起来，好一阵才又清晰了。滚烫的眼泪落在纸上，随即洇开了去。杨立业轻轻抖了抖纸，小心翼翼地折好，放进衣兜里。

听说杨立业要回村上当支书，亲友都好言劝他，支书不好当，一来村上贫穷落后，情况复杂，问题多，矛盾多，就是脱层皮也不一定能干出个什么样子来，再说了，村上穷，回去当支书，无异于自己带钱回去，没钱不好说话，也说不起话，没钱不好干事，也干不了事，而如果没干好，上边不满意，村上有意见，村民有怨言，自己没面子，家人也跟着受拖累。二来自家的生意也需要他来打理，如果回去当支书，能两头兼顾，两头都好，那是两全其美，但事实上是不可能的，因为人的时间和精力有限，如果一心去当支书，村上又干出了名堂，倒还好，虽然自家生意受到影响，却造福了村上，是一人吃亏，众人受益，值得，可问题是如果村上也没什么起色，没多大改变，那就惨了，会里外都不是人。

亲戚和朋友说的这些杨立业都想到过，也犹豫过，纠结过，但他一想公司有叶卉在，能为村上做点什么也是好事，怕的是如果没干出个样子来，误了村上，误了村民，怎么都担待不起。又一想，既然大家信任他，选择他，作为一名党员，作为村上的一员，自己就不能退缩，不能逃避。再说，在外打拼了这么多年，吃过不知多少苦，见过形形色色的人，从中也积累了不少经验，村上尽管贫穷落后，困难多，矛盾多，但也不用怕，办法总比困难多，何况还有组织的信任，还有上级的支持，还有群众的力量呢。自己从挖煤开始，一路走过来，不就是一直在往前冲，在往前闯，在奋斗，在拼搏吗？对，就再闯一回，闯出一片新天地，再拼搏一番，拼出个样子来！这么一想，再拿出那联名信一看，他就下定决心回村上担任支书了。

那天见叶卉边哼歌边炒菜，杨立业就主动在一旁打下手，想趁儿子杨一鸣回来把回村上的事说了。前两天他已跟杨一鸣交谈过，争取到了杨一鸣的理解和支持。今天上午叶卉又独自去谈好了一桩生意，加上儿子顺路赶回来吃晚饭，心情自然是好。杨一鸣学的是路桥专业，本科即将毕业，这几天跟着教授在一个工地上搞课题调研。

吃过饭，见叶卉兴致勃勃地跟杨一鸣说着公司的事，杨立业趁机说公司能有今天，全靠叶卉能干，里里外外都打理得好好的，他都准备退二线，给她当顾问了。叶卉开始还听得眉开眼笑的，但听着听着就蹙了眉头，看着杨立业，问他退二线是什么意思。他嘿嘿笑了笑，看一眼杨一鸣，说也没别的，就是镇上和村上都想让他回去当村支书。叶卉愣了愣，猛地起了身，指着杨立业说，难怪这些日子总搞得神神秘秘的，一有什么事就推着她往前顶，原来是这样啊。她说着一甩手，一跺脚，气冲冲地往卧室去了，走到门口又转过身，指着杨立业，说如果他要回村上，那公司她也不管了。说着“嘭”地关上了门。

第二天早上，看到叶卉眼睛红着，眼皮肿着，杨立业心里是又怜惜又愧疚，把早餐双手端到她的跟前，诚恳地说对不起。她接过碗，放到桌上，说她想了一晚，觉得他还是别回去为好。他本想说这事他想好了，也决定了，但话到嘴边又打住了，心想还是得做好她的思想工作，让她从心里支持才行，便换了个角度，说他是吃着村上的粮、喝着村上的水长大的，他现在是有钱了，过上好日子了，可村上还是那个样子，没一条出山的路，不少人还是住在破旧的房子里，有的孩子还是没钱上学，有的人还是没钱看病，有的人还是讨不上婆娘，村上和村民都盼着他回去，他应该回报村上和村民。叶卉说回报村上和村民的方式多种多样，多给村上捐点钱可以，但人不能回去。他说多给村上捐点钱是好，但那毕竟捐一点只一点，不能解决根本问题，要想从根本上改变村上的面貌，还得有人带领大家一起干。叶卉说让别人去带，反正他不能去。他有点火了，抬手要拍桌子，但手又轻轻落下来，指了一下叶卉，说她平时总是那么通情达理，这回怎么就不讲道理了呢。叶卉头一抬，鼻子一哼，说这回还就没道理讲了，看他怎么办。他腾地站起来，说管她同意不同意，他这两天就回村上去。

叶卉一动不动地望着窗外。杨立业将手伸进衣兜，想掏出那张纸给她看看，却又怕她不看，或一看就撕了。走了两圈，他掏出纸，双手抓着，朝她展开。杨一鸣走过来，边看边说真是令人震撼，令人感动。

叶卉的目光移到了纸上。纸上满是一双双期待的眼睛。叶卉双手捂住了眼睛，泪水从指缝间溢了出来。杨一鸣朝杨立业一努嘴，抽了纸巾递给叶卉，说要他看啊，杨立业回村上未尝不可，反正公司叶卉能管理好，何况自己马上毕业了，到时候就去公司。又说不过公司事情确实多，眼下正是爬坡过坎的关键时候，杨立业不回村上，守着公司当然更好。杨立业说也是，还是公司重要，还是叶卉重要，可别哭坏了身体，不回村上也没事，无非是让乡亲们骂他不识抬举，忘了根本，只想着自家过好日子，不管他人过得怎样，辜负了大家对他的满腔期待，枉费了大家对他的一片心意，往后他是没脸回村上了，非要回去就蒙着脸，或是天黑了再去。他说着长长叹息一声。

叶卉一抹泪，看着杨立业，说谁不让他回去了。杨一鸣愣在那，看看杨立业，又看看叶卉，哈哈大笑起来。杨立业莫名其妙地看了看叶卉，嘿嘿笑着问是不是他听错了。叶卉横他一眼，说她想了一晚，也想清楚了，他是应该回去，村上比公司更重要，公司的事她先担着，反正这段日子她也抛头露面惯了，刚才是考验他的，就看他是不是实心实意想回去，看他有没有信心和决心当好村支书。

杨立业心里清楚，她话是这么说，其实心里还是不那么情愿的，只是没办法，但她能说出这样的话，也是让他没想到，让他非常感动。

见杨立业要给张书记打电话，叶卉忙按住他的手机，说虽然同意他回村上，但有条件，得“约法两章”。杨立业一愣，问哪“两章”。叶卉说一是必须变更公司法人代表，二是不得从公司抽调任何资金。

# 第五章
# 圆梦当年

这天是腊月十八，修路开工的头一天。早上还是要出太阳的样子，可到上午九点多，空中就飘起了牛毛细雨，四面的山峰逐渐淹没在了灰白的雨雾之中。杨立业看了看低矮的天空，接着挖了起来。

听到有人问好，杨立业抬头一看，是一个二十来岁的女孩背着包，站在石板路边，正微笑着看着他，说她是黄一欣。

"杨伯伯，您不是在外边开公司当老板的吗，怎么今天在这里？"

"当老板是过去的事了，我现在是村支书呢。"

"村支书？"黄一欣摇摇头，"有点不可思议。"

"是吗？"杨立业看着黄一欣，"学校才放假？"

"学校早放假了。这几天我做义工去了，昨天回来得晚，不敢走夜路，只好住在镇上，今天天刚麻麻亮就往家里赶，走了一个多小时才到这里。"

"那我问你，如果这石板路变成了宽阔的大马路，车子直接开到了村上，是不是就不要走夜路了，不要在镇上住一晚了，不要走这么久了？"

"那当然。可这石板路要变成大马路，谈何容易。"黄一欣望着石板路。

"许多的事在付诸实施或完成之前都会觉得很难，甚至认为是天方夜谭，而一旦行动起来，慢慢就变得不难了，是可以美梦成真的。"杨立业指一下石板路，再指一下眼前挖开的泥土，"这也一样。"

"那是。精卫还填海，愚公还移山呢。您这是在修路？"

"没错。要让这路走出垭口，通到镇上，通到县城，通向更广阔的天地。"

"那真是太好了！"黄一欣上下看了看，"怎么就您一个人在这？"

"不是我一个人。"杨立业摆摆手，"还会有人来的。"

“嗯，这我相信。”黄一欣说，“好，我来帮您。”

“不用，快回去，你也走累了。”杨立业连忙手一抬，再指一下天空，“下着牛毛雨呢，湿了头对女孩不好。”

“那好，我先回去，过几天再来帮您。明天一早我去县城，要参加两项公益活动，要三四天后才回来。”黄一欣要杨立业也早点回去，别淋着。

望着黄一欣跳动的背影，杨立业心想这孩子不错，是个好苗子。

牛毛雨落在地上，青石板镜子似的。

听到有人咳一声，杨立业扭头一看，见是黄国庆扛着锄头不紧不慢地上来了。黄国庆跳下石板路，说应该是那天清淤受了寒，头晕脑涨的，一身酸痛，付秀珍还不让他来，怕感冒加重。杨立业看黄国庆的气色不像感冒了的样子，但嘴上还是说既然感冒了就别来了，快回家休息去。黄国庆说没事，反正来了，先干一会儿再说。

“那好，你这一来，我们就支书和主任都齐了。”杨立业说。

“齐了也就两个人，一辈子都挖不出这条路来。”

“就算你不来，我一个人也会挖下去。”

“你还真要当愚公?”黄国庆皱着眉头。

“没错，这愚公我当上了。”杨立业挥锄就挖。

黄国庆看杨立业挖着，心想他在外边老板当得好好的，何苦要回来当这支书，这路迟修早修也就那么大的事，他又何必这么急着动工，这下好了，没人跟着来，那好，他就自己修吧，看他修到哪年哪月。

“杨支书，你能采纳我的宝贵建议，好样的，是这个!”

杨立业一抬头，看到胡文化站在石板路边，居高临下地朝他竖着大拇指。

“我刚从镇上过来，去给蛤蟆滩的黄老三家看屋场地基，定个朝向。”胡文化推了推架在鼻子上的墨镜，抖了一下长衫，“我说的可不是迷信，有道理的，是不?”不等杨立业回答，他取下挂在胸前的笛子，边吹边走了。

看着胡文化消失在茶园那边了，黄国庆才转过身，碰一下杨立业的手臂，说他还得去一下陈家湾，昨天晚上有人哭着到他家，说因为地界的事给人打了，请他今天一定要去主持公道。他提着锄头，上了石板路，回过身，要杨立业也早点回家，别孤孤单单地一个人在这干着，不好看，也干不了多少活。杨立业手一抬，想让他别走，再一起干一会儿，话到嘴边又咽了下去，不由得心一酸，眼泪差点涌出眼眶，心想黄国庆说得也对，自己老板当得好好的，何必又何苦回来当这支书，还这么窝囊。但随即在心里骂自己没出息，又抡起锄头挖了起来。

第二天上午，见家里也没什么紧要的活干，杨立业仍是一个人在那，黄国庆想着李长花跟他说的，杨立业不是胡明国，如果这主任还想当，就得给杨立业面子，配合杨立业开展工作，便扛上锄头，不紧不慢地来了。

一见黄国庆跳下石板路，杨立业就问他感冒好了没有。他说昨天幸亏去了陈家湾，要不准会打起来，他是费尽了口舌，好不容易才让双方握手言和。又说他从陈家湾回去时天都快黑了，一进屋就上床，出了一身大汗，早上起来感觉轻松多了，只是还有一点咳。他说着咳了一下。杨立业说他带病工作，辛苦他了，又说村上的情况他最熟悉，往后还得请他多操些心，多费些力。黄国庆稍一想，说自己只能打边鼓，也只会打边鼓，大事杨立业来定，小事他去做。杨立业说往后不管大事小事，都一起多商量，一起抬着鼓来打，把鼓打得响亮点，好听点。

一时谁也没说话，只有锄头挖进泥土的声响。

黄国庆望着天空，说快要下雨了，都回去吧。杨立业要黄国庆先走，他再干一会儿，等下雨了再走。其实他说再干一会儿，也是在等，看还有人来不，他相信贺小英跟他说的话，只要坚持，一定会有人跟着来的，今天没人来，明天就可能有人来了。

黄国庆刚要走，一转身看到胡明国和方世明扛着锄头上来了，忙放下锄头，卖力地挖着。杨立业说方世明家里还在建房子，感冒也没全好，怎么还来了。方世明说他想来，也该来，又说那天他没签字，今天可以签了。

方世明是前几天清淤时感冒的。那天他头一个下到坝里，让杨立业是又感激又感动，又愧疚又敬佩。

干了一会儿，胡明国望一眼天空，看着落在手心的小雨点，说这雨虽然不大，却是细密，都回家吧，等天好了再来。他正说着，黄爱国下了石板路。跟着黄爱国后脚来的李长花见胡明国上了石板路，一拍自己的大腿，说哎呀呀，急急忙忙跑过来，还是来迟了，都收工了啊。方世明哈哈一笑，说来迟了没关系，在这干就得了。胡明国也打趣说，是啊，革命不分先后。黄爱国看着李长花，说那好，他也来迟了，就陪着李长花一块干。李长花朝黄爱国嘴一撇，说谁要他陪了，要陪也得杨立业陪。杨立业刚要开口，提着锄头的贺小英快步走了上来，说她来陪李长花。

昨天杨立业拖着疲惫的脚步回到家时，天已黑了。他一进院子，站在门口的杨书成就说给猜对了吧，果然没谁去。又说没谁去，那就早点回来，何苦一个人在那。杨立业说没事，反正去了，就多干一会儿，多挖一锄就少一锄。贺小英将饭菜往桌上端，说杨立业说得对，一口吃不出一个胖子，一步走不到镇上，路也不是一天两天就修得下来的，就得一锄一锄地挖，今天没谁去没关系，明天再去，只要去了，就一定会有人跟着来，因为他不是别人，是支书。杨书成哼了哼，看一眼杨立业，说他就知道，明天也未必会有谁去。又说要他看，杨立业还不如早点回公司去。贺小英碗一搁，指一下杨书成，看着杨立业，说不能打退堂鼓，怎么也不能回去。

下了石板路，胡明国回头看一眼跟在后边的黄爱国，对身旁的杨立业说，黄爱国不错，可列为党员发展对象。

到了岔路口，前边只有杨立业和贺小英了，黄爱国快步追上去，边走边说杨立业不仅是元旦那天的讲话感动了他，这两天独自在那干活更是让他敬佩，他今天本是想一早就上工地来的，怕别人笑他，就拖到刚才才来。杨立业停下脚步，说谢谢他，往后村上还有许多事要干，他可以大显身手。

走了大半里路，黄爱国心里还暖融融的。一只黑狗冲路边的草垛跑了过去。黄国新提着裤子从草垛后钻了出来，一见黄爱国就问他是不是上工地去了。黄爱国点头说是。黄国新说天寒地冻的，又不给工钱，傻瓜才去，哪有躺在被窝里，或是跟人打牌那个味道好。黄爱国皱了一下眉头，说给工钱的，只是要等村上有钱才给。黄国新哈哈大笑，指着黄爱国说他真是个大傻瓜。

“我是个大傻瓜？”黄爱国边走边问自己，问到第三遍时，他猛一转身，冲着黄国新一吼，“你才是个大傻瓜呢！”

杨立业当天就在叶卉的“约法两章”上签了字，在元旦前两天回到了村上，当晚就去了胡明国家，谈到鸡叫才散，第二天一早又和胡明国一同去了镇上。张书记一见杨立业非常高兴，说他这是一个想干事、能干事的样子。再听胡明国和杨立业一说想法，当即说那好，就这么定了，杨立业元旦上任，既是新的一年的开始，也翻开盆中村新的一页。

平时开会，大家都习惯了杨姓坐这边，黄姓坐那边，其他姓的人坐哪边自己选，而这坐哪一边又是变化着的，往往是哪一姓或与这姓关系密切的人成了村上的头，那这一姓的人就坐左边。元旦这天，杨姓的人就自豪地坐在左边了。

开会的时间到了，左边已基本坐满，右边还空着不少位置。胡明国问张书记是开始还是等一等。张书记说没事，再等一等，村上开会大多是这样。李长花看着张书记，说干等着也没味道，不如她来唱个歌，活跃一下气氛，给杨立业上任助个兴。张书记跟胡明国交换了一个眼神，点了点头。李长花脸上笑成花似的站起来，清了清嗓子，唱起了《今天是个好日子》。

李长花正唱着，笛声飘了上来，旋律也是《今天是个好日子》。坐在左边的易美秀扭头一看，见是胡文化戴着墨镜，穿着长衫，吹着笛子进来了。在李长花右手往上一扬，收了尾时，胡文化将笛子往胸前一挂，说他算过了，今天还真是一个好日子，不仅是盆中村的好日子，也是村上每一个人的好日子。他说着在易美秀旁边的空位上坐下，问她怎么坐这边来了，平时都坐那边的。她说她看好杨立业，当然要坐这边。见夏时香坐在右边，胡文化又挪了过去。夏时香带着些歉意地看着易美秀。易美秀朝她摆了一下手，又一笑。

易美秀这一摆手、这一笑，都被坐在左边前排的贺小英回头看到了，她便也朝易美秀点头一笑。贺小英来得早，本是坐在第二排的，硬是给方世明拉着坐到前排去了，说杨立业能回来，有她的功劳。而这时，生了好一阵闷气的杨书成走出院子又掉了头，可刚进门又转身往外走，才走到大路上又停下来，看了看升高了的太阳，又往回走了，心想还是不去村部算了，别让人笑话。

早上一起床，贺小英就跟杨书成说，吃过早饭一起去参加村民大会。杨书成说不去，反正字是她签的。贺小英一听就有点火了，说不去就不去，会照样开。

陆续地还有人来。李长花兴致勃勃地唱起了《荷塘月色》。胡文化接着吹起了《打虎上山》。张书记几次鼓掌，说唱的唱得声情并茂，吹的吹得响彻云霄。胡明国说李长花年轻时不仅是大队也是公社文艺宣传队的台柱子呢。

刘初菊轻轻上来了。她是忙了一早上，把猪都喂了才打着飞脚来的。她在后边看了看，本想坐左边，见左边没位置了，便坐在了右边。

黄国新笼着袖子，和刘晓明说笑着冒了出来，见左边还有两个空位，便往那挤。有人挡着，指了指右边。黄国新皱了皱眉头，嘻嘻一笑，说杨立业对他好，他拥护杨立业，就得坐这边。那人心想，就他这懒贼样还想坐这，便眉一扬，一拍凳子，说这早有人占着，上厕所去了。黄国新咽了咽口水，前后扫了一眼，再左右一看，一眼看到了刘初菊，稍一犹豫，便往右边去了，在刘初菊后侧坐了下来，让刘晓明坐在她的正后方。

有杨姓的人见左边没了位置，就在后边站着。胡明国说马上开会了，请他们找空位置坐下。有人犹豫着去右边坐下了，有人将右边的凳子抬了过来。

胡明国宣布开会之后就站了起来，朝台下鞠了一躬，没说这么多年他做了什么，只说这么多年了村上还是那么穷，路还是没通，责任在他，是他对不起盆中村，对不起大家，请大家多担待。说得他自己眼圈红了，台下一片寂静。

“那我请问一下。”黄国新手一举，歪站着看着胡明国，“就那修桥的工钱还给不给？是不是就不管了？”

“当然给。”杨立业朝坐下的胡明国点一下头。

“那什么时候给？”黄国新给刘晓明丢了一个眼色，“可没多久就过年了。”

“那是的，过年要用钱呢。”刘晓明附和着。

刘初菊侧过头，瞟了一眼黄国新。她这一眼仿佛是一根针，扎得黄国新心一慌，连忙坐了下去。

“好，那我在这表个态，修桥的工钱，在小年之前一定给大家。”杨立业站了起来，“今天我不想多说，但有三句话我必须说，而且要说清楚，让大家听明白，记心里去。这第一句，就是从现在开始，我跟大家一样，是村上的普通一员，不再是公司的老板，我会全身心地跟大家一起加油干，一起来努力改变村上的面貌，但同时我又跟大家不一样，我是村上的支书，我有责任，也必须带领大家不让村上再这么穷，让大家日子过得更好。我现在不再是一个建筑老板，但我会成为村上的建筑队长，跟大家一起修好村上的路，挖掉村上的穷根子，让村上与外界连通起来，让村上富裕起来。第二句是什么呢？那就是虽然火车跑得快全靠车头带，但后边的车厢得都跟上来，那才跑得又快又好。村上要不再是贫困村，村支两委，特别是我这个支书，必须领好头、带好样，但大家都得跟着来，而且除了跟着来，还要献计献策，并对村支两委和每个成员搞好监督。只要大家拧成一股绳，心往一处想，劲往一处使，就没有干不成的事。‘一个好汉三个帮，一个篱笆三个桩’，‘众人拾柴火焰高’，‘人心齐，泰山移’说的都是这个道理。这第三句我说什么呢？大家都知道，杨姓和黄姓是我们村的两大姓，同时村上除了这两大姓，还有胡、陈、方、易、刘、贺、吴、付等多个姓氏。我要说的是，盆中村是杨姓和黄姓的，也是其他姓的，是村上每一家每个人的，而且不管他们如今在不在村上，只要是从村上出去的，一样是盆中村的人，因为他们的根在这里。盆中村是一个大家庭，每个人都是这个大家庭的一员，既然是一家人，就要和睦相处，不要再分东西南北，不要再分赵钱孙李。没错，我是姓杨，但也姓黄、姓胡、姓方、姓刘、姓贺、姓易，等等，是百家姓，因为我不只是杨姓的支书，也是村上每个姓的支书，是盆中村每一个人的支书。因此，我想啊，往后开会，大家就不要这么楚河汉界，这么泾渭分明地坐着了。当然，我也知道，这么坐是有历史原因的，大家也习惯了这样，但习惯是可以改变的，就让这都成为历史，好不好？”

有人说好，有人鼓掌，但更多的人是有点茫然，有点疑惑。

“支书，你说得太好了。我本来是要坐那边去的，只是那边没位置才坐到了这边。”杨立业刚要坐下，黄国新站了起来，看着杨立业，“有人想问你，你这新官上任，又是大老板，应该是给大家带了个见面礼的，那是带了多少钱回来？每个人又能分到多少？”

“谁想问？”杨立业笑着说。

黄国新指了一下刘晓明。许多人的目光立马投向了刘晓明。红着脸的刘晓明缩着头，指着黄国新，想说什么又说不出来，便在黄国新腿上拧了一把，拧得黄国新“哎哟”一声，引来一阵哄堂大笑。

“是你想问吧？”杨立业微笑着看一眼黄国新，又扫了一圈会场，“我想，这应该是还有不少人也想问的，只是没说出来。那好，我给大家交个底，钱我是带了，但不知道是多少，因为我现在无法知道是多少，得到时候才知道。这钱在我的衣兜里，也在大家的衣兜里，只是这钱不是现金，要到时候才看得见、摸得着。这钱呀，天上会掉下来，地下会长出来，只要大家跟着我去种，跟着我去摘，那我们盆中村就会变成一个聚宝盆，有捡不完的钱，大家的衣兜就会鼓起来，鼓得比大家想象的还要大，里边的钱比大家想象的还要多。”

“是吗？”黄国新下意识地将手插进衣兜，摸了摸，又将衣兜翻出来，朝大家抖了抖，哈哈一笑，歪着头看着杨立业，“支书，原来你只是给大家许个愿，画个饼，可这又买不来酒，也不能拿来打牌，没屁用啊！”

“你还以为天上真有钱掉下来啊！”刘初菊朝黄国新一哼，“就你这样懒得蛇钻屁眼都不扯的，就是天上有钱掉下来，也轮不到你来捡。”

“我……”黄国新红着脸坐了下去。

“我看支书这话说得好，句句在理。”易美秀站了起来，“我是打心眼里相信，支书说得好，做得会更好。”

坐在刘初菊前边的付秀珍瞟了一眼易美秀，再看一眼低头若有所思的黄国庆，心想好不好还得看呢，又想，杨立业是得比胡明国有办法才行，要还是老样子，那还不如胡明国接着干，或是让黄国庆来接手好。她正想着，听到会场响起了掌声，便也跟着拍起了手。

贺小英看出来了，也听出来了，这掌声是给胡明国的，也是给杨立业的。

回家的路上，贺小英问杨立业知不知道为什么胡明国说他在村上当支书这么多年，没给村上做点什么，村上还是那么穷，但大家还是给了他那么多的掌声。杨立业心里有了答案，却摇摇头，说没想出来。贺小英笑了笑，说没别的，就因为他没有半点私心，从来不占公家也不占村民的任何便宜。

贺小英拉亮电灯，把热在灶上的菜往桌上端。杨书成提着酒壶往碗里倒酒，朝站在门口打电话的杨立业喊："杨支书，请你来喝酒了呢。"

"你……你这说的什么话？"贺小英盯着杨书成，"又是什么意思？"

"什么意思？"杨书成放下酒壶，将三碗酒摆好，"祝贺杨书记啊！你不是一进门就说要给杨支书多炒两个菜不，那我就陪杨书记喝两碗酒呗。"

"看你这说的。"贺小英指了指杨书成，"左一个杨书记，右一个杨支书，听着就不舒服，味道怪怪的。"

"那是你想多了。"杨书成看一眼还在那打电话的杨立业，"我告诉你，我们家不知有多少代了，就没出一个老板，也没出一个什么长什么记的，但立业争气，有出息了，当过老板，又当上了支书，给祖宗长了脸，也让我沾了光，我心里高兴着呢。"

上午，杨书成在家左想右想还是没想通透，杨立业为什么那么傻，好好的钱不去赚，而是要回村上来；为什么要把公司改到叶卉名下，不给杨一鸣，而是给了一个外姓人。直到下午，他下地去干活，一路上看到别人跟他打招呼的情态也好，口气也好，都显得比过去亲热了，亲切了，心里才平顺多了。

就在杨立业打电话的同时，吴翠莲给陈小军打电话，说今天胡明国下台了，杨立业接了胡明国的手。陈小军说他早就知道了。吴翠莲要他早点调回来，在省里不成，到县里也好。陈小军说他知道，可没那么容易。吴翠莲听出来他心情不太好，也就没再多问，说两句就挂了电话。

刚才为儿子大学毕业后在哪工作的事，小曼又指着陈小军骂了起来。陈小军始终是那一句话——听儿子的，由他自己选择。可小曼非要儿子回山东，儿子想去深圳或上海。生了一阵闷气之后，陈小军下了决心，等过几个月儿子一就业，他就跟小曼分手。

上任第二天一早，杨立业去了方世明家，说专程请教他来了，看村上迫切需要解决的问题是什么。方世明说他没别的，就想在有生之年，看到通往镇上的石板路变成宽阔的大马路，而眼下亟须解决的是村上的欠款问题。杨立业说欠款的事胡明国跟他详细讲过，虽然数额不是很大，但对村上来说是一个沉重的包袱。方世明说村上总体欠款不是太多，是因为胡明国一贯行事小心谨慎，轻易不搞要花钱的事，修那桥是迫不得已。又说胡明国确实没半点私心，为人公道厚道，做人是没的说的，但做事有时就少了魄力，少了方法和手段。正因为他为人忠厚，也就不怎么乐意，更不善于跑上边，自然从上边争取来的资源就很少。村上有的事不能不做，但村上没钱，有时就只能欠着，可欠得多了，欠得久了，大家的心也就淡了。因此，要想把大家凝聚起来，最有效的办法就是把欠款尽快兑现，并尽快动工修路，当然修路不是一天两天的事，得有个计划，有个规划，这就得既跑上边，也跑下边。杨立业点点头，说受教了，受益了。

杨立业风风火火来了镇上，一进张书记的办公室就开门见山地说："您昨天也看到了，村上还欠着不少钱呢。没想到今天一早就有人上门来了，说要领工钱。"

"那不好意思，只能是辛苦你白跑一趟了。我还正为钱的事焦头烂额，不知道该怎么办呢。"张书记放下正在收拾的包，两手一摊。

"镇上用钱还这么紧？这些年不是发展很快，收入大幅增长吗？"

"发展是快，可投入更大啊！"张书记看一眼从窗口投到桌上的太阳光，"好了，我没时间跟你多说了，得马上去县里。"

"去开会？"

"跟你来找我一样。"

从镇里出来，杨立业一时不知道往哪走了，就这么空手回村上吧，那肯定不行，真要有人上门来了，总不能说没钱，或是让人回家等，就是让人回家等也得给人一个时间，而这时间最多也就到小年那天。去县里找叶卉吧，也不行，才回来几天就去找她要钱，岂不是让她笑话，何况还"约法两章"了，不好开口。

那去哪，又找谁呢？他想到了朋友王大海，便上了开往县城的中巴车。之前公司借了一笔钱给王大海，说好春节前还的。王大海听他说要挪点钱用一下，满口就答应了，说在公司等他，晚上一块喝酒。可在夕阳里，当他敲开王大海办公室的门时，王大海却说不好意思，全怪信息不对称，他还以为账上有钱，其实那钱上午就付了货款。又说放心，那钱在春节前一定还到公司账上。杨立业稍一想就明白了，准是在他来县城的路上，王大海联系了叶卉。

低头走在街上，杨立业越想越气，他王大海也太不够朋友了，她叶卉也太那个了；怎么就交了这样的朋友；怎么当初就没给自己留点余地，什么都移交给了叶卉。如果当初留了一手，就不会这样难堪、这样狼狈了。可走着又想，王大海似乎没错，如今公司是叶卉在打理，他理当听她的，叶卉也没错，他是不能从公司拿钱，有约定的。

走暗了天，走亮了路灯。

霜风迎面刮过，杨立业打了一个寒战。在十字路口，他停下了脚步，只见往前走是去车站，可这时哪还有回镇上的班车，就是有车也不好意思回去啊！左边是回家的路，可回家吧，叶卉是不是在家？她一问又怎么说？算了，还是不回家了。右边角上有一家大酒店，好，就住这酒店吧。可进了酒店，猛地想到自己如今不是老板了，这酒店不能住了，这住一晚的钱可以付欠着黄国新和刘晓明的工钱了。那去朋友家？也算了，给王大海一弄，不想再打扰朋友了，别又自讨没趣。那好，就找一家小旅馆住下，省一个是一个，明天再想办法去弄钱吧。

边走边找合适的小旅店，看到一家陈记店铺，杨立业想到了陈小军，便给他打电话，看他能不能借点钱，但又不好一开口就说借钱的事，便问他在忙什么。他说在写离婚协议。杨立业以为自己听错了，又问了一遍。陈小军又说了一遍，说得轻轻松松，好像是解除了脖子上的枷锁一样。不等杨立业再问，陈小军说他儿子昨晚打来电话，说已跟深圳一家大型民营 IT 公司签了协议，下午他已跟小曼谈好了，儿子也表示理解。杨立业连忙劝他别冲动，成家不容易，这么多年都过来了，会好的，一切都会好的。陈小军说他不是冲动，等这一天不是一两年了。杨立业不再多说，也不好说借钱的事，只说要他再冷静想一想，能不离就不离。陈小军说如果不是他冷静，早离了，也等不到今天。杨立业挂了电话，看看左右，长叹一声。

杨立业突然想到了张书记，心想如果张书记搞到了钱，又还没走，那就跟着他回镇上，不给钱就赖着不走，看他怎么办。可电话打过去，前两次都没接，第三次才接了，却是说“没醉，再来一瓶”。问在哪，那头传来手机掉地上的声响，还有席上的喧闹声。

路过一家银行的网点，杨立业进去查了一下卡上的余额，总共还有七万多。他就想，如果万一这趟没借到钱，就用这钱先应付着。又一想，自己还有几家银行的信用卡，干脆也去套点现，但没走几步就否定了，觉得不能套现，别弄巧成拙。

在一家小旅馆的前台，杨立业刚要交钱，手机响了，一看是叶卉打来的，迟疑了一会儿才接。叶卉问他在哪，是不是来县城了。他支支吾吾说是来了，马上就回去。叶卉笑了，说他事情都没办好，怎么好回去。又说她刚到家，马上做饭，等他回去吃。他没有马上回答，而是在犹豫着。叶卉说她做饭去了，挂了电话。店老板不高兴了，板着脸，敲了敲柜台，没好气地问他是住还是不住。他“哦”了一声，说不好意思，下次再来。

杨立业一进门就闻到了饭菜香，应该是有他喜欢吃的白辣椒炒干牛肉，还有火焙鱼。叶卉拿来酒，笑眯眯地说陪他喝两杯，都这么多天没在家吃饭了。她这么一来，倒是让杨立业心里有些忐忑了，不知道她是什么意思，但心底还是涌起了一股暖流。

上桌了，杨立业以为叶卉会问他在村上的情况，可叶卉一句跟村上有关的话都没说，只是问贺小英和杨书成都好不，又频频举杯，一副兴致很高的样子。他几次想问她公司情况如何，是不是忙得过来，但从她的气色来看，应该是不错，便不问了，只是心中暗自佩服起她来，不由得看着她眼睛不动了。她问他干吗这样看着她。他嘿嘿一笑，说好看呗，而且是越来越好看了。她头一偏，盯着他，说那是不是原来就是一个丑八怪。他连忙说不是不是，是原来就好看，但现在更好看了。她开心一笑，举杯一碰，一口干了。

吃过饭，看了一会儿电视，叶卉牵着杨立业进了卧室，推开柜子的门，指着一个包，要他明天早上拿回村上去。杨立业一怔，问是什么。叶卉说是他眼下最需要的。他问是多少。她一笑，说不多不少。杨立业低头一想，摇摇头。叶卉问他为什么摇头。他说有约在先。叶卉说这钱不是公司的，是她个人的。杨立业说那好，他写借条。叶卉说不用，送的。杨立业问是送给村上还是送给他。叶卉问有什么区别。杨立业说如果是送给村上，那他代表村上写借条；如果是送给他，那借条他以个人名义来写。

叶卉想了想，哈哈一笑，说那就送给他呗。杨立业抱着她就亲。她忙用手一挡，说快洗漱去，又给了他一个柔情似水的眼神。

中午出门时，杨立业跟贺小英说去一下镇里，找张书记看能不能弄点钱回来。见太阳快下山了，贺小英打杨立业的电话，问他弄到钱没有，是不是回来吃饭。他说没弄到，在去县城的车上，马上到了。贺小英稍一想，给叶卉打了个电话，先说了一通叶卉如何能干、如何贤惠，接着说杨立业去县城了，是去弄钱的。叶卉没多说什么，只说好，她知道了。

元旦那天晚上，胡明国和村会计杨达成一起到了杨立业家，算出了村上历年来的欠账，其中修桥的工钱和春节前要付的欠款。

“对不起，之前是我没说实话。”胡明国一脸愧色，看着杨立业，“怕你知道村上欠这么多钱，不愿回来接手。”

“没事，不算多，听说有的村欠得更多呢。”杨立业尽管感到意外，心里有点不舒服，但还是笑呵呵地拉着胡明国的手，“这事您就别操心了，也别自责。我既然接了手，就会管到底。您只管放心，我会去想办法，把这钱全还了。”

“是啊，你也没什么对不起的。”贺小英边说边给桌下的火盆里添了木炭，“那钱也不是你个人欠的，你又没拿一分，全是为的村上。”

“没钱就别搞那些事！”杨书成说着踢了一脚椅子。

“你不会说话就别说！”贺小英指一下往里屋去了的杨书成，给胡明国添酒，“他不会说话，你就别听他的，别往心里去。”

“书成说得没错。”胡明国看着杨立业，“没钱是要别搞事，可有些事又不得不干，结果一干就欠钱了，干得一多，欠的钱也就多了。”

“您说得没错，是这样。”杨立业点了点头，“可问题是，如果老不干事，那村上只会越来越穷，大家又会有意见、有怨言了。因此，事还得干，但钱不能欠。”

胡明国叹息一声，说这就有点矛盾了。杨立业说是矛盾，但又不矛盾，这就要一方面事不仅要干，而且要多干，要干好，另一方面又要广开财路，多方筹集资金。胡明国说这谈何容易。杨立业说是不容易，但再难也得干，办法总是有的。

杨立业刚要收起名册，跟胡明国一块走了的杨达成又返回来了，一本正经地跟杨立业说钱不是他手上欠的，他这新官可以不理旧事，别人也不好多说什么，有钱可以不还欠账，而是用来干点新的事情，让大家看得见、摸得着，让大家看到他这新支书跟老支书就是不一样，有能力、有魄力。杨书成从里屋出来，说杨达成这话说得在理，他爱听。杨立业笑了笑，说杨达成说得是有点道理，但他不能这样。杨达成说他是杨家人，也是一片好意，要不也不会这么说。杨书成说是啊，一笔难写两个“杨”字。杨立业看一眼杨书成，又看一眼杨达成，本要说不要再分姓杨姓黄什么的，但一想又没说了，只说他这情况不一样，还得新官理旧事，村上欠着大家的钱不给，于情于理都说不过去，他又在会上表了态，如果不兑现，那他就食言了，因此，这钱不但要还，而且要尽快还清。

第二天一早，叶卉陪杨立业在楼下吃过米粉，就安排车送他回了村上。一路上，他先是打电话跟胡明国和黄国庆通了气，然后打电话给杨达成，要他通知大家今天下午或明天到村部来领钱。

接到杨立业的电话，刚调解完村民纠纷的黄国庆说搞到了钱，真是太好了。马上又问这钱是以村上名义借的，还是杨立业个人从哪弄来的。杨立业说别管这些，先让大家把钱领回去。

走在路上，黄国庆就想，杨立业能搞到钱回来当然是好，免得老有人找他要钱，但又觉得杨立业这钱不管是从哪搞来的，反正不能以村上的名义去借，如果以村上的名义去借，那不如没有，他杨立业是新上任的支书，是他自己回来的，没谁用轿子去抬，家里又有公司，这钱就该他去搞，反正有的支书就是带钱来上任的。他又想，这回杨立业把钱搞回来了，显能耐了，往后自己在村上就没那么好做人了。这么一想，他有点埋怨起杨立业来，心想这钱没搞回来更好。

兑现了最后一笔钱，杨立业一进门就见贺小英朝他往楼上努了努嘴。他轻轻推开门，问躺在床上的杨书成怎么了。杨书成侧过身去，一声长一声短地呻吟着，很难受的样子。

杨立业下楼问贺小英，他爹早上还好好的，怎么一下就病了，看样子还病得不轻，是不是带去镇上看一下，或是去买点药回来。贺小英指了指胸口，说他确实病得不轻，但不是感冒发烧，也不是脚痛手痛，是心痛。杨立业说好好的怎么就心痛了。

"因为钱啊！"贺小英看一眼楼梯口，"他昨晚就没怎么睡好，今天一听人说那钱是你自己出的，不是村上借的，他就想不通了，不下地干活了，也不吃饭了，骂了你一阵之后就唉声叹气上了楼。"

"是这样啊！"杨立业在地上走了走，"说起来，我爹在村上大半辈子了，就没出过几次远门，没见过多少外边的世界，就靠在田地上挣几个小钱，确实不容易。他平时又把钱看得重，恨不得把一个钱掰开来用，自己更是从不随便花一分钱。他一时想不通，完全可以理解，不怪他，是我事先没跟他说好。"

"你能这么想也好。"贺小英看着杨立业，"有时别人笑他是铁公鸡，我也装着生气的样子，其实内心里是高兴的，持家立业就得精打细算。"

"那是，要不是我爹那么勤快，你又那么会划算，我和姐姐也上不起学。"杨立业跟着贺小英进了厨房，帮着烧火做饭。

饭菜快做好了，贺小英要他去请杨书成来吃饭，说话顺着点。他走到床边，弯下腰，小声说吃饭了。见杨书成一动没动，又说炒了干泥鳅，酒也温好了。见杨书成还是一动不动，便说那钱不是他个人出的，是村上借的。

“你没骗我？”杨书成坐了起来。

“没有。”

“那……那钱从哪来的？”

“在城里一个朋友手上借的。”杨立业扭头看一眼站在门口的贺小英，看着杨书成，“你要不信，现在就跟朋友打电话。”

“还打什么电话，快下去吃饭了。”贺小英把被子一掀，看着杨书成，“你又不是不知道，立业从小就诚实，从不扯谎的。”

“这我比你清楚。”杨书成瞥一眼贺小英，拍着床铺，“可你们要知道，那钱不是个小数目。你们算过没有，我要打多少稻谷，挖多少红薯，才能卖出那么多的钱？还算过没有，那么多的钱，又能买多少稻谷、多少红薯？”

“我是没算过，没你清楚，没你厉害。”贺小英给杨立业使了一个眼色，“可立业都说得明明白白了，那钱是村上借的，不是他个人出的，你还急什么呢？”

杨书成盯着杨立业。杨立业连连点头。

“再说了，立业帮着村上借来钱，把欠账还了，大家不只是夸立业有办法、讲信用，更是夸你有功劳，养了个好崽呢。”贺小英叠着被子，“你大白天地躺在床上听不见，我是听着甜到心尖尖上去了。”

杨书成看着贺小英，说：“人家是夸你吧？”

贺小英一笑，说：“人家夸你也就是夸我呀！”

杨书成看一眼贺小英，嘿嘿笑着下了床。

这修桥的工钱一兑现，村上不少人就夸杨立业是好样的，不仅新官理旧事，还讲信用，像个干事的人，有他当支书，村上有盼头了。

黄国庆上楼一看，又没见杨立业的身影，心想他支书都几天不来村部了，那自己也懒得来了，给油茶和茶叶施冬肥去。

走到窗前，望着路口，黄国庆琢磨着杨立业是回了县城，忙公司的事去了，还是看到村上这个样子，甩手不干了，心想如果杨立业是忙公司的事去了倒好，他正好趁这天气好，把地里该干的活都抓紧干了；如果杨立业是甩手不干这支书了，那更好，村上没了支书，他这主任就主持工作了，何况眼下村上无论是论资历和资格，还是看能力和威望，还没谁在他之上，那支书这把交椅就无疑是他来坐了，尽管他不是那么想当这支书，但能当上也不是坏事，既能让他抬起头，挺起胸，开会坐到中间的位置，给胡明国压抑了这么多年，他算受够了，也给村上的黄姓长了脸，黄姓的人就可以坐到左边去了。

难道杨立业是想脚踩两只船，那边公司管着，这边支书当着？那就不容易、不轻松了，一心不可二用，鱼和熊掌不可兼得。想脚踩两只船，如果两只船都坚固耐用且齐头并进，间隔又近，也许能兼顾得过来，而如果这两只船不那么结实，又相距太远，怎么兼顾得过来？说不定哪天一个风浪打过来，船就破了，甚至倾覆了，那就惨了，或许哪天一不小心，一脚踩空，“咕咚”一声掉水里去了，要是命大，还会给救上来，要是命不好，就沉水底了，那多可怕，多可惜啊！这么想着，黄国庆不由自主地打了一个冷战，又笑自己怎么一时想了这么多。

听到有人上楼来了，黄国庆扭头一看，是杨世海。杨世海问他在想什么，是梦见抱了个大美女还是捡了个金娃娃。黄国庆朝他不耐烦地挥了一下手，问他有什么事。他边递烟边说开着那三轮车满村跑，人吃亏不说，还不怎么赚钱，成本太高了，还是想把这碾子铺好好开起来。黄国庆说又没谁拦着他，尽管开就是，但得把租金交了。他说交租金可以，但村上如果不把坝里的淤泥清了，蓄不上水，那他想开也开不了。黄国庆边下楼边说这事得找支书才行。

这时，杨立业走进了半山腰刘晓明家的院子。这几天已走遍了村子西边最远的两个组，和东边最北的一个组的十几户人家。昨天他顺便去看了一下石窝村的石材厂，还在离石材厂不远的付老六家喝了水，聊了一会儿天。

刘晓明坐在一把旧竹椅上晒太阳，听到有人来了，抬起头，用手遮着额头，眯着眼睛看了看，说一声“是支书啊”，起了一下身又坐下。杨立业在他旁边的破竹椅上坐下。他问杨立业来干什么。杨立业说来跟他说说话，聊聊天。

“你是老板，又是支书。我就这窝囊样，人不像人，鬼不像鬼的。”刘晓明摆摆手，往一侧挪了挪椅子，“没什么好说，聊不到一块的。”

“看你这说的，我们一块长大的，还是同学呢。”杨立业将椅子一挪，拍了拍刘晓明的手，“我们什么都可以说、可以聊的。”

“那我问你，听说前几天兑现的修桥的工钱什么的，都是你想办法借来的，而村上就这个样子，你就不怕村上没钱还给你？”

“不怕。”杨立业摇摇头，“村上今天没钱，不等于明天没钱。”

“难说。”刘晓明摇摇头，“但愿吧。”

“不是但愿，是一定。”杨立业拍了拍刘晓明的肩膀，“对村上要有信心，对自己一样要有信心。你……”

“我就这个窝囊样，婆娘跑了那么多年，儿子也不知道在哪里，过一天算一天的，哪天脚一蹬、眼一闭，才好了。”

“可别这么悲观，等村上好了，有的东西是可以找回来的，或许还不要你去找，它自己就寻着回来了。”

“做梦去吧！”

“梦要做。那年我去挖煤就梦见捡了金子。后来才知道，煤就号称乌金。”

“我也梦见过捡了金子，可第二天上学一出门就踩了一堆狗屎。”

“那说明你运气好。”杨立业哈哈大笑，“狗屎可是个肥田肥地的好东西，当年生产队还有人一天到晚转来转去捡狗屎呢。”

“问题是有的人本是踩着一堆屎，一看却变成了一锭金，而有的人明明是捧着一锭金，一眨眼却变成了一堆屎。”

“那都是古典小说里写的。不过，这中间也包含了一个万事万物转化的哲理。”杨立业盯着刘晓明，“我问你，你现在最大的愿望是什么？快点，马上说！”

“想看到我儿子，还有我婆娘。”刘晓明脱口而出。

“好！这就好！”杨立业皱了皱眉头，“只是，假如他们回来了，看到你是这么个颓废不堪的样子，你说他们作何感想？会认你吗？”

“我……”刘晓明眼圈红了。

“我看，你要想看到他们，让他们认你，你就得改变自己，不能再这样下去了，得活出个样子来。”杨立业拍了拍刘晓明的手。

刘晓明送杨立业到地坪边上，望着杨立业的身影时隐时现，直至消失。一转身，他仿佛看到刘小强在地上乐不可支地打着陀螺，看到父亲愁眉苦脸地坐在门槛上抽烟，看到吴春花一脸疲惫地坐在阶基上剁猪草。可当他走过去时，谁也不见了。他仰天怪叫一声，抱头痛哭起来。

杨立业似乎听到了他的怪叫声，听到了他的哭泣声，不由得回头望了一眼山上，心想他这叫得好、哭得好，也许这一叫叫出了他自信的火花，这一哭哭出了他希望的火种。

刘初菊有点吃力地将灶台上大铁锅里煮熟的红薯铲进潲桶，再搅拌好。杨立业走过去，给她打起了帮手。她要他歇着，别弄脏了手和衣服，忙完了就给他泡自家制的明前茶。他说没事，这活他干过的，说着就提了一桶猪潲往食槽里倒。刘初菊在围裙上擦了擦手，说他还真是一个干过活的样子。杨立业数了数，四间猪栏里一共有六头猪。刘初菊说前几天卖了一头大的，栏里这两头大的小年那天也会卖掉，那两头架子猪喂到明年端午就可以出栏了，还有两头小的得喂到中秋。

刘初菊边从竹笕上接水，边说用这天然矿泉水沏的茶格外好喝。又说她家的猪也好，鸡也好，都是喝的这矿泉水。

杨立业端起小碗抿了抿，说这茶是好，不仅口感好，好喝，汤色还好看，养眼。刘初菊说那就好。又说她家的十来株茶树就栽在屋后，肥全是施的鸡屎猪粪，也没打过什么虫，叶子带露水摘回来，自己亲手炒。杨立业说她天天起早贪黑的那么忙，还能有这么好的茶，也是个有心人了。刘初菊有点不好意思地笑了笑，说日子是过得有点累，生活是过得有点苦，但挤点时间泡碗自己炒的茶一喝，也就不觉得累了，苦还变成了甜。杨立业不由得多看了她一眼，只见她头发清清爽爽，面色红红润润，身上干干净净。

杨立业问她眼下最大的心愿是什么。她说没别的，就是把村里通到镇上的路修好，猪能直接在家门口装上车。杨立业说她喂那么多头猪，又喂的是熟食，一个人应该是有点忙不过来，是不是请个帮手。她说现在自己辛苦一点还忙得过来，请人往后再说。

从刘初菊家出来，杨立业没走多远就看到黄国新唉声叹气地走过来，便站在那里问他怎么了。他手一伸，说恨不得剁了，不知道手气这么臭。

“你一早又跟人打牌去了？”杨立业问。

“不打牌干嘛，又没婆娘抱着睡。本想赢几个钱的，没想到老本都没了。”

“打牌本来就没一个赢的，还是不打的好，有时间不如干点别的。走，去你家坐一会儿。”

“你是要给我钱，还是去看看再给我买点什么？”

杨立业笑而不言，只是往前走。

进了门，杨立业喊着黄国新一块打扫卫生，整理东西。黄国新用袖子擦了擦脸上的汗，捶了捶腰，说从娘肚子里出来，还没这么捡拾过屋子呢。杨立业问他这样是不是看着都清爽了、舒服了。他说是倒也是，就是要花工夫，要费力气，难得搞，也懒得搞。杨立业说经常搞，成了习惯就轻松了。黄国新说反正也没谁进屋，搞不搞都无所谓。

“那你现在最想要、最需要的是什么？”杨立业突然问黄国新。

“婆娘啊！”

“那你最大的愿望又是什么?”

“就……就是天上罩下来一块大石磨，正好把盆中村严丝合缝盖住。”黄国新亮出食指和中指，晃了晃，“只留两个人活着。”

“只留两个人？谁和谁?”

“我一个，”黄国新脸一红，“还有刘初菊。”

“就你和刘初菊?”

“噢，还有你。”黄国新竖起三个手指，“三个，是三个。”

“为什么?”

“刘初菊是我喜欢的。你对我好。我当然要保你们两个了。”

“你叔伯和兄弟他们也不管了?”

“不管，反正他们也看不起我，根本就没你对我好。”黄国新哼了一下，“有的还巴不得我死了好，我管他们干吗?”

“也是哦。”杨立业笑了笑，看着黄国新，“只是一块大石磨严丝合缝地罩下来，你也没地方躲啊，还是不罩下来的好。”

“你不记得了吧?”黄国新嘿嘿一笑，指了指杨立业，“我问你，磨中间是不是有个喂豆子的眼？我们三个就躲在那眼里啊!”

“噢，这么巧?”杨立业笑了笑，“要是那个眼里只能躲两个人，那是我不躲还是让刘初菊走开呢?”

“这……”黄国新挠挠头，“那眼大，应该能躲三个人的。”

“我还是不躲在那了，别影响你们两个。”

“没事，真没事。”黄国新摆摆手，看着杨立业，“你是好人，不会跟我争，也不会跟我抢的。再说你都有婆娘有崽女了，什么都有了，我不怕。”

“那你知道刘初菊愿意跟你一块躲不?”

“那可由不得她的，磨就那么一个眼。”

“可如果她不愿意，那就是她跟你躲在一块，你也没用啊!”

“磨眼就那么大，日子一长就好了，什么都愿意了。”

“倒也是，盆中村就那么大，一个大磨眼似的。其实你和刘初菊早就在磨眼里，都好几十年了。你说你喜欢刘初菊，那她喜欢你不?”

“她虽然不怎么喜欢我，但也不像有的人那么讨厌我。”

“那你这就是单相思，一厢情愿了。”

“有时看她忙着，想帮她一把，又不敢，怕她不高兴。”黄国新看一眼门口，放低了声音，“还怕黄国庆又是瞪眼又是骂的。”

杨立业没再问下去，只是打量着黄国新，说：“你看你，人长得既不矮也不丑，只要不懒，勤快点，多挣点钱，不再老想着打牌喝酒，把屋里收拾干净些，把自己弄得精神点，还是招人喜欢的。”

“那你说我可以喜欢刘初菊不？”

“当然可以，这是你的自由。但不可强求，明白不？”

黄国新眨眨眼睛，点了点头。杨立业看到了他眼里的期待和茫然，也觉得他和刘初菊似乎不那么般配，但又想，天下许多的事，总是出人意料的。

杨立业才走了百来米，黄国新就追了上来，叮嘱他石磨的事千万别跟人说，特别是黄国庆。杨立业说如果下次去他家，还是那么脏兮兮的，就不一定了。

之后的第三天上午，正要出门的黄国新见杨立业走了过来，连忙返回屋里，左一下右一下地扫起地来。当杨立业走过门口时，他边扫边大声问杨立业去哪。杨立业边走边说去蛤蟆滩组看看。他提着那破扫把朝杨立业扬了扬，说慢走，回头进屋喝水。而一见杨立业的身影消失在了前面大石头的后边便将扫把一丢，一闪出了门。走过田角的杨立业回头看到了他的背影，不由得一笑，心想要他有所改变还真是不容易，难怪胡明国一说起他就直摇头，说他和刘晓明这对油盐坛子真是伤脑筋。

这五六天里，杨立业两头黑地走家串户，若实在太晚，又方便，就走到哪家吃住在哪家。正因为这样，村上不少人看不到他，也就有了各种猜测，各种说法。

黄国庆一出门，看到杨立业正往碾子铺大步走着，便抄了小路，又连走带跑的，终于赶在杨立业之前上了楼。李长花跟他说过，是不是配合好了杨立业的工作，开会最能体现，一个是开会不迟到，最好是早到一点，一个是会上多举手赞同，不跟杨立业唱反调。

一进会场，杨立业就看到坐在台上的黄国庆等人站了起来，等着他上去，而其他的人还是明显地分成了两个阵营坐着。他走到台前，说快把桌子摆成方形，大家面对面坐着，往后不是大会就不设主席台了，大家就围一圈坐着，互相好说话，也好商量事情。

桌子摆成了方形，大家自觉地把主席台的那一方留了出来，又自然地杨姓坐在了左边，黄姓坐到了右边。胡明国和方世明相视一笑，坐到了主席台对面的那一方。杨立业朝他们会心一笑。按惯例，胡明国应该坐在左边，方世明会坐到右边去。

杨达成又清点了一遍人数，说除两个请假的之外，只差三个还没到，应该是在路上了。杨立业说已经三点，人大多也到了，就不等了，开会。杨达成稍一犹豫，看一眼杨立业，在黄姓那边坐了下去。不少人用异样的目光看着他，看得他身上长了刺似的不舒服，见胡明国朝他点了点头，才觉得轻松多了，自在多了。

扫了一圈会场，杨立业脑子里一闪，心想好，就这样，自己先说一说，然后分两个组讨论，既让大家畅所欲言，也融洽一下关系。

“这几天，我几乎走遍了村上的每家每户。每家都说最需要、最迫切的是把路修好，特别是要修好通到镇上的路，最大的心愿就是不再这么穷，日子能过得一天比一天好。这就是说，修路是村上共同的心声，不存在这路修不修的问题，只是这路怎么修。这些天我反复在想，脑子里有了初步的方案，规划了一下村上的路，就叫‘一一二’工程。头一个‘一’是修一条通往镇上的路，把村里跟镇上连接起来，跟外边广阔的世界对接起来；后一个‘一’就是修一条环村路，把整个村子串联起来；这个‘二’就是修好两条连村的路，一条是打通连接枫树村的路，另一条是将连接石窝村的路拓宽。这个想法我跟国庆主任也碰过了，他表示支持。”杨立业看一眼正点着头的黄国庆，“下边我们就分组讨论一下这路先修哪，后修哪，怎么修，谁来修，钱从哪来等问题。”

杨立业将人分成两组讨论，分别请胡明国和方世明来主持。杨立业和李长花去了方世明那一组，黄国庆和杨达成在胡明国这一组坐了下来。方世明悄悄跟杨立业说，难得他这一片良苦用心。他说这也是突然想到的，心里还没底，不知道等下会是怎样一个情况，会不会吵起来，甚至打起来。方世明说别担心，走一步看一步。

出人意料的是过了快十分钟了，两个组都是一片寂静。方世明启发了几次，还是没人接过话去，连一贯快言快语的李长花也没开口，只是不断地看胡明国那边。

杨立业刚要说话，只听那边谁突然一拍桌子，说了句什么，跟着就有人站了起来，接下来是一阵争吵，有人坚持要先修环村路，而有人说应该先修通往镇上的路。

看那边一争吵，这边跟着也热闹起来了。有人说先修环村路可以，但要先修北边。有人马上说不行，得先修南边。

见争论起来了，杨立业是既高兴又担心。方世明看在眼里，朝他点了一下头。他心领神会，心想只要不打起来就行。

只听那边有人一声喊打，等杨立业扭头看时，有两个人已扭在了一起，还有人骂着就要上去帮忙。他急了，刚要起身过去，见胡明国朝他抬了一下手，便没动。

没想到胡明国一声断喝，那两个扭在一起的人触电似的立马分开了，这边的争吵也立刻停歇下来。或疑惑或惊讶或敬佩的目光朝胡明国聚集过去。睁大了眼睛、伸着脖子的李长花看着胡明国，心想他要是在支书任上能有这么一声断喝，或是这一声断喝能早些年喊出来，村上也许会多一点变化。她将目光转向黄国庆，心想他要能学着这一声断喝就好，可他只怕是学不会。她见黄国庆抬头往这边看，便避开他的目光，瞟了一眼正襟危坐的杨立业，心想他公司还真不管了，要在村上当一辈子支书？

“讨论可以有不同想法，不同意见。”胡明国说着站了起来，“可以争论，可以争得面红耳赤，但不能辱骂，更不能动手，谁想骂，就骂我，谁想打，也打我，我保证不还嘴，不还手。来，谁还想骂？谁还想打？”

“老支书，谁敢打骂你啊！”杨达成瞪一眼那两个打架的，一脸笑地看着胡明国，“他们都是闹着玩的，好久没在一块切磋了。”

“是是是，这段日子地里没什么活干，就天天在家练板凳拳。”一个说。

“没错，我也是，但我练的是棍拳，就想着在哪露一手呢。”另一个说。

“你们是不清白吧？这是会场，不是你们施展拳脚的地方。”杨达成看一眼胡明国，看着黄国庆，“要是哪天村上还能舞上龙，你们就可以露一手了。”

“舞龙是好事。”见胡明国也看着自己，黄国庆看了一眼杨立业，“我还是小时候跟着舞过龙，都好多年没见过龙灯了。明国支书曾好几次提及要舞龙灯，都因为这个那个最终没舞起来。现在立业支书回来了，他也是个爱热闹的人，会有所考虑。今天是讨论修路的事，大家就接着说吧。”

杨书才扯了扯黄国有的衣袖，问他怎么想的，怎么不说。黄国有看一眼杨书才，没吭声。杨书才说只要那路一修通，车子一开到村上，那赶马就没意义了，可他又不会犁田莳田，到时候靠什么吃饭，喝西北风去啊。黄国有一想，是啊，这路一通，就等于断了他的财路，可又一想，他父亲死在马肚子下，他爷爷死在马蹄子下，说不定哪天他也……他不敢再往下想，只是埋下头，用手悄悄擦了擦眼角的泪水。杨书才碰了碰黄国有，催着他快说话。黄国有咽了咽口水，发白的脸扯动了一下，说他赞成修路，又不赞成修路，但还是赞成修路。杨书才瞪他一眼，又踢了他一脚。

听黄国有这么一说，有的人一时还反应不过来，等杨达成一叫好，才跟着拍起了手。见大多数人在拍手，杨达成就说好了，黄国有都赞成修路了，还有什么好说的。接着说了他关于修路的想法和建议。

这边李长花说杨立业找到了村上的穷根子，抓住了改变村上的牛鼻子，在精心调研基础上规划出来的"一一二"工程科学可行、切合实际。然后说这路要修的有这么多，不可能同时修，得有个先后，至于哪在先哪在后，怎么修，钱哪来，杨立业早已心中有数，她就不多说了。

李长花这么一说，有的人就跟着说了下去。后边有的人就干脆不说了，说前边的人说的就是他们想要说的。

见没谁说了，那边也安静了下来，方世明与杨立业交换了一个眼神，宣布小组讨论结束，休息五分钟后集中听杨立业做总结讲话。

昨天下午，杨立业从老鹰坡上下来，跟易美秀聊了一会儿，问她怎么不跟胡文化住到街上去。她一笑，说总不能把这院子搬到街上去，把这一冲田地移到街上去吧。又说她要不在这冲里了，人家问她要口药都不方便，她也没地方扯药了。

出了易美秀家的院子，看一眼快下山的太阳，杨立业给黄国庆打了个电话，说等下去他家喝酒。黄国庆稍一犹疑说行，他就回去，在家等着。这些天，他一方面是盼着杨立业进门，琢磨着杨立业是不是对他有什么看法了，怎么还不来他家里坐一坐，另一方面是又怕杨立业进门，怕他问村上这些年的事，更怕他问村上接下来怎么搞，因为黄国庆确实对村上没有一个通盘的考虑，更没有一个改变村上的方案。

杨立业一进屋，付秀珍就笑呵呵地将菜往桌上端，说支书大驾光临，满屋都是亮堂堂的了。听杨立业说了"一一二"规划，黄国庆心想他喝多了，就想些天方夜谭的事。本想说村上既无钱，也没人，这路怎么修，这么多年里，胡明国不是没想过要修路，可路在哪，在梦里吧，但一想到李长花跟他说过的话就只是不住地点头，说很好，他没意见。付秀珍却非常兴奋，连连说好，夸杨立业有气魄，不愧是一个见过世面、干过大事的人，这规划哪天真实现了，盆中村就真会成聚宝盆。又说不为别的，只为这规划就要敬杨立业六碗酒，说着就一碗接一碗地敬了起来，喝完第四碗就身子一摇晃，打了一个又长又响的酒嗝。黄国庆去拿她的碗，要她别喝了，再喝就出洋相了。她一掌推开黄国庆，指着他，要他跟着杨立业学……

送杨立业出了院子，黄国庆将一条湿毛巾递给付秀珍，说："往后喝酒，你就别再那么一口一碗地接着喝了，醉了伤身体不说，还丢脸。"

"我在自家喝酒，丢谁的脸了？"付秀珍将毛巾往床头柜上一丢，指着黄国庆，"你以为我那么想喝酒啊？我是不得不喝。"

"不得不喝？"黄国庆皱了皱眉头，"那你为谁喝？又为什么喝？"

"为杨立业喝，更是为你喝。"付秀珍坐了起来，"不说别的，就凭杨立业能回到村上，又弄钱来还了村上的欠款，我就该敬他几碗。"她有点不屑地看一眼黄国庆，"人家兴致勃勃地跟你说规划，我一听就脑壳顶上都热了。你倒好，从头到尾就不冷不热地点下头，说个好，一副不热心、不感兴趣的样子，喝酒也不豪爽。你别以为人家看不见、听不懂。我告诉你，人家比你聪明得多、精明得多。人家心里肯定不舒服、不痛快，只是脸上没写出来，嘴上没说出来。没办法，我只好多敬他的酒，为你圆场。不是我说你，你人没比他长得矮，但心眼比他小得多，往后你还真得跟他多学点。你给我记牢了，人家要没几下子，那不会回来，也不敢回来，既然回来了，那就会千方百计干出点名堂来，而且怎么干都肯定想好了，并得到了村上的胡明国、方世明他们和镇上的张书记等人的支持。你要是一个聪明人，就跟着人家好好干，当好助手，当好帮手，不要做人家的对立面，拆人家的台，如果你要跟人家貌合神离，甚至背道而驰，那下台的只是你，也必然是你。"

"这我懂。"黄国庆瞥一眼付秀珍，"也要看他怎么干。"

付秀珍指了指黄国庆，心想：你呀，就是心眼小了，气量小了，就算杨立业干几年走了，那支书的帽子也不一定落到你头上来。

"我想，这路应当先修通镇上的，然后修环村的，接着修连接石窝村和枫树村的。至于环村路，应该先修机耕道不通的地段。把原来机耕道不通的地段修好，与通往镇上的路对接上了，那就不仅整个村上串联起来了，而且整个村上与外边也连通了。这……"

"支书说的这规划，我看是科学的，修路的先后顺序更是合情合理，我举双手赞成。"胡文化手一举，站了起来，"不过有一句话我得先说了，那就是不管哪个路，不管怎么修，有一条怎么也不能违背，就是要看好了，不能破坏了风水，留下后患。就说修那通往镇上的路吧，我仔细看过了，最好是就着石板路走。当然，石板路有的地段是可以利用，但主体必须保留，特别是有的地段绝对不能挖了。大家天天在石板路上走，对石板路应该是非常熟悉，有感情的，有的人连石板路有多少个石级，用了多少块青石板都心中有数。但大家注意到了没有，山里虽然修了这么一条石板路，却没有破坏风水，没有挖断龙脉。为什么？就在于祖辈们讲究天人合一，道法自然，当年修路时顺应自然，又顺其自然，依山而走，依势而行。因此，我……”

“我看你这说的是有点道理，但如果是在石板路的基础上加宽，工程量会少得多，成本低得多，更合算。”有人说。

“我赞成胡半仙的说法。如果乱挖乱搞，不顺应自然，那必然遭到自然的报复。当年修水渠、改河道的后果，在座上了年纪的人应该还记得。”有人接着说。

“好，这个大家说得都有道理。下边我也来说两句。”杨立业轻轻压了压手，看着胡文化，“我基本赞成你的说法。我的理解，你说的不要破坏风水，就是不要乱搞乱挖，不要破坏环境、破坏生态，是不是?”

“对对对，还是支书说得有水平。”胡文化点着头。

“这石板路上染着祖辈的汗水，印着祖辈的足迹，也承载着祖辈的梦想和希望，更闪耀着祖辈创业的精神和气概，是祖辈留给我们的宝贵财富，我们理当保留好、保护好，绝不能损毁，绝不能破坏。”杨立业说得有些激动，不由得站了起来，“大家要知道，这石板路既是历史，也是现实，更是未来！”他说着手一扬，扬出来了一片热烈的掌声。

杨达成边拍手边对旁边的李长花说，这会场已经很久没有这样的掌声了。李长花稍一想，说还真是。

“大家还要看到，随着这些年来我国经济的高速发展，随着城乡居民收入的快速增长，乡村的原生态旅游已经在一些地方兴起。我们盆中村只等连接山外的路一通，肯定会有不少人前来观光。前些天我在村上走家串户的同时，也领略到了村上的自然美，我惊喜地发现，原来我们盆中村就是一个大景点，或者说就是一个大景区，而散落在景区中的流金河、老水渠、古树林、扯旗寨、蛤蟆滩、青龙潭瀑布、金龙温泉、老鹰冲梯田等都十分壮观、十分漂亮，还有这石板路和那烈女牌坊、红军指挥部等也都是非常好的景观，而石板路又是这一切的灵魂，也是连接这一切的桥梁和纽带。”杨立业看一眼胡文化，“前几年，镇上那历经了几百年风雨的廊桥因年久失修，已显得破败不堪，镇长说镇里一时也拿不出钱来翻修，与其摆在那里碍眼，说不定哪天还砸了人，酿成事故，不如拆除了的好。结果一拆除，马上遭到了许多人的责骂，我也为此感到遗憾，觉得太可惜了。好在前不久，我听张书记说，镇里已在讨论是否在原址修复廊桥了。廊桥修复好了，将成为镇上的一大亮点和景点。”

“支书说得没错。那天看着廊桥拆除，我心里是刀割一样难受。廊桥一拆，坏了街上的风水，街上的生意从此一年不如一年。”胡文化连连叹息。

“还有村上那个温泉就那么荒废在那里，也是可惜了。”有人说。

胡明国朝杨立业指了一下窗外。杨立业一扭头，只见山尖上半个殷红的太阳陡地落到山那边去了，便与胡明国、方世明交换了一个眼神，再与黄国庆耳语了两句，宣布明天上午九点接着开会，不得迟到，不得缺席。

杨立业刚下楼就给杨世海堵在门口，说坝里边的淤泥年前要不清了，那这碾子铺的门就从明天开始谁也不准进了。杨立业说这事他记心里了，两天后准给一个说法。

“修路是千百年的好事，我不反对，但我只问你，修路是不是要占用田地？占用田地是不是要付钱？修路是不是要人来干活？干活是不是要付工钱？修路是不是要水泥沙子？水泥沙子是不是要花钱去买？这些钱你是不是都准备好了，钱又在哪？”杨立业一进门，杨书成就拉着他往凳子上一坐，跟他提了这一连串的问题，问得他一时不知从哪说起。好在已将饭菜端上桌的贺小英走过来，瞪一眼杨书成，说还东扯西扯的干吗，吃饭了。

才吃了几口饭，杨立业就碗筷一放，说他吃饱了，还有事去。贺小英连忙放下碗，追上来，问他急着走，是不是怕杨书成接着再问。杨立业说是，又不是。贺小英说杨书成问他那么大一串问题，主要是怕他再借钱来修路，到时候惹一身的麻烦。杨立业说杨书成的心思他懂，也理解，他去一下黄国庆家。

“这杨立业还真是胆子大，村上没一分钱也敢说要修路，还想修那么多。”坐在火桶里看电视的付秀珍瞄一眼在回短信的黄国庆，“虽然是有点异想天开，倒也是令人敬佩。村上的路真要在他手上修好了，那他就成了村上的功臣，成了村上的英雄。”

黄国庆瞟她一眼，继续发着短信。他在跟李老板催讨卖油茶籽的钱，李老板说了上个月跟他结清茶籽款，没兑现。

“哎，你可给我听着。”付秀珍推了一下黄国庆，“你别到时候人家成了英雄，你却是狗熊一个!”

“你这是什么话?”黄国庆将付秀珍的手一推,“修路是好事,我举双手赞成。不说别的,一旦路修好了,那我们家的茶叶和油茶籽都能卖个更好的价钱。”

一见杨立业,黄国庆就说修路越早开工越好,越早修通越好。杨立业却说他过来没别的,是想跟黄国庆商量一下碾子铺清淤的事。

“碾子铺的淤泥是该清了。前两天杨世海找过我,我也一直在琢磨着怎么清,只是没想出个好法子来。”黄国庆说,“你看怎么清都行,我全听你的。”

“听我的?”杨立业笑了笑,“我也没想好呢。”

杨立业一走,付秀珍就说黄国庆不该说全听杨立业的,应该有自己的想法。黄国庆说这她就不懂了,如果他说了怎么清,那十之八九杨立业会安排他去负责,岂不是自找麻烦。付秀珍说安排他去清也在情理之中,他不是别人,是村主任。黄国庆一哼,说她又不懂了,碾子铺的淤泥那多,可不是一个人两个人一下子清得完的,要是容易清,那胡明国早清了,不会等到今天。付秀珍一想,也是啊,清淤要人,还要钱,可人在哪?钱又在哪?

霜风吹过,吹得水面银波闪跳,也吹得走在水坝上的杨立业一抖,忙将棉衣的拉链全拉了上去。他走几步就将竹竿插下去,再提起来看一看淤泥的厚度。

水闸后边的门一下洞开了,紧接着一个捞鱼的网从门洞里罩出来。杨立业一声“哎哟”,慌忙就势扶着闸板。

“吓着你了吧?”杨世海连忙丢下渔网,拉亮了电灯,两步跨出门槛去扶杨立业,“你站在那里,我还以为是个鬼呢。”

“还真吓了一跳,差点掉水里去了。”杨立业连呸了两下,又跺了跺脚,“看你说的,哪来的鬼?要有鬼那也是人想出来的,人变出来的。”

“那你别说,鬼还真有的。”杨世海指了一下前边,“那个桂花就是在那投的水,后来晚上有几个人还在坝上看到过她。不过,凡是后来夜里在这看到过她的人,大多没多久就走了,不是投水就是上吊,也是怪。那个方小竹也是想在这投水的,只是不知怎么地下了水还上来了,算是命大,应该是桂花没缠上她。”

“看你说的。这么多年,在这投水死的也就一个桂花。”

“那可不呢,在桂花之前还有两个的。那时这坝上水深,真想死的就往这里跑。可惜如今坝里的水都只脚背那么深了,谁想死都死不了了。这也好,桂花之后这坝上就再没死过人了。不过,这又害了我,害得我赚不到钱。”

“不是有电了吗?”杨立业指一下电灯。

“那也叫电？萤火虫似的，哪带得动机子，就是动了，也是要死不断气的。何况电是要交钱的，又不便宜，还不知道什么时候就停了，把机子都卡坏了。”杨世海疑惑地看着杨立业，“你大半夜地在这里，是不是也……”

“也什么？看你想哪去了！”杨立业指着坝里，“我都来好一阵了，刚才正在那估算着淤泥有多少，该怎么清呢。”

“那是你想得太入神了，我那么大的动静都不知道。不瞒你说，一个人夜间到这里来，我还真有点怕，进门之前总要用力跺几下脚，或是故意咳几声。刚才我一跨进前门，就从后门的门缝里看到你站在这，影影绰绰的，还以为是个鬼，吓得大气都不敢出，等定了定神，才拿了那个长把的捞鱼的网子，壮着胆子蹑手蹑脚地走过来，心想管他是个什么鬼，先一网罩住了再说，没想到是你。”

“所以说，鬼是人想出来的吧！”杨立业爽朗一笑，“那你又是来干吗？”

“来扛备用胎啊！”杨世海指一下东边，“今天去河东碾米，不知不觉就天黑了，刚过了桥没多远，车子就突然往左边一偏，差点冲进了田里，下来一看，是轮胎破了一道口子，也不知是碰了个什么鬼。”

杨立业说爆胎是正常不过的事，哪有什么鬼。换过胎，杨世海送杨立业到院子外边才走。一路上杨世海说，如果把坝里的淤泥清除了，再把水坝和下边的水渠修复一下，那不仅碾子铺活了，能碾米磨粉，下边的农田灌溉也有了保障，不会再为水争吵，甚至打架斗殴。又说碾子铺这么多年了，算是一个古迹，那个胡春晖都说过，这碾子铺也好，碾子铺里那个废弃不用了的油榨坊也好，到时候全是好景点。还说如果杨立业组织把淤泥清除了，那是为村上干了一件大好事、大实事，大家一定会对他高看一眼，觉得他比谁都有能力、有办法，今后开展工作也就会轻松些。

站在院子外边背风的地方，杨立业望着碾子铺的方向，回想着一路上杨世海说的话，心想这杨世海虽然是从他个人利益出发来说话，却说得有理有据、合情合理。看来这淤泥只能清，必须清，而且越早越好。可谁来清？怎么清？钱在哪？突然，他脑子里一闪，有了，就这样，就算是来一次检验，也是先给修路打一个铺垫。

正在看央视晚间新闻的杨达成接到了杨立业的电话，要他马上通知，明天上午所有参会人员务必自带锄头或箢箕等工具。

黄国庆接到通知时，正在看电视上土地流转的故事，说的是某个村通过土地流转集中搞种植和养殖，村集体也好，承包户也好，村民个人也好，全都受益。

杨立业这是要干什么？黄国庆没心思看节目了。

会开了快一个时辰，困难和矛盾都集中到一个“钱”字上了。

有人说兵马未动，粮草先行，如果没钱就仓促动工，把地挖烂摆在那，不如不修。有人立马说要等村上有钱了，不知猴年马月，只怕胡子都早白了，见阎王去了，这路没钱也得修，万事开头难，开了头，后边就好了。有人说那就厚着脸皮去多跑跑上边，请上边开开恩，拨点款下来，听说石窝村修路就是上边来了钱，是省里戴个什么帽的直接弄下来的。有人一笑，说盆中村可不比石窝村，别说在省里，就是在县里都没一个放屁放得响的人物，就陈小军当了个处长，算是个大官，却在外省，沾不到他什么光，就别乱跑了，别花那请人吃喝的冤枉钱了，不如去求一求村上那些在外边发了点财的老板，让他们捐点钱来修路，路修好了，对他们也是行善积德的好事。有人摇了摇头，说村上在外打工的人现在是不少，但真正发了点财的没几个，绝大多数就能养家糊口而已，何况过去也不是没求过，但没几个人跟着来，个别的不但不响应，还要说难听的鬼话，就别一厢情愿、自讨没趣了。有人说那也不一定，时代在变，人也会变，那个方小竹上次回来过，只是来去匆匆，也不知道她怎么样，但看样子应该是发了点财的。有人笑了笑说，看样子她是应该发了财，只是她是那个样子离开村上的，又那么多年没回来过，可见并不怎么想着村上，说不定还恨着村上呢。

李长花给抬起头的黄国庆递了个眼色。黄国庆敲了敲桌子，让会场安静下来，说这路必须修，不能再耽搁，但没有钱，路又不太好修。他不再多说，看着杨立业，把大家的目光引到了杨立业身上。

“好，我也不说别的，只请大家想一想。”杨立业扫一圈会场，“当年我们的祖辈修石板路时，是有那么多的银子摆在那里才开始修的吗？当初大队修机耕道时，也是大队备齐了钱才开工的吗？这些年我们村上有一些人家建了房子，又有几家是等钱凑足了才打地基的？这……”

“当年修石板路是不是先有那么多的银子摆在那，我不知道，隔得太远，当初修机耕道时，大队是没什么钱，但都记了工分，至于家里修建房子，那没几个是等钱凑齐了才动工的。我……”不等杨立业说完，杨达成就把话接过来。

“我们也先记着工，到时候再给钱。”不等杨达成说完，杨立业又接过了话。

“工是可以先记着，但买水泥砂石是不是要钱？别人不会送给你吧！请师傅什么的是不是也要钱？别人不会给你白干吧！”有人说。

“请师傅?”杨立业呵呵一笑，“大家可别忘了，我原来就是修路修桥的，就是师傅。在这表个态，我不要村上一分钱。至于水泥砂石什么的，那是少不了，但前期不要多少，还可以先赊着。再说，虽然现在村上没钱，但办法是可以想的，我们可以去找上边要，也可以请人捐，但更多的还得靠我们自己。”

“靠自己？怎么靠自己啊?”有人问。

“是这样。”杨立业站了起来，边说边打着手势，“我有一个倡议，就是请大家做好两个带头：一个是带头出工；另一个是带头捐款。为什么要这样？因为我们不是为别人修路，是为村上修路，为自己修路，为子孙修路，因为我们不仅是盆中村的村民，更是盆中村的党员和干部。在座的应该都看过一部电影，里边王进喜说过一句话，就是‘有条件要上，没条件创造条件也要上’。那我们也是一句话，这路有钱得修，没钱也得修!”

胡明国带头鼓掌，但会场的掌声并不那么热烈。

方世明抬了抬手，说他赞成杨立业的倡议，但有一个小建议，就是在座的人是要带头出工，但工钱不是不给，而是等村上有了钱再给，并且是先给村民，再给党员和干部，因为这修路可不像上次修桥，只是十天半个月的工夫，而是短则一年两年，长则不知要多久。他这么一说，掌声变得热烈多了。

下楼时，杨立业悄悄朝方世明竖了竖大拇指。方世明没说话，只是笑了笑。他请方世明先回家，清淤就别参加了。方世明还是没说话，只管往坝上走。

水坝上摆着两个酒坛，酒坛旁边放着两大摞碗。见杨立业领头上坝来了，杨世海连忙排开碗，抱着酒坛就哗哗地往碗里倒酒。

有的人虽然到了坝上，却背对着风，缩着脖子，双手插在裤兜里，或笼在衣袖中，有的人还滞留在碾子铺内，从墙缝观察着坝上的动静。

杨达成清点了一下人数，只少了四个，有两个是身体不舒服，杨立业要他们走的，有一个跟杨立业说家里有事，得先回去，只有陈国兴是不声不响地开了溜。黄爱国感冒了，还流着鼻涕，杨立业让他就在坝上挑淤泥。

杨立业伸手去端碗，却中途收了回来。他好想黄国庆能头一个端碗，几口喝了酒，第一个跳下坝去，可黄国庆只是看着淤泥，似乎在想着什么。

方世明走过来，端起碗，脖子一仰，嘴一抹，将碗往杨世海手上一递，鞋袜一脱，锄头往坝里一插，撑着锄头把就下到坝里去了。

等听到众人的喝彩，回过神来的黄国庆看到方世明已稳稳当当地站在了淤泥里，又见杨立业在边脱鞋袜边看着他，不由得打了一个寒战。他后悔了，后悔自己刚才不该犹豫，没抢着头一个下去。刚才下楼时，李长花还特意提醒他，这是一个绝好的表现机会，得抓住了，做出一个样子来。他连忙捧了碗就喝，还没喝完就将碗朝地上一撂，飞快地脱下鞋袜，抢在杨立业之前跳进了淤泥里。

“你们还在等什么？快下来吧！”方世明朝坝上还在迟疑的人招了招手，“你们可别忘了，当年在生产队的时候，下着漫天大雪还要下水捡石头，上山挖树蔸，开地造田的呢。”他望一眼天空，“我告诉你们，今天有太阳，又喝了酒，不仅这里边暖暖和和的，这里也热乎乎的呢。”他指一下淤泥，又指着胸口。

李长花蹲在地上，慢吞吞地解着鞋带。杨立业早已脱了鞋袜，朝准备下去的胡明国努了一下嘴。胡明国走过去，要李长花别下去了，就在岸上。她直起身，说也好，她就唱个歌，给大家鼓鼓劲。

有人起哄，说光有李长花唱歌还不行，还得有胡文化伴奏。李长花看着胡文化。胡文化笛子一横，说没问题。

两人稍作商量，胡文化给李长花伴奏了一首《蝴蝶泉边》，接下来是李长花清唱《社员都是向阳花》，后边是胡文化吹奏《扬鞭催马运粮忙》和《打虎上山》。

看大家热火朝天地干着，李长花受到了鼓舞，唱得更来劲了，唱完《荷塘月色》又唱《好人一生平安》。胡文化吹过《苗岭的早晨》，笛子一收，再一看手机，说他得赶紧回街上去了，说着就跑了起来。

太阳开始偏西了。有人说肚子在闹了，是不是别干了，回家吃饭去。不少人跟着附和，有的上了岸，有的放下了箢箕。

贺小英挑着一担木桶上了坝。李长花揭开盖子，粽叶粑的甜香喷涌而出，香了坝上坝下，也香到了每个人的心里。

昨天晚上回到家，杨立业跟贺小英说今天上午会后要清淤，如果大家回家吃中饭，那人员肯定就散了，干不了多久，可碾子铺里又不好做饭，也不好安排哪个送饭过去。贺小英想了想，说这不难，正好前两天她去磨了粉回来，馅子粉也有现成的，到时候她包了粑送过去就行了。杨书成说不行，那都是给叶卉准备的。贺小英一笑，说粉子可以再去磨，清淤耽搁不得。杨书成不再多说。叶粑出锅时，杨书成顾不上烫，伸手拿了两个，说他也想吃。贺小英笑他好吃。他却没吃，说留着明天下地干活当晌饭。

吃过叶粑，有人或说家里有事，得赶紧回去才好，或说身体有点不舒服了，得回家煮碗姜辣汤喝了才行。杨立业也不勉强，让他们都走了。他们刚走，付秀珍就挑着两个大水壶来了，说里边是姜辣汤，放了生姜、辣椒和葱白，快趁热喝了。又说这是早上黄国庆叮嘱她煮的，怕大家着了凉，受了寒。李长花喝了一口姜辣汤，说好喝，带劲。又说主任跟支书一样，就是想得周到。

其实，付秀英是去地里扯萝卜，在路上碰到贺小英挑着叶粑去碾子铺，脑子一转，心想那好，你送叶粑，我就送姜辣汤，便萝卜也不扯了，赶紧回家煮了姜辣汤。

人陆陆续续地走了，见只剩下了黄国庆、杨达成、黄爱国等七八个人，淤泥也清得差不多了，杨立业便说今天就干到这里，辛苦他们了。

方世明和胡明国喝过姜辣汤，干了一会儿后就给杨立业劝了回去。黄国庆心思早就不在这里了，但李长花走时给了他一个眼神，他只好硬着头皮坚持到最后。

杨书才虽然是最后几个走的，但一直是将淤泥挑到了远处的自家田里。那田在河边，沙重，挑些淤泥放里边既改善了土壤，也肥了田。李长花笑他，说就他聪明，既做了义务工，又干了自家的事。他回敬说，那她也挑啊，又没谁不让她挑，她就会在那卖嘴皮子，还好意思叽叽喳喳说人家。又说他不是干部，也不是党员，能有这个觉悟，已是不错，不比他们有的人差到哪里去。说得李长花脸一阵红一阵白。

本想清了淤泥就去镇里，但一看太阳快下山了，杨立业便回了家。走在路上还好，一坐下就感到腿疼了，腰也疼，一看手上，起了一串水泡，有的还破了，流着水，能看到嫩肉。杨书成过来低头看一眼，说他是自讨苦吃，活该。贺小英横一眼杨书成，说没事，睡一觉就好了。要杨书成快去烧一锅热水，好给杨立业泡脚。

不到两分钟，杨书成就端了一盆滚烫的茶褐色的水过来了，说早就烧在那等着，用易美秀给的祛寒祛湿的草药煮的。贺小英赞许地看了一眼杨书成，说还知道烧着水在那等，真是太阳打西边出来了。杨书成翻一眼贺小英，看着杨立业，说他都这么多年没干摸锄头把的活了，往后这样的活少干点，别把手弄得枞树皮似的，更别累坏了身子，终归是要回去当老板的。贺小英一笑，说杨立业是回来当支书的，哪能不干活。杨立业说这些年他虽然没在村上，但在工地上有时也跟大伙一块抬石头、扛水泥什么的，没那么娇气。贺小英说那是，看他在坝里清淤的样子，一点也不比黄国庆他们差。杨书成说还是别逞能的好，往后有什么力气活，可以喊他去。杨立业朝贺小英一挤眼，说那好，等修路开了工，就请他多上工地去。杨书成手一甩，说那不去。

张书记听杨立业介绍了“一一二”工程，兴奋地一拍桌子，说：“你们岔中村这路，不仅是一条改变村上的脱贫致富之路，也是一条红军曾走过的红色之路。修路是好事，但也是难事，不会那么轻松，不会那么容易，要不明国支书早动手了。不过，现在既然村里上上下下都想修路了，要修路了，那就尽快动工，越早越好。”

“我是巴不得今天就开工。可村上没一分钱，就想看镇里能不能……”

“你是说要镇上给钱?”张书记摆了摆手，“那我明确告诉你，没有。”

“听说石窝村去年修路，镇上是给了钱的。”杨立业看着张书记。

“那不是镇上的钱，是上边拨下来的。”张书记往椅子上一靠，“不过，我虽然没钱给你，但我可以告诉你，近年来国家对‘三农’越来越重视，对农村通路通电通网等基础设施建设的投入在不断增加，石窝村就是从上边争取到了项目。你可以去上边争取，有机会我也给上边说一说，只能这样。”

在回村的路上，杨立业要杨达成通知村支两委成员下午三点在村部开会。

“总之，张书记对我们的修路规划非常赞同、非常支持，要我们尽早开工，并表示会帮助我们去上边争取项目和资金。”杨立业扫了一圈与会人员，“钱确实是一个大难题，但我琢磨过了，修路要的钱无非是田地的补偿款、水泥沙石等材料费、人工工资等，我们可以这样，占用村民的田地可以用村上的存留地置换，沙石什么的可以自己开采，人工工资可以先记个数，到时候再给。我还在想，如果我们在座的干部，再加上全体党员，能带头无偿捐献田地，带头做义务工，再带动更多的人加入捐献田地和做义务工的行列中来，那修路的成本就会大大降低，钱的问题就好解决多了。”

会场一时出奇地安静。

“那……那施工队请哪里的?”有人问。

“施工队?”杨立业笑了笑，“那不用请，我就是施工队的队长和技术员。施工员就是我们村干部和党员，还有村民。当然往后要修的路多了，工程大了，复杂了，该请的还得请，到时候再说。”

“这好是好，是能省下不少钱，只是行不行得通就难说了，别一开工就冷了场，没人上工地，那就不好看了。”有人担忧地看着杨立业。

“没事，我相信在座的各位，也相信全体党员，相信全体村民。”杨立业与黄国庆耳语了两句，“那好，我们就明天开工，请……”

“请等一下，明天不行，是个单日子，还不宜动土。后天好，腊月十八，是个黄道吉日，诸事皆宜。”有人举着手。

杨立业说：“那好，就后天，上午九点开工，请大家都去！”

散会后，杨立业去了杨常顺坟前，坐到太阳下山才起身回家。

# 第六章
# 风波迭起

天一黑，霜风一起，踩在残雪上的“咔嚓”声就更脆更响了，让走在路上的付秀珍和黄国庆更焦急了。

黄国庆又打了一次黄一欣的电话，还是无法接通。付秀珍急得直跺脚，怪黄国庆不该让黄一欣出门，后悔没拖着她一起去碾子铺磨粉。黄国庆说也不可能将她绑在家里，何况她还说了不出门的，谁知道一眨眼就溜了。

黄一欣是前天下午回来的，还在工地上帮着干了一会儿活，到杨立业喊收工了才一同离开工地。回家的路上，她说记得十八日那天工地上只看到杨立业一个人在那干活，今天一数有十九个人了，她认识的除杨立业外，有胡明国、李长花、杨达成、易美秀，有她爸，还有几个见过，但不知道名字，还有几个根本不知道是谁。杨立业说工地上的人是一天比一天多了，里边有三四个原来他都没见过，是在外边打工回来过年的，过了年就会走，等过了年，应该会有更多的人上工地来。她说她相信，一定会的。

刚走进院子，天上飘起了雪花。付秀珍说下雪了好，有个过年的样子了，可惜好多年没见下一场像样的雪了。黄一欣说这跟环境破坏和气温升高有关。付秀珍说村上基本上是老样子，没多大变化。黄一欣笑了笑，说盆中村要说大也大，而且非常大，要说小又小，而且非常小。大环境变了，小环境也会变，风不可能不从村上过，云不可能不从村上走，大河里没水了，河边的水凼也会干涸，当然，如果小河都有了水，那大河的水也会满起来，小环境都好了，大环境也不会差到哪里去。付秀珍满眼欣赏地看着黄一欣，说看她这说的，还一套一套的了。黄国庆看一眼黄一欣，说当然了，人家是在省城上大学，可不像他们天天坐在这盆子里，就一个“盆底之蛙”。付秀珍横一眼黄国庆，说他才是“盆底之蛙”，而且是一只癞蛤蟆呢。黄国庆愣了愣，又一笑，说好，她不是，他是。黄一欣一手牵着付秀珍，一手牵着黄国庆，说他们是两只可爱又可敬的大蜜蜂。

黄国庆看了看天色，说下雪好是好，但也不能太大，太大会压垮屋后边的杂物棚子，更不能结冰，一结冰就冻坏了茶叶，冻坏了油茶，真要结冰，还得给茶叶去盖草。付秀珍笑黄国庆，说他就只知道想着自家那几蔸茶叶、那几蔸油茶，没出息。黄国庆欲言又止，口水吞得“咕噜”响。黄一欣朝付秀珍一挤眼，说自家不扫，何以扫天下，不过，作为村主任，还得想宽一点，想多一点。又说她看了天气预报，明天就天晴了。

这时，杨立业也站在院子里，看着天空，见杨书成出来了，便问这雪会不会下很大。杨书成说那谁知道，反正都好多年没下过大雪了，应该大不到哪去。杨立业说要是雪下大了，他担心黄国新那破房子会被压垮。杨书成瞟他一眼，说他是管闲事、操空心。贺小英走出来，说他还真不是管闲事、操空心，真要是哪家的房子垮了，谁有个长短，就是个事，支书就得管。杨书成一哼，那就去管呗，看是把他接到家里来，还是去陪他睡。杨立业看一眼贺小英，掩口一笑，说那他接他去了。杨书成忙转过身，说他看过天了，这雪下不大，不用去。

雪纷纷扬扬地飘洒着，地上已全白了。

田塅里格外地宁静，山脚下和山腰上那零星的灯火格外地明亮。杨立业背着一个包袱，轻快地走在路上，任雪落在他的头上，拥入他的怀里。他清晰地听到了踩在雪上的声响，也听到了雪落下的声音。

黄国新嘟嘟囔囔地开了门，说天寒地冻又三更半夜的，什么事。杨立业进了门，见地上没过去那么脏了，摆放也没那么乱了，正要夸他一句，他却一把抢过杨立业手上的包袱，问是不是给他送东西来了。杨立业看一眼从窗户破洞里飞进来的雪花，说怕他冻着，给他送一床毯子过来。黄国新摸着毯子，说太好了，正冻得睡不着呢。杨立业摸了摸床上的被子，看着黄国新，说等天晴了，勤快点，把被套洗一下，棉絮晒一晒，会暖和些。

见雪下得没那么紧了，杨立业到门外看了看，觉得房子应该没大问题。走时嘱咐黄国新别睡得太死，注意安全。

杨立业已走出了黄国新的视线，但黄国新还站在雪地里，眼里含着泪花。一朵雪花落在他的睫毛上，与泪花融在了一起。

早上黄一欣出门一看，只见田塅和四周山色白茫茫的，浑然一体。她拍了照，堆过雪人，发了微信朋友圈，吃过烤糍粑，往桌前一坐，就开始写前几天在县城参加公益活动的报告，听到付秀珍喊吃饭了才出来。黄国庆站在阶基上，望着田塅，说这雪下得刚刚好，不多不少的，这太阳也出得及时，不早不迟，明年的春茶准能卖个好价。

吃过早饭，黄一欣本是想在家修改公益活动报告的，但不知怎么，突然想起了那天在工地上杨立业跟她说过的话，临时决定到村上走一走，看村上到底有多穷，为什么会这么穷，便背了一个小包，跟黄国庆打一声招呼就出了门。黄国庆追出来时，她已走远了。

上午，黄一欣路过黄国新家时，见他正双手笼在衣袖里，站在门外张望，便叫了一声国新叔，问他在那张望什么。他说在等村干部带着镇里的领导来慰问，拿到了慰问的钱才好去街上赶场，才好过年呢。

“那你别等了，镇里的干部不会来你家了。”

“不来了？去别人家了？”黄国新的脸色一下变得跟地上的雪一样白，接着又跟雪里冒出的草尖一样青。

“是的。”早上，黄一欣听到黄国庆接了杨立业的电话，商量着镇里干部来村上慰问的事，没听到说要来黄国新家。

“不来那也早吱一声啊，免得老子在这白等，手脚都冻硬了。”黄国新一跺脚，又朝天骂了一句娘。

“应该是要慰问的人家多，只能轮着来。去年来你家了吧？”

“来了，前年也来了，都是今天来的，要不我也不会在这等了。”

“那你就别等了，看来有的人比你更需要慰问呢。”

“可你看看，要是不来慰问，我这年怎么过呢？”黄国新指着屋里。

黄一欣进了门，只见炕架上空空如也，一块两斤左右的肉挂在那里，没多少烟火熏过的颜色，却有老鼠咬过的痕迹。肉旁挂着一只剥了皮、去了头的老鼠。

“就前天晚上。”黄国新指了一下灶前垂下来的挂钩，再指一下老鼠，比画着，“它准是顺着那挂钩爬上去的，正在那没命地大口啃着肉，没想到老子大喝一声，来了个突然袭击，吓得它‘嘭’地掉落在灶台上，还没来得及爬起来，给我一棒下去，正好打在它的头上，打得它七窍流血，一命呜呼了。”

“那你还又狠又准啊！”

“那是的。就怪它走错了人家，要去了你家，那炕架上的肉一排挂着，哪吃得过来，也不会是如此下场。”黄国新头一晃，又鼻子一哼，指着那老鼠，“可老子就那么一点可怜巴巴的肉，你还要跑来偷吃。那好，你偷吃老子的肉，老子就要吃了你的肉。你看它，全是肉呢，比老子壮实多了。”

“老鼠也能吃?”黄一欣一脸疑惑。

“当然能吃了。”黄国新手一撸，“我告诉你，等它熏得半干了，剁成一小坨一小坨的，用茶油一爆炒，再放点烧酒除腥味，然后拌上生姜和辣椒一焖，吃起来可香了，是美味呢。”

“是吗?”黄一欣想着老鼠的样子就有点想呕，连忙捂住了嘴巴。

黄国新指了指黄一欣，往门槛跟前走。

“你去哪?”黄一欣追过去。

“我杀猪去。”黄国新左脚跨出了门槛，“反正没谁来慰问了。”

“杀猪?”黄一欣扶着门框，“你还会杀猪?”

“当然会啊!”黄国新眨了眨眼睛，哈哈一笑，“噢，你不懂了吧？那我告诉你。那些在外边打工的人这几天陆续回来过年了，他们都多少挣了点钱，口袋里肥着呢。他们有的不怎么会打牌，却爱炫耀，又要面子，输了不会说什么，更不会跟你打架拼命。我找个人联手跟他们一上桌，十之八九是只赢不输。”

“他们赚的也是辛苦钱，输了心里肯定不舒服，你……”

“我又没绑着他们上桌，是他们心甘情愿的。我……”

“你怎么不去打工挣钱?”

“一欣妹子，你是站着说话不腰疼吧！你以为打工那么轻松，那么好玩?”黄国新指着黄一欣，“我告诉你，打工累死累活的不说，还不自由。我在一家厂子干了不到两个月，实在吃不消了，炒了厂子的鱿鱼，一拍屁股回来了。”

望一眼黄国新小跑而去的背影，又回看了一眼屋里边，黄一欣叹息一声，摇了摇头。她知道村上贫穷落后，但没想到村上还有黄国新这样的人家。

也不知坐了多久，刘晓明感觉到太阳离开了身上，便起身拎了竹椅在地坪边坐下，让一身又沐浴在了阳光里。

端详着照片，刘晓明仿佛听到了刘小强在山下呼唤，要他快去迎接，又依稀看到吴春花正往山上走着，还背着大包小包。他几步冲到地坪的东南角上，踮起脚，却只听到地坪下树梢上零星的残雪落下的声响，只看到上山来那时隐时现的盘山路，哪有吴春花和刘小强的半点身影？他抹了抹潮湿的眼角，走到地坪东北角那两个雪人跟前，仔细看了看，又轻轻摸了摸，扎牢了一处有点松动的薄膜，然后在竹椅上坐下，又看起了照片。昨天上午，刘晓明将地坪上的雪铲扫到一处，堆砌成了这两个雪人。

一看地坪上那架子就感到新奇，黄一欣便不往山上走，而是进了院子。她从黄国新那出来后，本是想先去上边那户人家，看时间早晚再来刘晓明家的。

黄一欣在雪人跟前蹲了下去，拍了照，起身时一不小心头碰到了搭架子的檩条。架子一摇晃，上边的稻草纷纷往下滑。她一声惊叫，连忙扶住檩条。

“你……谁呀？”刘晓明打量着黄一欣。

“我……我是黄一欣，黄国庆家的。”

黄一欣指着雪人：“看你这雪人堆得这么好，一大一小，一男一女，有鼻子有眼睛，活灵活现的，还给它们搭了架子，起了个房子似的。看得出来，你是用了心的，也是个有心人。”

“那是的。”刘晓明打着手势，“不瞒你说，昨天他们还跟我眨眼睛，跟我笑，跟我说话呢，可有意思了。”

“他们是谁呀？”

“你猜。”

“大的是……是你婆娘，小的是你……你儿子。他们在哪？”

“我也不知道在哪。”

一阵沉默。

“你婆娘我小时候见过，不高不矮，不胖不瘦，蛮漂亮，蛮能干的。”黄一欣指了指照片上的吴春花，再指着刘小强，“你儿子我没见过，但这脸，这鼻子，这眼睛，跟你就一个模子刻出来的一样，蛮可爱，蛮……”

刘晓明从黄一欣手上拿过照片，拖着脚回屋里去了。

黄一欣见天色不早了，开始往山下走，可刚走到地坪边就停下了。霜风拂面，她拉了拉衣领，扯了扯围巾，想给付秀珍打个电话，却没信号，电量也不多了。

灶膛里的火光映照在刘晓明尚带泪痕的脸上，时明时暗。见有人跨进门槛，他将手上的火钳一丢，一个箭步冲了过去，张开双臂就要拥抱来者，吓得来者又是惊叫又是躲闪，绊着小竹椅，一个踉跄坐在了地上。

“怎么是你？”刘晓明惊疑地看着爬起来的黄一欣。

“是我。”黄一欣拍了拍屁股上的灰尘。

“对不起啊！”刘晓明在自己脸上抽了两下，“我以为是小强他娘回来了。”

“没事。”黄一欣摆摆手，“我知道你是把我当作小强他娘了。”

“天都要黑了，你怎么还不下山？”

“不急，我还想跟你说说话呢。”

天一黑，寒气就加重了。黄一欣边烤火边听刘晓明说吴春花是怎么带着小强离开他的，他是怎么去寻找他们的，又是如何地想念他们，说着就涕泪纵横了。

等刘晓明平静下来了，黄一欣才好言安慰他，说吴春花带着小强离开村上应该是有苦衷的，说不定等哪天村上变样了，富裕了，她也就带着小强回来了。

“村上会变样吗？”

“会的，一定会变的。”

“那就好。”刘晓明眼睛一亮。

“不过，你也要跟着变，而且要主动变。你要把对春花婶子和小强的爱，还有对他们的思念化作变的动力，振作起来，发奋起来，往后少打牌，少喝酒，多干活，多挣钱，把家里建设好，自己也活出个样子来。”

刘晓明泪汪汪地点了点头。

黄一欣刚走一会儿，走亲戚的田秀英就回来了，见刘晓明脸上泪痕还在，就问他怎么又哭了，是不是又想小强和吴春花了，问着就自己的眼泪也上来了。

眼看就要爬到路上了，不想扯着的小树一下被连根拔了出来，黄一欣又“哗啦啦”地滑落到了沟底，随之而下的是几块已给霜风冻得硬邦邦的残雪。

刘晓明执意要送黄一欣下山，说难得她上门看他，这院子都好久没女人来过了，又给黄一欣找了一根木棍，说天黑，探路用，也用来赶狗什么的。

一路下来，路上的残雪越来越少，快到山下时只背阴处的路边和路下的沟里还这一团那一摊地点缀着，格外显眼，也成了黄一欣下山的路标。

送了一段路后，黄一欣就要刘晓明别送了，快点回家去。他看着黄一欣，说她要是村干部就好了。又一再要她慢点走，路上有的地方滑。

我是村干部就好了？黄一欣边走边想着刘晓明说的这句话，刚拐过山嘴，朦胧看到机耕道了，却脚下一滑，滑到沟里去了。

坐在地上，一脸蒙地四周看了看，看到的是沟，是坎，是树木，是残雪，没一点声响，寂静得让人仿佛置身在了另一个世界。黄一欣不由得打了一个冷战，身子也随之一缩，再摸出手机一看，屏幕都黑了。这下她急了，怕了，差点哭出声来，好在憋住了。

顺手捡了一小块雪放进嘴里，脆响地嚼了几下，"噗"地吐出来。就这一嚼一吐，黄一欣不再那么急，也不再那么怕了，却责怪起了自己，怪自己早上不该丢三落四，连充电宝都忘了带，也没抓点饼干或红薯片之类的东西放到包里，还有点后悔了，后悔不该自己一个人跑出来，有个伴多好，更后悔没早点下山，不该返回刘晓明家里去。可再一想，要是自己不来，又怎么能了解到黄国新和刘晓明的情况？要不是自己一个人来，他们又怎么会跟她说出那些话来？这么一想，她又不后悔了，觉得来对了，值得。

黄一欣试着爬起来，揉了揉隐隐作痛的屁股，捡起木棍，抬头看了看上方的路，正要顺着沟往下走，找一个合适的地方再往上爬，隐约听到上边传来了脚步声。她猛地摇晃了一下脑袋，又竖着耳朵听了听，没错，是有人下山来了。

下山来的黄爱国听到有人呼救，连忙放下工具箱，把黄一欣拉了上来。黄一欣问他怎么这个时候还从山上下来。他说山上一户人家屋前的挡土墙垮了一段，一大早来喊他去砌，他不想明天再来，就打着灯砌好了才下山。又说黄一欣胆子真大，这么晚一个人走，还掉沟里了，就不怕吗。黄一欣说一点也不怕那是假的，但怕也没用。

上了机耕道，黄一欣问黄爱国村上为什么这么穷。

"路都不通，不穷才怪了。"

"那怎么不修路呢？"

"你倒是问得轻巧，要是那么容易修，早修好了。"黄爱国叹息一声，"当然，也不是不可能的。听世明老主任说，本来在三十年前就要动工修去镇上的路的，结果田土一分到户，人心就聚不齐了，加上后来去外边打工的人越来越多，留在村上的人越来越少。村上没钱，穷得叮当响。说句不好听的话，我算是个穷光蛋了，可村上有时比我还穷，我身上总还有几个零钱，而村上常常没钱，有的只是欠账。你说这路怎么修？"

"听得出来，你对村上、对村干部是有想法、有意见的，是不？"

"没有，没有。"黄爱国摆着手，"要说村干部，其实都还算好。只是有的行事太谨慎，瞻前顾后，怕这怕那，落片树叶下来还怕砸了脑壳，少了魄力，又总是老思想，老一套，一年又一年，还是那么搞，那么过，村上自然是老样子，没多大变化；有的一门心思只想着自家的事，看自家怎么多挣钱，就没想着怎么多为村上做点什么，没想着怎么带领大家去干，让大家也多挣几个钱……不过，也许是因为村上穷，没什么便宜可占，没什么油水可捞，也许……哦，不说了，不说了。”

“你这说的可不能算是好干部，好……”

“好了，我可没说什么，更没指名道姓。”黄爱国说着加快了步伐。

“我还问你，你对村上的新支书怎么看？那路能不能修起来？”

“立业支书是一个想干事，也能干事的人。修路虽然是很不容易，但我相信他会带领大家修起来。他说了，哪怕就他一个人，也要把路修下去，哪怕是修十年、修一辈子，也要把路修好。从他回到村上说的话、做的事看，我信他，也服他。”

“嗯，我也信，也……”

“你听，”黄爱国指着前方山嘴那边，“你妈在叫你呢！”

黄一欣应答着飞奔过去。搂过黄一欣，付秀珍便忙着擦去她手上的血迹，拿掉她头上的树叶、草屑，拍落她身上的泥土、雪渣。黄国庆说她一身弄得脏兮兮的，手也划破了，这是何必，又何苦，去哪也不说一声，电话打不通，又不捎个信，让人担心。她看着黄国庆，说她想给他们打电话，可没信号，这没信号，他是有责任的。他一愣，疑惑地看着她。她说他是村主任，有责任让村上到处有信号。

黄国庆低头不语，默默往前走了。

路过黄国新家时，黄一欣说她知道村上穷，但没想到黄国新这样穷。付秀珍说这要怪村上，但更要怪他自己，他要不那么好吃懒做，不那么游手好闲，也不至于，不过他还是有所改变，三只手没有了，不再怎么偷鸡摸狗。黄一欣说有所改变就好，人没有谁天生就是懒的，他这么懒在于他对劳动的激情和热情没有调动起来，他的内生动力没有激发出来。黄国庆说看到他就心里不舒服，丢黄姓人的脸。黄一欣看一眼黄国庆，说他这么说就不好了，他是村主任，黄国新是村民，村民是这个样子，村主任是有责任的，何况他姓黄，是堂兄堂弟，不管是从村主任的角度看，还是从兄弟的情分上说，都应该关心他，帮助他，改变他。黄国庆一甩手，说他就是一堆扶不上墙的稀牛屎。

黄一欣悄悄问付秀珍，黄国庆怎么是这样，说话做事都不像村主任。付秀珍指了指走在前边的黄国庆，说她说过他不知多少回了，要他学聪明点，让大家看到他一心在为村上想事、为村上做事，可他就是听不进，以为这主任天牢地稳是他的，会干一辈子，但他这主任还真得当，不能下台，一下台，就不好看了，除非像老支书那样，年纪实在大了，干不动了，自己辞了。

间或听到一声两声狗叫，零散地听到鞭炮炸响。四周山尖上的雪在淡淡的星光下依稀可见，仿佛是给山戴了一顶白色的帽子。偶尔有背着大包小包，拖着行李箱的人匆匆走过，那是在外边工作或打工的人赶回来过年了。

黄一欣一手挽着付秀珍，一手挽着黄国庆，说起了她在县城参加公益活动时的趣事，逗得黄国庆和付秀珍都笑了。笑过了，付秀珍说参加公益活动好是好，但也不能太多，多了自己的事就没时间去干了。黄一欣说没事，会把握好，两不误的。又说她是党员，还是学生会的干部，就得多为别人着想，多为别人干事，其实为别人着想就为自己着想，为别人干事就是为自己干事。

黄国庆明白黄一欣这话是说给他听的，不由得脸一热，挣脱她的手，问她冷不。这莫名其妙的一问，问得黄一欣一愣，随即一笑，说不冷，暖和着呢。付秀珍问她笑什么，她说没笑什么。黄国庆心一慌，问她饿不。她说还真是饿了，早肚皮贴着背了。黄国庆指了指她，说她是自讨苦吃。黄一欣下巴一抬，说吃点苦好。

这两天各家各户都在忙着舂糍粑，熬烧酒，炸油豆腐，干塘捞鱼，去镇上买鞭炮，买糖果，买花生，买对联，等等，年味也就随之浓了。

一见杨立业进了院子，坐在竹椅上的胡明国连忙站了起来，心情也跟着和升起的太阳一样明媚了。杨四娥见胡明国开了笑脸，她脸上跟着也绽开了花。

进了门，杨立业从包里取出两瓶酒，看着胡明国，说就要过年了，特意来看看他，感谢他这么多年的关心和培养。胡明国朝杨四娥一扬手，要她快去再炒两个菜，好跟杨立业喝两碗。

喝着酒，胡明国突然问杨立业是不是后悔回村上来了。杨立业说后悔倒没有，只是觉得开展工作不容易。胡明国说后悔也正常，没后悔当然更好，但就是后悔了，哪怕是天天在打铁，也得打下去。

“立业，我是愧对村上，愧对村民。”胡明国看着杨立业，“正因为这样，我才想着法子让你回来。你说我是哄你回来的也好，说我是骗你回来的也好，说我是逼你回来的也好，我都认，你骂我也好，怨我也好，恨我也好，我都没意见。我只想说一句，那就是只有你干好了，我才会安心，才会不再那么难过。”

杨立业咽了咽口水，捧起碗，看着胡明国，一口将酒喝了，说：“好，我也不多说，一切都在这酒里了。”

“好，好！”胡明国给杨立业满上酒，“正月里，你去给镇上和县里的扶贫办等地方拜个年，也许能争取一点资源回来。去年我去了一趟，不但没弄到一分钱，还碰了一鼻子的灰，今年就没去了。你比我会说话，会来事，也更有面子，会不一样的。”

“改变村上贫穷落后的面貌，虽然不能等不能靠不能只问上边要，但光靠村上自身的力量，肯定是不够的。村上的底子实在太薄，欠账实在太多。不过，我注意到了，也感觉到了，国家的扶贫政策将会有所调整，扶贫力度将会空前加大。”

红光满面的胡明国送杨立业出了院子，又拉着他的手说了一会儿话，直到他走远了才背着手，转身往屋里走，嘴上还哼着曲。杨四娥笑他，说这下好了，有面子了，没人走茶凉，支书都来看他了。

从胡明国家出来后，杨立业径直去了方世明家。黄桂花把他接进门，说方世明还是清淤时受了寒就没好彻底，时不时地有点咳嗽，昨天家里舂糍粑，他不服老，非要上去舂，结果一累，咳嗽就加重了。又说方刚天没亮就去镇上买药了，应该快到家了。

见方世明靠在床头，眼泪都咳出来了，杨立业说干脆早点用轿子抬着他去镇上医院看看，别耽误了。方世明摆摆手，说不用，死不了的，咳几天就好了。黄桂花说能去镇上看看好是好，就是那么远，要是村上通了车，就好了。

咳嗽稍一停，方世明就拉着杨立业的手，说他没别的，就盼着在有生之年，能看到村上通镇里的马路修好，能坐着车上一回镇里，只是看这样子，他是不一定能看到了。杨立业握着他的手，说会的，会看到的，路已经开工了。方世明说知道开工了，可不是他说消极话，他清楚修路的艰难。杨立业说知道不容易，但再难，他也会修下去，而且一定要修好。方世明说好，有他这句话就好，人就得有点精气神，有股不服输的劲。他说着又是一阵咳嗽。

“立业，我还真有点怀念那个时代。那时虽然比现在还穷，但人心齐，干劲大，大队说要干个什么，只要一声号召，干部一带头，大家跟着就上来了。”方世明歇了歇气，“没错，这些年来，大家是有饱饭吃了，有新衣穿了，少数人家还盖了新房子，但过去那种集体主义的观念、那种无私奉献的精神、那种战天斗地的劲头淡多了。村上有了像黄国新这样的懒汉，光棍也多了，还……”他叹息一声，又咳了起来。

“黄国新是好吃懒做，但已经在变，光棍是有好几个，情况各不一样，但我相信随着路通了，富裕起来了，村上的一切都会好起来。”

“这我相信，也应该是这样才好。”方世明拉着杨立业的手，“说句心里话，你能回村上来，我没想到。你一回来就想办法还了村上的旧债，又组织清淤，开工修路，这都出乎我的意料。我是打心眼里为你高兴，为村上高兴。”

“哪里哪里。”杨立业看着方世明，“您是村上的老主任，在村上德高望重，往后还靠您多指教、多支持呢。”

“你放心，我看好你，会全力支持你。”方世明拍了拍杨立业的手，“这些日子我一直在想，你要办好村上的事，必须抓好一个根本和一个关键。一个根本就是要把支部建设好，一个关键就是要把集体经济搞上来。明国同志已经让贤了，我不再说他，但国庆同志作为村主任，我得说他两句。”

“人家又没吃你的饭，好好的你说人家干吗？”端水过来的黄桂花说，“你都这把年纪了，何必去得罪人，让人讨嫌？”

“你……你这说的什么话？”方世明指一下黄桂花，“我是年纪大了，黄土埋到脖子了，可我还是一个党员，还是村上的一员，有话我就得说，何况我又不是随便跟哪个说，更不是乱说。”

“好好好，你说，你说个够。”黄桂花放下碗，“就算我没说。”

“我也不多说，只说一句。”方世明朝黄桂花扬了扬手，见她出了卧室，又让杨立业凑近一些，“国庆同志确实不再适合当主任了，如果没有别的合适人选，你就支书和主任一个人挑着。”他又咳了起来。

“你看你这咳得，屋都要咳倒了似的。”黄桂花跑了进来，在方世明背上又是拍又是捶打又是抚摸的。

“立业，看样子我这日子是不多了。”方世明摇头一笑，抹了抹眼角渗出的泪水。

“你乱说什么！”黄桂花推了一下方世明的肩膀，“前阵子上街，我请胡半仙给你算了一卦，你还有个八十满呢。”

方刚满头大汗地跑了进来，手上拎着药。

吃过晚饭，一家人坐进火桶，边烤火边聊天。电视开着，但效果不是太好，杂音时大时小，画面也不是那么清晰。叶卉时进时出，不是打电话就是接电话。家里信号有点弱，要站到屋当头的土坡上才听得清楚。杨一鸣坐了一会儿就坐不住了，说网速太慢，什么都看不了，没意思，不如去外边走一走，说着就要起身。杨书成说大晚上的，天黑，又冷，就要过年了，别出去乱走，免得碰上什么不好的。贺小英见杨一鸣看着她，便说杨一鸣一年才回来一次两次的，去外边走一走也行，只是提防点狗，别走太远，早点回来。

在沉思着的杨立业一抬头，说他有一个想法，明天请村上的几个孤寡老人来家里过年，让黄国新和刘晓明也过来。杨书成一怔，问是他听错了，还是杨立业说错了。贺小英也一愣，随即朝杨立业点了点头。

“立业作为村支书，请他们到家里来一块热热闹闹过个年，我看行，是好事。”贺小英看着杨书才，“无非多添几个碗，多添几双筷子。”

“这么多年他们都是自己过年，早习惯了。”杨书成横一眼贺小英，看着杨立业，“胡明国当了那么多年的支书，就没请他们哪个到家里吃过饭，更别说过年了，你可别坏了规矩，弄出新花样来。”

“明国支书是明国支书，立业是立业，不一样的。”贺小英说。

“我在公司的时候，每年过年前，都要把公司的员工聚拢来，一起吃个团圆饭，敬他们一杯酒。”杨立业看着进屋来的叶卉。

“没错，是这样的。”叶卉边说边跨进火桶。

“我回到村上来了，就要关心村上的每一个人。”杨立业扶了一下叶卉，“而过年过节，那些孤寡老人是最需要关心的。请他们到家里来，开开心心、热热闹闹地过一个年，是我应该做的，也是能做到的。”

“就没什么应该的。”杨书成一哼，“村上有那么多孤寡老人，有那么多光棍，还有没房子住的、没钱上学的，你关心得过来？”

“这些我不一定都能关心得过来，但我得尽心尽力去做。”杨立业望着窗外。

“那好，你请他们到家里来，我去老屋里过年。”杨书成手一甩，扭过身去。

杨立业和叶卉面面相觑。贺小英伸出食指晃了晃，示意他们别担心。

一阵沉默。

“好了。”贺小英扯了扯杨书成的衣袖，“我知道你为什么不让立业请他们来过年了。你是怕他们吃了你的饭，喝了你的酒吧？”

“我怕他们吃了饭，喝了酒？”杨书成指着贺小英，“我是那么小气的人？我就少了他们那碗饭，少了他们那碗酒？”

“我知道，爹可不小气，是个又大方又讲情义的大好人。”叶卉微笑着说。

“我……我是见不得黄国新那副懒贼相，看到他就眼里流血。”杨书成横一眼贺小英，“我还是那句话，你们要请黄国新来，我就上老屋去。”

“要不就这样。”叶卉看看贺小英和杨立业，看着杨书成，“立业说的这些人明天还是都请了来，饭可以早点吃，让他们在天黑前都回到家。这饭以爹的名义来请，因为这是爹的家。明天的活，就都由立业和我来干，爹你只管指挥我们干好了。”

“好，还是叶卉想得周全。”贺小英朝杨书成眨着眼睛，“就照她说的办。”

杨书成瞟一眼叶卉，欲言又止。

坐在路边石礅上的黄一欣刚要起身，一束电光照过来，她连忙用手挡住，问是哪个。杨一鸣走过来说是他。黄一欣打量着他，说几年不见，一个大帅哥了。

“还大帅哥呢，就我这身高，才一米七出头，不算残废就不错了。”杨一鸣看着黄一欣，“倒是你，你看你这身材，这相貌，这气质，比明星还明星呢。”

“你可别笑话我了。”黄一欣摇摇头，“不瞒你说，有同学就笑过我，说我再怎么梳妆打扮，也脱不了这山窝窝里的土气。”

“土气好，接地气。”杨一鸣看着黄一欣，“他们要那么说，你就是一只带着土气飞出这山窝窝的金凤凰。”

“我可不是什么金凤凰，就一只小山雀而已。”黄一欣浅浅一笑，“但我相信，这山窝窝有朝一日会变成凤凰窝。”

“嗯，我们这四面是高山，中间是田塅，不仅像一个盆，也像一个窝。”杨一鸣边说边四面看。

“可惜这个盆现在还是一个木盆，这个窝还是一个鸡窝，要是哪天这个盆变成金盆银盆聚宝盆，这个窝变成金窝银窝凤凰窝就好了。”黄一欣叹息一声，“这两天，我在村上四处看了看，走访了一些人家，有的人家物质上的匮乏、生活上的艰苦，有的人精神上的贫乏、情感上的空虚，都让我感到意外，感到震惊，也让我作为一个盆中村的人感到汗颜，感到羞愧。在我的想象里，村上应该不是这个样。”

“是啊，一条通往镇上的路都没有，每次回来还要走这么远的路，所以我回来的次数就少，对村上的情况就不怎么了解。你这么一说，那我作为盆中村的子孙，就更是无地自容了。”黄一鸣摇摇头，看着黄一欣，“大晚上的，你怎么一个人坐在这里?”

“刚才我跟我爸吵了一架。”黄一欣望一眼不远处的院子。

“吵什么?”杨一鸣问。

“我说都这个年代了，村上还这么贫穷落后，他当了那么多年的村主任，他是有责任的，应该好好检讨自己，得千方百计让村上有所改变。可他说这主任不好当，怪不得他，还说我要有本事，那我来当这主任好了。就为这，我们吵了起来。”黄一欣长叹了一口气，“不过，也可能是我说话过了，伤到他了。他桌子一拍，要我出去。我抬腿就跑出来了。这是他头一次跟我发这么大的脾气。”

“或许你爸有他的难处，你不了解。”

“其实不只我说他，从这两天的走访我就知道，村上有的人对他还是有怨言的，只是没有明说。我看他根本的还是一个态度问题，就没端正自己。他要是有你爸那种情怀和抱负、那种精神和气概，就好了。那天你爸一个人在那修路，跟我说了一会儿话，对我触动蛮大的。”

“不瞒你说，我爸回到村上来，不仅自己经过了反复的思想斗争，也跟我妈和我爷爷做了艰苦的斗争，但愿他能带领大家让村上有所改变。”杨一鸣望着山垭的方向，“他跟我说过，有一次他跟你爸一起放学回家，一过山垭就站在石板路边，指点着田塅，说他的梦想就是要让盆中村变成聚宝盆。”

“我对你爸有信心，对村上也有信心，真的。”黄一欣站起来，“你爸虽然回到村上的时间还不长，但他那三板斧已见成效，村上已开始在变了。”

“我这次回到村上，也有一种不同以往的感觉。”杨一鸣点点头，看着黄一欣，“马上要毕业了，你是接着读博还是工作？”

“还读什么博，读研已把人读老了，只是去哪工作还没想好。你呢？”

“我还能有什么想法。”杨一鸣手一摊，“当初我爸回村上来，为了得到我妈的理解，我主动说我一毕业就去公司上班，帮她打理公司。”

“这也好。你支持了你爸，也相当于为村上做了贡献。”

杨一鸣指了指黄一欣身后。黄一欣一转身，见付秀珍已到了跟前。杨一鸣上前跟付秀珍问好。付秀珍邀他进屋去坐一会儿。他说不早了，改天再登门看她。

见黄国庆和刘晓明进院子，杨书成立马挪了椅子背过身去。早到了的老人们也不再说笑，或神情肃穆地坐在那里，或闭目养神地靠在椅子上，或侧目看着黄国新。

杨立业灵机一动，进屋扛了一根五六米长的旧木头出来，往地坪上一撂，又搬来木马，拿来锯和斧头，朝尴尬地坐在那吃着糖果的刘晓明和黄国新招了招手。刘晓明拉着黄国新走过去。杨立业指了指木头，说等下煮砧板肉什么的都要劈柴。刘晓明说他明白了，先锯成小段，再将小段劈成柴。

木头搬上了木马。黄国新站着，刘晓明蹲着，两人都双手紧握着锯柄，一上一下地拉着扯着，却总是拉扯不动，都一脸大汗了，一段还没锯下来。急得直跺脚的杨书成喝令他们快放下，别把锯弄坏了。

杨书成紧了紧锯架，瞄了瞄锯条，右脚一抬，踩着木头，右手握着锯柄，左手往右手上一搭，轻松地锯起来，说这锯木头跟干别的活一样，图不得快，更偷不得懒，你一图快，更慢，你一偷懒，锯比你更懒，下蛮力也不行，弄不好就把锯弄坏了，要讲方法，得顺着来，还得配合好，一个拉，一个送，你们刚才就下的蛮力，也没配合好，锯当然不听你们的话，要欺负你们了。

一段木头掉落下来，在地上打了几个滚。

围拢过来的老人纷纷夸赞杨书成好手艺，锯得又快又好。黄国新说杨书成不仅锯得好，姿势也好看，看得他都入迷了。杨书成见刘晓明和黄国新都在认真地模仿着他的动作，锯得更来劲了。

刘晓明从杨书成手中接过锯，和黄国新一上一下地锯着，比之前轻松多了，也快了许多。杨书成在旁边指点着，一下说黄国新蹲得偏左了，得往右边挪一点才好用力，一下说刘晓明右脚踩着木头要自然，不能太费劲，要不手上的力气就不那么好使。刘晓明和黄国新都听从他的摆布，还说有师傅指点就是不一样。

一段木头锯落下来。杨书成捡起看了看，说断面虽然不是那么齐，看得出用力不是那么均匀，但有进步。黄国新抹了抹脸上的汗，嘿嘿笑着。杨书成拍了一下黄国新的肩膀，说人啊，只要不懒，就没有做不来的事，没有做不好的事。黄国新连连说那是，那是。跟刘晓明换了一个位置，又锯了起来。杨书成还是在旁边指点着，之后又示范怎样将木段劈成柴。

杨一鸣点燃了摊开在地坪边的大地红。鞭炮一响，开席了。杨书成将准备好的烧酒壶悄悄收起来，从柜子里边取出瓶子酒，开了盖，说今天是过年，大家到家里来，他高兴，就不喝烧酒了，喝立业孝敬他的瓶子酒，大家尽管喝，但不能醉。贺小英跟杨立业相视一笑，朝杨书成竖起了大拇指。杨书成像得了奖赏似的开心笑着，哗哗地倒起酒来。

一瓶见底了，黄国新等人都意犹未尽地看着杨书成。贺小英故意问杨书成，是不是瓶子酒没有了，如果没有了，就拿烧酒。杨书成咽了咽口水，说怎么会没酒，再去拿一瓶来就是。黄国新说那是的，书成叔家的酒就像井里的水，舀不尽，就像山上的树，砍不完。杨书成看看杨立业，又看看杨一鸣，说黄国新这话说得好，立业和一鸣就是他的那口井，那座山。叶卉看着杨书成笑了笑，要他放心好了，保管有他的酒喝。

杨书成拿来一瓶酒，一手托着瓶底，一手握着瓶盖，看着黄国新等人，问真喝不，可不准喝醉。黄国新朝刘晓明一挤眼睛，说书成叔人这么好，又拿出这么好的酒，平时见都见不着的，当然想喝了。刘晓明手一举，说难得书成叔有这么好的兴致，还想再喝一点，保证不喝醉。见老人们也都笑眯眯地看着自己，杨书成一咬牙，拧开了瓶盖。

临走时，黄国新握着杨立业的手摇了又摇，说他从娘肚子里出来就没今天这么开心过，不仅过了这么好的一个年，还喝到了这么好的酒，特别是他们一家人没谁瞧不起他，不像村上有的人家那样。杨立业拍了拍他的手，说杨书成喜欢勤快的人，瞧不起懒汉，今天能拿出瓶子酒给他喝，那是他帮着干了活，往后就得这样，手脚勤快点。黄国新有点不好意思地笑了笑，说他懂了。

沐浴着夕阳，老人们一个个拎着纸袋，欢欢喜喜地走在了回家的路上。贺小英有点不放心，让杨一鸣护送一位路途有点远、年龄偏大的老人回家。

还没出院子，黄国新就迫不及待地取出纸袋里的衣服往身上披，说好看。再看了看脚上，对身后的杨立业说，要是还有一双鞋就好了。刘晓明扯了扯他的手，说别不知足。杨立业笑了笑，说不知足好，但要靠自己的劳动，从劳动中得到，才更有意义。黄国新嘿嘿笑了笑，说他说着玩的。

杨书成坐在椅子上，盯着立在地上的两个空酒瓶。盯了一会儿，他拿起酒瓶，往嘴里倒了又倒，直到再也倒不出来，心想自己怎么就没把住，其实第二瓶不开也没事，但又一想，如果第二瓶不开，他们就不会喝得那么开心、那么尽兴，如果他们一出门就跟别人说，在他家过年，酒都没喝好，那就丢人了，没面子了。这么一想，他又觉得幸好开了第二瓶，便情不自禁地哼起了曲。

望着两个老人拎着纸袋，有说有笑地从路上走过，付秀珍踢了踢木盆，要黄国庆也学着点杨立业，家里又不是少了那几个人的饭和酒。在清洗腊肉的黄国庆倒了水，翻了一眼付秀珍，没吭声。黄一欣蹲在地上，从木桶中往木盆里舀水，说立业支书请那些人到家里过年，不只是几碗饭、几碗酒那么简单，而是一种境界、一种情怀，既是一项社会公益，也是一种工作方法，是在凝聚人心，积聚力量。黄国庆停下手，看了看黄一欣，又清洗起腊肉来。

按照村上的习俗，初一这天杨立业没出门，在家陪着父母，让杨书成和贺小英歇着，由他和叶卉做家务。杨书成却闲不住，吃过早饭就上楼编篼箕去了。杨一鸣没事可干，网速又慢，就坐在一旁看着杨书成编织，倒倒茶水，递递竹篾。

初二一大早，杨立业带着叶卉和杨一鸣去了县城，给叶卉她父母拜年去。初三上午杨立业陪叶卉去给于局长和夏行长拜年，下午就独自回村上来了。

初四到初六这三天，杨立业在村上挨家挨户地拜年。村民见到他大多十分感动，有的说新年里，这么多年了，别说支书来家里拜年，就村干部都没谁进过门；有的非常热情，拉着他非要他吃了饭再走，不吃饭也得喝口酒，走时又将瓜子花生往他衣兜里塞；也有个别的老远一见他就把门关了，或是往外边走了；还有个别的一见他就阴阳怪气地说风凉话，发牢骚，或指桑骂槐。不管怎样，他都笑呵呵地听着。等人说完了，能解释的他解释几句，能表态的表个态，能道歉的道个歉，然后去下一家。三天下来，他颇多感慨，一番整理，再一思考，觉得千条万条，眼下根本的还是修好通往镇上的路。

初七吃过早饭，杨立业扛着锄头上了工地，没想到老远就看到有人在那挖着了，走近了一看，是黄一欣，不由得心中一喜，快步上去跟她打招呼。她转过身，擦了一下脸上的汗，说她刚到不久，明天就去学校了，有两个公益活动要参加。杨立业看了看挖过的痕迹，说昨天应该也有人来挖过。黄一欣说她昨天是来了，但只一个下午。

初八这天，杨立业早早到了工地，边干活边等着人来，怎么也没想到头一个到的竟然是刘初菊。她说不好意思，年前一次都没上过工地，今天她要还不来，就不配做一个盆中村的人。又说今天她是天没亮就起了床，把猪喂了，煨了两个糍粑，边吃边跑。杨立业说知道她忙不过来，没事，不来没关系的。刘初菊脸一红，说还真不好意思，来了也干不了多久，中午还得回去剁猪草，煮猪食。

再让杨立业没想到的是，第二个到的是胡明国。他是多么地希望头一个到的是黄国庆，后又想着他能第二个到也好。胡明国说他反正睡不着，醒得早，在家也没什么事。又说前天晚上还做了一个梦，梦见路修通了，通到他家院子里了。

好在黄国庆第三个到了。他是跟黄一欣一同来的。黄一欣接过胡明国手上的锄头，挖了一小会儿，爬上石板路，跟大家扬了扬手，朝垭口大步去了。胡明国看着黄国庆，说黄一欣是个好苗子，会比陈小军强。黄国庆听着心里舒坦，嘴上却说一个女孩子，又没什么门路，哪能有什么出息。

第四个到的是杨世海。他说他是巴不得这路快点修好，等路一通，他就增加碾子铺的项目，再买一台小卡车跑运输，把村上的拖出去，把外边的拖进来。

人陆续地来了，有李长花，有黄爱国。方刚和宁丽也来了。方刚说他们过两天就去深圳打工了，干一天只一天。又说方世明很想来，只是还咳着，也没力气，走到院子门口就走不动了，只好回了屋里。

到小晌午，工地上已有四五十个人了。杨立业看了看，不见陈国兴。有人说陈国兴去石窝村帮人起房子去了，可以挣两百块钱一天。

更出乎大家意料的是，刘晓明和黄国新一起来了。

李长花指着刘晓明和黄国新，装腔作势地说："不对啊！今天的太阳没有从西边出来，你们是走错地方了吧？这里可没酒喝，也没牌打，只有活干。"

刘晓明脸一红，指了一下黄国新，说："我本来是一早就从家里出来了的，半路上等黄国新找锄头去了，就来迟了。"

黄国新朝李长花一哼，说："没错，刘晓明是等我去了，是我把家里翻了个遍才找到了锄头，找得自己都烦了，差点都不想来了。"

李长花不屑地一笑，说："你还好意思说呢，一把锄头都找了半天，只说明你就没用过锄头，没干过活，只说明你就一个字，懒！"

黄国新锄头一蹾，冲李长花说："我是懒，懒得蛇钻屁眼了都不扯一下，行了吧？可我没吃你家的，没喝你家的，你管不着！"

"你没吃我家的，没喝我家的？"李长花眨了眨眼睛，指着黄国新，"我看你是不仅懒得出奇，还忘恩负义，吃了人家的不记数，喝了人家的不认账。"

"没错，我是拿过你家一瓶酒。可那是多少年前的事了，也就为那瓶酒，你骂了我多少年？我里里外外、上上下下都给你骂遍了，应该是早相抵了，亏你还记得。"黄国新哼了哼，"好，你记得也好。你放心，那瓶酒我迟早会还给你，但你也等着，到时候我会把你骂我的话都还给你。"

"哟哟哟，大家看啊！"李长花锄头一扔，指着黄国新，"他偷了我家的酒，还说不得，还有理了呢。"

"我就偷了，怎么的？你敢说那酒是自己买的，不是别人送的？你敢说就只收了别人一瓶酒，没收过鸡和鸭什么的？"黄国新头一歪，盯着李长花。

"你……"李长花涨红了脸。

"你什么呀？"黄国新朝李长花做了个鬼脸，"我气死你这个小气鬼！"

李长花气得下巴都抖了起来，抢过黄爱国手上的扁担就朝黄国新打过去。黄国新一闪躲开了。李长花追着还要打。杨立业看着黄国庆，希望他上前制止。黄国庆却只管埋头挖着，仿佛这里只有他自己。

黄国新边跑边侧身朝李长花招着手，没跑多远就绊着石头，摔倒在地。李长花也脚下一滑，来了个嘴啃泥，引来一片哄笑。刘初菊连忙扶起李长花，帮她拍打着身上的泥土，劝她别打了，别跟黄国新一般见识，让大伙看笑话。爬起来的黄国新见刘初菊朝他瞪眼，也就不再说什么，从李长花后边绕了回去。

工地上又平静下来。

黄国新还没挖几下，锄头就松了，再挖两下，锄头和锄头把就分离了。有人就笑他，说他是来做样子的，不是来干活的；又有人说他就是不一样，会偷懒；还有人说他这磨洋工的样子，就不该记工，没工钱给。

蹲在地上修锄头的黄国新猛地站起来，将尚未修好的锄头往地上一扔，说不记工就不记工，他是看着杨立业一家对他好，看在杨立业的面子上才来的，又不是冲着这路来的，这路修不修跟他没什么关系，反正他没钱去上街，也不是冲着工钱来的，这工钱还不知道有不有，不给就不给。有人笑了，说他真是不要脸，杨立业还要他给面子。

“国新说得没错，他是给了我面子。”杨立业走过来，站到一块石头上，“今天来了的，昨天来了的，年前来了的，还有想来来不了的世明老主任，还有今天没来，但明天或后天会来的，都是给我面子。”

大家面面相觑，接着有人叫好，有人鼓掌。胡明国说杨立业说得没错，大伙是给了他面子，但大伙要明白，这面子是给他的，也是给自己的。

黄国新走到杨立业跟前，低着头，说对不起，不但没干好活，还给他添了乱。杨立业说没什么，来了就好。黄国新说那好，他明天再来。杨立业捡起黄国新的锄头，看了看，说没事，等下把锄头把上好，在水里浸一个晚上，明天就可以用了。

刘初菊将锄头递给黄国新，要他拿着用，收工时给她带回去就行。她看一眼到了头顶的太阳，上了石板路，转身扬了扬手，快步走了。

刘初菊这一扬手，不仅让黄国新心中一喜，也让黄国庆心里又荡起了涟漪。

一出车站，杨立业一眼看到叶卉开着车一闪而过，往城郊去了。副驾驶位空着，后排坐了一个人，好像是于局长。

今天是初九，杨立业一早去了镇上，见张书记在开会，就逐个办公室去拜了个年。散会时已是中午，他说请张书记去外边吃饭，他自己掏腰包。张书记拉着他就往食堂走，说这钱是可以省的。

听他汇报了村上的情况，张书记说修路开了工只是开了个头，后边会更难，但再难也不能半途而废，必须修下去，而且要修好，村支部建设非常关键，要加快培养新生力量，淘汰那些不想作为、不能作为，又缺乏奉献精神、拼搏精神的班子成员，在适当的时候搞好班子改选。又说综合一些信息来看，中央对扶贫的力度会空前加大，会出台一系列的政策和机制，这是机遇和机会，得把握好。

吃过饭，杨立业就坐中巴来县城了。昨天收工时，他召集黄国庆和李长花等人商量，想今天他和黄国庆一道先去镇上，然后去县扶贫办，看能不能争取到一点什么，工地上就请李长花主持。李长花还在为与黄国新争吵的事有点不痛快，便说修路也是大事，支书或主任只怕得留下一个才行。杨立业看着黄国庆，黄国庆说听从安排。杨立业只好独自来了。

县扶贫办主任出差去市里了，副主任郑时兴办公室门口还等着几个人。见过道那头有人往这边来了，杨立业连忙排到队尾，边看微信边等。

只见有人一脸尴尬地被推出了门，接着是一个蛇皮袋给扔了出来。那人回过神来捡起蛇皮袋，嘟嘟囔囔地走了。看着那人狼狈的样子，杨立业心里是说不出的滋味。

郑时兴笑呵呵地请杨立业在他对面的椅子上坐下。杨立业说没想到郑时兴这么和蔼可亲，这么平易近人，没一点官架子。郑时兴浅浅一笑，说他可不是什么官，哪有什么架子可摆。杨立业说有的人就不是他这样，官不大，但架子大。郑时兴手一抬，说别给他戴高帽子，别跟他套近乎，这一套在他这行不通，有什么就直说，其实他不要问就知道，准是村上要修路什么的，想在这弄点钱回去。杨立业说他真是火眼金睛。

只瞟了一眼杨立业双手递过去的材料，郑时兴就指了指门口，说每天都这样，来要项目要资金的人总是这么多，可是能安排的项目和资金又那么少，僧多粥少，他是心有余而力不足，是巧妇难为无米之炊。杨立业说那是，那是。郑时兴指一下门口，说知道就好，请回吧，后边还有人呢。

杨立业屁股刚离开椅子又马上坐下去，心想不能这样就走，得再争取一下，正如张书记说的，一旦争取到了，哪怕再少，也不只是钱的事，便瞟了一眼门口，见有人正探进头来，忙将伸向衣兜的手放到了桌上，又挪了一下椅子，讪讪一笑，说真不好意思，再耽误主任半分钟，知道主任手上的项目和资金是稀缺资源，但总归还是有，也知道主任确实为难，不好安排，但还是会有所安排的，就请主任多多关照，多少给村上安排一点。郑时兴往椅子上一靠，闭上了眼睛。

郑时兴一上一下地摇着。杨立业跟着在心里数着，数到九时，情不自禁地又将手伸向了衣兜，想把衣兜里的信封掏出来，趁郑时兴眼不见时悄悄放进抽屉，可一想到刚才那人的狼狈，手又收了回来。郑时兴缓缓睁开眼睛，拍了拍额头，又往后梳理了几下头发，将手往桌上一搭，说看得出来，杨立业是个见过世面的人，也是一个有心人，材料可以留下，有时间他再好好看看。杨立业手一拱，连连道谢。郑时兴摆摆手，说其实盆中村他早就听说过，只是项目和资金确实有限，要想在这有限的项目和资金中分一杯羹，谈何容易，也不是他做得了主的。他说着朝杨立业别有意味地一笑，朝门口招了一下手，早已等在门口的人满怀期待地走了进来。

出了门，有些失落的杨立业抬头一看，已是晚霞满天，再一看郑时兴门口，就想郑时兴也真不容易，是不是等下请他一起去喝杯酒，加深一下印象，可又一想，他肯定不会去，别自讨没趣，便下楼去了。

走在街上，杨立业见天色已晚，回村上已没车了，想起郑时兴最后跟他说的话，和那别有意味的一笑，便给黄国庆打电话，说他刚从扶贫办出来，明天再在县里走动走动，看能不能再争取一下，村上就请他多费心了。黄国庆应答着，但并不那么痛快。杨立业问他是不是哪里不舒服。他说没有，没事。其实他心里很不舒服，今天工地上的事本来就让他心中不爽，回家又给付秀珍数落了一番，说他作为主任，却要受别人的气，怪不得别人，只怪他自己，谁要他少了杀伐，而他之所以少了杀伐，是因为他自己没做出一个样子来，别人不怕他，自己又没底气，硬不起来。

今天工地上开始也热热闹闹，来的人不比昨天少。陈国兴听说昨天杨立业在找他，今天也就来了，但干了一会儿，听说杨立业今天去了县里，提了锄头就走。黄国庆连忙追上去，要他别走，别带坏头。他一甩手，甩得黄国庆一个趔趄，摔倒在地上。等黄国庆在笑声中被黄爱国扶起来时，陈国兴已上了石板路。陈国兴一走，陆续有人离开了工地，到杨立业走进郑时兴办公室，黄国庆喊收工时，工地上只剩下胡明国和黄爱国等十来个人。

但让黄国庆没想到的是，刘晓明是他喊收工了还挖了一会儿，与他一同离开工地的。他问刘晓明怎么一下对修路来了兴趣，不去打牌了，也不在家睡觉了。刘晓明说杨立业和黄一欣都跟他说过，也许这路一修通，吴春花和刘小强就回来了。黄国庆笑了笑，心想真要这样，也是好事，可一想着陈国兴那样子，心里又来了气。

杨立业特意绕了一点路，想去公司看看，可到了公司门口又停下了脚步。他自从回到村上就再没来过公司，也很少过问公司的事，一来是村上的事确实忙不过来，二来也是怕引起叶卉的误会。正犹豫着，有人从公司出来，打量了一下他，一拍手说："哎呀呀，是杨总啊，看你都黑了、瘦了，差点认不出来了。"杨立业笑了笑，说这就对了。又问叶卉在不在办公室。那人说她下午四点左右就走了，说是约好了去谈一个项目。杨立业点点头，没进公司，直接回家去了。

进门一看，地上门口到卧室一线还反射着光芒，其他地方的灯光都给灰尘吸收了，看来叶卉平日在家的时间并不多。杨立业莫名地有点郁闷了，就想约个朋友一起喝几杯，不料一打电话，那边说已经喝上了，要他快点过去。他说他也准备喝了，就不去了。挂了电话，他哪也不想去了，往床上一倒，很快就有了鼾声。

手机铃声叫醒了杨立业，是贺小英打来的，问他回村上没有，怎么打了几次才接。他说还在县里，刚才在家睡着了。贺小英问叶卉在家不。他稍一迟疑，说她还在公司忙，等下回来。贺小英说一个女人家的，也是辛苦她了，难为她了。

电话一接，接来了杨立业的饥饿感。他下了楼，沿街走了一会儿，进了一家酒楼，想点两个菜，喝二两，但想省一个是一个，便出了门，进了旁边的粉店，吃了一碗加码的排骨粉。打着饱嗝出了门，没走几步就看到几个人相互搀扶着，从斜对面的酒店走出来，分别上了停在酒店门口的两辆小车，其中有那个叫他过去喝酒的朋友，还有郑时兴，还有那个被郑时兴扔出蛇皮袋的人。

这是怎么回事？杨立业一琢磨，明白了，一到家就给那朋友打电话，请他明天中午或晚上帮着约一下郑时兴。那朋友打了一串的哈哈，说他哪有那么大的面子，他只是做点服务工作，帮着张罗一下而已。这让杨立业又多了一分失落和郁闷，见叶卉还没回来，无端地有了担心，又有了假设，就想给叶卉打电话，问她在哪在干吗，但翻到号码又作罢了，将手机往床上一扔，往床上一倒，双手枕着头，望着天花板。

天花板上就出现了一幅幅的画面，有胡明国语重心长与他交谈、张书记让他看联名信、叶卉跟他约法"两章"的，有方世明第一个跳下堤坝清淤、工地上李长花追打黄国新、郑时兴朝他别有意味地一笑的……这些画面一一闪过，又一一叠加，如此反复地闪跳着，叠加着。他眼前有点纷乱了，接着昏眩了，一时竟不知现在是何时，又身在何处了。

蒙眬中感觉有人到了身边，杨立业睁开眼睛一看，见是一个丰腴而不臃肿、妩媚而不娇艳的女人，脸上有兴奋和愉悦，有疲惫和忧郁，有惊讶和不安，也闻到了她身上那不浓不淡的酒味和香水味。

他连忙坐起来，揉了揉眼睛，确认是叶卉，便问："你怎么了？"

"怎么了？"莫名其妙的叶卉看看自己，"我……我没怎么啊！"

"你怎么回来了？"

"看你问的。"叶卉不禁一笑，"这是我的家啊！"

"我还以为你不回来呢。"

"看你说的，我不回来，我去哪？"

"我哪知道！我……我是说看得出来，你很忙，应该是很少着这个家。"

"那还不是你害的。你要不去村上，我就不会累得跟狗一样，天天早出晚归的，想哭都没时间，一倒在床上就散了架似的，不想动了。"

"我知道你辛苦，不容易。好在虽然你接手的时间还不长，但公司在你手上已有了新的发展，那辛苦也值得，也……"

"你以为我愿意来吃这个苦，受这个罪？"叶卉手一甩，"我当初是给你逼上梁山，总不能让公司没人管吧！"

"你虽然是逼上梁山的，却比我干得好。"

"是不是比你干得好我不知道，但有一点我清楚，那就是我干得比你辛苦。"

"虽然辛苦，但你干得比我好。"杨立业看着叶卉，"你下午是出城了吧？"

叶卉一怔，看着杨立业，说："你怎么知道？"

杨立业看到叶卉眼里掠过的一丝慌乱和愧疚，也感觉到她的手轻微地颤抖了一下，却装着什么都没注意到，微笑着说："我是看到你开车往城郊去了，当时我刚好从车站出来。看你车子开得很快，应该是急着去哪里吧。"他还想问于局长是不是在车上，话到嘴边又吞了回去，心想还是让她自己说。

"去凤凰山庄谈一个合作项目，约了时间的，怕迟到。"

"谈成了吧？"

"谈成了，但谈得好艰难。"叶卉轻轻叹息一声，"是于局长牵的线，也是他促成的。你没看到他在车上？"

"当时你开得快，又隔得远，只模糊地看到后排坐了一个人，没想到是于局长。"杨立业拍了拍叶卉的手，"那你得好好感谢他。"

"嗯。"叶卉看了一眼手腕上的表，又下意识地扯了一下衣袖。

"这表真好看。"杨立业抓着她的手，看了看表，"刚买的吧？"

"昨天跟一个闺蜜上街，她说戴块表好，就买了。下次给你也买一块？"叶卉看一眼杨立业，低头将手表往衣袖里撸。

“先不买吧，在村上也用不着，看时间有手机呢。”

杨立业说着就将叶卉往怀里搂，又要亲，叶卉手一挡，要他快去洗洗。他去了，很快回到了床上。等叶卉一进被窝，他就迫不及待地解开她的睡袍，从嘴唇到脖子，到胸脯，到小腹，到大腿，一路闻下去。叶卉问他这是干吗。他没说，只是闻着。闻过了，他说好，还是那个味道。叶卉笑了，说当然还是那个味道，又没变味。

激情过后，杨立业搂着叶卉很快就起了鼾声。叶卉脸上也有了兴奋和愉悦。她轻轻拿开杨立业的手，坐了起来，心想幸好没喝醉，幸好回家来了，幸好没说漏嘴。

下午谈完项目时，天已黑了。席上，有人想把她灌醉，给她一一应付了过去，但也是微醺了。离开山庄后，于局长说再去茶楼坐一坐。坐了一阵，于局长又暗示她去旁边酒店。她装着没听懂，说家里还有人在等着。

昨天晚上，她请于局长吃饭。于局长问还有谁。她说没谁，就只请他。吃过饭，于局长捧出一块表，郑重其事地说是送给她的小礼物，专门托人从国外带回来的。她本能地将手往身后缩，说不能收，这礼太贵重，也不该收，不合适。于局长笑了笑，说他真没别的意思，只是欣赏她的气质、她的才能，只她才配戴这表。她还是摇头。沉默了一会儿，他一拍额头，说：“你看，差点都忘了，明天还要去市里一趟，山庄只怕是去不成了。”听他这么一说，她有点急了，他要真不去山庄，项目肯定谈不拢来，前边的努力和付出就全打了水漂，只好请他改天去市里，明天还是去山庄。又双手接过了表，道过谢，说她先收下，这两天就给他钱。他笑了笑，说就一块表，还跟他提钱，见外了。她不再多说，任于局长把表给她戴在了手腕上。她的心怦怦直跳，她听到了，于局长应该也听到了。她还从于局长的眼神里看到，于局长想拥抱她、亲吻她，但手动了动又收了回去，因为她本能地在防范着，躲避着。

想着如果喝醉了，那肯定是身不由己了，如果今晚没回家来，或是表的事说漏了嘴，现在就不是这个样子了，叶卉愧疚地看了一眼杨立业，刚要往被窝里缩，手机响了一下，来了微信，是公司的项目经理请她明天一早去工地。她轻轻地缩进了被窝，将杨立业的手搭在自己身上。

窗口才透进一点曙色，叶卉就悄悄起了床，见杨立业睡得正香，就没叫醒他，轻轻关门走了。杨立业醒来一摸，不见了叶卉，连忙下了床，拉开窗帘一看，见叶卉正边走向停在路边的车边回头往楼上看。他朝叶卉扬手，叶卉边扬手边上了车。车子走了，叶卉的电话来了，说她去工地上了，本想做了早餐一块吃的，只能下次了。他回复说好的，下次他来做。又叮嘱她路上慢点，注意安全，也别太累，多休息。

拖了地板，抹了桌椅，东边就朝霞满天了。杨立业下楼吃了一碗面，给张书记打了一个电话，看能不能去见一下周副县长。一刻钟后，张书记回电话过来，说周副县长上午十点半会在办公室，但最多给他五分钟。

杨立业才跟周副县长汇报了几句，就有人小跑着到了门口，说市里的领导马上到了。周副县长连忙起身，边往门口走边朝跟上来的杨立业说记住了，盆中村也要修路。

胡明国看一眼西斜了的太阳，在锄头把上坐下，装了一锅烟，抽几口，在锄头上磕了磕烟锅，将烟筒往衣兜里一插，起身挥锄就挖，听到声响，回头一看，杨立业从石板路上跳了下来。杨立业问黄国庆在哪。胡明国四下一看，说他刚才还在的，可能是上哪屙尿去了。黄爱国指了指上边的茶园，说他去一阵了。

“他也是，一泡尿还跑那么远，非要屙自家地里。”胡明国望着石板路。

“一大泡尿屙到路边也是屙，却是肥了草，屙到茶园里还肥了茶，无非是多走几步。”黄国庆从茶园走出来。

“茶叶长得不错吧?”杨立业问黄国庆。

“去年冬天暖和，开春后又雨水均和，加上去年入冬后追足了肥，今年的明前茶准会比去年采摘得更多，品质会更好。刚才我仔细看了，看到芽尖尖就快要冒出来了。”黄国庆看着杨立业，“立业，我跟你说，当老板我不如你，这支书也只能你来当，但要说知农时、懂农事，那你肯定不如我了，可不是我吹牛皮。”

“你这可不是吹牛皮，村上就没几家的庄稼比你家种得好，更没哪家除了种稻子、栽红薯什么的，还能像你家那样有茶叶、有板栗、有油茶。”杨立业看了一圈围拢过来的人，看着黄国庆，“往后就靠你带着大家知农时、懂农事，一起多挣钱了。”

听杨立业这么一说，有人立马叫好，也有人不屑地笑了，还有人摇头走开了。黄国庆脸一红，不知说什么好，拿起锄头就挖了起来。

杨立业数了数，工地上的人比初八那天还多了几个。吴翠莲和易美秀都在那挑土，但不见陈国兴。听说村上在修路，陈小军要吴翠莲没事也上上工地。

见杨书才挑着土往坎边倒，杨立业跑过去制止，杨书才嘴上说不倒了，可等杨立业一离开又倒了起来。胡明国悄悄跟杨立业说，杨书才准又在打着什么鬼主意。

收工回家的路上，杨立业跟黄国庆商量，这修路的事还得在村上多宣传多发动，每周公布一次出勤，让更多的人参与进来，眼下正是最好修路的时节，再过一阵雨水就多了，也要忙春耕了，不能因为修路而误了农时和农事。黄国庆说好，听他的。

杨立业知道雨水会多起来，但没想到来得这么快、这么大。吃晚饭时，杨书成还说等过些天，下两场大雨，就得打干田了。这两天杨书成把犁耙都拿出来检修好了，浸了水，又给牛每天喂鸡蛋什么的，牛的毛色更亮了，身上披了缎子似的。

天亮了，风雨都停了。杨立业打开门，看到院子里一地的红红白白，红的是迟开的桃花，白的是早开的梨花，也看到了气呼呼跑来的杨书才。

杨书才往阶基上一站，一跺脚，再一拍大腿，说怎么得了，他家今年是没饭吃了，得饿肚子了。杨书成指着杨书才，说一大清早的，跑家里来吵什么，又没谁担了他家的谷，吃了他家的饭。杨书才翻一眼杨书成，说杨立业是支书，不找他找谁。杨书成指着杨书才，说他是想来打赖。杨书才一愣，说那他今天就赖上了。杨书成拿起竹扫把，将地上的落花往杨书才脚上扫，说谁想打赖，没门。

跑出来的贺小英抢过杨书成手上的扫把，靠墙一放，连哄带劝地将杨书才请进屋里，说他一大清早的就急着来，准是有什么急事大事。杨立业给杨书才倒来水，请他有什么只管说。他说就昨夜下大雨，那修路的泥沙把他家的田地都埋了，看村上怎么赔。杨立业说他现在就跟黄国庆等人打电话，一起去看现场，等看了以后再商量，该怎么赔就怎么赔。杨书才皱了皱眉头，手指掐了掐，说可以，反正他家那丘田去年是打了八担谷的，过年前又下了好几担的猪屎粪，今年打十担谷是铁定的。贺小英忍不住笑了，忙捂着嘴扭过头去。

一看现场，黄国庆就明白是怎么回事，但他不说，看着杨立业，心想杨书才早就放出了话，说胡明国都给他三分面子，如今当支书的是他侄儿，看谁敢把他怎么样。

杨立业也明白是怎么回事，还明白杨书才说的话水分太多，那田才五六分，去年不可能打八担谷，也不见撒了猪屎粪的痕迹，且只靠山脚这小半边淤积了泥沙。

见杨立业朝自己递了一个眼神，杨达成将杨书才拉到一边，说好在这泥沙淤积不算多，清除一下就可以了，不会影响这田的耕作。杨书才一哼，说那也行，给他恢复原样，不能多一粒沙，不能少一丁点泥。杨达成有点火了，说他明摆着是想敲竹杠。杨书才跳了一下，说这田他不要了，谁说他敲竹杠到谁家担谷去。杨达成腰一挺，说他莫想偏了脑壳，谁敢到他家去担谷，当心捉着做贼打。杨书才伸着头往杨达成胸前拱，说："来，你打！"杨达成步步后退，绊着石块，仰面倒在地上。

杨立业忙跑过来，扶起一身泥水的杨达成。

"行了，给你把田里的泥沙清除掉也就行了。"跟过来的黄国庆扯了扯杨书才的衣袖，"是村上修路，又不是哪个故意将泥沙往你田里倒，不是……"

"不是你家的田，你当然无所谓，不心疼了。"杨书才横一眼黄国庆，横得黄国庆退到了一旁。

"你要怎么赔?"杨立业问。

"赔我谷。我多了不要，少了不行，就十担谷。"杨书才说。

"你……你简直就是无理取闹!"杨立业指了一下田，盯着杨书才，"我告诉你，要么是帮你把泥沙清除掉，要么是换田，你自己选。要想赔，没门!"

黄国庆瞟一眼杨立业，看着杨书才，以为杨书才会跳起来，甚至抽杨立业一个巴掌，没想到杨书才只是愣了愣，嘴角动了动。

见杨书才还想争辩，杨立业把他拉到一边，悄悄说："你自己心里清楚，那给水冲到田里的泥沙是哪来的，又是谁有意倒的。"

杨书才眨了眨眼睛，低头不吭声了。

"怎么样，想好了没有?"杨立业微笑着问杨书才。

"那……那就辛苦村上帮我把泥沙清干净算了。"杨书才看一眼杨立业，低下头，"换田你爹肯定不答应的。"

"不是村上帮你清，是我们一块清，你也参加。"杨立业指着田，"按理说不但那泥沙要你自己清除，还要在村上通报批评你。但这样，你面子就丢尽了。不过，往后可不能老想着占便宜，无论是公家的还是私人的，再要这样，就老账新账一起算，行不?"

杨书才想了想，点了点头。

杨立业把黄国庆和杨达成叫过来，说杨书才想通了，大家帮他一起将田里的泥沙清除掉就行，不再要赔了。杨达成指了指杨书才，说早知道这样，当初何必狮子大开口，让人看扁了，自己把自己看轻了。又说他这是自作自受，聪明反被聪明误，搬起石头砸了自己的脚。杨书才脸红到了脖子，眼睛也不知道往哪看，就低头看着地面。黄国庆看看杨书才，再看一眼杨立业，心里琢磨着不知他们刚才说了些什么，是杨立业暗中给杨书才许诺了什么，还是杨书才真心认输了？但不管怎么样，看起来杨立业是没有袒护杨书才的，算是给了他一个下马威。

望着悄悄走了的杨书才的背影，杨达成哈哈一笑，说杨书成就这德行，老想着占公家的便宜，占别人的便宜，这下好了，便宜没占着，还丢了面子，算是担水找错了码头，做了回亏本买卖。

“还是你有方法，有威力，让他便宜没占着，还服服帖帖的了。”黄国庆指了指远去的杨书才，朝杨立业笑了笑，“去年也是为田的事，我做他的工作不行，明国支书跟他讲好话也不行，他非得把桩拔掉。”

“是这样。他家的一丘田跟村上的公田挨着，每年春耕时他都猛刨田埂，公田是越来越小，他家那田是越来越大。有的人实在看不下去了，去跟主任说，主任去找他，他两句就把主任给搾了回来。明国支书没法子了，只好让人在田埂下打了一排木桩。他倒好，硬是把木桩都拔了，还就势把田埂挖垮了一小段，又多占了一小半个晒簟那么大的公田。”杨达成打着手势，“更有味的是，他家的山挨着别人家的山，别人家的山上长了竹子，他跑去又是挖竹笋，又是砍竹子，说那是他家竹子生的儿子孙子，是捡回自家的，就像是他家的鸡在别人家生了蛋一样，那鸡和蛋怎么都还是他家的，只是借用了一下别人家的窝而已。好在那家人也懒得跟他计较，随他去了。”

杨立业听着一笑，心里却有了主意。

一起在工地上四下看了看，杨立业对黄国庆和杨达成说，看来这路开挖到哪，必要的挡土墙就得先砌到哪，省不得，拖不得。黄国庆说他也是这么想，只是没说出来。杨达成说砌上墙当然是好，只是砌墙少不了要买水泥什么的，就得有钱数，可不是工钱，先记笔数就行。杨立业说他想过了，也没别的办法，这钱只能请村民捐，或是向村民借，捐不捐，借不借，都由村民自愿，多少都行，开了个头就好了。

其实，这买水泥的钱杨立业是可以想办法先借来一些的，但他想村上的事应该让更多的人参与进来，逐步成为大家共同的事，既让大家分享村上发展的变化和成果，也让大家分担村上建设的责任和义务。

碾子铺显眼的墙上贴了一张大红榜，榜上头第一个名字是方世明，第二个名字是杨书成。有人就说方世明是头一个不奇怪，奇怪的是杨书成这铁公鸡这么大方了。

傍晚，杨立业特意早点回了家，又下厨炒菜。杨书成从冲里回来，放下锄头说那干田的水蓄上一些了，等再下一场大雨就可以开犁了。见杨立业系着围裙，端着菜从灶屋出来，便说今天是怎么了，支书还有空在家当厨子了。杨立业要他快上首位坐好，问他是喝烧酒还是瓶子酒。他看着端饭过来的贺小英。贺小英说别看她，自己想喝什么就喝什么。他嘿嘿笑了笑，就喝瓶子酒呗，还是瓶子酒好喝。

“来，爹，这酒我先敬你。”杨立业端了酒杯跟杨书成一碰，一口干了。

“今天不是我生日，也没别的什么好事，你们这是干吗？”杨书成端着杯子，看看杨立业，看着贺小英。

“立业说你捐款带了个好头，他要代表他自己和村上感谢你。”贺小英将鸡肫夹到杨书成碗里，又给他夹了一块鱼。

“就那个啊！”杨书成一口干了酒，杯子一搁，“那也没什么，说起来，也是应该的。立业回都回来了，是支书了，我总不能老拖他的后腿，是不？”

“哟，觉悟不低啊！”贺小英笑眯眯地看着杨书成，“不过我问你，你得老实说，那钱是你心甘情愿捐的不？”

“这……不瞒你说，开始我是怕立业又去为村上的事东借西借，才说捐，如果一开始就知道立业没去借钱，那就说不准了。”杨书成嘿嘿笑了笑，“没想到这几天一出门，别人一见我都是笑呵呵的，有的还说支书的爹就是不一样，明国支书还喊我哪天去他家里喝酒呢。看来这两百没白捐，值得。”

“那当然了。你看，你一关心村上的事，一为村上的事做贡献，大家就看在眼里，记在心里，都……”

“都在家啊！”

杨立业一扭头，见是黄国新站在门口，忙起身把他请了进去。杨书成拍着凳子，喊他快坐过去。黄国新怯怯地走过去，在凳子上坐下，双手不自在地放在腿上。贺小英给他拿来了碗筷和酒杯。

“来，国新，你口福好，一块喝两杯，瓶子酒呢。”杨书成边说边倒酒，“我跟你说，我过去看不起你，还骂过你，那是你太懒，也是为你好。过年那天你帮着拉了锯，劈了柴，我看着心里就舒服多了。这些天你又上了工地，那就好，那就好。”

黄国新一脸通红，额头上冒出汗来。

“来，国新，喝一杯。”杨书成一口干了，拍了拍黄国新的肩膀，“往后要更勤快点，多挣点钱，讨个婆娘，成个家，养两个崽。”

“那是的。”贺小英打量着黄国新，“你看你，人长得不比哪个差，一身疮也治好了，只要勤快点，不再想着打牌喝酒什么的，讨个婆娘没问题。”

黄国新点点头，用手揩了揩头上的汗，站起来，给杨书成添上酒，双手捧起酒杯，说敬他们全家一杯。他脖子一仰，酒杯空了。

贺小英给黄国新夹菜，又喊着他多吃。他吃着就眼泪上来了，说他们一家待他太好了。贺小英说都是一个村上的人，相互帮衬是应该的。

杨立业问黄国新有什么事。黄国新说没别的，修路他也想捐点钱，可他现在手上一分钱都没有，能不能把上工地的工钱捐了。杨立业拍了拍黄国新的手，说没事，有这心意就行，用不着那样，反正捐款不只是这一回，等有钱了再捐不迟。黄国新掰着手指，低头不语。贺小英稍一想，说她借二十块钱给他，他拿去捐了。杨书成点点头，说这样行，多了别人不相信，他也难得还。

黄国新高高兴兴地走了，一出院子就小孩似的，连蹦带跳地跑了起来。

杨书成喝得有点摇摇晃晃了，话也多了，说他好久没喝得这么开心过了。说着又去给杨一鸣打电话，说他今天喝的瓶子酒，喝了多少多少，喝得有多开心。

正在拌猪食的刘初菊一抬头，见黄国新手扶着门框，站在外边，便问他怎么又来了。他说他修路捐了二十元。她将手上的大勺子往潲桶里一丢，手在围裙上一擦，欢喜地说好啊，捐款不在多少呢。

下午，黄国新去还刘初菊的锄头。这锄头他几次收工回家时都想去还了，但每次快到她家门口时又掉了头，就想着再用一天，也不知怎么的，反正用着她这锄头就觉得有使不完的力气。昨天，刘晓明给他弄来了一根新锄头把，换下了老的，锄头好用了。他也想，还是不能老用着她的锄头，虽然她没有跟他讨要过，但没准心里早有了想法，她本来就有点瞧不起他，别让她又多了一分嫌弃。

没想到一听黄国新说是来还锄头，刘初菊倒先笑了，说他要是觉得这锄头好用就用着，反正她家锄头还有。他稍一想，说有借有还，再借不难。又说他的锄头换了把，也好用了。她说那就好，看着他变勤快了，她也高兴。一听她说高兴，他就帮着干起活来。

喂完猪，见天色不早了，刘初菊便暗示黄国新该走了。黄国新听明白了她的意思，却还想帮她做点什么，但又怕她不高兴，就磨磨蹭蹭地往门口走，走两步又回头看一眼。他刚跨出门槛，刘初菊追了上来，问他村上修路捐款了没有。他不好意思地笑了笑，支吾着赶紧走了，在路口徘徊了一阵，径直去了杨立业家。

刘初菊闻到了黄国新身上的酒气，便问他去哪喝酒了，跟谁喝的。他要她猜。她说猜不着的，不猜。他头一抬，眉一扬，说就知道她猜不着的。她看一眼黄国新，边往槽里倒猪食边说虽然猜不着他在哪喝，但知道他这酒喝得开心。他说那当然了，这酒可不是在一般人家喝的，是在支书家喝的，是支书他爹喊着他喝的，支书他妈还老给他夹菜，支书也在家，还表扬了他。刘初菊笑了笑，说他行啊，挣面子了。他嘿嘿笑着，一脸亮光。

就在刘初菊问黄国新去哪喝酒时，吴翠莲跟陈小军打了电话，说村上修路，杨书成这铁公鸡都捐款了，她也得捐才行。又说陈小军是处长，官比杨立业大多了，她捐款可不能比杨书成少，不能给他丢脸。陈小军笑了，说杨立业虽然官比他小，可人家是老板，收入比他不知高哪去了。吴翠莲一下不知怎么说了。陈小军又一笑，说捐多捐少由她。她想了想，说那就跟杨书成一样。

十来天下来，那红榜贴了一张又一张，有捐款的，有捐水泥或沙子等物资的。全村共有一百零六户，全村三分之一的人家捐了款或捐了物，捐款最多的是易美秀，一千二百八十元，最少的是刘晓明，九元六角。

杨达成问易美秀一下哪来这么多钱，易美秀说平时累积了一点，前几天卖了一头猪，就一起拿过来了。杨达成劝她别捐这么多，留下一部分自己用。她说没事，反正小猪崽已买好了，自己有吃的有穿的，一个人也用不了几个钱，何况只要人不懒、不死，钱就会不断地往手上来。

昨天杨达成正在那往榜上添名字，刘晓明悄悄把钱塞到杨达成手上，红着脸说他手上一时没什么钱，只凑了九元六角，下次有钱了再多捐。杨达成稍一想，说这捐款不在多少，有这个心就行。

看着榜，听着杨达成说捐款的感人事迹和场景，杨立业非常感动，非常高兴，心想看来不是群众没觉悟，关键是看干部怎么去引导，怎么去带头，怎么去让群众看到希望，怎么去给群众带来实惠。

捐款虽然超出了预期，但还有三分之二的人家在抵触、在观望，这让杨立业在增添信心和力量的同时，也感到肩上的压力和责任更沉更重了。

而更让杨立业感到意外，也有点恼火，甚至有点气愤的是，他在榜上找来找去，怎么也找不到陈国兴的名字。

# 第七章
# 当务之急

杨达成和大多数在座的人一样，没想到平时总是一副笑脸，很少当众批评人，更不对人说粗话，不拍桌打椅的杨立业，这回却是发了那么大的脾气，不仅点名斥责了个别人，还弄碎了茶杯，一时满堂噤若寒蝉。

窗外布谷声声，此起彼伏；细雨绵绵，云山雾罩。

“你们都听到了没有？”脸色平和下来的杨立业敲了一下桌面，“那是布谷在叫唤，在催耕。乡亲们在盼着，在等着！盼着那路早日修通，村上不再这么贫穷落后。等着我们去带领他们搞好生产，让他们的田里地里能有更多的产出，能挣到更多的钱。”他又敲了一下桌子，敲得不少人一激灵，本能地坐直了。

见杨立业开口了，杨达成在心底长吁了一口气，绷紧的脸也放松了，起身给杨立业换了一杯茶，抹了桌上的茶水，扫了地上破碎的瓷片。

“对不起，我刚才不该发那么大的脾气，更不该弄碎茶杯。茶杯是公共财物，我赔，一定赔。”杨立业起身朝大家鞠了一躬。

李长花马上说：“赔什么赔，不就一个茶杯，何必那么认真。”

有人跟着说：“是啊，又不是你摔的，是它自己掉地上了，怪不得你。”

“怎么怪不得我？我要不发脾气，不碰倒杯子，杯子就不会掉地上，就不会摔碎。”杨立业边说边坐下，“这不只是茶杯的事。我理当赔，必须赔！”

“立业支书是要通过赔杯子来告诫自己，也教育大家。”胡明国看一眼杨立业，“我看立业支书今天这脾气发得好，就该发，做支书的就不能总一团和气，当老好先生，就得有脾气、有个性，就得有立场、有原则。”

“没错，杨支书刚才是发了脾气，而且发得有点大，是之前从没有过的，但他不是无缘无故，是有原因，有道理的。”杨达成朝胡明国头一点，“我们是都得好好检讨自己，是不是当好了这个村干部，是不是起到了一个党员应有的作用。”

听胡明国和杨达成这么一说，大多数人低下了头。而陈国兴早就勾着头了，但不是因为羞愧，而是用右手的食指在左手手心里写写画画，在计算着什么。

天气预报说这两天下雨，杨立业昨天上午跟黄国庆通气之后，要杨达成发了通知，今天上午八点半在村部召开支部扩大会，全体村支两委干部和党员都参加。可开会时间到了，除了四个请假的（一个一早送父亲去镇医院，方世明有病在床，两个党员在外地打工），还有五个没到。有人说别等了，早开早散，还有事去。有人说这开会得有个规矩，不能让早到的吃亏，迟到的或是不来的反而得好处。有人说这也没什么，早习惯了，等人齐了，会也就差不多要散了。有人说，反正落雨，下不了地，就在这扯扯卵谈也好，免得去打牌还输了钱。

等了一刻钟，还有两个没到。杨达成说没到的一个是陈国兴，刚才说在路上了，现在却手机都打不通了，另一个一直联系不上，手机关机。有人说另一个是昨晚跟他婆娘吵了一架，就因为他多给了他娘半箩谷，他婆娘吵着非要去讨回来，他一气之下打了他婆娘一巴掌，他婆娘捧着农药要喝，院子里的人知道她没喝，但还是捉着她灌了肥皂水，说要让她长个记性，往后别动不动喝农药。

就上个月，县移动公司在村上新建了基站，信号基本覆盖到了全村，村上买手机的人一下多了。黄国新都说等他有了钱，除了讨个婆娘，就买个手机。

杨立业刚要说开会，陈国兴不慌不忙地进了门。杨立业说他都迟到二十分钟了，还在那慢慢吞吞的，好意思让这么多人等着。他嘟哝说，等什么等，又没什么好吃好喝的。杨立业脸一拉，问他干什么去了。他往凳子上一坐，说本来要去枫树村干活的，想着要开会就没去了，就在园子里发红薯秧，没想到发完秧子一看，时间不早了，就迟到了。杨立业盯着他，说发红薯秧没错，但得有个时间观念，不能迟到。他嘀咕着，说迟到的又不只他一个，有的人到现在还没来呢，早知道是这样，干脆不来好了，还免得挨骂。杨立业见他一直没来，本来就有些生气，再听他还这么一嘀咕，火气一下就上来了，指着他就说，如果真不想来，那现在还可以走，不勉强，这不是请客吃饭。他起身要走，旁边的人忙拉着他，说来都来了，还走什么。杨立业指了一下他，又指了一下门口，抓起杯子就要砸，但高举起的杯子轻轻落下来，送到了嘴边。陈国兴看着那高举起的杯子着实吓了一跳，见那杯子到了杨立业嘴边，才顺势坐了下去，低头抹着额头上的汗，同时感到背上都湿了。

当杨立业高举起杯子的时候，有人伸长了脖子，等着他砸下去，盼着他砸下去，在心里喊着砸呀，快砸呀；也有人急了，捏了一把汗，心想不能砸，砸不得，千万别砸下去；还有人只是定定地看着，看他是砸还是不砸。

就在陈国兴抹汗之际，只听“嘭”的一声响，他抬头看时，只见碎裂的瓷片在地上转动着。旁边的人一声叹息，说就因为他迟到，还要那么说话，惹得杨立业很生气，一不小心碰倒了杯子。

一脸铁青的杨立业雕塑似的坐在那里，一张脸一张脸地扫视过去，扫着就想起了清淤、修路、捐款等一系列的事情，就想着干脆把今天的会开成一个整风会。其实，他刚才举起杯子，是真的有点火了，抑制不住，也是有意为之，发一通脾气，让人看看，他不是糯米坨，不是和事佬，是有主见、有立场、有原则的。

当杨立业冷峻的目光一路扫过去时，陈国兴正好抬起头来，与杨立业扫过来的目光碰上了，他不由得打了一个寒战，背上一阵发凉。等杨立业扫完了与会人员，他站了起来，说：“对不起，我不该迟到，以后一定改正。”

“好，知道错了就好。”杨立业朝陈国兴压压手，示意他坐下，“但你还要好好想一想，看是不是还有别的地方不像一个党员。”

“我……”坐下了的陈国兴红着脸又站了起来。

“好，一时想不起来没关系，可以慢慢想，想好了就改，改了就行。”杨立业看着陈国兴，“人的觉悟不是从娘肚子里出来就有的，但一定要学会有样看样，无样看世上，而且看样一定要看好样，不学坏样。”

陈国兴虽然满头大汗地点着头，心里却在想，清淤走了的不只他一个，修路他还上过工地，有的人还从没去过，捐款也不只他榜上无名，村上还有那么多人没捐，怎么只盯上他了？

“往后我们要在建立健全各项制度和机制的同时，加强考评和考核，比如开会，我们并不是没有制度，但没有真正去考勤和考核，没有真正将奖惩落到实处。久而久之，有的人就懒散了，随意了。”杨立业扫一圈会场，“其实我不想发脾气，真的不想发脾气。发脾气很伤人的，既伤他人，也伤自己。作为一个干部、一个党员，连开个会还要迟到，甚至想来就来，不想来就不来，还像个干部，像个党员吗？”

迟到了的都一脸通红，有的还满脸是汗。其他人都正襟危坐，屏息静听。

“我回到村上虽然时间还不长，但已看到了村上的变化，更感受到了一种无处不在的渴望，还有一种无比强大的力量。这渴望就是想要村上富起来、美起来，而且这美不只是山水之美，还有人的心灵之美。这力量来自在座的各位，来自村上的家家户户。我欣喜地看到，从修桥到清淤，到修路，等等，有了村民义务上工地干活，有了村民自愿捐款捐物，黄爱国等人还无偿提供田地用于修路。这说明我们的村民是多么可爱可敬！他们的智慧是无限的，力量是无穷的！我们必须依靠他们，也要引导好他们，带领好他们，从他们中来，到他们中去！”杨立业话锋一转，“可是，我们有个别的干部和党员，当群众放下自家的活不干，在工地上一干就是三四天时，工地上却见不到他们的人影。他们干什么去了？他们去外边挣钱了，还说什么等外边的活干完了再上工地。也有个别的干部和党员无所事事，宁肯在家睡觉，或是找人打牌，就是不想去工地干活，去了也是磨洋工，或是找借口早早开溜了。还有的干部和党员，一见捐款就躲开了，捐款的热情比一般群众还低，金额也比一般群众还少，或是干脆一分也不捐，可他的家境不比一般群众差。”他敲了敲桌子，“我还是那句话，做义务工也好，捐款也好，讲的是一个自愿、一个自觉，各尽各的心意，各尽各的能力，不强求，不摊派，但作为一个干部和党员，一定要有思想和觉悟，要有境界和情怀，不能把自己等同于一个普通群众，更不能落后于普通群众。捐款你不一定要比群众多，但一定要有一个积极的态度。我敬佩我们的一位老党员，他虽然疾病缠身，还是个贫困户，但他总是能尽到自己的责任和义务。还有黄国新和刘晓明，他们虽然捐款不多，但多少都是他们的一个态度，一份心意。大家要明白，也应该明白，既然公益是大家都受益的，那公益就没有旁观者，只有参与者。”

嘲讽的、轻蔑的、冰冷的、热辣的……的目光投向陈国兴，刺痛着他，烧灼着他，他有点无地自容了，猛地站了起来，掏出钱包，从里边抽出两张票子，说他现在就捐。又将钱包往桌上倒，说全捐了。旁边的人帮他一清点，共五百八十六元。他这么一弄，有两个人举着钱说也要捐，或一百，或两百。

“好，这就好。”杨立业投去了赞赏的目光，“捐款不在这一时一事，也不是要掏空了钱包，关键是要有这种意愿，有这种自觉。”

“那好，那我就先捐两百。”陈国兴指着胸口，“我现在是真心想捐了，保证没有半个字的虚言！”

“好，我相信你。”杨立业点了点头。

黄国庆不由自主地用佩服的目光看了一眼杨立业，心想他还真是会说话，会来事，比胡明国强，也比自己强。

“同志们，我们在座的都是干部和党员。干部是群众选出来的，是个官，又不是个官，就得一心为村上多想事，多干事，多为群众服务，服务好，就得吃苦在前，享受在后，就得多为群众着想，少为自己谋利。干部干部，有了困难就得抢先一步，有了好处就得后退一步。党员是先进分子，就得走在前，冲在前，做表率，做榜样。党员是一种身份，更是一种责任，就应该多担当、多奉献。我们的支部就得是一个坚强的战斗堡垒，我们的每个党员就得是一面旗帜！一句话，从今往后，我们每个干部和党员就得干出个样子来，就得有个样子给人看！给谁看？给群众看，给大家看，也给自己看。大家说好不好？”

“好！”大家异口同声地回答。虽然不是那么响彻云霄，不是那么排山倒海，但在胡明国的记忆里，村上还从来没有一个声音这么齐整过，这么有力过。在激动和兴奋的同时，他也莫名地有了一点失落和惆怅，但这失落和惆怅转眼就烟消云散了。

见大家情绪高涨，杨立业灵机一动，心想何不顺势而为，把这会开成一个扩大的组织生活会。在跟左右的黄国庆和李长花简单交换了一下意见后，他微笑着朝台下说：“接下来是这样，我们每个人都说支部，说自己，说他人，但不说优点，不说成绩，只说问题，只说不足，然后找原因，挖根源，最后说往后怎么办，怎么干。我们坦诚相见，畅所欲言，白天说不完，晚上接着说，今天说不完，明天接着说。”

这会还真开到了第二天中午。散会时刚好天放晴了，让杨立业没想到的是，一出门陈国兴就说，回家吃了饭就上工地去。

一进门，付秀珍就指着黄国庆，说：“好，这下好了，早就跟你说过的，杨立业比胡明国厉害得多、硬扎得多，名堂也多，鬼主意更多，要你小心点，注意点，要你多个心眼，会来事一点，要你没事也多到一些人家去坐一坐，特别是那些村上的老干部，还有那些家境不太好的人家，也跟你说过好多次，人家来向你请教什么，你就大大方方地告诉人家得了，可你偏要躲躲闪闪、支支吾吾，甚至还要瞒私生子似的，这也不说，那也不说，说也只说个皮毛。还跟你说过，人家有事来找你解决，你理当给人家出主意、想办法，可你总是怕得罪这个怕得罪那个，要人家去找支书。你哪像一个主任，人家能对你有个好印象，能对你有好感？可你就是不听，以为大家还是那么没觉悟，懒得管你，懒得说你，随你怎么弄，随你怎么搞！你要明白，现在时代变了，形势变了，你还坐在屎上不知臭，还在那做着自己的梦，唱着自己的调！好了，这下好了，炮轰你了吧，轰得你晕头转向，无地自容了吧!”付秀珍激动地说着，黄国庆却懒得理她，只是埋头吃饭，不时瞟她一眼，心想她不懂，自家要不比别人好，不比别人家有钱，说话就硬不起来，人家会更看不起。

上午，黄国庆还真给炮轰了，头一个放炮的是陈国兴。陈国兴说就是看到黄国庆如何如何，他才怎么怎么，要是主任能一心带着大家好好干，那他也不会只想着自己。接着有人说黄国庆自私，一点也不大气，去向他请教，总是要理不理、爱搭不搭的，没主任的气度和气量。之后又有人说黄国庆肩膀软，还斜，没有主任的担当，有事去找他，总是要么说这事找支书，要么说等一等，可等来等去问题没解决。

见再这么炮轰下去，已是满头大汗的黄国庆受不了，胡明国与杨立业交换了一个眼神，用力咳了咳，说村上这么多年没多大变化，责任主要在他，是他这个班长没当好，黄国庆之所以有事让大家来找他，是尊重他，并不完全是黄国庆不想事、不管事，也并不完全是黄国庆怕事，有的事情本来就复杂，不是一句话两句话，或是一天两天能解决的，得有一个过程，得具备相应的条件。黄国庆家的茶叶也好，油茶也好，是比哪家的都种得好，但是他摸索出来的，而且还在摸索之中，他是想等自己摸索出了一套好的方法，技术成熟了再传授给大家。

李长花马上接过胡明国的话，说对对对，黄国庆就是这么想的，前不久还跟她说过，等哪天下雨，不好下地干活，就跟大伙说说怎么采制夏茶，明前茶已过时了，要等明年了。他还想要联合一些人来一起种茶叶，把茶园连成片。她边说边跟一个姓黄的村委委员使了一个眼色。

那人接过李长花的话，说这个好，算他一个，其实黄国庆心里还是想着村上的，想着大家的，只是没说出来，说起来黄国庆应该算是一个好主任了，因为他从来不占公家的便宜，也从不问哪家要什么，不像有的村主任雁过拔毛，叫化子烤火只往自己胯下扒，他给人办了事，别人送他一只鸡一只鸭什么的，他从来不收。

见陈国兴还要说话，胡明国忙朝他抬了一下手，说好在杨立业回来了，杨立业方方面面都比他强，大家应该也看到了，他虽然回来的时间还不长，但村上已经在变，而且一定会越变越快，越变越好。

就这样，在大多数人红过脸、出过汗之后，杨立业宣布散会。而这时窗外一亮，出太阳了。胡明国笑呵呵地说，好，雨过天晴了，好干活呢。

黄国庆碗一放，提了锄头就走。付秀珍忙咽下饭，问他去哪。他说去后山油茶地看看。她嘟哝了一句，说以为他是去工地上呢。

杨书成拉亮了电灯，往桌前一坐，碗一端，说陈国兴遭人炮轰是活该，谁让他只知道看着自家碗里。贺小英一笑，要他也别只说人家，自己也好不到哪里去，还不是天天就守着自家的那几块地、那几丘田。

杨书成瞟一眼边吃饭边若有所思的杨立业，说："我不是村干部，也不是党员，把自家的田地作好了，是本分，要是自家的田地作得稀烂，那就要不得。"

"没错，你把田作好了，让人羡慕，也是受人尊重的，而如果你不仅自己的田作好了，还帮别人也把田作好了，让别人增了产，增了收，就更好了。"杨立业边说边给杨书成夹了一筷子菜，"修路是村上的公益，是人人受益的，也是人人应该参与的，如果你能上工地去，就会更受人尊敬了，就……"

杨立业正说着，张书记来了电话，告诉他两个好消息，一个是一条新的高速公路将从镇上通过，在镇上有一个出口，就在石窝村内，另一个是村上通往镇里的公路已纳入了县里的扶贫项目，如果快的话下半年就可以开工，但配套资金还得自筹，镇里帮不上忙。

黄国新在门口探进头来。杨立业招呼他进来一块吃饭，他说刚吃过了。杨立业问他是不是有什么事，他看着杨书成，杨书成拍拍凳子，示意他坐过去。

"是这样。"有点不好意思的黄国新在杨书成一侧坐下，"就是我那两丘田，人家早上过来了，说不帮我种了，除非是不给我谷。我又去问了两家，也说不种，辛苦不说，还没什么赚的。你也知道，这些年，我就靠人家种我的田，人家给我谷来吃饭的。这一下人家不种了，我拿什么吃饭？"

"你是想让我帮你种？"杨书成问。

黄国新点点头，说："我只要五担谷，原来是六担的。"

"你好意思？"杨书成看着黄国新，"你一个四十来岁的人在家闲着，让我一个六十多岁的老人去帮你种田？"

黄国新红着脸，低着头，没吭声。

"你倒是想得好啊！你自己没脚、没手？"杨书成有点火了，唾沫横飞地说。

"有。"黄国新蚊子叫似的说。

"既然有，你就自己种啊！"杨书成"啪"地放下筷子。

"我……我不会种。"黄国新抖了一下，本能地往一旁挪了挪。

"亏你说得出口，一个农民不会种田。"杨书成用手指敲了敲桌子，"你说一个农民不会种田，还是一个农民吗？我听着都丢脸！”

“可是我……”

“我我我，我什么鬼！顶在你头上的又不是一个牛脑袋，牛还能学会犁田呢，你就不会学啊？”杨书成拍了一下桌子，指着黄国新，“我看你呀，身上那根懒筋要抽掉才行。”

“我……我都上过工地了。”黄国新又低下了头。

“国新，我看你就这样。”贺小英朝杨立业眨了下眼睛，“反正你也不会种田，反正村上的田也荒了不少，反正也没谁再帮你种，你那田干脆就荒着算了。”

“那……那不行，荒着我就没饭吃了。”黄国新摇头。

“你又不会种田，又没谁帮你种，又不想田荒着，”贺小英笑了笑，“那你这就难了，不好办了。”

“我看不难。首先田不能荒，得种。那谁来种呢？”杨立业看着黄国新，“我知道你不会种田，但你可以跟着人家学。关键是你想不想学。”

“那是。”贺小英点点头，“国新，我跟你说，你要想讨个婆娘，那没哪个女的喜欢懒汉，也不会有谁喜欢一个田都不会种的村里人。”

“那……那我跟谁学？”黄国新看着杨立业。

“远在天边，近在眼前。”杨立业看一眼杨书成，看着黄国新，“你应该知道，你书成叔是村上公认的种田的老里手，种出的庄稼在村上数一数二。”

黄国新有点茫然又有点胆怯地点着头。杨书成满眼是笑，一脸自豪。

“国新，那我得跟你说。”贺小英看着黄国新，“你跟着你书成叔学可以，但你不能偷懒，得学出个样子来，别坏了你书成叔的名声。”

“我……我可没说要带他啊！”杨书成摆着手。

“你也别多说了，国新这种田的徒弟你带定了。”贺小英看一眼杨书成，朝黄国新一努嘴，“快叫师傅啊！”

黄国新扭扭捏捏地叫了一声师傅，见杨立业在朝他使着眼色，又咽了咽口水，响亮地叫了一声。杨书成爽快地答应了。

出了院子，一看沉沉夜色里的田野，想着种田的日晒雨淋，想着面朝黄土背朝天的辛劳，黄国新心想刚才不认师傅好了，可转而一想，要是跟了杨书成种田，自己也成了种田的里手，刘初菊一定会高兴……想着他就笑了，步伐也轻快起来，远远地看到刘初菊家的灯还亮着，便走了过去，只见一个人闪进了院子，像是黄国庆。他迟疑了一下，往自家走了。

那人还真是黄国庆。他一下午都在油茶地里，一会儿坐着发呆，一会儿拼命地干活，到天色暗下来时，他心中的郁闷和不快大多已随着暮色去了。回到家，见付秀珍特意多炒了两个菜，又好言安慰了他几句，还说她中午说的那些也是为他好，没别的意思，他也就释怀了，心想懒得跟陈国兴他们计较，随他们说去，这主任当不当也就那么回事。付秀珍一眼看出了他的心思，说主任能当还得当，当比不当好，年轻时都没出门，如今这把年纪了，就不要做别的梦了，安安心心在村上当这个主任，有朝一日杨立业不想干了，他能当上支书就更好。他没说话，只是瞟了她一眼，同时脑子里一闪，突然想起了刘初菊跟人说要建猪栏的事，便几口扒了饭，起身出了门。付秀珍问他去哪。他说不去哪，就随意走走，一会儿就回来。

慢慢吞吞走着的黄国新没走多远就听到刘初菊家传来了激烈的争吵声，他跑到院子外边一侧，只见付秀珍揪着黄国庆的耳朵气冲冲地出来了，便赶紧闪到一旁，等他们走远了才悄悄溜到门口，见刘初菊没事一样地在灯下埋头剁猪草，就悄悄地退了出来，心想没事就好，就这么想着回家去了，可没走多远就一转身，对着黄国庆家的方向，双脚跨开，胯往前冲，咬牙切齿骂了黄国庆的娘。

刚才黄国庆一走，担心他的付秀珍就尾随了过来，一见他进了刘初菊的家就不由得火冒三丈，冲进去边骂就边想抓了刘初菊开打，而当看到刘初菊手上闪着寒光的菜刀时，她愣了愣，揪了黄国庆的耳朵出了门。

一到家，将门“嘭”地一关，再将黄国庆往椅子上一推，付秀珍一声冷笑，指着黄国庆的鼻子就骂，骂他胆大包天，竟敢夜里去刘初菊家约会，骂他贼心不死，都这么多年了，竟然还想着她。见他既不看她也不搭话，只是低头坐在那里，便双拳雨点般在他肩上、背上捶打起来，边打边骂他是陈世美，骂他吃着碗里的还想着锅里的，良心给狗吃了。没想到他猛地一跺脚，将椅子一挪，一把将她推开，说他要是陈世美倒好了。她后退几步，愣了愣，哭了，眼泪和鼻涕一起来了。

付秀珍一哭，黄国庆心慌起来，也烦躁起来，大步地来回走着。而当听到门外有人笑出声来时，黄国庆立马不走了，付秀珍也顿时不哭了。

黄国庆轻轻走到门口，猛地开门一看，人影都没看到一个。付秀珍在院里四下看了看，跺着脚说看见了，快出来，不出来给她逮着就做贼打了，打断了脚手可别怪她。可过了好一会儿还是没见谁出来，她便进了门，边走边骂见鬼了，活见鬼了。黄国庆边关门边说都怪她，总疑神疑鬼的，这下好了，让鬼听到了，还让鬼笑话了。她说他要不去找刘初菊，就没这事。他说他去找刘初菊也没别的，就想问一下建猪栏的事。她说怎么白天不去，偏要晚上偷偷摸摸去，问他去哪还要瞒着，分明是心里有鬼。他说白天忙，没工夫去。又说开始也没打算去的，是走到那才想起来了，就进去了。她哈哈大笑。他问她笑什么。她说他的狐狸尾巴终于露出来了，不打自招了。

不知道付秀珍说的狐狸尾巴是什么，黄国庆不由得一怔，莫名其妙地看着她。她似笑非笑地逼视着他，要他老实交代，是不是心里还有刘初菊。他皱了皱眉头，说他老实交代可以，但她不能激动，更不能动怒，否则他就不说了。她眨了眨眼睛，双手在胸前抚了抚，再深吸一口气，要他快说，别磨蹭。他走了走，在椅子上坐下，说当初心里是有她，也有刘初菊，后来就只有她，没刘初菊了，但毕竟生活在一个村上，抬头不见低头见的，自己从来没想过她也不是，只是偶尔想一下，而且不是在心上，只是在脑子里过一下而已，跟在心上那完全是两码事，不一样的。她哈哈大笑，捂着肚子往椅子上一坐，说真是笑痛她的肚子了。他嘿嘿笑着。她在他头上一戳，说谅他也不敢说假话。他还是嘿嘿笑着。她灯一关，说睡觉去。他在心里觉得好笑，心想女人就是好糊弄，两下就应付过去了，可想着又在心底一声叹息，可惜刘初菊平日里压根就不理他，见到他总是绕着走，就是不得已搭上话，也是冷冰冰的。他刚才进了门，话才说了半句，她就要他快走，别弄得不好看。她正说着，付秀珍冲了进来，既听到了她说的话，也看到了她手上的刀。

在门外笑的“鬼”正是黄国新。他想着黄国庆给付秀珍揪着耳朵拖了回去，到了家准会有好戏看，就跑到门外听，听着听着就笑出声了。当黄国庆开门看时，他已闪到房子东侧的菜地里，等黄国庆他们一进门，他就出了菜地，哼着曲儿回家去了。

第二天中午，黄国庆和付秀珍正在吃饭，李长花风风火火地来了，说村上在传昨晚黄国庆去扒人家的窗户，给付秀珍逮了个正着，可黄国庆不但不认错，反而把付秀珍打哭了。付秀珍碗一搁，说要去撕了刘初菊的嘴，这事就只有她知道。黄国庆忙拉着她，说准是那偷听的人添油加醋造的谣。付秀珍一跺脚，说要知道是谁，看不割了他的舌头。李长花问黄国庆到底是怎么回事。黄国庆说了来龙去脉。李长花指了指黄国庆，说知道他昨天心情不好，可心情再怎么不好，也不该去找刘初菊，幸好付秀珍还懂理，也懂事，没有大吵大闹，要不他这脸就真丢光了，看他这主任还怎么好意思当。又安慰了付秀珍一番，说其实也没什么，全是误会，大家都看得出来，黄国庆的心里是只有她的，去刘初菊家也是为了工作，毕竟他是主任，当然还得注意时间和场合。

李长花没走多久，黄国新就进了门，说昨晚在门口偷听的是他。付秀珍举起碗就要朝他头上砸。黄国庆赶忙抓住她的手，拿下碗。抱着头跑开的黄国新说幸好她没砸，她要砸倒好了，他就在她家吃喝一辈子。黄国庆问他来干吗。他说来认错，一不该偷听，二不该添油加醋。黄国庆问谁要他来的。他刚要说是杨立业，但话到嘴边又变了，说没谁，是自己想来。付秀珍一哼，说他是黄鼠狼给鸡拜年。黄国新转身就要走。付秀珍一把抓住他的衣袖，问他为什么要偷听。他说想看黄国庆的把戏。她问为什么想看黄国庆的把戏。他说见不得黄国庆去刘初菊家，一见心里刀割似的。付秀珍皱了皱眉头，随即呵呵一笑，拍拍黄国新的肩膀，说好样的，癞蛤蟆就要想吃天鹅肉。又呸呸呸，说哪是什么天鹅，分明就一只破鞋。见黄国庆和黄国新都没好脸色，又说好好好，那不是一只破鞋，是一只绣花鞋。黄国新说不是一只鞋，是一朵花。付秀珍说好好好，一朵花就一朵花，一朵干枯了的花。黄国新一跺脚，说不是，是一朵正开着的花，可香了。付秀珍说好，开着就开着，不管她是香也好，臭也好。黄国新说就只有香，没有臭。付秀珍哈哈大笑，在黄国新胸前猛地擂了一下，说他往后还要看到黄国庆去刘初菊家，就打断黄国庆的腿，她不但不怪他，还请他喝好酒。他说如果现在能给他一壶好酒，他现在就去跟人说那是他瞎编的，根本就没那么回事，但马上又说算了算了，酒不要了，他走了。他在桌上的小竹筛里拿了一个粽叶粑，边吃边摇头晃脑地出了门。黄国庆恨不得追上去踢他两脚，抽他两个巴掌，见付秀珍正朝他笑着，自言自语地说着这下好了，放心了。黄国庆叹了一口气，提了锄头就走。付秀珍追到门口，大声说别又去刘初菊家，说着就笑了。黄国庆回头瞪她一眼，嘟哝着骂她小气鬼。

其实黄国庆猜到了是黄国新在偷听，也猜到了是杨立业要他来的，因为他知道目前黄国新就只听杨立业的话。

昨天晚上，从方世明家出来的杨立业碰到哼着曲儿回家的黄国新，问他什么事这么高兴，他把在黄国庆家偷听的事说了。杨立业说他不该去偷听，这是人家的私事，往后不能再这样了。又说黄国庆去刘初菊家，准是工作上的事，付秀珍应该是误会了。

方世明在镇医院治疗了十来天，没多大疗效，医生建议他回家静养，就前天抬回了家。一听说他今天病情加重了，杨立业就赶紧过来探望。前些天，方世明在镇上治疗时，黄桂花抽空去胡文化那给方世明算了算。胡文化说他清明是一道坎。

过两天就是春分了。按照习俗，春分到清明这段日子，各家各户都要上山挂青，在外地的人能回来的也会在这段日子回到村上。杨立业跟叶卉和杨一鸣约好了，让他们七八天后的周末回来。这是他回到村上的第一个清明，他想了许多，也感觉到会有许多的事发生。

布谷声声，春阳暖暖。

杨立业数了数，工地上包括自己在内才八个人。有人开玩笑说正好两桌牌。刘晓明说不对，是正好一桌酒。

“喝酒啊，还有我呢。”工地下边的田埂上，黄国新正扛着犁，走在杨书成的后边。杨书成手上牵着牛，肩上背着一篮青草。牛走在水田里，不时地朝杨立业哞叫一声。

见春耕时节来了，杨立业说大家还是以农事为重，空闲时才到工地上来，又让杨达成给村支两委的人排了一个值班表，保证每天都有村干部在工地上。杨立业本想帮杨书成去干几天活，可杨书成说他不是干农活的料，去做好自己该做的事就行了。他一有时间就上工地来，成了在工地上时间最多的村干部。刘晓明一心想着这路早点修通，也就成了群众中来工地最多的人。昨天杨立业还暗示他该去春耕了，他说不急，还来得赢，不会误事的。

黄国新的田就在陈国兴田的下面，隔了一道半米来高的田埂。杨书成正在手把手地教黄国新犁田，可一放手，那犁要么泥吃深了，牛背不动，犁给拉得咔咔响，要么泥吃浅了，翻不起泥坯，犁空了。杨书成只好把牛叫住，打量了一下已是一身泥水、满头大汗的黄国新，说小牛崽教三个早晨都教好了，他怎么就这么笨手笨脚，老是学不会。黄国新红着脸，抹着汗，说他本来会了的，可牛老吃他的生，不服他管。牛扭过头，轻蔑地冲他哞了一声，又一甩尾，甩了他一脸的泥水。他擦了擦眼睛，扬起竹条就要抽。杨书成眼一瞪，一把抢过竹条。他嘿嘿笑了笑，说只吓唬一下，舍不得打的。杨书成说这牛听话，从来不用竹条抽的。

“村上也就书成叔这牛养得最好，滚壮的，毛色缎子一样。”刘晓明大声说。

“你们不知道吧？这几天，我都是给它喂泥鳅喂鸡蛋呢，要不哪有这个样子？”杨书成手一扶犁，也不用牵动绹，更不用扬起竹条，牛就轻快自如地走了起来，不薄不厚不宽不窄的泥坯跟着波浪似的翻了过来。

一条泥鳅在泥坯上翻动，杨书成手一伸，泥鳅进了他腰间的小鱼篓。

“我跟你说啊！”杨书成对跟在边上的黄国新说，“这牛跟狗一样，都是通人性的，你对它好，它也就对你好。这犁田要犁好，可不容易，得牛和人合为一体，人懂得牛，牛懂得人，要不牛累，人也累，田又没犁好，田一没犁好，禾就长不好，禾一长不好，产量就上不来……”

听到脚步声，杨立业抬头一看，见是张书记和郑时兴等一行四人来了，连忙放下锄头，爬上石板路，把郑时兴和张书记介绍给了大家。张书记说他是陪郑时兴来村上调研的。郑时兴说他是落实周副县长的指示，专程来村上走一走，看一看。杨立业说真不好意思，早知道会来，就抬上轿子去埡口那边迎接。郑时兴哈哈一笑，说他又不是嫁到村上来的新娘子，也不是什么官，就一个小公务员，可不敢惊动大家，更不敢要轿子抬。张书记说那是的，郑主任最关心、最了解民间疾苦，最懂得、最贴近人心民心，刚才一路下来，还不断地说，没想到还有这样偏僻闭塞的地方，还有这样贫穷落后的地方，真是令人惭愧、令人难过。郑时兴点点头，左右上下看了看，说虽然没想到这里还这么偏僻闭塞，这么贫穷落后，但也没想到这里还这么漂亮，这么美，而且是一种原生态的美，非常难得，一路走下来，还真不觉得累，简直是一种享受。

“主任，如果让你从早到晚都走在这石板路上，你累不累？”

“主任，那我问你，如果让你挑着担走下来，还会是一种享受不？”

“主任，我问你，你知道村上为什么这么偏僻闭塞，这么贫穷落后？”

被问红了脸的郑时兴呵呵笑了，说：“我当然知道了，就因为村上没有一条出山的路，与外界连通不畅，大家有东西出不去，卖不掉，也卖不起一个好价钱，同时外边的东西又不容易进来，得人挑马驮，到村上自然就贵了。这样一来，大家一边是手上本来就没什么钱，另一边是钱又更不抵钱，自然就更没钱了，更贫穷落后了，是不是这样？”

“对，主任说得对，说到我们心坎里了！”

“好，主任果然是我们的贴心人。”

“那好，主任就多扶一把我们村上，多给点钱吧！”

刘晓明往地上一跪，满眼乞求地看着郑时兴，声泪俱下地说：“主任，我求您了，您就快帮我们把这路修通了吧！”

郑时兴一时不知所措，看看张书记，又看看杨立业。张书记连忙跳下石板路，扶起刘晓明，问他这是怎么了。他哽咽着说这路修好了，他婆娘和儿子就回来了。杨立业跟张书记耳语了两句。张书记怕大家再问，问得郑时兴尴尬，心中不爽，忙给杨立业递了个眼色。杨立业会意，就请郑时兴先考察，然后做指示。

看了看石板路下边开挖出的毛路，再看了看脚上的跑鞋，郑时兴往下一蹲，跳了下去，拿过刘晓明手上的锄头就挖了起来，挖了几锄就脱下外套。有人就说这郑主任能说会干，是个好干部。郑时兴摆摆手，说他也是农村出来的，可不敢忘本。见郑时兴头上冒汗，张书记就接过了他手上的锄头。

上了石板路，郑时兴跺了跺脚，跺去鞋上的泥土，朝站在石板路下仰视着他的人满怀激情地说："各位父老乡亲，从你们的眼睛里，从你们的行动上，我看到了古人那种愚公移山的精神，看到了当年那种战天斗地的气概，也让我想起了自己当年修水库修湘黔铁路那火热的生活，那充满激情的日子。我想，有了你们这种精神和壮举，有了你们这种气概和决心，还有什么干不成？还有什么奇迹不能创造？因此，我完全相信，村上这致富路一定能修通，一定会修好！"

大家又是鼓掌又是叫好。黄国新已站在了刘晓明的旁边。杨书成坐在田埂上，抽着烟望着这边。牛在那悠闲地吃草。

夕阳下，杨立业和黄国庆送郑时兴他们过了垭口。临别时，郑时兴对杨立业说，为落实去年冬天中央的扶贫攻坚会议精神，从省里到市县都将派出扶贫工作队进驻村上，这将是一个千载难逢的机遇。

下山的路上，杨立业老在想，省里的扶贫工作队要是派驻到村上，那多好。黄国庆一路默默地低头走着，很少说话。杨立业问他是不是哪里不舒服。他说没什么。杨立业想起来了，刚才郑时兴跟他说话时，张书记也在一旁跟黄国庆悄悄说着。

下午，杨立业和黄国庆陪同张书记和郑时兴慰问了贫困户，看望了胡明国和方世明。张书记还单独跟杨达成和李长花聊了一会儿。

陈小军已多年没回家扫墓了，想起来都觉得怪不好意思。早些年陈维民一到春分就给他打电话，也不问他回不回来，只说过多久就是清明了，近年来干脆电话也不给他打了，知道打也没用。而他不回来扫墓，除了因为路途遥远，还怕小曼责怪他花费太多。

这回他自由了，特意请了一个星期的公休假，好跟父亲去扫墓，陪母亲去镇上赶场，走一走亲戚，看望一下老师，和同学聚一聚。

吴翠莲接过陈小军的行囊，说快点吃饭，村上的老主任走了，前天去看过了的，明天出山，今晚上祭，还得去陪一陪。又说老主任对他们一家很好的，那时向他借钱借粮什么的从没空过手。他说方世明人是好，有一回他脚下扎了玻璃，还是方世明背他去赤脚医生家上的药。吴翠莲叹了一口气，说方世明前天上午还上了工地，没想到酉时还没过人就走了，走得太快了，也走得早了点。

前天清早，贺小英一开门就见黄桂花匆匆来了，说方世明吵着要上工地。贺小英连忙叫了在洗漱的杨立业，一起匆匆赶了过去。

一到工地，用凉椅扎的轿子还没放下，方世明就眼里放着光，要往地上滚，只是没力，滚不动。杨立业明白他的意思，等轿子在地上一放稳，就和方刚等人把他抬了下来，搀扶着让他站在地上。见他看着锄头，黄爱国忙把锄头放到他的手上。他想举起锄头，却怎么也举不上来，眼泪顺着脸往下流。黄爱国握着他的手，一块举起锄头轻轻挖了两下。他望了望垭口的方向，又看了看脚下延伸上去的新开的毛路，慢慢转过身，看了看阳光下的田垅，脸上露出了笑容，突然就眼睛一闭，身子猛地往下沉。杨立业赶忙把他抬上轿子。黄桂花喊着他的名字，给他喂高丽参水。

布谷声声，山花烂漫。

见方世明又缓缓睁开了眼睛，在场的人都流下了眼泪。方世明看着杨立业，声音在喉咙里出不来。杨立业握着他的手，说请他放心，这路一定会修通的，会修好的。他又闭上了眼睛，清亮的眼泪滚出眼眶，掉在杨立业手上，滚烫滚烫。

哀乐声声，烟雾弥漫的灵堂里一通鼓响过，在众人的期待和锣钹声中，一个头戴道巾、身着道袍的人从神龛后面踱了出来。他在方桌跟前的长条凳上一坐，抓了桌上的铃子一摇，灵堂顿时安静下来。

刚赶过来的吴翠莲说还好，赶上了，又指着那穿道袍的人说那就是胡天师。陈小军用手扇了扇烟雾，睁了眼睛去看，问是哪个胡天师。吴翠莲小声说，还有几个胡天师，就那个胡文化啊。

只见胡文化一会儿说，一会儿念，一会儿唱，一会儿哼，一会儿坐，一会儿站，一会儿走，一会儿跑，一会儿跳，一会儿舞，一下大声呵斥，一下又小声安抚，一下恶狠狠地驱赶着什么，一下又笑嘻嘻地招呼着什么，语速时快时慢，声音时小时大，眼睛时开时合，身体时仰时俯。

孝子们先在灵柩前站成一排，一时立，一时跪，一时拜，如此再三之后，便在地上绕着灵柩鱼贯而爬。胡文化跟在后边，口中念念有词，一手挥动拂尘，一手拿着点燃的纸钱，驱赶着孝子们越爬越快。伏在灵柩上的女人悲痛欲绝地哭喊着，有的还边哭喊边用头撞棺材。

一个时辰即将过去，只见胡文化用手指在桌上的酒碗里一蘸，朝空中一弹，端起那碗酒喝了一口，往那面小旗上一喷，将酒往地上一泼，再将碗往桌上一丢，脚一跺，手一抬，大喝一声，转身往神龛后边快步去了。就在他一声大喝之时，锣钹响了，外边的鞭炮也响了，女人随之又哭喊起来。

过了一会儿，灵堂又安静下来。戴礼帽、穿长衫、戴墨镜、胸前挂着一根斑竹笛、肩上斜背着一把二胡的胡文化不紧不慢地出来了。他给大家行了个鞠躬礼，取下斑竹笛，吹了一曲《一封家书》，吹得大家如醉如痴，接着又拿过二胡，拉了一曲《二泉映月》，拉得不少人涕泪交流。

胡文化挂好斑竹笛，背好二胡，喝口水，清清嗓子，唱起了《父亲》，唱得情真意切，声情并茂，接着又唱了《当你老了》，唱得哭声一片。陈小军边流泪边想，胡文化不应该在这，而应该在大学的讲台上，或舞台的乐池里。

一早送方世明上了山，陈小军就陪着吴翠莲去镇上赶场来了。

风一起，山间的云雾一动，雨就来了。吴翠莲看了看天色，说这早上还有太阳，不到午间就落雨了，风调雨顺的，看来老主任还是有福之人。从竹篮里拿了伞递给陈小军，自己戴上斗笠。

见天色不早了，吴翠莲满意地看了看买好的大半竹篮的东西，说该往回走了。陈小军说他想去胡文化那儿看看，很久没跟他说话了。吴翠莲说那也行，要是太晚了就住镇上，别走夜路，她先回家。

老街比往日冷清多了，房子大多破破烂烂，有的还坍塌了，大多数店铺已不再营业。胡文化的店铺又加了一个犂，倾斜得更厉害了，似乎随时都有可能一头栽到河湾里去。

听陈小军说自己现在也是孤身一人，胡文化先是摇头叹息，说何必如此，何苦之哉，沉默一会儿又说这样也好，也行。看看暗下来的天色，陈小军说就在店里吃饭，他来炒菜。胡文化说那怎么行，他这么大一个官，在家吃不像，得请他去镇上最好的馆子，吃过了再陪他在镇上转一转。

夕阳下，雨后的空气格外清新。一路上不断地有人跟胡文化点点头，挥挥手，或说胡天师，今天不忙啊，或说胡师傅，上街啊，他都或愉快应答着，或笑着点点头。

吃过饭，陈小军看一眼霓虹灯闪烁的街上，说今晚不回村上去了。胡文化说天晚了，是不要回去了，给他在镇上酒店开个房间就是。陈小军说不住镇上，就睡店里。胡文化说只要他不嫌弃，不赶他走。

陈小军问胡文化是不是离开文化站后就没再写什么。胡文化没说话，从抽屉里拿出两个本子，还有一大摞稿子。陈小军翻了翻，里边有消息和新闻小故事，有散文和随笔，有古诗和现代诗，有广播剧和话剧，还有小说，总体以散文居多，有的写得情真意切，感人肺腑，有的写得深沉深刻，富有哲理。胡文化说他一直在写，陈秀才也鼓励他写，只是陈秀才走了之后，他实在太忙，才写得少了，但也没有间断。

胡文化的文章里，写得最多的是两个人，一个是陈秀才，一个不知名，但从写到的眼神、写到的微笑、写到的酒窝、写到的辫子，陈小军知道写的是方小竹。文章里的方小竹有时是一树桃花，有时是一轮明月，有时是一支竹笛，有时是一首歌……可见他对方小竹用情之深。陈小军心一慌，又一颤，见胡文化在低头想着什么，便翻到一篇怀念陈秀才的散文读了起来，读着眼泪就上来了，还没读完，稿子已湿了一大片。胡文化拿过稿子，说别读了，听着心里难受。陈小军说是他写得太好了，太感人了。胡文化说是师傅太好了，他还没把师傅的好写出来。陈小军说这稿子有的可以拿去发表，也可以整理一下出版。胡文化摇摇头，说算了，就等到那一天，都随他一起去好了。

一时无语，只河水的涛声清晰可闻。

胡文化说这些年来，他老在阴阳两界往来，在人鬼之间穿梭，已是心力交瘁，他不想干了，可总是有人请他，他又没别的事可干，早年那刻印章的功夫都荒废了，如今也没几个人要刻印章了。又说他给人看风水也好，做法事也好，特别是做法事，是有选择的，既要看死者，也要看孝家，那些为富不仁、欺男霸女、为非作歹之徒是请不动他的，这也得罪了一些人，但他不怕。陈小军朝他一竖大拇指，问他这些年那么忙，应该是积攒了不少钱，在镇上准是买了地，建了门面。他指了指陈小军，说没想到陈小军也是俗人一个。陈小军说钱不是万能的，但没钱寸步难行，常常是一分钱难倒英雄汉。他哈哈一笑，说他给人看风水也好，给人做法事也好，是收钱，但不只是为了钱，而是要让主人家诸事顺畅，兴旺发达，让死者安息，让孝家安生，钱他可以少收，甚至不收。

陈小军说想听他吹笛子。他吹起了《打虎上山》。他这一吹，又让陈小军想起了陈秀才，感觉陈秀才就站在门外。

打开门一看，门口还真站着一个人，是夏时香。胡文化又惊又喜，连忙将她请进店里，问她怎么来了，又是怎么来的。她说想胡文化了，也想方小竹了，是自己走着来的，吃了晌饭就开始走了。胡文化连连说都怪他，本来想做完了老主任的法事，今天早上去看她的，无奈有人催得急，只好一早回镇上了。说着就在她跟前跪了下去，边流泪边给她捶着腿。她抚摸着他的背，说不怪他，本来在老主任家也看到他了，可不知怎么的，送老主任出门后，她就莫名其妙地好想他，好想方小竹，又莫名其妙地往镇上来了。

夏时香扶起胡文化，拉着他的手，看着陈小军，说胡文化是个好人，可惜方小竹没那个福分。又说也怪她，当年要不是她没想清白也不会这样。胡文化笑了笑，说现在很好的，谁也不怪。陈小军一想，还真是，谁也不怪，也怪不得谁，一切都在自己手中。

第二天一早，见陈小军回村上，夏时香说她也回去算了。胡文化要她别急着走，反正过几天他要回去给他爹和陈秀才挂青，一块走。她说也行，可刚坐下又说还是回去好，怕万一方小竹回来了，她不在家。她就出了门。胡文化连忙打电话叫来了一辆三轮车，送她到了垭口的转运站，又跟黄国有说好了，用马驮她到家。

自从石窝村这边的路通到了垭口，有人就在这建了一个简陋的转运站，水泥、钢筋等物资，黄国有就从这里运往村上，一般不去镇上拉了。

清明眼看就到了，也成了杨立业忧愁的事。

"没两天就是清明了，他们看好了大后天是个好日子，村上杨姓的一起上山祭祖。这是你上任支书的第一个清明，也正好是五年一小祭十年一大祭的大祭之年。杨姓的人都盼着你来主持今年的大祭。族长三大爷已安排人在收钱了，每个男丁收款五块，你和一鸣的钱我已出了，每人交了十块。听说黄姓也是定在大后天上山，一样在做准备，每个男丁收钱八块，说是请黄国庆为首来搞。我昨天还跟收钱的人说了，要他跟三大爷捎句话，收钱不能比黄姓的少，祭祖的场面要比黄姓的更热闹。"杨书成跟杨立业说。

杨立业放下碗，一本正经地说："挂青也好，祭祖也好，都是应该的。后天叶卉和杨一鸣都会回来，到时候我们全家去给爷爷和太爷爷挂青。"

"祖宗那儿你就不去了？"

"去，当然去，都好多年没去了。"

"这还差不多。"杨书成看着杨立业，"那你是同意了？"

“我想是这样。”杨立业看一眼看着他的贺小英，看着杨书成，“祭祖的日子看好了就行，我没意见。也不说什么牵头，就请村上辈分最高的长辈领着大家上山就行，我只是跟着走。人不要太多，人一多容易出事，也会踩坏庄稼。买鞭炮、香烛之类的东西只要那么多钱，就我来出好了，不要再挨家挨户去收，影响不好。鞭炮也不要放得太多，太多浪费钱财不说，也不安全，容易引发山火，还呛人，污染空气。那……”

“那你想错了。”杨书成碗筷一放，“挂青也好，祭祖也好，还就是要人多，人越多越好，那才显得人丁兴旺、子孙发达，就是要多放鞭炮，要叫醒祖宗，请祖宗多保佑，就是要让别人看到杨姓人多势众，又齐心合力，不好欺侮。”

“那是去祭祖，表明没有忘记祖宗，也不是要做给哪个看，更不是去打架。”杨立业看一眼门外，“如果黄姓也是大后天上山，两姓的祖坟又在同一个山头，还挨得近，那到时候人多嘴杂，难免会起冲突，个别人还巴不得有事，好看热闹，好报平日的怨恨，而真要打了起来，那是一片混乱，两败俱伤。那……”

“那不见得！”杨书成一拍桌子，“上次大祭的时候，我们姓杨的就吃了亏，吃亏就吃在领头的冇得用，加之上山的人又比黄姓的少。这次你来领头，再多去一些人，先气势上盖过他们，就是打起来他们也占不到便宜，正好出了上次的那口窝囊气。”

“看你说的，还谁占便宜。你要知道，一旦打起来，就会造大祸，谁都占不到便宜，谁都吃亏。”杨立业神情肃穆地看着杨书成，“你还记不记得，上次书才叔他爹是不是差点当场没了命？黄爱国他叔是不是腰给打伤了，之后就干不了重活了？”

“我当然记得。”杨书成低头想了想，抬起头，“只是在这村上能不能抬起头、挺起腰，能不能说话有用、做事算数，还就是打出来的。听我爷爷讲过，在很多年以前，应该还是清朝末年的时候，姓杨的和姓黄的就因祭祖打过一场大的，双方都死了人，好在是打了个平手，要不输了的一姓就得滚出盆中村了。”

“这挂青也好，祭祖也好，本来都是好事，但一打架，伤了人，甚至闹出人命案，就不好了。”一直在边听边慢慢吃饭的贺小英叹了一口气，“想起来啊，出集体工的那些年月，从来就没谁领着一大帮人上山祭祖，只是各家上山给祖辈挂个青，谁死了也就开个简单的追悼会，往山上一送就完事，哪有现在的什么要看地，要上祭，要算日子？那时大家虽然不是什么亲如一家，却也是相安无事，没分什么你姓杨、我姓黄。后来各干各的活了，大家都有饭吃了，而且不要吃杂粮了，也不要穿补丁衣了，口袋里还多几个钱了，却分你姓杨、我姓黄了，族长有了，祠堂也有了，打着旗子上山祭祖的人是一年比一年多，场面一次比一次热闹，这姓就想着比那姓高出一头，恨不得把别的姓踩在脚下。我就有点想不明白了，也……”

“你别说了，你是不懂的。”杨书成不耐烦地朝贺小英一挥手，盯着杨立业，“我只问你，这回祭祖由你来主持，行不行？”

“不行！”贺小英说话的时候，杨立业想起了回到村上第一次开会时黄姓和杨姓泾渭分明地坐着的情景，又想到那天批评杨书才时黄国庆和杨达成的眼神，还想到了杨书成教黄国新犁田的样子，再一想黄爱国他叔拄着拐杖走路的艰难模样，就这么斩钉截铁地回答了杨书成。

杨书成猛地站了起来，抖着手指了指杨立业，捧着碗就往地上砸，一脚踢开条凳，拎了一把小椅子，气冲冲地到院子里去了。

杨书成这一砸着实吓了贺小英一跳。她说这么多年了，他还是头一次砸碗。杨立业一时也有点蒙，没想到他会发这么大的火。

杨立业想了想，刚要拎了椅子去陪杨书成坐一会儿，张书记打电话来了，要求他务必确保清明期间村上没有山火，没有纠纷，更不能有械斗。

接过电话，杨立业就在地上来回走着，想着怎么让大家既挂了青，祭了祖，又确保张书记的要求得到落实。

杨书成还是一动不动地坐在那里，望着屋后远处若隐若现的山峰。山上有他的父亲、他的爷爷、他的祖辈。

随着一道电闪过，一声雷响过，院子里的树摇晃了几下，雨哗哗地就来了。清扫完了地上的饭菜和碎碗片的贺小英将灰斗和扫把放到墙角，跑出来拉了一把杨书成，说下雨了，快坐屋里去。杨书成一甩手，拎着椅子往门口一搁，瞪了一眼在地上走着的杨立业，对着田塅一屁股坐了下去。

一道闪电游龙似的在空中闪过，照亮了眼前的田塅，照亮了对面的山峰，接着是一个炸雷在田塅上空炸响，炸得地都仿佛抖动了一下，雨也跟着大了，屋檐水成了一道道飞流而下的瀑布。

杨书成指着走向门口的杨立业，说：“你就不怕那雷？”

贺小英横一眼杨书成，说：“他没做亏心事，更没忤逆不孝，怕什么！”

“清明祭祖这么大的事，他不但不出面主持，还这也不行那也不行，不是忤逆不孝是什么？”杨书成指一下田塅，指着杨立业，“我只问你，那雷迟不打早不打，偏偏这个时候打，那么多地方不打，偏偏就打在这田塅里，为什么？”

“为什么？”杨立业走到杨书成跟前，“那是因为天上的云正好这个时候走到了田塅上空，彼此一摩擦，摩擦出了火星，摩擦出了响声。”

“你懂个屁！”杨书成一跺脚，“那是老天爷发火了，在警告某些人！”

“你这是什么话？老天爷警告立业你又能得到什么好处？”贺小英指着杨书成的鼻子，“那我也警告你，立业要有个什么，我有你好看的。”

“那你说老天爷不是发火了，是什么？”杨书成看着贺小英。

“那……那是老天爷出来玩，一路上吃多了，又吃了什么胀气的东西，实在憋不住，放了一个大响屁，放得风一起，自己都不好意思，羞出汗来了，一出汗，就又刮风又下雨了。”贺小英连忙捂住了嘴，说得杨立业也笑了。

“好，你敢说老天爷的怪话！”杨书成指着贺小英。

贺小英一愣，双手一合，说：“天老爷，我可不敢说您的怪话啊！”

杨书成一哼，说：“好，你还是怕了吧！”

“你们看，雨小了！”贺小英一指门外，“天老爷没怪谁呢，我……”

贺小英话还没说完，一道电闪过，接着一串雷声轰隆隆从屋顶上滚了过去，雨随之又大了。杨立业拿了伞就走，等回过神来的贺小英追到门口时，他已消失在了雨幕里。跑过来的杨书成又是跺脚又是甩手，自言自语地说他这是要去哪，去干吗。

见一盆水差点迎面泼在了跑过来的杨立业身上，黄国新连忙丢下木盆，把杨立业拉进了门槛，问他下这么大的雨怎么跑来了。杨立业看着地上这一个盆、那一个桶地接着从屋顶上漏下来的雨水，说不放心，过来看看。黄国新边端了水往门外泼，说好在只灶屋这边漏得厉害些，睡屋只是个别地方滴水下来，用钵子接着了，没事。杨立业帮着倒了水，说天晴了他叫人来捡一下瓦。黄国新说不急，等自己有钱了再捡不迟，这样的雨也不常下。

杨立业一走，黄国新猛地想到了什么，裤脚一挽就往雨里跑。他听到了猪的惊恐叫声，冲进后院一看，只见刘初菊正抱着一头猪崽从猪栏里出来，另一头猪崽在水里边慌乱地划着，其他猪栏里的猪或将前脚搭在栏杆上，嗷嗷直叫，或在水里乱窜，只想逃离。她问他来干吗。他说来帮她，一把捞起另一头猪崽，跟着她就走。她跑着将猪崽往灶屋里一放，指了一下灶屋的门板，要他快取下来，拿去挡水，别让从山上下来的水再涌进猪栏。他将猪崽往她手上一递，取下门板，扛了就往猪栏后边跑。

刘初菊拿了斗笠戴到黄国新头上。站在水里用脚抵着门板的黄国新将斗笠往她头上戴，说他反正一身早湿了，别淋着她。

就在黄国新将斗笠往刘初菊头上戴时，黄国庆站在自家门口，直直地望着田塅。付秀珍过来问他在想什么。他说不知道茶园是不是积水了，还有新修的路会不会被冲烂。付秀珍说他还想到新修的路了，不错。没错，他是想到了自家茶园，也想到了那路，还想到了刘初菊，因为隐约听到了猪在叫。

雨停了，山上下来的水小了，猪栏里的水退了。

看着落汤鸡似的黄国新，刘初菊心有愧疚和不安，说辛苦他了，要不是他及时赶来，真不知道会是个什么样子。黄国新接过她手上的毛巾，擦着脸上和头上的雨水，说不辛苦，早点来好了。刘初菊催他快回去换衣服，别着凉了。他嘿嘿笑了笑，说一点也不凉，一身都是滚热的呢。他拿了扫把扫除猪栏里的积水，然后疏通猪栏后边的水沟。

喝着刘初菊端过来的滚烫的姜辣汤，黄国新从头顶热到了脚心，也甜到了心尖。等他放下碗，刘初菊又给了他四个热乎乎的煮鸡蛋。

出了门槛，黄国新又回过来，说明天再来帮她把猪栏后边的水沟砌好，免得一下大雨水又涌进猪栏。她没说行，也没说不行，只是朝他笑了一下。

回到家，黄国新倒了盆子、桶子、钵子里的水，又扫干净了地上的积水，换了衣服，往床上一躺，将那还温热的鸡蛋往胸口上一放，很快就进入了梦乡。

在黄国新接过刘初菊端给他的姜辣汤时，刚好喝过姜辣汤的杨立业将碗递给贺小英，在杨书成旁边坐下去。从黄国新家出来后，杨立业又绕道去看了另一户人家，帮着那家堵上了屋前鱼塘的缺口。

“那我只问你，”杨书成看着杨立业，“如果没有祖宗的保佑，你能当上老板，当上支书，一鸣又能考上大学？”

“那我也问你，”杨立业看着杨书成，“你是不是觉得我当老板也好，当支书也好，一鸣上大学也好，你脸上有光？”

“那当然了。”杨书成脸上浮现出自豪和得意，“人家都说是我们杨家的祖宗保佑得好，祖坟上冒青烟了。”

“是吗？”杨立业笑了笑，“那我再问你，你要我来主持今年的大祭，如果真打起来了，我这支书肯定是当不成了，说不定还要进那里边去，那你愿意不？”

“这……”杨书成的脸立马阴沉下来。

“还有，如果打伤了你，或是打伤了我，你又愿意不?”杨立业看着杨书成。

“那……”杨书成看一眼杨立业，起身默默地往睡房去了。

贺小英朝杨立业一努嘴，灯一关，说都早点睡，别多想了。

而这时在黄国庆家，几个人正围桌而坐，都盯着黄国庆，要他表态同意为首上山祭祖。他双手抱在胸前，闭着眼睛，背靠着神龛下的墙壁。他们几个是雨一停就从族长五大爷家匆匆赶过来的。

“主任，你这样要理不理、爱搭不搭的，老不开口，也不是个事吧！你要清楚，我们是奉了族长之命来的，你不看僧面看佛面，总得表个态吧！”一个说。

“主任，你可不能当缩头乌龟，怕这怕那。你要当了缩头乌龟，我们就只能给人家踩在脚下，骑在背上了。再说了，你要不为首，那下次选主任的时候，大家只怕就没那么齐心了！”另一个说。

脸红了白、白了青的黄国庆开了一下眼皮，扫了他们一眼又闭上了，还是没说话。他不想为这首，也不敢为这首，他知道他们祭祖的真正目的，知道他们这么卖力的用意，但又不好说出来。

见有人说话更难听，还拍桌子，一直在里边听的付秀珍怒气冲冲地走出来，一拍桌子，再提了一把小椅子在地上一蹾，指了指那几个人，又指了一下黄国庆，说：“我告诉你们，他坐不改姓，行不改名，他姓黄，叫黄国庆，是盆中村的主任，可不是什么缩头乌龟，也不是什么叛徒。你们别搞错了，祭祖的事应该是族长去为首，或是别的人去弄。你们也不想一想，他是村主任，他好为这个首，能为这个首吗？你们也不想一想，如果非要逼着他去为首，没弄好，出了事，下台了，那你们姓黄的又有谁比得过他，能接上他的手？你们还要想一想，如果真是这样，那是不是到时候哭的是你们姓黄的，而笑的就不只是姓杨的，还有姓陈的、姓方的、姓胡的了？祭祖本来是好事，却给你们搞砸了，那你们还不给大家骂死去?”

听付秀珍这么一说，他们几个面面相觑，一时无语，坐一会儿就走了，说去族长家。五大爷听他们一说，沉吟了一会儿，说付秀珍说得也有道理，那就先收上钱，谁来为首等看看姓杨的怎么搞再说，如果杨立业亲自出马了，那就绑也要绑着黄国庆上。

第二天一早，杨立业就去了黄国庆家，接着进了胡明国家的门，之后跟杨达成见了面，要他通知村支两委的人上午十点在村部开会，邀请胡明国参加。

杨立业一看时间，离十点还差四分钟，但人已到齐了，个别有事的也请了假，就想还是用制度和机制来管人更有效。

看有的人说得难听了，胡明国便说没必要在祭祖上分个高低，比个强弱，如果烧了山，伤了人，祖宗肯定会不高兴，因为那是祖宗不想看到的，一句话，祭祖是好事，不能让好事变成坏事。杨达成说老支书说得对，可有的人就心不诚，又不纯，没安好心，出发点就不是为了祭祖，而是要借祭祖之名来收钱，捞好处。有人说这倒是真的，个别人就打着这修坟、祭祖什么的旗号来收钱，收到的钱又是一笔糊涂账，不知道用到哪去了。有人一笑说，哪去了，落他们腰包了呗。

待大家都坐好了，杨立业轻轻敲了敲桌子，说他来主持也好，黄国庆来为首也好，可不是要带领大家去比高低、比强弱，而是要组织大家有序地去祭祖。日子既然已经定下了，那就不变了，只是大家要明白，祭祖可不只是跑到祖宗坟前跪拜几下，烧些纸钱，挂几朵青，放几挂炮就完事，而是要把对祖辈的怀念，对祖宗的敬重转化为一种奋斗的动力，早日把路修好，早日改变村上贫穷落后的面貌。

听杨立业这么一说，有人失落了、失望了，而更多的人是赞许。

有人问什么是有序地去祭祖。杨立业说就是每家只去一个代表，不勉强，想去的就去，放鞭炮也不是越多越好，而是在安全的前提下燃放几挂，今年祭祖的钱由他和黄国庆来出，村民的钱已收了的退回，还没收的不收了，后天他和黄国庆带领大家上山祭祖，下山时顺路一起去给方世明挂青。

不等杨立业说完，李长花就带头鼓掌，说这样好，方世明对村上有贡献，受人尊敬，应该去给他挂青。

黄国庆悟到了杨立业的用意，既维护了他在村上的地位，又让他在黄姓中有了面子，堵了一些人的嘴，同时也给了他一副沉重的担子。他左右看了看，说他没别的意见，就照支书说的办。李长花朝黄国庆满意地点了点头。

李长花这么一说，黄国庆再这么一表态，大家也就不说什么了。于是，杨立业宣布，从当天下午开始，清明前后这些日子，村支两委的成员分别包干巡山，务必确保无山火、无纠纷、无械斗。

山下的地坪竖了两面族旗，上边分别写着“杨”和“黄”两个大字。大家为两面旗谁在左谁在右争吵起来，谁也不让。黄爱国一眼看到了从石板路上下来的胡文化，忙去拉他过来，请他算一下。他看看旗，看看上山的路，看一眼杨立业和黄国庆，闭眼掐指一算，说“黄”字旗在左好，但上山时“杨”字旗走在前。听他这么一说，大家也不说什么了。杨立业和黄国庆都朝他笑了笑。他是回来给石头和陈秀才挂青的。

上山的时间马上要到了，可两个族长都没来。有人说，看来族长这回是有想法，有意见了，可不是好事，只怕真会出事。有人说祭祖这么大的事，族长还不来，只打着自己的小算盘，那就不配当族长了。有人说族长也不是只哪个能当，这祭祖都不来，那就别当了，再选一个就是，不会没了杀猪的，大家就吃带毛的肉。

大概是北宋末年，杨姓和黄姓的祖辈先后来到了盆中村。最早来村上的人过世后就安葬在同一个山头，而且相隔很近，一个在左，一个在右，中间隔着一块一人高，如虎踞一般的大石头。这坟茔其实早已在时间的长河里给草木湮没，直到清末时黄姓出了个秀才，想起祖宗才找到这里，打了碑，砌了坟场。杨姓也不示弱，跟着修坟、祭祖，并延续了下来。

又是一通鞭炮齐鸣，鼓乐齐奏，祭祖仪式即将结束。

杨立业站上那块大石头，大声说：“今天的祭祖虽然没有来上次那么多人，没有放上次那么多炮，但我听到了祖宗在笑，说这样好。为什么呢？因为这样没有争吵，没有打斗，让祖宗安心，让祖宗欣慰。祖宗高高兴兴、心安理得地收了大家的财钱，领了大家的心意，才好保佑各家平平安安、兴旺发达。由此可见，今天这样的祭祖是可行的，是成功的。在此，我代表国庆主任，代表村支两委，衷心感谢上山来的和没来的各位的支持和配合，也衷心祝愿各家人兴财旺、五谷丰登。”

大多数人在认真听着，向中间靠拢。

杨立业看着下边会聚到一起的黑压压的人群，接着说：“昨天在会上有人这样说，其实大家都生活在同一片天下、同一块地上，又何必分什么姓黄姓杨，姓胡姓陈。说得非常好，不管姓什么，只要是在盆中村，就都是一家人，就是自己的兄弟姐妹。尽早把路修好，尽快改变村上贫穷落后的面貌，是我们盆中村现在所有人共同的心愿，共同的使命。这也是我们的祖宗在九泉之下所希望的，所期待的。而要实现这一心愿和使命，需要我们不管你是姓黄姓杨还是姓胡姓陈，必须拧成一股绳，齐心合力去奋斗，去拼搏！大家说是不是？”

掌声和喝彩声在山间回响。

草木翠绿，山花欲燃。

下山途中，黄国庆悄悄跟杨立业说，杨立业从石头上跳下来时，他那一直提在嗓子眼的心才算放下来。杨立业指了一下自己的胸口，说他也一样，心到现在还是悬着的，只放下一大半。

可不，一下山杨立业就听说五大爷病倒了，吃晌饭时杨达成又打电话给他，说三大爷也躺在床上了。喝着酒的杨书成碗一搁，骂他们准是脑子有病，心里有病，要杨立业别理他们好了。杨书成见杨立业上了山，还主持了祭祖，心里别提有多高兴。

没想到的是，下午杨立业去看望族长时，在半路上看到两个族长坐在路边神秘兮兮地聊着什么，便走过去，说听说他们都病了，是不是要去镇上医院看看。他们都有点尴尬地站起来，一个说其实也没什么病，应该是这些天为祭祖的事累着了，腰酸背痛的，精神也不好，没力气上山，但他跟祖宗报告了的，祖宗不会怪罪；一个说是有点不舒服，但也算不上什么病，就为祭祖的事跑来跑去的，加上天气时冷时热，可能是有点感冒了，上不了山，好在祖宗没有怪罪。杨立业说没事好，还担心着呢，往后祭祖的事还得请他们来牵头。听杨立业这么一说，他们一下来了精神，眼睛也亮了。

看着祭祖的人都下山了，胡明国也放心了，却又多少有点失落，他不想今天杨姓和黄姓的因为祭祖打斗起来，但又莫名其妙地想看到出点什么事。

怕今年黄杨两姓的因为祭祖再生事端，搞得不可收拾，也是胡明国想尽快辞去支书之职，请杨立业回来接手的原因之一，但这他埋在心底，从没说过。

刚下到机耕道上，杨立业就看到陈小军从另一条小路过来了，就让杨书成领着叶卉和杨一鸣先回家，他在路边等着陈小军。他们是去给杨常顺挂青的，下山时杨书成还顺便捡了一捆柴，自己背着，杨立业和杨一鸣要背还不给，说别累着他们。

走过来的陈小军指着冲里，说他上山时看到胡文化和方小竹往那边去了，应该也是去挂青的，如果不去易美秀家吃饭，那就快出来了。

见胡文化和方小竹从冲里出来了，杨立业连忙起身迎上前去。陈小军跟在后边，心里想着见了方小竹说什么好。

方小竹擦了一下脸上的泪痕，跟杨立业握了握手，说不好意思，很多年没给父亲挂青了，刚才在父亲坟前哭了一场。胡文化说他昨天去给他爹和陈秀才挂了青，本来想陪易美秀吃了晚饭就回镇上，可刚出院子没多久就接到了方小竹的电话，说她今天一早回来，便没走，住在夏时香家里了。

杨立业邀请他们一起去家里吃饭。方小竹说夏时香已在家煮了饭，不如一同去她家吃。胡文化说这样好。杨立业和陈小军交换了一个眼神，说那行，正好一起去看看婶子。

看着杨立业和陈小军一同进了门，夏时香可高兴了，又是喊胡文化快把鸡剁了炒，快取了腊肉下来洗，又是喊方小竹快泡茶，快摆糖果瓜子，又要方小竹快去请吴翠莲和陈维民过来吃饭。杨立业给剁鸡洗肉的胡文化打下手，一下倒水，一下刨姜。陈小军往灶前一坐，拿了火钳烧起火来。夏时香坐在那里，看看这个，看看那个，笑眯眯的。

敬过祖，一上桌，吴翠莲就指着酒坛，说今天是个好日子，都得喝点酒。夏时香说方小竹这么多年没给她爹挂青了，今天挂了，她高兴；陈小军这么大的官，还没一点架子，她也高兴；支书是贵客，今天登门，她更是高兴，这酒她也喝。吴翠莲边倒酒边说夏时香真是好福气，现在是有儿有女，又都有孝心，儿子在村里在镇上都响当当的，没几个人不认得，女儿又是那么大的老板，花不完的钱，享不完的福呢。夏时香放下小酒碗，擦了擦眼泪，说那也都得感谢吴翠莲，当年要不是有吴翠莲，那她不是哭死了也是投塘了，哪还有今天。吴翠莲说都是邻里之间应该的，没做好的地方莫见怪就是。夏时香说哪有那么多应该的，感激都来不及，哪还见怪。

吃过饭，陈小军说起了在村上设立教育基金的事。杨立业说这是好事，他支持。陈小军说想请方小竹和胡文化都做发起人。方小竹说可以，没问题。胡文化说是得鼓励和激励村上的孩子想读书，能读书，多读书，让更多的孩子能上中学，上大学。又说他肯定支持，会尽自己的绵薄之力，但他不做发起人，也不留名字。陈小军不解地看着胡文化，说他只出钱，不留名，那是活雷锋。他连连摆手，说他可没雷锋的那种精神和境界，只是觉得不做发起人，也不留名更好，别误导了人。杨立业一想，明白了他的心思，和陈小军相视一笑，都点了点头。方小竹朝陈小军大方地一笑，说当年她要是也能上中学、上大学，那多好。陈小军脸一红，说她要是上了大学，也许成就不了今天的方老板。

讨论过基金的事，方小竹说她把车停在垭口那边的转运站，比以往少走了一小半的路。又说从石板路上走下来，看到新修的一段毛路和在修路的乡亲，心里别提有多高兴、多亲切，还跳下去，接过李长花手上的锄头挖了一会儿，挑了两担土。杨立业说这路已纳入了县里的扶贫项目，难度比预想的少了许多，进度也会比预想的快，但问题是上边下来的钱只是项目所需资金的大部分，还有一部分的配套资金得自筹，而且得等自筹的部分有了，上边的那一部分才配置下来，还有这扶贫项目只覆盖从垭口到田堠三分之二的路程，另三分之一暂时不管，得等下一个计划，不知要等到何年何月了，另外这扶贫项目的路只修那么宽，不好错车，就想修宽一点，免得日后加宽花费更多。陈小军点点头，说这路就是村上的出路，能争取到扶贫项目不容易，只是虽然有了扶贫项目，但要把这路修好，还是困难重重。杨立业说是困难不少，但困难再大再多，这路也得修，而且要尽快修好。胡文化说杨立业早已立下了愚公之志，就是没有扶贫项目，他也会把路修起来的。

听杨立业说了上次村民捐款修路的情况，和想再次发起捐款及多方筹措资金的初步方案，方小竹说她深感愧疚，这回不能再落下了。在旁边听着的夏时香说不怪方小竹，只怪她没跟方小竹说。又指了一下胡文化，说他也是的，怎么就不跟方小竹说一声，她可不是个小气人，上次还出钱修了学校。杨立业说方小竹虽然回村上的时间不多，但一直心系村上，关心和支持村上的事业和发展，令人敬佩。方小竹连连说惭愧惭愧，得向杨立业学习，他才是楷模。

才与陈小军他们道过别，杨立业就接到了张书记的电话。听他把祭祖的情况一说，张书记可高兴了，说他这是走了一着险棋，但走得精彩，化危为机了，不错。

刚将手机放进裤兜，电话又来了，是郑时兴打来的，问项目的配套资金筹措得怎么样了。杨立业说正在筹措，但还差一大截。郑时兴说那得抓紧了，不知道有多少眼睛在盯着，别让人家抢了去。杨立业说在抓紧弄的，一定尽快弄好，拜托他多关照，千万别挪给了别人。郑时兴说那可说不准，许多事不是他说了算的。

听郑时兴这么一说，杨立业更急了，稍一想就要杨达成赶紧通知村支两委的干部、小组组长和全体党员晚上七点到村部开会。

一说修路又要捐款，会场一下开了锅。有人说上次捐款才隔了多久，谁家有那么多钱等着来捐。有人说怎么祭祖一说要收钱，钱就有了，还主动送过去。有人说，不一样的，那是祭祖，祭祖的钱是宁肯自己不吃，也要出的。有人说祭祖的钱是为不在了的人花的，而修路的钱是给活着的人花的，还是花在活着的人身上好。有人说没有不在了的人，又哪有活着的人，祖宗是怠慢不得的。

一阵沉默过后，有人说这路是不修不行，但也不急在这一时，村上还穷，有钱的人家没几个，这配套的钱能筹集到多少是多少，实在不行，项目给人家抢了去，也是没办法的事，谁让村上这么穷。有人说那不行，好不容易才争取来的项目，让人抢了去，那太可惜了，既对不起自己，更对不起祖宗。有人说那是的，这配套的钱就是砸锅卖铁也得凑齐了。有人说那好，你现在就回去把锅砸了，你砸了我也砸。那人脸一红，说他是打个比方。

一阵哄堂大笑之后，有人说这项目是村上共同的事，这款就按人头平均分下去，公平合理，谁也没话可说。有人说不行，还得有个差别，不能一刀切，就像挑担，不能都挑一样重。有人说对，村上虽然穷，但各家穷得不一样，还有少数人家是不穷的，算是富裕户了，应该是穷的少出，富的多出，不能把穷的逼死。有人说有的人家也并不是那么没钱，但每次村上一干什么就装聋作哑，这回就得让他们多放点血。有人说是得这样，村上的事是大家的事，不是哪一家哪一个人的，就得大家出钱出力，这回谁要不出钱，路修好了不让他走。有人说谁还没事干了，一天到晚守在路上，看谁走没走的。有人说那这样，河东的人离路近，更方便，就多出点钱。有人说不行，东边的人不一定走得多，应该是谁走得多，谁就出得多。有人说那不用说，准是赶马的黄国有走得最多，那就是他出钱出得最多了。有人笑了，说等这路修好了，车子开进村上来了，黄国有都失业了，这修路就等于断了他的财路，还要他多出钱，做梦去吧。

又是一阵哄堂大笑之后，陈国兴说既然这路成了扶贫项目，上边有款拨下来，现在又发动大家捐款，有了钱，工程队一开进来，大家就没有必要再上工地了。有人说对对对，是不要上工地了，有空还不如在家睡一觉，或是找两个人打几把牌。有人说那不行，工地还得上，刚才支书说了，上边拨的款不够修路要花的钱，捐款又不知道能有多少，大家出一个工就等于先垫了一份钱，或者说是捐了一份钱，路也就能早一点修好，车子就能早一点开进村里来，大家粮仓里的谷什么的就能早一点运到镇上去，能多挣几个钱。

见大家不说话了，杨达成看一眼杨立业和黄国庆，说他有一个想法，就是来一个捐款竞赛，以组为单位，看哪组捐款的户数多，金额大，人均多，并对这三个头一名给予奖励。有人问奖什么。杨达成想了想，比画着说给他戴朵大红花。那人哈哈大笑，笑过了说这大红花他戴不上，也不想戴，给别人戴吧。有人说以组为单位竞赛，还不如以姓为单位。有人说这是个好主意，反正村上就姓杨的和姓黄的是大姓，让他们打擂台好了。立马有人说想得美呢，让他们打擂台，自己在一旁歇凉、看把戏，莫想偏了个脑壳。有人说就是，盆中村又不只是姓杨的和姓黄的的，也是姓陈的、姓胡的、姓方的、姓刘的、姓付的、姓易的的，是大家的，这捐款谁也别想躲开，谁想躲开，就搬出盆中村去。那人一拍桌子，说盆中村又不是他的，有什么资格要别人搬出去。这人也一拍桌子，往凳子上一站，说谁不出钱修路，谁就不配做盆中村的人，谁就得搬出去。那人也站上凳子，再一跺脚，说老子就不出钱，看谁敢把老子怎么样。他说着又一拍胸膛。这人跳下凳子，朝那人冲了过去。那人跳下凳子，边撸衣袖边迎了过来。

两个人眼看要打上，胡明国起身，双臂一伸，两人连连后退，一个还“嘭”的一声坐在了地上，看得不少人目瞪口呆。有人说老支书还有这一手，深藏不露啊。有人说老支书他老太爷爷是个武林高手，打败过东洋武士，那年为躲避仇家，老支书的爷爷就跟着爷爷流落到了村上，在村上扎了根，又开枝散叶了。有人说难怪上次祭祖时，老支书挨了那么多拳脚、那么多棍棒也没事，原来是有内功。胡明国笑了笑，说他哪有什么内功，只是舍了死就不怕，棍棒打在身上就不痛。

会场一片寂静，还有点沉闷。

黄国庆见李长花在朝他使着眼色，本不想理她，甚至心生厌恶，但想还是不得罪她为好，就轻轻一点头，说这捐款修路是必要的、必须的，他坚决支持、积极参与，至于具体怎么弄，以杨立业说的为准。

“好，刚才大家说了不少，各有各的道理。修路无疑是村上的头等大事，筹措配套资金无疑是当务之急。我的想法是，我们可以把配套资金分成两部分，一小部分按人头平均，各尽各的责任；另一部分作为捐款，各尽各的心意。对个别确实拿不出钱的人家，还得区别对待。”杨立业停了停，“但对捐款有几点必须统一、必须明确，那就是捐款还是自觉自愿，不摊派，不强求，也不搞竞赛，不打擂台。不过，在座的各位不是干部就是党员，有的既是干部又是党员，那就不仅要带头捐款，还必须深入到各家各户去做好宣传发动工作，让大家高高兴兴出钱，痛痛快快捐款。另外，工地上还是不能停，还得跟原来一样，值日的还得值日，出榜的还得出榜，但仍以农事为主，在不影响农事的前提下，大家有空就多上工地。大家可不能比刘晓明和黄国新的觉悟还低，他们只要一有空就去，很少再去打牌喝酒了。”

会场有了笑脸，有了悄悄的议论声。

“当然，这修路资金的筹措，除了在村上捐款之外，还要去找镇上和县里的有关部门，争取能弄一点回来，还要去找我的一些当老板的朋友，请他们到村上来投资。”杨立业望了一眼窗外，“在这我还告诉大家一个好消息。就在今天上午，我和陈小军、方小竹等人已初步商量好了，将在村上发起设立一个教育基金，鼓励村上的孩子多读书，村上多出大学生。发起人有我，有陈小军，有方小竹，还有……”杨立业差点说出了胡文化，忙看着黄国庆，见他没摇头，就说，“还有国庆主任。”

基金的事，杨立业跟黄国庆提起过，当时黄国庆不置可否。

在掌声里，李长花朝黄国庆竖了一下大拇指，黄国庆却在心底轻轻叹息了一声。

# 第八章
# 出乎意料

斜阳下，从石板路上走下来的杨立业远远地看到工地上有一个熟悉的背影，有点不敢相信，便跑几步过来。那人抬起头，往后扶了扶戴在头上的斗笠。

“你怎么来了?”跳下石板路的杨立业接过杨书成手上的锄头。

“看你问的，好像我就不能来似的。”杨书成笑着看了看左右的人。

“我是没想到你会上工地来呢。”杨立业笑呵呵地说。

“看你说的，我就那么落后，成了落后分子?”杨书成有点不高兴了。

“不是这个意思。”杨立业摆摆手，“我是看你来了高兴。”

“你也别说漂亮话，我心里清楚，你早就在怪我了。”杨书成哼了哼，“我要还不来，没准哪天你就要开我的批判会，嫌我作狗屎臭了。”

“哪会呢!”走过来的杨达成将水壶递给杨书成，“大家都知道，前些日子您没上工地，那是您事情多，脱不开身，是不?”

“马屁精!”陈国兴朝杨达成小声嘟哝了一句。

“那倒也是，就不知道哪来那么多的活，一天到晚不停歇还干不完，总没空闲。”杨书成喝了两口水，一抹嘴，朝大伙笑着。

“那您怎么今天有空了?”刘晓明笑着问。

杨书成看出来刘晓明笑容里的意思，皱了皱眉头，说：“今天本来也没空的。”他指一下下边翠绿的稻田：“本来是要去扯草、追肥的。”

“那你怎么还来了?”刘晓明仍笑着。

杨书成一想，再一笑，说：“来修路啊！总不能等路都修完了才来吧!”

刘晓明朝杨书成竖着大拇指。杨书成按下刘晓明的手，说这路是要修，但他那田也得多去管一管，别只顾修了路，冷落了田地，当心到时候田地也冷落他，让他饿肚子。杨达成朝刘晓明挤了挤眼睛，说他是要去看看，看他那田里的禾长成了什么样子，人家书成叔的早分蘖了，在怀胎了，可他的行都还没满，又黄枯干瘦的，还不去扯了杂草、撒上肥，真要饿肚子。

在下边田里扯草的黄国新走上来，亮了亮手上的稗草，说这家伙把肥都抢了去，长得又高又壮，是得扯了。黄爱国笑他还认得稗草了，真是没想到。黄国新有点得意，说他还会犁田呢。黄爱国哈哈大笑，说如果连犁田都不会，就不算是个农民。又说他会犁田也是他师傅教得好。黄国新往杨书成身边一站，说那是的，他师傅可是盆中村种田的里手，也不小里小气，什么都教他，还没嫌他穷，没嫌他姓黄。有人指着黄国新，要他干脆改姓杨，认杨书成做爹好了。黄国新愣了愣，在地上捡了一块泥土，追着那人就打。那人看到土块飞过来，脖子一缩，身子一矮，却脚下一绊，摔倒在地，逗出一片哈哈大笑，笑得太阳从山尖上猛地跌落下去，跌出红霞满天。

晚霞里，石板路上仍是热烘烘的，路边一树石榴火红地笑着。

回家的路上，杨立业边走边看了一眼左边的刘晓明，要他明后天就别上工地了，好好去侍候一下田地，把杂草扯了，把肥追上，农事是有季节的，耽误不得。又问右边的黄国新这两天去了刘初菊家没有，她家的新猪栏砌得怎么样了。黄国新脸红了一下，说他只是去帮了两天的忙，昨天完工了。

刘晓明问杨立业，是不是路修通了，吴春花和刘小强就真的回来。杨立业稍一想，说应该是吧。黄爱国说那当然了，田也作好了，多打几担谷放到仓里，等他们回来有饭吃，别一饿肚子又跑了。

杨书成停下脚步，指着那荒着的田地，说荒在那，真是造孽。黄爱国说这田垌，要是没那些荒着的田地，整片的绿过去，该多好看，现在就好像一张大绿毯子上打了补巴，难看死了。跟上来的陈国兴说，如今种田屁钱都难得挣到一个，如果把人工摊上，肯定是亏，就别说挣钱了。杨书成瞥一眼陈国兴，说作田人哪还算得清人工，农民就是种田的，荒着田地不种，就不配当农民。陈国兴笑了笑，说农民是要种田，但有别的门路挣钱也得挣，钱不烫手，也不咬人。黄国新说，那是的，等有了钱，他也要讨个婆娘，生两个崽，还要起一栋房子。陈国兴指着黄国新哈哈一笑，说他倒是想得美，可钱不是天上掉下来的，得去挣。

暮色笼罩下来，刘晓明已能朦胧地看到上边自家的院子，却想起了刚才黄爱国说的话，稍一犹豫便没上山，而是走上田埂，下了稻田。

杨立业昨天天刚麻麻亮就上了石板路，本想去县里的几个局汇报汇报，看能否争取到一点什么，可头一个就碰了一鼻子灰，也就不想再去找了，跟原来几个要好的合作伙伴和朋友打了电话，有的见了面，说村上修路少了钱，请他们慷慨解囊，多少赞助一点，也欢迎去村上投资发财，可他们大多拒绝了，只是有的说得干脆，有的说得委婉。只有王成文听杨立业说村上有石材资源，而且相邻的石窝村有成功的例子，才说哪天去村上看看，如果可行可以考虑投资。杨立业说还哪天，今天就去。硬拉着王成文去看了石窝村的石材厂，又到村上转了转，再陪着王成文回到了县里。

返程路上，杨立业说现在房地产市场方兴未艾，国家对基础设施的建设有增无减，从镇上到县里不仅有省道、县道，还有一条高速公路即将开通，在镇上就有一个出口，等从村上到镇上的路一拉通，石材有市场，开采成本又低，交通也方便，那在村上投资建厂就是一本万利的事了。王成文说他做石材生意已有十多年，石材和石料一般都得从福建、广东、山东运过来，如果能在村上建厂当然好。

晚上王成文对去村上建厂的事细想着，细算着。杨立业也一样在想着，在算着。十一点多，叶卉回来了，见杨立业在纸上圈圈点点地画了不少图案，也涂涂改改地写了不少数字，问他这是在干吗。他说了配套资金的事，又说了王成文有意向去村上投资的事。叶卉想了想，说这王成文还算有眼光，要不干脆她来投资建这厂好了。但马上又说不行，一来手上拿不出那么多钱，二来去村上办厂也不好。杨立业说他们是心有灵犀，想到一块去了。

叶卉看着杨立业，指了指整洁的地面和沙发。杨立业说今非昔比，这才有个家的样子，辛苦她了。她笑了笑，说她哪有时间来搞，是请了个钟点工，每隔一天来打扫一次卫生，如果想回家吃饭就提前一个小时告诉她。杨立业说好，这样好。他看到她手腕空着，便问她那表怎么没戴。她愣了一下，下意识地看了一下手腕，说那表前些日子就不见了，应该是掉了，都不知道是哪天在哪掉的，可惜了。杨立业看到了她眼里一闪而过的慌乱，却没在意，只是说没事，再买一块就是。她摇摇头，说不买了，不戴也一样。

几天前，于局长约叶卉吃饭。叶卉问还有谁。他说了有谁有谁，可到了那一看，他说的谁一个也没来。他说其实没请谁，就专门请她。她问为什么。他说今天是他的生日，只请她一起过。她想走，但还是留了下来。喝着酒，他说他就只欣赏她一个，也只喜欢她一个，还只爱她一个，家里的就没她能干，没她漂亮，没她贤惠。见他越说越肉麻，越说越难听，叶卉又不好走，也不能走，又不知他还会干出什么事来，就想不如把他灌醉了，让酒店的人送他回家。回家洗过澡，想起于局长说的那些话，叶卉还有点作呕。

前天晚上，她约于局长吃饭，在表达了对他的谢意，又说了一堆理由之后，把表的钱给了他。他尽管心有不悦，但嘴上是笑呵呵的，说这样也好，这样也好。吃过饭，于局长说还请她去哪坐一坐。她说真不去了，还有事去。回家路上，她一狠心，将表丢进了穿城而过的河里，几朵水花溅起。

第二天早上，王成文打电话给杨立业，说了半个多小时，说他大体上决定去村上投资，多少用于修路，多少用于建厂，修路的算是前期投入，抵占用村上资源、租用村上土地等方面的钱。叶卉说这王成文有眼光，有魄力，也蛮精的。

把方小竹、陈小军等在外当老板或工作的人捐的钱，加上村里各家各户收到的钱和王成文投资的钱，项目配套资金就有一大半了。杨立业吃过叶卉做的早餐，忐忑着去了郑时兴的办公室。

一听说配套资金筹措到一大半了，郑时兴擂了杨立业一拳，说真有他的，有的村上一年两年也没筹措到资金，只好眼睁睁地看着项目给别人接了过去。杨立业说那就太可惜了。郑时兴走到桌前，在转椅上一坐，往后一靠，摇了摇又坐起来，说不过今年也不知怎么的，各地都上了紧，资金筹措也快，要不是他留着，昨天就给人接走了。杨立业道过谢，说接下来把钱凑齐了，尽快让工程队进场。郑时兴从抽屉里取出两张名片递给杨立业，说这两家公司是别人介绍来的，不要有什么关照，更不要有什么顾虑。

杨立业一看名片，不由得心里一咯噔，嘴上却说主任推荐的公司肯定是有实力、讲信誉的，他放心。

郑时兴手一抬，正色道：“杨支书，我可没推荐谁啊！”

杨立业连忙说：“对对对，主任没推荐谁，没推荐谁。”

出了门，杨立业看着一张名片上赫然有宁大贵的名字，心想郑时兴还真是给他出了一道大难题。可又一想，这也许是大好事呢。

支委会上，杨立业通报了项目的相关情况，说招投标之后工程队就进场，村上有必要成立一个相应的工作小组，建议由黄国庆担任组长。李长花手一举，说她赞成。黄国庆却说他不是不服从安排，也不是不想做事，只是杨立业是支书，是村上的一把手，修路和建厂都是村上的头等大事，还是杨立业来担任组长显得更为重视，再说杨立业对修路架桥什么的又内行，便于对工程进行管理和监督，还有这修路前期主要是杨立业在费心费力，由他担任组长更有利于工作的推进，因此，怎么说都由杨立业来担任组长更好，他一定支持、配合好杨立业的工作。其他成员听黄国庆说得合情合理，又一脸坦诚，也就纷纷赞成。李长花讪讪一笑，说她其实也是觉得由杨立业担任组长更合适，只是杨立业建议由黄国庆担任，为了跟支书在思想上保持一致，就顺着说了。

经过一番讨论，决定下来了，杨立业任组长，黄国庆和杨达成任副组长，其他成员为组员，组员还有胡明国和黄爱国等人，这样就使小组具有更强的广泛性和代表性，更便于开展工作。

会前，杨立业去请教过胡明国。胡明国说就眼下支委班子这些人来看，组长最好还是杨立业自己担任为好。杨立业说他反复想过，黄国庆可以担任，但他不会愿意，杨达成也可以，但黄国庆等人不一定赞成，也就只有自己上了，但他还得在会上提议由黄国庆来担任组长。胡明国说他这是一种策略，也是一种方法。

黄国庆刚放下碗，李长花就气冲冲地进了门，指着黄国庆的鼻子问他为什么好好的组长不当，非要推掉。见黄国庆不但没理她，还背过身去，她火气更大了，猛地推了黄国庆一把，说他真是扶不上墙的稀牛屎。听她这么一说，在那捡拾碗筷的付秀珍不高兴了，往她跟前一站，指一下黄国庆，说他怎么就扶不上墙了。李长花一叹气，说这么好的机会，人家杨立业都提名要他当组长，她也说赞成，可他倒好，一开口就推掉了。

付秀珍想了想，踢了一下黄国庆的脚，说："是啊，这么好的机会，这么好的事，怎么就不应答下来呢?"

"秀珍，你看啊，修路也好，建厂也好，都是村上的大事，如果他来当组长，把事都办成了，办好了，那他在村上在镇上说话就更有分量了，到时候这支书也就是他的了。你说是不是?"李长花看着付秀珍，"他要当了支书，你就是支书娘子。你说是不是?"

付秀珍点点头，说："那倒是。"

"是是是，是什么是!"黄国庆转过身来。

李长花和付秀珍都一愣，有点莫名其妙地看着黄国庆。

"你们啊，就是头脑简单。"黄国庆指了指李长花和付秀珍，"你们也不想一想，修路也好，建厂也好，都是那么大的事，又是那么重要的事，他杨立业能放心给别人去负责？他杨立业提名我来当组长，你就知道他是真心实意，不是试探我的？再说，就算杨立业是真心实意的，其他人就不反对？”

李长花皱了皱眉头，说：“也是，也是呢。”

“你们也不再想一想，那路是那么容易修的？那厂是那么好建的？我告诉你们，那说不定就是一个大坑，就是一个陷阱，掉下去了还不知道是怎么掉下去的，而一旦掉下去了，不死也会脱层皮。”

“有那么可怕？”付秀珍看了一眼门口。

“那么可怕？”黄国庆一哼，“我告诉你，真实的只会更可怕。”

“这么说，你还是对的了？”付秀珍皱着眉头。

“我不说对不对，但肯定没错。”黄国庆起身走了走，指着李长花和付秀珍，“我跟你们说啊，人一定要有自知之明，不要硬去逞强。”

“我明白了。”李长花点点头，看着黄国庆，“你也并不是完全不想当那组长，只是盘算着那组长的帽子戴不到你头上，你就干脆谦虚一把，来个主动推辞，又请杨立业亲自出马，这样既讨好了杨立业，又赢得了别人的好感，一箭双雕，好啊！”她点点头，盯着黄国庆，“可是，你想过没有，你是做了好人，可我就尴尬了，难堪了。”

“哎呀，谁叫我们是一家人呢。”付秀珍挽着李长花的手臂摇了摇。

“好，秀珍说得好，谁叫我们是一家人，我就不多说了。”李长花打量着黄国庆，“国庆啊，我是老了，没什么用了，往后就靠你了。”

看着李长花和付秀珍都谦卑地朝他笑着，黄国庆不由得哈哈大笑，从没有过这般淋漓畅快。李长花默默地出了门。

就在李长花到黄国庆家的同时，杨立业也坐到了胡明国家的桌前。听杨立业说了会上的情况，胡明国笑了，说果然不出所料，黄国庆就没那个担当。

送杨立业出了院子，想着虽然不在位了，但村上还是请自己做了小组的成员，胡明国一高兴，哼起了曲儿。杨四娥问他高兴什么，是不是儿子又打钱回来了。他说这可比钱抵钱多了，是钱买不到的。

在回家的路上，李长花远远地看到杨立业走了过来，连忙闪到路边的菜地，等杨立业走过去了才出来，又顺手摸了一根黄瓜，撸掉上边的小刺，一口咬了下去。其实杨立业也看到了她，却装着没看到，径直走了。

吃过晌饭，杨书成坐在门口的椅子上，悠闲地抽着烟，闻着田塅里飘过来的浓郁的稻花香。当听到杨立业跟贺小英说修路往后主要是由工程队来干时，他连忙拎了椅子坐过去，一本正经地跟杨立业说，别人干也是干，自家干也是干，就让叶卉来干好了。杨立业说那不是谁想干就能干的，得通过招投标，谁中标了就谁干。杨书成说那就让叶卉来报个名得了。杨立业说这名她不能报，得回避。杨书成想了想，说那就让她喊个靠得住的人来报名，到时候路还是她来修。杨立业说这也不行。杨书成瞪一眼杨立业，说这也不行，那也不行，要怎样才行。杨立业说怎么都不行。杨书成在凳子上一敲烟锅，说那好，他现在就给叶卉打电话。杨立业说打也没用，早就问过她了，她说不想来，是应该回避。

“真是怪了，有钱还不想赚。”杨书成摇着头。

“这没什么怪的。”贺小英看一眼杨立业，“天下的钱是赚不尽的，有的钱还就是不能赚。立业说得对，瓜田李下，就得……”

“谁在瓜田李下？”

见是李长花拎着一只鸭子，扭着腰进了门，贺小英连忙起身让座。李长花将鸭子往贺小英手上一递，说今年的早鸭子能吃了，尝个新。贺小英接过鸭子放到墙边，说李长花的裙子好看，人都年轻了十岁。李长花起身手一伸，转了一圈，说她女儿给她买的，是不是太花哨了一点。贺小英说没有，挺好的。杨书成轻蔑地看一眼李长花，小声骂了一句妖精，转过身去，背对着李长花。

李长花说她猜到贺小英刚才在说什么了，她来也是这个事，就是觉得那路根本不要搞什么招投标，让叶卉来搞就得了，如果非要招什么标，就让叶卉喊两家公司来做个样子，还是由叶卉来搞，叶卉聪明能干，大家都知根知底，靠得住，没必要再去请别人来搞。听她这么一说，杨书成悄悄指了指杨立业和贺小英，说他刚才也说了，可人家说什么要回避，不让叶卉报名。李长花“哦”了一声，说她明白了，那是杨立业觉悟高，以身作则，不仅严格要求自己，还严格要求自己的家属，是大家学习的榜样，下次开村支两委会的时候，她要好好说一说这个事。杨立业摆摆手，说这没什么值得说的，本来就应该这样。

看李长花要走了，贺小英赶忙去里边拿了一罐奶粉给她，说是叶卉上次买回来的，她要不接，就把鸭子拎回去。她转动着罐子，说这倒好，一只鸭子换了一罐上好的奶粉，自己还赚了，像什么话。

杨立业知道李长花是为昨天会上的事来的，她不说破，他也就不点破。

李长花前脚刚走，杨达成后脚就进了门，将一瓶酒往桌上一搁，说是孝敬给杨书成喝的。杨书成看看酒，看着杨达成，说酒是好酒，只是不过年过节的，送什么酒。杨达成嘿嘿笑了笑，中秋节也快了。杨书成一笑，说离中秋还远着呢。

杨达成说没别的，就是他婆娘的表哥也是一个小包工头，想包了村上的路来修，他不想来难为支书，可他婆娘在家吵吵闹闹，非要他来一趟，没办法，只好来了。杨书成指了指杨达成，说那路叶卉都不能搞，那他亲戚肯定也搞不得。杨立业笑了笑，看着杨书成，说不能这么类推。杨书成将那酒往杨达成手上一放，说这酒喝了会肚子疼的。贺小英拿来一瓶酒，将杨达成手上的酒换了，说他回去好交差。杨立业要杨达成回去跟他婆娘这样说，这路是要招投标的，只要符合条件，可以报名，至于中不中标，就要看自己了。

杨达成刚走没多久，杨世海又来了，要杨立业跟王成文说一说，看能不能在碾子铺也投点资，利用现有的设施，再添些新机器，建一个农产品加工厂。杨立业说他这想法很好，下次王成文来村上时他们可以当面谈一谈。杨书成却笑杨世海，要他别想得太美。

送走杨世海，杨立业准备去工地上看看，刚出门，叶卉来电话，说宁大贵刚才到公司来谈项目合作了。她接着说了一下项目的大概情况，要杨立业给个意见。杨立业说合作的事她自己拿主意好，因为她最了解公司和对方。

标一开，见中标的是大地公司，杨立业悬着的心总算放了下来，心想真是谢天谢地，宁大贵的公司出局了。

张书记非常高兴，说这路对盆中村有着特殊的意义，签订合同也好，正式开工也好，都得有个隆重而简朴的仪式。

合同签字仪式安排在镇上，由张书记主持。那天，天边刚透出曙色，胡明国就等候在路口了。待天一大亮，小组成员一齐，大伙就说说笑笑地往镇上去。

杨立业本想由黄国庆代表村上签字，黄国庆却谦让着不肯，他只好自己上台去签。可让他没想到的是，大地公司的签字代表竟然是石磊，而更让他没想到的是，当他签过字，一抬头，看到宁大贵坐在那边鼓掌边跟左右的郑时兴和王成文说笑着什么。

石磊说杨立业离开煤矿后，他接着在矿上干了好几年，后来矿上出了事故，矿给封了，他舅也差点破了产，他只好去县里闯荡，后来成立了一家小公司，主要给一些房地产公司搞渣土拖运，也搞些简单的土建工程，赚点小钱。四年前一个偶然的机会碰到了宁大贵，一说起还是校友，交往也就多了，宁大贵还关照他做一些业务。在宁大贵的撮合下，前不久他接管了大地公司，公司名称没变，但老板变成他了。杨立业“哦”了一声，说难怪上次郑时兴给他的名片，上面的董事长不是他。

“恭喜恭喜!”宁大贵拱着手朝杨立业走过来。

“宁大老板怎么来了?”杨立业迎上去。

“怎么?不该来?不欢迎?”宁大贵肩一耸。

“来的都是客，一样欢迎。”杨立业微笑。

“好，欢迎就好。”宁大贵打了个哈哈，看着杨立业，“杨大支书，我跟你说，我今天来，一是石老板是我的同学，又是我生意上的合作伙伴，他中标了，我来表示祝贺；二是来看看你，因为你也是我的同学，已是多日不见，你不想我，我倒是有点想你呢；三是如今村上不知盼了多少年月、不知盼了多少代人的路，眼看就要开工了，梦想就要实现了，我来祝贺你的成功，分享你的喜悦；四是听说盆中村虽然贫穷落后，却有一种原生态的美，就想去村上看看。”

“难得宁大老板如此有情有义、重情重义。”杨立业看一眼王成文，看着宁大贵，“那欢迎宁老板也跟王老板一样，多来村上投资兴业，如何?”

“当然可以。”宁大贵拍了一下王成文的肩膀，“不过，我不急，还是有钱先让王老板去赚，到时候我再来不迟。”

王成文指了指宁大贵，说他就是一个大滑头，就让别人去踩雷，到时候自己伸手就来摘桃子。宁大贵指着王成文，哈哈大笑。

郑时兴把杨立业和石磊等人叫到一起，说合同签了，接下来就是施工了，可得把好工程质量关，谁要是搞出豆腐渣工程，可别怪他不客气。张书记走过来，说这是扶贫项目，是民生工程，必须搞好。杨立业和石磊都连连点头。

签字仪式结束，胡明国就要回村上。杨达成说吃了饭再走不迟，反正是石磊做东，不花村上的钱，也不用自己掏腰包。胡明国摇摇头，说石磊的钱也是钱，能省一分是一分，再说了，你吃了他一分，说不定他就要在路上克扣一毛，杨立业和黄国庆陪郑时兴他们吃就行了，其他的人都回家吃饭，或是自己去街上随便吃点什么。杨达成看一眼杨立业，说也是，羊毛出在羊身上，看起来是吃别人的，其实还是吃了自己的，而且是豆腐吃成了肉价钱，不合算。黄爱国说是的，这饭不吃为好。黄国庆说他也回去，有杨立业作陪就行了。李长花本想劝黄国庆留下，但话到嘴边又说行，她没意见，反正她也吃不了多少，等下自己去街上吃碗馄饨。

于是，只杨立业留下陪郑时兴，其他人都跟着胡明国往村上去。快到镇边上了，李长花朝黄国庆使了个眼色，说由他来请大家吃馄饨。黄国庆似乎没看到没听到，只顾自己低头走。有人走到胡明国跟前，说不如去一下胡文化店里，让他选个开工的好日子，也让他请大伙吃馄饨，反正他这些年挣了钱。胡明国默认了。

胡文化算好开工的日子就带胡明国他们去了镇上的馆子。酒足饭饱了，有人打着嗝说，胡文化毕竟是村上的人，又是文化人，就是不一样，讲感情，又大方。

黄国庆下了石板路，说他去油茶地里看看。胡明国没吭声，还是默默地不紧不慢地走着。黄爱国四下看了看，说要是村上的荒地都种上油茶或是茶叶，又都像黄国庆家种的一样好，就好了。李长花说想得美呢，天下哪有这样的好事。杨达成说那可不见得，人家有的地方早就有一大片的田地，种的全是同一样的东西，枫树村的主任田大志家就种了一大片的葡萄，今年结的葡萄还不少，已经卖出一大半了，应该是赚了钱的。胡明国回过头，说那是搞的土地流转，杨立业也已经在想这个事了。

在地里闻着青里透紫的油茶果的黄国庆隐约听到了胡明国说的话，放开了手上的油茶枝条，望了望上下的荒地，若有所思地出了油茶林。

上了石板路，见杨立业在前面边走边指指点点，带着王成文和宁大贵、石磊一起，黄国庆又忙退了回去，看着他们下了山才出来。

黄国庆一上石板路就听到上边有人下来了，回头一看，见是黄一欣，连忙迎上去，接过她手上的行李箱，问她怎么回来了，还左一个箱右一个包的，也不说一声，好去垭口接她。她说到家再说吧。

黄一欣说她就留在村上，不去单位上班了。黄国庆立马变了脸色，站在那里，一动没动，也没说话，胸口在剧烈地起伏着。付秀珍则是愣了愣，双手捂脸，蹲在地上哭了起来，却又压抑着，似乎害怕哭出声来给人听到。

前些天付秀珍还在问黄一欣跟单位签合同了没有，准备跟哪家单位签。黄一欣说还要再考虑一下，等签了就告诉她。这些天她一直在等着，还想晚上打电话问的，没想到等来的是这样一个结果。

过了好一阵，见黄国庆胸口不再那么剧烈地起伏了，付秀珍也不再有眼泪从指缝间溢出来，黄一欣才小心地扶着黄国庆在椅子上坐下，又扶起付秀珍坐在椅子上，给他们深深地一鞠躬，说对不起，没事前跟他们商量，但她相信自己的选择没错。

“你真的太令人失望了！”黄国庆指着黄一欣，手有点抖，声音也有点颤。

"是啊，我这脸都给你丢大了，都丢到南京外国去了。"付秀珍抹了一下眼睛，又打了一下自己的脸，"早上吴翠莲还在夸我，说我养了个好女，又漂亮又聪明，又能干又懂事，读的书比陈小军还多，到时候准比陈小军更有出息，能当个局长厅长，或县长市长什么的。昨天李长花还跟我说，你条件好，准能找个好工作，找个好女婿，到时候接了我和你爹去城里享清福。这下倒好，你说就在村上了，不去单位上班了，那还到哪去当局长厅长，当县长市长，又到哪去找个好工作，找个好女婿？难道这盆中村还能有局长厅长、县长市长，还能有好工作，好女婿？"

"妈，那是人家跟你说的漂亮话，哄你开心的。"黄一欣摇了摇付秀珍的肩膀，"我是个什么样子，是个什么角色，有几斤几两，有多大能耐，能干什么事，能干多大的事，我自己心里清楚。如今上个大学早就不是什么稀奇事了，更不是谁上了个大学，谁就能当局长厅长，当县长市长的，天下哪有那么多局长厅长、县长市长？除非自己给自己封一个。"

"你这说的什么话？"付秀珍指着黄一欣，"我告诉你，你不要脸，我还要呢，你不怕别人笑话，你爹还怕呢。你爹好歹也是村上的主任，你不往他脸上贴金也就算了，还要往他脸上抹黑，你还有良心没有？"

"妈，看你这说的。"黄一欣看着付秀珍，一脸委屈的样子，"我又没偷没抢，在学校一直拿奖学金，还是优秀学生干部，怎么就给你丢脸，给爹抹黑了？"

"你呀，你呀！"付秀珍用手指在黄一欣额头戳了戳，再一声叹息，"我要早知道是这样，就不花那么多冤枉钱送你去镇上读书，又花那么多冤枉钱送你去省城上大学了，就让你跟别人家的崽女一样，上几年学就出去打工。出去打工，说不定还早就是一个小老板了，早给我们钱花了。你看看人家方小竹，不也是在外边打工，如今是大老板了，夏时香就享她的福呢。那天夏时香还跟我说，你比方小竹更聪明伶俐，要是早点去打工，到方小竹这个年龄，做的老板准比方小竹还要大，赚的钱还要多。"

"那不见得。"黄一欣摆摆手，"老板可没那么多，也不是那么好当的，我要去打工，说不定就还是一个打工妹呢。"

"没志气！"付秀珍横一眼黄一欣，"我懒得跟你说了。"

"那你是同意？"黄一欣边说边给付秀珍轻轻地捶着背。

"我同意什么了？别杵在这！"付秀珍推开黄一欣，背过身去。

一阵沉默。黄一欣站在那，目光在黄国庆和付秀珍身上挪来挪去。

“一欣，我问你。”黄国庆睁开眼睛，看着黄一欣，“你好好的农科院不去，好好的学校不留，你回来干什么，又能干什么？”

“爸，你问得好。”黄一欣走到黄国庆跟前，“这正是我想了很久，也想了很多的问题。也正因为想了很久，想了很多，我才决定了，回村上来，搞农业，当农民。有一点，我看到了，相信你也看到了，那就是今天的农村已不是昨天的农村，今天的农业已不是昨天的农业，今天的农民已不是昨天的农民，而且明天的农村不再是今天的农村，明天的农业不再是今天的农业，明天的农民不再是今天的农民。也就是看到了这一点，我就想，我上的是农业大学，学的是与农业相关的专业，回来不仅有事可干，也准能干成一些事，还……”

“可是，你想过没有。”黄国庆看着黄一欣，“你如果去农科院工作，从事相关方面的研究，有了科研成果，是不是能让更多的人受益？你如果留校当老师，是不是可以教出许多的学生，你的价值是不是能得到更大的体现？”

“爸，你说的我并不是没想过，只是我觉得在村上一样可以搞科研，而且能更好地做试验，做实验。因为我要试验的不只是某一个单一的作物品种，我要实验的不只是某一种运作的模式，而是要探索怎样将盆中村这样一个边远偏僻、贫穷落后的山村打造成一个富裕、美丽、文明的现代村庄。我分析过了，国家对三农越来越重视，投入越来越大，特别是在扶贫上的力度将会空前加大，只要抓住这一历史性的机遇，结合村上的实际创造性地开拓进取，盆中村一定会有一个天翻地覆的改变。我知道这有风险，而且风险很大，但我不怕，也不后悔，不管成功与否，我都觉得比去农科院、比留校当老师更有意思、更有意义。你说是不是？”黄一欣看着黄国庆。

“是什么是？”付秀珍转过身来，“你要弄明白，你去农科院也好，留校也好，那都是金饭碗，不仅工资按月领，说起来也好听，让人羡慕，要是你黄家坟山屋场冒了烟，说不定还真能当个院长或是校长。而你回到村上来，不仅工资没地方领了，说起来也丑，再好也就是像你长花奶奶一样，当个妇女主任，或是像你爹一样，当个村主任，最多当个村支书。我看你是书读多了，都读到屁眼里去了。好，不说了，我不跟你说了，说着心疼。”

“你可别小看这村主任、村支书。到时候村上的路通了，企业多了、大了，村上富裕了、美丽了，那这个主任、支书也就牛了，说不定那院长也好、校长也好，都还羡慕这主任、这支书呢。”黄一欣摇着付秀珍的手臂，“我还问你，你说有哪个农科院有村上这么多的人？又有哪个学校有村上这么大的地盘？”

“走开!”付秀珍翻一眼黄一欣，一甩手，“懒得理你。”

“我再问你，你为什么要回来?”黄国庆看着黄一欣，脸色不再那么难看。

“爸，你这又问得好。”黄一欣拖过凳子，在黄国庆旁边坐下，“一来，应该是因为我生在这，长在这，我的根在这，血脉在这，也就天然地对这片土地有了深厚的情感，就想回到这片土地的怀抱。二来，村上虽然山清水秀，但确实太贫穷太落后，每次回来看到那破旧的房屋、那崎岖的小道、那荒芜的田地、那单一的耕种、那低产的作物，还有那失学在家的孩子、那脏乱的人居环境，等等，我的心情就格外沉重，有时还忍不住落下眼泪，而每当看到那一双双渴望的眼睛，听到那一句句期盼的话语，我就感到一种召唤、一种责任，就想我应该回来，应该和大家一起改变村上的面貌。这两年，我每次一过垭口，望着村上的山山水水，想着村上怎么还是这个样子，心里就难过、难受，感到羞耻和愧疚，想着村上不能再是这样，心里就有了一种回到村上来的使命感和责任感，而且越来越强烈。三来，如果说我原来还只是想一想，对是不是回村上还有些犹豫和矛盾，那当我听说立业叔放弃老板不当回来当支书，特别是那天看到他独自在那修路，又跟他聊了一会儿之后，我是深受教育，也深受启发，就决定了，我要回到村上来，跟着他一起改变村上的面貌，一起……”

“原来是这样啊!”付秀珍猛地站了起来，冲到门口，朝着杨立业家的方向手一拍，脚一跺，“你……你回来了就回来了，为什么还非要拉着我们一欣?你打的什么主意，安的什么心，你……”

“你……你别这样。”黄一欣拖着付秀珍往屋里走。

“我怕什么，我就要说!”付秀珍在椅子上坐下，又拍了一巴掌椅子的扶手，“这事我就跟他没完!”

“话不能这么说，让人家听着不好。”黄国庆看一眼付秀珍，“一欣也不是三岁小孩子了，脚在她自己身上，又不是人家绑了她回来，还……”

“还什么还?”付秀珍一拍桌子，指着黄国庆，“好，你是怕他杨立业了是不是?是有话还不敢让我说是不是?”

“这不是怕不怕、敢不敢的事。他也是一心为村上好、为大家好。”黄国庆望着田塅，“我虽然嘴上不怎么恭维他，但心里是越来越服他了，就觉得自己不如他，不说别的，我就没他那个气度和气量，也没他那么多的办法和点子，还……”

“还还还，还到天上去!”付秀珍敲了敲桌面，指着黄国庆，“我看你是什么都没有，就只有无能和窝囊。你应该明白，他要是不回来，那支书就是你的，村上就你说了算。他抢了你的支书，你还帮着他说话，你……”

“你……你快别说了！”黄国庆看了一眼门口，用手捂住付秀珍的嘴，“这话要是传出去，是会惹麻烦，会……”

付秀珍拨开黄国庆的手，说：“你怕了？我可不怕，我就要说！”

“说什么呀？”

付秀珍一回头，见是杨立业到门口了，连忙放下叉在腰间的手，笑嘻嘻地迎上去，说没什么，说着玩呢。又忙叫黄国庆快去倒水酒来给杨立业解渴，喊黄一欣快去井里取了冰浸着的神仙豆腐来给杨立业尝个鲜。杨立业指一下院子外边，说还有人在那等着，下回再来吃。付秀珍手一挡，说那不行，来了就得领个情，要不就是对她有意见了。

尽管付秀珍现在已是一副笑脸，但杨立业还是从她的脸上和眼睛里感受到了刚才的战火，空气里也还弥漫着硝烟的味道，但他不知道这战火是因何而起。

杨立业一口气喝了一碗水酒，一抹嘴，说好酒，也就她家能有这样好的酒。付秀珍嘻嘻笑着，说她是在小英婶子那学来的。杨立业说刚才接到镇上的电话，明天有个会，请各村的主任参加，正好从外边路过，就顺便进来跟黄国庆说一声。

黄一欣端来了一小盆神仙豆腐。付秀珍用刀子划成小块，舀上一小碗，加上蜂蜜，递给杨立业，说就刚才打的，是屋后摘的新鲜叶子，手工搓的浆，不知道味道行不行。杨立业舀了一小块放进嘴里，含了含，让其滑入喉咙，落入腹中，再咂咂嘴，回味回味，说吃着清凉、爽口、滑溜，清香扑鼻，看上去碧绿碧绿的，油亮油亮的，真是好看又好吃，在这炎炎夏日，吃着这样的神仙豆腐，还真是有点神仙般的感觉了。又说不如把王成文他们也请进来吃上一碗，保管叫他们一辈子都忘不了。付秀珍满心欢喜地说那当然好，要黄国庆快去请他们进来。

杨立业放下碗，问黄一欣什么时候回来的，在家待多久。黄一欣说才到家一个小时，就在村上了，不走了。杨立业愣了愣，看着付秀珍。付秀珍瞪一眼黄一欣，说别听她的，哪能就在村上不走了。

王成文他们都说这水酒好喝，神仙豆腐好吃。付秀珍说好吃那以后就常来。王成文笑着说，有这么好吃好喝的，往后不多来打扰才怪呢。付秀珍说那干脆晚上过来吃饭，弄干笋炒腊肉给他们下酒，保管喜欢。王成文看一眼石磊和宁大贵，说想着都好吃，可惜在村上转一转就要赶回县里去，只能下次了。

杨立业拉着黄国庆一道陪宁大贵他们去村上看看。黄国庆一想，也好，免得在家又跟付秀珍争吵起来，尽管不是那么心甘情愿，但还是跟着他们一块去了。

送走宁大贵他们之后，黄国庆一回家就问黄一欣，那事是不是先不做决定，再考虑考虑，也好给自己留个余地。

“不用再考虑，我已经决定了。”黄一欣眼里闪着泪花，“我跟我的导师许教授，还有农科院的领导都汇报过我的想法，他们都鼓励我、支持我，农科院还说两年内我可以人在村上，但保留我的工作关系，并给我发放基本生活费，就当我是在村上搞科研，但我拒绝了，我觉得如果那样，我就有了退路，就不会破釜沉舟、背水一战去奋斗，去……”

“黄一欣，你是傻到顶了呢!”付秀珍气呼呼地去了卧室。

之后的两天，付秀珍没出门，也没跟黄一欣说半个字。

付秀珍在等待黄一欣改变主意，黄一欣在期待付秀珍转变想法。

黄一欣不去城里上班，回村上来当农民的消息传开之后，村上各种各样的说法就铺天盖地来了。有的说是今年的祭祖没搞好，祖宗一怪罪，报应来了，姓黄的出了她这么一个现世宝，活该。有的说如今谁都挤破头地往城里钻，她倒好，读了那么多的书，却要回到村上来，那书算是读到屁眼里去了，读成一个大傻子了。有的说她读了那么多的书，本来有一个好的前程，却回了村上，只怕是神经出了问题，不知好歹了。有的说她准是犯了什么大错误，给单位开除了，没地方去，只好回到村上来。有的说可能是没找到好工作，一般的单位又不想去，高不成低不就的，没办法，只好回来待些日子，到时候再出去。有的说也许是碰到了什么难办的事，一时无法解决，就躲了回来。有的说看她那样子，说说笑笑的，大大方方的，神经肯定没问题，要是神经出了问题，会躲躲闪闪、怕这怕那，会语无伦次、指东说西。有的说看她老拿着一个本子，早出晚归地在田间地头跑，还问这问那的，活像当年县农科所下乡来同吃同住同劳动的干部，挺不错的。有的说人家读了那么多的书，却不留恋城里，一心想回村上来干事，真是难得。有的说杨立业回来当支书是不容易，而黄一欣回来当农民更是难能可贵。有的说杨立业也好，黄一欣也好，回是回来了，看样子也都好，就是不知道能在村上待多久。

到了第三天，当黄一欣踏着暮色走进院子时，等在门口的付秀珍指着黄一欣说：“这下好了，看人家怎么说你，看你还有脸留在村上不?”

黄一欣一笑，说：“我又没做亏心事，有什么不好意思的。”

“你还好意思笑，我都不知道脸往哪放了。”付秀珍拍了拍自己的脸，指着黄一欣，“从明天开始，你要留在村上，就别出这个门！”

“不出门可不行！”

付秀珍一听是李长花来了，甩手就往里边走，一屁股坐在靠墙的长条凳上。李长花跟黄一欣扬扬手，走了过去。黄一欣明白她的意思，也就没管她，进了厨房，帮着黄国庆烧火做饭菜去了。

李长花挨着付秀珍坐下，说：“我看出来了，一欣是铁了心回村上的，你再怎么逼，她也不会回城里去了，不如顺着她算了。”

付秀珍猛地站起来，盯着李长花，说：“你安的什么心？”

“看你问的，一欣是我们黄家的人，说起来我还是她奶奶呢，我当然是安的好心了。”李长花拉着付秀珍坐下，“你也不想一想，一欣是个有主见的孩子，你要是把她逼急了，逼狠了，逼出个什么事来，那你后悔都来不及。你也知道的，石窝村那个女孩自己找了个对象，可她娘死活不同意，结果给逼癫了。她娘后悔了，喝了农药，好在给人救了下来，但孩子终归是癫了，整天不是在床上躺着就是在村上乱跑，造孽呢。”

付秀珍低下头，沉默着。李长花也不说话，只是轻轻地拍着付秀珍的手。

“其实我也没逼她什么，就骂了她几句。我知道，她从小就有主见，不比她哥。”付秀珍抬起头，抹了抹眼角的泪水，“我也是为她好。一个女孩子，找一个好工作，嫁一个好男人，比什么都强。你说是不是？”

“你说的是没错，可天下好多的事是由不得父母，也由不得自己的。”李长花叹了一口气，“不说别的，就说我家那死丫头吧，人家一个大老板的儿子看上她了，那孩子也长得有模有样的，可她倒好，就是不搭理人家，非要找那个打工仔。不过也好，人家现在是主管了，管着上百号人，对我们一家也蛮好的。”她看着付秀珍，“所以我就想，儿孙自有儿孙福，有些事你是想管也管不着，管不了，还是随他们去的好。”

“这道理我知道。我都想了好几天了，可还是有点想不通，不甘心。”付秀珍长叹了一口气，“其实我也是为她好，可她怎么就不明白呢？”

“你就别多想了，过些日子自然就好了。”李长花拍拍付秀珍的手，“当年你爹要你嫁给那个公社干部的儿子，你非要跟刘初菊争个高低，死活要嫁给黄国庆，当初你爹也想不通，说不认你这个女儿了，后来还不是好好的，不仅夸你有眼光，还总说黄国庆的好。”

“你就别提他了，一个窝囊废，就后悔当初没听爹的话。”

“你这是言不由衷、口是心非。”李长花拉着付秀珍的手，拍了拍，“好了，我看一欣的事你就随她去了，不但不反对，还要支持。”

付秀珍有点茫然地看着李长花。

“你想啊，一来一欣是铁了心了，是九头牛都拉不回的，那又何必去硬拉呢，是不是？”不等付秀珍回答，李长花又接着说，“二来一欣有文化、有能力，又舍得干，用不了多久就会成长起来，到时候不仅我和国庆后继有人了，等杨立业一走，支书的宝座也铁定了是一欣来坐。到那时，你就是支书的娘，也相当于是支书的太后，还……”

“那你就是支书的奶奶，也相当于支书的太皇太后，还……”付秀珍一手指着李长花，一手掩口笑了起来。

“吃饭啦！”黄一欣笑着走过来，挽着李长花和付秀珍的手臂，调皮地说，“村上的支书可不是朝中的皇帝，也不是什么土皇帝。”

点评过桌上的饭菜，李长花先夸黄国庆在村上是主任，在家中是厨师，真是上得厅堂、下得厨房，是个好男人，接着又夸黄一欣读书不忘家乡，立志回报村上，有能耐、有出息，好样的，最后夸付秀珍好眼力，选了黄国庆这么好的男人，生了黄一欣这么优秀的女儿，好福气，夸得满屋是欢笑，是温馨。

“支书的太后？是你想当支书的太皇太后吧！”送李长花出了院子，付秀珍望着她在月色里远去的背影，回味着她刚才说的话，便在心里这么说了，接着又朝地上呸了几下，踩了几脚。

杨立业梦中惊起，一摸背上，湿巴巴的。他轻轻地下了床，尽管小心翼翼地不想惊动贺小英和杨书成，可刚打开门就听到贺小英在说半夜三更的，鸡才叫第二遍，去哪。他说没去哪，就在院子里走走。跟下来的贺小英看着他出了院子，走进了田塅，往工地上去了。

清风徐来，捎带着来自田塅中、菜地间、树枝上的虫声大合唱，也有地坪边池塘里鱼儿出水的哧溜声和青蛙的“呱呱”声，还有稻谷、菜蔬的清香味和橘子、梨子的酸甜味。

正在指挥倒混凝土的石磊看到杨立业走了过来，不由得一惊，连忙迎上去，说都这么晚了，支书怎么还上工地来了。杨立业说睡不着，来看看。刘晓明跟人一起推着车斗小跑，朝杨立业扬了扬手。石磊问杨立业是不是对工地上不放心。

杨立业看着石磊，说他刚才做了个梦，梦见修的路全是豆腐渣，吓得他出了一身冷汗。石磊嘿嘿笑了笑，说怎么会呢。杨立业看着忙碌的工地，说怎么还挑灯夜战了。石磊说怕进度赶不上，今天就让大家加个班。返回来的刘晓明说昨天也加班，他也在。杨立业皱了一下眉头，看一眼石磊，去路基上跺了跺，跺了跺，又看了看从车斗里倒出来的混凝土，用手指量了量几处混凝土打的厚度，再捡了一块石头在已基本凝固的路面左右和中间敲了敲，将石头一丢，指着石磊，要他马上停工，返工。

“停工？返工？”石磊盯着杨立业，“为什么？”

“因为你偷工减料，是豆腐渣工程！”

刘晓明急了，指着石磊，说：“你为什么要害我？”

石磊撇开刘晓明的手，说：“谁害你了？”

刘晓明腰一挺，怒视着石磊，说：“你害我啊！”

石磊一哼，说：“谁要停工，谁要返工，你找谁去！”

刘晓明有点不知所措地看看一脸冷峻的杨立业，再看看围过来看热闹的人，抓着石磊的手就咬了一口，往地上一蹲，抱头哭了起来。

石磊看着现出牙印的手背，朝刘晓明骂了一声疯狗，拉着杨立业走到路边，说：“你要我现在停工可以，但不返工，这面子你得给我！”

“不行！我要给了你面子，那不仅你会丢掉面子和里子，我一样会丢掉面子和里子。这不是我不念旧情，那时在矿上你对我的关照我一直记在心里，所以当初一看是你中标了，我还非常高兴。”

“这我相信。可是，如果你非要那样，我就真是白给人打工了，不但赚不到一分钱，还要从娘屋里担着米来吃饭了。”

“你别蒙我，也别忘了我原来是干什么的。我心里有数，这项目虽然利润不算高，但还是有钱可赚的。”

“可是，我……”石磊看了看左右，咽了咽口水，“那好吧，我只好实话跟你说了。这项目名义上是我中了标，是我来干，但其实背后还有人，还……”

“我明白了。”杨立业点点头，在地上走了走，“你是项目正常的利润给人抽走了，就打起了歪主意，想靠偷工减料来赚黑心钱，是不是？”

“随你怎么说吧。”石磊叹口气，摇摇头。

一阵沉默过后，石磊问杨立业还返工不，杨立业点了点头。

刘晓明微弱的哭声和着虫唱，还有断续的鸟鸣随风飘过来。

“好吧，那就这样了。”石磊咬了咬嘴唇，“如果你非要返工，我就只能停工，而且是无限期地停工了。”

踉跄着走过来的刘晓明往地上一跪，朝石磊和杨立业磕头：“算我求你们了，别停工，好不好？”

“杨支书，你忍心吗？”石磊指着磕头的刘晓明。

“应该问你自己！”杨立业冷眼看一眼石磊，扶起刘晓明，“你放心，停工只是暂时的，路一定会尽快修好。”

“好，我懒得跟你说了，停工去。你就等着吧！”石磊指了指杨立业，“可别怪我不念旧情，不讲交情！”

灯熄了，工地上陡然一片漆黑。

星光下，杨立业和刘晓明并肩走在石板路上。刘晓明又问杨立业，停工是不是真的只是暂时的。杨立业心里还真没底，但嘴上还是说当然只是暂时的。刘晓明说那就好，这些天他老做梦，一做梦就是修路，就是路修好了，吴春花带着小强回来了。杨立业看了看刘晓明，再回头看了看延伸上去的石板路，想着刚才的情景，鼻子一酸，心里莫名地难受，但随即又一抹鼻子，拉着刘晓明的手，说会的，会梦想成真的。

手机突然响了，杨立业看是陌生电话，犹豫一下接通了，可他还没开口，那头就先打了个哈哈，然后瓮声瓮气，有点沙哑地说：“杨老板好啊！你别问我是谁，但我相信你会听出来我是谁。喂，你听出来了吗？”

杨立业一时摸不着头脑，还真没听出来是谁，便说：“不好意思，还真不知道你是哪位。”

那头哈哈一笑，用本来的声音说：“杨支书，这下听出来了吧？”

杨立业也打了个哈哈，说：“宁老板，你半夜三更的，装神弄鬼干吗？”

宁大贵说：“可不是我要装神弄鬼，是你深更半夜的还在那神出鬼没。”

杨立业呵呵一笑，说：“没错，是抓鬼去了！”

“好，有胆量，敢抓鬼，只是鬼好抓，却难缠，更不好放哦！”

“抓着了就不放了。”

“好，佩服，兄弟我佩服！”

“好了，你有什么就直说吧！”

“那好，我就开门见山说了，石磊背后不是别人，是我！”

“我已经想到了是你。”

“那你就别为难石磊了。”

“你错了，不是我要为难他，为难他的是你。”

“杨支书，你要知道，你为难石磊，就等于为难我。”

“你想不返工，还接着偷工减料?”

“哎呀，你别说得这么难听，那不是偷工减料，是精打细算。你原来是同行，你夫人现在也干着同样的事，你就别太认真了，方便别人，也是方便自己。”

“没错，我原来是搞工程，公司如今是叶卉在打理，但我可以拍着胸脯跟你说，不管是我也好，叶卉也好，都不会这么去赚黑心钱。我就想不明白了，你那么大一个老板，为什么还要在这么一个小项目上捞钱?”

宁大贵哈哈一笑，说：“那我问你，你当初有了一百万的时候，是不是还想有一千万？当你有了一千万的时候，是不是更想有一个亿？我再问你，你是不是嫌过自己钱太多了，不想要了？你是不是看到钱就厌烦了，视钱如粪土了?”

杨立业也哈哈一笑，说：“我是想过一千万，也想过一个亿，还没嫌过钱多，更没视钱如粪土，但我有一个底线，就是不赚黑心钱、昧心钱。”

宁大贵哈哈大笑，笑了又笑。

“宁老板，我还要提醒你，也是告诫你，这路是扶贫项目，是村里上千人的心血所在、希望所在，项目的资金有上边拨下来的，也有村民的血汗钱，那是……”

“好了，我不跟你啰嗦了，只问你还返工不。”

杨立业停下脚步，说：“那我明确告诉你，必须返工!”

“那好，你听清楚，你为难石磊就是为难我，更是为难你自己!”

杨立业刚要说，那头已挂了。

刘晓明说他听出来了，是宁大贵，还是当年那个鬼样子，真恨不得咬他两口。杨立业一笑，说他又不是狗。刘晓明说当年就想咬他两口的，只是不敢，有点怕。又要杨立业小心点，那个石磊鬼得很，宁大贵又是个天不怕地不怕的家伙，别跟他们对着干，别为村上的事自己吃大亏。杨立业说那好，这路修不修、修好修烂，就都随他们去了。刘晓明一听急了，说那不行。杨立业哈哈大笑。

笑声在田塅里回荡。

刘晓明看到前边路口有人在那等着，正要问是谁。那人迎了上来，开口就问他是不是刚才跟杨立业一块从工地上下来的，工地上是不是出事了。刘晓明见是黄国庆，就说石磊偷工减料，给杨立业发现了，要他们停工，返工，他们不肯，还跟杨立业吵了起来。黄国庆只骂了一句王八蛋就进院子去了。

自黄一欣回到村上的这些天里，黄国庆想了许多，不仅接纳了黄一欣回到村上的事实，也对自己和杨立业有了新的认识和理解。

杨立业去工地的时候，黄国庆正靠着床档，琢磨着怎么扩大村上的油茶和茶叶的种植规模，怎么种得更好，让村上更多的人能挣更多的钱，而且越想越兴奋，越想越有滋味。睡眼蒙眬的付秀珍骂他神经病，他赶紧关了灯，下了床，出了院子，也就听到了杨立业的笑声。

第二天早上，黄国庆一开门就见杨立业已进了院子，便笑着迎上去，不等杨立业开口，就说昨晚的事他知道了，是刘晓明回家告诉他的。

一听说有人修路偷工减料，心里对杨立业多少还有点意见的付秀珍就火冒三丈，说看他们有几个脑袋，看不打得他们头上开花。黄一欣说还真得坚持斗争、坚持原则，那就是路要修，而且要修好，进度不能慢，但又得讲方法，而且先不要在村上张扬，以免出现不可控的局面。杨立业点点头，说这事看来有点复杂，他打算现在就走，先去镇上找张书记，再去县里找郑时兴。黄国庆说这样好，一起去。这让杨立业没想到，他不由得心一热，拉着黄国庆的手就走。付秀珍跑进菜园里，摘了两根鲜嫩的黄瓜，给杨立业和黄国庆一人手上塞了一根。

远远地望着杨立业和黄国庆并肩走在机耕道上，胡明国感到十分欣喜和欣慰，尽管不知道他们去哪，去干吗。

工地上一片沉寂，机器没响，不见人影。黄国庆踢了一下搅拌机，说是不是给石磊打个电话，探探他的口气。杨立业说："不打，一打还以为我们急了，他不找我们，我们让别人找他们，让他们急去。"黄国庆想了想，点了点头。

见去县里的大巴还要半个小时才发车，杨立业说请黄国庆去旁边吃碗面，别空着肚子干革命。黄国庆却抢着数了钱。吃着这面，杨立业有一种特别的舒畅感，这种舒畅感是回到村上来的头一次。

车上人不多，杨立业和黄国庆在车尾一排空位上坐了下来。车子刚开动，杨立业的手机又响了，是叶卉打来的。叶卉一开口就打着哭腔，说不得了了，公司只怕要撑不住了。听一向沉稳的叶卉是这个样子，杨立业着实吓了一跳，手机都差点掉了下去。他连忙安慰叶卉，要她有事慢慢说，他正在赶往县里的路上。叶卉平静了许多。杨立业也听出来了一个大概，公司面临的情况确实是很严峻的，他额头上的细汗都冒出来了，但嘴上还得安慰叶卉别急，他去县里办了事就找她。黄国庆问他怎么了。他说没事。黄国庆心想他肯定有事，心里也为他着急，但又不好多问。

接过叶卉的电话，杨立业将手机往裤兜里一塞，双手往胸前一抱，头往椅子背一靠，再眼睛一闭，琢磨起叶卉说的事情来。过了一会儿，坐在旁边的黄国庆碰了碰杨立业的手，示意他来电话了。

“叶卉给你打电话了吧？你打算怎么办？”宁大贵在那头问。

“该怎么办就怎么办。”杨立业说。

“你就没考虑改变一下主意？”

“没有，还是那句话，返工。”

“那我提醒你，别为那点小事吃大亏，更别为村上的事自家吃亏。”

“那事并不小，该吃的亏还得吃。有话说得好，吃亏是福。倒是我要提醒你这个老同学，你还真得收敛一点，别哪天摔下来，摔得鼻青脸肿，甚至头破血流。钱上可没写着你宁大贵的名字，村上这个小项目你就别惦记了，让石磊自己好好干去。行不？”

“你能叫我一声老同学，我谢谢你。但我还是那句话，不行！你应该知道，有些事，有个时候，那是钱的事，又不是钱的事。”

“这我知道，但你不能掉钱眼里，只知道唯利是图、贪得无厌。”

“好，骂得好，但你骂天去吧！”

“我不骂天，但天在看着你，也在看着我，我们……”

那头已挂了。

听着刚才杨立业和宁大贵的对话，加上前头杨立业和叶卉的通话，黄国庆大体知道是怎么回事了，不免为村上，也为杨立业担忧起来，同时对杨立业又多了一分佩服，就想安慰杨立业几句，却又不知从哪说起，只好扭头望着窗外。

快到县城了，见时间还早，杨立业跟叶卉打电话，说他和黄国庆一道回家吃饭。叶卉说在家吃饭搞不赢了，她也没心思搞，就找个店吃吧。黄国庆说没事，能省一点是一点，等下他们顺路买了菜回去，他来做，味道不比店里差。

黄国庆下厨，杨立业和叶卉说事。听杨立业一说，再一分析，叶卉说那好，事情已明朗了，就是宁大贵在捣鬼。杨立业说没错，但宁大贵背后还有更大的鬼。叶卉陷入了沉思。杨立业起身去了厨房，拈了一片腊牛肉丢进嘴里，嚼了嚼，吞下，说味道确实不错，果然不比店里逊色。

吃过饭，见杨立业他们要走了，叶卉说她想好了，大不了那项目不做了，跟那公司也不合作了，再赔偿他们一定的违约金，但杨立业不能松口，怎么都得坚持返工，怎么都得把路如期修好。黄国庆说那为了村上的事，公司的损失就大了。叶卉含着泪说没事，公司只要不垮，钱往后还可以赚，但村上的路现在只有这一条。听叶卉这么一说，杨立业对她更是刮目相看了，心里也更有了底气，和黄国庆一道信心满满地找郑时兴去了。

刚出门，黄国庆就一拍脑袋，说既然石磊他们不讲信用，那干脆别让他们搞了，请叶卉去搞。杨立业说事情没那么简单，再说这事谁都可以去做，唯独叶卉做不得。黄国庆想了想，说也是。杨立业说他反复想过了，这事还只能是石磊接着做，但又必须做好。

杨立业他们刚走没多久，叶卉正准备去公司，于局长打电话来了，说听说她公司出了点状况，他心里焦急，晚上请她一块吃饭，也好给她出出主意，分分忧。她说好意领了，正在外地为公司的事忙着，改天她来请他。她已经有一段日子没见于局长了，其间于局长几次约她，都给她婉言谢绝了。

其实，叶卉已经隐约想到了杨立业说的那个更大的鬼是谁，只是还不能肯定，也不好说出来，便藏在了心底。

让杨立业和黄国庆没想到的是，他们离郑时兴办公室还有好几米远，就听到郑时兴在大发雷霆，要人滚出去，接着就看到一个人抱头逃了出来，跟着是一沓纸和一个账本给丢了出来，逃出来的人捡起纸和账本，闪进了旁边的办公室。

更让杨立业没想到的是，当杨立业走到郑时兴办公室门口时，一眼看到的是张书记侧身坐在沙发上，看着对面余怒未消的郑时兴。

“简直就是一个酒囊饭袋！”郑时兴站在办公桌前，用手指敲着桌面，“那么一个简单的东西都弄不好，交代下去几天了，竟然给我弄来一本糊涂账。我是那么好糊弄的？真是岂有此理！”

“那是，你这么一个精明强干又廉洁奉公，更是明察秋毫的人，哪是他糊弄得了的！”张书记看着郑时兴，“这扶贫工作情况确实是复杂，算得上是天下最难办的事了。实在弄不好，那他应该向你多请示、多请教才对，不能是一本糊涂账。”

“可不是。”郑时兴一拍桌子，“害得我去跟领导汇报工作，领导一连问我好几个问题、好几桩事情，问得我是晕头转向，汗流浃背，一紧张就更是支支吾吾，甚至答非所问了，你说尴尬不尴尬，难堪不难堪？”

“那是，那是。”张书记点着头。

“好在领导有水平，又宽宏大量，体谅下属，当时也没多说我什么，只是拍了拍我的肩膀，说下次注意点。”郑时兴边说边坐下，“可我过后一想，领导这话虽然说得轻，拍也显得亲切，但我心里发慌，就怕再没机会让领导说、给领导拍了。”

“那……”听到门口有响动，张书记一扭头看到探进头来的杨立业，便朝郑时兴指了指门口。郑时兴立马一脸笑地站起来，朝杨立业招了招手。

杨立业话还没说完，郑时兴就一拍桌子，骂一句真是岂有此理，抓了听筒就拨号码，要对方马上到他办公室来。

过了不到一刻钟，石磊大摇大摆地进了门。

“石磊，你干的好事啊！我只问你，你还有良心没有？你的良心是不是给狗吃了？你是不是昏了头，想赚钱想疯了？我还问你，你知不知道，你那样不择手段、唯利是图会害了别人，也害了你自己？你又知不知道，你那样见利忘义、利令智昏，会受到社会的谴责，甚至受到法律的制裁？”不等石磊落座，郑时兴劈头盖脸地问上了。

郑时兴这一连串的发问，问得石磊瞠目结舌，站在那里脸红了白、白了红，不知所措，也问得杨立业和黄国庆对他肃然起敬，又有点莫名其妙。张书记则坐在那里，低头端着杯子慢慢地喝着水。

“石磊，这事不但让我感到十分震惊，也让我感到十分气愤。镇上的张书记亲自来了，他对这事非常关心。村上的支书和主任也都来了，说明村上对这事高度重视。”郑时兴敲了敲桌子，“好了，我只问你，这事你打算怎么办？给我，给张书记，给支书和主任一个什么样的说法？你说，现在就说！”

“我……对不起。”石磊打了一下自己的脸，“是我一时糊涂，我错了。”

“你错在哪了？”郑时兴一拍桌子。

“错……错在阳奉阴违，偷工减料。”石磊苦着脸。

“好，知错就好！”郑时兴点点头，“那你打算怎么办？”

“听杨支书的，返工。”

“那往后还偷工减料不？”郑时兴盯着石磊。

“保证严格按照标书的要求去做，宁肯不赚一分钱，哪怕是亏本，也要把路如期修好，绝不给主任抹黑，不给支书添麻烦。”

“好，有你这句话就好。知错就改，善莫大焉！张书记，杨支书，黄主任，你们说是不是？”郑时兴看着张书记他们。

张书记点点头，杨立业和黄国庆也跟着点头。

石磊讪笑着朝郑时兴和张书记他们都哈了哈腰。

“石老板，我跟你说。”郑时兴拍了拍石磊的肩膀，“你一定要懂得，这扶贫是国家意志和战略，是利国利民的大好事，体现的是党和政府对人民群众的关心，可千万不能把好事办砸了，更不能把好事弄成了坏事，如果办砸了，弄成了坏事，那你就是祸国殃民，就是犯罪。你明白了没有？记住了没有？”

石磊连连点头，说：“明白了，记住了。”

问题就这么解决了，确实有点出人意料。难怪一出郑时兴的门，黄国庆就说总觉得事情有点不对路，应该没这么简单，石磊更不会这么爽快就答应返工。杨立业说别把事情想得太复杂，管他简单不简单，只要如期把路修好就行。其实，他只是嘴上这么说，心里却是不平静的，在等待着什么。

一过垭口，杨立业就看到有人在那凿开路面。石磊小跑过来，说他一出郑时兴办公室就赶了过来，在路上就安排人返工了。杨立业说那就好，请他一同去家里喝酒。他说不急，等路修好了再去不迟。

在前边看着凿路的刘晓明跑过来，指着机器，报喜似的对杨立业说这下好了，又开工了。杨立业看着刘晓明欢喜的样子，心里酸酸的。

太阳猛地跌落到山的背面去了，东边的山峰陡然暗了下来，西边的山峰则给晚霞染得更加明丽动人。

杨立业刚走下石板路的最后一个石级就接到了宁大贵的电话。宁大贵说他赢了，但又输了。杨立业说他早想到了会赢，但没输。宁大贵打了个哈哈，说没输就好，只是他就这么个人，眼里揉不得沙子，吃不得眼前亏，有事过不得夜。杨立业说没事，他晚点睡就是。

暮色四合，田塅一片宁静。

走到岔路口，杨立业刚要跟黄国庆道别，叶卉打电话过来，说项目的合作方提出了苛刻条件，她仔细想过了，不退出来损失会更大，只能退出合作，并支付一定的违约金。杨立业稍一想，说也只能这样，只是苦了她。她说没事，为了村上，为了他，吃点亏、吃点苦都是值得的。黄国庆看一眼杨立业，默默地走了。

从田埂上走过来的杨书成问杨立业是不是出什么事了。杨立业边走边说没什么，业务上的事，正常的。杨书成快步跟上来，说他听出来了，不是好事，是不是后悔回村上来了。见杨立业没吭声，又说不过如今后悔也没用了，回都回来了，既然回来了，那就再怎么的，哪怕是一坨屎也得捡来吃了。杨立业笑了，说他可不是回来捡屎吃的，是回来给村上挖金找银的。

说归说，一躺到床上，听着院子内外的虫鸣，望着窗台上的月光，回想着回到村上的曲折，回味着叶卉那带泪的笑声，杨立业的思绪纷乱起来，感到太苦太累太难，一遍又一遍问自己值不值得，问着问着眼前又出现了那在修的路、即将开工的石材厂，刘晓明、黄国新笑着走来的画面，有了黄一欣在田地间的身影……他自嘲地一笑，打了叶卉的电话，问她是不是怨他。她说只要他在村上好就好，他好她就好，又说杨一鸣明天来公司上班，她就会轻松一些了。

知道黄爱国是个石匠，手艺不错，人又厚道之后，王成文就找到他，诚心请他到厂里上班，到时候负责开采石材。黄爱国问杨立业行不。杨立业说当然行，既支持了王成文，也对他、对村上都有益。他一想，说明白了，就跟着王成文看地形、选厂址去了。

听说盆中村要建石材厂，石窝村有人就有了想法。那天付老六带了一大帮人过来，扬言盆中村建别的什么厂都可以，就不能建石材厂，不能抢了石窝村的生意，如果非要建石材厂，那厂里的车子别想从石窝村的地界上过。可车子不从石窝村过又从哪里过呢？这不是明摆着掐脖子吗？于是，盆中村有人就说管他呢，不准过就打，打他个稀巴烂。又有人说，他石窝村想挡我们盆中村的财，那我们就坏他们的水，让他们喝粪水去。还有人说，他付老六就是忘恩负义，当年要不是胡天师给他家看好了风水，他家哪有现在的样子，不如请胡天师哪天再去一下，给他家施点法术，让他不得安宁，看他还跳不跳，老实不老实。

付老六一闹，王成文有点怕了，想打退堂鼓。杨立业只好三番五次去找石窝村的支书陈明亮商量和沟通，可陈明亮不是躲着就是打哈哈。没办法，他只好去跟张书记汇报，把事情说得很重要，事态说得很严重。张书记一听急了，亲自出马在石窝村召开了一个协调会，从晚上七点开到凌晨一点，最后三方在张书记的见证下签了协议，盆中村石材厂的车从石窝村上过，但收取道路维护费，石材厂缴纳给盆中村的费用在原商谈好的基础上下调百分之十。可盆中村也好，石窝村也好，都有人觉得自己这方吃了亏，当即就骂这签的是“卖国”条约。张书记一想，又分别组织石窝村和盆中村开了会，说道理，讲感情，拉家常，总算把大家说服了，说笑了。付老六朝张书记双手一拱，说他办事公道，说话和气，是个好干部，他服了，没意见了。

对开办石材厂，村上是大多数人叫好，少数人无所谓，个别人反对。胡文化就认为山一开，石材一采，不仅会破坏山体，破坏风水，还噪声大，粉尘多，污水多，废渣多，会影响村上的环境，不开更好。

其实，胡文化说的杨立业也想到了，也就有些矛盾，但当村支两委一讨论，都投的赞成票，说村上实在太穷了，有了石材厂，不仅增加了村民收入，也给村上增添了就业岗位，他也就坚定下来，拍板搞了。

但对石材厂怎么向村上缴纳管理费，及石材厂缴纳给村上的钱怎么分配有了分歧。杨立业在与黄国庆和杨达成等个别沟通之后，力排众议，确定石材厂缴纳给村上的管理费不是按固定金额，而是按销售额的一定比例提取，缴纳给村上的管理费也不是全部分到各户，而是只分配一部分，另一部分作为集体留存，用于集体公益事业。

当他将这些跟张书记汇报时，张书记充分肯定了他的想法和做法，说盆中村长期底子薄，没有什么集体经济，往后就得壮大集体经济，让村民更多地从集体经济中分享红利，让更多的人早日脱贫、早日致富。

收割后的田塅又空旷起来，好在有这一丘那一丘晚熟的青里透黄的稻子和这一块那一块翠绿的红薯零散地点缀着灰黄的田塅，还有那从院子里、笼子里、圈栏里放出来的鸡鸭和牛羊奔跑着欢叫着，田塅热闹了，再加上有了黄一欣在桥上的指指点点和绘声绘色的描述，让听着的杨立业兴奋不已，田塅也就显得生气勃勃，活力十足了。

“我这规划主要包含两层意思：一是科学合理地利用田地，让不同区域、不同地段、不同土壤、不同光照的田地种植最合适的作物，改变现有的作物品种少、低产低效的状况；二是充分、高效地整合田地，实现土地的集约化和规模化耕种，减少田地荒芜，让每一块地都绿起来。”黄一欣卷起那张五颜六色、满是线条和各种符号的图纸，望了望隐约可见的工地，指了指东西两边的山和流金河两岸的田，用带着憧憬和有点调皮的眼神看着杨立业，“如果真能这样，等村上的路修好了，到村上来的人多了，我们的田地就成了风景，村上就成了一个大公园，或者说，到时候我们种植的就不只是庄稼，不只是作物，更是风景，不只是收割，不只是收成，更是收入，更是收益，从而改变村上的面貌，让村上不再贫穷，不再落后，为往后村上走向富裕和文明打下基础。当然，你也许会笑话我，这只是一个美好的希望和梦想。”

“好！你给村上规划了一幅美好的蓝图。”杨立业一拍栏杆，微笑着看着黄一欣，“对你这个美好的希望和梦想，我跟你一样满怀期待，也充满信心。”

“你说好就好，我还怕你说我太理想化呢。”黄一欣嘻嘻笑了笑，“其实，这份规划我也是发给许教授看过了的，他问了我不少东西，给了我不少指导，还说争取下个月挤出点时间亲自到村上来看看，不能纸上谈兵。”

“好，那就好。”

“这规划分三步走：第一步是培植村上的种植和养殖大户，扶持种养领头人；第二步是在村上成立种养合作社，形成种养规模；第三步是在条件成熟的时候将合作社转化为公司，在搞好种养的同时搞农产品加工，形成产业链，提高农产品的附加值。”

“看来我们是不谋而合了。我回到村上就开始琢磨怎么把田地利用好，怎么降低耕种成本，增加村民收入，把大家的耕种积极性调动起来。但你的眼界比我高远，思路比我灵活，知识比我丰富，方法比我多样，比我想得更全面、更科学、更长远。”

“哪里哪里，过奖了。我是从你身上学到了不少东西，也是从你那受到了教育和启发。可以这样说，没有你的言传身教，我今天就不会站在这里。”

“是共同的责任和使命让我们回到了村上，才一起站在这里畅谈村上的规划。”

“对对对，是责任和使命。”黄一欣连连点头。

“那你看这两个合作社是以什么模式来经营，谁来当理事长？”

“我觉得从村上的情况来看，还是以村集体的名义来成立好，因为村上需要壮大集体经济，需要凝聚集体力量，需要共同走向富裕。”

“好，又想到一块来了。你接着说。”

“好，那我说一说种植合作社。”黄一欣边说边打着手势，“合作社将从村民手上流转过来的土地，按现有的实际收入再加一成折算成钱，然后村民每年从合作社领取相应的土地流转金，并享受合作社的分红。同时合作社每年按照一定的比例上缴村上资金，作为集体留存。合作社转为公司后，村民可以就按土地折算入股，从公司分红，也可以不土地入股，但只享受股东利润分配之后的再分红。这两种方式由村民自行选择，包括土地流转，都不强求。”

“这很美好，但有一个前提。”杨立业有点疑虑地看着黄一欣。

“是的，没错。”黄一欣走了几步，转过身，看着杨立业，“那就是土地流转之后，土地上产生的价值要比原来高，换句话说就是田还是那丘田，地还是那块地，但这丘田里、这块地上，实现的收入和收益要比原来多，这样才有红可分，集体留存才可以实现。”

“你有把握？”

“我有信心。因为一来合作社和公司都是集约化、规模化经营，成本总体应该比分散经营要低；二来合作社和公司种植什么主要是看市场、看需求，会是选择性地进行种植；三来合作社和公司将是科学种植，产出无疑会更多，相比现有的产出，还有一定的空间。”黄一欣望着田塅，“我在想，未来的农村肯定不是今天的样子，未来的农业也不会是今天的模式，未来的农民更不是今天的模样。”

“没错，张书记就跟我说过，在一些发达地区，农民已有了一个新的称号，叫新型职业农民，那不仅要会种出东西，还要能把东西卖出去，不仅要懂农业技术，还要会操作机械，不仅要会在门店出售产品，还要会在网上推销，等等。”

“那好，就让我来成为村上第一个新型职业农民。”

“你可不只是一个新型职业农民，还是一个新型农业专家。”杨立业看着黄一欣，“你看谁合适做村上种植和养殖的领头人，或者说合作社的负责人？”

“我爸，还有刘初菊。”黄一欣脱口而出。

“你爸？”

“是的。他一来爱种植，就爱往田间地头跑，爱庄稼胜过爱自己，二来爱琢磨，他看得最多的就是种植方面的书报，总想着怎么把田地耕种好。”

“可他是村主任。”

“我看他当主任是不那么称职的，而……”

“而他正变得称职起来，我们的工作配合得也越来越默契。”

“正因为他在变，他才是种植合作社理事长的合适人选。”

“可如果他不愿意呢？”

“那……”黄一欣皱起了眉头。

有一段日子，杨立业自己想过，胡明国和张书记也都曾说过，让黄国庆从村主任岗位上退下来，如果没有合适的人选，他就先将支书和主任一肩挑着，只是没有好的时机。现在时机来了，杨立业的心里却矛盾起来了。

看着黄一欣展开的规划图，听着她绘声绘色的描述，付秀珍情不自禁地拍手叫好，说真要是这样，那盆中村就是世外桃源了，石窝村和枫树村怎么都比不上了，可再一想又连连摇头，说这是天方夜谭。

“这也不是不可能。”背着手在地上走着的黄国庆停下来，看着规划图，“天下的事就是那么怪，有的事是让人想不到的。不说别的，也不说远了，就说村上那个路，谁能想到这么快就开了工，进度又那么快？还有谁能想到村上要建石材厂，而且春节前就要出头一批石材？”

“你这说的倒也是。”付秀珍点点头，“说起这路、这石材厂，我尽管对杨立业是有点意见，但还是要说句公道话，要不是他回到村上来当支书，这路也好，石材厂也好，只怕是没谁去想，就是想也是空想。”

“妈，你说得太好了！”黄一欣朝付秀珍大拇指一竖，“除了说明你是一个公道正派的人，一个心胸开阔的人，还说明了一个简单的道理，那就是事在人为。”

“一欣，我就喜欢直来直去，有什么说什么，谁好就是好，谁坏就是坏。”付秀珍瞟一眼黄国庆，“我嘴上没抹蜜，不会花言巧语讨人欢喜、哄人开心，但心里没鬼，不会两面三刀，说一套做一套。”

“喜欢说直话、说实话，有时是优点，但有时得转个弯、绕个路，要不就得罪人了，伤了别人，也伤了自己。”黄国庆知道付秀珍在说刘初菊，却装着听不懂。

“我看你就是弯转得多了，路绕得多了，这也怕那也怕，才腰板挺不起来，主任才当得这么窝囊。”付秀珍朝黄国庆一哼，一屁股坐在凳子上。

“我看你们都说得对，各有各的理。说话做事，有时就得直来直去，有时又还是委婉一点好。”黄一欣朝黄国庆努了努嘴。

“一欣，你说得对，事在人为，就得敢想敢干。当初立业支书回到村上，如果不是一心想着要修路，那路也修不起来，不是想着要建石材厂，那石材厂也不会有。你能做出这个规划，说明你是真心想回村上来，是真心想为村上做事，是真心要改变村上的面貌。”黄国庆用赞赏的目光看着黄一欣，“你刚回来时我不理解，想不通，现在好了，我支持你，百分之百支持你。”

“那就我是个顽固分子，不理解一欣，不支持一欣，是不是？”见黄一欣要开口，付秀珍就横一眼黄国庆，抢着说了。

黄一欣一手挽着黄国庆，一手挽着付秀珍，说谢谢他们的理解和支持，他们的理解和支持就是她最大的动力。付秀珍在她额头上一点，说一家人就她会说话，不知像谁。黄一欣嘻嘻一笑，说她的身体里既有付秀珍的漂亮和能干，又有黄国庆的聪明和勤劳，当然更优秀了。

付秀珍又在黄一欣头上点了一下，说看她美的。黄一欣看看黄国庆，又看看付秀珍，问他们村上种植合作社和养殖合作社的理事长谁来当最合适。付秀珍屈指数着，一个个地说过去，又一个个地否定了。她想到了刘初菊，但没说出来。黄国庆将村上几个种庄稼的里手放电影似的过了一遍，最后脑子里猛地一闪，想到了自己，忙扭头望着门外。

“你是心里有人了吧？”付秀珍看着黄一欣。

“是有。”黄一欣点点头，“但想听听他们的意见。”

“谁跟谁？”付秀珍忙问。

“我爸和秋菊婶子。”

“就他们？”付秀珍一跺脚，“他们在一起？”

“当然不在一起，各干各的。”

“那……那你爹到时候是主任兼理事长？”

“不是，主任不当了，全力以赴搞种植。”

“主任不当了？你……你什么意思？”一脸惊诧的付秀珍指着黄一欣，一跺脚，“你气死我了，真是气死我了！”

黄国庆脑子里嗡地一响，脸色随之变得煞白。

“你看看，看把你爹气成什么样了！你知不知道，你这是造你爹的反，拆你爹的台？你想没想过，你这么一搞，你爹当支书就没戏了？你让你爹的脸往哪放？我在村上还怎么过？你还是不是这个家的人，是不是黄国庆的崽？你……”付秀珍朝黄一欣扬起手，又抖着放了下来，一拍自己的大腿，哭着坐在了凳子上。

“妈，看你说的，我不是爸的崽，那是谁的崽？总不是跟孙猴子一样，从石头缝里蹦出来的吧？”黄一欣也不等付秀珍回答，撒娇地摇着付秀珍的肩膀，“妈，我还问你，你说村上穷不穷，落后不落后？你刚才是不是说了这合作社是改变村上贫穷面貌的一个好路子，这合作社非常重要？既然合作社这么重要，那理事长的人选是不是非常关键？那这理事长是不是既要懂种植技术，是村上数一数二的种植里手，也要从事过管理工作，有一定的管理经验？那你说这个理事长，除了我爸能胜任，还有谁能当得下来？”

“可你爹是主任。”付秀珍拨开黄一欣的手。

“我知道。”黄一欣给付秀珍捶着背，“可我跟你说，这理事长到时候肯定比主任更有成就感、自豪感，更讨人喜欢、受人尊敬。说不定到时候请爸回来当主任当支书，他还不愿意呢。其实我知道，爸爱的是田地，是庄稼，并不是这个主任，只是在这个岗位上了，又这么多年了，一时说要退下来，怕人说闲话，心里难受，面子上有点过不去，是不是？”她拎了一把小椅子，坐在黄国庆的旁边。

“说实话，对这主任我还真没那么在意，没那么留恋，对支书我也没那么向往。我心里清楚，早就有人说我不热心村上事务，就想着自家田地，这主任当得不称职。有时我自己也在想，占着茅坑不拉屎不行，得让人家来，自己要么一心去打理好家里的茶园和油茶林，要么去外边打工挣钱去，可一时没人来接手，也就当下来了。不瞒你们说，当初立业回来当支书，我心里是有点不爽，尽管我并不是那么想当支书，也没想过明国支书就只能是我来接，但当真是那么回事时，我心里还是有些失落，也就不是那么积极主动地配合立业的工作，但从没使过坏，也没给他下什么绊子，毕竟我是一个老党员，底线还是有的。其实我知道，我的一举一动立业都看在眼里，但他没怪我什么，还处处照顾我的面子，维护我的威信，加上他干的一桩桩的事也确实是为村上好、为大家好，而且他自己也好，他家人也好，都做出了不少牺牲，慢慢地我心里也就接受了，舒服了，还真心地佩服他了。”脸色平和下来的黄国庆拉着黄一欣的手，拍了拍，“其实，你说的合作社也好，公司也好，立业都曾跟我说过，只是没有你这么全面、这么详细，没有……”

“一欣，你跟妈说实话，要你爹不当主任了，一心去当理事长，是不是杨立业出的鬼主意？”付秀珍盯着黄一欣。

“你说呢？”黄一欣头一偏，看着付秀珍。

“我说他早就嫌你爹碍着他了，想让你爹下台，好让姓杨的人上。”付秀珍一拍凳子，“你知道不，他这是杀人不见血，是……”

“谁杀人不见血了？”

一见是杨立业到了门口，黄一欣忙上前请他进来，说在讨论小说里的情节和人物呢。黄国庆讪笑着起了身，示意付秀珍快去泡茶。

一看桌上的规划图，杨立业就说这规划白天他和黄一欣已讨论过了，回家后他是越想越兴奋，巴不得明天就实施，也就不由自主地过来了，想请黄国庆做村上的种植领头人，当种植合作社的理事长，但有一点先要说清楚，主任他还得继续干，别想撂挑子。

黄国庆和付秀珍面面相觑，付秀珍手上捧着的酒壶差点掉了下去。

见石磊气喘吁吁地跑进门来，在吃饭的杨立业着实吓了一跳，还以为是工地上出事了，连忙放下碗就要跑。石磊把他拉到院子里，说幸好当初杨立业发现了问题，又不退让，坚持要停工返工，否则他也麻烦大了。杨立业一愣，问怎么回事。石磊看看左右，说宁大贵的一处工程垮塌了，死了两个人，加上行贿，给抓了，就今天下午的事。杨立业说这在意料之中，只是迟早的事。

“其实我也早看出来了，他会出事的。”石磊稍停了一下，“我只是看他关系多，关系硬，就跟着他混口饭吃，但自己从没想干伤天害理的事。村上这路开始那么干也是他授意的，后来我去找他，看能不能少提留点给他，别让我亏太多，他死活不肯，说只能在别的项目上给我补点回来。没办法，我想着你太不容易，只好硬着头皮干，亏了就亏了，可不能让人骂娘，更不能让人骂祖宗。好在我还不只在他这有项目，别的地方多少还有点事做，能从别的地方挣几个小钱。后来我才知道，他还为难了叶总，让叶总的公司吃了不少亏。他就这么个人，你要对他不利，他是不会放过你的，一有机会就会报复，让你知道他的厉害。不过，他只是看上去厉害，其实是个大草包，或者说是个红漆马桶。不瞒你说，我在两个项目上跟他玩了点心眼，从他手上骗了点钱，要不这几年跟着他混，最多只是一个保本。说起来这样也不地道，可又没办法，只能这样。”

“那你是不是也跟我玩心眼？”

“那不敢。你可比我精明多了，我要是孙猴子，你就是如来佛。我是打心底佩服。”

“好，石老板，这说明你还没坏透，良心还没给狗吃了。”

石磊见杨书成从屋里出来了，便连忙迎上去。杨书成拍了拍石磊的肩膀，说人要是做了亏心事，迟早是要还的，而且是加倍还，得记住、记牢了。石磊又是点头又是哈腰，说那是，那是。

刚送走石磊，叶卉打电话过来了，说下午宁大贵给抓了，两个小时前于局长也给带走了。杨立业说都在意料之中。叶卉说杨一鸣上手快，她想过些日子就把公司交给他去打理，她只做顾问，之后就有时间两边跑了。

挂了叶卉的电话，杨立业就试探着打郑时兴的手机。郑时兴一开口就打哈哈，打得杨立业心里发慌。杨立业忐忑着问他笑什么。他说知道杨立业是在看他是不是也出事了。杨立业说没有，是想过两天去跟他汇报项目的情况，知道他忙，先预约一下。郑时兴说不用预约，办公室的门随时向他敞开着。又说宁大贵和于局长狼狈为奸，都罪有应得，他们是想拉他下水，可他就不下去，因为他知道下去不得，下去就上不来了。他说着又哈哈大笑起来。

走了的石磊又返回了，说他有一个建议，村上那路如果都要按照乡道的宽度来修，已有的资金肯定不够，还会有那么一公里左右修不下来，不能与山下田塅的机耕道对接，不如还没修的部分就只按村道的标准先修着，往后再加宽。杨立业说这事他反复想过，如果能一次按乡道的标准修好了，省事又省钱，又好用。石磊看着杨立业，说那好，他明白了，先按乡道的标准修着，没钱了就停工，等有钱了再接着修。杨立业说路要修，但工最好还是不停。石磊说这就难了，马上又说他尽量不停工。

工不能停，路不能窄，可钱不够，那钱去哪弄呢？石磊一走，杨立业就想着这个了。他想了许多，一直想到实在困倦了才在蒙眬中闭上了眼睛。

杨立业在想时，叶卉也在想，想与宁大贵的交锋，想跟于局长的交往。听说宁大贵和于局长给抓了，她先是高兴和激动，后是愧疚和不安，觉得有愧于杨立业。

# 第九章
# 齐心合力

大雾弥漫，整个盆中村都笼罩在白雾之中。秋意早浓了，路边的草木颜色多了、深了，一路上就是一幅连绵不断的水彩画。

杨立业跳下石板路，问在搬着石块的刘晓明怎么这么早，等雾散了再来不迟。刘晓明看看天，说等雾全散了再来，那得小晌午了。他说着往地上一跪，说不能停工。杨立业一愣，扶起他，问谁说要停工了。他说石磊说的，如果没钱来，后天就得停工。杨立业看着刘晓明泪水滚出了眼眶，不由得心头一酸，心想如果实在弄不到钱，也只能退一步，先按村道的标准修了。

听到马蹄声，杨立业抬头一看，只见上边腾云驾雾似的下来了四个人，还有一匹马，若隐若现的。见他们走近了，刘晓明扯了扯杨立业的衣袖，说其中一个好像是胡春晖，上次跟他爹一起来过村上。看着他们那模样，想着张书记昨天给他打的电话，杨立业笑着迎了上去。牵着马的黄国有指了一下马背上的行李，说是到村上帮扶的人来了。

胡春晖指一下那个瘦高个，说是他们的队长，叫郭滔，再指一下那个戴眼镜的，说跟他一样，是队员，叫柳奎。杨立业跟他们握手，说欢迎，辛苦他们了。又说镇里昨天跟他打电话，说他们是明天来村上，还想明天一早去镇上接的。郭滔说不好意思，提前来了，都想早点来村上。

杨立业赶忙走到一旁，悄悄给黄国庆打电话，说帮扶队的提前来了，快下石板路了，而他跟郑时兴约好了的，还得赶过去，不能耽误，请黄国庆马上过来接他们去村里。黄国庆说他马上过来，只是村部那边的房子还在整修，今天不一定能弄好，就是弄好也很晚了。杨立业说那就领到他家去，先安顿下来再说，千万别怠慢了人家。黄国庆说就先安顿在他家，反正他家能挪出房间来，要杨立业只管放心去找郑时兴。

见胡春晖他们消失在雾里了，马蹄声也渐渐远去，杨立业转身就跑。没跑几步就接到了张书记的电话，问帮扶队的人是不是到村里了。杨立业说刚才碰到他们了。张书记说他在市里出差，本是想今天中午赶回镇上，下午跟他们见面，说说镇上和村里的情况，明天送他们来村里的，可他们就想着早点去村里，昨天晚上跟李镇长聊到半夜，今天一早去了村里，李镇长去请他们吃早餐时，见已是人去房空，只好赶紧追了过去。

山腰之上已是阳光灿烂，田塅上的雾气在阳光的照射下闪着五彩的耀眼的光芒。杨立业跳下石板路，快步走在新打的水泥路上。

一辆小车飞快开过来，在杨立业跟前停下。李镇长匆忙下了车，问碰到帮扶队的人没有。杨立业说碰到了，黄国庆应该已接到他们了。李镇长松了一口气，说那就好。又说可惜了，没能陪他们一起走。杨立业说他那么忙，还追过来，这么重视。他说这帮扶队无论是对镇上还是对村里，都有着非凡的意义，必须高度重视才行。杨立业嘴上说着那是那是，心里却想是不是意义非凡，还得看他们往后怎么样。李镇长望着延伸到垭口的水泥路，说这路修得不错，至少不是豆腐渣，在车上听声音就知道。他说着就上了石板路，匆匆往村里去了。

黄一欣背着肩包从屋里出来，正好投到院里的第一缕阳光照射在她的脸上，她连忙用手遮在额头上边，看到黄国庆领着胡春晖他们进了院子。

黄国庆问她去哪。她说跟黄爱国约好了，今天去丈量和察看水渠，积累基础数据和资料，黄爱国厂里忙，只今天有时间。黄国庆说那去吧，早点回来，家里来客人了。她跟胡春晖他们打过招呼就小跑着走了，出了院子又回过头看了一眼，刚好胡春晖也回头看她。

她边走边想，这胡春晖好像在哪见过，一时怎么也想不起来。胡春晖也觉得她似曾相识。

听到院子里有了动静，在忙着收拾的付秀珍笑呵呵地迎了出来，把胡春晖他们请进屋，又给他们分派好了房间，说被褥都是新的，不是新的也只洗过一两回水，但乡下就这条件，只能将就点了。刚才黄国庆打电话回来，要她快捡拾一下家里，帮扶队的人要先住家里来，是杨立业特意安排的。她一听可高兴了，觉得这是杨立业给她一家的面子，对杨立业的成见也就一扫而光了。

黄国庆说村部的房间还在修整，就先在他家住两天再说。郭滔说那不行，不能给他家添麻烦，他们住村部去，没修整好没关系，他们是来帮扶的，不是来享受的，是来吃苦的，不是来享福的。胡春晖说是这样，他们有纪律的，还是住村部去好。见柳奎也要说，付秀珍有点不高兴了，说既然来到了村上，就是一家人了，就别客气。见郭滔还是不松口，便一把抢过他手上的包，说进了门就别想走，今天就住她家了，要走明天再说。郭滔见胡春晖和柳奎都默认了，也就说那好吧，今晚就住这了，只是添麻烦了。付秀珍高兴得一拍手，要黄国庆快去捉鸡，快去捞鱼。

没想到一见面，郑时兴就擂了杨立业一拳，不等杨立业反应过来，又拉着他就走，说到吃饭的点了，请他喝酒去。杨立业却不走，哭丧着脸，说他都要急死了，哪还有心思去喝酒，要喝那也是他来请，但不是今天。郑时兴哈哈一笑，说知道他急什么，也知道他为何而来。杨立业往椅子上一坐，眼巴巴地看着郑时兴，摆出一副不给个说法就不走的样子。郑时兴往转椅上一坐，再往后一靠，转了一圈，腰一挺，双手往桌面上一搭，说杨立业运气真是不错，正好有一个村因前期准备工作不充分，村干部又出了点问题，项目给取消了，也就有了一点可供调剂的资金，他头一个就想到了盆中村，又好不容易说服了领导，给盆中村争取到了。杨立业以为自己听错了，疑惑地看着郑时兴。郑时兴说是真的，不是开玩笑。杨立业说那真是太好了，给他磕头了。郑时兴连忙扶着他，说不敢当，别折了他的寿，又说扶贫资金是宝贵资源，就得真扶贫、扶真贫，用在最需要的地方，而且要扶出成效，扶出希望。杨立业急切地问给他调剂了多少钱。郑时兴用手指蘸了水，在桌上写了一个数字。杨立业一看，只解决了一半，不免有点失落和失望，就想再争取一下，用乞求的目光看着郑时兴。郑时兴脸一阴，随即又笑了，说现在还穷的可不只是盆中村，要扶贫的也不只是盆中村，能给他调剂出一点就算是不错了，得知足。

杨立业一想，也是，拉着郑时兴就走，说喝酒去。郑时兴说今天不去，等路修好了，通车了，去他家里喝烧酒。又说国家已开启古今中外前所未有的扶贫攻坚战，从中央部委到省到市到县，都将有相应的帮扶队进驻到贫困村，得抓住这一千载难逢的时机，让村上早日脱贫。杨立业说在来的路上，已与省行的帮扶队见过面了。郑时兴拉着杨立业的手就走，说请他去食堂吃饭。杨立业说不吃了，得马上赶回村上去。

一出郑时兴的办公室，杨立业马上给石磊打电话，要他别停工，钱会有的。接着拨了黄国庆的号码，简要说了找郑时兴的情况，请他务必接待好李镇长和帮扶队。最后打电话给张书记，报告修路缺的钱郑时兴给解决了一半，另一半还得想办法。张书记说能让郑时兴调剂一点给盆中村，已是非常不容易了。又说他正在赶回镇上的途中，他在镇上等候杨立业，一起去村里。末了要杨立业通知村支部委员，今天一起与帮扶队见个面，由他来主持。又叮嘱杨立业一定要请胡明国也过来。

一挂电话，杨立业就愁上了，那一半资金的缺口去哪弄呢？

黄一欣和黄爱国坐在水渠边的树阴下吃着煨红薯。黄爱国边吃红薯边指着破败不堪的水渠，说有的田地荒了，那也是没办法，没水，无法耕种。又说这水渠有的地段还是他十几岁跟着师傅当学徒时修砌的，如今这个样，看着都心疼。

听到后边有响动，黄一欣一扭头，看到有人挑着一担红薯下山来了，就问是不是黄国新。黄爱国说没错，是他。黄一欣皱了皱眉头，说："黄国新原来是村上出了名的懒鬼，现在也会上山挖红薯了？"黄爱国说黄国新现在可不只是会挖红薯，还学会了犁田、莳田、打禾，修路也算是个积极分子。黄一欣说他也是难能可贵。黄爱国说那是，如今村上虽然喜欢他的人还不多，但讨厌他、嫌弃他的人少了，这一切都多亏了两个人，一个是杨立业，另一个是刘初菊，他就听他们两个的话，可以这样说，他下地干活也好，上工地修路也好，都是为这两个人，这担红薯八九不离十是送到刘初菊家去的。黄一欣若有所思地点点头，说他能这样当然好，但还不够。

堂屋里可热闹了，神龛下八仙桌四面的长条凳上坐满了人，两边靠墙的椅子上、板凳上也坐着人。郭滔坐在上首的一号位上，李镇长坐二号位作陪。

村支委的委员们你一言我一语地问着帮扶队。有的话郭滔和坐在四号位的柳奎听不懂，坐三号位的胡春晖就比画着翻译，其实有的他也没听懂，只是从他们的眼睛里或脸上读出了大概的意思。坐在五号位上的胡明国就做补充翻译，有时也翻译不出来，越翻译越让人听不懂，弄得郭滔他们云里雾里的，逗出一片哄堂大笑。等大家笑过了，坐在六号位的李长花拿了一颗花生，往坐在椅子上的委员头上一投，要他别再说话了，要说就别说村里土话，别鸡蛋（guò）鸭（ā）蛋（guò）的，是鸡蛋（dàn）鸭（yā）蛋（dàn），至少得说镇里话，最好是跟她一样，能说塑料普通话。那人脸一红，捡了那颗掉在地上的花生，边剥边嘟哝着她说话也好不到哪里去，没好出一朵花来。

坐在七号位的黄国庆又一次起身去门口，往田垅打望，看到两个人披着夕阳过了桥，往这边来了，便连忙张罗着摆放碗筷，准备开席。

张书记和杨立业一进门，李镇长连忙起了身，请张书记坐过去。张书记没入座，而是先跟帮扶队成员逐个握手问好，又跟胡明国和支委成员打招呼，再和杨立业交换了一个眼神，说请胡明国移步过去。胡明国连连摆手，说不行，不敢当。早已起身的郭滔也要离位。杨立业连忙请他坐下，说他是尊贵的客人，又是远道而来，辛苦了，理当坐上首。郭滔说他不是客人，是盆中村的村民。张书记说今天刚到，还是客人，等明天在村民大会上跟大家见过面了，就不是客了，是村上的一员了。见大家也是一片真诚，又见胡春晖也轻轻点了点头，他便说那好，恭敬不如从命。可一坐下，就好像坐在了针毡上，同时感到一副千斤重担压下来。胡明国还是不肯过去。张书记指了指满屋的人，说这里他岁数最大，是父辈是长辈，在村上当支书的年数比在座有的人年龄还大，是老资历老资格，他去既合情也合理，还合礼。听张书记这么一说，在大家热烈的掌声中，胡明国湿润着眼睛坐了过去。

张书记宣布从明天开始，郭滔就是村上的第一书记，大家务必支持、配合他和帮扶队的工作，村上与帮扶队务必齐心合力，拧成一股绳，朝着一个共同的目标迈进，这个目标就是实现村上和村民的早日脱贫致富。

在从镇上到村里的路上，张书记和杨立业围绕帮扶队的到来和往后工作的开展谈了许多，让杨立业对帮扶队的意义和作用有了更多更深的认识和理解，对帮扶队和自己也有了更清晰、更明确的定位，因而当张书记讲话一结束，黄国庆等人都看着他时，他立马表态，一连说了几个“坚决”，又说了几个“必须”，还说了几个“保证”。郭滔起身朝大家鞠了一躬，诚恳地表明他和帮扶队是来学习的，是来劳动的，是来吃苦的，是来奋斗的，他们有信心也有决心，和大家一起让村上早日摘了贫困帽，走向致富路。

之后，张书记召集村支委成员开会，语重心长地要求大家克服两种倾向：一种是看不起帮扶队，认为帮扶队可有可无，解决不了什么问题；一种是把帮扶队当救星，什么都等着帮扶队去想，依靠帮扶队去干，伸手问帮扶队要。树立两种观念：一种要改变村上的面貌，关键还得靠自己，帮扶队只是外援；另一个是团结就是力量，务必心往一处想，劲往一处使，实现一加一大于二。

会一散，李镇长就匆匆往镇上赶，他明天一早要去县里办事。张书记则兴致勃勃地请黄一欣解读她的规划。前几天在镇上开会时，杨立业已跟他说过规划的事了。

等大伙散去之后，张书记和黄一欣就规划中的诸如土地的流转、作物的推广、红利的分配、留存的使用等话题展开了热烈的讨论，甚至是激烈的争辩。杨立业和黄国庆坐在旁边，不时地插上一两句。

付秀珍边添加茶水，边说鸡早叫过头遍了，马上又要叫了。张书记一看时间，说都这么晚了，好在这规划是越说越有数，越辩越明晰。黄一欣看着张书记，说真没想到他是如此平易近人，又如此虚怀若谷，还如此学富五车，令人敬佩，令人仰慕，真是与君一席话，胜读十年书。张书记摆摆手，说哪里哪里，只是自己生长在农村，又长期工作在乡镇，在田间地头走得多了，跟人学了一点皮毛而已。又握住黄一欣的手，说她这样的优秀人才，镇上随时虚位以待。

机耕道上，杨立业和张书记踏着夜色走走停停地聊着，聊怎么与帮扶队开展工作，聊修路的资金缺口怎么办，聊石材厂，聊黄国庆，等等。

走到院子门口，眼前突然一亮，杨立业抬头一看，只见夜幕已经上收，东边的山口已是曙光初现。在清扫院子的杨书成看着他们，心想哪有那么多的事要说，一个个吃了高丽参似的，觉都不要睡了。

杨立业和黄国庆都一再打电话给杨达成强调，一定要安排好帮扶队的食宿，但又不能安排到任何人的家里，免得说出各种闲话，生出事端。杨达成先是想到村小学，可过去一看，不行，不能占了孩子们的教室，只好安排到村部，把二楼的大会议室隔出一块，分成三个小间，将墙板上的缝隙用木条填上，再用桐油刷新一下。又跟杨世海打好商量，帮扶队借用他在楼下的灶做饭，每月给他一点补贴，可以从交村上的租金中抵扣。杨世海哈哈一笑，说别看扁了他，他可没那么小气，人家帮扶队是来帮村上的，也是来帮他的，借灶煮个饭，哪能要什么补贴，何况他一年半载也难得在那煮一回饭。杨达成嘴上说那就好，心里却起了嘀咕，他怎么一下大方了？

于是，今天的村民大会就有点坐不下了，后到的少数人只好站在门外和楼梯口。杨立业朝门外的人招了招手，说都请坐进来，大家挤一挤，将就将就。刘晓明笑黄国新，要他抱着刘初菊，就腾出一个位置来了。黄国新伸长了脖子看着后侧的刘初菊，把黄国庆的目光也牵了过去。黄国庆不敢正视，只是偷偷地看，付秀珍正盯着他。一脸绯红的刘初菊指了指刘晓明，又瞪了黄国新一眼。黄国新忙缩回脖子，引来一阵哄堂大笑。

杨立业扫了一圈台下，欣喜地看到杨姓和黄姓的人已是我中有你、你中有我，不少还在那说说笑笑、打打闹闹，不再是过去那样阵营分明了。

张书记微笑着跟台下这个点个头，那个扬扬手。郭滔不时地悄悄问一下黄国庆。见杨立业拍了拍话筒，清了清嗓子，坐在前排的胡明国磕了磕烟锅，踩灭了未燃尽的烟，将长竹鞭烟筒往肩头一靠，坐端正了，看着台上。

“支书，帮扶队能到村上来，是求之不得的好事，我当然欢迎，而且是热烈欢迎！但如果只是带来一个屁股加一张嘴巴，那我就打开窗子说亮话，不稀罕。”杨立业对帮扶队表示欢迎的话刚说完，杨书才就抢先这样说了。

“书才叔说得有道理，帮扶帮扶，带钱来了才好帮扶、才能帮扶，要没带钱来，那扶个屁，是虚情假意。”陈国兴附和道。

“我看陈国兴是说到点子上了。以往村上也不是没来过扶贫队，可就是见不到钱，见不到人。这次如果还是那样，只会让村上越帮越乱、越扶越穷，那我是明人不说暗话，还不如趁早回去，免得给村上添麻烦，也免得自己难受，那……”杨书才又接过了话。

“那是的，立业支书回来之后，村上好不容易有了一点变化，路在修了，石材厂在建了，我是打心眼里高兴。也不瞒大家，开始我对立业支书有想法，有意见，不过现在不但没意见了，还敬佩他了，因为从他身上，我看到了村上的希望。好在又来了帮扶队，那我们村上就更有希望了，只是要想更有希望，就得请帮扶队多拿出点既好看又好用，还实惠的东西来。那这东西是什么呢？”陈国兴四面看着。

黄国新手一举，说：“那还有什么，钱呗，票子呗！”

“你看你，就知道钱，就知道票子！”杨立业指了一下黄国新，“在你眼里就只有钱，只有票子，没别的什么了？”

“支书，你知道的，我过去是又懒又穷，现在不懒了，可还是穷。不瞒你说，我现在最缺的就是票子，有了票子我就可以捡一下屋顶上破碎了的瓦，可以将烂了的楼板和墙板换掉，可以给人去街上买件好看的衣服，买条好看的围巾。”黄国新瞟了一眼刘初菊，看着郭滔，“如今好了，帮扶队来了，我当然是指望着能多带点票子来。”

“支书，国新说的是大实话呢。”刘晓明看一眼黄国新，脸一红，“其实我也是这么想的，要是他们能多带点钱来，早点把村上的路修好，那多好啊！”

“我……我怎么说你们呢？”杨立业指点着黄国新和刘晓明，“就算你们说的是大实话，也不能这样说呀！”

郭滔脸红了白、白了红，好不尴尬，手都不知道往哪放了，一抬手差点碰翻了茶杯。黄国庆忙伸手扶着，朝郭滔点点头，表明没事。胡春晖不时忐忑着扭头往后边看，心想怎么会这样。柳奎勾着头，看着地面，心里“嘭咚嘭咚”直跳。张书记一直端坐在那里，微笑着看着台下。

“支书，不能这样说，难道还要我说假话不成?”黄国新看着杨立业。

“实话说不得，假话又不能说，那又该怎么说呢?”刘晓明皱着眉头。

胡明国见杨立业抬了一下手，想拍，但没拍下去，便起身指着陈国兴和刘晓明等人，说：“我说你们呀，一个个的也说得出口，开口闭口都是钱钱钱的。帮扶队是省里来的，肚量大，有涵养，应该不会多往心里去，但总归不好，谁听了都会心里不舒服。”他朝郭滔带着歉意地一点头，扫一眼会场，将烟筒在地上一蹾：“你们都要知道，人家帮扶单位要出人，要出钱，不容易，而帮扶队员们从大城市来到这穷山沟，就更不容易了，吃苦受累不说，还什么都不方便。如果换成是你们，你们又怎么看，怎么想？再说了，人家帮扶单位也好，帮扶队员也好，谁也没欠村上的钱，也没欠村上哪家的钱，你们凭什么就非要人家带多少钱来呢？我……”

“我知道，帮扶队是银行派来的，而银行最不缺的就是钱，最多的也是钱。”陈国兴说。

“那好，每家分两沓。”黄国新说。

“好什么好，你们以为银行的钱是可以随便分的?”杨立业一拍桌子，“你们谁也别想偏了脑壳!”

“支书说得没错。”见郭滔脸色已平和下来，又示意自己说一说，胡春晖便站了起来，面向大家，“那钱看起来是银行的，但其实并不是，而是社会上千家万户和众多企事业单位的，银行只是给这些单位和个人保管着，并付给单位和个人相应的存款利息。当然，同时银行也利用这保管着的钱去放贷款，支持地方经济社会发展，并产生一定的收益。银行管理是非常严的，就是拿一分钱，都得办理相关的手续，走相应的流程。”

“这个我知道，我一个亲戚在银行上班。”陈国兴有点得意地笑了笑，“不过，银行还确实是有钱的。听说县里有一条街要翻修，一家银行一笔就给了三千万。”

“那不是给，是贷款，是要还的。”胡春晖看着陈国兴，“我告诉你，去年从石窝村过的那条高速公路，我们一次就给了七八个亿。”

“是这样啊?”黄国新挠了挠头，“那你们多少总带了一点来吧?”

“对，总比上次来的扶贫队要多吧?”刘晓明看着胡春晖，“你爹可是在村上喝过几年水，吃过几年饭的，还差点就讨了村上的婆娘呢。”

刘初菊瞟一眼胡春晖，脸上掠过一片红晕，埋下头去。黄国新看一眼刘初菊，狠狠地拧了一把刘晓明的胳膊，拧得他咝咝地吸着凉气。

“这我知道，所以我是带着责任和嘱托来的，也是带着感激和感恩来的，我虽然不能许诺能带多少钱，但我们一定会努力，因为我们来村上的目的就是要和大家一起改变村上的面貌，就是要和大家一起摘掉村上的贫困帽，让村上富裕起来，文明起来，美丽起来，让大家的日子过得红红火火。我……”

“我还是那句话，帮扶队来我欢迎，但不能只带张嘴来，得来点实际的，就是黄国新说的那个票子。”杨书才看着陈国兴。

“对对对，帮扶队来了，不说别的，大家修路的工钱也欠那么久了，该兑现了！”陈国兴看着黄国新。

“好，这下好了，可以领到工钱了。”黄国新看着刘晓明。

“工钱我倒是无所谓，把路早点修好就行。”刘晓明看着杨立业。

“我还是当初那句话，这修路的工钱先记个数在那，到时候一定会给，但不是现在，现在是尽快把路修好。”杨立业看着台下。

“支书说得在理，我的工钱不急，先记在那就行。”刘晓明说。

“我的记不记都没关系，反正有吃有穿。”易美秀说。

“说着丑，我就去过两回，也没干多少，记不记都行。”夏时香说。

“能给我当然好，求之不得，如果现在不给，那我就等着，总有一天会给的，我相信立业支书的话。”黄国新看着杨立业。

杨立业朝黄国新点点头，看着郭滔。

郭滔起身朝台上台下各鞠了一躬，说：“真不好意思，来得匆忙，票子没来得及带上，只能等下次了。不过还好，我们不仅带来了嘴，带来了屁股，还带来了脑袋，带来了脚，带来了手。”

会场一时鸦雀无声，随后爆发出一片掌声。

“其实刚才大家说得都没错，我都理解。你们想的什么，盼着什么，我也大体清楚。”张书记说，“就说你黄国新吧，最大的愿望是讨个婆娘，生个崽。你刘晓明呢，无非是做梦都想着那路快点修好，等着你婆娘和儿子回来。还有陈国兴，你是个勤快人，人又灵活，石窝村也好，枫树村也好，你都熟悉，有活干，能挣钱，在村上你也算是个有钱人了，但你有一个想法，就是想要在银行存满多少钱，到时候起一栋像样的房子，是不是这样？”不等陈国兴回答，又说，“再说你书才叔吧，不仅是出了名的勤快，还出了名的会打算，一辈子省吃俭用的，就想着多给崽女留点钱财。我说得没错吧？”

杨书才点着头，心想张书记又不是他肚子里的蛔虫，怎么那么清楚他的心思。

“说心里话，我之所以能理解大家想的、说的，那是我知道村上还贫穷落后，知道大家想改变这贫穷落后的面貌，而且非常急切。好在我们都赶上了好时代，在共同致富的路上，党和国家不会让任何一个村掉队，不会让任何一个人落下。正是这样，我们的帮扶队来了，来跟大家一起摘掉贫困帽，走向致富路了。”张书记朝郭滔点点头，看着台下，“没错，帮扶队是来帮扶我们的，是会跟我们一起奋斗、一起拼搏，但大家一定要明白一个道理，那就是真正能改变村上、能改变自家的，还是自己，不能就指望帮扶队、依赖帮扶队，别一门心思想着帮扶队带来了多少钱，自己能得到多少。”

“书记，我可没说帮扶队来了就不干活了，更没说要帮扶队分多少钱给我，但帮扶队既然来了，总该带一个见面礼吧。”陈国兴左右看着。

“见面礼？”张书记笑了笑，与郭滔交换了一个眼神，“那好，郭书记让我告诉大家，见面礼他们是带来了的。”

杨书才忙问：“带了多少？”

张书记伸出食指，说：“暂时保密。”

“还保密？”黄国新站了起来，“书记，你不是哄我们吧？”

张书记还是微笑着，笑得真诚，笑得坦然。

“我看郭书记也好，两位队员也好，都是面善之人，也是有福之人，一定会给村上带来财气，带来福气，不会哄人。”胡文化说着朝郭滔拱了拱手。

“文化说得没错，他们都是好人。昨天我帮他们驮了点行李，他们非要给我钱。我不肯收，他们就不要我驮了，说自己背到村上来。没法子，我只好把钱收了。”黄国有一声叹息，“要是路通了，他们的车能开进来，我这钱就不用收了。”

“看你，还美着呢。”杨世海指了指黄国有，“等路通了，你的马就不用赶了，就没钱赚了，看你吃什么，喝西北风去？”

“这就不用你操心了。”黄国有看一眼杨世海，“立业支书和一欣妹子早给我想好了，到时候我买一驾马车，既能拉货，也能载人，会是村上的一道风景呢。”

“这想法好，到时候村上的路网一通，把村上的好风景一一穿起来，坐着马车去村上游玩，还真是一道好风景。”张书记朝黄国有竖了竖大拇指，看了一眼郭滔，又扫了一圈台下，“好了，请大家放心，帮扶队是真心来帮扶的，会不遗余力地帮扶村上。从今天开始，他们就住在这里了。”他指着一侧的房子。

一散会，贺小英和付秀珍等人就忙着给郭滔他们铺被褥、搞卫生什么的。黄国新也想帮着做点什么，却遭付秀珍嫌弃，他只好倚在门框上看。夏时香坐在那里，说胡春晖跟他爹就一个模子里刻出来的，人长得标标致致，讨人欢喜。吴翠莲笑付秀珍，说她那么想让胡春晖他们住家里去，是不是给黄一欣瞄上哪个了。付秀珍举起枕头就打。吴翠莲连忙用手挡着，说开玩笑呢。黄桂花还在那叹气，说胡春晖他们没住到她家里去。

人都走了，会场一片空荡，一片冷清。

望着窗外下沉的夕阳，柳奎说一想起上午的见面会，心里还是像打翻了一个五味瓶，有点说不出的滋味，他们就像在演双簧，往后还不知会有多少想不到的事。胡春晖说其实也没什么，村上的人就这么实在，这么有趣，这么可爱，有什么说什么，怎么想就怎么说。又问柳奎是不是有点怕了，后悔来了。柳奎说倒不是怕，不是后悔，只是有点担心。又摇了摇头，说也说不出到底是什么，反正就是觉得心里也好，身上也好，都有点不舒服，可能是昨天走累了，又雾气湿了头，有点不适应。若有所思的郭滔看了看胡春晖和柳奎，说乡亲们越是那样，说明他们越是在乎帮扶队，那帮扶队就越是不能辜负他们，虽然钱不是唯一的，帮扶队的工作也不只是用钱来衡量，但村上底子薄、基础差，要办的事又多，是必须多弄点钱来，没有钱等于纸上谈兵，自己尴尬不说，武行长一再叮嘱的“多干事、干好事、干成事”也会落空，有负于村上和村民，有负于单位和武行长，也有负于自己。胡春晖和柳奎都点了点头。郭滔拿出纸笔，写了“任重道远”和“苦干实干”八个大字。

谈起到村上这几天来的感受，柳奎说他在村上看到的不只是风景和物件，还有深厚的历史和文化，这对村上的未来有着不可估量的价值。胡春晖说从这些他不仅看到了村上的昨天，也看到了村上的今天，还看到了村上的明天，相信村上的明天一定会很美好。郭滔说从这些天来的所见所闻，加上所思所想，他感觉到了村上蕴藏的巨大潜力，感受到村上积聚的巨大能量，而且这潜力和能量已经在发挥和释放，而引领的人就是杨立业和黄一欣，也就是说他们的帮扶之路，其实杨立业他们早已在打路基了，接下来是帮扶队如何与新的村支两委磨合好，拧成一股绳，一起把路基打牢，把路修好。柳奎点点头，说帮扶队务必尽快把帮扶计划做出来，并尽快付诸实施。胡春晖说规划是得做，而且是要快，但必须摸清摸准摸透情况，必须与村上充分沟通，形成共识。郭滔说是得两条腿走路，在尽快摸清摸准摸透情况的同时，做好与杨立业和黄一欣等人的交流和沟通，村上的规划只能有一个，绝不能是两张皮，就由胡春晖负责，柳奎协助。

早上，胡春晖正准备煮面条，吃了好分头去村上走访。黄一欣匆匆来了，手上拎着一个小竹篓，背上背着一个小背包，肩上挎着一个米把长的竹筒。她将竹筒放到桌上，揭开竹篓的盖子，说里边是她妈一早蒸的粽叶粑，还热乎乎的，正好给他们做早饭。柳奎大口吃着粽叶粑，说这粑香香甜甜，又软软糯糯，真好吃，还没吃过这么好吃的粑呢。胡春晖说上次来村里时，在黄桂花家也吃过，但比这要逊色一点，这好吃就在于粽叶的味道和糯米、芝麻、麦芽糖的味道自然地融为了一体，又个头合适，火候把握得好。不等胡春晖说完，黄一欣就自豪地说那当然了，她妈做粽叶粑的手艺在村上是数一数二的。又说为了做这粽叶粑，她妈昨天一早就上山采粽叶，一回来就挑米，又在家用石磨自已磨了粉，真是把帮扶队当作贵客了，她爸说还没见她妈对谁这么热心过。柳奎朝胡春晖坏笑着，胡春晖脸一红，将手上的小半个粑往柳奎的嘴里塞。柳奎连连后退，双手撑在了灶台上，一摸脸，脸花了，逗得郭滔哈哈大笑。笑过了，郭滔问还捂着肚子笑的黄一欣，竹筒里装的什么宝贝。黄一欣将竹筒往怀里一搂，说当然是宝贝了，暂时保密，等下就知道了。又抚摸着竹筒，说是她爸亲自去山上挑了上好的竹子，亲手给她做的。

爬上河边那个巨石，看着照射过来的阳光正融化着金黄色的红薯片上的白霜，胡春晖说准是哪家夜间忘记收回家了，或是没来得及收，可惜了。黄一欣一笑，说他不懂，人家是特意不收的，就想让它多吸收天地之气，夜间霜一打，白天太阳一晒，更好吃呢。

柳奎张臂四顾，又沿着四周跑了一圈，说这站得高，望得远，好一个观景台。黄一欣推了一下柳奎，说他一语点醒了梦中人，这就是未来的一个景点。她打开竹筒盖，取出规划图铺展开，四角用鹅卵石压着，从背包里拿出笔，在图纸上标了一个醒目的红点。

郭滔、胡春晖、柳奎或蹲或站，听黄一欣说着，一时蹲下指点着图纸，一时站起来指点着田塅和山间。

“好，我汇报完了。”黄一欣将笔往图纸上一丢，往石头上一坐，“下面请郭书记和两位多批评指正。杨支书一再跟我说要多向你们请教，多听你们的宝贵意见。”

“你就讲完了?”柳奎眨着眼睛，“我都意犹未尽，还想听呢。”

“是啊，你规划做得那么好，又讲解得那么有激情，富有感染力。”胡春晖看一眼黄一欣，望着田塅，“在你的描绘里，未来的盆中村就是一个聚宝盆，一个世外桃源般富足而又美丽的现代村庄。”

柳奎捅了一下胡春晖，说：“到时候，你可别乐不思蜀!”

“这么美的地方，你不向往?”胡春晖指着柳奎。柳奎哈哈大笑。

“一欣同志，我先不说别的，就说你放弃省城的工作回到村上来，已是让我十分佩服，再听你讲解这规划，我更是汗颜。我们到村上还没几天，对村上的情况不是太了解，但凭我的感觉，这规划是可行的，尽管有一点理想化的味道，却并不是空中楼阁，而是接地气的，是有土壤的，是能开花结果的。要想有所作为，就得敢想敢干，敢闯敢试，如果思想僵化，裹足不前，必将一事无成。当初杨支书如果不是敢想敢干，村上现在就不会有在修的路，不会有已开工的石材厂。只是从规划变成现实，有一个过程，这个过程将充满风险，充满艰辛，得有足够的思想准备和心理准备。”郭滔看了一眼胡春晖和柳奎，看着黄一欣，“帮扶队也将制订一个计划，与村上的规划有机结合，村上只能有一个规划。”

“那是，我这规划只是村上整体规划的一部分。杨支书也是这么说的。”黄一欣看着郭滔，“杨支书还跟我说，要我来协助帮扶队完成村上的整体规划，要我……”

郭滔的手机响了，是杨立业打来的，说工地上起冲突了，请郭滔快过去处理一下，他已在县城下车了，去找郑时兴。郭滔跳下巨石就跑。胡春晖和柳奎紧跟了上去。刚上石板路，柳奎就落在了后边，最后跳下巨石的黄一欣也超越了他。

刘晓明跪在地上，双手死死地抱着石磊的腿，石磊一脸委屈和无奈。

郭滔去扶刘晓明。刘晓明说如果石磊不答应不停工，他就不起来。石磊指了指机械和往后撤的人，说村上没钱给他，他没钱买水泥沙子，也没钱买米买菜了。郭滔请他再想想办法，先垫付一点。石磊手一摊，说他能想的办法都想过了，能垫的钱早垫了，能赊的早赊过了，再也没办法，只能停工了，其实他也不想停工，巴不得早点把路修好。郭滔看一眼刘晓明和石磊，再看一眼正停止转动的搅拌机和刚熄火的压路机，急得直拍自己的额头。

见黄一欣跑上来了，胡春晖连忙跑过去，接过她肩上的竹筒。一路上，他几次想等她一块走，又要接过竹筒，她都催着他快走，别等她，别管她，她后边还有柳奎呢。

黄一欣从包里拿出纸巾，给刘晓明擦了脸上的泪水，扶他起来。他起来了，却死死抓着石磊的手臂。

胡春晖将郭滔请到路边，比画着耳语了几句。郭滔皱了皱眉头，看一眼踉踉跄跄走上来的柳奎，点了点头。

离刘晓明还有十来米，柳奎一屁股坐在路边的石头上，随即又滑了下去，瘫软在地上，闭着眼睛，张嘴喘气。

见郭滔看着自己，柳奎问是不是有什么事。郭滔说这路因缺钱就要停工了，停工既有违民意，也有失帮扶队的颜面。柳奎问怎么办。郭滔说杨立业已去找郑时兴了，但不知道那钱什么时候能到位，就是到位了也还不够。柳奎说那快去找武行长，武行长说了有困难找他的。胡春晖说就是找武行长也来不及，那么多流程要走，远水救不了近火。柳奎眨着眼睛，问怎么办。郭滔说他想过了，没别的办法，只能是他们三个先垫点钱，保住不停工，再去想别的办法。胡春晖点点头，说也只能这样，他卡上应该还有一万多块钱，准备买一台新笔记本电脑的，就暂时不买了。柳奎想了想，说他上个月买了一个小房子，原来的一点积蓄都交了首付款，卡上也就这个月刚发的工资，不多，五六千块钱，但过十来天就要还三千多按揭。郭滔到一旁打了个电话，回来说他跟家里商量好了，可以挤出三万五。胡春晖说他能凑齐两万。柳奎低头咬了咬嘴唇，抬头说那他垫五千，按揭不管了，再想别的办法去。胡春晖一拳砸在他宽厚的肩膀上，说好样的。

一听郭滔说有钱了，石磊一跃上了路边的高台，举着双手，招呼那些往前走的人快回来，接着干。刘晓明愣了愣，走到郭滔跟前就要磕头。郭滔连忙一把扶住他，说别别别，别这样。

刘晓明挥舞着手，小跑着下山去了，边跑边大声说不停工了。

这时，杨立业正隔着办公桌坐在郑时兴的对面。靠在椅子上的郑时兴睁开眼睛，坐了起来，双手往后梳理头发，说："我知道你急，我也为你急。可你急没用，我急也没用。你就别太性急，那是急不得的，我……"

"我也不想急啊，可工地上闹起来了，真要停了工，只怕是收不了场，会出人命的。"杨立业站了起来，"都这样了，你说我能不急？"

"可钱不是你说哪天来就能来，也不是我说哪天到就能到的。"郑时兴一声叹息，"我早跟你说过，那钱到账不是一天两天的事。"

"这我知道。但听说跟我们村上一批的，有的前几天就到账了，早用上了。"

"没错，这是事实。"郑时兴脸一阴，随即又笑了，"只是杨支书，你说事情是不是都有个先来后到，有个轻重缓急？”

“我当然知道。我只是想拜托您给我也优先一下。”

“你本来就是啊！”郑时兴看一眼门口，“不过，我还是不敢跟你承诺哪天到账，我可没这个本事，没……”

桌上的手机唱起了《小苹果》。郑时兴一看，连忙接通了，说：“哎呀，是张县长啊！热烈祝贺，热烈祝贺啊！什么？开玩笑？那可不是，是可靠消息，板上钉钉的事了。什么？盆中村的事？噢，没问题，杨支书在这督促我呢。”他朝杨立业一努嘴，“好，您放心，我催，马上催，尽快到位，一定尽快到位。”

在回村的路上，听石磊说是郭滔他们个人临时凑了钱，杨立业十分感动，心想这帮扶队还真是来帮扶的。

几天后，张书记真成了张副县长，李镇长成了李书记。这天下午，郑时兴打电话来问钱到了没有。杨立业说到了，刚到的。

杨立业要石磊把郭滔他们垫的钱拿出来，先还了。郭滔说他的不急，修路的钱本来就不够。胡春晖说他的也不急，电脑先不买没事。柳奎虽面有难色，但还是说，他也不急，先跟同学借着。

昨天，郭滔想了解一下村上的财务状况，杨达成搬出一摞账本和表册，其中有村上修桥、修路、捐款、捐物和出工的登记本。翻看过了登记本，郭滔深深地感动着，也理解刘晓明为什么会死死地抱着石磊的腿不松了。

郭滔他们垫钱修路的消息在村上传开之后，郭滔他们就发现村上不少的人看他们的表情和眼神不一样了，跟他们说话的神态和语气也变了，这让郭滔他们备受鼓舞。

眼前突然投来一片阴影，刘初菊扭头一看，是黄国新站在后面，不好意思地笑着。

“看你，吓我一跳呢！”刘初菊边说边捡着红薯，“你怎么来了？”

“来帮你挖红薯啊！”黄国新挥锄就挖了起来。

“不要你帮。”刘初菊手一扬，“你快回去！”

“你种这么多的地，一个人哪忙得过来？”黄国新边挖边说，“红薯这两天要不挖了回去，雨一淋，霜一打，就烂在地里了，多可惜。”

“可你要上班，还是快回去吧！”刘初菊看一眼黄国新，“可别辜负了杨支书对你的一片好意，要不是他关照你，你也去不了石材厂。”

“这我知道。”黄国新瞄一眼四下，放下锄头，在刘初菊身旁蹲下，边说边往箩筐里捡着红薯，“那天我正跟书成叔在地里种油菜，杨支书跑来告诉我，说他跟王厂长说好了，要我第二天就去石材厂上班。书成叔说那敢情好，以后每个月有工资领了，不要日晒雨淋了；又说我的田地他帮我种着，只要农忙时回来帮他打帮手就成。我一听当然高兴了，第二天一早就去了。王厂长问我是去车间还是当保安，车间工资高，但是体力活，保安工作轻松，但工资低。我一想，反正是上班，能多挣钱就好，就去了车间。可那活实在是太苦太累，苦一点累一点还没事，可怕的是那天差点给石头砸了。我就跟王厂长说，我还是去当保安。王厂长也同意。没想到保安工资低不说，上班时间又长，还不自由，没……”

刘初菊盯着黄国新，问他请假没有，是不是跑出来的。黄国新低头不语。刘初菊说他准是跑出来的，那快回去。他说他跟王成文说过了，不再去厂里上班了。刘初菊皱了皱眉头，问他去哪。他说哪也不去，就想跟着她。刘初菊一怔，说他一个大男人，又不会喂猪什么的，跟着她干吗。他说他可以学，犁田莳田都学会了。她说知道他能学，但他还是回石材厂去好。他说他真不回去了，就跟着她，帮她挖红薯、扫猪栏、劈柴什么的。

“我看你呀，还是吃不了苦，又懒散惯了，就想着上班轻松一点，自由一点，工资又要高一点，可天下没这样的好事。石材厂是一个单位，是有制度、有要求的。你进去了，就是一个工人了，不像在家当农民那样迟点早点、快点慢点都没事，也……”

“这我知道。”黄国新往刘初菊身边挪了挪，“我跟你说，我还真不是怕苦怕累，只要能多挣点钱，我累死都不怕。书成叔跟我说过，牛不背犁也老了。这话我记在心里，有时一想偷懒，这话就在耳边响着了。”

“话倒是说得漂亮。”刘初菊一哼，“那你怎么不在石材厂干了？”

“你想啊，那天幸好是祖宗保佑，差点砸着了。下回要是真砸着了，人都没了，不就看不到你了，跟不着你了，是不是？就是人还在，砸了腿砸了手，又怎么好跟着你，是不是？”黄国新说着又往刘初菊身边挪了挪。

“是什么是？”刘初菊瞪了一眼黄国新，“人家黄爱国也在厂里，怎么人家在那干得好好的，没说又苦又累，也没说砸这砸那的？”

“黄爱国本来就是个石匠，又是什么车间主任，就在那指手画脚的，当然是没事了。”黄国新看一眼左右，“还有一个事，你应该还不知道。王厂长有一个亲戚，叫纪晓霞，长得有点像付秀珍，在厂里管钱，应该是看上黄爱国了。你说他黄爱国能不开心，能不安心？哦，那个纪晓霞虽然长得好看，但还是比不上你。她眼睛就没你的这么水灵，脸上也没你这样好看的小酒窝。”

“你就乱说。”

“我可没乱说。你不信？那我给你说一个秘密。”黄国新看一眼背后的山上，“有一天晚上，黄国庆喝醉了，拉着我的手说，他最想着的就是你脸上的两个小酒窝，这两个小酒窝里总是酒汪汪的，好像有喝不完的酒，他就想天天捧着喝，就想……”

“想你个头！”刘初菊推了黄国新一掌，推得他一屁股坐在地上。

“我可没说假话，不信你去问他。”黄国新蹲起来，一脸认真地看着刘初菊，“我跟你说实话吧，我不想去石材厂了，只想跟着你干。只要是跟着你，你要我干什么就干什么，要我怎么干就怎么干。”

“那好，你现在就给我回石材厂去！”刘初菊指着路。

“我……我说了不回去，只跟着你了。”黄国新挠了挠头，嘻嘻一笑，“噢，你这话我可以不听，我还没跟着你呢。”

“哟，看不出来，脑子还转得蛮快啊！”刘初菊指着黄国新，“那好，你说只要能多挣钱，累死都不怕。那我问你，你挣钱是为了什么？快点说！”

“讨个婆娘啊！”黄国新脱口而出，红着脸，嘿嘿笑着。

“看你这傻笑的，可别笑歪了嘴，笑落了下巴。”刘初菊指了指黄国新，“你以为婆娘是那么容易讨的？要那么容易就没那么多光棍了。你也不屙一泡尿照一照，就你这样子，虽然没那么懒了，没那么爱打牌喝酒了，但既没一间像样的房子，也没几个钱，你说谁会愿意嫁给你？”

“这……我……我知道。”黄国新低头沉默了一会儿，抬头看着刘初菊，“但我可以去挣钱，挣了钱就起房子。我……”

“你说得漂亮。”刘初菊一笑，“只是我问你，你知不知道搞养殖是有风险的，而且风险不小，说不定不仅赚不到钱，还连老本都赔了？”

黄国新有点茫然地点了点头。

“那我再问你，如果你跟着我，而我不仅没赚到钱，还赔了老本，压根就没钱给你发工资，让你没钱去起房子，去讨婆娘，你怎么办？你不后悔死了？恨不得一口把我吃了？不……”

“不会！”黄国新一把抓着刘初菊的手，“不管怎么样，我都跟着你。”

“你干吗？！”刘初菊甩脱黄国新的手。

“我……我真的只想跟着你，做梦都想跟着你。”黄国新直直地看着刘初菊，“只要你答应让我跟着你，我可以不要工资，只要有饭吃就行，我……”

一个土块从天而下，落在黄国新的肩上。

“谁？”刘初菊起身四面看了看，看着黄国新，“疼吗？”

黄国新摇摇头，看了看碎在地的土块，扫了扫肩上的尘土，望了望后边的山上，提了锄头就往山上走。刘初菊问他去哪。他说上山打鬼去。刘初菊说大白天的，哪来的鬼，就算有鬼也早跑了，说着抢下了黄国新手上的锄头。

趴在油茶地里，正准备悄悄溜走的黄国庆见黄国新没上山，长吁了一口气，坐了起来。看着刘初菊和黄国新往那个空着的箩筐里捡红薯，看着看着，他仿佛看到刘初菊笑盈盈地朝他走来，脸上的酒窝化作了酒杯，酒在杯里荡漾，酒香扑鼻而来，他伸手一捧，什么也没捧着。他不由得心头又一阵难受。村上他最喜欢的人是刘初菊，最看不起的人是黄国新，可此刻黄国新跟刘初菊是那么近，还动手动脚了，他能不懊恼，能不气愤？他又捡了一个土块，可就在高高举起要用力投下之际，他猛地想起自己怎么这么卑鄙、这么龌龊，自己还是主任，还是党员呢。再一想，她刘初菊也好，黄国新也好，其实也都可怜。这么想着，他仰天躺在了油茶的树阴里，眼泪顺着眼角流下来，湿了地。

前几天才采摘完油茶果。今年的油茶果又多又大，不少人投来了羡慕的目光，好几户人家找到他，乐意将油茶地流转给他。刚才他去一个院子调解纠纷回来，顺路上山看看油茶花开得怎么样了，好过些天来给油茶树追加越冬肥，没想到看到黄国新和刘初菊靠得那么近，不知在那说些什么。

黄国新挑着满满一担红薯上了路。刘初菊跟在后边，一只手夹着一捆红薯藤，一只手扶着扛着的锄头，锄头上挂着两大蔸红薯。

黄国庆出了油茶地，看着他们远去的背影，心想算了，随他们去了。

郭滔对杨立业原来规划的“一一二”工程非常赞赏，说这“一一二”的头一个“一”尽管历尽了千辛万苦，但大功告成已是指日可待，接下来是另一个“一”和“二”怎么搞，再之后是怎么从环村路上生出枝丫来，将水泥路通到组上，通到院子里去。杨立业对郭滔的说法非常认同，说他也是这么想的。

这天上午，郭滔和杨立业站在石板路最下方的石级上，指指点点地商讨着下一步的环村路怎么修，钱从哪里来。

黄国庆扛着锄头走出茶园，望了一眼上边在修路的机械，沿着石板路走下来，跟郭滔和杨立业打招呼，说这路的进度虽然比预期的慢了点，元旦之前修好是落空了，但春节之前是肯定可以通车的。杨立业说元旦通车应该也没问题，只最后一段硬化有点来不及，但最好还是等全部硬化了再通车好。郭滔说不急在元旦通车，只要让外边的人不再走路回家过年就行。

黄国庆走几步又回过来。看着他欲言又止的样子，郭滔问他是不是有什么事。他说他想辞去村主任之职，一心去搞种植。

昨天天黑时分，站在地坪边望着田塅的黄国庆见杨立业从外边路上走过，忙跑过去把他请了进来，说有个事想跟他商量。杨立业说田秀英病了，他去看了一下。付秀珍问他吃饭了没有。他说回家吃。付秀珍说饭还热，炒个菜就可以吃。杨立业说那行，还真有点饿了，菜就别炒了，到坛子里夹两个酸辣椒，再来一坨霉豆腐就行。付秀珍说酸辣椒有，霉豆腐还没怎么熟，不如给他来一个豆秸灰腌的皮蛋，包管好吃。皮蛋来了，外层黄褐色，一头深一头浅，透亮透亮的，有弹性，里边一圈灰黑一圈橙黄，油光闪亮。杨立业说别说吃了，看着就能下饭。

黄国庆说他想辞了村主任的职务。杨立业一愣，问为什么。他说一来现在村上有了第一书记，还有支书，他这个主任就可有可无了，二来正因为这样，他就一心一意去搞种植，免得心挂两头，两头都没做好，何况他的主任也当得不那么称职，与其让人说闲话，还不自己下来的好。杨立业放下碗，看着黄国庆，问他是不是真的想好了，可别到时候又后悔，怪这怪那的，甚至生出怨恨来。

"你放心，我是真的想好了。不瞒你说，我也是从你身上，从一欣身上，还有帮扶队的身上看到了不少、学到了不少。"黄国庆看着杨立业，"我辞了村主任之职，无非是有一阵子有人会说一些闲话，以为我怎么了。要说随他们说去，当面说的我当作没听见，背后说的我反正也听不见。你说是不是?"

"说是这么说，但真要视而不见、听而不闻可不容易，见到了听到了不生气就更难了，一般人可做不到。其实你主任当着，种植搞着，不矛盾，不……"

"你就别劝我了，我真想好了，也决定了。其实我心里清楚，你曾经巴不得我辞去主任的，如果没有合适的人来接手，你就支书和主任一肩挑了。现在你劝我继续当主任，我也看得出来，你不是虚情假意。但我想辞，也是发自内心的，是真诚的。近来我总在想，过去那么多年，我主任没当好，没为村上做点什么，越想越觉得愧疚，往后就好好搞种植，把合作社搞好，让大家的地里多点收成，多点收入，算是对大家的补偿，自己也心安一些。"

杨立业不再多说，眼里闪着泪光，握着黄国庆的手摇了又摇。付秀珍倒了三碗酒，自己端了一碗，说敬他们两个。

“国庆要辞了村主任的职位，你怎么看？”喝过酒，杨立业问付秀珍。

“他早跟我说过了，我也想清了，不怪他，支持他，谁要敢乱说他的不是，看我不缝了谁的嘴。”付秀珍看一眼黄国庆，看着楼上，“一欣比你有用，我早看出来了。”

黄一欣从楼上下来，说刚接了电话，许教授后天来村上，会在村上住一晚，她想过了，许教授就吃住在她家。杨立业说这样也好，他跟郭滔再商量一下，看怎么接待好许教授。黄一欣说她现在去一下村部，跟胡春晖他们就村上的整体规划再碰一碰。付秀珍连忙去拿了几个皮蛋过来，要黄一欣给帮扶队带过去。黄国庆笑付秀珍怎么对帮扶队那么上心，付秀珍横一眼黄国庆，说他懂什么。杨立业哈哈大笑。

杨立业走在回家的路上，想着自己怎么当初巴不得黄国庆主动辞了村主任，现在却劝他接着当，想着想着就一摇头，笑了。

一束光照在脸上，蹲在地上修碾米机的杨世海一抬头看到打着手电的付秀珍，问她怎么来了。她打了个手势。杨世海指了指楼上。她轻轻地上了楼，只见黄一欣趴在桌上睡着了，胡春晖正拿着一件衣服轻轻地披在黄一欣身上。柳奎靠在椅子上，张着嘴，鼾声起伏，犹如海里的波浪。郭滔看了一下手机，说马上十二点了，都睡吧。胡春晖说不急，让黄一欣先睡一会儿，等下有两个地方再跟她碰一下。郭滔说也行，又在本子上写了起来。胡春晖核对着资料，不时瞟一眼黄一欣。柳奎身子一歪，醒了，揉着眼睛。付秀珍悄悄退了下来，跟杨世海扬了扬手，哼着歌回家去了。

这些天，郭滔他们都是一大早出去走访，晚上回来整理资料，为贫困户的评定做好基础工作，同时为完善规划做一些细致的考察和调研。

这么多年了，付秀珍还是头一回看到黄国庆喝了这么多的酒，说了这么多的话。这酒是跟杨立业喝的，话是跟杨立业说的。他们两个喝了小半坛杨梅酒，说了两谷箩话。黄国庆说还是杨立业最懂他，比付秀珍还懂。听着这话，付秀珍倒是没生气，还说自罚一碗酒，过往是没怎么读懂黄国庆，好在近来是越读越懂了，也就能理解他、支持他了。

在今天的村民代表大会上，当黄国庆请辞村主任时，大家先是面面相觑，以为自己听错了，接着是有的沉默不语，若有所思；有的交头接耳，指指点点；有的悄悄说笑，说他没为村上和大家着想，早该下台了；有的摇头叹息，说他不贪不占，其实不错，算是个好干部；有的好言挽留，劝他别辞，村上眼下还就他当主任合适。

接着，黄国庆诚恳地检讨了自己的过往，真诚地说往后会一心一意搞好种植，请大家对他的过往给予原谅，对他的往后给予支持，并请大家批准他的请辞。他说着起身给大家深深地一鞠躬。

见不少人还有点茫然，有点疑惑，杨立业站了起来，动情地说他和黄国庆从小一块长大，从小学到高中又都在一个班，彼此是知根知底，他回到村上这一年多来，他们工作配合得越来越默契，是一对好搭档，他打内心里不想黄国庆辞了村主任之职，但为了村上的长远发展，为了让大家增收增效，他也不能只顾自己，只好让黄国庆去干自己更乐意干、更擅长的事，更能给村上和大家带来好处的事。

听黄国庆和杨立业这么一说，大家也就在掌声中通过了黄国庆的请辞。

在接下来的选举中，杨立业高票当选村主任，黄一欣和黄爱国被选为村委会委员，李长花和另一位落选了。

看着黄国庆辞了村主任，自己又落了选，李长花心里好不是滋味，尽管努力克制着，但失落和懊恼还是写在了脸上。她怪黄国庆没早跟她商量，弄得这么被动，这么糟糕，更怨杨立业心太狠，怎么就不给她一点面子，她还有一年多才到点，怎么就非要让她提前下来？她的前任就干到六十二岁，是摔断了腿才不得不退下来的，胡明国当支书还当到快七十岁呢。她越想越气，将椅子往后一挪，抬手就要拍桌子，想问他几个为什么，可一见坐在下边的胡明国正一脸寒霜地盯着她，手上握着长烟筒，又见黄国庆轻松自如地坐在那里，杨立业坦然自若地朝她微笑着，郭滔满眼期待地看着她，她的手便轻轻放了下来，端起杯子抿着水，以掩饰心里的慌乱和窘迫，同时感觉到台上台下的目光都聚集到了她身上，不由得背上一阵阵发热，又一阵阵发冷。

李长花的表情和举动陈国兴都看在眼里，便不住地朝黄国新使着眼色。黄国新也想趁机嘲弄一下黄国庆和李长花，因为在村上最看不起他的就是他们两个。他看一眼平静地坐在那里的刘初菊，刚要起身开口，嘴巴给刘晓明封住了。刘晓明要他别乱放炮，别给杨立业添乱，也别给自己难堪。刘初菊一向对村里谁上谁下并不那么关心，只是埋头养好自己的猪，而黄国庆辞了主任之职去搞种植，倒是让她刮目相看，也就不由自主地看了黄国庆一眼，这一眼正好给黄国庆捕捉到了，他不禁心底一热，眼前倏地有点模糊了。在他的记忆里，刘初菊已是很久很久没这样看过他了。

定了定神，李长花轻轻放下杯子，想着虽然自己下来了，但黄一欣上来了，也好，就这样下去，那要不了几年，村主任就是黄一欣的，支书也是黄一欣的，一切都还是自家人的。也是，自己不下来，黄一欣又怎么好上来？当年自己的前任要不下来，自己也上不来啊！这么一想，她感到眼前豁然开朗，脸上也由阴转晴，便不那么自然地笑着看了看郭滔和杨立业，又看了台下一圈，说这村干部当了这么多年，人都当老了，也该退下来了，是得给年轻人让位，让年轻人上来，她下来了不但没意见，反而打心眼里高兴。

大前天晚上，走访回来的郭滔放下包就给杨立业打电话，说有事跟他商量，吃了饭就去他家里。杨立业说他刚从工地上下来，就先不回家了，直接来村部。郭滔就先没吃饭，将饭一分为二，又让胡春晖炒了两个蛋。柳奎已吃过饭，去老鹰冲了。这几天帮扶队分头分片行动，先回家的煮饭，不用等，吃了先干活，留着饭菜就行。

郭滔边吃边说，他有一个想法，就是以黄国庆请辞为契机，对村支两委人员做一次适当调整，以加强村支部的组织建设和党员队伍建设，因为现有的村支两委成员大多年龄偏大、思想僵化、观念落后、知识欠缺，不适应新时代，不利于工作的开展和推进，这不仅帮扶队看到了，不少村民也提到了，而且有的说得很尖锐。杨立业咽下饭，说这又与他不谋而合了，还正想跟郭滔商讨这事呢。郭滔说那就好，毕竟他来村上的时间还不长，对村上的人和事了解得还不是那么全面和细致，人员怎么调整就请杨立业先拿出一个方案。杨立业不假思索就说出了李长花和另一个人应该退下来，黄一欣和黄爱国可以补上去，并说出了理由。郭滔点点头，说又想到一块去了。

村民代表大会散会之后，郭滔接着召开支部大会，学习了有关扶贫的政策和规定，全体党员重温入党誓词，通过了黄爱国和另一人为预备党员，确定了将刘初菊和方刚等人作为党员的培养对象，并指定了黄国庆和杨达成为刘初菊的培养人。郭滔之所以建议让黄国庆做刘初菊的培养人之一，是考虑到村上种植与养殖之间的合作与竞争，在合作与竞争中的相互促进，共同发展。杨立业明白郭滔的用意，尽管知道黄国庆与刘初菊的微妙关系，但相信他们会处理好，也就支持了郭滔的提议。黄国庆本想说不合适，但一犹豫又没说了。

让杨立业没想到的是，他一进省行大门就看到方小竹边打电话边从旁边的营业大厅走出来。寒暄两句之后，杨立业跟着郭滔匆匆上了楼，方小竹优雅地出了门。

又让杨立业没想到的是，武行长不仅在会客室郑重其事地接待了他和郭滔，而且让省行的两位副行长及省行党群工作部和普惠金融部等部门的负责人参加了座谈会。普惠金融部的总经理王俏悄悄告诉郭滔，这是新年武行长主持的首个会，把别的会往后挪了，而且这个会本是安排在上午的，为等他们推迟到了下午。

郭滔和杨立业本是想元旦假期的最后一天赶到长沙，好今天一早就去省行大楼向武行长汇报的，无奈昨天早上黄秀姑家的房子突然垮了，好在人跑得快，只是受了点皮外伤，她孙子旺旺安然无恙。黄秀姑丈夫死得早，儿子田富国在外边打工，收入不高，儿媳妇几年前患了一场病，人没救过来，欠了一身债。

细雨横斜，黄叶纷飞。

看着垮了的房子和伏在地哭着的黄秀姑和旺旺，郭滔感到无比心酸和难过，眼泪止不住地流。杨立业在深深的自责中扶起黄秀姑和旺旺，打电话到家里，请杨书成和贺小英去清扫一下老房子，把黄秀姑一家暂时安置到那边去。

昨天下午，郭滔和杨立业分头带人去察看了一遍村上的危房，给三四户人家的房子打了垡，将五保户杨世乐迁了出来，临时住进了胡春晖的房子，让胡春晖跟柳奎挤一张床。柳奎说这样也好，暖和。

今天天刚麻麻亮，郭滔和杨立业就上了石板路，可到了县城还是没赶上上午去省城的大巴，只好等中午一点的车了，就去了郑时兴办公室，邀请他届时去村上参加通车典礼。郑时兴打了几个哈哈，愉快地答应了。一出郑时兴办公室，杨立业就给张县长发微信，说想去看看他。他回信说在市里开会。杨立业就给叶卉打电话，说他和郭滔一起回家吃饭，吃了饭马上去省城。叶卉说那来不及了，就找个店吃吧，太简单了也对不起人家郭书记，她带杨一鸣一起过来。

杨一鸣问郭滔对村上有什么感觉和印象。郭滔说两个字，一个是穷，一个是美，穷是过去和现在，美是过去和未来，穷会成为历史，美是永远的底色。杨一鸣想了想，朝郭滔大拇指一竖，说深刻，佩服。

听杨立业和郭滔汇报情况后，武行长问还有什么困难和要求。郭滔说进村的路已到了扫尾阶段，但资金上还有一点缺口，环村路的开启已迫在眉睫，之后还有连接石窝村和枫树村的路要打通，还有水渠水坝要修复，河道山塘要治理，等等。这些都要钱，而且不是一个小数目。这钱一部分可以去争取扶贫项目，一部分由村上自筹，还有一部分就得请行里解决了。武行长说去村上帮扶，如果没有一定的资金投入，村民得不到实惠，看不到实效，那村民不会欢迎，更不会相信。但帮扶的资金又是有限的，不可能要多少给多少，想什么时候要就什么时候给，会受到政策上、制度上、纪律上等多方面的约束，这就要相互理解、相互配合，而且既要千方百计多筹措资金，也要精打细算用好每分钱，更要在向村里输血的同时，努力提升村上自身的造血功能，这样的帮扶才更有价值、更有意义，而且帮扶不只是要改变村里和村民物质上的贫困，更要改变其精神上的贫乏，让大家转变思想观念，改变行为习惯，从长远来看，后者更为重要。

杨立业说进村的路定在腊月十八举行通车典礼，请武行长亲临现场，并对村上进行实地考察和工作指导。武行长跟左右的两位副行长耳语了几句，说好，他记住了，一定去。

散会后，武行长留下郭滔，说帮扶队垫钱给村上修路是精神可嘉，但钱垫一回只一回，也没谁有那么多钱拿来垫，往后有什么困难只管找他。郭滔心底一热，一股暖流迅即扩散开去。武行长看着郭滔，要他明天去跟相关部门沟通一下，尽快把现有修路缺口的钱和帮扶队垫的钱一并付到村上，算是帮扶队给村上的一个迟到的见面礼。郭滔说也不迟，没听说谁一进村就带了多少钱去，都是等摸清了情况，有了帮扶计划和相应的项目才投入资金的。武行长说郭滔明显瘦了、黑了，又问胡春晖和柳奎都还好不。郭滔说都还好，但都瘦了不少，特别是柳奎。又说胡春晖昨天晚上返回时掉进了沟里，伤了脚。武行长拨通了胡春晖的电话，问他脚怎么样了。胡春晖说只是擦破了一点皮，踝关节肿成了一个包子，没事，过几天就可以上山了。武行长叮嘱他既要忘我工作，也要注意安全。又要柳奎接了电话，要他多吃点，别再瘦了。

王俏请郭滔和杨立业吃过饭就去了办公室，说她主持开发了一个普惠金融的新产品，已在两家地市分行试点过了，晚上要开会进行论证和评估，武行长要求尽快推广下去。郭滔驻村前是王俏的副手。

杨立业打电话问方小竹在哪，是否方便见个面。方小竹说在与一个客户洽谈，马上让司机过来接他们。

车子刚在酒店门前停下，方小竹就笑着迎过来，请郭滔和杨立业上楼，说她原本想在长沙开一家分公司，但看来条件还不太成熟，得缓一缓再说，没想到去银行办事，还碰上他们了，真是巧了。

一落座，方小竹就问路修得怎样了，过年能不能开车进村。杨立业说腊月十八举行通车典礼。方小竹说太好了，她也去凑个热闹。

第二天上午，郭滔去行里沟通钱的事。杨立业想着村上的孩子，准备去买些书和学习用品，没想到一出酒店就看到陈小军坐在车上，车子等红绿灯停在那里。

陈小军说公务员不好调动，也懒得去找关系，就辞了职，回到了长沙，经朋友引荐，在一家大型民营企业做综合管理，昨天刚去公司报到。杨立业问他跟方小竹有联系不。他说没有。杨立业说方小竹在长沙，要不要去看看她。他一默神，再一笑，说刻意相见不如意外碰见，有缘自然会相见。

许教授来村上实地考察之后，对村上的规划提了一些具体的修改意见，并当众对两处失误严厉批评了黄一欣，说她不能摸脑壳想当然，地得一寸一寸去量，路得一步一步去走，规划得科学、严谨，得实在、实用，草率不得，马虎不得。她当场想哭，但没哭出来，晚上回家才哭了。付秀珍听到了，要去劝说，黄国庆制止了，说让她哭一哭好。

这几天胡春晖脚走不了路，就在家结合许教授的意见和自己的思考修改计划和规划。黄一欣这些天不是在田间地头就是在河边山上，对各处的土壤、降雨、光照、气温等做细致的考察和分析，晚上去村部与帮扶队交换意见。

夜已深了，柳奎打了一串的哈欠，说他睡觉去。黄一欣看了看胡春晖的脚，用手指按了按，说没那么肿了，也没那么青了。走了的柳奎又回过来，说送黄一欣回去，天黑，又冷，路上不安全。黄一欣说不用，不怕，这路熟，摸着都能走到家的。杨世乐走过来，靠在门框上，说黄一欣和胡春晖还蛮般配的。黄一欣脸一红，从包里掏出手电筒，说她回家了，明天有时间再来。

黄国新哼着曲走在路上，他刚从刘初菊那里干了活出来。刘初菊问他村上的路就要通车了，通车那天她能做点什么。他想了想，说听杨立业说过，那天会来不少客人，客人来了自然要吃饭，吃饭不可能去镇上，只能在村里。不等他说完，刘初菊就说有了，她知道了。又倒来半碗酒给他，说是奖励他的。他双手接过，看了又看，闻了又闻，“咕咚咕咚”地喝了，一抹嘴，嘿嘿一笑，说好喝，真的好喝。

看到一束光亮飘了过来，黄国新好奇地等在路边，当朦胧地看到是黄一欣时，他自然地想到了黄国庆，便躲进路上边的地里，捧了一抔泥土，想等她路过时撒下去，吓唬她一下。怪谁呢？谁让你是黄国庆的女，谁让黄国庆看不起我！

黄国新将泥土撒下去，没想到黄一欣不但没落荒而逃，也没有尖叫哭喊，而是将手电往地里一照，喝问是谁在装神弄鬼，接着又哈哈一笑，说看到了，快出来吧。趴在地上的黄国新爬起来，跳到路上，说他还以为是刘晓明呢，想跟他开个玩笑，没想到弄错了。黄一欣干脆揭穿他，说他其实知道路过的不是刘晓明，而是她，见机会来了，想吓唬她一下，而之所以要吓唬她，是对她爸有意见。不等他开口，她又说今天的事她不会跟任何人说，就当没有过，她爸是有对不起他的地方，哪天让她爸请他喝酒，都是一家人，有什么说出来，说出来就好了。

正说着，一束光照到黄一欣身上，又移到黄国新的脸上，同时传来付秀珍叫黄一欣的声音。黄国新忙用手挡着光柱。

付秀珍问黄国新怎么在这，是不是欺侮黄一欣了。黄一欣忙说没有，正好碰上了，问他的地明年是不是还自己种。黄国新说是这样，他刚从刘初菊那里出来，正好碰到黄一欣，就说上话了。付秀珍望一眼刘初菊家，凑近黄国新的耳朵，要他老实交代，是不是跟刘初菊睡过了。黄国新猛地摇头，要她别乱说。付秀珍擂一下黄国新，说他真要喜欢刘初菊，脸皮就厚一点，紧缠着别放手。

望着黄一欣跟着付秀珍消失在夜幕里，黄国新心想好，就看黄一欣的情分，过去的翻篇了，只要黄国庆不再另眼看他，那他也算了，不再计较。

这时，胡春晖发来微信，问黄一欣到家没有。她看一眼茫茫夜色，说别担心，到家了。付秀珍问她跟谁说话，是不是那个胡春晖。她没说话，只是快步走着。付秀珍说胡春晖这小伙子不错，长得标致又有才，还会来事。黄一欣笑她想多了。她挽住黄一欣的手，说有人跟她说，近来杨书成老夸黄一欣，只怕是有什么想法了。又说杨一鸣那孩子是不错，也不比胡春晖差到哪里去。黄一欣甩脱她的手，要她别东想西想的。

胡春晖刚要去睡，听到杨世乐在那呻吟，忙拄着拐杖去问他怎么了。他捂着肚子在床上滚来滚去。胡春晖一时慌了神，不知如何是好。杨世乐边滚边说他只怕是过不了今夜了。胡春晖忙去叫醒了柳奎，说杨世乐快不行了，得赶紧送镇医院才好，可三更半夜的，怎么去。柳奎一翻身下了床，将杨世乐的手往他肩上一搭，背了就走，说救人要紧。

才到楼梯跟前，杨世乐就说好了，不疼了，没事了。胡春晖问他怎么回事。他说睡不着，就想试试他们。柳奎指了指杨世乐，哭笑不得。胡春晖问杨世乐为什么睡不着。他说还是他自家的那个窝睡得香，就不该把他弄到这里来。胡春晖说他那房子是危房了，说不定什么时候就垮了。他说垮了就垮了，压死了更好，就势埋了。胡春晖说可别这么说，好日子还在后边呢。杨世乐说他一个五保户，黄土都埋到脖子了，村上也就这个样，哪还有什么好日子，不指望了，别哪天死了、烂了都没人知道。胡春晖摆着手，说不会的。杨世乐一声长叹，说没什么不会的，早两年村上有一个五保户，死了不知有多久，蛆都从屋里爬出来，才给从门前路过的人发现，作孽呢。

杨世乐喝了两口水，说村上像他这样的五保户有好几个，还有的虽然说起来好听，有崽有女，可崽女都到外边打工去了，一年也难得回来一次两次，跟他这个五保户比也好不到哪里去。胡春晖点点头，说长年在村上的青壮年是很少。杨世乐说这两天跟他们住在这，热热闹闹的，他当然是开心了，可他们总归是要回去的，等他们回去了，他又到哪去呢，与其到时候难过，还不如现在就回自己窝里去。他说着就要走。胡春晖起身去拦，却一个趔趄，摔倒在地。杨世乐扶他起来，说那好，他现在不走，等他们回去了再说，哪天知道自己不行了，就躺到路上去，或是坐到哪个村干部的家门口，免得死了还没人知道。

火盆凉了，杨世乐起了鼾声，胡春晖却还坐在那里。匆匆上楼来的郭滔听胡春晖说了刚才杨世乐的事，也沉默了，愉悦的心情变得沉重起来。

今天上午郭滔跟各部门沟通得非常顺畅，都说扶贫是大事，对帮扶队理当全力支持，只等他把相关资料上报之后钱就会尽快到账。下午他和杨立业就赶紧回村上来了，在工地上又帮着干活，石磊说收工了才走。

早上一开门，郭滔就看到杨世海站在门口。杨世海说有个事想请他帮忙，村上的路马上要通车了，他想买一台卡车跑运输，但少了钱，就想请帮扶队帮一帮，扶一扶。不等郭滔说话，他又嘿嘿一笑，说帮扶队都是好人，来村上没几天就给修路垫了钱，那就再做一回好事，借点钱给他，他保证还，赚了钱就还。

郭滔还愣着，杨世乐过来了，看着杨世海说："也亏你说得出口，人家上次给村上垫的钱都还没拿到。人家又不是印钱的，哪有那么多钱来借？还什么赚了钱就一定还，要是没赚到钱呢，就不还了？"

杨世海皱了皱眉头，指着杨世乐，说："又不是跟你借钱，你急什么急？你穷得叮当响的，没说话的资格，走一边去。"

"我是穷，但我一辈子没跟谁借过钱，没钱我宁肯不吃不喝。"杨世乐指着杨世海，"我就是穷死也不会向你伸手，就是讨米也不会讨到你家门上去。"

“好，你有志气。那行，这下边的碾子铺是我的，你就别从下边过，你就从这飞进飞出吧。”杨世海指了一下窗子。

“你真好笑呢。这碾子铺明明是村上的，是各家各户的，怎么就变成你的了？你只是承包而已。那好，我那一块不承包给你了，你把机子拆走吧！”

“我不拆。”

“那我不飞。”

“当初他们就不该把你弄到这里来，在这吃现成的，还好意思。”

“我又没吃你的，吃的是帮扶队的。人家帮扶队愿意，气死你！”

“郭书记，你们就愿意养一个懒汉在这？”杨世海看一眼郭滔，看着杨世乐，“黄国新那个出了名的懒汉都不懒了，你还要懒到什么时候？”

“我懒不懒关你什么事？我吃的穿的都是政府给的，又没吃你的、穿你的，你没资格说。”杨世乐晃了晃头，“你要羡慕，那你也做个五保户啊！”

“你……”杨世海一甩手，一屁股坐在凳子上。

“我……”杨世乐鼻子一酸，用手擦了擦渗出的眼泪，“郭书记，我承认我是懒，也知道名声不好。有时我想勤快一下，可一想到政府有给的，自己只能吃那么多、用那么多，无儿无女的，剩下的给谁呢？这么一想，也就懒得动了。”

“还给自己找理由呢。”杨世海轻蔑地看一眼杨世乐，“人家黄国有也无儿无女，可人家赶了几十年的马，就没歇过两天，你说他没赚钱吗？应该是赚了。你说他存了多少钱在哪吗？没有。那钱去哪了？因为他有的该收的钱没收，收了的钱有的又借给别人了，或是给村上修桥修路了，给……”

“你话说得倒是漂亮，那你怎么碾米还要收钱？上次我才少你一角钱，你倒好，非要了我半瓢米，是不是？”杨世乐盯着杨世海。

“我……”听到响声，杨世海扭头看着楼梯口。

“你快下去，我要碾米呢！”上来的黄国新与郭滔他们打过招呼，看着杨世海，“其实我早来了，就在楼下听着，你还说我是个出了名的大懒汉，是不是？”

“是的。”杨世乐指一下杨世海，抢着说，“他不但说你懒，也说我懒。”

“说你懒也好，说我懒也好，都是事实，我没意见。”黄国新拍了拍杨世乐的手，“你比我大，是老哥。说起来，我现在也没婆娘，没崽没女的，跟五保户一样。不过，立业支书说了，等村上路通了，富裕了，说不定婆娘就有了，崽女也有了。我……”

“我是不做那个梦了，要做你做去。”杨世乐摇摇头，叹息一声，“天上又不会掉婆娘下来，地上也没捡的。”

“老哥，话可不能这么说，七仙女就是从天上下来的。”黄国新拉着杨世乐的手，“不过，就是讨不上婆娘，也不能靠着政府给的那一点，毕竟自己勤快一点，多挣几个钱，吃好一点，穿好一点，日子过得也有味一些。不瞒你说，我就觉得这一年来的日子过得比原来有味得多，而且是越过越有味。”他说完就拉着杨世海下楼去了。

“看你美得，还越过越有味呢。”杨世乐冲黄国新一哼，往房间走，“那你‘味’出个婆娘来给我看看。”

柳奎忍俊不禁，忙用手捂住嘴。胡春晖心想杨世海想买车是好事，应该支持他，是不是可以跟夏行长联系一下，搞汽车贷款呢？

郭滔在想，黄国新真能味出个婆娘来？像杨世乐这样的人，他们的养老送终该怎么办？还真让他们躺到路上去，坐到哪个的家门口？

# 第十章
# 悲喜交集

通车典礼的主场搭在垭口这，又在马路与机耕道相接的地方搭了一道拱门。有人说这样的路就像一条龙，垭口是头，机耕道是尾。

杨立业正在听胡文化指点，说台子再往后挪一点更好，风会小一些，前边也更开阔。王成文匆匆跑来，说石材厂也想沾沾通车的喜气，明天搞一个石材出厂仪式，邀请各位领导去厂里视察。杨立业皱了一下眉头，说别急，石材厂就按原计划，春节后开工再搞产品出厂典礼。王成文说这几天厂里加班加点的，今天晚上第一批石材就可以下线，明天一早就可以装运出厂。又指了一下在前边跟人说话的郭滔，说他前天去厂里看过，说产品下线越快越好。杨立业想了想，说那行，就听郭滔的，明天来个双喜临门。

杨立业刚要拉王成文去石材厂看看，只见一台崭新的红色卡车开了上来。车子一停，杨世海就跳下车，欢天喜地地跑过来说车子买回来了。郭滔走到车前，摸了摸戴在车头的大红花，说这是致富车、幸福车。杨立业说路是为车修的，有车就有路，村上有了他这车，接下来就会有更多的路、更多的车。杨世海摸着车，说等他挣了钱，还要买第二辆、第三辆，要有一个自己的车队。赶着马的黄国有走过来，说往后杨世海开他的大卡车，他赶他的小马车，可杨世海的卡车上不了机耕道，他的马车哪里都能去。杨世海眨了眨眼睛，看了看郭滔和杨立业，说到时候机耕道会变成大马路的，一样哪里都能去。黄国有说那他还是赶他的马车，只是到那时他的马车不再运货，而是载人，黄一欣把他马车的样子都画出来了，可漂亮了。

黄国有赶着马走了。杨世海看着郭滔和杨立业，睫毛上满是泪花，说要不是杨立业，他就想不到买车，要不是有帮扶队，他就买不了车。

那天胡春晖有了想法之后就给夏行长打了电话，夏行长第二天一早就赶往村上来了，了解情况后认为给杨世海办理个人运营类汽车贷款既帮助了他个人，也助力了村上脱贫。而听夏行长说贷款只能是购买汽车所需金额的一半时，杨世海又抱着头蹲在了地上，他手上的钱不够，还差了四万。胡春晖把这情况跟郭滔说了，郭滔又跟杨立业说了。杨立业说杨世海这车一定得买，差的钱他来想办法。郭滔说办法一起想。杨立业说帮扶队上次垫给修路的钱都还没拿出来，这就别管了。郭滔说没事，办法总是有的。随后两人商量好，各借给杨世海两万。郭滔是向朋友借的，杨立业是向叶卉求助的。

当天晚上，当郭滔和杨立业一起拿着钱去杨世海家里时，他婆娘田小珍还在那怄气，不准他买车，说他要买车她就喝农药，或是跳坝里去。见郭滔和杨立业左说右说田小珍还是不开窍，杨世海火了，一跺脚，说这车买定了，不准买也得买。田小珍一怔，咂了咂嘴，看着郭滔和杨立业，说要是没赚到钱，那借他们的钱就算丢在流金河里了。杨立业跟郭滔相视一笑，说丢在流金河里好，捞上来还沾了金子呢。说得田小珍破涕为笑了。

路尾拱门一侧临时砌了几口大灶，付秀珍正在那大声喊着这个洗菜，那个切菜，这个烧火，那个劈柴。杨达成在指挥着扛过来的桌子怎么摆，东西往哪搁。

吴翠莲送来了一只鸡，还有一个大冬瓜。夏时香送来了一块腊肉，还有几个猪血丸子。易美秀送来了一只鸭，还有一包红薯粉。黄桂花送来了一袋干笋，还有一大碗酸辣椒。杨四娥拎来了一小篓鸡蛋，还挎着半篮的生姜大蒜。杨书才抱来了一小缸甜酒。田小珍拎来了一条大草鱼。贺小英和杨书成抬来了一大坛烧酒，还有一只腊猪腿。

见陈国兴扛着方桌慢悠悠地过来了，杨书才笑他怎么只扛来一张桌子，也不带点能吃能喝的，又指了一下正在摆放酒坛的杨书成，说看看人家，一大坛酒，还有一只腊猪腿。陈国兴放下桌子，瞟一眼杨书成，说他没有当支书的儿子，也没有当老板的儿媳，比不得的。杨书才不屑地看他一眼，心想他一个党员，比自己还小气，还不如自己这个平头老百姓呢。他家有大小两缸甜酒，吴月英说这回来个大方，抱那缸大的去。他开始还动了心，想着别老让人说他小气，可一抱到手上又犹豫了，最后还是挑了那缸小的，又从缸里舀出一碗。

黄国新挑着担过来了，后边跟着提着桶子的刘初菊。杨立业和杨达成跑过去，接过担和桶。担里是肉，桶里是血。刘初菊抹了一把脸上的汗，说修这路不容易，今天总算通车了，过去她没做什么，更没上过几天工地，想着都不好意思，就杀了一头猪，大边卖了，小边和猪血，还有猪杂都送过来做菜，这猪是熟食喂大的，客人吃着一定高兴。杨立业说太多了，得过一下秤，村上付钱。刘初菊说要是想过秤，她就不会送来了。

听刘初菊这么一说，杨书才脸一热，有点懊悔了，懊悔不该舀出一碗，懊悔没抱那缸大的来，就想抱走那缸小的，回家换了那缸大的过来，可听陈国兴一声喊走，上垭口看热闹去，他又跟着陈国兴走了。杨书成也悄悄跟了上去，走了十来米还回过头，生怕贺小英叫他回去。在刮冬瓜皮的贺小英看在眼里，却装着没看见，心想去吧，这热闹也是难得一见的。

垭口那边，见田大志带着枫树村的八音锣鼓队吹吹打打上来了，胡明国连忙指挥着盆中村的八音锣鼓队吹打着迎上前去，列队站在路边，等田大志他们从跟前走过去了才跟在后面。紧接着，陈明亮带着石窝村的八音锣鼓队也来了，田大志和胡明国一左一右地迎上去，把马路中央留了出来。

于是，三台八音锣鼓一时一台吹打，一时两台同来，一时三台齐上，不断地变换曲牌，变换队形。郑时兴看得如痴如醉，连连叫好，侧身跟张县长说果然是非遗文化，名不虚传。王俏对武行长说，长这么大，还头一次欣赏到这么精彩、这么有趣的锣鼓呢。

这八音锣鼓是一种流传于雪峰山地区的以打击乐和吹管乐为主的民间乐器合奏，是婚丧、喜庆、集会等必不可少的一种娱乐方式。二〇一四年经国务院批准被列入第四批国家级非物质文化遗产代表性项目名录。因雪峰山古称梅山，也就叫梅山八音锣鼓，分别由八人敲击、吹打，通常由小鼓、大锣、小锣、大钹、小镲、碗锣（抛锣）和两支唢呐等八件乐器构成，故又称“八人锣鼓”或“八台锣鼓”。八音锣鼓音调高亢明亮，旋律优美婉转，节奏铿锵有力，富有极强的感染力。在整个乐队中，鼓手为王，掌控着乐曲的起止、速度、力度、节奏、情绪，其它乐器紧密配合，唢呐承担旋律演奏和增强音乐情绪的作用。演奏的曲牌种类繁多，根据不同场合和服务对象，演奏不同的曲目，表达不同的情感，渲染不同的氛围。

只见垭口那一束接一束的火光冲天而上，随即传来一声接一声的炸响。杨达成说放响铳了，放烟花了，报信了，典礼开始了。

杨立业一看时间，正好是九点十八分。望着垭口的方向，眼泪止不住地溢了出来。等这一刻，他已等了很久；等这一刻，盆中村已等了很久！

请最后致辞的李镇长移步之后，黄一欣通报了几组与修路有关的数据，全村有多少户捐了款，有多少人上了工地，上工地最多的是刘晓明。等掌声稍一平息，黄一欣就请刘晓明上台说一说他此刻的心情和感想。胸前戴着大红花的刘晓明摇摇晃晃地上了台，一眼也不敢往下看，红着脸支吾了好一阵才说他没别的，就是这路修好了，他婆娘和崽就会回来了，这是立业支书跟他说的，一欣也跟他说过。他指一下黄一欣，将话筒往她手上一塞，跳下台子沿着马路往山下跑了，边跑边喊着通车了，通车了。

听黄一欣通报完数据，杨书成就悄悄退了出来，觉得自己上工地少了，没脸站在那里。杨世海不让他走，说等下坐他的车进村。

见刘晓明跳下台，早已等候在旁边的李长花大大方方地上了台，扭着唱起了《今天是个好日子》，接着又唱了《幸福万年长》。之后登台的是胡文化，激情四射地吹了《打虎上山》，拉了《赛马》。最后是胡明国表演了一套螳螂拳，还跟人对打了一路棍术。张县长边鼓掌边对身边的李镇长说，没想到胡明国还有这么一手。武行长对王俏说真没想到，这么偏僻这么贫穷的地方还有这么厚实的文化。王俏说这就是原生态，也正因为如此，才成了非遗。又看着方小竹，说为自己是盆中村的人而自豪吧。方小竹点点头，说哪天去拜访她和武行长。武行长伸过手，说欢迎。

陈国兴跟杨书才耳语了几句，杨书才刚要问黄一欣现在路是通车了，那他们上工地的钱是不是该兑现了，黄一欣说宣布一个事情，就是帮扶队个人垫给村上修路的钱，他们决定捐给村上了。在热烈的掌声中，陈国兴和杨书才缩着脖子退了出去。而这一切郭滔都看在眼里，也明白他们在想什么，想说什么。

刘晓明跑下山来了，一路喊着通车了，通车了。他握着杨立业的手，说通车了，他婆娘就要回来了。又拉杨达成的手，说通车了，他崽要回来了。他一路喊着通车了，进了田塅，过了桥，见黄国庆蹲在田里，在那丈量着什么，猛地跳下去，推了他一把，说通车了，他婆娘就要回来了。黄国庆站起来，拍了拍手上的泥土，望着上了路，边跑边喊着通车了的刘晓明，心想他是不是癫了。

不知是谁一声喊“车子来了”，早已下来等候的胡明国手一起，八音锣鼓就开了锣，烟花和鞭炮随之点燃。

车子从拱门鱼贯而过。杨世海的卡车走在最前面，后边是黄国有的马车，再后边是三轮和摩托，最后是小车。杨书成坐在卡车的驾驶室里，朝窗外挥着手。

胡春晖跳下马车，跑过来扶着下车的杨书成，说采访他一下，坐车进村是什么感觉，最想说的话是什么。他偏着头想了想，说就两个字——有味。

两辆满载石材的大卡车披红挂彩地排列在大门里边。黄爱国在检查车上的石材是否放稳，车斗的门是否关好。

见郭滔领着张县长一行兴致勃勃地过来了，早已转场过来的三台八音锣鼓一同奏响了，躺在地上的大地红跟着炸响。

随着张县长的一声“出厂”，卡车在掌声、锣鼓声、鞭炮声、欢呼声中缓缓驶出大门，通向石窝村，通向镇里，通向县城，通向远方。

王成文鼓起勇气跟武行长说他有一个请求，想请银行给他贷点款。武行长看了看山，又看了看山下的田塅，说从他现在的情况来看，资金并不短缺，暂时不需要贷款。王成文说他看起来是不缺资金，但他现有的资金一部分是从朋友那里借的，利息高，不合算，而银行贷款利率要低得多，就想借贷款还了朋友的钱。又说他少付利息就等于多赚了钱，多赚的钱不仅有他的一份，也有村上的一份，有村上每个人的一份。武行长说谢谢他的坦诚和信任，贷款的事可以找县支行的夏行长。

开席了。杨立业起身敬酒，说真不好意思，不成敬意，席摆在田塅边，没去酒店，没山珍海味，吃的全是村上这家送的鸡和鸭，那家送的鱼和肉，喝的是自家酿的烧酒和甜酒，没五粮液，没茅台。郑时兴夹了一筷子笋干，说这不是山珍又是什么，又夹了一块鱼，说这鱼可不比海味差，再夹了一块肉，说这闻着都香，在城里可是吃不到的。他将肉往嘴里一塞，闭眼一嚼，“咕噜”吞下，眼睛一亮，说哎呀，还没吃过这么香这么甜口感这么好的肉呢。过来给桌上添酒的黄国新说，这肉当然好吃了，那猪喝的是泉水，吃的是煮熟了的瓜果蔬菜和洋芋红薯什么的。张县长问这猪是哪家喂的。杨立业朝在那端菜的刘初菊招了招手。张县长问走过来的刘初菊这猪喂了多久，栏里还有多少头。刘初菊说喂了一年零两个月，最短也会喂一年，栏里大小还有二十头，年前会再卖四头，现在通车了，会送到镇上去卖，能多挣几个钱。杨立业说她现在是村上的养殖大户，也将是村上养殖合作社的理事长。刘初菊说明年会扩大养殖规模。张县长点点头，说是得讲规模效益，但不能忽视品质。

吃过饭，李书记就陪张县长走了，要参加下午镇里的一个活动。郑时兴没走，说要陪武行长一起到村上走一走，看一看。

武行长去村部慰问了帮扶队和杨世乐，跟村支两委进行了座谈，并邀请了黄国庆和刘初菊参加，又去慰问了黄秀姑和田秀英。一路上，郑时兴不断地说盆中村脱贫致富的路还比较长，任务十分艰巨，还得请银行多关心、多支持、多投入。武行长一再说责无旁贷，一定倾心倾力，也请郑时兴多关照帮扶队，多关照村上。

离开村上时，武行长放下车窗玻璃，对郭滔说过几天就给帮扶队配一台车下来，跑镇上跑县里也方便一些。又一再叮嘱他，既要全身心去帮扶，又要吃好睡好。郭滔十分感动，车已拐弯不见了，他还站在那里，两眼湿漉漉的。郑时兴指了一下郭滔，对杨立业说，他有这样的领导，是幸福的事，让人羡慕。又说村上能有这样的帮扶队，也是幸运的事。

一过垭口，王俏就说她明白武行长为什么没正面回答王成文的请求，而是让他去找夏行长。又说如果王成文真去找夏行长，不知道夏行长能不能处理好。武行长没说话，望着窗外。

太阳就要落山了。杨立业问郑时兴，是不是叫郭滔过来一块陪他喝酒。他摆着手，说不用，谁也不用，这是他们俩的约定，就他们俩喝，来个一醉方休。杨立业说那好，他一定舍命陪君子。郑时兴打了个哈哈，说要不把石磊叫来。

石磊飞快就来了，说修村上这路他虽然没赚到钱，甚至还赔了一点本，但在修路中他学会了怎么做事，学到了怎么做人，而这些是花钱也买不到的。郑时兴指着石磊哈哈大笑，笑过了，说他其实不仅学会了做事，学到了做人，还赢得了不少。石磊不解地看着郑时兴。郑时兴坐正了，说他赢得了信誉，赢得了信任，也为他今后赢得了更多的机会，而这一切都来自杨立业，来自杨立业难得的慧眼和品性。他说着端起碗，说跟石磊一同敬杨立业一碗，见杨立业要谦让，便说要不是杨立业的坚决和坚持，他差点给宁大贵蒙蔽了，也差点给石磊忽悠了。石磊一口将酒干了，说算是他给郑时兴和杨立业的赔罪酒。郑时兴一拍桌子，指着石磊说好，能这样就好，孺子可教。

郑时兴放下碗，一抹嘴，看着杨立业，摇着石磊的肩膀，说村上接下来还要修不少路，还有水渠什么的也要修复，要做的事还很多，往后可得好好干，再也不能偷工减料，更不能偷奸耍滑。石磊连连点头，连连说好。杨立业还在琢磨着郑时兴的话，郑时兴身子一摇晃，趴在了桌上。一直没说话，边听他们说话边细嚼慢咽的杨书成有点急了，起身看了看郑时兴，说他早提醒了的，这酒浓，后劲足，这下好了，不知要醉多久了。见贺小英摆着手，杨立业也使着眼色，就没多说了，一声叹息坐了下去。

安顿好郑时兴上楼休息后，杨立业让贺小英准备了酒菜，用小竹篮提着出了门。杨书成问他去哪。他说去看看方世明。杨书成说跟他一块去。

在坟前摆好了酒菜，烧上了纸钱，又磕了头，杨立业才跪在地上，边落泪边说对不起，来迟了。杨书成添着纸钱，看一眼杨立业，对着坟说："世明老哥，立业是来迟了一点，是不该，但他也是太忙了，实在抽不开身，再说现在还是当天，没过夜，就别怪立业了，要怪就怪我好了。"

风过有声。杨书成侧耳听了听，扶起杨立业，说听到方世明在说话，说看到路修好了，通车了，他高兴都来不及，哪还会怪谁。

这时郑时兴正站在窗前，目光从窗外的院子移到淡淡月色里的机耕道上，再投向东面山林间那缥缈的路，由此想到了石磊，想到了宁大贵，想到了杨立业……

第二天早上，在杨立业的陪同下，郑时兴精神抖擞地走进田垌，走过桥，上了车，由石磊开车往县城去了。临上车时，郑时兴握着杨立业的手，说他看得出来，张县长对盆中村是有感情的，过去他对盆中村不太了解，现在对盆中村是越来越有感情了，往后对盆中村还得有更多的了解、更多的关注。

不等石磊的车消失在视线里，杨立业就赶紧打电话给方小竹，说现在就去她家。她说她都快到县城了，再过二十分钟就上高速了，还顺路送了胡文化到他店里。杨立业说那真不好意思，没陪好她。她说她本是想请他和郭滔一块去家里吃了晌饭再走的，可有一个重要客户非要今天中午之前见到她，要不他就回上海去了，她只好天还没亮就起了床。杨立业说陈小军本来昨天要回来的，因公司临时有一个重要的接待，没有成行，有点遗憾。方小竹忙问陈小军怎么去了公司，在哪。杨立业说他回长沙了，在一家公司做部门经理。方小竹"哦"了一声，不再多问。

刚挂了方小竹的电话，叶卉的电话就打进来，说她在网上看到了，昨天的典礼非常成功，成功之处不在于有多热闹，而是让人看到了那路修得又宽阔又厚实，那八音锣鼓着实让人震撼，让人着迷，还有胡文化那一吹一拉也是令人拍案叫绝，刘晓明说的话虽然听着让人有点伤感，有点心酸，却是非常打动人、感染人，她眼泪都出来了，相信不少人也会流泪。

听叶卉这么一说，杨立业的心情有点复杂了，犹如打翻了一个五味瓶，既为昨天典礼的成功而高兴、欣慰，也为刘晓明说的话而难过、自责。当初他那么说，是想劝刘晓明改掉陋习，勤快起来，没想到他一直将那话记在心里，成了他的一个盼头。如今路是通了，可吴春花在哪？他崽又在哪？昨天典礼刚结束，杨立业就接到黄国庆的电话，说刘晓明是不是太兴奋了，会不会出什么状况。昨天下午，杨立业陪同武行长去慰问田秀英时，不见刘晓明在家。有人说看到他坐在岔路口，逢人就说他婆娘要回来了，崽要回来了。

杨立业小跑着往刘晓明家去。路边草木上的霜跟下了一层薄雪似的，太阳一照，霜就转化成清亮的水珠，悬挂在草尖上，滚动在叶片中。

刘晓明跨出门槛，一眼看到杨立业进了地坪，连忙跑过去，紧握着杨立业的手，问看到他婆娘和崽没有。杨立业正不知怎么说好，田秀英从一侧走过来，边抹泪边说刘晓明昨晚就没怎么睡，一时坐在床上发呆，一时到当头去打望，一下说看到他崽在灶屋里烧火，一下说听到他婆娘在跟人说话，是不是中什么邪了，只怕得请胡天师来收惊才行。杨立业说刘晓明不是中了什么邪，只是太想他婆娘和崽了，再说胡文化清早就回镇上去了，一时也过不来，先别请了。刘晓明说杨立业说得对，他没中什么邪，就是好想他婆娘和崽。杨立业拉着刘晓明的手，说他婆娘和崽会回来的，但还得等一等。刘晓明问要等多久。杨立业稍一想，说等环村路修好了，路通到他家门口了，他们就回来了。刘晓明掰着手指算了算，说是不是后年的这个时候他们就回来了。杨立业含泪点了点头。刘晓明偏着头看着杨立业，问他好好的哭什么。杨立业擦了一下眼睛，说没哭，是想着他婆娘和崽回来就高兴。田秀英迷茫地看着杨立业。杨立业心跟刀割一样疼。

见杨立业来了，在检讨典礼接待和宣传不足的胡春晖和黄一欣忙站了起来，请杨立业指出存在的问题，今后要注意什么。杨立业无心跟他们探讨这些，就说都很好的，张县长还跟他打了电话，表扬了他们，有几家省城的报纸从不同的角度报道了典礼，还给两家有全国影响力的网络新媒体转载了，全国都知道盆中村通车了。

前两天胡春晖和黄一欣就策划好，将典礼写成了好几篇稿子。昨天中午，胡春晖将稿子发给了省分行负责品牌宣传的同事，由他们再发给省城媒体的朋友。

不等杨立业落座，郭滔就把典礼上陈国兴有话要说的一幕及他的猜想说了。杨立业叹了一口气，说这路是通车了，可他心里是又喜又忧，忧的就是这工钱，虽然当初说得灵活，没说具体兑现的时间，但陈国兴有话要说也在情理之中，如果不兑现，再一拖延，积怨一多，等哪天爆发了，麻烦就大了，而要兑现，又要一笔不少的钱，可村上现在最缺的就是钱啊。郭滔点点头，说这工钱的事怎么都得解决好，如果不给大家一个说法，无疑会影响村民对村支两委的信任，成为村上一个不稳定的重要因素，对下一步的修路、修水渠、成立合作社，等等，都会产生消极影响，进而减缓村上脱贫致富的进程。

一阵沉默后，郭滔提议这两天他和杨立业分别有针对性地走访一些人，听听大家对村里的规划和规划的实施及工钱兑现的想法和建议，先开一个村民代表会，再开一个支委扩大会，集中大家的智慧来解决问题。又说他注意观察陈国兴一些日子了，作为一名党员，他没有起到应有的先锋模范作用，有必要找他好好谈一谈。杨立业点点头，说这两天就去找他谈。又说当初他回到村上没多久就看到陈国兴身上存在的毛病，帮助过他，他有所转变，但转变得太慢，责任在他，把时间和精力过多地放在了修路和别的事务性的工作上了，忽视了与人的交流和沟通，更少了对人的教育和帮助。郭滔说他有一个想法，就是以帮陈国兴进一步的转变为契机，推进村支部和队伍建设。

杨立业说到刘晓明的事，郭滔就问村上是不是去找过吴春花，知不知道吴春花现在在哪，如果知道她在哪，不妨去找一找。杨立业说曾经去找过，没找着，后来就再没找了。郭滔起身走了走，说刘晓明对婆娘和崽那么执着，可敬可爱，又可怜可惜。杨立业说是啊，就担心他会想出什么毛病来。郭滔皱着眉头走了走，手一扬说，不管怎样，过两天开过支委扩大会就去深圳找吴春花。

就在杨立业说到刘晓明时，黄爱国带着纪晓霞走到了家门口，他万万没想到，黄显贵正一手扶着门框，一手拄着木棍跨出了门槛。黄爱国慌忙跑过去搀扶着他，问他要去哪。他说听说到镇上的路修通了，他得去看一看，看是不是在做梦。拎着礼物的纪晓霞说不是做梦，是真的通了，杨世海新买的卡车都开进村了。黄显贵推开黄爱国，用手遮着额头望了望垭口的方向，说不是做梦就好，更要去看一看走一走了，看了走了，就死也闭眼了。黄爱国看着慢慢往前走的黄显贵，心想真是出奇迹了，路一通，人也能走了。

一出陈国兴家的门，杨立业就下意识地裹了一下棉衣，说起了风，怕是要变天。陈国兴将手电筒塞到杨立业的手上，说天黑，带着。又说前几天去枫树村的邻村干活，人家都安上了路灯，晚上出门可方便了。杨立业说等环村路修好了，也安上路灯。

知道陈国兴白天一般去外边干活了，杨立业特意先去了杨书才等人家，到黄昏时分才赶到陈国兴家来。见杨立业进了门，正准备吃饭的陈国兴只礼节性地让了座，问吃饭没有。没想到杨立业说没吃，特意赶饭来的。陈国兴只好添了碗筷。杨立业问有酒不。陈国兴稍一犹豫，去抱来酒坛，往桌上一放，说随他喝，想喝几碗都行，还要不要炒个什么菜。杨立业指着桌上的炒萝卜丝和煎冬瓜，说不用，够了，最多夹两坨霉豆腐来就行了。听他这么一说，本是不冷不热的陈国兴心底陡地热乎了，将碗一放，去灶屋炒来了一盘干鸭子和一碗油豆腐，将酒倒满，说陪他喝几碗。

两碗酒一下肚，陈国兴话就多了。杨立业用心听着，不时地点头，或"嗯""哦"，或问一两句。末了，陈国兴拉着杨立业的手，说他今天是把心底的话都倒出来了，过去他确实是有做得不好的地方，下次在组织生活会上一定做出深刻检讨，往后一定做出一个党员应有的样子来，不再给组织丢脸，不再给杨立业丢脸。又说他上工地的次数不多，这也是他不对的地方，工钱要不要没多大关系，但有的人上工地勤，家里又缺钱，只是不好说，或是不敢说，就让他来说，他也没别的，主要是想看村上说话算数不算数。见杨立业沉默着，他又说好了，反正他的工钱是不要了，说话算数。

杨立业刚从石板路跳到水泥路，两道光柱就从上边照射下来，随后就看到一辆的士从身边开过，在地坪停下，等人下了车就往回走了。

见杨立业走近了，那从车上下来的男孩就问他这是不是盆中村。他有点自豪地说没错，是盆中村。站在男孩旁边的女人问他是不是杨支书。他说是的，如果他没猜错的话，她是吴春花。她是吴春花，她拉了一下男孩，说他是小强，她崽。杨立业接过吴春花手上的包，说给他们带路，送他们回家。

吴春花说前两天从网上看到村里通车了，看到石材厂的石材出厂了，还看到了杨立业，看到了刘晓明……看得她眼泪直流，心也热了，她等这一天不知等多久了。

一路上，吴春花看着听着闻着，说感觉村上变化最大的是路上往来的人少了，她在村上时，这个点走在路上总会碰到几个人，而现在一路走来连人影都没看见一个，人都去哪了。小强说还去哪了，去城里了呗。杨立业说村上是跟别的地方一样，去城里的人多，留在村上的人少，好在也有从城里回来的，黄一欣大学毕业后就没留在城里，回到了村上。吴春花说对黄一欣还有点印象，长得跟她娘一样好看，又蛮机灵的。杨立业问小强是不是大学毕业后也回村上来。小强说回村上来不可能，他可没黄一欣那个思想境界，出国读研他没想过，家里没那个经济基础，但去上海或深圳是他的追求。

吴春花说她在外这么多年，既没赚到什么钱，更没成为一个衣锦还乡的阔老板，孩子也没教育好，做人很失败。杨立业说去外边不是人人都能成为老板的，如果人人都成了老板，也就没有老板了。吴春花说之所以晚上进村，是因为想着在外边这么多年了，还是穷光蛋一个，怕人笑话。杨立业说她和小强能回来，就是村上的大好事、大喜事，大家欢喜都来不赢，谁还笑话。小强踢飞了一块小石子，说大路朝天，各走一边，要笑随他笑去。杨立业回头朝小强一笑，问吴春花是不是就留在村上，不去外边了。她说还说不准，得看看再定。

这时，刘晓明正对着门坐在火盆边。火盆里的炭火给风吹得明明灭灭，一闪一闪的。田秀英起身去关门，说风大，吹着冷，也快鸡叫了，快去睡，春花他们不会回来的。刘晓明说会的。田秀英关上门，说怎么立业支书说的话又不记得了，他们要后年的这个时候才回来。刘晓明“哦”了一声，说也是，那睡吧。

田秀英从门缝里见刘晓明躺下了，一转身听到有人敲门，开门一看，惊喜得连连后退，也顾不得迎接吴春花他们，就跑到刘晓明床前，一把掀开被子，说回来了，他们回来了。刘晓明翻身下了床，衣也来不及穿就跑了出来，对着站在屋里的吴春花左看右看，喊着“回来了”，冲出了门。杨立业忙取了他的衣服追上去。

“回来了”的喊声在山间回应，在田塅回响……

付秀珍撩开窗帘往外看，说刘晓明只怕是真的癫了，可惜了，可惜了。

胡明国打开门，站到台阶上，边系衣扣边说真要是回来就好，就好。

黄国新连忙下了床出门，见刘晓明跑了过去，也不追，坐在门槛上，心想他是好，婆娘回来了。想着就往刘初菊家走，举手要敲门又放了下来。

刘晓明跑累了，也喊累了，在桥头一屁股坐下，往后一倒，直挺挺地躺在了桥上。追上来的杨立业连忙将他扶起来，将衣服给他穿上。他抓着杨立业的手，问吴春花和小强是不是真的回来了。杨立业说当然是真的。刘晓明抓着杨立业的手，要杨立业拧他一把。杨立业在他手上一拧，他一声“哎哟”，拔腿就跑。

田秀英正跟吴春花手拉着手，泪水涟涟地说着，刘晓明冲进门，扑通一声跪在了地上。吴春花愣了愣，和小强一起把他扶了起来。

握着杨立业的手，田秀英不住地说真是没想到吴春花和小强能回来，又说要没有杨立业回到村上就没有那路，没有那路吴春花就不会回来，杨立业是他们一家的大恩人。说着就要给他磕头。他连忙扶住她，说吴春花和小强都辛苦了，快早点休息。

空中飞起了毛雨，寒气加重了，想着村上的规划有了，往镇上的路通了，吴春花又回来了，杨立业下山的脚步轻快起来，但一下到机耕道上，望着沉沉夜色里的田塅，想着工钱的事，想着“一一二”工程接下来就要实施的“一”和“二”，还有要修复的水渠和要治理的河道，眼看要成立的合作，等等，他脚步又放慢了，也沉重起来，转而又想，现在不比过往了，村上来了帮扶队，国家扶贫的力度还在加大，不由得信心和力量又都上来了，步伐也加快了。

吴春花将带回来的饼干和糖果分成若干份，拉着刘晓明下山去走人家。他们去了杨立业和黄国庆家，去了刘初菊和易美秀家，去了李长花和黄桂花家，还去了村部。见胡春晖和黄一欣正对着挂在墙上的图纸指指点点，刘晓明便拉着吴春花退到一旁，指着黄一欣，说她也跟他说过，等路修好了，人就回来了，没想到还真给她说准了。

出了村部，吴春花回望楼上，心想胡春晖和黄一欣真是般配。

刘晓明说这些年在村上他最好的朋友要数黄国新了，他们先是酒肉朋友，赌桌上的牌友，别人都看不起他们，他们两个也就彼此不嫌弃，后来在杨立业的关心和帮助下，他们又相互鼓励，还暗地里较劲，看谁变得快、变得好。吴春花笑了，说他们先是臭味相投，后来算是志同道合。

由此，他们把去黄国新家安排在最后，在黄国新家坐得最久，还喝了酒。出门时，见毛雨已变成了小雨，黄国新给他们找来了一把伞。刘晓明撑着伞，吴春花挽着他的胳膊，一起走进了雨里。看着他们远去的身影，黄国新好不羡慕，又莫名地有了失落和惆怅，不由得转过身来，将目光投向了刘初菊家。

机耕道上，吴春花问刘晓明是不是想知道她这些年是怎么过的。刘晓明说她想说他就想听。

“进厂没多久，主管就开始疯狂追我，信誓旦旦说要娶我，还说他婆娘出车祸死了，父母也不在了，往后家里一切都由我做主。我也不知怎么就稀里糊涂地信了，就回来说要跟你离婚，可等我回到厂里没两天，他在老家的婆娘就带着崽找来了。我跟他吵了一架，要不是想着还有小强，差点跳了楼。”吴春花停顿了一下，“之后，我就再没跟他往来，还换了厂子。不过不管他说得怎么好听，不管他怎么求我，我始终坚持一条，就是不到那一天，我不跟他上床，尽管有两次差点动心了，但最后还是守住了，你信不？”

“我信。昨晚我就闻出来了。”黄国新朝吴春花一笑，“后来呢？”

“那个厂的老板是台湾人，每次见到我都热情地打招呼，还说有什么困难就找他。有一天，他约我去外边吃饭，我有意把小强带了去，他却出人意料地热情和高兴，既没对我说出格的话，也没有出格的举动。几天之后，他又约我吃饭，我不想去，说要加班。他说改天。第二天有人来请我去他办公室，一见面他就说我干得不错，要提我做主管助理，然后做主管。不等我说话，他又暗示我，如果我跟了他，做他的情人，他不仅可以给我一套房子，还可以认小强做干儿子，让小强有最好的教育和前程，他说他看中我的并不是我的相貌，而是我特有的土得可爱的气质。当时我蒙了。他以为我默许了，就拿出一份协议要我签字。我没看，也没签。他说没关系，不急，考虑好了再签不迟。”吴春花摇头一笑，“我还真考虑了，也犹豫过，矛盾过，最终离开了那个厂。”

“再后来呢？”

“一个多月后进了一家公司。这公司看上去红红火火，没想到在我过几天就满两年的时候，一夜之间垮了，我一个月的工资没了，说年底兑现的提成也没了。”吴春花叹息一声，“也就在这之后，我想盆中村了，想你了，想娘了。”

“如果你跟了那个疯狂追你的人，或是跟那个老板签了协议，或是后来发了财，赚了钱，是不是就不想我了，不想娘了？”

“这……没……”

“没事，我就知道你会回来的。”

“那可不一定呢。”吴春花一笑，跨过一个水凼，“不瞒你说，在那边还真有的人就两口子一样地一起去上班，一个锅里吃饭，一张床上睡觉，到了春节又各回各的家，有的过着就散了，也有的过着真成了一家人。你信不？”

“这有什么不信的。”刘晓明看一眼吴春花，“枫树村有个田老四，他婆娘在东莞打工，听说她跟人搞到了一起，他也就在村上找了一个阿嫂。有一天，那阿嫂在外打工的男人突然回来了。当时他们正在干那好事，听到外边有响动，田老四吓得慌忙跳窗，结果摔断了脚，现在还瘸着呢。”

“你是不是也跳过窗？”吴春花盯着刘晓明。

“没有，真没有。”刘晓明嘻嘻笑着，“你想啊，就我先前那个鬼样子，整天不是跟人喝酒打牌，就是昏昏沉沉睡觉，跟黄国新一样，谁看我都嫌弃，就是瞎了眼也不会摸我，你说我到哪去跳，谁又让我去跳？”

“嗯，倒也是。”吴春花点点头。

“那我问你。”上了小石拱桥，刘晓明停下脚步，看着吴春花，“你当初离开村上是因为穷，想出去挣钱，可现在村上还是穷，你还去外边不？”

“那你还想我再去外边不？”

“当然不想啊，就怕你一去又不回来了。”

“那行，我就不去外边了。反正村上路通了，又有了石材厂。杨支书说了，今天的盆中村已不是昨天的盆中村，明天的盆中村还会有更多的路，更多的厂，肯定会比今天更好。这话我信，因为我信他这个人。”

“杨支书的话我也信，黄国新也信。”

雨停了，风歇了，寒意却浓了，天也黑下来了。走进地坪的刘晓明收了伞，说看样子是要下雪。吴春花说下雪好，很久没看到雪了。

第二天早上，当小强在地坪里欢呼“下雪了”时，吴春花醒来了，说很久很久没睡过这么踏实的觉了，真舒服。

晨光里，山岭上，田塅里，到处是银装素裹。

胡春晖和柳奎一早都发了朋友圈，赢得一大片的点赞，不少还问这是哪，他们说这里是美丽的盆中村。黄一欣跑过来跟他们策划，图文并茂地将这美景传到了网上，有的网友说立马动身自驾过来，赶赴一场与山与雪与美景的盛宴。

太阳一走出云层，雪地立马反射出耀眼的光芒，树上的雪团纷纷落下，屋檐水滴下来，拉成了线……

会议室中央摆着两个大火盆，盆里的炭火正呼呼地闪跳着火苗，与从窗外的阳光相互映衬着。有人说火在笑，有客人来呢。

郭滔正想点名要黄爱国先说，陈国兴举手站了起来，说：“我以往是不太关心村上，不太关心集体，没起到一个党员的作用，今后一定严格要求自己，为村上多做贡献。在这表个态，我修路的工钱不要了，权当做了义务工。”

“你是党员，又不缺钱，你当然可以不要。可上工地的人更多的不是党员，有的人手头又紧，还等着钱过年呢。”有人说。

“没错，是这样。”有人立马附和。

“要说上工地的日子，没谁比我多。”刘晓明站了起来，“我的工钱不急，村上哪天有了哪天给我，实在给不了我也没意见。”

“修路给你修回来了婆娘和崽，你当然开心了。要是我，不但工钱不要，还愿意出点钱，哪怕卖了房子都划算。”有人笑道。

“你……你莫笑！”刘晓明指着那人，“你婆娘也在外边打工，说不定她就不回来了，有你好日子过。”

那人哈哈一笑，说：“可惜她昨天晚上就到了家，不劳你操心了。”

刘晓明说："那她过了年还出去不？"

那人挠挠头，不说了。

"我上工地少，很惭愧，那工钱也就从来没想过，就只盼着环村路早点动工，早点修好，然后再修一条路，把田塅东西两边连通起来。"刘初菊看一眼郭滔和杨立业，"至于环村路怎么修，我想是不是可以先从东边开始，就以现有路的终点为起点，南北两个方向同时推进。"

"我看初菊这个想法很好。早点把路修好，安上路灯，晚上出来跳舞就方便了，安全了。"李长花指了指几个在笑的人，"笑什么笑，谁再笑，到时候别来跳。"

杨达成说："那个癫子似的，丑得死，你就是用轿子来抬，我还不去呢。"

"你一个大男人的，没谁稀罕你去！"李长花指了一下杨达成，朝在提着壶给人添茶水的黄一欣招了招手，"一欣，你说一说，跳舞好不好？"

黄一欣微笑着说："当然好，但有时又不一定好。"

李长花指着黄一欣，说："看你这说的什么话，还不如不说呢。"

在给火盆里添加炭火的胡春晖直起腰，说："这叫做辩证地看事物、看问题，就像我们修路一样，不修绝对不行，但如果修得太多，也不行。"

李长花扬着手，说："好，我不说了。你们一唱一和的，我说不过你们。"

黄一欣的手机响了，一接，是来村上看雪景的客人到了。她跟郭滔耳语一句，再朝杨立业一点头，拉着胡春晖和送水壶上来的柳奎就跑。

见要说的说了，不说的把话闷在了心里，胡明国便说："环村路春节后必须开工，可以向南北同时推进，甚至四面开花。说工钱不要了的无疑值得表扬，说要兑现的也没错。因此，工钱应该兑现，但可以根据情况和个人意愿区别对待。我还是那句话，修路是为自己，不是为别人。"

李长花碰了碰黄国庆的手，在埋头看书的黄国庆见杨立业看着他，便合上书，说他没别的要说，他这两天细算了一下，流转给他的田地的流转金可以在前次定的标准上再增加百分之五。听他这么一说，有人叫好，有人不屑。

村民代表大会一散，就开支委扩大会。经过一番商讨，决定环村路正月初六开工，南北同时推进，由杨立业负总责，杨达成和陈国兴各带一队，同时积极向上边争取项目，争取资金，所欠工钱先摸底，视情况在小年那天，也就是后天兑现。

一到家，杨立业就试探着给两个朋友打电话，看能不能借点钱，一个说在外边躲债，年都还不知道在哪过；一个说员工都在等着工资回家过年，还不知道钱在哪。没办法了，他只好给叶卉打电话。叶卉要他找杨一鸣，说她现在只是顾问，不管事。杨一鸣说他眼下是焦头烂额，该中标的项目没中，该收的钱收不回，该付的钱吵着要付，头都是大的，最缺的就是钱。又说他不想干了，也干不下去了，要杨立业快回公司接手，反正通镇上的路修好了，村上又来了第一书记，没他什么事了。他想细问，那头却挂了。

“立业，我看一鸣说得没错，你是应该回公司去了。这话我早就要跟你说，只是每次到了嘴边又想着干脆等过了年再说。”蹲在火盆边编着竹筛的杨书成放下篾条，拿下叼在嘴上的烟筒，在火盆上磕了磕烟锅，“你想啊，你原来在村上是支书，是一把手，现在好了，来了个第一书记，你虽然还是支书，却不是个头，在一人之下了，是不是？好，就不说这个，知道你也不在乎。好在那个郭书记，还有帮扶队那两个小伙子，个个都不错，一欣妹子也挺能干，比她爹不知强了多少，我看有了他们，你在不在村上都没关系了，是不是？再说，一鸣才多大啊，是还嫩了点，你们把公司交给他，也放心？你要清楚，村上是大家的，公司才是你自己的，是不是？”

“立业，你爹说的也不是没一点道理。”贺小英脚踏在火盆架上，钉着衣扣，“说起来公司还真是你的后盾、你的靠山，是得稳住才行。要是公司真出了什么状况，你在村上也不好弄的。”

如果说听了杨书成的话，杨立业的心底才只是荡起了涟漪，那再听贺小英这么一说，他的心中就掀起波浪了。

“你看，你妈都这么说了，你就别多想了，赶紧回公司去吧！”杨书成朝杨立业扬着手，“别去晚了。”

“别急，我再说几句。”贺小英放下针线，看着杨立业，“你的那个‘一一二’工程才完成了头个‘一’，后边的‘一’才准备开工，村上的规划才刚开始实施，你就想半途而废，当逃兵了？没错，村上是来了帮扶队，可人家毕竟只是来帮扶的，根本的还得靠自己，人家来帮扶的都安安心心在村上干着，你却急着要开溜，说得过去吗？那天李书记还说，村上和帮扶队的工作配合得非常好，你和郭书记也非常合拍，我说我都看出来了，就像是一副卦的两边。”

“还一副卦的两边，迷信。”杨书成朝贺小英一哼，“应该是一副磨的两半。”

“好，我迷信，你说得对，是一副磨的两边，行了吧。”贺小英横一眼杨书成，看着杨立业，“我只问你，对村上的情况你是不是比郭书记他们更熟悉，有些话你是不是比他们更好说，有些事你是不是比他们更好做？如果你一走，他们找谁去，这磨缺一半又怎么好推？我再问你，帮扶队会同意你走？乡亲们会答应你走？你一走，乡亲们的工钱找谁去要？我还问你，你一走，影响了村上的脱贫摘帽，耽误了乡亲们的脱贫致富，你能心安理得，你又担待得起？”

“我……我也没说要走。”杨立业红着脸，挠着头。

“我知道。”贺小英看着杨立业，“我是给你打预防针，别东想西想的。”

“那公司就不管了？”杨书成看着贺小英。

“谁说不管了？”贺小英指了指杨书成，“你呀，就知道织筛子。”

“好，我就知道织筛子。”杨书成往烟锅里装烟，“你说，我不说了。”

“公司当然要管，但去管的不是立业，是一鸣他自己。年关年关，就是一关，过了就好了。一鸣这孩子我知道，是个不服输的人，会有办法的。再说还有叶卉在那看着，没事，放心好了。”

“你妈说得在理，是得让一鸣多经事，经事多了，肩膀才硬得起来。”杨书成看一眼贺小英，看着杨立业，“那你就安安心心在村上，别东想西想了。你回村上已开了个好头，得接着好好干下去，不能虎头蛇尾、半途而废。我知道眼前最让你为难的是工钱兑现的事，问问你妈，看能不能挪出一点来。我表个态，我那点工钱先不急，就是不给也行。”

“哟，觉悟又高了啊！还要我挪点钱，工钱也不要了。”贺小英看着杨书成，“那要是工钱不给了，挪的钱也挪没了，你不心疼，不怪我？”

“我反正也不管钱，家里的钱你管着，随你去了。”杨书成嘿嘿一笑，“我没别的，也不知道什么觉悟不觉悟，只是想着为立业好，为村上好。”

没想到杨书成能这么说，还说得这么自然、这么真诚，杨立业真的感动了，心底涌起一股巨大的从没有过的暖流。杨书成拿起篾条，织起了竹筛。

贺小英刚要起身去看家里有多少钱，叶卉打电话来，说弄到了一点。喜出望外的杨立业说那好，先借着。叶卉说他这是老虫借猪，又说算是捐给村上了，但不留名。随后，杨一鸣打电话过来，要杨立业别担心，刚讨回来一笔钱，员工可以领工资回家过年了。

天黑时，杨世海笑呵呵地进了门，将一个纸包往桌上一拍，说包里的钱大部分是补交碾子铺租金的，小部分是他捐给村上的，知道杨立业正为工钱的事焦急，工钱又是为修路才欠上的，而没有路就不会有他的车，没有车他就赚不到钱。

路一通，杨世海就跑运输去了，将碾子铺交给他父亲来打理。他和黄国有合作，一个将物资从外边拉进村，一个用马车走机耕道去送，没机耕道的地方再用马来驮。村上的人都说这下好了，东西比原来便宜了，钱也经用了。

杨世海一走，杨立业就去了村部，将杨世海补交租金和捐款的事跟郭滔说了。郭滔说这是好事，可以张榜表扬。又说据他了解，枫树村和石窝村的碾子铺什么的都早卖给个人了，不如村上的也卖了，村上正是要用钱的时候。杨立业说是不是等环村路修好了再卖，那时应该可以卖一个更好的价钱。又说也不一定非要卖给个人，村上留着出租未尝不可，也是一份集体资产，一份集体经济。郭滔点点头，说还是他想得长远，真正为村上着想。又说这村部也太小太陈旧了，一些必要的设施和功能都没有，得去上边争取项目，翻修一下，或者新建一个。杨立业说枫树村争取到了村部改造的项目，已经在施工了。郭滔说那可以去看一看，取取经。

胡春晖跑过来，将手机往郭滔眼前一送，说快看看这是哪，又是谁。郭滔接过手机看了看，将手机递给杨立业，说盆中村真美，仙境一般；黄一欣真漂亮，仙女似的。胡春晖说那几个人天黑才走，为首的叫亮哥，是县融媒体中心的记者，也是一个摄影家，网上的图文都是他发的，他说下一场雪他们组团再来，还要住上一晚，好拍雪中夜景。杨立业说这回是怠慢人家了。胡春晖说他代郭滔和杨立业向他们问了好，黄一欣也邀请他们去家里吃饭，他们说自带了吃的，没空去家里吃饭。

让杨立业没想到的是，小年这天，他一早就到了村部，可等了一上午也只等到十几个人来领工钱，而且有两个还只领了一部分，说剩下的先留在村上。

见日头快到头顶了，杨立业说有的人家是缺钱的，也许是不好意思来，或许是出了什么情况，得上门去送才行。郭滔说这样好，他和杨立业来个分头行动。

看着桌上摆着的几沓钱，杨世乐直咽口水，说从没见过这么多钱，他多了不要，半沓就心满意足了。杨达成往他跟前一站，说这是别人修路的工钱，要是看着眼热当初就该多上工地，可他一天都没上过，连看钱的资格都没有。杨立业拉开杨达成，对杨世乐说，看着眼热是好事，往后村上有更多的路要修，有很多的事要做，只要不懒，挣钱的机会多的是。杨世乐瞪一眼杨达成，说杨立业这话才是人话，听着不刺耳。杨达成朝他一哼，说要想听着舒服，就别懒。杨世乐剜一眼杨达成，嘟哝着回了房。

胡春晖送来一摞表，说村上贫困户的初评名单出来了，有两个原来是贫困户的这次删了，也有四个原来不是的这次进来了。郭滔将表递给杨立业，说他更熟悉村上的情况，更有发言权。杨立业粗略地翻了翻，说应该是这样，得尽快走相应的流程，让大家来评议，确定了就张榜公示，然后上报审核。

黄秀姑坐在门槛上，望着田塅发呆，直到杨立业走到跟前叫她才反应过来。杨立业问她在打望什么。在一旁打陀螺的旺旺跑过来，说在等他爹回来。黄秀姑起身把杨立业和胡春晖让进屋，说今天都小年了，还不回来，也不知道他是怎么了。杨立业说会回来的，也许是想着多上两天班，多挣点钱，也许是还没买到车票，这些天买票不容易的。胡春晖将钱递到黄秀姑手上，请她数一数，签个名。她接过钱，又放下，说她没上过几回工地，想着都丑，开始还想去村上领，走到半路又回来了，觉得怪不好意思。杨立业将钱塞到她手上，说这是她的劳动所得，拿得心安理得。她眼里闪着泪光，说那好，她收下，往后村上的事只要她还能走动，就多去参加。

胡春晖刚进门，郭滔就回来了。柳奎说今天是他们来村上的第一个小年，晚上得好好喝一杯。他正说着，黄桂花上了楼，说请郭滔他们去家里过小年，方刚和宁丽他们都回来了，陪他们喝酒。黄桂花话还没说完，付秀珍风风火火进了门，一手拉着郭滔，一手拉着胡春晖，再朝柳奎一努嘴，说走走走，到她家过小年去。黄桂花忙一把抓着胡春晖的手，说别人她不管，但胡春晖得去她家。付秀珍问为什么。黄桂花说胡春晖他爹那时就住在她家。付秀珍说那他爹还在易美秀家住过，在刘初菊家也住过呢。黄桂花说那在她家住的时间最长，上次来也是住在她家。

郭滔想了想，说她们的盛情他们都领受了，非常感谢，反正他们晚上的酒菜也都备好，就哪也不去了。付秀珍和黄桂花都说不行，得去。杨世乐走过来，说郭滔他们是哪也不能去。付秀珍问为什么。杨世乐说本想着今年可以热热闹闹地跟着郭滔他们一起过小年的，如果他们走了，那他不是又一个人孤孤单单地过了。郭滔说对对对，是这样。杨世乐说他们去也行，但得把他带上。黄桂花马上说可以，无非是多添一双筷子，人多还热闹。付秀珍也说行，一起去。

杨世海跑上来，说他也是来接郭滔他们去家里过小年的，她们就别争了，谁家也不去，去他家。付秀珍眼一瞪，手一指，冲杨世海说去去去，没他的事。杨世海嘿嘿笑着退了出去，走到楼梯口又回来，说他看出来了，她们也都是诚心诚意，哪家不去都不好，又不好把帮扶队拆散开，就先去黄桂花家，然后去付秀珍家，一家早点吃，一家晚一点，两全其美。付秀珍说也行，黄桂花比她大，就先去黄桂花家。

天快黑了，黄国新见刘初菊并没有留他吃饭的意思，只好起身磨磨蹭蹭地往外走。此刻他是多么希望刘初菊能说一声别走，或给他一个眼神。他下午干活很卖力，刘初菊几次喊他歇息，他都说不累，几次鼓起勇气想说今天是小年，可不可以在这过，却始终没说出口，怕刘初菊不高兴。

杨世乐是郭滔和胡春晖连搀带架地弄回家的，一路上不停地说今天他高兴、开心，早死三年也值了。柳奎攀着胡春晖的肩膀，不住地说酒好喝，菜好吃。上了楼，杨世乐往地上一跪，抱着郭滔的腿就哭，说过几天他们就回去了，那过年他又是孤零零的一个人了。胡春晖给他哭得伤感不已，扶起他，说别担心，会有人跟他一起过年的。

柳奎睡得香。胡春晖却在床上"烙饼"，便试探着给胡志清打电话，说村上事情多，不回家过年了，想请他也来村上。等了一会儿才听到胡志清说不急，看看再说。

这时，小强将手机往床上一撂，敲开吴春花的门，说他明天天亮就回家去。刘晓明坐了起来，说这就是他的家，还回哪去。小强说他的家在城里。吴春花问他怎么了，他说网络又断了，信号不好。

第二天一早，小强真下山去了。

杨立业又有意说起土地流转的事，杨书成还是不接腔，只是把掉在桌上的一粒饭捡到嘴里。见黄国新站在门口，贺小英连忙朝他招手，说快上桌吃饭。黄国新说吃过了。杨立业问他有什么事。他说不想当贫困户，不申请了。杨书成一脸惊疑，说他上回还抢着当的，怎么一下不当了。他说那是过去的事，这次他开始就没填表，是后来杨达成和胡春晖一再劝他他才填的。杨书成问他为什么不想当贫困户了。他说贫困户说起来不好听，让人瞧不起。杨书成碗一放，说好，这话他爱听，佛争一炷香，人争一口气，就得这样。贺小英笑了笑，说黄国新现在是最怕有一个人瞧不起他。杨书成忙问是谁。贺小英手一扬，要杨书成自己想去。黄国新低着头，红着脸。杨书成想了想，一拍头，说他知道了。

"过去是贫困户也好，现在是贫困户也好，都没关系，也不丑。这贫困户可不是谁给的，是帮扶队和村上一起反复调查、核实才评出来的，体现的是党和政府对群众的关心和关怀。这次你又初评上了贫困户，说明你是符合贫困户的标准的。你怕自己是贫困户让人瞧不起，也是好事。”杨立业拉着黄国新的手，“古人说得好，知耻而后勇。往后你就更要通过自己的劳动挣更多的钱，干出个样子给人看一看，早点退出贫困户的行列。这样就不仅没谁瞧不起你，还会高看你。”

黄国新刚走没多久，杨书才就来了，将一瓶酒往桌上一放，说有事找杨立业。贺小英忙放下碗去倒水。杨书成却看都不看杨书才一眼，只是埋头吃饭，还侧过了身子。杨立业放下碗，问杨书才有什么事。杨书才瞟一眼杨书成，说他原来是贫困户，怎么这回就不是了。

“原来是原来，这回是这回。你原来是，现在不是了，要么说明你原来本来就不该是，但你是了，要么说明你这两年来收入增加了，应该退出贫困户的行列了，如果是后者的话，当然是好事，可喜可贺。如果是前者，那……”

“他当然是前者。”杨书成指着杨书才，“你自己说是不是？”

“上次我开始是没评上，就找了胡明国，又找了黄国庆，后来就评上了。”杨书才看一眼门口，“我带了一瓶酒去，但黄国庆死活不收。”

“看你说得多好听，还只是找了谁。”杨书成一哼，“你是在人家家里又吵又闹，寻死觅活的，人家拿你没法子。明明是你把酒拿走了，还说是人家不收。不瞒你说，从这事开始，我就看不起你了，再没正眼看过你。”

“我知道你看不起我，骂我不仅丢了自己的脸面，还丢了杨家人的脸面，可脸面又抵什么，哪有贫困户那么实在，那么实惠？”杨书才不以为然地看着杨书成，“我跟你说，你无非是有杨立业这么一个好儿子，能赚钱，又当官，你才有好房子住，有用不完的钱，面子又大，名声又好，大话也说得起，你……”

“你这话我就不爱听了。”贺小英笑嘻嘻地看着杨书才，“书才兄弟，你书成哥可不是靠立业给钱来吃饭来穿衣的，靠的是他自己手脚勤快。我只问你，你的田有他作得好？你除了作田还会织筛子箩筐？”

“我是没他作得好，也不会织筛子箩筐什么的，可我不懒，庄稼种得不比一般人差。”杨书才看着杨立业，“立业，我的事你怎么也得帮我说句话，反正那钱是国家的，也不占哪个的便宜，更不要你掏腰包，不拿白不拿，就帮我……”

“立业，你……你要敢帮他去说这事，那我……”杨书成捧着碗往桌上一蹾，蹾得饭菜都跳了出来。

杨书才给蹾得身子一抖，愣了好一会儿才冲杨书成说：“不帮就不帮，你何必发这么大的火，要吃人似的？”

“你还倒打一耙。”杨书成指着杨书才，“怪我了是不？”

“我哪敢怪你哦!”杨书才连连摆着手，“你比我大，又比我行，我天生就比你矮一截，只有你怪我的份儿。”

“你要怪，那你就更掉秤了。”杨书成听出了杨书才话里有话，一哼，“你别自己摔了跤还怪路不平，屙屎不出还怪茅屎屋。你就别再给自己丢脸了，也别再给杨家人丢脸了。人家黄国新够条件评贫困户，可他却不想当贫困户了。为什么？他觉得丑，不想让人看不起。你就还不如黄国新？你……”

“我……”杨书才低下了头。

“好了，书才叔，过去的就过去了，不说了。”杨立业看着杨书才，“但这回我不能说，也不好说，就是我去说也没用，不仅帮扶队不会买我的账，各种评议也会过不了，反而对你对我都不好。”

“好吧，你不帮忙就算了。”杨书才走到门口又回过身，从追过来的杨立业手上接过那瓶酒，嘟哝着头也不回地快步走了。

杨书成指了指杨书才，一声叹息，说：“他就这么个人，看样子是狗改不了吃屎了，到死都会就想着占便宜。”

贺小英看一眼杨书成，说：“那倒不见得，有个人过去是出了名的铁公鸡，现在可大方多了，原来不关心村上，就守着自家的几丘田，后来也上工地了。”

杨书成装着没听见，埋头吃饭，心里却在问自己：我小气吗？不关心村上吗？

# 第十一章
# 并驾齐驱

见胡志清大年三十的前一天到了村上，又直接去了黄桂花家，还住那了，付秀珍就想，看来请胡春晖他们来家里过年是不可能了，就在吃饭时跟黄国庆和黄一欣商量，是不是初二请他们来家里吃饭。黄国庆说初一崽，初二郎，初三初四外甥行，他们既不是郎，也不是外甥，就初四之后吧。付秀珍说现在都什么年代了，还守着老一套，要显得有诚意，就得早点请人家，初一是不合适，初二正好。她看着边吃饭边看书的黄一欣。黄一欣说随他们，她没意见，哪天都行。付秀珍说那就这么定了，初二。

让杨书成万万没想到的是，初一早上一开门就见黄国新拎着一对酒进了院子，笑呵呵地说拜年来了。看着打扮一新的黄国新，又惊又喜的杨书成还以为自己认错人了。

前几天下午临回家时，刘初菊给了黄国新一个包封，说里边是他的工钱，要过年了的，拿去买点什么。他将手往后一躲，说他修路的钱都没领，哪能要她的工钱。又说他有钱，他田里打的稻谷吃不完，卖了好几担，正好赶上路通了，卖了个好价钱。她抓着他的手，将包封塞到他手上，说不拿着，过了年就别来了。他只好拿着。她要他上街买身新衣服穿，过年得有个新样子。他一想，也是，就上街去了，给自己买了一身衣服，又给刘初菊买了一条围巾，还给杨书成买了这对酒。

打量着黄国新，贺小英连连说好，像个样子了。杨书成坐在椅子上，看着黄国新，说今天才初一，怎么一早就来了。黄国新说他知道，拜年是初一崽、初二郎，他早就没了爹、没了娘，而村上这么多人家，也就他们一家对他最好，他就把杨书成当爹，贺小英当娘了。他说着就要拜。杨书成连忙起身，扶住他，说拜不得的，他姓黄，不姓杨。见黄国新眼巴巴地看着自己，贺小英就说村上本来是一家，不管姓杨姓黄，但用不着拜，彼此心里有就行。在抹桌子的叶卉朝贺小英跷了跷大拇指，说她这话说得有水平。从楼上下来的杨立业向黄国新拱拱手，说他这样子好，新年新气象。

在杨书成家吃过中饭，黄国新拿了贺小英回给他的东西，到刘初菊家拜年去了。刘初菊一见黄国新，就笑他从头新到脚，像个新郎官。他嘻嘻笑着，说她脖子上的围巾好看，像个新娘子。刘初菊脸一红，说就给他煮甜酒鸡蛋。

初二刚吃过早饭，宁丽还在捡拾桌子，黄桂花就听到院子外边响起了鞭炮，说来客了，快叫方刚出门去迎接。方刚出门一看，是黄国庆和付秀珍拎着东西来了。

喝过鸡汤泡爆米花，又吃了碟子茶，付秀珍就朝黄国庆眨眼睛。黄国庆却装着没看见，只管跟胡志清说着当年的趣事。付秀珍只好拉着黄桂花的手，说他们来，既是给黄桂花拜年，也是请胡志清他们爷崽俩过去吃饭。黄桂花见付秀珍一脸真诚，黄国庆也来了，就朝胡志清点了点头。

黄一欣朝付秀珍又使眼色又打手势，要她别劝胡春晖喝酒了。付秀珍借去热酒的时机悄悄跟黄一欣说，试一下胡春晖的酒量，酒量就是胆量，酒品就是人品。

胡志清边喝酒边说着当年在村上的故事，越说兴致越高，越喝劲头越大，黄国庆招架不住了，只好让黄一欣她哥多陪他。付秀珍有意跟胡春晖碰了一碗又一碗，不住地说这酒不会醉。胡春晖却犯了难，不喝吧，不礼貌，再喝吧，又怕醉，就看着黄一欣。黄一欣笑而不言，意思是他自己看着办。

席散了，胡志清醉了，胡春晖也有了六七分酒意。黄一欣她哥悄悄对付秀珍说，胡志清为人豪爽，重情重义，胡春晖一表人才，喝酒既能尽兴，不失礼数，又能把控自己，不至于失态。这一来，付秀珍看胡春晖是越看越顺眼。

黄一欣她哥一家三口大年三十才从城里赶回来，初二吃过中饭就回城里去了。望着远去的车子，付秀珍心里酸酸的，心想这崽是白养了，眼里就只有岳母家，好在黄一欣回到了村上，只能靠她了。

吃晚饭时，付秀珍说等下一起去枫树村看龙灯。胡志清说他酒还没醒，走路还打飘，就不去了。黄国庆说那他在家陪胡志清。付秀珍就领着胡春晖和黄一欣一块去了。

一见付秀珍，田大志就让人给胡春晖和黄一欣每人一盏灯笼。胡春晖和黄一欣提着灯笼，汇入了浩浩荡荡的人流和灯流里。

在一个屋场边上，胡春晖一扭头，惊喜地看到杨立业及提着灯笼的叶卉和杨一鸣。见胡春晖和黄一欣走在一起，杨一鸣怅然若失。今天早上杨书成又夸黄一欣，要杨一鸣早点去黄国庆家拜年。杨一鸣去了，却远远地看到付秀珍领着胡志清和胡春晖进了院子，就在犹豫中改了道，去了杨书才家，让杨书才感动不已。

胡春晖将舞龙灯的小视频和图片发给了郭滔和柳奎。柳奎说那么壮观，那么漂亮，可惜没在现场，后悔没留在村上。黄一欣将小视频和图片发给了亮哥，亮哥又传到了网上，说他想明年来村上过春节。

黄一欣一脚踩空，一把抓住了胡春晖的手。胡春晖问她吓着了没有，她摇摇头。胡春晖要她猜他为什么留在村上过年，她笑而不言。

天快亮了，胡春晖他们意犹未尽地走在回家的路上。黄一欣说这龙灯可不只是娱乐，更是一种文化、一种传承、一种精神、一种力量。杨立业说没错，明年盆中村也要舞起来，还要胜过枫树村。

付秀珍低头小心翼翼地走在通往村上的挂壁路上，说要是这路也能通车就好了。杨立业说等修好了环村路就修。胡春晖说这路只怕不好修。杨立业说不好修也得修，这是连通枫树村的捷径，也是盆中村通向外边的一个重要出口。

初三这天，杨立业叫了陈小军和黄国庆一块去给胡明国拜年，半路上碰到了胡文化，就拉着他一块。

红光满面的胡明国放下小酒碗，如数家珍地说去年村上谁家的崽考上了大学，谁家的女在市里竞赛得了奖，谁家的崽期末在年级考了第一。杨立业说还有谁家的孩子见义勇为，救落水的小孩，受到学校和镇上表彰；谁家的孩子打工回来又接着上学。陈小军兴奋地一拍桌子，说看来教育基金的设立已初显成效。杨立业说他有一个想法，趁正月里孩子和家长大都在家。启用教育基金，开一个学生和家长都参加的表彰会，以激励孩子、教育家长。又说他跟郭滔通了气，郭滔说如果他还没来村上，帮扶队就让胡春晖参加。陈小军说干脆明天就开，后天他必须回公司。胡文化说这回他就不参加了，以后再说。

出人意料的是，表彰会刚要开始，郭滔和柳奎就春风满面地进了会场。郭滔说他们特意起了个早，从镇上过的高速公路春节前通了车，比原来快多了。武行长从村上回去后没几天就让人将车送了过来。叶卉也将公司的一台车给了杨立业，说便于他工作。

杨立业刚宣布得到奖励和资助的名单，会场就鼓掌的、叫好的、起哄的、骂娘的、夸赞羡慕的，冷嘲热讽的……都一齐来了，有的还牵着小孩骂骂咧咧地要走。

“大过年的，你们这样吵吵闹闹，想要干什么?!”胡明国站了起来，用长烟筒指了指几个人。

会场一时安静下来，牵着小孩走到门口的人站住了。

“乡亲们，对不起，前边是我们没说清楚。”郭滔站起来，朝大家压了压手，“今天我们开的这个会，其实既是一个表彰会，也是一个座谈会。大家有什么尽管说，我们就想听听大家的意见，集中大家的智慧，目的就是想让村上的孩子都能上学、想上学、爱上学，让孩子们能读书、多读书、读好书，能有更多的孩子获奖，能有更多的孩子考上大学，能让盆中村这个山窝窝里飞出更多的金凤凰，能有更多的孩子像黄一欣同志一样学成回到村上来，和大家一起建设盆中村，让盆中村的明天更美好。”

对郭滔能一早赶过来，杨立业已是有几分感动，而听郭滔这么一说，杨立业对他的机敏和应变能力更是由衷地敬佩了。

门口的人退了回去，站着的人坐下了。

“说实话吧，当初村上说要设立教育基金时，我还觉得无所谓，不当回事。后来一想，这无论是对村上还是对各家都是大好事，何况枫树村和石窝村都还没有呢，我们也有了他们没有的东西。刚才立业支书宣布了，有好几个孩子得了奖，这说明村上不是放空炮，我就更高兴了。”陈国兴拍了拍他儿子陈斌的肩膀，“他去年高考没考好，差几分，没拿到奖，没关系，不怪谁。他正在复读，争取今年得奖。”

陈国兴带头一说，大家跟着就说开了。

“没别的，就希望多设立一些奖项，多一些人得到鼓励。”有人说。

“对，单项的奖金少一点，奖励的项目可以多一些。”有人接着说。

“我看这样最好，就是把钱平分了，每人一份，谁也不占谁的便宜，谁也不吃亏。”杨书才边说边四下看着。

“对，说得也有点道理，我看行。”有人附和。

“亏你们好意思说得出口。郭书记都说清楚了，这钱是用来奖励和资助的，怎么能平分呢?”有人说。

“就是，这钱又不是大锅饭，也不是天上掉下来的，是人家个人捐的款，怎么用还得他们说了算。”有人接着说。

“你是你家小满没得到奖，你自己又没评上贫困户，心里不舒服，故意在这耍名堂，节外生枝吧?”有人笑杨书才。

“你……”涨红了脸的杨书才朝那人一哼，“我家小满是没得到奖，但也不像有的人的崽三年级留了级，五年级又要留级，留来留去的，可别把学校坐倒了，坐倒了得赔的。贫困户我是没评上，但我不想要了，怕丑。”

“我崽是不会读书，得不到奖金，但我不怪他，他就是把学校坐倒了，我也愿意。”那人摸了摸儿子的头，朝杨书才一笑，“不过，再怎么的，我也不像有的人，自家得不到奖还要忌妒，巴不得人家也得不到。我还不像有的人，争着吵着要当贫困户，评不上还说是自己不想要了，吃不到葡萄说葡萄酸。我……”

“你……”杨书才指了一下那人，一甩手，牵着小满气冲冲地就走，被胡明国烟筒一横，挡在了门口，只好悻悻地在后边坐下了。

“说起来吧，这会我本来不该来参加，也不需要来参加，因为我家现在既没上小学的，也没上中学的，但我还是来了，因为我想来看看，看我猜对没有。”回到原位的胡明国扫了一圈会场，“结果我猜对了，果然大多数的人都有一种好的心态和姿态，说得比较实在，比较客观，也表达了感恩之心、感激之情，但我又猜错了，没想到个别人会说得那么偏执、那么难听，我听着都不好意思，脸都不知道往哪放了。”

“那我先说两句。”杨立业见郭滔看着自己，便站了起来，“在村上设立教育基金是小军最早提出来的，初衷是想着村上贫穷，而贫穷的根源之一是不少的孩子读不起书，或不想读书。由于缺知识、少文化，村上的人到外边去打工都找不到好工作，挣不到什么钱，就想怎么鼓励村上的孩子想读书、多读书。当时我们也有些顾虑，钱从哪里来、奖励谁、资助谁、怎么奖励、怎么资助，等等，担心没弄好，会闹出意见，产生矛盾。因此，我们也犹豫过，甚至想放弃，将筹集到的钱放到修路上去，但反复权衡之后，还是设立了这个基金。因为我们觉得修路固然重要，但教育同样重要，而且相信就是我们有什么考虑不周全、做得不到位的地方，大家也会理解我们、宽容我们、支持我们。”

“刚才大家说了很多，提了不少很好的意见和建议，个别老乡虽然情绪有点激动，言词有点激烈，但我相信是善意的，一样有利于我们改进工作、完善方案，我们一样表示感谢！这回奖励和资助的名单及金额就不变了，请大家理解和支持。刚才大家提到的扩大奖励范围、增加奖励项目，等等，我们就放在明年的表彰会上了。大家看这样好不好，行不行?”郭滔微笑着看着台下。

台下一片叫好，说行。闷坐的杨书才见郭滔看着他了，只好说大家说好就好，说行就行，他没意见，反正小满也得不到奖。没想到小满甩开他牵着的手，往凳子上一站，说他就要得奖，说来一片喝彩，说得杨书才是又羞愧又高兴。

一看吴月英勾着头，哭丧着脸，怯生生地进了门，坐在桌前喝水的杨书才火气一下蹿上来，举起手上的杯子就往她脚前一摔，大骂败家子、扫帚星。她捡拾着地上碎裂的瓷片，说不能全怪她，是他同意了的。他提起一把旧竹椅就往门口狠狠地砸去，砸得竹椅四分五裂。一块竹片飞向走过来的郭滔，他连忙一闪，躲过了竹片。

郭滔是来给杨书才家拜年的。上午大家一走，他就跟胡春晖和柳奎说，今天下午和明天，他们得分头去给村上各家各户拜年，这既是一个礼数，也是一个跟乡亲们交流和沟通的好时机，后天环村路一开工，上门的时间就少了。

见郭滔进了门，刚抓着吴月英的头发挥拳要打的杨书才只好松了手，嘴上却还是骂着败家子、扫帚星。吴月英像见了救星似的，躲到郭滔的身后。

“是这样。我娘家有个侄子，在镇上开公司。去年三月，他娘满七十，我去喝寿酒，看到有个亲戚将一大把的钱给了他。那亲戚说是将钱放他手上，按两分给收息，每个月一次，已有半年多了，从没拖欠过。”吴月英指了一下杨书才，“我回来跟他说起这事，他眼睛都绿了，把家里的钱都凑在一起，要我快点送过去，早一天就早收一天的息。那天我出了门还跑回来，说是不是先只放一半看看。他说看什么看，别人都在放，怕什么，要害也不会害自己的亲戚。前几个月还真按时收了息，到上个月的上个月就没有了，我跑去问侄子要钱，他说公司上了一个新项目，要垫不少的钱，一时安排不过来，得缓一缓，但年前一定给。腊月二十八那天，我又去找他，想拿了钱顺便买些年货回家，他却不跟我见面，只是赌咒发誓说正月里来给我拜年时保证给我。可初二我打他电话，想问他哪天来，他却关机了。今天一早我去了镇上，到他家一看，只见门上给人泼了油漆，还写了不少的字。邻居说他一家就没在这过年，只怕是跑路了，钱打水漂了。我一急，昏倒了，还是那邻居把我掐醒。一醒来我就跑去问他娘，他娘却说不知道他去了哪，还埋怨我不该借钱给他，害了他。郭书记，你说我冤不冤？我是冤死了啊！”她说着就捶胸顿足地哭起来，又往地上一坐，拍胸打腿的，不时瞟一眼气呼呼的杨书才。

“你这个败家子、扫帚星，在这喊冤有屁用，快去把钱给我讨回来！”杨书才指着吴月英，咬牙切齿地说，“你要没把钱讨回来，你也别回来了！”

“你以为我想回来啊？”吴月英横一眼杨书才，甩了一把涕泪，“我告诉你，在回来的路上，我差点就跳河里去了。”

“那可跳不得的，跳了就什么都没了。”郭滔扶吴月英在凳子上坐下，“钱是人挣的，只要人在，那……”

“郭书记，我可不瞒你说，那钱就是我的命。”杨书才拍打了几下自己的胸脯，“要是真讨不回来，我就炸了她侄子一家。”

“书才叔，你先别急，他也许只是躲一躲，或许只是暂时碰到了困难，说不定哪天他就把钱给你送过来了。”郭滔扶着杨书才坐下，“你现在急也没用，急出个什么事来，吃亏的还是你自己。过两天我和杨支书去镇上给你问一问，找找他。”

“你不知道的，我那点钱可来得不容易。”杨书才可怜巴巴地看着郭滔，“村上的人都嫌我小气，爱占便宜。你以为我想这样？不想。你以为我不知道这丢脸？知道。可我为什么还要这样？就想多积攒几个钱，好给崽买房子，好给小满上学。”

“郭书记，那点钱，也是我去镇上赶场，卖几个鸡蛋，卖一篮梨子，一分一厘积攒下来的。原来去镇上路不通，去一趟来回要大半天，脚都磨破，不容易的。你都不知道吧？”吴月英涕泪涟涟地看着郭滔。

“我知道，在村上挣个钱确实不容易。好在去镇上的路通了，村上还有了石材厂，随着国家扶贫力度的加大和投入的增多，还有种植和养殖合作社的成立，以及新公司的创办，大家挣钱的机会和路子会越来越多。”

“会吗？”杨书才和吴月英异口同声地问。

“当然会啊！”郭滔比画着，“我不说别的，也不说远的。只那石材厂，生意可好了，供不应求，到大年三十前两天才放假，初六又要开工。王厂长说他手上的订单已有一大把了，上半年交给村上的钱比原来预想的要多得多，而这钱除了村上留下一小部分，大部分将分给各家各户。”

“那就好，那就好。”吴月英合着双手，连连说道。

“好是好，但得到了手上才算得数。”杨书才长长叹息一声，“可惜在手上的钱都打水漂了，一想着那血汗钱心里就刀割一样。”他捂着胸口。

“书才叔，这事你得这么想。”郭滔在杨书才跟前坐下，“这钱是三月给的，你按两分收了十个月的利息，那是不是相当于本金已收回了一部分？”

“利息要不是我硬要拿出来，他还想利滚利呢。”吴月英瞥一眼杨书才，“都是你太贪，要不就不会这样，也……”

“你……”杨书才扬起了手。

“书才叔，可不能这样。”郭滔按下杨书才的手，“还是老支书那句话说得好，你想贪人家的高息，人家就要了你的老本。没错，谁都想钱挣得多，又来得快。社会上有的公司和个人，就是利用了人的贪念和侥幸心理，高息引诱集资、投资，结果常常是鸡飞蛋打，血本无归。社会的平均利润就那么百分之几，少数高利润的行业和企业也不会将两分或是三分的利息支付给你，因为资本和老板都是逐利的。在高额回报的背后，潜藏的风险也大，当你想要高额回报时，你就要有承担巨大风险的能力，包括心理上和经济上的，否则你就远离。”

吴月英追上出了院子的郭滔，指了一下站在门口的杨书才，要郭滔别说出去，杨书才要脸，怕别人笑他。郭滔应承着，心里却不是滋味。

这时，田秀英小心翼翼地搬开床头堆着的箱子等杂物，将手伸向靠墙的角落摸了摸，闻了闻，抬头看了一眼楼顶，将手往下探，掏出一个湿漉漉的小印花布包。

在外边屋里剁红薯准备煮猪食的吴春花听到“嘭咚”一声响，慌忙跑进里屋，只见田秀英躺在地上，印花布包和钱散落在地。她赶紧掐田秀英的人中，喊在屋檐下劈柴的刘晓明快来，一起把田秀英扶进火桶。

走到门口的胡春晖听到哭声，不由得一惊，连忙跑了进来。一见胡春晖，田秀英就将头往火桶上撞，哭着说这怎么得了，只能死了算了。胡春晖问怎么了，刘晓明指了指摆在桌上的印花小布包。

小布包里钱的面值有一百和伍拾的，也有贰拾和拾元的，又有伍元和贰元的，还有角分的，大多已霉变，有的还碎了。

“这点钱是我几十年积攒下来的，放在枕头下怕人偷，埋在地里又怕烂，收在箱子里又怕老鼠咬。这几年我就藏在床头墙角的破坛子里，心想老鼠咬不到，贼不会偷到那里去，哪想到屋上的瓦裂了缝，漏水下来，正好落在坛子里。”老泪纵横的田秀英拉着胡春晖的手，“原本我是想，有一天自己下不了地了，就吃这点老本，吃完这点老本，就买包老鼠药，一了百了。去年镇上的干部来慰问，给了我四百块钱，只用了伍拾，其他的都添在里边。今天去看，是想着明天是春花的生日。这是她回来后的第一个生日，我高兴。想取两百出来，给她去街上买件新衣服穿，哪想到会成了这个样子。”

吴春花搂着田秀英，泪水扑簌扑簌地往下淌。

胡春晖整理着那些钱，说钱放在家里是不安全，除了要防盗、防水、防火，还得防霉变、防虫蛀、防老鼠咬，等等，最好是存到银行去，存银行除了安全，还有利息，又支援了国家建设，一举多得。

“不瞒你说，我还是在外边打工的时候去过几回银行。回到村上后就只去过镇上的信用社，但也只在门口看几眼，哪有多余的钱去存？”刘晓明看着胡春晖，“也不怕你笑话，我娘就没怎么出过村，更不知道银行是个什么样子。当然，这也不只我娘一个。”

田秀英一抹泪，说：“黄秀姑就跟我一样，比我还造孽。”

“你们要相信，随着村上交通的通畅，还有收入的增加，去银行的机会一定会越来越多，而且不只是存款，还可以理财、贷款，等等。这钱大部分已霉变，甚至破损，是不能直接用的。”胡春晖见田秀英满眼期待地看着自己，斟酌着说，“不能直接用的我可以尽快让夏行长取了去，能修复好的修复好，能兑换的兑换掉，尽量让您减少损失。”

这时，柳奎说着“新年好”跨进了杨世海家。正在桌上清点钱的杨世海忙起身让座，喊田小珍快烧甜酒，快摆瓜子糖果。柳奎拿起桌上一张伍拾的新钞看了看，摸了摸，问哪来的。杨世海说是昨天方刚给的运费里边的，昨天给他家从枫树村拉了半车红砖过来，绕了一个大圈，要是通枫树村的路打通了，会少走一大半的路。柳奎拿了那张伍拾的票子，拉着杨世海，说去方刚家。

方刚正将砂浆桶递给砌匠师傅，见杨世海朝他招手就跑过来。胡志清在那满头大汗地搬着砖，见胡春晖来了，搬得更来劲了。

胡春晖将那张票子给方刚看了看，问是不是他的，一共有多少，用在哪了，手上还有多少，钱哪来的。方刚愣了愣，说是他的，一共兑换了十张，给小孩发红包用了六张，给了杨世海一张，手上还有三张，是回村上前一天下午在厂子门口的银行兑换的，当时是想着亲戚的小孩来拜年发红包，给两张伍拾的比给一张一百的好，可银行没伍拾的了，要他明天去，正好门口有一个人说可以分一点给他，就兑了这十张。

柳奎说这票子到了几乎可以以假乱真的地步，但仔细看，在纸张、油墨上还是有细微的差别，要方刚尽快去把用了的换回来，连同手上的三张一块给他，到时候让夏行长给他出具假钞没收的收据。杨世海笑方刚这下好了，白辛苦几天。

柳奎说可不只是白辛苦的事，仿造货币是犯罪行为，出售、购买、运输假币也是犯罪行为，如果明知是仿造的货币而持有、使用且数额较大的也是犯罪行为。方刚一听急了。柳奎笑了笑，说他这不是购买，是兑换，也不是明知，是不知，不算犯罪，但今后得注意了，多掌握一些识别假币的方法和技巧，提高辨识假币的能力。

黄昏里，村部升起了袅袅炊烟，那是胡春晖在烧火做饭了。等郭滔和柳奎回来，饭菜正好上桌。

分享了各自下午的所见所闻所思所想，郭滔说村上有的人没去过银行，不知道银行是什么，不少的人在银行没有存款，更不知道银行众多的产品和服务，这都与村上的闭塞和贫穷分不开，让村上尽快脱贫致富就显得尤为必要和迫切。胡春晖说是啊，本来乡亲们的收入就少，又不知道，也没条件，怎么去用钱生钱，让钱保值增值，一点可怜的钱不知不觉在手上贬值了，甚至损毁了，真是让人心酸心痛，由此可见金融下乡、金融扶贫之必要和重要、之需要和迫切。柳奎说应该在村上做一些金融法规的宣讲，和一些金融知识的普及，适当的时候还可以组织大家去银行做客。郭滔说柳奎的建议很好，正好夏行长这两天要来村上，就让他们做一个专场，重点给乡亲们讲怎么识别假钞，怎么防范集资、投资之类的受骗上当。

看着迎风飘扬的旗帜，看着热火朝天的场面，回想起一年多前修路开工时冷清清的情景，杨立业感慨万千，又感动不已，心想只要自己是为集体、为大家，总会得到越来越多的理解、越来越多的支持。

为了今天的开工，杨达成和陈国兴都铆了一股劲，前两天就趁拜年分别挨家挨户地上门动员，又都制作了队旗。杨达成的队旗上画着一条龙，叫龙队；陈国兴的队旗上绣了一只虎，称虎队。

龙队这边，黄爱国在砌挡土墙，胡春晖和刘晓明在一起抬石头，田秀英在往吴春花挑的箢箕里铲土，杨书才在前用力拖着板车，杨书成和小满在后边咬牙推着，易美秀提着锄头过来搭了一把手，让板车出了坑，付秀珍和吴翠莲在争先恐后地挖着。见夏时香想过来挖，付秀珍说她腿脚不方便，在一边看着就行了。夏时香有点不高兴了，嘀咕着往虎队走去。

虎队那边，柳奎和方刚穿着长筒靴站在路边的水田里，一起接着胡志清和黄国新递下来的石头，宁丽和刘初菊在小跑着挑土，陈斌挖几锄便从衣兜里掏出一个小本子看两眼，边挖边默读着，在平整地面的黄桂花和黄秀姑见夏时香过来了，都热情地跟她打招呼。夏时香回头朝付秀珍一哼，心想：你还嫌我，我还不想在你那干呢。

杨世海跳下车，指了指车斗，对杨立业说他没时间来工地，车上那几包水泥就送给村上修路了。黄国有将马车往路边一停，指着车上，对郭滔说那是石材厂的废弃石料，修路应该用得着。郭滔兴奋地对杨立业说是啊，这样既能废物利用，又省了去开采石头，两全其美。杨立业说只是从那边运过来远了点，不合算。黄国有说其实也就中间有一段路板车过不了，如果把那段卡脖子路修好了，不要从石窝村绕道，就近多了。杨立业跟郭滔交换了一个眼神，说虎队明天就转移阵地，先修那一段。

龙队听到虎队那边喊起了加油的号子，杨达成跟人一使眼色，一只小鼓就从路边的草丛里捧了出来，接着就有了节奏明快的鼓声。

黄一欣在跑来跑去地拍照。

杨立业说真是好一场“龙虎争霸”。

胡明国说这让他回想起了二十世纪六七十年代村上那战天斗地的场景，想起了前些日子看到电视剧里的修红旗渠。郭滔说那种精神到什么时候都还需要。

蹲在田埂上的黄国庆站起来，望了望工地又蹲下。下边这丘田是杨书成的，他想流转过来，将上下连成一片，可杨书成死活不同意流转，要自己耕种。

听到鼓声和歌声，杨世乐下了床，又下了楼，往工地上去了。

见杨世乐过来，黄国新拿了一把锄头给他，他手一背就往后退。黄国新将锄头往地上一蹾，问他干什么来了。他嘿嘿一笑，说来看热闹。黄国新捡了土块就往他身上砸，边砸边说滚一边去。他忙用手挡住头，边跑边说滚就滚，凶什么凶。但跑了几步就停下来，远远地看着。

号子没喊了，鼓没打了，工地上仍是一派忙碌的景象。

刘初菊看了看偏西的太阳，跟宁丽说她听到猪在叫，得回去了。宁丽和方刚已商量好，方刚还去深圳打工，宁丽留下来跟刘初菊搞养殖，也好照顾黄桂花。

靠着板车歇气的杨书成扯了一下杨书才的衣袖，指了指前边那丘田，说过几天路就要加宽到那里了，这是好机会，干脆不准过，敲村上一杠子。杨书才皱了皱眉头，说也是啊，不敲白不敲。杨书成腰一挺，盯着杨书才，说怎么还是那么不要脸。杨书才说他早就没脸了。杨书成脸一板，说可不能再破罐子破摔，人家黄国新都变了个人了。杨书才屁股一抬，往板车上一坐，哈哈大笑。杨书成问他笑什么。他说没什么，逗他的。杨书成疑惑地打量着杨书才。杨书才抹了抹笑出来的眼泪，说他已经想开了，那么多都去了，也不在乎那一点点田边边了。杨书成问他什么那么多都去了。他连忙摇头，说没什么。又说这路修好了，挣钱的路子也多了。说着拖起了板车。杨书成暗自一笑，心想：你还瞒着我呢，早知道你给人骗了。又一想，也好，给骗醒了。

杨立业在路边田里挖了几锄，抓了一块深处的泥巴捏了捏，又在路边的土坎上刨了刨，用脚碾了碾土块，说田里的泥好烧瓦，山边的土好烧砖，随着环村路的修成和村民收入的增加，翻修或新建房子的人家会越来越多，村上可以建一个砖瓦厂，这事他早就在想了。郭滔望了望田塅四周，说这点子好，不仅可以降低村民建房的成本，也能增加村民的收入，还能壮大集体经济。杨立业说黄显贵早年跟人学过瓦匠，可以让他来当师傅。杨书才跑过来，说他跟人烧过炭窑，还记得怎么烧。杨立业说那好，他也来当师傅。杨书才朝杨书成得意地一笑，仿佛得了什么奖赏似的。

付秀珍放下碗，说手又酸又疼的，碗都有点端不稳了。黄国庆说谁要她那么卖力，路又不是一天能修好。黄一欣将手机往付秀珍跟前摆，说亮哥还真是给力，这么快就传网上了，要付秀珍快看，其中有她和吴翠莲打擂台似的样子。付秀珍乐呵呵地看着视频，手也不酸不疼了。黄一欣看着黄国庆，说可惜在这历史性的日子，视频里没有他。黄国庆说工地上不差他一个，他有他的事。黄一欣说明白、理解，又说她和胡春晖他们开的网店过些天就能开张，村上的东西可以在网上直销了。

这时，贺小英沿着田埂过来，说就知道杨书成在这里，天要黑了，鸡鸭都进笼了，快回家去。坐在田埂边的杨书成仿佛没听见，既没起身，也没应答。贺小英牵着他的手，说回家吃饭去。他要她先走，他再坐一会儿。贺小英说他要不走，那她陪他坐。他看看她，往一旁挪了挪，空出半边地来。

刚才在夕阳里，杨书成随着大伙离开了工地，半路改道来了这里，绕着这丘田在田埂上转了好几圈才坐下来。

“你呀，我看就是一个木脑袋、死脑筋。”贺小英在杨书成头上点了一下，“人家国庆都上门两次了，你还横竖不松口，人家说了流转也行，兑换也行，你就死活不答应。你把这丘田让出来，那这些田连成片，人家就更好用了。说起来，人家也是为村上好，为大家好。再说了，国庆搞种植也好，土地流转也好，都是立业的主意。你这样子，不只是为难国庆，也是为难立业，不只是为难村上，也是为难大家。你想成为过街老鼠，让大家指指戳戳？你……"

"我知道。"杨立业看一眼贺小英，"可这丘田我作了快三十年，就像是我的崽。你说谁愿意把自己的崽跟人家去换，或是给人家？"

"你把这丘田看作是自己的崽，我当然知道。可你把这崽兑换也好，流转也好，崽还是你的崽，只是给人家去带一段日子。"

"可人家带哪有我带得好？给了人家，准给我带得黄皮刮瘦。"

"那不会，国庆也是个把田当崽看的人，不会比你差。"

"可我听说这田要是国庆拿了去，会把中间的田埂挖掉，几丘田变成一丘，那会混在一起，分不清了。"

"这几丘田原本就是一丘，是分田到户时分成这样的。"

"不对，这原本是小丘，是搞田园化时变成了大丘。"

"立业说了，国庆把小丘变大丘，既可以提高田地的利用率，也便于机械化耕种，往后犁田耙田也好，莳田打禾也好，全是机械化了。"

"可我还听说流转给国庆的田地，到时候不一定是种稻子栽洋芋。那可不行，这田都种了几百年，祖祖辈辈都是种的稻子，不能改，不能变。"

"我看既然把田流转给了人家，那种什么就随人家了，你只管收钱就是。就像你把崽给人家带，崽吃什么穿什么，当然就由人家来安排了。"

"可这不一样。田不种稻子，就不是田了。"

"不是田就是土，一样种庄稼。那天听立业和一欣说，往后村上的田地将分成片，适合种什么就种什么，还说种什么得随市场走，哪样赚钱就种哪样。"

一束光在田埂上快速移过来。贺小英说来的准是黄国庆。杨书成没吭声，装了一锅烟抽着。黄国庆一见面就说他是请杨书成做他的师傅，当合作社的顾问来了。贺小英碰了碰杨书成的手臂，说这下好了，又是师傅，又是顾问的，多好。杨书成还是没吭声，只是起身看了一眼黄国庆，往回走。黄国庆赶紧跟上去，给杨书成照着路。

一个小时前，黄国庆见胡明国从工地上下来了，便过去请教他，怎么才能让杨书成同意流转那丘田。胡明国说人都爱听奉承话，都愿意受到尊重。黄国庆一琢磨，想到了请杨书成做师傅，当顾问。

其实，刚才黄国庆走近时，杨书成突然想到了下午在工地上跟杨书才说到的田边边的情景，心底倏地有了一种羞愧感，也就默默地走了。

郭滔一眼看到杨立业的车从前门到后门有一道显眼的印痕。杨立业心里也纳闷，却说应该是他开车没注意在哪蹭的。

望了望工地，郭滔边上车边说他注意到了，这几天工地上的人越来越少，看来这环村路的毛路年底通车怕是乐观了。杨立业指了一下往垭口的路，说那倒不一定，上回修这路时他还想三年能修好就是奇迹，结果才一年就通了车。又说其实上工地的人少了也正常，因为有的人去外边打工了，有的人家里确实有活要干，有的人想着没工资领，没兴趣，不来了，不过，虽然现在工地上的人少了，但比上回还是要多得多。郭滔点点头，说今天才去镇上和县里拜年，是不是迟了点，只怕有什么好处也早给别人拿走了。

“也不迟，离元宵节还有三四天呢。”杨立业打了一把方向盘，“初二我就给郑时兴打了电话，说哪天去他家拜年。他说不用，节后上班了去他办公室。昨天晚上我又给他打电话，说我们今天过去。他说行，只是一天都是会。我说那就中午一起吃个便饭。他说他请我们去食堂吃。”

“去哪吃，跟谁吃，怎么吃，吃什么，等等，都是有讲究的。”郭滔笑了笑，“看来我们跟郑主任还是隔着点，往后得多走动才行。”

“郑主任比较注意，很少在外边吃饭。”杨立业看一眼上边保留着的石板路，“总说现在有规定，不宜外出吃饭，外边地沟油多，不卫生。”

“倒也是，有了规定，少了不少应酬，肠胃都好些了。”郭滔摸着肚子，“只是不知怎么的，这段时间又有点不舒服了。”

“应该是到村上以来，吃饭没个准点，又饱一餐饿一餐的，工作还那么繁重，往后还是注意一点。要不你们都去我家吃住，反正我家人少，也有地方。”

“不了，就在村部。我们那还有杨世乐呢。哦，有时间我们还得去看一下制砖机。显贵叔热情很高，就盼着砖瓦厂早点开工。”

“机子有钱就买，没钱就先人工干起来。小时候家里做土砖砌猪栏什么的，我还踩过泥巴，抱过泥团，端过砖块的。”

车子翻过垭口，一溜烟往镇上去了。

就在这时，刘晓明出了门槛。在地坪里给鸡撒着稻谷的田秀英望一眼东边的朝霞，问他是不是上工地。他说不是，屋后还有两块地，荒了好几年，得翻一下，到时候种点什么。田秀英说好，知道地不能荒着了。又问他有几天没上工地上了。他说也没几天，就昨天和前天。田秀英皱了皱眉头，说他还是上工地去为好。他边往屋后走边说明天再去。田秀英往他跟前一挡，说不行，今天就去，这地慢点翻没事，路可是耽搁不得的，可别让人家说那时春花没回来几乎天天上工地，如今春花回来了，连着几天工地上见不到人影。吴春花扎着头发跨出门槛，说田秀英说得在理，他要今天不上工地，说不定回来一看，她就不在家里了。刘晓明急忙问她要去哪。她故意一本正经地说去深圳。刘晓明眨了眨眼睛，放下锄头，说他先上屋后挖一会儿，吃了早饭就上工地。吴春花说走，跟他一起去屋后，吃了早饭他上工地，她去刘初菊那里帮着砌猪栏。

刘初菊看了看头顶的太阳，叫黄国新和另两个人下来喝碗水，歇一会儿。那两个人放下砌刀，从简易脚手架上跳下来。黄国新却只是弯下腰，接过刘初菊递上来的水，几口喝了，将碗递下，接过吴春花托上来的一桶砂浆。

走了几步的刘初菊回过来，要黄国新明天还是上工地去。黄国新边码砖边说等砌完猪栏再去。刘初菊说这猪栏还得砌几天，他昨天也没去工地。黄国新说没事，她请人也得请，他干一天就省一天的工钱。她说可工地上少了他就少了一份力量。他眨了眨眼睛，说他可没那么重要，去不去没人注意的。刘初菊边说那可不是，边跟吴春花使着眼色。吴春花说那是的，他一上工地，有的人就会跟着去了。黄国新挠了挠头，说那他明天就去。刘初菊说不，现在就去。黄国新稍一犹豫，说那好，听她的。

黄国新一出门，吴春花就笑刘初菊，说她的话在黄国新面前真是圣旨一样。刘初菊说刘晓明还不一样听她的话。这话一出口，刘初菊的脸就热了，见吴春花捂着嘴笑，脸就更红了，连忙转换话题，说起了养殖的事。

刘初菊说等新猪栏砌好了，再买十头猪崽回来，同时养两头母猪，下的猪崽都自己养着，到下半年存栏猪争取达到五十头。她指着猪栏后边的山嘴，说她还有一个想法，就是把那边用铁丝网围起来养鸡，鸡吃地里的草和虫子什么的，吃了满山跑，晚上还能睡在树丫上，那鸡肯定好吃，能卖个好价。

吴春花说蛤蟆滩那一片水域一直闲着，她昨天又去仔细看了，在外边靠河的地方可以圈起来养鸭，里边砌成塘养鱼。刘初菊点点头，说那里场地开阔，又是公家的，不需要流转，还闲置，租下来不要花多少钱。吴春花说可惜她们都没养过鱼，心里没底。刘初菊说没养过鱼没关系，当初她也没怎么养猪，还不是摸索着过来了。吴春花说还可以跟黄国庆一样，流转一些土地过来，种上红薯、洋芋、萝卜、白菜什么的，那么多的猪可要东西吃了。刘初菊摇摇头，说红薯、洋芋什么的自己种不如买，村上多着呢。吴春花稍一想，说那是，自己种会忙不过来，再说也给乡亲们的红薯洋芋找了一条变钱的路。

“郭书记和杨支书都说了，下个月村上就成立种植合作社和养殖合作社，养殖合作社的牌子就挂这。”刘初菊指了指门柱，“到时候不仅我们养猪，乡亲们也养猪。我们把乡亲们养的猪收购过来，再卖出去，有钱大家一起赚，但亏了就是我们的。一句话，不能让乡亲们吃亏。这是杨支书早就跟我说过又一再说的。你怕不怕吃亏？”

“你不怕我就不怕。只是在外边这么多年没赚到钱，真是冤。”

“别这么说，你也别为钱担心。我们先把手上的钱拿出来，有多少钱办多少事。”刘初菊一拍额头，“上次杨世海买车，郭书记他们就帮了忙，牵线在银行贷了款，要不我们也去试试看？”

“能成不？”吴春花皱着眉头，充满期待。

山坡下的一块大石头上摊开着一张图纸，图上一片黄、一片红、一片蓝、一片绿，五颜六色，还标明了这片种什么，那片种什么。

黄国庆手一甩，气呼呼地走了。黄一欣连忙追上去，拉着黄国庆的手，要他别走，再商量商量。

刚才黄国庆坚持有一片田要先种洋芋后种水稻，理由是挖洋芋的时候正值端午节前，洋芋可以卖给养殖合作社，养殖合作社正好利用洋芋将猪催肥，赶上端午节出栏，卖个好价钱。黄一欣则认为先种油菜后种水稻更好，因为单位面积的油菜比洋芋的收入要多，利润要高，而利润一多，村上的提留和分配给村民的钱也就水涨船高。可黄国庆说，种洋芋的收入是比种油菜要少，但养殖合作社买了这边的洋芋会降低成本，利润更高，而养殖那边的利润一样会交给村上，分给大家，何况养殖那边还将给种植这边无偿提供有机肥料，让种植这边增产提质。郭书记也一再说过，种植和养殖两边既要竞争、加快发展，更要相互支持、相互配合，一同成长壮大。黄一欣点点头，又一笑，说她明白了。

黄一欣这一笑，一下触动了黄国庆那根敏感的神经，也拨动了黄国庆心底的那根琴弦，以为她是在笑自己跟刘初菊之间的事，在笑他还关心着、关照着刘初菊，又担心她在付秀珍面前说起这事，点破这事。而他坚持要先种洋芋再种水稻，也真是想关照刘初菊和她的养殖合作社。其实他心里非常清楚，他跟刘初菊之间早已不可能再有什么，但他就是时不时地会想起她，他也曾想把刘初菊从自己的情感深处连根拔掉，可最终只拧下了上边的茎和叶，下边的根却还在。

黄国庆和黄一欣又站到了图纸跟前。黄一欣说她想明白了，就听黄国庆的。

黄国庆有点尴尬地笑了笑，刚要说话，付秀珍上来了，问他们在说什么，谁听谁的。黄一欣看一眼黄国庆，指一下前边那一片田，说没什么，那里是先种洋芋再种水稻，还是先种油菜再种水稻，他们两个开始意见不同，现在好了，统一了，就种洋芋，不种油菜。付秀珍看了看那片田，说这有什么好争的，等秋收后再说。黄一欣说不行，得事先规划好。付秀珍说那就一半种洋芋，一半种油菜呗。黄一欣朝黄国庆吐了一下舌头，又做了一个鬼脸。黄国庆脸一红，转身要走。付秀珍一把拉着黄国庆，问他脸红什么，是不是心中有鬼。黄一欣呵呵一笑，说黄国庆脸没红，是太阳照的。

正好一束斜阳从树叶间漏下来，映在黄国庆的脸上。黄国庆接过付秀珍肩上的竹篮，竹篮里满是辣椒和茄子。付秀珍说等下顺便给胡春晖他们送点过去。

夕阳里，指着并肩朝前走的黄国新和刘晓明的背影，杨立业对并肩走着的郭滔感慨地说，真没想到，这对曾经的油盐坛子如今变得这么可亲可爱了。郭滔说是啊，时代在变，社会在变，村上在变，村上的人也在变。

布谷声此起彼伏，在山间回响。南风吹过，禾苗生长的气息扑鼻而来。

见张县长要脱鞋下田，蹲着的杨书成连忙起身，要他别下田。张县长便站在那，等他走近，说这禾苗长得实在太可爱了，忍不住就想下田看看。他说看可以，但别乱下田，下田得知道脚往哪里踩，要知轻重。黄国庆指了指左右的稻田，说要不是有师傅当顾问、做指导，禾不可能长得这么好。杨书成说其实也没什么，一句话，就是把它当自己的崽一样。张县长拍着手，说这比方好。杨立业笑了笑，说他爹啊，看庄稼比看他还重。杨书成翻一眼杨立业，说庄稼能陪他说话，又不调皮，而他呢，成天见不到人影不说，还老让人生气。李书记说他爹也是这样，七十多岁的人了，还非要作田，要他不作了还骂人，人家问他有几个崽，他说有六个，他把五丘田当作五个崽。杨书成说那他爹是个大好人，让人喜欢，说着又叹息一声，说可惜如今自己的田都不能想种什么就种什么，想怎么种就怎么种了。郭滔看着杨书成，说要是身体吃得消，又有空闲，就多去工地上走一走，指点指点。杨书成看一眼郭滔，背着手朝工地那边走去。

黄国庆指了指田垅，又指了指山坡，说流转过来的田地里的庄稼总体来看，都比原来分散在各家时长势要好，接下来只要不碰到大的自然灾害，今年肯定可以打比往年更多的粮食。春上对茶园和果园也进行了整体的规划和改造，帮扶队又筹资买来了油茶苗和果树苗，一部分分给了贫困户去栽种，一部分分给了合作社，今年茶叶和水果的产量都会比往年有所增加，加上出村的路通了，销售渠道也多了，今年村上和乡亲们的收入都会有较大的增长。

张县长粗略地数了数，分散在栏里的猪大大小小有四十多头。刘初菊说过些天就是端午节了，到时候会出栏几头，等下个月猪娘下了崽，那存栏的猪就不会在五十头以上了。又说搭帮有帮扶队的支持，帮着在银行贷了款。郭滔说那天刘初菊和吴春花找到他，看能不能跟杨世海一样在银行贷到款，他马上跟夏行长联系，夏行长说正好省行开发出了一个叫生猪贷的普惠金融新产品，就是用来支持农户养猪的，虽然条件还有点勉强，但上边还是批了下来。用武行长的话来说，就是银行要承担一定的风险，但如果贷款能让一些人增加收入，走出贫困，就是有一定的损失也值得。张县长握着郭滔的手，说请转达对武行长的感谢和敬意。

出了院子，张县长兴奋地对郭滔和杨立业说，这种植和养殖双轮齐动，并驾齐驱，加上已投产的石材厂和即将投产的砖瓦厂这两翼齐飞，又有帮扶队这个坚强的后盾，摘掉村上的贫困帽不说指日可待，那也是为期不远，也用事实证明当初杨立业和黄一欣对村上的规划是科学的、可行的。

在村部看了看，张县长说虽然要倡导勤俭节约、艰苦奋斗，但这里也确实太破旧了，帮扶队挤在这里也实在太委屈。胡春晖说不委屈，村上有的人家居住的环境比这还差呢。杨世乐说那是的，他一辈子住在这都愿意。随即又嘿嘿一笑，说当然，那要帮扶队不走。杨立业脸一拉，说还想要帮扶队侍候他一辈子不成。杨世乐连忙脖子一缩，躲一边去了。

黄一欣边看手机边走过来，与从碾子铺出来的张县长差点撞个满怀。她连忙退到一旁，说不好意思，只顾看许教授给她发的指导意见去了。张县长把她请到一旁，说镇上虚位以待，县里也欢迎她去。她不假思索地说她哪也不去，就在村上了。张县长连连说好，这是他最需要的回答。

杨立业的手机响了，一看是郑时兴打来的，连忙接了。郑时兴说村上环村路的以工代赈项目总算争取到了，施工队近日就可进场，但如果要按照村上提出的标准来修，那村上还得自筹部分资金。杨立业激动得手都有点抖了，双手捧着手机连连道谢。郑时兴说快别谢他，要谢就谢张县长，是张县长在会上说了盆中村的实情，他只是补充了村上捐款修路的感人故事。张县长说可别谢他，是盆中村实在太贫穷了，这路实在太需要了，也是盆中村人那种想要改变、发奋改变的精神和场景太让人感动了，如果盆中村还拿不到这个项目，他良心上都过不去。

张县长和李书记的车消失在山坳里之后，郭滔和杨立业分头去了工地。杨立业刚要弯腰去搬石头，只见一辆小车飞驰而来，车还没停稳，石磊就下了车，往路边的一块石头上一站，说告诉大家一个好消息，往后大家来工地干活，那不再只是村上记个出工的数，而是能按月领到工钱了。

就在大家欢呼雀跃之时，石磊却说这是扶贫项目，主要是让贫困户来干活，领取相应的工钱，增加收入。听他这么一说，有人面面相觑，有人一脸茫然。

这确实是好事，是喜事，可杨立业在欢喜的同时又愁上了，愁的是以工代赈的主要对象是贫困户，那非贫困户还会上工地吗？如果非贫困户没积极性了，岂不是会影响工程进度？还有，自筹的钱又去哪弄呢？

杨书成在石头上磕了磕烟锅，起身说反正他来工地也不是为了要领那点工钱，是想着早点让这路修好，方便下地干活，明天他还来。见杨书才背过身去，便一把将他掰过来，盯着他，问他明天还来不。杨书才嘿嘿笑了笑，说明天得下地锄草，见杨书成眼睛一睁，又改口说明天还是来，锄草就等两天，只要跟原来一样，出工记个数，有钱再给也行。

没想到此时此地杨书成会这么说，杨立业不由得对他心生感激，也添了一分敬意，就想晚上回家要亲手炒个菜，陪他喝碗酒。

杨立业正想着，宁大贵打电话过来，哈哈一笑，说他出来了，就挂了电话。杨立业心想出来了就出来了，又能怎么样呢？

# 第十二章
# 一波三折

蹲在地上的杨世海丢下扳手，在黑乎乎的毛巾上擦了擦油渍渍的手，说算了，不修了。蹲在一侧看着的杨世乐起身踢了一下碾米机，说这破玩意都用了这么多年，早该丢河里去了。站在另一侧的黄国新急得直跺脚，说一担谷才碾了一箩，等着用呢。

杨世海一脸无奈，看着黄国新，说不好意思，不收碾米钱算了，如果急，就挑到陈国兴家去，他前几天买了一台小碾米机；要是能等，就明天来取，他今天要去县里拖货，顺便带一台机子回来，晚上安好。黄国新掏出钱，说碾米钱该数的还得数，他先把碾好的担回去，没碾的放这，明天一早来取。杨世海按了一下黄国新的手，要他把钱收着，误了他的事也莫怪。

买了卡车之后，杨世海就一心开车搞运输去了。他爹不会开三轮车去外边走家串户地碾米，只能守在碾子铺里。一个小时前，他刚要出车，他爹打电话给他说机子又坏了，要他快点来修，人家等得急。他只好跑了过来。

“你这么多钱，哪来的？”杨世乐盯着黄国新手上的钱，“是踩了狗屎，路边捡的，还是烧红了手，赢了几把大的？”

“赢赢赢，赢你个头呢。”黄国新故意将钱晃了晃，看着杨世乐，“告诉你，我这钱既不是捡的，也不是赢的，更不是偷的抢的，而是在工地上干活挣的。”他将钱放进衣兜里，指着杨世乐，“我还跟你说，坐在屋里钱是不会掉到你手上来的，躺在床上钱更不会爬进你口袋里来。”他拍了拍鼓着的衣兜，“郭书记和立业支书都说了，扶贫不养懒汉。那什么代赈就是让人别懒，只要去工地干活就能挣到钱。”

杨世乐看着黄国庆的衣兜，咽着口水。

“那我再问你。”黄国新指了指杨世乐有点发黄又有几团油渍的衬衫，再扯着自己T恤的下摆，“你说我这好不好看？你又想不想穿？”前几天，刘初菊去镇上卖猪，顺便给黄国新买了这件T恤，还给吴春花和自己买了一条裙子。

“当然好看，当然想穿了。可想又有什么用？没钱。”杨世乐摇着头。

“那就上工地干活，去挣钱啊！”杨世海边说边捡拾着地上的工具。

“我……我有病，干不了什么活。”杨世乐做出一个有病的样子。

“我看你只一个病，就是懒病。”黄国新一把拖住要走的杨世乐。

“我看也是。”捡拾好的杨世海指一下杨世乐，“人家黄秀姑都上工地挣钱去了，她可不比你年纪轻多少，身体也不比你好。”

“不过上工地可不只是去点个卯，或是磨洋工就有钱拿的，人家石老板有人在那看着、记着。那不偷懒的、不耍滑的、干得多的，工钱也就高。”黄国新摇摇头，“不瞒你们说，我上个月就没领刘晓明那么多钱，不过他也没比我多多少。他比我多上了四天工，但他的底工比我少五厘，我八分。”

“那……那我去工地，底工可以是多少？”杨世乐问。

“你吗？”黄国新打量着杨世乐，“最多五分吧。”

“五分？那还不如一个女人家呢，女人家一般都是六分。”杨世乐摆着手，“那么低，那不去，不去了。”

“你不是有病，干不了什么活不？既然干不了什么活，那当然底工就低了。”杨世海朝黄国新一挤眼，看着杨世乐，“是不？”

“谁说我有病？”杨世乐拍了拍自己的胸脯，“我没病，没病。”

黄国新和杨世海都哈哈大笑，杨世乐讪笑着往工地上去了。

杨世海站在门外，看着静悄悄的碾子铺，想着陈国兴家的碾米机，不由得心里一阵慌乱，心想陈国兴开了个头，随着环村路的开通，这碾子铺只怕是到尽头了，看来得改变思路、做法了。

进门放下担子，黄国新跟正在剁猪草的刘初菊说他有个想法，场里养的猪是越来越多，如果猪草什么的还全是手工来剁，谷什么的还全是挑到碾子铺去碾，那不仅人吃不消，也忙不过来，得去买个小粉碎机、小碾米机什么的回来。刘初菊放下刀，说他这个想法好。又夸他能想事，会想事了。他心里喝了蜜似的甜，掏出衣兜的钱往刘初菊手上一塞，说是上工地挣的，快拿去买机子。

从蛤蟆滩回来的吴春花说黄国新的想法好，算是想到一块了，说着掏出一沓钱来，说是头一批鸭子的钱，鸭子全给镇上一个贩子买走了，第二批鸭子再过一个多月也可以卖了。刘初菊稍一算，说这批鸭子卖亏了，虽然是赚了钱，但少了，应该还可以多赚一点的。吴春花细一想，说也是啊，给贩子带了笼子，找他去。刘初菊说算了，下次再跟他好好谈，好好算，要让他买得开心，也让自己卖得高兴。

这时，黄秀姑放下锄头，走到杨达成跟前，说请他跟田富国打个电话，她跟田富国说句话。他犹豫着掏出手机，边拨号码边要她长话短说，长途电话挺贵的。她问田富国涨工资了没有。那头说哪还有工资涨，受什么危机的影响，厂子的订单减少了，三天两头停工，只怕还会裁员，得另找厂子。她说那好，就别找厂子了，干脆回村上来，村上修路能挣钱，村上的石材厂正好要人，还有砖瓦厂也要人干活。那头沉默了一小会儿，说等拿了这个月的工资就回来看看。

从地里回来的刘晓明一进门，田秀英就将一张百元钞在他眼前一亮，说她晒的笋干给黄一欣在什么网上卖出去了，比她想象的价格还高，明年得多晒点了。

这时，吴翠莲正在打电话跟陈小军说着村上的新鲜事，说她做梦都没想到，刘初菊跟黄国新只怕是真的相好了；付秀珍肯定是早就瞄上了那个胡春晖，想让他做女婿。又说没想到黄秀姑还上了工地，能挣到钱了，镇上有人要买易美秀的那口药，她却死活不卖。还说她自家园子里的那几树梨子，往年尽管会分些给夏时香和别的邻居，但还是吃不过来，烂了不少，今年倒好，给黄一欣和胡春晖他们在什么网上一吆喝，就给人买了去。末了问陈小军吃晌饭了没有，是自己吃还是跟人一起吃。那头说自己在食堂吃的，中午还要加班呢。吴翠莲挂了电话，叹息一声，心想陈小军这么好的条件，就是再找一个黄花闺女也没问题的，怎么就非要一个人在食堂吃呢。

就在吴翠莲跟陈小军说新鲜事的同时，胡志清打电话给胡春晖，说城里太热，想到村上来避暑。胡春晖说想来就来。胡志清是环村路开工后的第三天回城里的。

郭滔站在会议室，边放 PPT，边激情四溢又准确熟练地向武行长等人汇报村上规划的实施情况，重点落在了要请省分行给予资金支持的项目上，并生动地讲述了几个在规划制订和实施中的感人故事。

王俏说没想到郭滔去村上不到一年，对村上和周边村庄及镇里和县里的情况了解得如此全面、如此详细，没想到环村路这么快就开工了而且进度这么快，没想到村上的变化是这么快这么大，而村上能变化这么快这么大是与乡亲们的积极参与分不开的，而乡亲们之所以能积极参与又离不开村上有一个好班子，而这个好班子的所思所想、所作所为又正是乡亲们最盼望最需要的。武行长说无论是郭滔的情况介绍，还是王俏说的，都可以让人从中受到启发，那就是制订任何制度和机制，推出任何产品和服务，都得从基层来、到基层去，都得上接天线、下接地气，心中有基层、心中有群众，这样出台的制度和机制才会促进发展，不会作茧自缚，这样研发的产品和服务才会受欢迎，有生命力。

见武行长又看着自己，王俏心领神会，说村上的"一一二"工程中的前一个"一"已完成，后一个"一"正在进行中，而这个已完成和正在进行中的对改变村上面貌的功效已凸显出来，因为其改变的远不只是村上的物质层面，更多的、更重要的是在改变乡亲们的精神世界和行为习惯，但资金短缺已成了眼下后一个"一"继续下去的令人头疼的大问题、大难题，如果得不到及时有效的解决，不只是项目会延误，更重要的是乡亲们的热情和积极性会受挫，帮扶队和银行的声誉也会受到损害。

看武行长点头，王俏接着说，就是帮扶队不是我们，是别的单位，别人也会倾力去解决，与其到时候让人上门来推或是来求，不得不给，还不如主动给、早点给，同时，还有必要将那个"二"所需要的资金，在可承受的力所能及的范围内一并考虑，提前谋划，主动作为。当然，村上建设的资金需求帮扶队不可能全包下来，村上得多条腿走路，多个渠道筹措，而帮扶队最关键的是要在给村上输血的同时让村上能够自身造血，激发和焕发出村上和村民更大的内生动力，根本的和关键的就是要积极有效地培育、培植村上的产业，实现在村民收入增加的同时不断壮大集体经济。帮扶队除了捐资以外，还可以通过金融扶贫有所作为，通过开展多形式的金融服务和多产品的信贷支持，让村上的产业萌发起来，让村上的企业破壳而出，茁壮成长。

在听了其他与会人员发言之后，武行长说村上确实很穷，但又很美，而且是一种原生态的美，这种美已不多见，村上确实已经在变，而且变得较快，但与山外还是有很大的差距，帮扶队和省分行还任重道远，那"一一二"工程修的不只是普通意义上的路，而是出路，是未来之路和希望之路，是脱贫致富之路和美丽幸福之路，他们应该也理当让这路通畅起来。

最后，武行长要郭滔和王俏等人一同尽快拿出一个对村上捐资的方案，如果超出了省分行的可承受能力和权限范围，那他亲自去北京，跟总行相关部门沟通，寻求支持，怎么也得把资金争取到位。

这时，走到门口的杨立业给郑时兴叫住了。脸色有点发白的郑时兴说他还是跟杨立业一块走，现在就走，正好去村上做一个以工代赈的调研。刚才杨立业详细介绍了村上的情况，特别是环村路修建的进度和资金短缺的问题，并邀请他去村上现场指导。郑时兴想了想，答应跟他去，可刚要走，接了一个电话之后，便说不好意思，还有事，得改天去了。杨立业隐约听到打电话来的是宁大贵。

坐在后排的郑时兴一路闭着眼睛，似乎在思考着什么。杨立业几次回头，想跟他说说话，又怕打扰他，便没吭声。

一过垭口，杨立业开了车灯，见路边坐着一个人，下车一看，是杨世乐，地上还吐了一堆。郑时兴似乎睡着了，一动没动，只有轻微的鼾声。

醉眼蒙眬的杨世乐说不舒服，头晕，不如下车走路。杨立业放下一点车窗，问他怎么了，喝成这样。

杨世乐坐了起来，边比画着边说："今天领了工钱，一高兴就上了街，下了馆子，还喝了酒，可过瘾了，只是不知道怎么地喝着喝着就睡着了。醒来一看，天都快要黑了，就赶紧搭了个摩托，哪晓得那摩托还没到垭口就坏了，只好走路。过了垭口，风一吹，肚里的酒就往上涌，憋不住就全呕了。那酒是白喝了，红烧肉也白吃了，可惜了，可惜了。"

"那是。"杨立业看一眼杨世乐，"那你还上工地不？"

"当然上啦！"杨世乐身子一侧，看着杨立业，"其实跟大伙一块干活，也蛮有味的，有时听他们说些鬼话，肚子都笑疼。再说，在那活干了，玩也玩了，还能领工钱。村上现在也没人闲着，连黄秀姑和田秀英都上工地去了，找个说话的人都没有了。"他瞟一眼闭着眼睛的郑时兴，"等下个月领了工钱，我不喝酒了，先去买件衣服穿，也让黄国新看看。"

郑时兴开了一下眼帘又放下了。

一阵沉默过后，杨世乐说有个事要跟杨立业坦白。杨立业问他什么事。他说车子是他划的。杨立业说没事，都补好了。杨世乐边掏口袋边说花了多少钱，他来出。杨立业按了一下他的手，说不用。

"那天下午，我去工地，有人又笑我。我骂不过他们，更打不过他们，一肚子气没地方出，就在那附近坐一坐，转一转，到太阳下山了，工地上的人都走了，我就将一只箢箕丢进了沟里，又推倒了一块砌好的石头，可还不怎么解气，正好看到停在棚里的车，就捡了一块石头，在车上划过去。"

"那你怎么不划帮扶队的车，只划我的？"

“帮扶队待我好，空出房子给我住，吃饭还不收我的钱。”杨世乐瞟一眼杨立业，“谁叫你过年慰问不领着镇上干部来我家，害得我白等好几天。”

杨立业哈哈一笑，说这就错怪他了，那是李书记自己点的，村干部只是陪着走，再说李书记去慰问别的人家，肯定也有他的道理。杨世乐说其实划了之后，他也害怕了，后悔了，走了一段路又跑回去，扯了草去擦，抓了泥巴去补，还捡回来那只箢箕。杨立业说没事，上工地了就好。

杨立业刚停好车就见一道闪电划过天空，接着听到雷声从头上滚过。郑时兴睁开了眼睛，下车看了看黑压压的云层，说怕是要下大雨了。

杨立业邀请郑时兴住在他家。郑时兴说去村部，跟郭滔挤一个床，想跟他就帮扶的话题好好聊聊，来个抵足夜谈。

杨立业他们刚到村部，大雨就倾盆而下了。

楼下地坪低洼处很快就有了积水，柴草杂物漂浮起来。

杨立业站在窗前，说看样子这雨一时不会停，得赶紧通知一些人家转移，还有工地也得去看看。他说着就给杨达成和黄一欣等人打电话，又问郭滔到了哪。郭滔说他刚过垭口，正往村部赶，只是雨太大，车只能摸着慢慢开。又说得赶紧通知一些人家撤离，一定要确保乡亲们的生命和财产安全。杨立业说他已经安排下去了，要郭滔注意安全。郭滔说那好，他到了村上就就近往南边去通知。

杨立业头一个冲进了雨里，胡春晖和柳奎跟了上去。郑时兴推开杨世乐递上来的桐油斗笠，裤脚一挽，跨出了门槛。

胡春晖刚将一个老大娘从床上叫起，背到屋后的邻居家里，溪里的洪水就涨到了屋前的地坪，眼看着水又上了台阶，进了屋。老大娘抓着胡春晖的手，说要不是他赶来了，她这条老命只怕是没了。

隐约看见溪流对面有人往山上跑，胡春晖拿手电一照，模糊看到那是黄一欣，便攀着树枝、岩石往上走，朝对面大声喊慢点跑，注意脚下打滑。对面有了回应，一束光往这边划了两个圈，又往山上晃了晃，仿佛在说加油，加油。他心领神会，也将手电划了两个圈，又往山上晃了晃。

工地上亮着灯，杨达成和石磊在拼命地疏通水沟。跑来的陈国兴跳进路边的水渠，摸索着抱起小水泵，举起来，给石磊接了上去，突然脚一滑，倒在了齐胸深的水里，漂了下去。杨达成赶紧追上去，喊着他的名字，将锄头把伸过去。石磊丢下水泵就追。陈国兴终于抓住了锄头把，被杨达成和石磊合力拖上了岸。见陈国兴小腿上、手臂上都流着血，杨达成要他快回家去。他看了看，说没事，一点皮外伤，应该是在水里碰的。

在一个岔路口，杨立业要郑时兴别上山了，有危险，快回村部去。郑时兴说这雨不算什么，前两年在一个村上也碰到过，有惊无险，没事，既然来了，那就没什么怕的。又说两个人一道走，不如分头行动，更能争取时间，在危急关头，时间就是生命。杨立业见他说得在理，又说得坚决，还说得诚恳，便说行，请他走东边大路，又请他注意安全，用手机和手电保持联系。他说没事，他也是山里长大的，摸着都能走。

见田塅里有光亮，扛着锄头的黄国庆小跑过去。走近一看，见杨书成跪在田埂上，虔诚地对着青龙潭的方向，边磕头边口中念着。磕过头，杨书成在黄国庆的搀扶下起了身，看看天，四下看了看，说怎么云还是那么多，雨还是这么大，看样子青龙还在气头上，说着又跪了下去。黄国庆拿起放在田埂上的斗笠戴到他的头上。他取下斗笠，朝黄国庆扬了扬手，示意他快走开，干自己的事去。

付秀珍打黄一欣的电话，通着，但没接，便又打胡春晖的手机，无法接通。她急了，顾不得屋后水沟里的水就要漫上台阶，撑了伞就往村部跑，见水淹了路也毫不犹豫地蹚过去。到了村部，见只有杨世乐在，便连忙帮着倒水接水，心想胡春晖他们住在这也是可怜，得想个法子才行。

河滩边，吴春花哭天喊地地坐在地上。刘晓明抱起她，往肩上一扛，边跑边说鸭子不怕水，没事的，鱼全跑了也不抵多少钱，人才是最紧要的。

杨书才戴上斗笠，背上蓑衣，扛了锄头，准备去工地，可刚出门，见水涌进了院子，稍一犹豫便进了屋，放下锄头，拿了一块木板，挡在了沟边，把水别进了下边的田里。他就那么站在那里，用脚抵着木板，望着田塅，望着工地。

站在水里的黄国新接过刘初菊递过来的门板往水里一挡，然后赶紧用背顶着，双脚抵住前边的石头。见水的冲击力太大，怕咬牙咧嘴的黄国新顶不住，刘初菊赶忙找来一个大木棒，顶在门板上。忙乱中她脚下一滑，往前一扑，扑在黄国新怀里。黄国新忙双手搂住，随即又触电似的放开，说他不是故意的。刘初菊一笑，说又没谁怪他。一转身，肩顶在了门板上。

风声、雨声、屋檐水跌落的响声和水沟里的哗啦声、受惊吓的鸡和猪的叫声，这些黄国新似乎都听不到了，入耳的只有刘初菊的喘息声和自己的心跳声。

突然，刘初菊碰了一下黄国新的手，要他快听。他隐约听到了，不由心惊肉跳，应该是远处有什么东西轰然倒塌了。

在这轰然倒塌声里，胡明国一个趔趄，连忙扶着路边的那块巨石。他是看着那房子倒塌下去的，他多么想跑过去，撑住那房子，可他飞不动，也没那样的神力。他泪如雨下，怪自己来迟了，不该先去疏通水圳，而是应该先来这里，这是人命关天的啊！走了几步，他一抹脸，猛地明白了，黄国新准不在家。

易美秀拿起听筒，跟胡文化说她没事，幸好去年冬天捡了一下瓦，屋顶上倒是没怎么漏雨，只是风大，雨洗着墙壁落下，水从墙缝里进了屋，但没事，不知道村上别的人家怎么样了，会不会有人伤着。刚说到这，电话就断了。她到门口看了看，心想准是哪根电线杆给水冲倒了。

杨立业叫起一户人家，叮嘱他们别大意，一旦有情况赶紧撤离。他边走边朝对面划了划手电，不见回应，又打郑时兴的电话，无法接通。这是怎么了？他不由得跑了起来，就想从上边的桥上走到对面去，问问那边的人见过郑时兴没有。

见有石块滚落下来，柳奎赶紧往悬崖下躲，却躲避不及，一块石头砸在了脚后跟上，疼得他眼泪直流，和雨水混在一起。

当黄爱国跑到砖场时，黄显贵说他已经看过了，幸好放砖的堤打得高，水没浸着，砖上盖的草又厚，还压了石块，雨也没怎么淋着，只是最外边那一溜迎着雨，坍塌了一些。见他双手空着，黄爱国忙问他拐杖放哪了。他左右看了看，说应该是没拿来。黄爱国问他怎么来的。他说他也不知道怎么就跑来了。黄爱国心想这真是不可思议。

雨小了，停了。杨书成又磕了头，手撑着田埂慢慢站起来，却一个踉跄差点掉落到下边田里。他揉了揉膝盖，蹲下，捧起水洗了一把脸，戴上斗笠，一手提着小马灯，一手提着锄头，朝前走去。

在扫着院子里积水的贺小英见杨书成回来了，连忙丢下扫把，拉着他的手往屋里走，问他去哪了，喊也喊不应，找也找不到，急死人。他说要不是他在那一个劲地给青龙磕头，雨还不知要下多久，不知要造多大的怪呢。贺小英看了看他渗出血点的红紫的额头，又看了看他那青肿了的膝盖，说还真是，他都这样了，青龙还不停雨，雷公老子都不会答应了。

杨立业赶回村部时，郭滔和胡春晖已经回来了，黄一欣和杨达成等人也在。郭滔说从综合大家说的情况来看，村上虽然有十来户人家浸了水，给水冲走了物件或猪什么的，还有两户人家的房子倒塌了，但好在没人受伤。他正说着，柳奎打电话给胡春晖，问他在哪，脚实在走不动了。胡春晖立马下了楼。黄一欣紧跟了下去。

见黄一欣和胡春晖都平安回来了，付秀珍也就放心回了家。

可郑时兴在哪呢？手机还是无法接通。杨立业说不能等天亮了，得赶紧去找才行，说着就下了楼。郭滔和杨达成等人跟了上去。

杨达成边小跑边问杨立业是不是跟郑时兴分开后听到过老牛的叫声。杨立业说好像是听到了。杨达成说那可能麻烦了，造大祸了。杨立业一惊，忙问什么大祸。杨达成说听他爷爷说过，那还是解放前，也是在那个地段，也是在一个下暴雨的晚上，也是听到有老牛一样的叫声，一个外乡人掉水里了，结果连尸骨都没找到，说是给水里的妖怪拖进无底洞去了。有人要杨达成别乱说，郑时兴是好人，这么帮村上，吉人自有天相，不会有事的，应该是困在哪了。杨立业说哪来的什么妖怪和无底洞，又哪来什么老牛的叫声，那是洪水灌进石窍，或是洪水跌落水潭的声响。郭滔说应该是这样，他一路上也听到了各种声音，想着像什么就像什么，开始还真有点发麻，后来想明白了就不怕了。杨立业虽然嘴上那么说，心里却打着鼓，有一种不祥的预感，他边走边为郑时兴祈祷，但愿他真是困在哪了。

李书记打电话给杨立业，说他刚从石窝村那边过来，石窝村淹了一片田地，损失不小，好在只一个人给屋上掉下的瓦片砸破了头，送镇上医院去了。又问杨立业在哪，怎么郭滔的电话打不通。郭滔拿过手机，说他的手机没电了，在去找人的路上，他马上回村部。李书记问找谁。郭滔说找郑时兴，又简要说了一下情况。李书记说找人要紧，别管他，他们自己在村上看看。

天亮了，找人的人都回来了，谁也没找到郑时兴。

有人说赶紧要胡文化打个时，看郑时兴是生是死，现在在哪。李书记朝那人手一摆，说没别的，都快去找，发动更多的人去找，一定要找到。

吴翠莲跌跌撞撞地跑过来，扑倒在地。杨立业赶紧跑过去，和跟上来的胡春晖一块扶起她。她一脸惨白，指着前边溪流与流金河的汇合处，说在溪边稻田里看到了一个人，喊也喊不应，只怕是早没气了，吓了她个半死。李书记给镇医院的院长打电话，让他马上派人过来。

那人果然是郑时兴。从现场看得出来，他是先爬上了岸，然后滚落到了稻田里，再挣扎着将头枕在了田埂边。头上、手上的血迹已半干了。

河堤上、田埂上满是人。他们大多一脸悲戚地默默站在那里，只少数人在悄悄地议论着，还有一个女人一把鼻涕一把泪地说着郑时兴怎么帮她家抢运东西。

赶来的贺小英摸了摸郑时兴的手心，翻了翻他的眼睛，用手指在他鼻孔跟前探了探，说郑时兴还活着呢。听她这么一说，那个在哭的女人朝天就拜。

医生一看，说得赶紧送县医院。县医院的专家一会诊，说郑时兴是还活着，但已成植物人了。杨立业问什么时候能醒过来。专家说不知道，得看他的造化。

听说郑时兴成了植物人，宁大贵哈哈大笑，笑过了，说得其所哉，得其所哉。正说着，石磊打来电话，说晚上请他喝酒，请赏个脸。他又哈哈大笑，笑过了说不劳石磊破费，他刚好晚上宴请于局长，来帮着倒酒就行。

宴请于局长？去帮着倒酒？石磊琢磨了好一阵，心想还是去的好。

叶卉正与杨一鸣商讨着是否参与一个新项目的投标，一个陌生电话打了过来。她稍一迟疑还是接了。那头瓮声瓮气地要她猜猜他是谁。她一时没听出来，便说不好意思，猜不出来。那头便呵呵一笑，问她这下知道了不。她一怔，问怎么是他，在哪。那头哈哈一笑，说没错，是他，他提前出来了，晚上宁大贵请他喝酒，他想邀她一同前往，请赏脸。她心里已是十分厌恶，但嘴上还是客气地说对不起，她晚上已有安排，失陪了。那头哈哈才刚响起，她就挂了电话。杨一鸣似乎听出了什么，将手上的资料往桌上一摔，说管他是来明的还是来暗的，管他是黑道还是白道，管他是文的还是武的，他可不怕，就不信邪。叶卉笑了笑，指了指杨一鸣。

疲惫不堪的杨立业从县里回到村上，一进家门就一头倒在了凉椅上。他陷入了深深的自责和愧疚之中，想着如果他昨天不请郑时兴来村上，如果他昨天晚上不跟郑时兴分开走，如果他早点走到对面去与郑时兴会合，郑时兴都不会是这样。贺小英安慰他，说郑时兴命大，水冲了那么远都能活着，说明他造化不小，既然造化不小，就一定会醒过来，大难不死必有后福。又说她让胡文化给郑时兴算了一下，他是幸好来了村上，要不会有更大的劫难。听她这么一说，杨立业坐了起来。

杨书成一手摁着敷在额头上的毛巾，一手扶着墙，一步一停地下楼来了，说杨立业现在不是躺在凉椅上的时候，也不是想着对不住谁的时候，而应该去田间地头看看，去各家各户走走，因为他是支书，是村主任。没想到杨书成能说出这样的话来，杨立业不由得站了起来，肃然起敬地看着他。

一身泥水的黄一欣跑进门，说她刚从工地上过来，全村的损失情况她和胡春晖等人今天已摸清了，胡春晖还安排人去镇上买来了消毒药水，分发给了刘初菊等养殖大户及一些家里浸水了的人家，她建议尽快召开相关会议，统一思想认识，在搞好灾后恢复和重建的同时，不影响环村路修建和规划的实施。杨立业点点头，边往门外走边说清除稻田的淤泥等生产自救的工作，他送郑时兴去县上时已给各组的组长打了电话。黄一欣说她看到了，不少人在清除淤泥、洗刷房子，但还是有些人在观望、在等待，甚至在埋怨、在咒骂。杨立业看一眼偏西的太阳，打电话给郭滔，说建议尽快召开支部扩大会，全体党员和村支两委成员全部参加。郭滔说他也有这个想法，他们两个先碰个头，会一个小时后开，除了全体党员和支委成员参加外，还邀请几个群众代表。杨立业打电话要杨达成赶紧通知下去。杨达成说他躺床上呢，发烧。马上又说好，他就发通知。

杨书成看着黄一欣的背影，对身边的贺小英说，一欣这妹子真好，有出息。贺小英笑了笑，说知道他的心思，可想也没用，人家付秀珍早瞄上那个胡春晖了。

刚送走黄一欣，方小竹打电话来了，说听夏时香说村上受了灾，但她一时回不来，只能表达一点心意。杨立业表示感谢，并请她多回村上看看。

深邃的天空星星东一颗，西一颗，格外明亮，仿佛一只只眼睛一闪一闪的，注视着这宁静的山村。

黄国新跨出猪栏，走到屋前的小水塘边洗了喷雾器，又洗了脚和手，再捧水洗了一把脸，在地坪边的石礅上坐下，捶捶背，揉揉腿，再深呼吸一口，看着屋里那走动的身影，仿佛一天的劳累也随之而去了。

“累不累？饿了吧？”走出来的刘初菊将一根鲜嫩的黄瓜递给黄国新，“来，先吃着，饭还得等一会儿才有吃呢。”

“不累，不饿。”黄国新接过黄瓜咬了一口，“又甜又脆，好吃。”

刘初菊朝黄国新甜美一笑，进屋去了。黄国新边吃黄瓜，边回想着这一年多来与刘初菊之间的点点滴滴。他想着就笑了，没想到自己胆子这么大，脸皮这么厚。又问自己，癞蛤蟆还真能吃到天鹅肉？

这时，刘晓明正在边吃饭边劝慰吴春花，要她别愁眉苦脸的，鸭子没跑几只，鱼也还有一些在塘里，损失不大，人家黄国新房子倒了都没事一样，得想开一点。吴春花放下碗，说她辛辛苦苦在外边赚了一点钱，一场雨就给冲跑了，要早知道是这样，就不回来了。刘晓明一听急了，碗一搁，痴痴地看着吴春花。田秀英愣了愣，默默地放下碗，扭头抹着泪。吴春花说她不是那个意思，是说如果知道会是这样，她就不留在村上，出去打工好了。刘晓明连忙说现在出去打工也没什么好，田富国都马上要回村上来了。见吴春花没说什么，便接着说就算养鱼养鸭什么的不赚钱，村上也还有石材厂、砖瓦厂什么的，上次还听郭书记和立业支书说过，村上还要建茶厂、农产品加工厂什么的，村上还是会有事做，能挣钱的。田秀英说她现在吃的用的，有个什么病痛，都有政府管着，不要他们负担，多少还能帮他们做点事。吴春花看看刘晓明，又看看田秀英，默默地端起了碗。见她端上了碗，田秀英在心里松了一口气，也端上了碗。

饭菜香从屋里飘散出来。黄国新闻出来了，有青辣椒炒腊肉，有白辣椒炒干鱼，有紫苏炒黄瓜，有韭菜煎鸭蛋。

走着的黄国庆情不自禁地停下脚步，望着刘初菊家的院子，朦胧地看到了坐在石礅上的黄国新的剪影。他就想，刘初菊怎么就不讨厌黄国新，还让他跟着一起搞养殖？黄国新又是凭什么让刘初菊不仅不反感他，还跟着她天天一起干活？如今他房子都倒塌了，没地方去了，他睡哪呢？

从后边走来的黄一欣问黄国庆在那看什么、想什么，那么专注。他一愣，支吾着说没什么，就想把上边那两丘田流转过来。黄一欣说那两丘田是初菊婶子家的，她有她的安排，只怕是流转不过来。黄国庆说流转不过来就算了，没事。

刘初菊在屋里喊吃饭了，黄国新欢喜地应答着，起身进屋去。黄国庆似乎听到了那喊声，看到了黄国新那欢喜的样子。黄一欣挽着他的胳膊，笑着问他是不是心里酸溜溜的。黄国庆笑了笑，说还真是有一点。又说让他心里有点难受的是，可能会吃上天鹅肉的竟然是黄国新。黄一欣又笑了，说黄国新这个人虽然过去是好吃懒做、游手好闲，但现在的样子倒还真是有几分可爱。黄国庆默默地走了一会儿，问黄一欣怎么看胡春晖，她娘可是早就对他上心了。黄一欣说胡春晖是不错，但还得看看。黄国庆点点头，说是得多看看，接着又说起了刚才会上的事，说起了郑时兴真是可惜了。

黄国庆是一散会就走了，还顺路看了给泥沙淤积了的稻田，想着吃了饭就来清除淤泥，早一晚将一蔸稻子从淤泥里解救出来，就会多收一捧谷。黄一欣则跟胡春晖和柳奎商讨了一阵怎么做好宣传和鼓动来助力灾后重建等工作之后才离开村部。

会上，胡明国说村上昨晚下那么急那么大的雨，还是头一次看到，虽然有田淹了，有坝垮了，有房子倒了，但比想象的要好。郭滔说如果能早一点通知，在下雨之前有所行动，损失会更少，如果早些把那些堵塞了的、坍塌了的沟渠水坝疏通好修砌好，淤积了的、废弃了的山塘清理好修整好，洪水也就不会那么泛滥肆虐。不等郭滔说完，有人就说这是天灾，能这样已是非常不容易了，特别是在天灾面前，帮扶队员也好，村支两委成员也好，大多数党员也好，都不顾个人安危，不管自家得失，冲在第一线，冲在最前边，确实令人感动，令人敬佩。有人说那是的，如果没有村干部的身先士卒，没有党员的模范带头，损失会更多更大。郭滔说有一点值得肯定，绝大多数党员和干部这次都表现出了一个党员和干部应有的思想和品质，特别是陈国兴同志毫不犹豫地跳进齐胸的水里抢救水泵，给水冲走被救上来之后又不顾伤痛继续战斗；柳奎同志脚受伤了，却说轻伤不下火线，坚决不去医院，要留在村上，都难能可贵。

杨立业说他在回村里的路上就预感到了会有大雨要下，但他大意了，没有提早告知大家去防备，又没照顾好郑时兴同志，让一个对村上有恩的人遭了那么大的难，真是太不应该。有人马上抢过话，说生死有命，富贵在天，这是郑时兴命中注定有一劫，好在他对村上有恩，积了德，大难不死，必有后福。

郭滔说下一步的工作重点在两个方面：一个是恢复和重建。要求全体干部和党员必须更好地发扬和发挥带头作用和模范作用，带领广大群众不等不靠，尽快清除庄稼地和水渠等的淤泥砂石，能抢救的庄稼要尽力抢救，无法抢救的就抢种别的作物；尽快修复冲毁的道路、堤坝、田埂等等，让水能畅流，路能畅通。另一个是尽快实事求是地上报灾情，争取更多的外援。比如损毁比较严重或是倒塌的房屋，能申报扶贫房的尽快申报，但大家一定要记住，希望有外援，但不依赖外援，根本的还得靠自己。一句话，虽然有大灾，但还得确保增产和增收。

黄一欣倡议成立党员义工队，去帮助那些家里缺少劳力的人家，并毛遂自荐当队长。陈国兴头一个站了起来，说算他一个。有人举手说他也想参加，但可惜他不是党员。郭滔说就叫盆中村义工队，谁都可以参加，人多力量大。

黄国新没想到刘初菊不仅炒了这么多菜，还给他倒了一碗酒，说是奖赏他的，昨晚要没有他拼死去挡水，那些小猪崽只怕是早给水冲跑了。又说是安慰他的，他房子倒塌了，心里肯定难过。他却说没什么，只要是她的事，他舍了命都愿意，房子就那个破样子，倒塌了就倒塌了，没事。刘初菊皱了皱眉头，看着黄国新，问房子没了，那他住哪里去。他低头掰了掰手指，猛地一口将酒干了，一抹嘴，嘿嘿一笑，说他是没别的地方可去了，只能住她这里，正好干活方便。刘初菊笑了笑，说她早就看透他的那点小心思了。他红着脸，挠着头，嘿嘿笑着。刘初菊脸一板，身一正，指着他，说住在这可以，但必须听她的安排，不能东想西想。不等她说完，黄国新已跪在了地上。

走出村部，杨立业一看手机，已是十点多了。散会之后，他和郭滔又商议了不少的事情，明天一早他们将分头行动，郭滔去省分行，杨立业去镇上和县里。

田塅里灯光东一粒西一粒，或静止，或移动。杨立业知道，那是有人在清除淤泥，在修筑田埂，在把冲倒的禾苗扶正……

刚进屋，杨立业就接到叶卉的电话，说于局长今天出来了，那个新项目她不想参与投标，但杨一鸣坚决要去。杨立业稍一想，说去就去，多历练好，但做事不要冲动，她得帮着把关。她说她本是想今年就陪他在村上，看到杨一鸣想事、做事还不是太老练，只好还在公司。又说杨立业回村上快两年了，这两年公司没多大发展，可以说只守住了摊子，要他在公司，肯定不是这个样。杨立业说人总是有得有失的，不可能好处都得到，公司能有这个样，已是相当不错了，如果他在公司，说不定还没这么好。叶卉笑了笑，说就当他的话是一种宽慰和奖赏、一种鼓励和鞭策了。又说她在网上看到村上受了灾，想表示一下心意。

躺在床上，望着天花板，想着村上遭了灾，宁大贵又出来了，于局长也出来了，郑时兴还成了植物人，杨立业哪还睡得着，就下了床，出了门，上了工地，在前两天刚硬化的一段路上看了看，量了量，又敲了敲，听了听，掏出手机，翻到石磊的电话，想跟他说这路修得不错，想问他是不是在工棚，如果在就去跟他说说话，这路可不能因为受灾而耽搁了进度，可刚要拨号又放下了，心想太晚了，算了。

而这时，石磊正摇摇晃晃、骂骂咧咧地出了歌厅，进了隔壁的酒店。今天晚上，他给宁大贵他们呼来唤去的，不是给人倒酒就是添茶，不是给人点歌就是递话筒，直到散场了，送走了宁大贵他们，他才回到包厢，喝了洋酒又喝啤酒，还自得其乐地边喝边唱，不时地骂一句王八蛋。

曙色里，郭滔远远地看着杨立业的车开走了。他刚上车，王俏来电话了，问他在哪。他说在车上，准备来省分行跟武行长汇报。王俏说别去了，等下她和党群部刘部长一同陪武行长来村上慰问和调研。

山间薄雾如纱，飘飘渺渺；浓雾似海，苍苍茫茫。

鸡鸭出笼了，炊烟四起了。付秀珍关了液化气灶，揭开锅盖，从锅里捞出鸡蛋，对揉着眼睛下楼来的黄一欣说给郭书记他们一人带两个去。黄一欣数了一下，说还少两个呢。付秀珍“哦”了一声，说是还有杨世乐，差点给忘了。又说还是那路修得好，要不是那路修好了，哪用得上这液化气。

黄一欣刚到村部，亮哥就来电话了，说他已在来村的路上，想从扶贫的角度对村上受灾做深入报道，以引起社会的关心和关注，争取资源向村上倾斜；另一个是采访有关人员，了解郑时兴在村上的情况，为写一篇关于郑时兴的报告文学积累素材。

火辣辣的太阳升起了，杨书才戴着斗笠，扛着锄头，在田埂上走来走去，不时踮起脚望望远处的路口。路过的杨书成指了指杨书才，要他别等了，镇上的干部不一定来，就是来了也不一定到他这来看，就是来看也不会帮他干活，更不会给他多少钱，村上受灾比他家严重的还有，快下田干活。他提起裤脚，露出右腿上一块铜钱大小的淤青，说没等什么，只是那晚冒雨搬东西摔了脚，现在还疼着。杨书成一哼，裤腿一挽，指了指自己青中带紫的膝盖，说这是在田埂上给青龙磕头跪的。

杨书才不情愿地下了田，将淤泥往路边铲。杨书成斜一眼杨书才，边走边想还以为他真彻底改了呢，看来还是狗改不了吃屎。杨书才则看着杨书成的背影，骂他狗拿耗子。上了田埂，模糊看到一辆小车下来了，从车上下来两个人，一个肩上还扛着什么，同时有人迎了上去。可那些人都往南边去了，心中一喜的杨书才叹息一声，下田麻利地干起活来，心想白耽搁了这工夫。

来的是亮哥和他的同事小周，迎上去的是黄一欣。

亮哥说对是不是树郑时兴为典型，县里有关部门还有不同意见，一种意见坚持应该树，而且要早树快树、大树特树。意见相左的认为郑时兴现在人是那个样子，等一等再树更好。说着他将镜头对准了在清除淤泥的义工队。

胡春晖抬头擦了一把脸上的汗，将脸擦花了，做了一个胜利的手势。亮哥记录下了他这组镜头。朝前走了一段，亮哥朝黄一欣抬了一下手，示意她别惊动埋头在水沟里搬石头往岸对面垒的郭滔。郭滔起身扭过头，见镜头对着他，忙摆手说别拍他，多拍乡亲们。

一见面，武行长就从刘部长手上接过一个大信封递到郭滔手上，说是省行机关员工捐助村上的一点心意。刘部长悄悄对黄一欣说，昨天下午省行机关倡议员工为村上捐款，还号召大家与村上的贫困户结对子，因时间仓促，这只是第一批捐款，还会有第二批。郭滔将信封递给了赶过来的杨达成。

指着尚未清理完的倒塌的房子，武行长问黄国新是不是心里很难过。黄国新点下头，马上又摇头，说破房子倒了就倒了，也该倒了，帮扶队和村干部都待他挺好的，特别是立业支书一家。杨达成不断朝他使眼色，他却视而不见。武行长问他现在住哪，是村上安排的还是自己找的。他嘿嘿笑了笑，脸一红，指着前边刘初菊家，说就住在那，自己找的。黄一欣掩口一笑，说没错，是他自己找的，住那方便。杨达成指着黄国新，说他过去是村上出了名的大懒鬼，如今变勤快了，讨人喜欢了。武行长问他旧房子倒了，想不想有自己的新房子。他说当然想了，没房子怎么讨婆娘啊。武行长哈哈一笑，给刘部长递了一个眼神。刘部长从包里取出一个小信封递给黄国新，说是武行长慰问他的。他边摇头边将手往后躲。武行长笑了笑，拍了拍他的肩膀，从刘部长手上拿过信封，说这不是慰问他的，是奖赏他的。见郭滔和黄一欣都点着头，他在身上擦了擦手，双手接过了信封。

一进屋，黄国新就将信封往刘初菊手上放，说是武行长奖赏给他的。刘初菊一笑，说既然是奖赏给他的，那他就拿着呗，给她干吗。他挠了挠头，说还是她给他保管着好，他要买什么再到她手上拿。她又一笑，说那也行。刚才杨达成来喊他过去，路上想教他见了人家怎么说。他说不用教，他知道。还把杨达成甩在了后边。

这时，杨立业已跟张县长汇报完了村上的情况。张县长说他从报纸上和电视上都看到了村上的受灾情况，也从气象部门了解到了这次的暴雨确实是村上多年不遇的，而能把损失减少到这个样子，又能尽快动员乡亲们开展生产自救，足见村班子是有战斗力和凝聚力的。又说他对村上是有感情的，本来早就想打电话问一问，去村上看一看，但事务缠身，一忙又忘记了，他到时候再跟有关部门协调一下，相关的资源多向村上倾斜一点。他起身出了门，要杨立业稍等片刻，他出去一下就来。

杨立业给叶卉打电话，要她马上带杨一鸣到张县长这里来。叶卉说她在离县政府不远的地方跟人谈项目，十来分钟就能到，杨一鸣在工地上，来不了。

张县长匆匆进了门，将一个小钱袋递给杨立业，说不多，他个人捐给村上的小心意，但不留名，也别跟任何人说。杨立业一时不知是收好还是不收好，听到外边有了脚步声，才赶紧收进了裤兜里。

见叶卉出现在门口，张县长笑呵呵地朝她又是招手又是说请进。叶卉先说了几句感谢和感激的话，然后说往后还请张县长多关心、多关照，最后邀请他方便时去公司视察和指导。他只是微笑着听着，“嗯”“哦”了几声。

一出政府大院，叶卉就悄悄对杨立业说，她看到了，张县长对她的来访似乎并不那么欢迎，是不是犯了他的什么忌讳。杨立业刚要说他没注意，手机响了，那头一开口就是一串哈哈，笑过了说好啊，夫妻双双找后台来了。说完就挂了。叶卉说她刚才进来时好像看到宁大贵的车了。杨立业给石磊打电话，问他在哪。

他说还在县里，正准备回村上去。杨立业说他也在县里，马上回去。叶卉指了指路边的小店，说吃点再走，到吃饭的点了。杨立业打电话给石磊，说过来一块吃饭。石磊犹豫了一下，说不吃了，都在路上了。杨立业挂了电话，一笑，进了店里。

吃过饭，刚起动车，站在车旁的叶卉拉开车门，坐上车，拉着杨立业的手，说真想他回到公司来。不等他开口，又说也真想回村上去陪他。杨立业将另一只手叠上去，说现在他还只能在村上，也许当他可以离开村上的时候，公司也不需要他和她了，杨一鸣成熟了，比他和她更强了。叶卉点点头，抹了抹挂上睫毛的泪花，下了车。

武行长走出石材厂的大门，看了看下边淤积的一片泥沙和碎石，回头望了望山间开采的矿区，默默往山下走去。黄一欣说早到吃饭的时间了，请武行长一行和帮扶队一起去她家吃饭。武行长说就在村部吃，他来下厨，慰劳一下帮扶队。

胡春晖拿出一截腊肉，说是易美秀非要丢在这的，又拿出半只干兔子，说是田秀英送来的，还取出一小篓鸡蛋，说是黄桂花拎来的。郭滔去水坝上摘来了一小簸箕辣椒，还有几根黄瓜和一个嫩南瓜，说是他们自己种的，老乡给的秧苗子。

等饭菜一上桌，胡春晖又抱来了一个酒坛，说是贺小英过年前送来的，没怎么喝。听他们这么说，武行长心里可高兴了，看来自己的帮扶队在村上是受欢迎的，嘴上却说可不能随便收老乡的东西，得注意影响。郭滔连连点头，说那是那是，往后一定注意。黄一欣连忙解释，说帮扶队对村上有恩，乡亲们都把队员当自己的亲人，送点什么来都是发自内心，不会夹带什么，放心吃就是。

这时，杨立业坐在病床前，默默地看着郑时兴，双手轻轻地揉搓着他的手心和手背。郑时兴就那么安静地躺着，睡着了似的。揉搓了一阵，杨立业跟进来的护士道个谢，默默地走了，边走边抹湿了的眼角。

黄一欣刚收拾好饭桌，黄国庆匆匆跑来了，拿了几个杯子，一字排开，打开带来的一个小陶罐，将里边的茶叶每个杯子里倒一点，揭开热水瓶盖，凑近一闻，说水温正好，便往杯里倒水。杯里的茶叶眼看着就舒展开来，清亮的水慢慢地变碧绿，变绿里透黄。黄国庆摸了摸杯子，端了一杯递给武行长。武行长接过闻了闻，抿了抿，喝了一口，点点头，说好茶，好茶。黄国庆说这里的海拔、土壤、气候、温度、阳光、雨水，等等，都非常适合茶叶的生长，村上的茶不管是绿茶、红茶还是花茶，都曾经是出口产品。黄一欣说是的，当年林则徐和魏源路过村上时，别的都没要，就带走了一包茶，还有一瓶茶油。

黄国庆说种植合作社除了恢复原有的茶园，还将适度扩大茶叶种植规模，加上周边石窝村和枫树村等也有茶叶种植，虽然品质比盆中村的要差一点，但也不错，同时村上还有种植油茶的传统，油茶的品质非常好，种植合作社也将扩大油茶的种植面积。现在路通了，运输方便了，就想在村上先建一个茶厂，条件具备时再建一个茶油加工厂，但目前村上非常困难，看能不能在银行贷点款，或是银行资助一点。郭滔说村上已做了一些建茶厂的可行性论证，拟新建一条全自动茶叶生产线，投资在三百万元左右。在机械化生产的同时，手工制茶也会传承，走精品路线，以满足不同消费者的需求，建茶油加工厂也是可行的，盆中村及周边村都种有油茶，还有油菜等油料作物。武行长看着王俏。王俏说建茶厂和茶油加工厂都符合产业扶贫的信贷政策，省行也开发出了茶叶贷、油茶贷等适合这类项目的产品，总体来说应该是可行的，具体怎么操作可以跟夏行长他们对接。又说省里对油茶种植非常重视，出台了一系列补贴政策和奖励机制，可以多与地方政府和林业部门对接，申请相应的补贴和奖励。

黄国庆刚走，王成文满头大汗地来了，朝武行长手一拱，说真对不起，他一早跟车去县里了，刚赶回来，没能陪武行长一行在厂里视察，也没能当面汇报，真是太遗憾了，还请多包涵。武行长笑了笑，说他客气了。他说不是客气，是说的真心话。又说现在厂里产品供不应求，利润可观，想再建一条生产线，但一时没那么多资金，想请银行支持一把，放点贷款。武行长微笑着，说能不能贷款可不是他说了算的，真有需求，可以向县支行申请，至于行不行，支行会尽快给一个答复。

王成文一走，武行长就下了楼。看着村部，他说不说帮扶队住这里有点委屈，作为村部也与时代太不相称了。王俏和刘部长都点着头。杨达成说村上早就想拆了重建，可没钱。武行长看着郭滔，说村上路要修，产业要搞，村部也得建，而且必须建、尽快建，等哪天屋塌了就晚了，资金上去地方政府争取一点，行里捐助一点，再想办法筹措一点。郭滔点点头，说他琢磨过了，也跟杨立业商讨过了，就以这次村上受灾为契机，尽力去镇上和县里多争取一些资源。又说杨立业今天去镇上和县里就是办这事的，应该会有所收获。

武行长慰问了黄秀姑，又当场与黄秀姑结了对子，说往后家里有什么困难就找他，并将电话留给了她。见武行长要走了，她在家里找来找去，什么合适的东西也没找到，说她没什么打发，只好受她一拜了。说着就要下跪。武行长连忙双手扶住她。她抹着泪，去房子旁边的菜地里摘了几根黄瓜，边往武行长他们手上塞，边说在路上解口干。

一上车，王俏就问武行长怎么他对待黄国庆和王成文明显不一样。武行长笑了笑，说眼下村上确实需要石材厂，但他们不能给石材厂放贷款。王俏稍一想，会意地和刘部长相视一笑，说要不要给夏行长打个招呼。武行长摆摆手，说要是这个都把握不好，那她这行长是白当了。

刚过垭口，见一辆车擦身而过，杨立业认出来是武行长的车，下意识地停了车，刚要掉头去追，跟武行长道个谢，却见一辆小车在前面停了下来。那是石磊的车，后边跟着来了一辆小车，与杨立业的车并排停着。过了几秒，车窗徐徐放下来，露出一个戴墨镜的头，从车里传出一串哈哈大笑声。

杨立业一怔，他宁大贵怎么来了？又来干什么？

昨天下午郭滔和杨立业一同陪宁大贵走石板路，参观红军指挥部，上扯旗寨，直到天黑才下山。宁大贵几次说晚上想去杨立业家喝酒，把黄国庆和刘晓明都叫过来，一起喝个痛快。杨立业尽管心里不太情愿，想着刘晓明不会来，但见郭滔一再给他使眼色，就给贺小英打了电话，说晚上有客人来家里吃饭。

下地回来的杨书成一听说来的人中有宁大贵，抱了桌上的酒坛就走，说换一坛，走几步还扭头看一眼正跟郭滔和黄国庆说话的宁大贵，心想他就不配喝这好酒。他听叶卉说起过宁大贵。

吃过饭，黄国庆见杨书成还拉着脸，杨立业也是只说些场面上的话，就邀请宁大贵去他家歇息。喝得有点摇晃了的宁大贵说哪也不去，只去刘晓明家。

宁大贵来了，刘晓明却坐在屋里不出来。陪宁大贵来的杨立业和黄国庆去劝也没用，刘晓明说当年宁大贵做得太狠太绝，他来村上也好，来见谁也好，准是黄鼠狼给鸡拜年。宁大贵跟吴春花和田秀英问这问那，当听吴春花说在搞养殖，前一阵的大雨让她损失不少，还毁坏了部分围子和塘堤时，他说这不算什么，他来投点资就活了。在里边听着的刘晓明拉开门冲出来，拖起宁大贵就往门外推，边推边说他家和村上不稀罕他的狗屁投资。

被推出门槛，站在地坪的宁大贵说真没想到，今天的刘晓明可不是当年那个屁都放不出来的刘晓明了。刘晓明顺手在台阶上抓了一把锄头，往地上一蹾，说谁要在村上胡来，看不一锄头挖破他的脑壳。宁大贵手一抬，慌忙转身就走。

下到机耕道上，心有余悸的宁大贵回头望了望山上，悄悄跟杨立业说，没想到当年那点小事，刘晓明还耿耿于怀。杨立业没说话，只管往前走着。宁大贵对郭滔说，看来今晚只能跟他挤一床了。郭滔笑了笑，说来到村上的都是客，只要客高兴就行。宁大贵哈哈一笑，说今天是客，也许明天就是主了。郭滔以为宁大贵会有许多话要说，没想到他一上床就鼾声大作。

今天上午，郭滔和杨立业陪宁大贵去看了烈女牌坊、青龙潭瀑布、老鹰冲梯田，在易美秀家吃过晌饭，去了古树林。

在古树林边上，杨立业指着一个巨大的树蔸和田地里砸出的大坑，说上次下暴雨时，这棵活了四百多年的枫树给雷打倒了。又指着旁边一棵枫树说这跟倒了的那棵是一对孪生兄弟，同时栽的。宁大贵连连叹息，连连摇头，说这倒的不只是树，更是钱。郭滔抚摸着那棵屹立的枫树，转了一圈，看着已空心的树干，说得尽快联系林业部门，进一步采取保护措施才行，这棵树不能再倒了，如果这棵倒了，这古树林的古味就淡了。

离开古树林，走了二十来分钟，杨立业指着流金河边一个冒着热气的泉眼，说这就是金龙温泉。宁大贵蹲下去闻了闻，又将手指插在水里试了试，说他去过不少温泉，这温泉水的成分绝对不同一般，应该有很高的医疗价值，藏在这真是太可惜了。杨立业说这温泉很早以前就有了，说是有一天玉皇大帝洗澡时水太满，溢了一些出来，正好落在这里，从此之后地下就冒出热水，从没断过。

杨立业说原来这里有个大露天浴井，可同时容纳二十来个人洗澡，可惜三十多年前的那场洪水，挟带着大量的泥沙从上边的冲里倾泻而下，将浴井全埋了。宁大贵叹息一声，说这埋的可不只是浴井，而是钱呢。杨立业说这些年来，村上有人提及重修浴井，但也就只是提及而已。

都以为宁大贵只是来村上看看，看了就走，没想到看过温泉之后，他却说去村部，再坐下来好好聊一聊。

“不瞒你们，我这次到村上可不是来玩的，而是奉命来考察的。那是奉谁之命呢？”宁大贵看了看郭滔和杨立业，哈哈一笑，“当然是张县长之命了。”

杨立业一愣，看着郭滔。郭滔也有点茫然。

“没想到吧？不信？那我给张县长打电话。”宁大贵做出要打电话的样子，随即哈哈一笑，“相信了？那就好。我告诉你们，张县长是一位有思想、有头脑、有眼光、有胸怀的好领导，他不仅敏锐地看到了未来乡村旅游的巨大商机，也看到了你们村上乡村旅游的巨大潜力，希望通过乡村旅游来助力村上脱贫致富。你们也应该感受得到，张县长无论是对你们村上还是对你们个人，都是挺关心的。是不是？”

郭滔点着头，杨立业也莫名其妙地跟着点了头。

“我还告诉你们一个秘密，那就是在张县长的指点下，我往后的重点不再是城里的房地产，而是乡村旅游项目。”宁大贵边说边给杨立业和郭滔发了名片，“前几天我去向张县长汇报工作，他指示我来村上考察，殷切期望我把村上的乡村旅游搞起来，为村上的脱贫致富做点贡献，我就奉命来了。你们不欢迎？”

见杨立业低头不语，郭滔便说：“欢迎，当然欢迎。”

“欢迎就好。”宁大贵点点头，“我看村上的乡村旅游资源丰富多样，而且很有特色，只要把一些景点稍加改造，再把温泉利用起来，等环村路一修通，把各景点一串联上，村上的乡村旅游就会火爆起来。”

“乡村旅游的事，我和立业支书也多次商讨过。”郭滔与杨立业交换了一个眼神，“村上已有了这方面的初步规划。”

“那就好，我们是不谋而合。说实话，对村上的乡村旅游我是有信心、有决心的。”宁大贵看着郭滔和杨立业，“从我前一段时间去一些地方的考察来看，任何一个旅游项目从规划到实施到见成效，少则两三年，多则三五年，得提前谋划，尽早行动，不可失去商机。因此，这两天我是边看边在想，村上乡村旅游的开发可以有两种模式，一种是由我独资开发和经营，村上将资源出租或转让给我，时间三十年到五十年；另一种是由我和村上共同开发、共同经营，但我必须占百分之五十一以上的股份，你……”

“你说得不全面，还有第三种模式，就是由村上开发和经营。”杨立业说。

“自己搞？”宁大贵一脸不屑，“村上就这个穷样子，能搞得起来？”

“村上今天穷不等于明天还穷。”杨立业腰一挺，“再说了，村上的旅游资源多种多样，我们可以先上那些投资少、见效快的项目，再……”

“可时间不等人，商机不等你。”宁大贵说。

“你放心，村上脱贫致富的步伐会超出你的想象。”杨立业说。

“这我相信。”宁大贵笑了笑，“但明明可以更快，为何不更快呢？”

“心急吃不了热豆腐；欲速则不达。这道理我懂。”杨立业说。

“你呀你呀，看来你对我还是有成见，有偏见啊！”宁大贵摇摇头，指了指杨立业，“真没想到，你一个见过世面的老板，如今又是支书和主任，却跟刘晓明一样的见识、一样的眼界，真是出人意料。”

“我是见识浅薄、眼界狭窄，可我分得清好歹，分得清是非。”杨立业盯着宁大贵，“我只问你，也请你摸着自己的良心说话，你来开发和经营村上的旅游资源，是为了自己发财，还是为村上着想？”

“你问得好，该问，也要问。”宁大贵哈哈一笑，看着杨立业，“你说我不为自己着想吧，那肯定是假话。我是一个商人，商人无利不起早，你懂的。你说我完全不为村上着想吧，那也是假的。毕竟资源都在村上，谁也搬不走、挪不动，你一点也不为村上着想，你还玩得下去？这你不懂？”

“这我懂，也懂你。你说来说去，归根到底还是为了你自己。”

“没这么简单。应该说是为了我、为了你、为了大家。”

杨立业哈哈大笑，宁大贵跟着哈哈大笑。

“这事就这样吧。”郭滔看看杨立业，看着宁大贵，“反正村上的旅游资源由谁来开发和经营，不是我们在这里说了算的，还得由乡亲们来决定。我们将刚才提到的三种模式，以及别的什么模式，一并交由村民来选择。怎么样？”

“当然可以。”宁大贵看着郭滔，“只是我是奉命来的，你……”

“你放心，张县长那里我们会实事求是地做好汇报。”郭滔微笑着看着宁大贵，“当然，我们并不排斥，更不拒绝与你合作，而且不只是乡村旅游。”

宁大贵打着哈哈起了身，朝郭滔和杨立业手一拱，说声“后会有期”就下了楼。郭滔和杨立业跟上去，目送着他跟等在前边的石磊一起消失在视线里。

“我就觉得，让宁大贵来搞乡村旅游也未尝不可，既可以加速村上资源的有效利用，加快村上脱贫致富的步伐，也可以改善你们同学之间的关系，减轻叶卉和公司的压力，更重要的是，既然他是奉命而来，我们就这么拒绝他，那我们就是不看僧面也不看佛面了。”郭滔跟杨立业说。

“刘晓明都看得清楚，他宁大贵来村上就是黄鼠狼给鸡拜年。”杨立业指着手机屏幕，“你看看这个。邻镇一个村子也有一口温泉，二十年前村上与一个老板签了个协议，村上将温泉及周边土地出租给那老板，租期三十年，租金一次付清。老板投资好几千万，将温泉建成了洗浴休闲中心，有大池小池，还有包房、小别墅，一时红红火火，连省城的人都慕名而来。村民有的还利用温泉养起了非洲鲫鱼，收入也还不错。可随着春去秋来，风吹雨打，洗浴的设施设备或老化了，或破败了，跟着是来客少了，甚至门可罗雀，一片荒凉了。这下村民醒悟了，觉得吃亏了、上当了，去找当年的村干部理论，可那时的村干部要么过世了，要么早已不是干部了。于是，现任的村干部也好，村民代表也好，一轮又一轮地去汇报、去上访，要求老板要么放弃原有的协议，将温泉还给村上，要么再次对温泉投资，再现往日的红火。可镇上也好，县里也好，多次与老板沟通、协商，老板还是说既不放弃协议，也暂时不会对温泉再投资。”

“这……”郭滔摇了摇头，“许多的东西有当时的背景，有当时的条件，但有一点可以肯定，就是那老板有点精、有点滑，也有点奸、有点赖。”

“所以，只要我还在村上，我是不会让宁大贵的手伸到村上来的。”杨立业看着郭滔，“我不能出卖村上的权益，不能出卖村民的利益，更不跟他做任何交易。至于张县长那里，我可以去解释，可以去请罪。”

“好！说得好！”郭滔一拍桌子，握着杨立业的手摇了又摇。

“怎么？你在试探我，考验我？”杨立业看着郭滔。

郭滔哈哈大笑，杨立业跟着也笑。

正笑着，杨立业的手机响了，一看是张县长打来的，稍一迟疑，在郭滔鼓励的眼神中忐忑地接通了。那头问宁大贵是不是来村上了，是不是回去了。杨立业说是来了，回去了。那头又问，是不是承诺了他什么，或是签了协议之类的东西。杨立业说都没有。那头说那行，没事，放心好了。听张县长这么一说，杨立业的心放了下来，转而想到叶卉，想到村上，心又提了上来，又愁上了。

就在杨立业发愁的同时，刘晓明急得哭了。他刚一进门，田秀英就递给他一张字条，说是吴春花留在桌上的，纸上说她去深圳打工了。

她又去了，还会回来吗？刘晓明向天问着。

## 第十三章
# 美梦成真

稻子早的稻穗已开始勾头，迟些天的还在抽穗，满垌是稻花香。那些泥沙淤积，稻子再无法生长的田也抢种上了玉米，玉米苗已有半尺来高了。

大前天，石磊找到杨立业，说如果自筹的钱还不到位，他只好将机械撤到别的工地上去。王俏打电话给郭滔，说武行长的北京之行卓有成效，总行虽然对上报的金额砍了一刀，但批下来的与帮扶队申报的数字相差无几。

杨立业望了望热火朝天的工地，一转身见黄国新哼着歌过来了，便问他怎么这么高兴。黄国新将担子换了一个肩，说昨晚又有母猪下了崽，有十一个呢，刘初菊说自己留几个，还有几个赊给乡亲们，黄秀姑一早就来看了，说要一个。杨立业笑他，说他像做了爹一样高兴。黄国新嘿嘿一笑，说当然了，只要刘初菊高兴他就开心。又问杨立业去哪，去不去养殖场坐一会儿。杨立业说不去了，去看一下扶贫房建得怎么样了。又问黄国新一起去看看不。黄国新说是好几天没过去看了，但得先把东西送回去才行，回去迟了会挨刘初菊骂的。

黄国新和黄秀姑等几个人的扶贫房都争取下来了，同时争取到的还有村上的综合服务平台项目，也就是新村部。只是综合服务平台项目如果要达到设计要求，村上还得自筹部分资金。郭滔说自筹部分他去找武行长，上次来村上时武行长已表过态的。

关于扶贫房建在哪，谁来建等问题，胡春晖说是不是可以集中建在一地，既可节约土地资源，也能降低成本，让有限的资金发挥更大的作用，把房子建得更好，让人住得更舒适。杨达成说这根本不现实，房子就得建在离自家的地近一点的地方，只能分散。杨立业说现在集中是还有点过早，但随着合作社的扩大，和未来更多公司的成立，乡亲们的劳动不再是分散的个体行动，而是相对集中的集体行为，乡亲们主要不再是传统意义上的农民，而是现代意义上的农业产业工人，或者说是新型农民，那乡亲们的集中居住就水到渠成了，至于谁来建，那还是老办法，走招投标。郭滔说他赞同杨立业的说法。

一听说村上要建综合服务平台，而且可能是在原地重建，杨世海就连夜赶了回来，先是找了郭滔，后又找了杨立业，表明综合服务平台在原地重建是好事，他举双手赞成，但重建后他必须扩租场地，否则他不同意拆除，他与村上签订的租用期限还没到，也没拖欠租金。开车在外一跑，他开了眼界，也有了新的想法，就想在碾子铺办一个综合性的农产品加工厂。可另外有人也找了郭滔和杨立业，希望能租用或是买下碾子铺。

杨立业提议开会商讨村部和碾子铺的事。见大家说得差不多了，郭滔示意杨立业说一说。

"我个人的想法是综合服务平台以另选地方为好，现在的村部和碾子铺留着建茶厂，同时留住一定的场地给确实需要的人，但这场地不卖，只租。村上的集体资产除了那几亩荒山、几亩薄田，也就只这个村部和碾子铺了，留着它既是留下对历史的记忆，能听到历史的回响，给大家留下一点回忆和念想，也能为村上、为大家带来长久的、更多的收益。这当然需要我们好好经营、好好管理。记得我刚回村上不久，就有人提议把碾子铺卖了，把钱分掉。当时我说现在卖不了几个钱，也分不了两个钱到手上去，等村上的路修好了，价钱自然就上来了。其实我说的只是表面的话，下面的话就是不想卖，不能卖。"杨立业说着站了起来，看着黄国庆，"我还在想，村上的那点山和田如果合作社愿意接收，流转给合作社更好，但收益当然要比个人耕种交给村上的多才行。"

"没问题。"黄国庆大声应答。

"还有，刚才一欣和春晖都提到的规划问题，我看非常好，而且有必要，就建议由你们共同来完成。"杨立业充满期待和信任地看着黄一欣和胡春晖，"至于榨油厂，可缓一缓，等茶厂投产之后再说，但传统的油榨坊可作为乡村旅游项目先开起来。"

郭滔扫了一圈会场，说他完全赞同杨立业的意见，村上的集体经济不能再削弱，只能不断增强，茶厂也好，榨油厂也好，包括未来的旅游公司也好，等等，所有权都归村集体，至于经营的模式和方式，可以学习借鉴，也可以探索出一条新的路子，综合服务平台月底务必开工，茶厂可以做前期准备工作，等村部一搬迁就进场兴建，务必在明年春茶采摘前建成投产。夏行长说茶厂的贷款已报省行，很快就能批下来。

黄国新的扶贫房就建在他老屋的地基上。杨立业正在施工现场叮嘱石磊一定要保证质量，做良心工程，突然电话来了，说黄显贵晕倒在了窑前。

砖窑建在山脚下，窑顶上还冒着丝丝缕缕的灰白色热气。离窑还有十来米就能感受到窑体散发的温热。

杨达成指了一下直挺挺地躺在窑门口，正被陈国兴掐着人中的黄显贵，对挤进来的杨立业说："开始还不知道是为什么，只听他'啊'了一声，仰头就倒在了地上。我猜想，准是因为这窑砖烧坏了急的。"

"也不知是出了什么鬼。"杨书才说，"点火前是杀鸡祭了窑、敬了神的，刚才开窑又点了香、磕了头，怎么砖还是烧坏了?"他摇摇头，叹口气，"当初就应该请胡天师来看看，定个时辰再点火。"

"他也没烧过窑，知道什么!"杨书成白一眼杨书才。

"他是没烧过窑，可他会看时辰啊!"杨书才反驳。

"你懂个屁!"杨书成横一眼杨书才，"烧窑是技术活，跟时辰没关系。"

"好，就你懂。"杨书才一哼，往外挤。

"是不是点火的时候有女人在这里?"有人问。

"你这是什么话?女人怎么了?"付秀珍指着那人的脑袋。

"你不懂，该挨骂。"挤进来的杨书才指着那人，"点火时，并不是这里不能有女人，只是身子不干净或先天晚上干了那个事的人不能来，一来准坏事。"

"你这又是什么话?"付秀珍指着杨书才，"女人要是干净了，又不干那个事了，你从哪里来?你崽又从哪里来?你孙子又从哪里来?你……"

"我……"杨书才又往外挤。

"要不就是他老不正经，到街上的店子里玩去了。"有人笑道。

"哦，醒了!"

不知是谁一声喊，只见黄显贵眼睛一睁，一翻身坐了起来，吓得围观的人连连后退。杨立业连忙将他扶了起来。他拍了拍身上的泥土，说："刚才来了个神仙，说我是太性急，砖没干透就装了窑，火又烧得太猛，开窑也早了点，还说看我年纪这么大了，又是个实在人，村上也穷，不容易的，下一窑注意点，保准让我烧出一窑上好的砖来。"他走到窑门口，往里看了看，回头悄悄跟杨立业说，"好在我这回是做试验，装的砖不多，只半窑。"他说着进了窑，一手拿了一块砖出来，将两块砖相互碰了碰，再举起来，"大伙都看到了，听到了吧?虽然颜色不是那么纯，声音不是那么亮，但还是可以用的，不比在外地买的差。”

“没错的，比有的在外边买的还强呢。”杨书成说。

“那你怎么还倒在地上，一副要死的样子？”杨书才问。

“我要不倒在地上，我就不能睡着，不能睡着就不能跟神仙说话，不跟神仙说话就不能知道问题出在哪里。再说，我那不是倒下，是躺下，不是要死，是死而复生。我告诉你，没有死就没有生，没有生也就没有死。”

听黄显贵这么一说，再去窑里一看，有人当即订了砖，又打电话给黄国有，让他帮着将砖运到家里去。杨立业放心了，让大家都散了。

赶过来的黄爱国把黄显贵拉到一旁，说：“你真是吓死我们了，晓霞还差点掉到沟里。就是砖没烧好，你也不要急成那个样子啊！”

黄显贵瞟一眼左右，说：“我是想一炮打响的，哪知道一看是那个样子！我都不知道是怎么倒下去的，眼前一黑就什么都不知道了。”

“那你还说什么跟神仙说话。”纪晓霞掩口而笑。

“我那是哄杨书才他们的。”黄显贵嘿嘿一笑，“其实我早就醒来了，只是在想为什么窑没烧好。”

“原来那些话不是神仙说的，是你自己想出来的。”纪晓霞说。

“世上本来就没什么神仙，要说有，那就是自己。”黄显贵指了指胸口，随即又哈哈大笑，笑得眼泪顺着眼角直往下滑。

听到笑声，走着的杨立业回头跟黄显贵扬了扬手。他要去综合服务平台的施工现场与施工方再次沟通，既要加快进度，又要保证质量。

星光下，坐在车棚旁边石礅上的黄一欣朝坐在一侧的杨世海刚说了谢谢他的理解和支持，就见黄国新急急忙忙跑了过来。黄国新说不知怎么的，有两头猪拉肚子，刘初菊都急哭了，他赶紧去镇上请兽医。黄一欣要他别急，她马上过去看看。又说辛苦杨世海开车去一趟镇上，油钱她来出。杨世海说好，听她的，就当是帮个忙，乡里乡亲的，说什么油钱。又将摩托的钥匙给她，嘱咐她慢点骑，注意安全。

刚才，黄一欣就在这等杨世海出车回来，跟他谈碾子铺的事。今天上午，郭滔请黄一欣这两天再找杨世海谈一谈，尽力做好他的工作，让茶厂能顺利开工。

黄一欣说了不少道理，杨世海还是油盐不进，要么一声不吭，要么还是那句话，如果不答应他碾子铺翻新之后让他至少再租用现有的面积，他就不同意拆除，或是要赔偿他多少钱。

一阵沉默之后，黄一欣猛地一拍石礅。杨世海身子一颤，怔怔地看着她。

“那好，你不松口可以，但村上会跟你好好算一笔账，这么多年来你是不是按时给村上交了租金，是不是交足了租金，如果没按时交，或是没交足，那你就一是将没交足的一分一厘都补上，二是将没按时交的一分一厘都补上滞纳金。”见杨世海还是不说话，在悄悄掰着手指算着什么，黄一欣又一拍石礅，指着他，“那也行，从明天开始，你的车就歇在车棚里，别想出村了。”

“怎么就别想出村了？”

“既然你都不为村上着想，不为乡亲们着想，那村上也好，乡亲们也好，还非要为你着想？”黄一欣停了停，“反正不管别人行不行，我是不准你的车从马路上过的，要过除非你留下买路钱，而且留多留少可不是你说了算。”

“那……”杨世海激动地站了起来，“你这就是不讲道理了！”

“你还知道讲道理？”黄一欣哈哈一笑，“那你讲道理了不？”

“我……”杨世海低下了头。

黄一欣呵呵一笑，拉着杨世海坐下，说：“你再好好想一想，看我说的是不是有道理。我去前边走一走，看一看，想好了你叫我。”

环村路左侧下边水渠的水哗哗地流淌着，不时有青蛙或是别的什么跳入水里，跳出“咕咚”的声响，右侧是一大片高低错落的稻田。远处的田埂上有一束光亮在移动，跟着光亮移动的是一个人影。虽然朦朦胧胧，但黄一欣看出来了，那是黄国庆。她心中一热，蓦然对黄国庆多了一分敬爱。她跳到田埂上，蹲下，打开手机的手电筒，托着青里透黄的稻穗闻着，闻着心就有点醉了。她数了两蔸禾的稻穗，又数了两穗的谷粒，从包里掏出一个小本子，记了一串数字。这包和纸笔她是随身带着的，走到哪就记到哪。

杨世海走过来，说他想好了，又搭一把手，让黄一欣上了环村路。他们边说边往车棚那边走，在石墩上坐下来。没坐多久，黄国新就跑来了。

看着杨世海开着车上了坡，黄一欣给摩托点了火，歪歪扭扭地朝田垭深处开了过去。上大学时她常骑摩托去做公益，回村后就很少骑摩托了。

正边走边琢磨着近日将组织村上的老人和孩子去省行参观的胡春晖猛地听到后边传来“嘭”的一声响，接着是一声“哎哟”，赶紧转身跑了过去。

胡春晖扶起黄一欣，问伤着哪没有。黄一欣说没事，就想着快点到养殖场，没注意路上挖了一条过水的沟。胡春晖说去陈国兴家走访，跟陈斌多聊了一会儿，陈斌来通知了，跟他成了校友。黄一欣说养殖场有猪拉肚子，很厉害的，杨世海送黄国庆去镇上请兽医了，她得赶紧过去看看。胡春晖说那他来骑，要黄一欣坐稳当了，别掉下来。

黄一欣箍着胡春晖的腰，头紧贴在他的背上，尽管摇摇晃晃、颠颠簸簸，却有一种特别的安全感。尽管摩托声不小，胡春晖却听到了黄一欣的心跳声，尽管稻穗香很浓，胡春晖却闻到了黄一欣的体香。

一见黄一欣，急得团团转的刘初菊就打着哭腔，说这怎么得了。黄一欣看了看猪的头和尾，又摸了摸猪的肚子，再闻了闻猪的粪便，说她出去一下就回来。

过不多久，黄一欣跑了回来，将手上的东西分了一半给刘初菊，说快去煎水，就在院子前面的塘堤上和田埂边扯的，也不知有没有用，说完就拿了另一半在猪身上擦了起来，擦着擦着猪就翻了翻眼睛，哼了几下。等灌了几口煎的汤水，猪就翻了翻身，再借了一把刘初菊双手一扶的力量就站了起来，但摇晃几下又倒了下去。

一问情况，再看猪的病情，兽医说多亏黄一欣扯来草药给猪擦了身，又煎水喝了，要不等他来只怕也晚了。兽医给猪打了针、开了药，叮嘱刘初菊尽快给所有的猪栏都彻底来一次消毒，并将那煎的水给所有的猪都喂上。

刘初菊拉着黄一欣的手，说不知道怎么感谢她才好。她说她也是麻着胆子试一下，上大学时看过一些养殖方面的书，没想到还派上用场了，又说现在天气热，气温高，是家禽和牲畜生病的高发季节，是她大意了，没让刘初菊做好预防工作。

胡春晖说送黄一欣回家，黄一欣没拒绝，也没说行。

到了门口，胡春晖正在犹豫之际，付秀珍出来了，说这么晚了，就歇她家算了，也不是没地方睡，拉着他就往屋里走。见黄一欣没吭声，他就进了屋，又跟柳奎发了微信，说在一个老乡家歇息了，但刚发出又马上撤了回来，想着还是回村部，不违反队里的规定好，就跟付秀珍撒了个善意的谎，说郭滔找他有事，得赶紧回去。黄一欣默默地送他到门口，又默默地看着他消失在夜色里。

黄国新连夜给猪栏消了一遍毒，在鸡叫声里洗了脚手，刚进屋坐下，刘初菊就端来一碗甜酒煮鸡蛋，说辛苦他了。他拿来一个碗，扒出一半，说给她吃。她说锅里还有呢。他嘿嘿笑着，夹了一个鸡蛋就往她嘴里喂。她也不躲，笑着咬了一口。

看到一个金发碧眼的外国女人从大门里扭着腰走出来，杨世乐张着嘴，看稀奇似的跟了上去。那女人停下脚步，回过身，比画着跟他说着什么。他一脸蒙地看着她，讪笑着。小跑过来的黄一欣说她是说他的穿戴挺有意思，人也挺精神的。跟过来的黄秀姑打量着他，说还真没注意，是打扮得跟新郎官似的。他指着黄秀姑，说那她还新娘子一样呢。她看了看自己，骂他眼睛没吃油，不正经，都成老苦瓜了，还新娘子。

杨世乐穿的格子衬衣和休闲裤都是帮扶队给他的奖品，奖赏他上了工地干活，还时不时地给帮扶队煮顿饭。皮鞋是他用上工地的钱买的，买时还特意请了胡文化帮着看是不是合适，不够的钱由胡文化填上了。头上戴的草帽是李书记奖给他的，但他剪掉了外圈的帽檐。脖子上挂的项链是前几天李长花赏的。那天傍晚，他从街上买鞋回来，看到李长花背着大包小包吃力地走在田塅里，稍一犹豫便跑上去帮了她。她说真没想到才几个月不在村上，他这平日里看到人家火上房了都不喊一声，蛇钻自己屁眼里都不拉扯一下的人还能帮忙了，他这个平日里稀里糊涂、邋里邋遢的人也开始讲究了，穿皮鞋了。他嘿嘿笑了笑，说村上在变，黄国新都变了，他也得跟着变才行呢。她打开包，取出了这条项链给他。他看到了，那包里这样的项链还有好几条呢。李长花几个月前去了深圳，她女儿生孩子了。

郭滔跟王俏、刘部长反复沟通之后，让黄一欣和胡春晖、柳奎共同策划了这次“爱心面对面”活动，应邀参加活动的主要是村上的学生和老人。听说名单上没有自己的名字，杨世乐找了杨立业，又缠着郭滔，说他好想跟着去，做梦都想去。郭滔跟杨立业稍一商量，说他去可以，但得听从安排，注意形象。他满口应承着，就去买了皮鞋，还理了发。今天一早还洗了头，洗了澡，说不给村上丢脸。有人笑他，说又不是去做新郎官。他一本正经地说，新郎官他是早就没做梦了，但这回去省城还真梦到了。

当那女人听说他是村上的贫困户，也是五保户，过去还是个懒汉，便惊讶地打量了他一通，朝他竖了竖大拇指，拉着他就要合影。再听说村上十分美丽，而且是原生态的，乡亲们又十分好客时，那女人又竖了竖大拇指，说她记住了，盆中村，有趣的盆中村。王俏说那女人的中文名叫王娜，是长沙一所大学的外籍教师，常来这办业务。

黄一欣旗子一举，哨子一吹，排队跟着王俏鱼贯而入，进了大楼。今天上午登车之前，黄一欣和胡春晖又组织大家排了一次队，说了要注意的事项和要遵守的纪律。车是省行派过去的，两台小中巴。

“武行长，听说你是一个蛮大的官，比我们县里的县长还大，跟从前的知府差不多，那你怎么就没一点官架子，到村上没人鸣锣开道，现在又跟我们这些平头百姓平起平坐？”杨书才吞下嘴里的东西，看着武行长，“还听说为了陪我们，上头的会都没去参加了，那你会不会挨骂呢？要是让你挨了骂，我们心里就不好过了。”

“杨老伯，我可不是一个什么官，只是一个企业的负责人，就像你们村上石材厂的王厂长，还跟你们村上种植合作社的黄国庆黄理事长有点像，只是我们是银行，不像石材厂是生产石材，种植合作社是种水稻、茶叶、油茶什么的，我们经营的是钱。”武行长微笑着看了一圈会场，看着杨书才，“杨老伯，你放心，我跟上头请了假，没事。说起来，现在大家是一家人呢，何况你们还是我们请来的贵客，贵客来了，我理当作陪啊，我要不来，你们回到村上说不准会说我不懂事，不讲规矩吧？”

“不会。”杨书才连连摆摆手，再一挠头，“哦，你不是来了吗？”

武行长爽朗地笑了，杨书才跟着也笑。

座谈会结束后，王俏和刘部长领着大家去参观了行史馆，去营业大厅观摩了自动存取款机，体验了智能设备的操作，学习了怎么识别假钞，认识了美元和英镑，听理财经理讲解怎样实现家庭资产的保值增值，等等。

晚上，武行长宴请大家。杨世乐悄悄跟杨书才说他是做梦都没想到，能有机会在这么高级的地方，跟这么大的官一桌吃饭喝酒，得多吃点、多喝点。杨书才压根就没听他说话，一下闻着杯里的酒，一下盯着桌上的菜，手上拿着筷子，一副只等开席就出手夹菜的样子。

散席了，杨世乐走路歪歪斜斜了，杨书才走路也高高低低了。

武行长把胡春晖拉到一旁，说他跟黄一欣应该不只是普通的同事。胡春晖心一惊，脸一红，说他怎么看出来了。武行长说黄一欣挺优秀的。又要他别紧张，这是好事，但得注意影响，正确处理好工作和感情的关系。胡春晖点点头，说他记住了，会以工作为重，等村上摘了贫困帽再向她表白。武行长说那倒不必，看好了就追，别扭扭捏捏、犹犹豫豫，工作和恋爱是可以两不误、两促进的。

领着杨世乐他们看了橘子洲和湘江风光带的夜景之后，胡春晖陪着黄一欣去看望了许教授。听黄一欣绘声绘色地说了规划的实施情况和村上的各种变化，许教授毫不吝啬地夸奖了她两句，但接着就脸一沉，毫不客气地接连问了起来，问得她脸红了，支支吾吾了，大汗淋漓了。末了，许教授说找个时间再去村上看看。

杨世乐他们回到村上，到车棚迎接的郭滔和杨立业看到他们一个个神采飞扬地下了车，也就会心一笑，放心了。

旺旺跑过来，从衣兜里掏出一颗巧克力塞到杨立业的手上，说是那个武伯伯给他的，可甜了。杨立业要他留着，拿回去给他爸爸吃。他拍了拍衣兜，说还有呢。把糖纸剥了往杨立业嘴里塞，边塞边说下次他还要去，那个王阿姨说了，还有好多好看的、好玩的呢。跟过来的黄秀姑说她是不想去了，可惜吃了那么多好吃的，一上车就呕，一呕就全没了，白吃了，不如当初就让别人去好了。杨世乐凑过来打趣，要是不去，哪能看到好的、吃到好的，又哪会穿得这么好，跟新娘子似的。黄秀姑朝他手一指，眼睛一瞪，他连忙闪开了。黄一欣掩口而笑。胡春晖说黄秀姑是车坐得少，多坐几回就不会晕车了。

田富国半个月前回到村上，去了石材厂上班，跟黄爱国一个车间。

郭滔问田秀英这回去有什么收获，有什么感想。她说可多了，看了没看过的，吃了没吃过的，玩了没玩过的，而最想的是村上能多分点红，好存到银行去。

一见黄国新，杨世乐就笑他傻，要他去还不去，生怕耽误了那一天两天工，接着又一副得意扬扬的样子，扯了扯身上的T恤，说："你看看，你不去，这么好的衣服你就没得穿，那么多好吃的你都没吃着，那么多好看的你都没看到。"又一拍胸脯："哦，我还跟外国人照了相呢。"

"真的？"黄国新放下担子，摸了摸T恤，"我也不是不想去，只是我要去了，没人干活，刘初菊就忙不过来了。"

"哎呀，你傻呢。"杨世乐指了指黄国新，"那活是干不完的，而这就只一次，不去就没有了。再说了，你不在，那猪也不会饿死一头，刘初菊是个能干婆，会管好的，只是辛苦点而已。哦，场子里不还有宁丽吗？"

"哎呀，你不懂。她们是分了工的，刘初菊管场子里，宁丽管散户。散户越来越多，宁丽自己还忙不过来，哪还有工夫管场子里的事？"黄国新白了一眼杨世乐，"还有，我是宁愿自己辛苦点，也不想让刘初菊累着。"

"你呀，还真想癞蛤蟆吃天鹅肉啊！"杨世乐偏着头看着黄国新，"你也不想一想，人家当年是村上的一朵花，现在也还是一朵花。当年村上就有不少的人惦记着她，现在也有人还惦记着。你说就你这副样子，她能看得上你？那些惦记着她的人又能让着你？”

“我……我怎么了？”黄国新看了看自己，“我又没比哪个长得矮，也没比哪个长得丑。原来我一身疮，可早好了。过去我是懒，可我现在勤快了。我……”

“没错，你是变了。也就因为你和刘晓明都变了，大家不再笑你们，却笑我了。”杨世乐打量着黄国新，“不过，我看你还是别痴心妄想了，别把自己累得跟牛一样，到头来什么都没得到，白辛苦一场。”

“杨世乐，你在那乱说什么？”路边的池塘下冒出刘初菊的头来。

“我……我说着玩的。”杨世乐朝刘初菊嘿嘿一笑，见刘初菊伸手抓了什么要打，吓得连忙就跑。

黄国新跑过去，接着刘初菊托上来的满篼箕的水葫芦，说这活他来干，别自己下塘里去。刘初菊说没事，干得动的，不能全累着他。

杨世乐回头一看，见黄国新和刘初菊在那有说有笑的，心里不由得有一种说不出的滋味，就想莫非他黄国新还真是傻人有傻福？

见刘晓明正往鱼塘里撒着青草，杨世乐悄悄走过去，一拍他的肩膀，说婆娘又跑了，在这撒鱼草还有个屁用，快去把婆娘找回来，不去找，等变成了别人的婆娘，那就水过三丘田，一切都晚了。给拍得一惊的刘晓明一回头见是他，顺手就将手上的青草往他脸上一扫，说他知道个屁，吴春花不是跑了，是到深圳去挣钱了，挣到钱就回来的，而且他这鱼喂得越好，她回来得就越快。

那天刘晓明拿了字条，打着哭腔去找杨立业。杨立业看过字条，手一挥，说纸上只写了去深圳打工挣钱，没说不回来，既不用急，也不用愁，更不用去找，在家该干什么干什么，再把鱼喂好就行，鱼喂得越好，吴春花回来得越快。

没走多远，杨世乐回过头，看着在撒草的刘晓明，又想到跟刘初菊说笑的黄国新，再想到新娘似的黄秀姑，不由得心头一颤，脑子里闪出一个念头，自己也要成个家。可他马上又一摇头，再一笑，叹息着往前去了。

昨天，龙队和虎队的两面大旗插到了一起，标志着环村路顺利合龙，一个圈画圆了，一个环闭合了。

村上综合服务平台项目和扶贫房都早在半个多月前就完工了，只等选个日子就可以搬迁。郭滔说干脆环村路通车和搬迁同一天进行，让村上好好热闹一番，但得选个好日子。杨立业说择日不如撞日，大家早就盼着这天了，明天是有点忙不过来，就后天吧。杨书成说同一天这么多的喜事，村上从未有过，怎么都得请胡文化算个好日子才行。胡文化说后天就是个好日子，诸事皆宜，百业兴旺。他也巴不得环村路早点通车，都买好摩托了。夏时香和易美秀的身体都差一些了，他得多回去看看她们。

今天一大早，杨立业和郭滔就迎着霜风，往垭口一侧的山顶爬了上去。刚到山顶，只见一轮红日喷薄而出，霎时霞光万道，大地通明，山下的景色尽收眼底。高速公路高架桥上的小车一闪而过，与之并排的正在建设中的高铁的钢轨在朝阳下闪着光芒，转身一看，田塅历历在目。砖窑上几缕烟时浓时淡，摇晃着升起，又慢慢消散，有人爬上了窑顶，这看看，那看看。杨立业认出来了，那是黄显贵。一台拖拉机在田间来回跑着，杨立业知道，那是黄国庆他们在翻地，准备播种油菜等庄稼。

石材厂切割的声音隐约可闻，偶尔的放炮破石的声响让人感觉到脚下都在轻微地震动。砖窑上的烟随风飘过来，尽管已经散开了，似有似无了，但还是能闻到淡淡的硫黄味。郭滔侧耳听了听，又闻了闻，再望了望石材厂的方向，看了看山下的砖窑，欲言又止。杨立业看到了，知道他想说什么，但没问，也没说。两人相视一笑。

望着田塅，郭滔说环村路加上这通往镇上的路，就像一个偌大的“6”。杨立业说也像一个“9”。郭滔说还像一个“Q”。杨立业说如果再把连接田塅东西和南北的路修好，田塅里的路就成了一个“田”字，就更方便村上东西南北的往来了。郭滔说如果把连接石窝村和枫树村的路拉通，就是一个“申”字了。杨立业望着对面远处起伏的山峰，说如果沿着石板路，把通向邻县的路也对接上，村上就四通八达了。

有人说环村路如果没有银行的资助，不可能这么快修好，这路就以银行的名字命名，再立一个碑。有人说这主意好，有些地方就是这么做的。杨达成说这样是好，人家出了钱，是该得个名，往后再让人家出钱，也有话好说。黄一欣说这未尝不可，等村上的乡村旅游火起来了，来村上的人一多，这既是一个景点，也推广了银行的品牌。杨立业说这路确实来之不易，是该有所记载。

郭滔打电话请示武行长，没想到劈头盖脸地挨了武行长一顿严厉的批评。末了，武行长要他记住，银行是去扶贫的，帮扶队是去干事的，不是去图名图利的。

听郭滔将武行长的原话一说，有人沉默了，有人说武行长也太那个。杨达成说这名怎么都得命，这碑怎么都得立，先立了再说，立了总不至于再砸了。杨立业说立了再砸了，就不如不立。黄一欣说从全局和长远看，这碑立比不立更好。

见柳奎有话要说，胡春晖就将话含在嘴里，示意柳奎先说。柳奎说他琢磨过了，武行长虽然说了银行是来扶贫的，帮扶队是来干事的，不是来图名图利的，但并没有说路不能命名，碑不能立，关键是看名怎么命，碑怎么立。见郭滔用鼓励的眼神看着，他便接着说，武行长说过，因为扶贫，因为这路，银行和村上已是心连心，是一家人了，村上也因为有了这些路和还将要修建的路而走出贫困，走向富裕，走向文明，走向美丽，因此，这路叫连心路最合适。杨立业赞许地点了点头，看着郭滔。郭滔说这路确实是一条连心路，不仅连着村上和银行，还连着村上和政府，不仅是一条连心路，也是一条致富路、幸福路。

胡春晖说他有一个建议，村上的路统称为连心路，通往镇上的称为连心一路，环村路称为连心二路，接下来连接枫树村和石窝村的分别叫连心三路和连心四路，再之后贯通东西和南北的分别称为连心五路和连心六路。

一番商讨之后，一致同意路碑不仅要立，而且要立好，碑上不仅要记载连心一路和二路的修筑背景和过程，更要写出这路对村上的价值和意义，不仅要书写已修筑好的连心一路和二路，更要展望未来的“田”字路和“申”字路，给人展现出未来村上四通八达的路网和场景，不仅要表达对政府、对银行、对帮扶队的感激和感恩之情，更要表达对乡亲们的奋力拼搏和无私奉献的赞颂和敬意，让这碑不只是一个标志，也要成为一个景点，更是一个村上的教育基地。

回家时，杨立业绕道去了胡明国家，向躺在床上的胡明国报告了通车典礼和村部搬迁等的准备情况，及道路命名和立碑的事。胡明国撑着坐了起来，说环村路通车也好，村部搬迁也好，黄国新等人入住新居也好，都是大事，其他的都可从简，黄国新等人入住新居一定要热热闹闹，不能冷冷清清。

一出胡明国家的院子，杨立业就跟郭滔打电话商量，建议将明天通车典礼和村部搬迁要燃放的鞭炮调出一部分，分发到黄国新等人的新居那边去。

前几天挑灯夜战修路，突降大雨。不少人一窝蜂躲进了工棚，胡明国却冒雨抢搬水泥，收拢沙子。见胡明国冲在雨里，有的人也就跟了上去。虽然雨不到半个小时就停了，但胡明国早已一身全湿透了。有人朝打着喷嚏的胡明国一竖大拇指，说老支书就是老支书。

杨立业从胡明国家出来时，石磊刚从县城回到村上。今天一早，他接到宁大贵的电话，说县里有一个项目，推荐了他去跟人谈。他立马去了，没想到跟他谈的人竟然是杨一鸣。杨一鸣直言不讳地说这项目到他手上是第四手，没多大赚头了，如果他愿意接手，就只收一点茶水费。他一想上手是杨一鸣，转手也没漫天要价，又是宁大贵推荐来谈的，也就接了，但路上细细一算，扣除要交给宁大贵的介绍费，就真没什么赚头了，还必须一切顺利，人工和材料等一概不涨价。

后来一打听，这项目其实是宁大贵中的标。石磊非常生气，却只能装着不知道，但心中有了摆脱他、远离他的念头，又给杨一鸣打了电话。杨一鸣说他不知道是宁大贵中的标才接手，因为知道才要转手。石磊说他们之间往后可以多合作。杨一鸣只呵呵一笑，既没说行，也没说不行。

想着明天连心二路要通车，村部要搬迁，黄国新等人要入住新居，杨立业莫名地兴奋，又莫名地担心，在床上坐起来又躺下，躺下又坐起来，就想给叶卉打个电话，一看时间太晚便放下了手机，往床头一靠，眼睛一闭，却仿佛听到了郑时兴在呻吟，又仿佛看到郑时兴从田堘走过来。他一惊，连忙下了床。

迎着霜风，杨立业走出院子，往田堘走了一段，只听到蟋蟀等虫子的鸣唱，不再有郑时兴的呻吟，只看到朦胧的山峰，哪里有郑时兴的影子！

就在杨立业走出院子的时候，黄国新刚干完活坐下来，一坐下来就纠结起来，明天是搬还是不搬，搬吧，怕刘初菊不让他回来住了；不搬吧，又让杨立业为难，可自己又不好去问刘初菊。怎么办呢？他装着不让刘初菊看见，一闪出了门。

杨立业怏怏地往回走，刚要进院子，隐约听到后边有了脚步声，一回头见是黄国新，便问他这么晚了，还去哪。他说不去哪。杨立业问是不是找他有事，黄国新点点头，说他不想搬新房子。杨立业看着黄国新，问是房子不好看，还是房子建得不好，是房子不好用，还是缺了什么东西。黄国新摇头说不是，就只想睡在养殖场，睡在那干活方便，要不跑来跑去的，工夫花在路上了。杨立业哈哈一笑，说他没说实话，应该是担心一旦搬了房子，刘初菊就不让他回养殖场睡了，就不能日夜守着她了，他不在养殖场睡，刘初菊就要干更多的活，会累着，而且他不在养殖场，别人有机可乘，把刘初菊抢走了。黄国新愣了愣，说他怎么都想到了。杨立业哈哈一笑，说他这点小心思瞒不过谁。黄国新一甩手，说反正他是真不搬，打死也不搬的。

远远地有人来了，杨立业看出来是刘初菊。刘初菊说就知道黄国新准是跑这来了。黄国新往杨立业身后躲。杨立业说倒也没什么，他只是说明天不想搬新房子去。刘初菊说那当然要搬了，谁要不搬就是为难村上，为难支书；谁要只想着自己，不为村上着想，不为别人着想，她就看不起这样的人，养殖场也不要这样的人，随他去哪得了。黄国新一急，蹲了下去。

杨立业看着刘初菊，说黄国新不想搬倒不是有意要为难谁，是怕跑来跑去的时间花在路上，耽误了干活，也是心疼她，怕累着她。说着轻轻踢了一下黄国新的脚。黄国新连忙站起来，说是这样。刘初菊说真要是为她好，明天就痛痛快快、高高兴兴地搬过去。黄国新看着刘初菊，咽了咽口水，说他搬过去可以，但得让他再回那边睡。刘初菊扑哧一笑，说谁说了不让他回那边睡了，谁又绑了他的手脚了。黄国新一跳，说好，搬，明天就搬。

见刘初菊和黄国新一同消失在夜色里了，杨立业才往回走，边走边想这黄国新看上去傻傻的，却还有点小心计，想着就笑了。

这时，杨世乐敲开了郭滔的门，说他明天不想搬，要搬也得跟他们走，他们对他好，不想离开他们。郭滔说村部搬迁之后，他们也不住在村部了，已租好了杨书才家的房子。杨世乐说那快把杨书才家的房子退了，住他那里去，他不收他们的钱。郭滔笑了，说他那房子才那么大，住不下的。他说没事，挤一点更热闹。郭滔问他是不是怕孤单。他说这些日子跟他们一起吃住，热热闹闹的，习惯了，一下子又要一个人，想着都没得味道了。郭滔说那就找个老伴，会比跟他们在一起更有味道。杨世乐说那当然好啰，可谁会跟他呢。他说着叹息一声，往自己的房间去了，他想到了黄秀姑。

听说帮扶队要租房子，杨书才第一个跑了来，请郭滔他们住他家去。郭滔以为他会讨价还价，没想到他一开口就说租金只要多少，是不数一分钱也行。柳奎悄悄跟胡春晖说，这不是杨书才的风格，肯定有名堂。杨书才搬了一个箱子就走，说先拿过去，算是定下住他家了。走到楼梯口又回过来，悄悄跟胡春晖和柳奎说，小满好喜欢他们的，就等着他们去辅导他的功课，好在村上得奖呢。胡春晖和柳奎相视哈哈大笑。

杨立业刚躺下，莫名地心一惊，坐了起来。就在这时，查房的护士看到郑时兴的手指动了，又动了。

又复核了一遍，没错了，黄国庆才把数字抄在了分红一栏上，放下笔，捶着腰，说还好，比预想的真多了些。付秀珍拿起桌上的报表看了看，说是没想到呢，社里还有这么多钱拿来分红。

“能有这些钱拿来分红，主要得益于增了产，又增大了利润空间。”黄国庆说，“今年虽然遭了灾，但总体来看还算风调雨顺，虽然有的田地给水冲坏了，但大多恢复了生产，补种上了庄稼。不管是田里的还是地里的，不管是稻谷、红薯、洋芋还是茶叶、油菜、油茶，总体上都是增产的。而产量能上来，一是扩大了种植规模，一些荒田荒地都种上了，二是单产大多数田地有所提高。这得感谢天老爷，虽然下了一场大暴雨，但没有大旱，也得感谢郭书记和立业他们，要不是他们动员得好、组织得好，田地流转就不会那么快、那么多，水灾的损失肯定会更大，恢复生产不会那么快，还得感谢书成叔这个师傅和顾问，感谢他把田地流转过来，带动了更多的人参与流转，感谢他指导和督促精耕细作，要不稻子长不了那么好，稻谷不会那么饱满。”

“那是。”付秀珍点点头，将报表放到桌上，“书成叔过去是有点保守，不愿意将他里手的东西教给别人，生怕别人家的庄稼盖过了他的。现在好了，什么都舍得说了，就怕你学不到。手也松多了，谁还要说他是铁公鸡，看我不骂死他。”

“不用你骂，不管是当面还是背后，早就没谁叫他铁公鸡了。”黄国庆在桌前坐下，“这利润空间增大，大就大在正好赶上了行情不错，稻谷也好，茶叶也好，茶油也好，都卖了个好价钱，还有就是连心一路和二路一通，运输方便了，成本也降低了。这路还真是一条生财之路、赚钱之路。这可得感谢银行和帮扶队，也得感谢政府和郑时兴了。”

“是得好好感谢人家郑主任才行，人家差点命都送在村上了。”付秀珍叹息一声，“也不知道他恢复得怎么样了。”

“立业前两天去看了他，恢复得不错，医生说也算是奇迹了。”黄国庆喝了一口水，“立业还邀请了他来参加村上的分红大会，他满口答应了。”

“说到这分红，我回头一想，你当初辞了村主任不干，一心来搞种植，当这个合作社的理事长，我看是来对了。”

“你今天才知道对了啊？”

“其实早就觉得你是对的了，只是……”笑着的付秀珍眉头一皱，“噢，你天天忙社里的事，家里的事都没沾边了，你给自己算了多少工钱？”

“跟在社里干活的人一样，按工分算呗。”

“一样？那不合理吧？”

“是有点不合理呢。你看，算下来，我的工钱比他们谁都高。”

“你当然应该比他们高了。”付秀珍边说边翻看着工资表，“我看你就是比最多的再翻一番也不为过，不会有谁说半个‘不’字。”

“平心而论，你说得也不是没道理。只是这工钱高也好，低也好，关键还得社里好，如果社里没搞好，再怎么算也算不出工钱来，而社里红火了，工钱自然就水涨船高。要是只讲工钱，那立业回来当这个支书，就是亏大了。”

“哟，还跟立业支书比了，觉悟比老鹰坡还高了啊！”付秀珍放下工资表，“那你上次去镇上买化肥，给人扒走的钱是自己背了，还是算合作社的？”

“钱是我丢的，是我没保管好，怎么好让社里出呢？”

“那你也是给社里办事，别人不会说什么。”

“等别人说你什么，那你的名声就坏了，那点钱就买不回来了。”

“好，说得真好！”黄一欣说着进了门，稍浏览了一下表，朝黄国庆两个大拇指一竖，上楼去了。

付秀珍看一眼走到楼梯口的黄一欣，看着黄国庆说：“那你就是自己背了，也得说在明处，让大家知道，别自己吃了哑巴亏。”

“你又不懂了吧，这还只能吃哑巴亏了。”黄国庆瞟一眼黄一欣，“自己多长记性，往后多注意点，不再吃那样的亏。”

“这倒也是，免得别人还说你办事不老成，钱都给人扒了。”付秀珍点点头，“还有，你如实说给人扒了八百块，别人还以为你只给扒走了三百或是五百，说你报了毛数，想占公家的便宜，想……”

“你们别想那么多，没那么复杂。”黄一欣的声音从楼梯上飘下来。

“那是你太单纯。”付秀珍朝楼梯那边说。

“单纯点好。”还是黄一欣的声音。

“我看也是。”黄国庆说。

“好好好，你们都单纯去，我睡觉。”付秀珍横一眼黄国庆，上了楼。

这时，刘初菊正说着养殖合作社可以拿出多少钱来分红，宁丽和黄国新分别可以领到多少工资。宁丽说她拿到的工资虽然比在外打工少了点，但含金量更高，钱更经用，而且这是给自己干活，在外边是给人打工。又说刘初菊的工资应该比她多，跟她一样，就不合情理。刘初菊说没有她加入合作社，社里就不会有现在这个样，她干活不比在外打工轻松，工资却要少，肯定有委屈，明年社里更好了，工资就不比在外打工少了。宁丽说她没委屈，只是觉得刘初菊吃亏了。刘初菊说没事，说不上是吃亏，就是吃点亏也是为村上、为大家，值得。黄国新看看宁丽，又看看刘初菊，说那他的工资再减一点，不能比她们多。宁丽说他多是应该的，合作社就数他最辛苦，重活脏活就他干得最多。刘初菊点点头，说按理他可以得到更多，但现在只能这样，还得让乡亲们都多分点红。宁丽一拍手说差点忘了，她也是村上的一员，还能参与村上分红的，说不定加上分红，那收入就比在外打工还多了。

见宁丽起身要走，黄国新说他还有一事想问，就是吴春花养鱼、养鸭肯定是亏了，可她人都去外边打工了，那是不是要归刘晓明背上。宁丽看一眼刘初菊，说那当然了。黄国新一下站了起来，说那不行，刘晓明背不起的，要背他跟刘晓明一起背，扣他的工资好了。宁丽哈哈大笑。黄国新问她笑什么。她说笑他好样的，够朋友。刘初菊要他别急，吴春花养鸭正好收支两抵，养鱼前期是亏了不少，好在后来刘晓明喂得不错，鱼长得快，看相又好，还卖了个好价，扯平下来亏得也就不多了，合作社填上了。黄国新长吁了一口气，说那就好。宁丽看一眼黄国新，朝刘初菊会心一笑。刘初菊看一眼黄国新，笑在心里。

一大早，望着纷纷扬扬的雪花，郭滔说瑞雪兆丰年，今天是个好日子，是村上的吉日，也是村民的吉日。杨立业将村上的分红大会选在了腊月十八这一天。

村部大会堂里坐的坐、站的站，黑压压的满是人。胡明国说村上还从没开过大家这么积极又这么多人参加的会呢。

亮哥在那前前后后、里里外外地忙着又是采访，又是拍照。他既是应邀为分红大会报道而来，也是为赏雪而来。当黄一欣昨天下午打电话给他，说村上有一个分红大会时，他已有几分惊喜，说这是好题材、好素材，而当今天一早听说村上瑞雪纷飞时，他更是喜出望外，开了车就走。

李长花、胡文化、宁丽等人的暖场器乐独奏和歌舞表演结束之后，主持人胡春晖和黄一欣邀请武行长、李书记、郑时兴、陈小军、方小竹、郭滔、杨立业、王成文、黄国庆、刘初菊、黄显贵等人在主席台上就座。

杨立业宣布授予郑时兴为荣誉村民。郑时兴接过证书，流着泪看了又看，摸了又摸，扶着桌子，颤颤巍巍地站了起来，哽咽着想说又说不出来，嘴唇抖动了一会儿，朝台下深深而又久久地一鞠躬，才扶着桌子坐下去。

胡文化扬了扬手上的分红款，说这是他第一次领到由村上发放的钱，而且是村上分红的钱，他感到无比快乐和幸福。接下来他本想说，但这钱他不能拿，因为他没上过一天工地，没给村上创造什么，受之有愧，村上还有许多的事要干，要用钱的地方还很多，因此，他把这钱捐给村上，用于村上的公益事业，可见杨立业在朝他使眼色，便没说了，心想等过后再捐不迟，别在这引起误会和误解，误导和影响了整个分红大会。

杨书才看着别人领取分红，盘算着他家能拿到多少钱，又联想到了连心一路自己还有一点工钱没兑现，就悄悄怂恿旁边的刘晓明提出来，说现在村上都有钱分红了，那欠着的工钱也该全部兑现了，别再留着尾巴。没想到刘晓明白了他一眼，没好气地要他提去，自己可不丢那个脸。他讨了个没趣，也就没提了，心想也是，又不只是欠着他一个人的，不少人比他还多得多，人家都不说，他又何必去出这个头，又何苦去讨人嫌。看在眼里的杨立业朝杨书才点点头，又一笑。杨书才心一跳，脸一热，心想幸好没提。

等最后一个领取分红的人捧着钱笑呵呵地回到座位上，杨立业跟郭滔交换了一个眼神就站了起来，说请大家相信，村上承诺过的工钱一定会全部兑现，村上没有忘记，他也没有忘记，但兑现不在今天，今天只是分红。见杨立业看着自己，郭滔便接着说今年村上是有所提留，但考虑到连心三路和连心四路春节过后就要开工，尽管已争取到了上边的支持，但跟连心一路和连心二路一样，还得由村上自筹部分资金，但村上不想再让大家来捐款，就在积极多方筹措资金的同时，决定这次暂时不兑现所欠的工钱，将分红后的提留用于村上的基础建设，兑现就放到明年，明年村上的收入应该会有较大幅度的提升，大家的分红和村上的提留相应都会增加。

不等郭滔说完，刘晓明就斜一眼杨书才，手一举，说还提什么修路的工钱，这分红大多数人可不比工钱少，反正工钱他是不要了，算做义务工。有人说刘晓明工钱最多都不要了，那他也算做了义务工。见大家纷纷表态，杨书才咬咬牙站了起来，说他也不要了，谁要再提工钱的事，就是叫化子。坐在前边的杨书成回头看了一眼杨书才，心想他这回总算说了一句人话。

分红大会一散，太阳就笑着走出了云层，大地顿时一片红装素裹。见黄一欣在前边打着手势，胡春晖一点头，再一招手，说义工队的跟他铲雪去。黄爱国看了看天，再望了望路，要胡春晖留下陪武行长他们去村上考察，他带义工队去连心一路铲雪。

郭滔和杨立业陪同武行长和李书记等人踏雪来到茶厂。厂房是现代钢架结构，主体设备正在安装。黄国庆边指点着边对武行长说，银行的贷款到位非常及时，主体设备的安装春节前完成，春节后即进行生产调试，按时投产应该没问题。武行长说那就好，在这个偏僻的小山村里创造了深圳速度，算是一个奇迹。杨立业说这得益于银行的贷款支持，否则没钱建厂房、买设备；得益于连心一路和二路的建成通车，要不厂房的构件和生产的设备都进不来；得益于黄国庆在这方面多年的思考和辛勤的付出，要不也没这么快。黄国庆摆摆手，说他对茶叶和油茶什么的是琢磨几十年了，算是懂得一点皮毛，但对这全自动的茶叶机械还了解不多，得好好学习。又说他跟枫树村和石窝村及周边其他村都谈好了，到时候会把鲜叶优先卖给厂里，原材料应该没问题，销售上他也有了一些渠道，但还不够，还得请各方面多支持。武行长和李书记都说没问题。胡春晖说村上的茶叶品质好，又是生态茶，只要把控好质量，设计好包装，搞好品牌推广，再线上线下一同发力，销售应该是有市场的。

站在峡谷口，武行长四面看了看，说这又是村上乡村旅游的一处好景点，而如果在峡谷的南端修一座小水坝，让河水水位适当提升，再将连心三路打通，这里就更是一道多姿多彩的亮丽风景了。杨立业说很早之前，枫树村就想在南边建坝，可盆中村不肯，而盆中村想打通连心三路，枫树村又不同意，为这还打过架。李书记说杨立业提出“一一二”工程后，镇上非常支持，先后组织盆中村和石窝村等开过协调会，枫树村勉强同意了盆中村打通连心三路，修坝的事他再跟枫树村说说看，原来枫树村对修坝有兴趣是可以引用河水灌溉一片粮田，后来他们在山下发现了一处水源，也就无所谓了。武行长说坝不急，路优先。李书记点点头，说这路虽然不长，但工程量大，难度大，不好修。武行长说那是的，而且修建的过程中务必做到不破坏环境，不破坏生态，不影响山体，不填塞河道。郭滔说记住了。

看着崖壁上的小毛路，想着要在那修建出一条宽阔的大道来，还要做到武行长说的“四不”，杨立业在心里问着自己，能行吗？行，必须行！怎么修呢？他想到了石材厂，想到了王成文和黄爱国，想到了借助他们的技术和力量。

杨书才一进门就叹气，说后悔了，白白少领了钱。吴月英知道他后悔什么，却故作不知，问他怎么就白白少领钱了。杨书才白她一眼，怪她当初不打总成，多流转点田地。她说他是屙屎不出怪茅屎屋，当初黄国庆三进家门，她只说一句杨书成都同意了，却骂她多嘴。杨书才瞪她一眼，往火桶里一钻，将小被子往头上一蒙，说睡觉，不吃饭，别喊他。在一旁看书的小满忍俊不禁，见吴月英打着手势，连忙捂住了嘴巴。

树上的雪团哗啦哗啦地落下来，在树下成了堆，又悄悄地矮了下去。屋檐水哗哗地往下淌，跌落在檐下的小水沟里，溅起的水花湿了台阶。

杨书才小被子一掀，一翻身下了火桶，趿着鞋就走。吴月英问他去哪，太阳都快要下山了。他边走边说找黄国庆去。

眼前一暗，跟着师傅在调试机器的黄国庆知道是太阳下山了，听到身后有喘息声，一回头，见是杨书才，便问他是不是有事。他说不急，要黄国庆先忙。

天黑了，地上却亮着，那是有道路边、田埂上、山岭间、河堤上……这一团、那一摊、这一块、那一堆的雪映照着，仿佛一盏盏千姿百态的灯。

连心二路上，杨书才边走边说他想把哪里和哪里的田地流转了。黄国庆笑了笑，说哪里和哪里的田地都暂时还不适合流转，得等一等。

回到家，杨书才又是唉声叹气。吴月英问他怎么了。听他说了去见黄国庆的情况，吴月英笑了笑，说他别以为就自己精，就自己会算，别人就傻，是糊涂虫，他只把冲里的田和全靠天吃饭的田流转给人家，把田畈里的田和能成片的田就自己留着，人家当然不会要了。小满插话说换了是他，也不会要的。杨书才朝小满一扬手，吓得小满头一缩，吐了一下舌头。吴月英说小满说得在理。又说不过也别急，等一等就等一等，自己种着也挺好的。杨书才横一眼吴月英，说她懂个屁，等着钱就在手上跑了，他得再去跟黄国庆打个商量去。

杨书才唉声叹气之时，刘晓明正跟吴春花打电话，兴奋地说他们家一共分了多少红。吴春花不相信，他就一一说出来，种植合作社分了多少、养殖合作社分了多少、石材厂分了多少、砖瓦厂分了多少、村上的提留分了多少。吴春花说那真没想到。刘晓明说还有更没想到的呢，养殖合作社将她养鱼的亏损都填上了，没要她出一分钱。田秀英拿过手机，问她哪天回家过年。她说得先看看，到时候再说。听她这么一说，刘晓明心一沉，失落和忧愁一同上了脸。

这时，黄一欣收到了亮哥微信发来的分红大会的文稿和图片。图片中有领到分红款的笑脸，有抖动着数钱的粗糙大手，有银装素裹的田畈，有雪中咕噜喷涌的温泉，等等。亮哥说明天的市报会见报，省报周末副刊也会发稿。

黄一欣立马将亮哥发过来的文稿和图片转给了郭滔和杨立业。刚到家的杨立业正欣赏着图片，叶卉来电话了，却好一会儿没说话，他便等着，也没说话，心想这是怎么了。那头终于说话了，说宁大贵和于局长又给带走了，他们的保护伞这回是彻底打掉了。

前几天，张县长接任了常务副县长，而前任正是宁大贵等人的保护伞。

# 第十四章
# 喜结连理

方小竹和胡文化说笑着出了门，跟扶着门框的夏时香扬了扬手，说过年时再回来。夏时香一只脚跨出门槛，要方小竹早点回来，她数着日子的。

端着碗的吴翠莲出了门槛，边看着走出院子的方小竹，边对屋里说方小竹走了。在屋里吃饭的陈小军说她是得先走，上县城赶去深圳的高铁。回到屋里，吴翠莲忍不住还是说了，说方小竹现在还是一个人过，一直没合眼缘的。又说方小竹跟胡文化早成兄妹了，是不可能那个了的。陈小军明白她的意思，却不接腔。吴翠莲见他不说话，也就不说了。见她不说了，他又有点失落了，扒了两口饭，碗一搁，出了门，站在台阶上，望着方小竹和胡文化并肩走着，心里莫名地一酸，转身进了屋，拿了酒壶就倒。

见方小竹走近了，坐在驾驶员位上给许教授发微信的黄一欣连忙下车开门。她主动跟杨立业说送方小竹去高铁站，心想路上跟方小竹多聊聊。

方小竹刚要上车，一辆小车在前方一侧停了下来。一下车王娜就径直走向方小竹，问温泉在哪。见是王娜，黄一欣跑过去就来了一个拥抱。王娜说她是在网上看到了分红大会的场景，看到了盆中村的美景，是既感动、又震撼，不来都不行了。

黄一欣正要打电话给胡春晖，要他赶紧来送方小竹去县城。方小竹按住了她的手，说王娜问的是她，她理当带她去看，可不能怠慢了客人，再说她也想去实地看看温泉，很多年没去过温泉那边了，可以改签一下车票，坐最晚一班车去深圳。黄一欣问会不会误了她的事。她说还是村上的事大，接待好王娜更要紧。

刚要上车，又一辆车开了过来。坐在副驾驶座上的一个姑娘放下车窗，摘下墨镜，问这是盆中村不，他们几个是来看温泉、看雪景、看古树林、看石板路的，她叫小颖，是看了亮哥的文章慕名而来的。

昨天在夕阳下送走武行长和李书记之后，郭滔陪郑时兴在村上走一走，赏赏雪景。杨立业则把陈小军和胡文化，还有方小竹和黄一欣叫到一起，详细通报了一年来村上的规划实施和增产增收情况，及明年要实现村民人均收入达到多少，村上要摘掉贫困帽的工作目标。黄一欣则有意把话题引到村里的乡村旅游上来，说宁大贵等人看到了村上丰富多样的乡村旅游资源，曾来村上考察过，有意来投资，但村上没答应他们，觉得还是村上自己来搞更好，村上的人来投资更好。方小竹明白这话是说给她听的，却没直接回应，只是说村上的旅游资源确实是十分丰富，乡村旅游也是未来的热点，更是村上走向致富和繁荣、文明和美丽的重要路径。见方小竹没有正面回应，黄一欣也就不说谁来投资了，只是将村上现有的和潜在的旅游景点如数家珍、绘声绘色地一一道来。

等黄一欣说完，杨立业开门见山就说，他的想法是，肥水不流外人田，村上的乡村旅游就请方小竹多回来投资。胡文化说这个他赞成，方小竹是个带财的人，不像那个宁大贵，一副贪婪霸道的样子。陈小军说如果方小竹能回村上投资，那他部长也不当了，回村上给她当助手。胡文化瞟一眼陈小军，心想还有自己呢。方小竹只是笑了笑，不置可否，心里却在想着村上乡村旅游能不能搞得起来，能不能给乡亲们带来什么，可别不但不能让乡亲们增收增效，反而增添麻烦和负担，不但得不到乡亲们的认可和夸赞，反而让乡亲指责和咒骂。

温泉在连心二路下方的河滩边，在阳光下闪着耀眼的光芒。小颖一下车就说闻到了一股好闻的带香的硫黄味，又说她感觉到了脚下的温热和在流淌的脉动，真是太奇妙了。她说着就冲泉眼奔跑过去，踏着浅水里的石礅，轻盈地飞到泉眼跟前，蹲下，伸手想掬起水来，却朝身后站在石礅上的王娜说怕弄脏了水。

回到连心二路上，望着带着热气汇入流金河的清亮泉水，闻着弥漫在空气里淡淡的特有的清香，王娜说这么好的资源让它在这孤独地陪伴日月，虚度时光，不能造福一方，真是可惜。方小竹蓦然心动，一种愧疚感油然而生，也有了新的想法。

接下来，方小竹陪着王娜和小颖他们去看了瀑布和古树林，走了石板路。太阳快下山了，王娜和小颖他们都意犹未尽，说明天接着在村上游玩。

方小竹打电话给杨立业，说把村上的乡村旅游搞起来她责无旁贷，也有了兴趣，但投资怎么投、投多少，她得琢磨一下，过年回来时再好好聊一聊，温泉确实不能再荒废在那里了，得尽快利用起来，造福村上，造福社会，可以分两步走，先建两个浴池，男女分开，供乡亲们日常使用，这钱她来出，之后建一个与乡村旅游配套的度假休闲中心。杨立业连连说好，浴池他马上做出一个方案，尽快动工。方小竹说浴池要有围墙，不能露天，里边要有供歇息和放置衣物的地方和设施，不能太简单。黄一欣说她是大手笔，又想得这么细致、这么周到，真是难得。方小竹谦和地笑了笑。

胡春晖送方小竹去高铁站。一上车方小竹就聊起了黄一欣和杨立业，又说起了刘初菊和黄国庆，也说到了杨书成和黄显贵，还谈到了黄国新和刘晓明等人，说正是他们让她看到了村上的未来和希望，也让她对村上信心满满。胡春晖说村上这两年变化确实很大，而这变化不只是村上的面貌，更重要的是村上的人和他们的内心世界。

一大片嫩绿的油菜给夕阳染得绿里泛红。看着郭滔和柳奎站在田埂上，跟黄国庆等人在指指点点，方小竹说她深感愧疚，帮扶队不是村里人，却比她这个村里人对村上贡献更多、奉献更多，她是由衷地敬佩。

黄一欣把王娜和小颖他们都安排在了自家吃住。付秀珍可高兴了，特意给他们连夜做了粽叶粑。吃着粽叶粑，小颖说村上有好看的、好玩的，家里又有多余的房子，还有这么多好吃的小吃和山珍，完全可以办民宿了。付秀珍问民宿是什么。小颖吞下粽叶粑，打着手势解释了一番。付秀珍拍着手说，那敢情好，反正房子空着，又在路边，客人来去方便，家里又喂了鸡鸭，门前塘里有鱼，想吃了一捞就有，山上有的是蕨、竹笋、蘑菇和各种野菜，还有茶耳朵、三月苞、黑杨梅、金银花、毛栗子、野柿子、糖罐子什么的，能摘来吃的东西可多了。

临走时，王娜和小颖都要数钱，付秀珍怎么也不收，说她家现在还不是民宿，下次来了再收。又给他们每人包里塞了两个粽叶粑和一包干野菜。送走王娜他们，黄一欣转身朝付秀珍一竖大拇指，说好，干得漂亮。

鸡又叫了。杨世乐坐了起来，从枕头下摸出小红绸布包，打开将钱数了又数，然后包好，放枕头下，却还是睡不着，只好又起来，又数着那钱。

小布包里是杨世乐领到的分红款。他这一辈子还是头一回看到那么多的钱就那么你一沓我一沓地分走了，自己也是头一回一次领到这么多的钱，做梦一样呢。他兴奋着，想过把钱存到银行里去，那里又安全又有利息，想过去镇上找一家好馆子，吃喝一顿饱足的，或是买一身像样的衣服，买几样过年的物资，但又一一给他否了，却又不知道这钱到底放哪里，到底拿来干什么好。窗口透进亮光时，他突然想到了黄秀姑，却又摇了摇头。

出了门，杨世乐沿着连心二路漫无目的地走着，手插在衣兜里，攥着小布包。听到脚步声和说话声，他猛一抬头，见是刘初菊和黄国新一前一后抬着猪笼从路旁的院子里走出来，便上前问他们去哪个家里了。刘初菊说去了黄秀姑家，她家那头大肥猪昨天出了栏，一早给她送一头小猪崽过去。

黄秀姑在台阶上剁萝卜白菜，准备加了碎米煮给小猪崽吃，听到背后有人咳了一下，一扭头，见是杨世乐，便直了腰，问他来干什么，吓她一大跳。他支吾着嘿嘿笑了笑，掏出小布包往她手上一塞，转身就跑。她一愣，看了一眼小布包，再捏了捏，撂下刀，追了上去。

杨世乐跑出了院子，跑下了石级，往旁边的石墙后一闪，屏息靠墙站着，想着黄秀姑会不会追过来。他听到了自己的心跳声，听到了自己的喘息声。

追下来的黄秀姑只顾着找杨世乐，没注意脚下，最后一个石级踩空了，正好杨世乐忍不住探出头来，见黄秀姑一个踉跄，连忙出手将她扶住。

“你这包的什么？”黄秀姑推开杨世乐，将小布包往他手上一塞。

“分红的钱。”

“给我干吗？”

“都想了两个晚上，就不知道放哪里好。”杨世乐嘿嘿笑了笑，“我……我想到了你，就觉得还是给你最好。”

“给我？”黄秀姑皱了皱眉头，“为什么要给我？”

“你人好啊！”

“人好又怎么的？我又不是你的什么人。”

“你……你是我喜欢的人啊！”杨世乐说着就将小布包往黄秀姑衣兜里塞，“那次去省城回来，一路上我看你是越看越有味。”

“你……你别老不正经的，乱说一通啊！”黄秀姑脸一热，边说边捂着衣兜，“这我不要的，你快走，别让人看见，别……”

黄秀姑话还没说完，一个土块就砸在了杨世乐的背上，吓得他将小布包往黄秀姑胸前一抛，抱头就跑。黄秀姑四下看了看，见没人，杨世乐也早跑远了，又担心小布包给人捡了去，便忐忑着飞快地捡起小布包，往衣兜里一塞，四下张望着上了石级，往家里走。而从黄秀姑追下来到上石级，这一幕贺小英全看在眼里，虽然不知道他们是在干嘛，但也猜出了几分，心想这又是好事。她是去刘初菊家的。

杨世乐一口气跑到连心二路才停下来，坐在路边的石磡上，喘着气望着路口，琢磨着砸土块的人，又想着小布包黄秀姑是不是捡了回去，他看到小布包是滚落在地上的，要是给别人捡了去，就可惜了。见有人走了过来，他起身装着若无其事地往回走，想去看小布包是不是还在地上。

见田富国一脸铁青地坐在屋里的长条凳上，进门想把小布包先藏起来，找时机再退给杨世乐的黄秀姑心头一惊，问他怎么了，跟谁怄气了。他是跟黄爱国怄气了。厂里过几天就要春节放假，但生产任务重，各车间都得加班。一看排班表上要连续加两天的班，田富国气不打一处来，找到黄爱国，将手套往地上一扔，说他不干了，火喷喷就走了。

“你还有脸不？还要脸不？”田富国指着黄秀姑，劈头盖脸就骂。

“我……我怎么了？”黄秀姑后退了一步。

田富国腾地站了起来，说：“你都一把年纪了，还那样老不正经。”

黄秀姑心一慌，问：“你看到什么了？”

“大白天的，在那拉拉扯扯，我看着都丑，脸都没地方放了。”

黄秀姑低头不语，怪杨世乐荒唐，也后悔自己追了上去。

“他还要敢来，看我不打断他的腿，让他爬着走。”国富国一拍凳子。

“那打不得的。”黄秀姑摆着手，“你一打，你就犯事了。”

田富国盯着黄秀姑，说：“你要再跟他那样，可别怪我一起打。”

“你……”黄秀姑默默地坐在了小竹椅上。

杨世乐闪到了门外一侧，贴墙听着。

“刚才他给了你什么？”田富国伸着手问。

“没什么？”

“我都看到了，拿出来！”

“就这个小布包，我也不知道是什么。”

“这是他村上分红的钱，一分不多，一分不少。”

听到田富国这一说，杨世乐放心了，悄悄退了回去，一下石级便哼起了曲，心想自己刚才哪来那么大的勇气，竟然跟黄秀姑说喜欢她。

田富国将包钱的小红绸布一扔，拿了钱就要往衣兜里塞。

“你这是干吗？”黄秀姑伸手去拿钱，“得退给人家的。”

“退什么退！”田富国撇开她的手，“既然是给你的，就是你的了，何况你是在地上捡的，你……”

“你这么说就是太不讲理了。”黄秀姑一把抢过钱。

“又不是在他家偷的，也不是在他手上抢的，是他自愿给的，怎么就不讲理了？”

“你心里清楚，他给我是有想法的，不会白给。你收他的钱，却不准我跟他往来，还说要打断他的腿，这不合情理，说不过去的。再说，我也没说要跟他往来。他来找我，我还觉得丑呢。这样你要不把钱退给他，就是他不说什么，天边人也会笑你、笑我。”

“谁想笑随他笑去，笑死他好了。”田富国一哼，盯着黄秀姑手上的钱，“要是能笑出钱来，我还巴不得有人来笑呢。当年村上哪个不笑黄国新，人家可不怕，你笑你的，他过他的，你没饭吃，他倒有酒喝。”

“富国，你越说越离谱了。你左一个钱右一个钱，就这么没钱花了？就这么想死个钱了？你……”

“我是没钱啊！”田富国甩了一把鼻涕，“我要有钱就不是这个穷酸样了。”

“可再没钱也不能这么说话，更不能见钱眼开。”黄秀姑恨铁不成钢地指着田富国，“我还以为你出去闯了世界，眼界会高了、心胸会宽了、气量会大了，没想到你还是这样，这些年在外边算是白过了。”

“你以为在外边那么好过，钱那么好赚？”田富国站起来，气呼呼地在地上走着，“我告诉你，在外边更是有钱好说话，有钱好办事，有钱好走路，有钱好挣钱。在外边，我是受够了气、吃尽了苦。为什么？因为我兜里没钱，说不起话，干不成事，提不了级，也就挣不了大钱，兜里永远没钱。心想回到村上，不会再那么受气了，可一样还要受气。为什么？我没钱！人家安排我加班，说得好听，说是让我多挣钱，可他黄爱国问过我没有，我愿意加班吗？我……”

“我知道家里穷，没能力让你读多少书，让你在外边挣钱不容易。这都是娘对不起你的地方。”黄秀姑拉着田富国在条凳上坐下，“人穷一点没关系，但一定要有志气，也不要怕什么，钱是人挣的，只要人好就千好万好。我在村上一辈子了，没贪图过哪家一根草，没多拿过村上一粒谷，但别人要是骑到头上来了，那也不怕。那次有人想占我家的田地，我扛着锄头就去了，也不知哪来的胆量和力气，硬是把他打到田埂下边去了，还逼着他恢复了原样。”

“这我听说了。”田富国低下头，“是我做崽的没用，让你受气。”

“一家人，别这么说。”黄秀姑抹了一下眼角的泪水，“你刚才说到黄国新，过去村上是没哪个不笑他，他如今可变好了，变得又勤快又实诚，都讨到刘初菊的喜欢了。还有那个杨世乐，这一年来也有了不少变化。他……”

“你……你是不是看上他了？”田富国盯着黄秀姑。

“怎么会呢？”黄秀姑摇摇头，“我可从没想过那方面的事。”

“我不管你想过没想过，反正我丑话说在前边。你要是再跟他拉拉扯扯，我就没你这个娘。我说到做到。”

“不管到什么时候，你可以不认我这个娘，但我会认你这个崽。”黄秀姑拿过田富国的手握着，“我一直想帮你再成个家，过去还只是想着，现在村上好起来了，这日子也就近了。出去了那么多年，杳无音信的吴春花都回到了村上。听说黄爱国就要成亲了，日子都让胡天师选好了，就在腊月二十六。”

“那都是人家的事，跟我没关系。”

“那看起来是人家的事，其实跟你也有关，你多想一想就明白了。我看人家黄爱国安排你多加班，还真是关心你，就是想让你多挣几个钱，多积攒一点钱来成家。人多干点活没事，累不死，牛不背犁也老了，还老得更快。”

“这理我懂。只是这些年我没少干活，没少吃苦，却还是没挣到什么钱，还是这么穷，心里难受，心有不甘。”

“懂就好。”黄秀姑拍了拍田富国的手，“前些年在外边没挣到什么钱没关系，如今在村上一样可以挣钱了，而且这钱更经花，一个抵两个。”

黄爱国风风火火地进了门，一见田富国就说对不起，是他大意了，没来得及事先跟他打个商量就安排了他加班，现在车间里太忙，就等着他回去上班。见黄秀姑连连使着眼色，田富国就起身跟着黄爱国出了门，刚下台阶又回过来，要黄秀姑把那钱退给杨世乐。

这时，刘初菊和黄国新进了养殖场。黄国新放下猪笼说他的收入也不少了，想申请退了贫困户。刘初菊说当然可以，她支持。他嘻嘻一笑，说可惜他没成家，没婆娘，不好申请。刘初菊呵呵一笑，说没谁规定不是贫困户的就一定有婆娘，没婆娘的就一定是贫困户。黄国新不再吭声，看一眼刘初菊就忙别的活去了，心想反正他看住她了，她是跑不脱的。刘初菊笑在眼里，看着黄国新忙碌的身影，心想自己怎么还真喜欢上他了。

刘初菊用铲子在大铁锅里搅拌着猪食，听到有人敲门，扭头一看，见是贺小英笑眯眯地站在门口，便连忙放下铲子把贺小英请进门来。贺小英看了看一排的大铁锅，说喂这么多猪了，还都喂熟食啊。刘初菊说喂熟食好，肉好吃，卖得起价。贺小英说可成本也高，人又累。刘初菊说成本是高一些，也累，但能让乡亲们多分点红，累点也值。

贺小英边往灶膛里添柴，边问坐在旁边的刘初菊怎么看黄国新。刘初菊瞟一眼在门口劈柴的黄国新，说他勤快、实诚，挺好的。贺小英点点头，说那她来给他们牵个红线。刘初菊脸一红，说贺小英能来牵红线，那是她前世修来的福分。又请贺小英先别跟黄国新说，等村上摘了脱贫帽再说不迟。这话黄国新虽然听得不太清楚，但意思是听明白了的，劈柴就劈得更来劲了。

一个小布包飞进门，落在坐在椅子上打盹的杨世乐怀里。他睁开眼睛一看，连忙追了出去，却不见人的影子。他刚要转身进屋，听到了悠扬的铃声，看到了马车，看到了拿着马鞭的黄国有，看到了马车上坐着的女人。

黄国有叫停了马车，指了一下车上的女人，说她是老街上的徐老板，叫徐早花，认识多年了，听说村上变化大，又有很多好看的，一心想来看看，还不坐车，非要坐他的马车来，他就拉着她来了。杨世乐看看黄国有，再看看徐早花，说徐早花应该是黄国有相好的。徐早花指了指杨世乐，说他不会说话，哪是什么相好的，她是黄国有的女朋友，说得黄国有和杨世乐都红了脸。

铃声远去。回到屋里的杨世乐捡起地上的小布包，看着心就往下沉，而当打开一数，钱没少一分时，心就全凉了，不由得叹息一声，心想完了，没戏了。从屋后闪出来的黄秀姑本是在将小布包丢出去的瞬间就如释重负的，此刻却是怕杨世乐看到了，又盼着他追上来，走几步一回头，可直到看不见他的房子了，还不见他的身影。绊着一块小石头，她一个趔趄，呸了一口，怪自己不该东想西想的，差点摔倒。

付秀珍将写有“秀珍民宿”的牌子竖在了路边。

王娜和小颖走的第二天，付秀珍就把楼上空着的房子清扫干净，晚上又要黄国庆帮着搬这搬那。黄国庆问她要干吗。她说开民宿。黄国庆要她注意影响，黄一欣是村干部。付秀珍不高兴了，说村干部怎么了，村干部就不能开店挣钱了。黄国庆说不是说村干部就不能挣钱，而是挣钱的事先让别人去干。付秀珍笑了，问他是觉悟高了还是胆子小了。他说懒得跟她争，不搬了，甩手就要下楼。小跑上来的黄一欣把他挡在门口，问他们在争论什么。听付秀珍说完，黄一欣说这是好事，支持她成为村上第一个开民宿吃螃蟹的人，村上有人想开民宿，但就是不敢，怕亏了。付秀珍一拍桌子，说那好，她来做试验，亏了就亏了，无非是白花一番心思，白费一番力气。黄国庆轻轻叹息一声，边搬东西边嘟哝说那又何必。

付秀珍走到黄国庆跟前，问他当初搞种植，是不是一开始就知道会打多少稻子、采多少茶叶、榨多少茶油，是不是算准了能有红分、能分多少。黄国庆不说话了，默默地搬着东西。

黄一欣边扫地边说开民宿她支持，但收入得按百分之十五上交村里。付秀珍一愣，问凭什么。黄一欣说如果村上的路不通，客人会进得村上来不；如果不是村上有那么多好看的、好玩的，客人会进村里来不；如果不是有了村上这块牌子，客人又会知道村上不。付秀珍眨了眨眼睛，点了点头。黄一欣说因为她使用、利用、占用了村上的公共资源，理当上交，民宿的收入来之于客人，也来之于村上，而民宿上交的收入最终又是用之于村上，开民宿的人又是受益者。付秀珍想了想，点了点头，可刚点过头，又说上交百分之十五还是多了，应该再少一点。黄国庆说是高了点，应该不超过百分之十。黄一欣说黄国庆是合理化建议，但最终以村支两委的意见为准，这只是她个人的想法。付秀珍说这要是赚了钱还好说，要是亏了呢。黄一欣说该交的亏了也得交。付秀珍皱了皱眉头，手一挥，说管他赚也好亏也好，先搞起来再说。

于是，付秀珍去镇上买了几套新的铺盖和一些日常用品，又添置了灶具碗筷什么的，取名叫“游客之家”。黄国庆说这名字好是好，但不是最好。黄一欣说干脆就叫“秀珍民宿”，又好叫又好记，辨识度还高。

付秀珍选在腊月二十六开张，说也沾沾黄爱国的喜气。

太阳西斜了，赶场的人路远的开始往回走。田秀英要卖的卖了，想买的买了，刚走进车站，一眼看到吴春花正从大巴上下来，便连忙上去接过她手上的一个包放进背篼里，一起上了去村里的三轮车。司机说欢迎发财老板回家过年。吴春花说别笑她，一个打工的发什么财，还不如他呢。

看到“秀珍民宿”的牌子，吴春花说到时候她家也开一个。田秀英说那山坡坡上的，谁到那上边去。吴春花说那可不见得，来村上玩的人可不只是看哪里方便，而是看哪里有好看的、好玩的、好吃的，不说别的，住在她家，离天更近，看得更宽，看得更远，更好看星星、看月亮，更好听溪流听鸟叫，更能吃到山里新鲜的山珍和野味。又说现在路也修到山脚下了，说不定还会修到山上去，通到家门口呢。田秀英说那敢情好了。

正在修整鱼塘的刘晓明看到吴春花走过来，连忙丢下锄头迎了上去，说怎么也不打个电话，好去车站接她。她说又不是做了官，也不是发了财，有什么好接的，接着都丑呢。她指一下后边的田秀英，说没想到在车站碰到了娘老子，就一起回来了。

刘晓明说，塘里还有一些鱼，跟刘初菊商量好了，年前那两天送到镇上去卖，或是包给鱼贩子，卖的钱用来买鱼苗和草种什么的。又说鱼塘和鸭围子他都修整得差不多了，不怕涨水了，明年可以好好大干一场。田秀英看着吴春花，说她不在家的日子，刘晓明对鱼塘和塘里的鱼可上心了，好像看到它们就看到了她似的。刘晓明嘿嘿笑了笑，说他就想把鱼喂好，把鱼塘弄好，昨天还喊了黄国新过来一块抬石头，晚上再去帮他锯木头、劈柴。田秀英疼爱地指了指刘晓明，说也难得他们这么一对油盐坛子。

吴春花说她帮着刘晓明干一会儿活再回家。田秀英看看快下山的太阳，说那她先回家煮饭。刘晓明问小强应该放假了，怎么没一块回来。吴春花叹了一口气，说人家要搞什么社会实践，过两天要跟同学去上海，不一定回来过年。刘晓明沉默了一会儿，看着吴春花，欲言又止。吴春花读懂了他的眼神，心动了一下，没说，但问自己：还行吗？

郭滔刚要宣布散会，杨立业接到了黄国庆的电话，说椅子冲出大事了，要他马上过去。他忙问出什么事了。那头已挂了电话。

刚才在会上有好几件事达成了共识，并明确了责任人。已在施工的连心一路和二路的路灯务必赶在大年三十之前亮灯，温泉务必在大年三十那天能下池洗澡，这由杨立业负责、杨达成协助。将自来水入户纳入明年的重点扶贫项目，与连心三路和四路同步施工，确保在三季度末完工，这由郭滔负责、胡春晖和柳奎协助。筹划村上的乡村旅游，推进村上乡村旅游公司尽快成立，这由杨立业负责、黄一欣协助。健全乡规民约，完善公益机制，实施“村级事务积分管理”，这由黄一欣牵头、所有村支两委成员协助。确保龙灯在正月初二点灯出龙，而且龙不能比枫树村矮，灯不能比枫树村少，阵势不能比枫树弱，这请胡明国来为首，杨书成和李长花分别负责扎制龙灯和排练节目。

当黄一欣提出并对“村级事务积分管理”做了一番说明和解释之后，杨达成马上说这个想法非常好，村上这两年来尽管已有不少人在做义工，但还没形成风气，个别人不但自己不做，还要笑话别人，说风凉话。有人接过话，说是的，不说别的，就那连心一路和二路，如果不是有那么多人捐款、做义务工，肯定修不起来，也许现在都没通车，问题是过去义务工做了也就做了，没什么奖赏，有的人就没劲了、泄气了，不过现在好了，有了这个积分管理，就能分出好丑来了，加上又有了奖励，做得多的就会越做越来劲，做得少的就会抢着多做，这样一来，时间一长，自然就形成了风气。有人说没错，不说远了，不说多了，就眼下连心一路和二路，还有温泉池子，如果没人去清扫清洗，路会脏，还烂得快，池子会又滑又臭，下不了脚。

杨立业朝黄一欣赞赏地点头，说积分管理模式很好，既有借鉴，也有创新，切合村上的实际。他稍停顿了一下，说这两年来，尽管乘国家扶贫攻坚的东风，村上争取到了国家不少的投入，又来了帮扶队，带来了不少的资源，但这些与村上脱贫致富所需的资金相比还是不够的，好在从修连心一路开始，村上就号召大家捐款、捐物、做义务工，既为积分管理模式积累了经验和教训，也让积分管理模式的实施有了土壤和基础，接下来无论是村上的发展变化，还是村上的脱贫致富，都需要有更多的人参与，并献计献策、出钱出力，同时随着村上公益项目和公益事业的增多，也需要有更多的人加入做义工、做公益的队伍中来，让"人人为我、我为人人"成为共识，成为风尚，让更多的人在积分管理实施的过程中潜移默化、润物无声地转变思想观念、改变行为习惯，为建设富裕、文明、美丽的盆中村打下坚实的基础。

郭滔连连点头，说那好，村支两委成员分片包干，务必将积分管理模式宣传到户，宣讲到位，得到大家的理解和支持，让更多的人成为拥护者、参与者。

杨达成头一个站了起来，说他来负责清扫连心二路的哪一段。接着有人举手，说他可以参加清洗温泉池子。

杨立业边跑边打黄国庆的电话，见无人接听，更是急了。

这时，拔苗累了的杨书成一屁股坐到田埂上，大口地喘着气。

"师傅，这田既然流转给我了，那种什么就随我了，是不?"黄国庆问。

"不是。"杨书成翻一眼黄国庆，"这是田，不是山，就得种稻子。"

"可这是旱田，原来还有水渠引水过来，可那水渠早坏了，现在是全靠天吃饭了，碰上雨水不好，压根就没什么收成，与其这样，还不如栽上油茶，又绿化了，改善了环境，还有可观的经济收入，远比种稻子强。"

"水渠坏了是可以修的，这田种上油茶就不是田了。"

左侧一里外的山间有一个洞，洞里有水流出来，形成了一道小瀑布。村里人把那叫水帘洞。水渠就从那修过来。

"几十年以前，这里还真不是田，跟上边一样，是山呢。"黄国庆指了指上边的山，又指了指脚下，"记得开这田的时候，我还很小，刚记事。"

“你还记得？那就好啊！”杨书成站了起来，上下指了指，“你既然知道那时开田辟地的艰难辛苦，就更要珍惜每一丘田、每一寸地。”

“我……我不是不珍惜，是说沧海桑田，世事总在变的，过去村上就那条石板路，现在连心一路和二路都通车了。人家枫树村有的旱田早就不种稻子了，而是栽了橘子、柚子，前年就挂果了，比种稻子划算得多。”

“是吗?”杨书成皱着眉头。

“是啊！”黄国庆指一下上边的两丘田，“你看上边的田荒着，栽上油茶正好利用上了。如果这也栽上油茶，就连成了片，是你好我好大家好了。”

“我不好。”杨书成手一挥，“有人荒着田，那是他们懒，是……”

“老哥，你说我懒，那我不承认，我可没比你少干活。”背着一大捆干树枝的杨书才从上边走下来，“我那丘田不种是想着不划算，等水渠修好了还是要种上的。不过，我看国庆说得没错，当农民也好，作田也好，是得算一算账，看哪样更划算，哪样更赚钱。这里地势不高不低，又当阳，土质也好，适合种油茶，种油茶肯定比种稻子划算。我看这田就栽油茶好，我……”

“你知道什么?”杨书成指一下杨书才，“明明是田，是种稻子的，你要种油茶，那你不吃饭了？你天天吃茶籽去，喝油去?”

“师傅，我不是这个意思。”黄国庆连连摆手，“是适合种稻子的还是种稻子，不适合种稻子的地方，就适合栽油茶的栽油茶，适合栽茶叶的栽茶叶，适合栽金银花的栽金银花，一句话，因地制宜。”

“就是嘛。”杨书才放下柴，瞟一眼杨书成，指着地上的油茶苗，“就这么拔了，多可惜，还说最疼庄稼呢。”

“走开，没你的事！”杨书成瞪一眼杨书才，“好了，别人的事我懒得管了，随你们去，反正我这丘田不栽油茶。”

见杨立业跑了上来，黄国庆连忙迎了下去，跟杨立业说是怎么回事。杨立业听着脸上就轻松多了。

杨立业也不跟站在田埂边的杨书成说话，只是看了一眼躺在地上的油茶苗，再去上边荒着的两丘田看了一眼，又看了看干涸的小水渠，见郭滔和黄一欣等人都到了，便走过去，将事情的来龙去脉跟他们说了一下。

郭滔到上下田里看了看，又看了看水渠，再跟杨立业和黄国庆等人简单一商量，走到杨书成跟前，诚恳地说：“书成叔，对不起，是村上的工作没做好，没组织修好坏了的水渠，才让这些田靠天吃饭，才让黄国庆想到了改种油茶，才……”

“我不怪村上，也不怪黄国庆。”杨书成叹息一声，“我只是想，如果田里不种稻子，那到时候吃什么，总不能把茶油和橘子、柚子当饭吃吧。”

“您说得没错。”郭滔点点头，“村上本来就山多，耕地少，能种稻子的田更少，保护耕地就更为重要和必要，得珍惜每一丘田、每一寸地。”

“你这话我爱听，说到我心坎里了。”杨书成有了笑脸。

“那您看这样行不？”郭滔看着杨书成，商量着说，“对村上水渠的修复和改造，村上已有了一个整体规划，但要修到这个水渠来，也不是三两个月的事，再说就是这水渠修好了，上边的田也灌溉不了，还得靠天吃饭。”

“郭书记说得没错，是这样。”杨书才走过来，“当年开这些田的时候我就说过，这水都上不来，全靠天吃饭，不划算的，还不如不开。”

“你是忘了当时就给老主任骂了个狗血喷头了吧？”杨书成指着杨书才，“你乱说，当心老主任在阴间又骂你。”

“我……”杨书才一怔，讪讪地走开了。

“我听我爹说过当年战天斗地开田辟地的情景，每次我听着都是肃然起敬。只是世易时移，当年的事情也成了历史，成了回忆。”郭滔望了望下边的田垄，看着杨书成，“我想是这样，就是以你这丘田为界，上边的那几丘就别荒着，也不等着种稻子了，与其靠天吃饭，收成不定，还不如栽上油茶。栽油茶也确实比种稻子合算，但下边的田一丘也不能改种，更不能荒着。行不？”

杨书成默了默神，蹲下就栽起了苗子。杨书才笑着下山去了。

郭滔把杨立业和黄一欣等人叫拢来，说其实杨书成刚才给大家上了很好的一课，就是要保护耕地、爱惜耕地，正好村支委的成员大多也在，就在这开一个现场会，大家一起来说说这个事。

“这两年村上建房的多起来了，还会越来越多，村上的修路、乡村旅游开发等公共建设也只会有增无减，这些都无疑会用地，如果不管控好，耕地准会越来越少，到时候吃饭就真会成问题。”杨立业望着田垌，“我回到村上不久就开始琢磨这个事，所以在修连心一路和二路时，始终坚持能利用原有路基的就只在原有的基础上加宽，尽量少占用土地，更不占用耕地。我想，往后的连心五路就沿着现有的连接田垌东西的机耕道走，连心六路就利用现有的河堤自北向南与连心二路对接上，不再从田垌里走，田垌里的农田是村上最宝贵的资源。”

“这个好，沿着河堤走，不仅少占田地，也是一道风景。”黄一欣点点头，

“村上有些人家的房子是该翻修或是新建了，加上现在不少人家也有了一些积蓄，有了翻修或新建房子的能力。乡亲们建房是好事，村上理当支持。只是这建房得有秩序、有规矩。这我在规划中提到过，必须办理相应的审批手续，不得擅自兴建，必须控制占地面积，提倡在现有地基上翻修或重建，确实需要在别处建房的不得占用耕地，倡导相对集中建房，既能节约土地资源，也能降低建房成本，还有利于公益项目的建设和管理，于公于私都有益。”

“一欣说的相对集中建房是个思路，可以探讨，可以摸索。”郭滔看一眼黄一欣，看着杨立业，“我看可以由村上统一规划好，以组或半个组为单位相对集中在一个大的院落。这我也思考过了，村上脱贫致富在加快，村上新型产业工人和新型职业农民在增多，这都为乡亲们的相对集中居住创造了条件。同时，我们还正好利用扶贫的相关政策，动员那些在不宜居住地方的人家搬迁下来，相对集中居住。至于一欣说的在审批手续、不超面积建房等方面，我们干部和党员都得起表率作用，带好头。”

“确实是这样。上梁不正下梁歪，打铁还须自身硬。”黄一欣点点头，“对相对集中建房的规划我再琢磨，再好好实地看看，多走访一些人家，多跟许教授和县规划部门的老师请教，尽量把规划做得既科学严谨又细致可行。”

“你可以请胡文化来帮帮你，一定要选择那些适合居住的地方。风水不一定是迷信。从我了解的来看，他很少以看风水为名来牟取钱财。”郭滔转而看着杨达成，“达成，你家里的房子建得怎么样了？”

“基脚是早打好了，原本是打算这个月初开始砌砖的，可村上的事情太多，忙不过来，看样子只能是年后了。”杨达成脸一红，低垂着眼睛，“房子占地是超出了红线一米多，不应该的。我也不想那样，可我婆娘吵着闹着说要那样才好用，我都跟她吵过几回了。不过，你放心，我晚上再做她的工作，就是跟她打一架也要让她想通，把那一米多退回去。”

“好，达成、达成，祝你达成！”郭滔给了杨达成一个赞赏和鼓励的眼神。

栽完了苗子的杨书成走过来，说他本打算在屋当头再建两间偏厦，也不搞了，杨立业批评过他，他开始还有想法，现在想通了，不建了。

一进自家院子，杨立业就问杨书成怎么同意那丘田栽油茶了，还说不建偏厦了。杨书成说还不是为了他好。杨立业笑了笑，心想杨书成真是可爱。

晚上，有人听到杨达成在骂他婆娘，又听到他婆娘哭了好一阵。第二天上午，杨达成就领着人在挪基脚了。

于是有人就说：你看人家杨达成家打好的基脚都改了，你还想多占田地，快别想了，免得挨骂，还花冤枉钱呢。

鞭炮一响，山鸣谷应，整个盆中村都知道了，秀珍民宿开张了。

付秀珍早就放出了话，民宿开张不收礼，只放炮，就热闹热闹，不想让大家破费。她这么一说，加上黄国庆和黄一欣在村上的人缘，来凑热闹的人自然就多了，不到半个时辰，院子里就是一地厚厚的红碎纸。

黄秀姑站在人堆里看热闹，杨世乐犹豫着挤了过去。有人笑他，说今天是秀珍民宿开张，是黄爱国结婚，怎么他穿戴一新，一副要当老板、要做新郎官的样子。他嘻嘻笑着，回头看了一眼黄秀姑。他这回头一笑，让黄秀姑的心猛地颤动了一下。而黄秀姑这颤动的瞬间，被杨世乐捕捉到了，让到了人堆外围的杨世乐一直在回味黄秀姑看他的眼神。

放过炮，吴春花喊着刘晓明到院子里外、楼上楼下看了个遍，然后站在路边，看着牌子，说先等一等，看付秀珍这螃蟹好不好吃再说。刘晓明说不用看，这山窝窝里不会有什么人来，肯定是个亏本买卖。吴春花说那可不见得，如今城里人就爱往乡下跑，现在村上路也通了，又有好看的、好吃的，会有人来。黄国新指了指刘晓明，说他不会说话，人家今天是开张，要说些好话，要不人家不高兴了。走过来的杨书才手上拿着一小段鞭炮，说没想到黄国新也这么会说话了。跟在杨书才后边的陈国兴跺了跺脚，跺落鞋上的炮屑，又扫了扫杨书才头上和肩上的鞭炮纸渣，笑他还想带回家去不成。杨书才亮了一下手上的鞭炮，有点不好意思地说地上捡的，拿回去给小满放着玩。

杨立业看了一下手机，看了郭滔一眼。郭滔会意，望了一眼快到头顶的太阳，手一挥，说走，去黄爱国家热闹去。

人哄地散了，黑压压地往黄爱国家去。

院子陡地冷清下来，只有硝烟还弥漫在院子的上空，留恋着这民宿似的。

望了一眼远去的人群，看着牌子，付秀珍问着自己：今天的客人在哪呢？可别开张就空着。昨天黄一欣跟她说过，春节期间肯定会有人来村上，来的人就是客，可就是来了，也还得几天啊！

付秀珍进了院子，刚进屋就听到了炮响，连忙跑出来，一见是刘初菊，便站在那里，有点不知所措了。她根本没想到刘初菊会来贺喜。

刘初菊笑盈盈地走过来，边伸出手边说不好意思，来迟了点，有那么多乱七八糟的事要做。付秀珍接住她的手，说真没想到她会来。刘初菊说这么大的事，又是这么好的事，她当然会来了。付秀珍稍一迟疑，牵着她的手进了屋，上了楼，说她见识多，又能干，快帮着看看还要添些什么，摆放是不是合适。刘初菊边看边说都挺好的，这硬件比镇上的旅馆还要强，也不比县城的酒店差，加上有城里看不到的好景致，有城里吃不到的好饭菜，客人一定满意，来过的还会来，没来的会寻着来，准会客流不断、财源滚滚。付秀珍双眼潮乎乎的，握着刘初菊的手，说借她的吉言了，到时候请她来家里喝酒，一人三碗。刘初菊说好的，她等着这一天。

付秀珍手拉手送刘初菊出了院子，到了路上，又扬了扬手，要走远了的刘初菊多来玩。刘初菊边走边回头响亮地应答着。

这让走进地里的黄国庆看到了。他心头一热，泪珠滚出眼眶，滴得油菜打了个激灵，说哎哟，滚烫。他随人流去黄爱国家，却下了油菜地。

付秀珍刚要转身，一辆小车在路边停了下来。亮哥下了车，叫了一声付老板，指了一下身后的小周，说他们晚上就住这了，一人一间，又说昨天黄一欣跟他透露了一个信息，说今天村上还有人结婚，他们就来拍民宿、拍婚礼了。

亮哥他们刚走，付秀珍就接到电话，虽然有点嘈杂，但她还是听到了一个大概，黄显贵说纪晓霞娘家来了好几个亲戚，家里没那么多床铺，又不能怠慢了人家，就想到她这民宿，给他留两个房间，但得便宜点。她爽朗一笑，说没问题，今天开张，打六六折。那头欢喜地说好，要得。

付秀珍屈指一算，房间正好住满了，如果还有人来，得临时加床了。她一想，这还真是沾了黄爱国的喜了，不由得由衷地为黄爱国他们祝福起来。

“这胡春晖还真不来了？”付秀珍望一眼黄爱国家，自言自语地进了屋。

从路口到院子，满天满地都是喜气，这喜气又飘散开去，喜了田塅，喜了山山岭岭，而最欢喜的莫过于黄显贵了。他说他真的做梦都没想到黄爱国能讨上婆娘，能成个家。黄一欣说黄爱国这场婚礼对村上有着特别的意义，有必要搞得隆重一点，喜庆一点。郭滔和杨立业都深有同感，一致请她来策划和组织，做到既隆重热闹，又节俭办事。

黄一欣叫上胡春晖和柳奎等人，一大早就来了，从路口到院内全打扫得干干净净，布置得妥妥当当，贴上了对联，挂上了灯笼，搭好了舞台，调好了音响。

听到炮响，胡春晖一看时间是九点十八分，知道是秀珍民宿开张了，就说他和柳奎是不是也去凑个热闹。黄一欣说没事，就安心在这，她跟付秀珍说好了的，不会见怪。她确实跟付秀珍说了，付秀珍也说没事，忙他们的就是，心意到了就行。可说归说，付秀珍心里还是盼着胡春晖能来的，也就有了那自言自语的一问。

黄国有是头一个去民宿放鞭炮贺喜的，也是头一个来这祝贺的。他的马车上除了有徐早花，还有一男一女。他说他们是徐早花的邻居，是来村上看景致的，他送他们到瀑布下边就回来喝酒。胡春晖说这坐着马车看风景，也是一景。黄一欣说到时候将那马车再装饰一下，就更像那么回事了。柳奎将手搭在嘴巴上，大声问黄国有几时去他家喝喜酒。徐早花回过头，扬着手，说到时候自然就有喝了。

远远地看到一顶花轿沿着连心二路飞了过来。贺小英对身边的亮哥说那是抬轿的在跑，赶吉时呢。亮哥说可惜了没拍上，又要小周赶紧跑过去。

花轿近了，在慢慢移动着。贺小英说那是在压步了，在等吉时呢，也是抬轿的刚才跑累了，正好歇歇气。亮哥边点头边对着路口，调着机位。

见花轿快到路口了，胡文化一看手机，朝杨立业一点头，杨立业朝胡明国一抬手，胡明国鼓槌一敲，领着八音锣鼓队就迎了上去，同时鞭炮响起。黄国新说黄爱国面子就是大，老支书还亲自领着八音锣鼓给他迎亲。杨立业说等他这一天的时候，也请老支书来给他迎亲。黄国新嘿嘿笑了笑，左右瞟一眼，凑到杨立业的耳边，说也请他呢。他欢喜地说，好啊，等着这天。

花轿一进院子，拿着油纸伞的媒人婆就给人抹了一脸的锅灰，成了一个大花脸。她倒是不嗔不恼，一脸笑嘻嘻的，满眼的得意和喜乐。有人从背后将锅灰往杨书才脸上一抹，说只有媒人婆，还没有媒人公呢。有人就起哄，说要得，正好成对。杨书才也不追打，也不责骂，只是嘿嘿笑着，看一眼旁边的吴月英，说媒人公就媒人公，能得红包，还能坐上席呢。吴月英横他一眼，心想没出息，就想着占便宜。

轿子落了地，帘子掀开了。送新娘来的一男一女搀扶着新娘下了轿，碎步往前走，跨过火盆，进了堂屋。

黄显贵端坐在神龛下的太师椅上，热泪盈眶地看着黄爱国和纪晓霞走到堂前，在司仪的“一拜天地，二拜高堂，夫妻对拜”声中喜结连理。

亮哥忙前忙后地这里录像，那里抢拍。

杨达成一声喊“开席了”，大家纷纷入席，同时鞭炮响起，锣鼓响起。鞭炮和锣鼓一停，李长花上了台，开始演唱《今天是个好日子》。

安排坐在神龛下方首席的有黄显贵和黄姓的族长五大爷，有纪晓霞娘家代表王成文，有胡明国，有郭滔和杨立业，有媒人婆和媒人公。黄显贵说怎么没看到杨书成，他应该来坐这一桌，跟他一条凳。五大爷一听就起身要走。胡明国连忙一把拉住他，说黄显贵是喜糊涂了，话都不会说了。黄显贵反应过来，忙说是的，话都不会说了，等会多敬族长一碗酒。胡明国说杨书成在忙着扎龙灯，民宿那边开张也没去看，都是立业他娘去的，这边也是他娘来了。正往旁边另一桌入座的贺小英扬了扬手，说没错，是这样，这两天他扎龙灯入了迷，饭都不记得吃了，总半夜才回家。

石磊匆匆赶来了，给杨达成安排在了次席，跟杨姓的族长三大爷、黄国庆、杨世海等人同桌。三大爷坐在首位，笑眯眯地跟人点头，扬手，打着招呼。

见杨世乐朝这边张望，贺小英朝他悄悄比画了一下，起身往另一桌去。杨世乐感激地朝她一笑，在她的位置上坐了下来，正好坐在黄秀姑的左下手。坐在门外院子里的田富国看到了，起一下身，见贺小英看着他，便又坐了下去。贺小英朝他点了点头。他纳闷：贺小英怎么管起我娘老子和杨世乐的事来了？

宁丽端着盘子上头一道菜来了。杨立业起身将菜端到桌上。宁丽说这道菜叫合菜，寓意新婚的百年好合，来贺喜的合家幸福。

见菜上了桌，大家都只是把筷子拿在手上，在那让来让去，端着相机的亮哥一脸疑惑。杨立业悄悄告诉他，在这样的场合，坐在这首席上边，那是有许多讲究、许多规矩的，不说别的，每一道菜如果桌上辈分最高，或年纪最大，或职务最高的还没动筷子，其他人就都得等着，还有，那鸡脑壳叫凤凰头，鸡屁股叫绝有味，都得敬给长辈或是年长的，或是身份尊贵的。

见别的桌早吃着喝着了，杨书才有点后悔坐这桌来了，但见不少人羡慕地看着这边，又想着还有红包可得，便有点得意起来，朝往这边看的黄国新和刘晓明扬了扬手。

谦让了几轮之后，杨立业说他有一个提议，这桌上姓氏不一，辈分不好分，谁年长就谁先来。大家都说这样好，只族长脸阴了一下，随即也说要得。胡明国笑了笑，说那承蒙各位看得起，他痴长了一些年岁，多吃了一些五谷杂粮，多在这世上走了一些路，多过了一些桥，就先代各位尝个味了，贺喜显贵老弟娶回这样漂亮贤惠的儿媳妇，早抱孙子，也祝福桌上各位幸福美满，万事如意。

胡明国的筷子刚从碗里出来，杨书才的筷子就伸了进去。五大爷翻他一眼，又威严地咳了一声。他却装着没看见没听见，只管边吃边说好吃。

满屋满院都是酒碗碰撞的声响，还有喝酒和劝酒的喝彩和喧闹声。

传过来《苗岭的早晨》的笛声，接着是《遇上你是我的缘》的歌声。

宁丽又来了。盘子上放着一个大碗，碗上扣着一个更大的碗。宁丽说这道菜是东坡肉，刚出蒸笼的。杨立业小心地将碗端到桌上，看着五大爷。五大爷看着杨书才，杨书才看着王成文，王成文看着郭滔，郭滔看着五大爷。在屋里屋外拍了一圈回来的亮哥又看不懂了。杨立业说谁去把碗倒过来，揭开那个扣着的碗，谁就得拿出一个红包，由宁丽交给大厨，再由大厨分给厨房的各位，算是对厨房的奖赏。

王成文在胡明国的指导下，捧着碗一翻，两个碗倒了过来，再将上边的碗一揭，只见一块完整的东坡肉到了那个更大的碗里，呈酱色又有点焦黄的肉皮盖在上边。浓郁的肉香味四散开来，亮哥垂涎欲滴。

胡明国说这东坡肉还是五大爷先请。见大家都附和，五大爷来了精神，腰板一挺，捋了捋胡须，先说了一番这东坡肉的来历，又说了村上的东坡肉有甜的和咸的之分，再说了这东坡肉做得好不好，关键在上边这张皮，这张皮就像是人的脸面。见他还要说，胡明国便说这菜得趁热呢。五大爷便用筷子把肉皮划开，说是的，这菜就得趁热，一凉味道就会打折扣，说着夹了一块皮送进嘴里，眼睛一闭，两腮动了动，喉结一滑，睁开眼睛，说这东坡肉做得好。又端起小酒碗，说来，喝酒。

太阳已离开了院子，醉卧在了院子下边的田地里。

李长花捶着腰走下台，催着胡文化再上去来个笛子和二胡联奏，她已经唱了上十首歌，喉咙都嘶哑了，也没什么歌可唱了，后边只能让吴春花上了。胡文化咽下嘴里的菜，上去拉起了《良宵》。

黄显贵夹到了凤凰头，问哪个喜欢。五大爷谦让一句，说给胡明国。胡明国也谦让一句，说给王大爷。杨书才一筷子从黄显贵手上将凤凰头夹了过来，说没人喜欢，他来，说着就咬了一口。五大爷目瞪口呆，好一会儿才回过神来。胡明国叹息一声，心想这鸡他是吃了也等于没吃。杨立业掩口而笑，知道五大爷和胡明国都喜欢那个，喜欢里边的那点脑髓，当然，也不只是喜欢那点脑髓，更喜欢的是蕴含在里边的那种感觉。

刘晓明大口地吃着肉，问黄国新什么时候办酒。黄国新一口将酒干了，说他随时都可以，但得听人家的，人家说哪天就哪天。此刻，刘初菊正站在院子门口，远远地看着这边的热闹。她想去，但又想着还是不去的好，别让人讨嫌。她出了院子又折回去，让黄国新带了人情过来。

同桌的柳奎朝黄国新一竖大拇指，端起酒碗，朝黄一欣和胡春晖的碗上一碰，说就盼着早日喝他们的喜酒呢。胡春晖拉着柳奎的手，说等村上脱贫摘帽之日，他也把女朋友请到村上来，一起在村上举行婚礼。柳奎一拍桌子，说这创意好，行呢。

杨立业将鱼从盘子里端上桌，有意将鱼头对着没人处，却装着不在意。五大爷皱了皱眉头，心里怪着杨立业不会来事，将鱼头对着了胡明国，以为胡明国会把鱼头拨过来，没想到他却把鱼头对着郭滔了，说郭滔是书记，是村上的一把手，是村上的领头人，领着大家脱贫致富奔小康。胡明国这么一说，大家都表示赞同，五大爷只好心里叹息一声，再一想，自己虽然是一族之长，但人家毕竟是全村之首呢，也就酒碗一端，说一起来敬郭滔。

小周跑过来，说听人说鱼到酒止，快散了，要亮哥快去吃点喝点，这里她来。亮哥推了推她，说别管，她去干她的，他拍完再吃不迟。杨立业夹了一筷子东坡肉塞进他的嘴里，看一眼屋外，说散席还早，不知会到什么时候，这酒喝得越久，说明这家的主人越好客，越讲人情，也说明这家的主人越受人尊敬，越有人缘。

吴春花歌唱完了，院子里的人陆续散去，显得空旷起来。而首席这边酒喝得正欢，不再那么拘束，五大爷跟杨书才还称兄道弟起来。亮哥心想，真有意思。

杨立业看着五大爷和杨书才如此亲密，回想起刚回村上时开会也好，做事也好，那泾渭分明的场景，再想着刚才满院子的人不分你我，不分姓氏地坐在一起喝酒、一起说笑，不由得感慨万千，心生欣慰。

杨书才趴在了桌上。满脸通红的五大爷指着杨书才，说倒了倒了，说着也趴下了。黄显贵双手扶着桌子，摇摇晃晃地不住地说他高兴，真高兴。胡明国和杨立业都有点飘了，走路有点高低不平了。郭滔是胡明国和杨立业有意护着，但也话多了起来。

太阳退到了东边的半山腰，快下山了。

见席一散，等在旁边的杨世乐就过去问黄显贵，窑厂正月里哪天开工。黄显贵问他要怎么。他说想去搬砖，得多挣点钱才行。黄显贵扶着桌子，打量了一通杨世乐，说想挣钱了好。又手一挥，说初八开工。

夕阳映照在杨书成脸上，也映照在已扎制成形的躺在架子上的龙身上。杨书成用细砂布轻轻打磨着龙身，根本没注意到亮哥在那拍照录像。

杨书成说明天龙就可以安油灯，安好油灯就能蒙皮纸了。亮哥说今天的喜酒可热闹了，他今天没去喝酒可惜了。他说到时候舞龙灯更热闹呢。

在黄爱国家看着别人吵过新娘子后，柳奎乘兴回到宿舍，喝了一杯水就给女朋友小薇打电话，想说村上事情多，脱不开身，帮扶队都不回城里过年，不如她来村上，到时候有温泉泡，有龙灯看，还能看舂糍粑、打豆腐，还有好多好吃的、好玩的，一句话，在村上过年比在城里更有味。可他一连打了几次都无人接听，发微信也没回。昨天晚上发微信她就没回，打电话也没接，他以为她只是赌气，过了就好了。昨天早上她微信问他今天回去不。他说没时间，不回去。她说那行，不回去就算了。过后他想起来了，今天是她生日，就一再解释，不是不想回去，而是实在事情多，走不开。她却再也没回过话。

歇了一会儿，平静下来的柳奎又一次给小薇打电话，还是没人接听。等他再要打时，来了微信，说他们不合适，分手吧。接着电话打不进了，总是占线，随后微信也发不进，给拉黑了。

柳奎抱头哭了。胡春晖推门进来，说猜到他为什么哭，哭什么。

“春晖，你看，她竟然说我跟她不合适？”柳奎甩了一把泪水，“你说我人才也好，学识也好，家境也好，工作也好，哪不如她了？”

“你是没哪不如她，但你们还真有点不合适。”胡春晖看着柳奎，“她是一个热情活泼又心思细腻的姑娘，换句话说也是一个要有人陪着、有人捧着、有人看着的人，而你呢，有点大大咧咧，又远在这里，很少回去。因此，不能怪她。”

“那还怪我？”

“你就不该来村上。”

“我不该来村上？”柳奎一拍桌子，指着胡春晖，“你什么意思？我告诉你，如果说我当初还有点犹豫，那我现在觉得来对了，来得好！来得值！”

“好，说得好！”郭滔拍着手走进来，拉着柳奎坐下，“小薇虽然说跟你分手，但也许只是做个样子，你明天一早开车回去，给她一个惊喜。你这也是特殊情况，我跟武行长汇报一下，武行长会批准的，你就提前回省行算了。”

“我看也行。”胡春晖朝柳奎点点头，“你和小薇都谈了那么久了，也不容易，还是不能说分就分。你……”

“你们是想让我当逃兵，让人瞧不起，还是嫌我工作没干好，想赶我走？”柳奎看看胡春晖，看着郭滔，“我明天不回去，更不离开帮扶队!”

“那你和小薇……”

“不管她，随她去了。”不等郭滔说完，柳奎就手一挥，“我早看出来了，她跟我已不在同一条路上了。当我告诉她我决定来村上时，她就在往路边上走了，当我那次腿给砸伤了时，她就已经走到岔路上去了，只是我还在想着，希望她绕了一个弯，最终还是能走到一条路上来。可我错了，是我在幻想，在一厢情愿，事实上她越走越远，不可能再跟我走到一条路上。怪我没回去给她过生日，那只是一个借口。既然都不志同道合了，我又何必强求?”

郭滔拍拍柳奎的肩膀，说:“好，你能拿得起放得下，是好样的。”

“郭队长，郭书记，你可别夸我。说实话，我心里不好过，难受，非常难受，就想大醉一场，昏睡三天三夜，让该忘却的都随风而去。”柳奎揩了一下眼角的泪水，“不过，再怎么我也不怪她，更不恨她，是我不好，是我对不起她。”

“好，这才是个男子汉。”郭滔拉着柳奎的手，“走，我们喝酒去。”

胡春晖下楼去炒菜。出了火桶，准备去睡觉的吴月英说他们这么晚了还喝酒，准是有什么好事，便帮着烧火，又拿出了昨天干塘时捞上来煎好的小鲫鱼，说加点生姜辣椒炒，好下酒。

刚倒上酒，醉眼蒙眬的杨书才一脚深一脚浅地扶着墙出来了。吴月英问他来干什么，都喝成那样了，还想喝酒不成。他说迷迷糊糊地就闻到了菜香，闻到了酒香，来凑个热闹。吴月英瞪他一眼，边骂边牵着他回了房间。

喝过酒，回到房间，听着隔壁柳奎的鼾声，想着柳奎和小薇的事，再想着自己和黄一欣的事，胡春晖怎么也睡不着了。他问着自己，自己和黄一欣合适吗?真的合适吗?到时候是都离开村上去城里，还是都留在村上?是都去城里，还是一个在村上一个在城里?她想好了吗?自己又想好了吗?

这时，黄一欣放下笔，想着明天就能张榜公布积分管理模式的实施细则，及连心一路、二路清扫和温泉清洗的志愿者名单了，不由得欣慰地笑了。这些天她早出晚归地走家串户讲解积分管理模式，动员大家积极参与到村级管理和村上公益中来，得到了大多数人的理解和支持，尽管还有少数人表现出事不关己的态度，冷眼相看，甚至还有个别人出言不逊。杨书才就说他自家的事都忙不过来，可没工夫去扫马路。

推开窗户，清风拂面。黄一欣没来由地想起了胡春晖，想起了他们的未来会是怎么样，是都去城里，还是都在村上，还是一个在城里一个在村上?她关上窗子，心想反正她是不会去城里的，一辈子都在村上了。

付秀珍推门进来，黄一欣问她怎么还没睡。她说亮哥还没回来，得等等他们。黄一欣说他们是头一批客人，是得服务好，做出口碑来。付秀珍点点头，看着黄一欣，说有个事，早就想问她了，就是她跟胡春晖的事是不是定下来了。

“你那么挑的都满意了，”黄一欣嘻嘻一笑，“我还有什么好说的？”

“那你到时候跟他一起回城里去？”不等黄一欣回答，付秀珍抢着说，“我看一起回城里好，反正你说过，学校还给你留着工作的，回去也顺理成章。”

“想得美呢，学校还老给你留着工作，校长又不是我爹。”

“你……你少给我油嘴滑舌。”

“我早就说过，我就在村上了，哪也不去。”

“那……那他愿意留在村上？”

“不知道他……”

一道灯光从窗户上闪过，跟着有车子开进了院内。

“走，亮哥他们回来了。”黄一欣拉着付秀珍就下了楼。

亮哥说这一天一夜收获真是太多了，村上简直就是一个大宝藏。又说算定下了，春节来村上过，还订两间房。付秀珍连连说好，给他留着。

见黄国庆进了院子，黄一欣连忙跑过去，接过他肩上的担子。黄国庆说没想到枫树村的田大志还算大气，匀了这些油茶苗子给他，还说只要村上真把连心三路修好了，枫树村同意在峡谷南端修坝。付秀珍说那是这两年盆中村变化大，给他争了面子，田大志同意修坝未必是真心，也许是想着连心三路修不起来，给他一句便宜话。

黄国庆在原有规划的基础上又做了一些调整，将村上的荒地、空地和残次林等充分利用起来，山下的坡地主要栽喜阳的油茶，油茶上边以种茶叶为主。椅子冲北边的坡地原来是村集体的一片残次林，黄国庆把它改成了栽种油茶。

因扩大了种植面积，原来订购的油茶苗少了点，单独再订购不合算，黄国庆便试探着联系了田大志，看能不能匀一点苗子给他。田大志要他过去再说，正好种植上有些事还想请教他。见盆中村在扩大油茶种植，枫树村和石窝村也跟着栽种油茶，还组织来盆中村参观过。黄国庆毫无保留地跟他们说了，并答应做他们的技术顾问。他想的是当油茶种植面积达到一定规模的时候，村上就建一个茶油加工厂，把石窝村和枫树村的油茶籽都收购过来。杨立业说他有眼光，看得远。

见杨书才走过来了，在打扫连心二路的杨书成故意将扫把一横，挡着他的去路。杨书才说别挡着他，要去温泉洗澡呢。杨书成要他从田塅绕过走，别踩脏了这马路。杨书才见过不去，说绕就绕，无非多走点路，说着上了田埂。杨书成心想去吧，到了那也只能干看着，没人会让他下水的。

温泉的两个池子都提前一天竣工了。杨立业打电话给方小竹，说明天是大年三十，温泉是等她明天回来再开张还是今天先投入使用。方小竹说别等了，先用吧。于是，早上九点十八分鞭炮一响，温泉开张了。

男池这边，郭滔、杨立业、胡明国、三大爷、杨书成、黄显贵、王成文、石磊、胡志清等被大家公认为该头一批下水的人，但郭滔和杨立业响过炮就走了，说还有事要去办。女池那边，贺小英、黄桂花、夏时香、易美秀、李长花、吴翠莲、田秀英等第一批下了水。

红光满面的三大爷走出池子，说在这温泉里一泡，人一身轻快，说不出的舒坦，这池子修得好，比当年的强。又用拐杖四下指了指，说还是杨立业厉害，又是修马路，又是办厂子，又是修温泉，又是办合作社，还要搞什么乡村旅游，算是服了他。

胡志清听胡春晖说又不回城里过年，就昨天下午到了村上，还是住在黄桂花家。方刚是昨天天黑时才带着儿子回到家的，刚吃了饭，黄国庆就进了门，说茶厂的主要设备已安装好了，只等开春收茶就能投入使用，正月里就得组织人员培训，方刚在外多年，见多识广，带过团队，有管理经验，想请他来一起经营茶厂，由他负责生产和内部管理。方刚说他想一想再回复。

黄国新正在那伸长了脖子往前看，催着前边的人快往前挪，一回头见杨书才来了，便手臂一张，要他快去扫了路再来，没扫路的今天不能洗。杨书才一愣，撇开他的手就往前走。杨世乐一把拉住杨书才，说不能插队，到后边去。马上又说，不是到后边，是回家去。杨书才盯着杨世乐，心想他一个五保户，也敢这样，不由得心头一火，举起手来。杨世乐腰一挺，轻蔑地盯着他。杨书才的手便不由自主地放下了，在那往前走也不是，往后退也不是。已到了池子门口的陈国兴笑着走过来，说杨书才如果晚上参加清洗池子，就排到门口那边去，他正好有事，现在不洗了，有时间再来。有人却说不行，不能插队，也得先干了活再来洗。杨书才脸一黑，手一甩，说不洗了，说着就往回走，走着就想：半夜再来，到时候一个人洗，免得跟他们吵吵闹闹。走到半路上，他本想下地去看看洋芋苗，可一想到刚才洗澡的事就全没了心情。

见杨书才黑着脸进了门，塑料袋里的毛巾是干的，吴月英明白是怎么回事了，便说村上的事是得做一些，人家杨世乐都报了名，上了榜。见他不吭声，她便说他不去，那她去扫马路或是去清扫池子，一家总得有一个人去做，可不能一家人都让人看不起，脸上无光。见他还是不吭声，她抓起听筒就打黄一欣的电话，问还有哪段路没人扫。那头说连心一路还有，虽然远一点，但不要每天都去，一个星期扫两次就行了。又说她家去那边是远了点，不如参加清洗池子更方便，也不耽误多少工夫。杨书才一把抢过听筒，说他去清洗池子，晚上就去。那头说好，谢谢他。吴月英朝他一笑，说早这样多好。

听说温泉开张了，躺在床上的五大爷仿佛闻到了温泉水特有的味道，看到了赤条条下去又赤条条上来的胴体，便让人抬了过来，搀扶着下了水。那天在黄显贵家喝得尽兴，回家又着了点风寒，到家就不舒服了。

出了池子，只见五大爷虽然拄着拐杖，却是精神焕发，步履轻盈，不要搀扶，更不要抬。他捋了捋胡须，看着池子，说这是又做了一件大好事、大善事。

于是，在石窝村和枫树村等周边很快传开了这样一个说法：一个眼看要死的人在温泉里一泡就好了，行走如飞了。于是，周边来泡温泉的人也多了。

大年三十早上，黄秀姑一开门就看到门槛外放着一块肉和一条鱼，她不用想就明白是谁放的了，刚要弯腰去拎，给出门去厂里值班的田富国看到了。他打量着鱼肉，问谁一大早送来的。不等她回答，他说他猜到了，准是那不要脸的杨世乐干的好事，拎了就要往坎下扔，却在要出手之际改变了主意，说扔了会给别人捡了去，杨世乐还会以为是他们吃了，不如拿着。他往地上一搁，匆匆走了。黄秀姑追了几步，要他晚上早点回来，等他吃砧板肉。田富国特意选了今天值班，好挣双倍的加班工资，还有厂里的慰问红包。

这时黄国新试探着跟刘初菊说，他想去新房子过年。刘初菊一笑，说他当然应该去那边过年，按规矩就得这样。黄国新看着她，问她呢。她笑了笑，说陪他去那边吃了年夜饭就过来。

大年三十这天，温泉池子从早热闹到晚，直到快半夜了，都要赶回家吃砧板肉去了，才慢慢沉寂下来。

杨书才和陈国兴等人在清洗男池。黄一欣领着宁丽等人在隔壁清洗女池。郭滔和杨立业陪着方小竹来看了看，也加入了清洗的行列。

陈小军和胡文化来了。他们是在半路上相会，一同赶来的。胡文化本想陪易美秀守岁，但易美秀早早地吃了年夜饭，要他去和方小竹一块陪夏时香。

池子清洗好了，水面闪着光亮，热气漂浮在水面上，仙境似的。胡文化说他是越看越觉得村上是一块风水宝地。方小竹说谁不说俺家乡好。

零星地飘起了雪花。郭滔说真好，瑞雪兆丰年。方小竹说她决定投资村上的乡村旅游。陈小军说那他也该回村上了。胡文化说他准备回村上建房子。

杨立业手一挥，说走，过年了，都回家吃砧板肉去。

当杨立业把郭滔请进门时，只见贺小英和叶卉正在将大碗的热气腾腾的砧板肉端上桌，杨书成和杨一鸣正在那筛着热乎乎的烧酒，柳奎在一旁啧啧称赞地看着，闻着。桌下火盆里的木炭火呼呼地燃着。

这时，胡志清和胡春晖都给黄国庆请上了桌。赶回来的亮哥和小周将镜头对准了桌上那大碗的砧板肉、大碗的烧酒，对准了边焚香烧纸边口中念念有词的付秀珍。早上付秀珍就跟黄一欣商量好了，又征得了黄国庆的同意，请胡志清和胡春晖，还有亮哥和小周来家过年。亮哥他们一早来了村上，在外拍了一天村上的过年习俗，还去拍了温泉，体验了一下泡温泉的感觉。

等贺小英敬过祖宗，杨一鸣点燃了院子里的大地红。大地红的炸响汇入了村上热闹的海洋。杨书成感慨地说，村上过年还从没放过这么多炮呢。

贺小英敬祖宗时，杨立业在默默祈祷，来年村上风调雨顺，脱贫摘帽。

# 第十五章
# 水到渠成

初三这天，连心二路上的路灯一亮，大地红一响，引路的几个灯笼就依次进了院子。紧跟引路灯笼的是一面大铜锣，悬挂在杠子中间，由刘晓明和黄国新抬着，后边的黄国新边走边有节奏地敲着铜锣。黄国新后边又是几个灯笼，灯笼后边跟着胡明国和李长花等人。胡明国后边是一套敲打正欢的响乐（八音锣鼓），响乐后边还是灯笼。

胡明国手一抬，响乐戛然而止。李长花往方凳上一站，唱起了《恭喜发财》。接着胡明国表演了一套凳拳。乐呵呵的杨书成端来一碗烧酒，双手敬给胡明国，说他是老当益壮，英雄不减当年，还能三拳打翻一只老虫呢。胡明国一口气将酒喝了，一抹嘴，说这两年看着村上一天一个样，心情舒畅，能吃能睡，早晚再练几下，荒废了的功夫还真是找回来不少。

尽管杨立业一再谦让、推辞，大家还是一致公认这龙应当从杨立业家舞起，因为没有杨立业就没有村上这些年的变化，没有村上今天的模样，何况杨立业现在是村上的支书和主任，算是村上的龙头。

在锣鼓声、唢呐声和鞭炮声里，在灯笼的簇拥下，龙飞进了院子。与此同时，一左一右两个人簇拥着一个须发飘飘，穿着古装，一副老秀才打扮的人不紧不慢地走进堂屋，来到摆在神龛下的方桌跟前。老秀才朝叶卉施过礼，手一扬，随着一声吆喝，锣鼓应声而止，而龙则一下竖了起来，舞了起来。只见那舞龙的把式一时碎步走，一时大步跑，一时猛地蹲下去，一时倏地站起来，一时绕着圆圈，一时走出剪刀叉……那龙则是一时上，一时下，一时左，一时右，一时摇头，一时摆尾，一时旋转，一时翻飞……舞出了激情，舞出了花样，赢得一片喝彩。

灯笼源源不断地涌进院子，院子内外成了灯笼的海洋。这灯笼有扛着的，有举着的，有提着的，有抬着的，有鱼鸟形状的，有鸡狗模样的，还有的像南瓜茄子，像橘子桃子……每个里头都点着一盏小油灯，亮着柔和的光。而龙里边的灯就多了，从头到尾有二十多盏，每一盏灯都是活动的，不管龙是竖立还是横躺，那灯总是垂直挂着，灯油不会溢出，更不会倾倒。灯油是茶油。龙和灯都是用竹篾扎成形，用透明的皮纸糊上。龙盘扎在一根碗口粗的长竹竿上，竖起来有好几米高。舞龙既要有力气，也要有技巧。

老秀才夸赞了叶卉和她全家，说了一通喜庆吉祥的话，表达了对她全家和杨立业的谢意。他左边那个人数了红包里的钱，又点了码在桌上的糍粑的数，见他道过谢，马上响亮地拖长了声音说叶老板大方，赏龙红包八百八十八元，糍粑八十八个，且登记在本子上；右边那个先将桌上的红包装进挎在肩上的布袋，再捧着糍粑往身边的箩筐里扔。老秀才等叶卉答谢完毕，朝她一鞠躬，手一举，马上有人一声吆喝，锣鼓应声而起，鞭炮随即炸响。

引路的灯笼上了连心二路。望着飞出院子的龙，贺小英说老秀才不知哪请来的，懂礼数，会说话，真是难得。又说叶卉从接到送，全程都应答得十分得体，不错。叶卉笑了，说最会说话的还是贺小英。

见杨书成提了灯笼要走，贺小英要他路上小心点，别逞能。他说知道，别担心。他刚要伸手去背竹篮，竹篮已到了杨一鸣的肩上。杨一鸣说他也跟着看热闹去。竹篮里放着竹篾和皮纸，还有工具，一旦龙或灯有了损伤，就由杨书成来修补。

锣鼓声、唢呐声渐渐远去。灯笼流出院子，流向了连心二路，流向了山间小道，流进了这家，流进了那家。

老秀才的一番话说得夏时香眉开眼笑、心花怒放，连连喊方小竹快添钱，快添粑，这添钱是给自家人添财添喜，添粑是给自家人添福添寿。方小竹也是乐呵呵地应答着，添加着。直到龙出了院子，方小竹才猛然反应过来，那老秀才就是胡文化啊，尽管他一副老秀才的装扮，说话也是一副老秀才的腔调，在她和夏时香面前那么自然。方小竹不由得叹息一声，他还真是一个好演员呢，可惜当年的梦想成了泡影。

在苍茫的夜色中，在连绵的群山中，无数的灯笼在蜿蜒曲折的山道上闪烁着、飘动着，仿佛一条巨龙遨游在天地之间。

山路边的残雪在灯笼的映照下闪着柔和的光亮，仿佛一只只眼睛，在欣赏这动人的景象，仿佛一张张嘴巴，在为这美丽而欢呼。

站在山坳口的亭子旁边，听着前边隐隐的锣声和一句句从耳边飘过的暖人话语，看着一张张映照在灯笼下的笑脸和一个个从容前行的身影，望着在院落里舞动的龙和一眼望不到头的灯，郭滔无限感慨，说这最美丽、最动人的景观，令人终生不忘。杨立业笑了笑，说这就是传统习俗、传统文化的魅力所在，当你融入这舞龙的队伍里边，融入这灯笼的海洋之中，就不再区分姓杨姓黄，不再想着谁贫谁富，不再计较恩怨得失，有的只是欢乐，只是宽容，以往的过节会在一笑之中消散，以往的嫌隙会在无声之中弥合，因为耍龙灯需要的是团结协作、密切配合，还有奉献精神、牺牲精神。

听着他们的话语，看着漫山的灯笼，胡春晖拿出手机，给武行长发了几张照片，又发了两个小视频。武行长连连点赞，回复说“好好组织，安全第一”。

郭滔他们刚要走，黄一欣和杨书才上来了。杨书才说在下边院子里碰到了黄一欣，她非要帮他背篮子。黄一欣放下竹篮，说里边是两个油壶。杨书才说他和黄爱国负责给龙和灯添油，他们一个在前，一个在后。

“哟，不错，还真来了！”和杨一鸣一块赶上来的杨书成边说边打量着杨书才，“你这添油也是做的义工，没工钱的，知道吧？”

“村上好多年没舞龙了，这回家家都给龙打发了糍粑，多数人家给龙封了红包。”杨书才亮着眼睛，“听说枫树村和石窝村都捎了话过来，要接龙过去。算下来，到时候应该是收入……”

“收入是不会少，可明国老支书立了规矩。”杨书成看一眼郭滔和杨立业，“就是今年收的红包一个也不分，全留着，明年还要舞龙的。”

杨书才皱了一下眉头，说：“留着就留着，反正来舞龙的又不是我一个人，反正在家也是睡觉，跟着来还看了热闹。再说了，糍粑总要分几个，是不？”

“糍粑当然得分了。”杨书成看着杨书才，“但没钱分，你不后悔来？”

“我……”杨书才摇摇头，“不后悔，不后悔。”

“那你明晚还来？”杨书成问。

“来，当然来。”杨书才点点头，“我要不来，说不准你们龙灯都不让我看了。上次我没报名扫马路，你们连池子都不让我进，你……”

“你还记着那个事。”杨书成指着杨书才，“好，那就好，长记性了。”

“我……我添油去了呢。”杨书才嘿嘿一笑，背了篮子就走。

“等我，一起走呢。”杨书成说着紧跟了上去。

站在路旁石礅上边打望边跟亮哥打电话的黄一欣跳下就跑，边跑边说亮哥在前面岔路口等着，想采访几户人家，要她马上过去。胡春晖看一眼郭滔，追了上去。杨一鸣看一眼杨立业，跟着也跑。郭滔和杨立业相视一笑，汇入了人流和灯流之中。

杨一鸣终于鼓足了勇气，说他爷爷奶奶都很喜欢黄一欣，当然他也喜欢，但君子不夺人所爱，何况他知道黄一欣喜欢的是胡春晖，因为胡春晖比他更优秀，想夺也夺不了。胡春晖哈哈一笑，握着他的手，说他为他的光明磊落点赞。说着跟他来了一个拥抱。黄一欣说他们都很优秀，感谢他们为村上做出的牺牲和奉献，往后还请更多地支持村上的建设和发展。杨一鸣胸脯一拍，说往后有什么用得着他的地方，尽管说就是。见他胸脯拍得这么响，话又说得这么硬，胡春晖莫名地有了一种危机感。

方小竹本想在村上多住两天，多陪陪夏时香和易美秀，但公司事情多，只好在初四晨曦初现时出了门。见舞龙的队伍从连心一路浩浩荡荡地下来了，她赶紧将车停到路碑跟前，下车垂手恭立。龙从眼前飞过，她扬手点头，向大伙问好。大伙一个个神采飞扬，乐乐呵呵。

胡文化从队伍中走出来，说送方小竹到镇上。方小竹说他舞了一个晚上的龙，早累了，快回家睡觉，晚上好接着舞龙。他说不累，送她更不累。她一笑，说那随他吧。走在队伍里的陈小军见胡文化上了车，不由得停下了脚步，直到车子上了连心一路才去追赶队伍，心里感到空荡荡的。见杨立业在那等着他，有点不好意思地一笑，说他下午也回公司去算了。杨立业要他别急，明天走不迟，先回去睡一觉，下午再跟他聊聊村上的乡村旅游。

方小竹说真没想到胡文化那么会说，龙舞到哪家，就说得哪家欢欢喜喜、开开心心。胡文化说不是他会说话，而是他对各家的情况有个大体了解，也是他师傅带得好。说起陈秀才，他的眼红了，湿润了。

胡文化问方小竹怎么还是一个人，条件这么好，不应该是这样的，他都为她着急。方小竹说急也没用，得看缘分，都这岁数了，也无所谓了。胡文化点点头，说也是。方小竹问他怎么也不找一个。他说他师傅一辈子都是一个人。方小竹说他师傅肯定不想他一辈子也是一个人。他摇摇头，又笑了笑。

老街更冷清了，地上坑坑洼洼，房子有的坍塌了，有的门锁着，大多数的店铺已不再经营。胡文化的店铺又加了一个垡，倾斜得更厉害了，似乎随时都可能一头栽到河湾里去。

胡文化望着镇上那边，说这些年镇上发展快、变化大，成了省里的示范镇，街道一条又一条地建了起来，可热闹了。对老街的改造镇上有两个方案：一个是将老街修复，廊桥也重修；一个是将老街的房子全部拆除，建成一个沿河风光带。方小竹说还是将老街修复、廊桥重修为好，让老街和廊桥成为景点。

初三、初四两个晚上龙都是在村上飞来飞去，只是初三在河东，初四在河西。初三龙在飞出杨立业家之后就飞到东边胡明国家去了，那一晚就全在东边，还去了石材厂。

初四晚上，见龙飞进了地坪，田秀英感动得热泪直流，拉着杨立业的手，说她家在这山上，又穷，既不姓杨，也不姓黄。杨立业说不管远近，不管姓什么，不管是哪家，都会去。田秀英要吴春花快把酒坛子抱出来，请大伙喝，快把那一簸箕糍粑端出来，给龙多打发点。

见龙一出地坪，田秀英就拉着吴春花，要她别跟着去看热闹了，快好好想一想龙进家了，会发财了，搞点什么好。吴春花说她早想好了，先跟着刘初菊搞养殖，等时机成熟了，也办民宿，反正投入不多，就是亏也亏不了多少。自从亮哥将温泉和过年时大碗的砧板肉、大碗的烧酒的图片在网上一推，再将舞龙灯的图片和小视频在网上一发，来村上的人还真就多了，听说村上这几天来的人不少，付秀珍家的民宿临时添加床位还是住不下，只好将客人往别人家带。

龙应邀初五到了石窝村，初六到了枫树村。田大志直夸盆中村的龙不仅扎得好，舞得也好，灯不仅数量多，还样式多，加上李长花歌唱得好，胡明国武术打得好，胡文化话又说得好，比枫树村的龙灯强多了。陈明亮说可惜盆中村的龙也好，枫树村的龙也好，都只在石窝村舞了一个晚上，大家看得不过瘾，看来明年石窝村也得把龙舞起来才行。田大志说他有一个提议，就是明年干脆三个村联合起来舞龙灯，那样会更热闹，更有看头。杨立业说往后不只舞龙可以联合起来，搞种植、搞养殖、办企业都可以联合起来，好上规模、上档次。田大志说这个提议好，等盆中村的茶厂投产，枫树村和石窝村的茶叶就可以送过来，盆中村和石窝村多余的红薯什么的可以送到枫树村的酒厂去，盆中村和枫树村的鸡鸭鱼和猪兔什么的又可以卖给石窝村的加工厂，制成腊鸡、腊鸭、腊鱼和腊肉，等等。

在黎明前的黑暗中，返回村上的舞龙队伍到了峡谷南端的入口。见峡谷里雾气弥漫，阴气浓重，还隐约听到一种怪怪的声音，胡文化要黄国新重槌敲打铜锣，而且不停，又要前后两套响乐一口气吹打着通过峡谷，再要所有的人把灯剔亮，走路小心脚下，自己笛子一横，吹起了《打虎上山》。

队伍顺利地通过了峡谷，胡文化松了一口气。杨立业悬着的心也放了下来，心想这一场龙舞下来，不仅热闹了村上，丰富了村民生活，融洽了村民感情，增强了村上的凝聚力和感召力，还增进了与枫树村、石窝村的友谊，真是一举多得，十分难得。

一出峡谷，有人就说这舞龙还在兴头上，是不是再舞两个晚上，让大家尽一回兴，过一回瘾。有人跟着说那是的，好不容易把龙扎起来了，把队伍拉起来了，就这么散了，是早了点，太可惜。见杨立业悄悄扯了扯自己的袖子，胡明国便快走几步，往路边的石礅上一站，说舞龙是他在牵头，大家就听他的，村上原定的初八连心三路、四路及石材厂、砖瓦厂开工的时间没变，舞龙的时间也不变，这几天大家都喜乐了，也辛苦了，等下回到家就都美美地睡上一觉，养精蓄锐，明天一开工都大干一场，相信大家会明白和理解早一天开工村上就早一天脱贫的道理。胡明国话音刚落，黄国新就大声说要得，他没意见。杨世乐说这样好，他明天去砖瓦厂干活，要是这边舞着龙，那边又要干活，那他不是孙猴子，变不出两个人来。他这一说，大伙都笑了，田富国跟着也笑。

杨立业刚进院子，胡春晖就打来电话，说小满掉路边沟里了，崴了脚，额头上还破了一点皮，他和方刚已背着他回家了。杨立业抬腿就跑，边跑边想着怎么掉沟里的是小满呢，宁愿自己掉下去也不能是他呀。又想着等下见了面杨书才会提什么出格的要求，自己又该怎么回答他。

没想到见了面，杨书才开口就说没事，小满只是崴了一下脚，破了一点皮，小孩子好得快。又说这不怪村上，更不怪杨立业，是小满自己不小心。吴月英说这么点小事，杨立业还跑过来，真是不敢当。杨立业谢过杨书才和吴月英，又夸奖了额头上贴着创可贴的小满。

天大亮了。送出来的胡春晖回头看一眼站在门口扬着手的杨书才和吴月英，说这事还得感谢吴月英和小满，是吴月英开导了胡书才，小满说是自己掉下去的，谁也不怪。要不杨书才是准备找村上的麻烦的，不找白不找。杨立业笑了笑，说不管怎么样，杨书才那话还是说得好，终归没说要找村上的麻烦，这就是他的变化，就是他的进步。

这时，黄秀姑打开门，一眼看到了门口一侧的塑料袋，拿过一看，里边全是糍粑，有糯米的、有玉米的、有饭豆的、有蒿子的，每样两个，大小厚薄均匀，明显是经过挑选了的，是舞龙分的糍粑。她一笑，心想这杨世乐有心呢。

黄国庆只初三晚上跟着龙走了一阵，之后这几天就或是在地里察看作物的生长状况，看是否需要施肥、除草、杀虫，或是在家边看书边琢磨，看怎么改良品种，提高产量和品质，怎么搭配种植来提高单位面积的综合效益。

初三那晚从胡明国家出来后，黄国庆顺路去椅子冲新栽的油茶地和上边的茶垄看了看，心里有一种莫名的畅快感，便哼着曲下了山，进了田塅。他站在田埂上静静地感受了一会儿，跟油菜和洋芋说了一会儿话，出了田塅，上了连心二路。

听到了猪的叫声，黄国庆情不自禁地朝着猪叫的方向过去，看到了刘初菊忙碌的身影。他在门口正犹豫着是进去还是回家，见刘初菊一手提着一个潲桶吃力地走着，便三步并作两步冲过去，接过她手中的潲桶。

“怎么是你？吓我一跳。”刘初菊看一眼黄国庆，用瓢往食槽里舀猪食，“你怎么没去舞龙，跑这来了？”

“我跟着龙走了一阵，想着种植上的事，就没跟着走了。”黄国庆提起潲桶往食槽里倒，“顺路去了椅子冲，进了田塅，听到猪叫就往这边来了。”

“那你快走，别引起误会，让人说闲话。”刘初菊看一眼黄国庆，“我倒是没什么，你可是不一样。”

“你放心，如果我过去对你还多少有点不舍，甚至有点非分之想，那现在没有了。过去是我的错，我不能再错了。”黄国庆看着刘初菊，“那天民宿开张，没想到你不仅去了，还跟付秀珍说话、握手，我是十分感动，也十分内疚，如果再对你有什么想法，那我是既对不住你，也辜负了付秀珍。你们两个都曾是村上的花，是……”

“现在就都是豆腐渣了？”刘初菊笑了。

黄国庆边摆手边说：“在我眼里，你们永远都是花，两朵香喷喷的花。”

“看你说的。”刘初菊指了一下黄国庆，“你原来可没这么会说话。”

“嘴还是笨着呢。”黄国庆脸一红，“比立业可差远了。”

“只能说你们各有各的长处。”刘初菊朝黄国庆一笑，“要论种植上的事，那立业支书肯定不如你。你不仅田种得好，还对油茶、茶叶的什么都懂。”

“谈不上什么都懂。”黄国庆摇摇头，“只是这么多年总是在琢磨。要说懂，还差得远呢。”

“你这就谦虚了。”刘初菊说，“不过，村上也有比你懂得多的。”

黄国庆连忙问："谁?"

刘初菊眼睛一亮，说："一欣妹子啊!"

"人家是大学生，我当然不如她了。不过，她那些东西，有的还是纸上谈兵，得种在地里了，挂在树上了，才算得数的。"

"那当然了。不过，我敬佩一欣妹子的首先不是她的学问，而是她敢于、也甘于放弃城市的工作，回到村上来当农民，和立业支书一道带领大家脱贫致富，还有就是她不管碰到什么困难，总是那么乐观，从没为自己的选择后悔、动摇，更没有知难而退、半途而废。这也是我不怕这、不怕那，一门心思搞养殖的动力源泉之一。"

"这我相信。"黄国庆点点头，眼里闪着光亮，"说真心话，你和付秀珍也好，方小竹和一欣也好，都是村上我敬佩的女人。付秀珍是心直口快，甚至口无遮拦，但她敢作敢当、敢想敢干。就说这次开民宿吧，要我是不敢的。"

"正因为你不敢，所以我去贺喜她了。"刘初菊微笑着。

"前些年，她不知有多少次说过我，说我不像一个当主任的，尽管当时她也有私心，但她说得对。后来我不想当主任了，她开始也有想法，还骂过我。后来听说我是要一心搞种植，带动村上增产增收，她又高兴了，支持我。"

"好，说得好！听你这么一说，我相信你前边说的话了。"

两只手轻轻地握住了，平静、平和，没有火花，没有颤抖。

"没错，我是很长时间看不起黄国新。他游手好闲、好吃懒做，还爱顺手牵羊，又长一身的疮，看着都让人嫌。这些年他又老死皮赖脸地缠着你，我就有点憎恨他了。"黄国庆叹息一声，摇摇头，"也不知怎么的，自从立业回到村上，他看着就变了个人，变得让人都有点不敢认了。这得感谢立业，也感谢你。是你给了他机会，让他重生。如果你当初也嫌弃他，拒他于千里之外，肯定没有他的今天。他是在你这里获得了温暖和慰藉，或者说是你给了他希望和力量，而这种希望和力量正是人类最原始的也是永远的本能的需要。"

"说实话，当初村上没几个人不嫌弃他时，我也只是看到他可怜，出于同情，没有骂过他，更没有咒过他，而是想着怎么让他做一个自食其力的人，做一个诚实守信的人，因为我也是个苦命人，算是有一点同病相怜吧。其实，他心地善良，也想上进，只是那时村上确实闭塞，又穷，让人看不到希望，看不到未来，人也就容易百无聊赖，无所事事，时间一长，懒惰成性了，要勤快起来可不容易。"刘初菊抹了抹有点湿润的眼睛，往灶里添加柴火，"后来，他提出要跟着我一块干活，我知道他的心思，但我装着不懂，也没有浇灭他那一点火苗。那时我确实没往那上边去想，因为我觉得那是不可能的，我怎么会看上他？何况那时你还盯着我。我看得出来，也感觉得到。”

黄国庆脸一红，讪笑着。

“再后来，他变得勤快了，也热心村上的事务了，对我更是一片真心，甚至是一片痴情，时刻怕我累着了、饿着了，我是一次又一次地被他感动了，也就慢慢地认可他了，接受他了。许多的事还真是意想不到的，当缘分到了，自然就有了。”刘初菊脸上洋溢着幸福，往大铁锅里倒着碎米，“不过，虽然我认可他了，接受他了，但至今我们还是清清白白、干干净净的。”

“你在改造别人的同时，也得到了收获。这是天意，也是缘分。”黄国庆端起大木盆，将剁碎的红薯倒进锅里，“不管曾经怎样、现在如何，我只一句话，那就是祝福你们。我为他有了今天、有了你而高兴。”

铁锅“噗噗噗”地吐着热气，香气飘散开去。

黄国庆和刘初菊谈起了种植和养殖如何深化合作，如何更充分、更有效地利用好彼此的资源，实现增收增效，为村上的脱贫致富做出更多贡献。

付秀珍来电话了，说还有人要住民宿，可家里住满了，怎么办。黄国庆说临时再加一个铺，如果还是不行，就跟邻居打个商量。付秀珍说也只能这样了，又问他龙灯舞到了哪。他说中途回来了，现在在刘初菊这，正跟她商量着种植与养殖合作的事。付秀珍说那行，是得好好合计合计，大伙还都指望着种植和养殖多分点红呢。刘初菊拿过手机，说这么晚了，黄国庆还在她这，担心不，生气不。付秀珍哈哈大笑，说知道她心里有国新兄弟了。

黄国庆大大方方地回家去了。刘初菊的心也彻底地放了下来。这边一放下，那边就想起黄国新来了。

石磊说他一是来拜个晚年，二是来汇报一些想法。杨立业要他有什么尽管直说。他说村上今年要修连心三路和四路，还有自来水要入户，水渠要修复，又有茶厂要投产，听说还要搞旅游项目，好是好，只是这么多项目要搞，能搞得过来不，又有没有那么多钱。杨立业说他问得好，连心三路和四路肯定要修，自来水必须入户，水渠也要修复，茶厂务必投产，旅游项目也要上马，手上肯定没有那么多钱，但他应该清楚连心一路和二路是在什么情况下修起来的，只要开了工，就会有钱跟着来。石磊点点头，欲言又止。

杨立业笑了笑，问石磊是怕多个项目同时开工，他兼顾不过来，还是人手不够，或是资金不足。他还是支吾着。杨立业手一抬，说如果他兼顾不过来，或是有别的难处，可以把连心三路或四路让给第二名的公司来干，自来水等项目就别参与投标了。

石磊连连摆手，瞟一眼门口，凑近杨立业，说："不瞒你说，宁大贵这回是真的栽了，看样子是三年两载出不来的。原来跟着他干的人有不少投奔我来了，有一家公司已挂到了我的名下，还有一家公司一心想让我收购，我还没答应，等着他降低要价呢。因此，我现在是要人有人，要钱有钱。"

"那我丑话说在前边，项目你来搞可以，因为是你中的标。"杨立业盯着石磊，"但你要是转让给别人来搞，或是偷工减料，可别怪我不讲情面。"

"不瞒你说，我在别的地方也中了标，而且那标肯定比村上的项目大，挣的钱要多。也不瞒你说，我原本是打算将村上项目的一些人调那边去，增强那边的力量，也想过暗中将项目让挂靠过来的那家公司做。"石磊嘿嘿一笑，"不过，我只是想一下而已，如果真要那么做，我就不会跟你说了。"

"你是不是又忘记了我是干什么的？"杨立业锐利的目光看着石磊。

"没有没有，不敢不敢。我领教过你的明察秋毫，知道瞒不过你，骗不过你。你尽管放心，我一定再把项目做出优质工程、良心工程。"

"可得言行一致，表里如一！"

"你应该早看到了，我也是一个讲感情、懂得知恩图报的人。当初要不是你，我现在不会在这里，肯定跟着宁大贵一块进去了。我还是那句话，就是不赚一分钱，我也要把村上的项目做好。"

"我也还是那句话。村上的项目你赚不了大钱，但只要你管理到位，又不返工，那小钱还是可以赚到几个的。"

石磊哈哈大笑，杨立业也哈哈大笑。

贺小英端菜上桌，杨书成拿来了瓶子酒。贺小英笑他，又舍得喝瓶子酒了。杨书成说石磊有恩于村上，这酒该喝。杨立业说要不这酒晚上喝，请帮扶队的人都过来，还有王成文，现在吃过饭就要去村部开会。贺小英说那这样更好，还正想着匆忙中没做几个菜，对不住石磊。杨书成眨了眨眼睛，说能不能把黄国新也喊了来，他说了要喝这瓶子酒的。又说还想把黄一欣也请过来，她真的讨人喜欢。杨立业说随他呢，想请谁都行，一桌坐不下，就摆两桌。

这回的颁奖大会比上次热闹多了，流程不仅有干部讲话，有颁奖，有获奖代表发言，还有节目表演，家里有孩子读书的、没孩子读书的都来了代表，有的全家出动，皆大欢喜，就是没得奖的家长和孩子也都高高兴兴的，想着明年再拿奖就是。陈斌和村上的另两个孩子一同考上了大学，得了奖。小满有了明显起步，得了进步奖。

年前杨立业就将颁奖大会交给了黄一欣去策划，黄一欣策划好后又将排练节目之类的事交给了陈斌去落实。陈斌把黄一欣当作自己的榜样，进大学不久就加入了校公益组织，村上舞龙时他又和胡春晖，还有柳奎和方刚等人一起担负起了收容队的职责。颁奖大会上他和小满都表演了节目。杨立业在讲话时，不仅表扬了小满学习上有进步，还积极参与村上的舞龙，舞龙时掉进了路边的沟里也勇敢地爬了上来，又表扬了杨书才教育小满方法得当，让他方方面面都有显著进步。看着小满手上的奖状和红包，听着杨立业的夸赞，杨书才笑得合不拢嘴，得意地左右看着。

杨立业清点完人数，果然是等黄国庆一到就正好两桌。他和郭滔耳语了两句，郭滔说他这想法好，就在这开一个开工的小型动员会，或是预备会。

见太阳快下山了，杨立业刚要说先开席，边吃边等，就见黄国庆拉着方刚匆匆来了。一进门，黄国庆就说告诉大家一个好消息，方刚决定留下来跟他一块搞茶厂了。方刚连忙说还没定呢，他想留下，可孩子上学的事还没联系好。杨立业一问情况，立马给李书记打电话。李书记说村上的事就是他的事，这事包在他身上了。

这几天，方刚一直在留还是去的问题上犹豫着，留在村上吧，茶厂到底怎样还是个未知数，万一没预想的那么好，拿不到相应的工资，那他拿什么来养活一家？不留吧，又怕失去机会，在外打工毕竟不是长久之计，就算他在深圳买了房子，把家安在了那里，黄桂花也是不会跟他去的，何况在深圳买房子谈何容易。昨天黄桂花和宁丽都憋不住说话了，意思是他还是留在村上好，但又补了一句，是去是留他自己做主。他明白她们的意思，却找了一个理由，孩子回来读书不方便。没想到孩子说愿意回来读书，可以经常见到奶奶和妈妈，还有弟弟。他说回来读书也得找一个好的学校，要不就还是别回来。刚才黄国庆去问他想好了没有，他就说了这个理由。黄国庆也就不跟他多说，拉着他就走，说找好学校去。

见方刚来了，贺小英欢喜地说来得好，今年大家有财发。胡春晖和柳奎也都起身让座。黄国新往陈国兴那头屁股一挪，说来，他们三个坐一条凳。方刚灵活，端来一个方凳，往次席的角上坐，说他是晚辈，又是迟来，在这挂个角很好。坐在上首位的杨书成朝他一竖大拇指，夸他果然不愧是老主任的崽，回来跟黄国庆一块搞茶厂，要得，会红火的。

黄一欣一来就帮着贺小英洗菜、烧火，胡春晖一来也是帮着杨书成搬桌子、摆碗筷。贺小英和杨书成对黄一欣是越看越喜欢，又不免心有遗憾。

胡明国笑眯眯地看着跟他同坐一条凳的杨书成，示意该开席了。他端起酒杯，起了身，说："大家能来，是看得起我，我是沾了村上的光，沾了大家的光。过去有人说我是铁公鸡，把钱看得比什么都重，一分钱恨不得掰开做两分来用，那是那时穷，要挣个钱真的不容易。现在好了，路通了，田里地里出产也多了，村上还有了厂子，有了合作社，年底还有红分，挣钱容易多了，也挣得多了。我今天就有句话说在这里，往后谁还要说我是铁公鸡，我可不高兴了。"

"书成叔，说您是铁公鸡，可不是贬损您，更不是笑您骂您呢。"黄一欣笑嘻嘻地看着杨书成，"那是夸您能省吃俭用，会持家立业呢。"

"你们看，一欣妹子就是会说话。"杨书成指了指黄一欣，"不过，就是钱再多，也还得算着用、省着用，什么时候都是花钱容易挣钱难。"

"那我只问你。"李长花起身看着杨书成，"我打算今年五一去西安玩一玩，看兵马俑什么的，你说你不是铁公鸡，那你敢一块去，能花这钱不?"

"这……"杨书成憋红了脸，不知怎么说好。他确实没想过去外地玩的事。杨立业说过要带他去外地看看，但他总说那么远，要花那么多钱，不去。

"不急的，到时候我带您去西安，还要去北京、上海、三亚。"杨立业朝杨书成使着眼色。

"对，到时候立业带我去。来，喝酒，喝酒!"反应过来的杨书成一手拿着酒杯，一手托着杯底，朝桌上敬了一圈，又朝另一桌举了举，一口干了。

一听杨立业说村上有那么多项目会接连开工，果然有人就问搞得过来不，有那么多钱不，别搞出个半拉子，别搞出个豆腐渣，是不是先搞一个或两个，别的等一等，缓一缓，等有钱了才搞不迟。

"我不多说，只说两句。"杨立业走到两桌的中间，伸出两个指头，"一句是我们不能错过眼下的大好时机，乡亲们也不容许我们错过这个时机。我们在座的不是村干部就是各方面的代表，应该有所作为，如果我们这也等一等，那也等一等，村上就会在等待中更落后，更贫穷。大家要明白，这贫穷落后是绝对的，也是相对的。在我们求变的同时，人家石窝村和枫树村也在变，别的镇、别的县、别的省一样在变，全国各地都在变，如果我们变慢了，我们相对就会更穷了。另一句是我们眼下确实是没有那么多的钱，但只要一开工，钱就会跟着来了。大家应该还记忆犹新，当初修连心一路和二路的时候也是钱不够，特别是修连心一路时，最初可以说是没钱的，但修着钱就有了，而且修成了，修得比别人的还好。为什么？就因为一旦开了工，我们就会千方百计去搞钱，大家就会齐心协力来干。那时村上不少的人对做义务工还不理解，对捐款更是有情绪，而现在不一样了，绝大多数人早已自觉地加入了做义工的行列，有了希望村上加快改变的强烈意愿，而且我们实施了积分管理机制，对村级管理和村上公益的热情和激情空前高涨，清扫马路和池子就是很好的体现。我……”

“我表个态！”黄国新手一举，接过杨立业的话，“我尽管场子里活多，但我会挤出时间来，每天不是上午去工地就下午去工地，场子里的活晚上再多干点。钱我手上不多，去年场子里的工资和村上的分红进新屋花了一些，过年又买了点东西，没剩多少了，也没在我手上。”他看一眼刘初菊，“但我可以拿出来，捐了。”

“捐了？”李长花看着黄国新，“为什么？”

“因为村上没那么多钱，立业支书又对我那么好。”黄国新见刘初菊微笑着看着他，心里一热，说话就更有底气，更流畅了，“哦，也不只是立业支书对我好，是大家都对我好。现在再也没谁嫌弃我了，更没有哪个骂我、咒我了。立业支书说过，为村上的事出点力、出点钱，是为别人，也是为自己。”

“国新，你这话说得好，我爱听。来，我跟你喝杯酒。”杨书成端着酒杯走过来，拍了拍黄国新的肩膀，“国新啊，没人嫌弃你了，没人骂你咒你了，那是因为你变了，变得有个人样了。”他说着杯子一碰，一口干了。

黄国庆端着杯子走过来，悄悄说他初三晚上去了场子里。黄国新一怔，小声问他去那干吗。他指了指刘初菊。黄国新拳头一握，问他是不是欺侮她了。黄国庆连连摇头，说没有。黄国新拳头一抬，说谅他不敢。又头一昂，说现在不怕他了。黄国庆退了一步，说那就好，朝刘初菊招了一下手。

等刘初菊走拢来，黄国庆说他诚心诚意敬他们一杯，希望早日喝到他们的喜酒。黄国新愣了愣，见刘初菊朝他微笑着，便也一口干了，拿过酒瓶，说要跟黄国庆连喝三杯。黄国庆爽朗一笑，说三杯就三杯。

见杨立业递过来眼神，石磊便站了起来，说村上的多个项目接连开工是好事，他不慌，更不怕，他有信心，也有决心，一定会把项目一个个修成优质工程，因为他可以把精兵强将调集过来，可以把优势资源调配过来，因为村上许多的人和事让他深深地感动和敬佩，他与村上已结下了深厚的情谊。

石磊刚说完，王成文便说厂里的边角废料什么的，只要村上用得着，只管打个电话，厂里安排送过去，不用村上派人派车来拖。杨世海说谁要是因为修路要去镇上，坐车免费。

黄一欣说厂里的边角废料和废水什么的是要处理好，噪声也得想办法降低，那个挡土墙有必要再加固，还有砖瓦厂的废渣和废气也得尽量减少。胡春晖想接着说石材厂和砖瓦厂污染村上的环境，是得治理，但见郭滔和杨立业或低头不语，或若有所思，话到嘴边又没说了。

见酒喝得差不多了，一个个摩拳擦掌、豪言壮语了，杨立业和郭滔交换眼神，再一起身，手一指，统帅似的点了杨达成和陈国兴的将，说杨达成的龙队和陈国兴的虎队分别参与连心三路和四路的修建。杨达成和陈国兴应声而起，手往额头跟前一举，大声说“听令”。杨立业接着点了胡春晖和柳奎的名，请他们分别协助杨达成和陈国兴配合好石磊的工作。他们“啪”的一个立正，说“遵命”。

锄头往墙角一搁，再往椅子上一坐，杨书才就问在烧火煮饭的吴月英，想起修连心一路时，看着别人上工地，自己不仅不去，还老笑人家，后来没办法了，只好做样子，偶尔去一下，今天却不要谁喊，不用谁催，自己一早就上了工地，还干到天黑才回家，这是为什么。吴月英笑了笑，说同样是犁田，有的牛根本不用犁把式吆喝，更不用犁把式扬起竹条抽就走得又快又好，而有的牛就不一样了，老要犁把式扬起竹条，甚至要猛抽几下才肯走，有的牛看着别的牛走得快，自己跟着也走得快，而有的牛就非要有人牵着或是在后边催着才快起来，而如果有人牵着或是催着还走不快，那就不知要挨多少骂、挨多少打，甚至是只能给卖了，或是杀了吃肉。杨书才眨了眨眼睛，指了指吴月英，说她在骂人呢。说着又笑了，见小满在那认真写作业，便过去摸了摸他的头，说过两天带他去镇上赶场，给他买好吃的。他放下笔，说他明年还要得奖呢。又说胡春晖和柳奎早上给他布置了作业，这两天除了做完数学试题，还要写两篇作文，写好了有奖励。

参加过开工仪式，干了一会儿活之后，郭滔就带着胡春晖和柳奎回省城了。

听了郭滔他们的汇报，武行长说看来村上已开工，或将要开工的项目比较多，说明工作任务很繁重，也很艰巨，这是好事，也是难事，但不要怕，有什么一起来扛，资金上的事他会召集相关部门一起想办法，尽量多给村上争取一些。

又说村上的产业布局和调整他没实地调查，不好多说，总体感觉还好，但石材厂和砖瓦厂不能再扩大生产规模，也没必要再投资进行技术改造。还说村上的旅游资源多，又有特色，进村的路不仅通了，还即将有多条，高速和高铁虽然不从村上过，但离村上不远，这是恰到好处，也是村上幸运，村上的乡村旅游会跟村上的景致一样美丽。

胡春晖下了楼又返回去，在犹豫和忐忑中进了武行长办公室，说他还想跟武行长汇报一下思想。武行长合上文件夹，微笑着看着他。他脸红了，欲言又止。武行长笑了笑，说看样子应该是好事。胡春晖掰着手指，说是好事，也是难事。武行长说既然是好事，那就不是难事，说出来，看能帮他什么。他说他和他爸都是在黄一欣家过的年，黄一欣一家也都喜欢他。武行长说那是好事，一欣姑娘又聪明又漂亮，又能干又大方，人见人爱的，如果她愿意，可以特招到行里来。

"可她说她一辈子都不会离开村上。"

"好，难得，非常难得！农村就需要她这样有文化、有技术，又有思想、有情怀的年轻人。"

"可是……"

"可是你又不想放弃银行的工作，跟她一辈子在村上，是不是?"

"我……我可以留在村上，只是……"

"好，我明白你的意思了。你是说你可以放弃银行的工作，愿意留在村上，但想看是不是能有更好的方案。"武行长起身走了走，"我看只要你们真心相爱，也不一定非要都留在村上。她可以在村上大有作为，你可以在银行建功立业。何况现在交通便利了，她来城里也好，你去村上也好，都方便。"

"可是……"

"你是怕她不愿意这样?"

胡春晖点点头。

"那你是想一心留在村上了?"

"好，我听您的，就留在村上了。"胡春晖没完全听懂武行长的话，也没完全猜透武行长的心思，模糊地说着。

"我可没说非要你留在村上。"武行长皱了一下眉头，"你要真留在村上了，我还舍不得呢。当初选你去扶贫，只是想让你多一些历练，得到成长。"

"这我懂。"胡春晖看着武行长，"那我再好好想想。"

"好好想想行，是得想好了，想清楚了，别到时候后悔。"武行长笑了笑，

“不过，我可没说非要你回来，也没说非要你留在村上。当然，农村需要你这样的人，也许在那里更能体现你的人生价值。”

送到门口，看着胡春晖进了电梯，想着他可能真会留在村上，武行长心里有了不舍和留恋，但更多的是欣赏和赞赏。

路过离省行大楼不远处的有缘咖啡屋，柳奎习惯性地往里瞟了一眼，见那个靠窗的小桌有人在悠闲地喝着咖啡，不免触景生情，伤感随之而来，便加快了步伐，但刚走过咖啡屋就停下了，慢慢转过身，望着那个窗口。窗前的人变了，仿佛是他和小薇，又不是。

有人碰到了柳奎的肩膀，却横了他一眼，扬长而去。他扫了扫自己的肩膀，想骂却又一笑，心想懒得和你计较。他转过身，赫然映入眼帘的是小薇那张清秀的笑脸，尽管笑得有点不自然，还有点忧郁和苦涩。他一惊，后退了一步，转身就走，一拐角，迎面碰到了快步走过来的郭滔，差点碰了个满怀。郭滔问他怎么走回来了。柳奎没回头地指了一下后边，问郭滔怎么还在这。郭滔说这个点叫不到的士，只好去前边坐地铁，再转公交。他说着一指前边，问柳奎那是不是小薇，是不是在追他。

不等柳奎回答，小薇已飘然到了跟前。她跟郭滔打过招呼，指了指柳奎，朝郭滔使着眼色。郭滔心想他们在这不期而遇了，也是缘分，如果能够让他们重归于好，也是好事，见柳奎抬腿要走，便一把拉住他的手，说他们有些日子没见面了，快找个地方坐一坐。小薇指了一下后边，说对对对，就去那咖啡屋，那是他们原来常去的地方。

柳奎尽管不那么情愿，但看在郭滔的情面上还是跟着小薇去了。郭滔看着他们进了门，又看着他们在窗前那张小桌前坐下才离开。

小薇点了咖啡，又主动说了许多话，说他们曾经在这喝咖啡的乐事和趣事，试图调动柳奎美好的回忆，见柳奎还是沉默不语，就说她近来几乎每天都来这，有时在外边走走，有时进来坐一会儿，就是想看能不能碰到他，今天运气好，终于见到他了，说着眼泪就来了，梨花带雨一般。

柳奎有点心动了，手抬了起来，可刚要伸过去，又放下了。他想起了她说过的话，想起了自己说过的话，她跟自己已不是一条路上的人了。

见柳奎刚伸出来的手又放下了，小薇涨上来的期待陡地回落了下去，泪水模糊了眼睛。他扯了纸巾递给她。她擦了眼泪，说那天她说的不是真心话，只是想让他回城里过年。他从她眼神里看到她还隐藏着什么，便笑了笑。见他那似笑非笑的样子，她不由得身子一颤，一咽口水，再抿了一口咖啡，说她也不想瞒他，当时一个亲戚非要给她介绍男朋友，没办法她只好去看了，但也只是看了一下，虽然那家有权有势，有钱有财，但她没看好。他起身就走，她一把拉住他的手。他说应该不是她没看上人家，而是人家没看上她。她说不管看没看上，她只是去看了一下，心里还是只有他。他说如果心里真的只有他，就不该去看，也不会去看。她跪了下去。他甩手就走。

上了地铁，柳奎还在想，如果他不去村上，他跟小薇就不会是这结局吧？也许是，也许不是。出站了，他终于想明白了，不是，去村上没错。

这时，郭滔兴冲冲地进了门，可门里的冷清和杂乱一下让他心凉了半截。他特意没打电话给妻子文小慧和儿子郭亮，就是想给他们一个惊喜。他轻轻打开郭亮卧室的门，见儿子在那认真写作业，头都没抬。

饭菜做好了，文小慧还没回来。郭亮揉着眼睛出来了，一见是郭滔，一头扑在他怀里，说想死他了。又跑去拿来了奖品和证书。郭滔夸奖了他几句，说村上可美了，到时候带他去村上玩，也算是奖励。郭亮高兴得跳了起来，说他早就想去了，想去泡温泉，想去看龙灯，想去走石板路，想去参观红军指挥部。

郭滔和郭亮正说着、笑着，文小慧风风火火地回来了，一见郭滔就说还知道回来，还知道这有个家啊。郭滔嘿嘿笑着，说对不起，让她辛苦了，受累了。

一听郭滔说他回家时只有郭亮自己在，文小慧就眼一睁，碗一搁，说只有他就有事业，别人就游手好闲，无所事事，只有他想进步，别人就随波逐流，自甘落后。郭滔连连摆手，说不是，不是。文小慧一笑，说她可得给自己也积攒点资本，别跟有的人一样，到时候给人一脚蹬了。见郭滔要说话，郭亮忙使了个眼色，说他妈年前就在忙了，还会忙一段时间，他一个人在家没事，他都长大了，会照顾自己了。他说着看一眼文小慧，凑到郭滔耳边悄悄说了两句。郭滔一拍桌子，去拿了酒过来，哗哗地倒上两杯，一杯递给文小慧，说敬即将上任的文局长一杯，祝她心想事成。她放下杯子，胸一挺，说不是文局长，是文副局长，今天上午十一点半才宣布的。郭滔给郭亮拿来一瓶酸奶，说一起来敬文副局长，祝她步步高升，早日转正，再当上市长、省长。文小慧眉开眼笑，忙不迭地给郭滔和郭亮夹菜。

激情之后，文小慧靠在郭滔怀里，满眼柔情地说她这次提拔还得感谢郭滔，因为这次提拔是二选一，两人的条件差不多，最后党委研究时，认为郭滔扶贫去了，文小慧一个人在家又当爹又当妈，工作还这么出色，不容易。郭滔一想，也是啊，不由得把文小慧搂得更紧了。

第二天一早，郭滔送了郭亮去学校，然后陪文小慧在街边吃了一碗粉，胡春晖就开着车和柳奎一块来接他回村上了。

就在郭滔上车之时，黄一欣下了楼，跟在院子里赏景的客人打了招呼，刚跨上摩托，许教授打电话来了。年前她买了一台摩托。黄爱国和陈国兴等人也买了。宁丽也说要买。刘初菊说要买一台三轮车，好运送东西，由黄国新来开。

许教授一开口就夸胡春晖不错，说黄一欣托胡春晖带给他的猪血丸子和茶油等土特产都收到了，接着说农科院那边在问黄一欣是不是还回那边去上班，如果不去，就安排别的人了，有人在等着。见黄一欣没有马上回答，许教授说是得好好想想，想好了告诉他。又说不急，多想一想，一个星期后回复他都行。

出来晒被单的付秀珍模糊地听到了许教授跟黄一欣说的话，便将被单往绳子上一搭，也不说要黄一欣回农科院上班，只说她是得好好想一想，别辜负了许教授和农科院领导的一番好意，难得人家那么看重她，为她着想。她下了摩托，进了门，上了楼。付秀珍看在眼里，笑在心里。

黄一欣往床上一倒，望着天花板，想着许教授的话，想着在微信群里同学们有的晒高大上的工作环境，有的晒科研项目或成果，有的晒年底拿了多少奖金，有的晒得到了提拔，有的晒老公孩子，而她晒的是村上的景致和劳动的场景，尽管也有同学给她点赞，还有个别的说要到村上来看看，但更多的是保持沉默，个别的还笑她当初烧坏了脑袋，现在幡然醒悟犹未晚也。难道当初的选择真的错了？这一问，问得她头大了，仿佛要炸了。她双手按着太阳穴，下了床，来到窗前。

看着连心二路和在二路上来往的行人和车辆，看着田垌的油菜和洋芋及在给油菜和洋芋除草施肥的乡亲，望着时隐时现的连心一路和路边苍翠的油茶林和茶园，想着热气腾腾的温泉和飞流直下的瀑布，想着村上的规划和分红时的场景，想着黄国新和刘初菊在学三轮车驾驶的画面，想着刘晓明和吴春花一同在塘堤上给鱼撒草的情景，想着即将投产的茶厂和刚开工的连心三路和四路，黄一欣的耳边仿佛响起了机器的轰鸣声和劳动的号子，仿佛看到了宽阔的马路将盆中村与枫树村和石窝村连接起来，仿佛看到整个盆中村从田垌到山间、从村南到村北变成了一个大花园，变成了一幅美丽的画卷。

黄一欣打电话给许教授，平静地说她想好了，就留在村上，一辈子都不离开村上。许教授兴奋地连连说好，他希望的就是这个回答。又说他跟农科院那边商量好了，她在村上的实践就是一个大型的科研项目，他正在给她争取科研经费。她一时不知说什么好，感动得泪流满面。付秀珍推门进来，拿过她的手机，说欢迎许教授随时来村上。黄一欣一头扑在付秀珍的怀里，喃喃地说着谢谢她，谢谢她的理解和支持。付秀珍搂着她，轻轻拍着她的背，说不理解也得理解，不支持也得支持，与其被动理解、被动支持，还不如主动理解、主动支持，谁让她是娘呢。黄一欣捧着付秀珍的脸就亲了一口，然后一溜烟下了楼，骑了摩托就出了院子，上了连心二路。

望着黄一欣充满活力的身影，付秀珍一摇头，又笑了笑，心想真是女大不由娘，管不了了。又想儿孙自有儿孙福，随她好了。

夕阳下，村部公示栏前站了不少人。他们从工地上下来，大多一身尘土，或扛着锄头，或挑着箢箕，或提着钢钎，从贴在公示栏的三张红榜上找着自己的名字，也找着邻居或亲友等与自己有着某种关联的人。有的看了就走了，或走得抬头挺胸，或走得沉默寡言，有的边看边议论着，说哪家捐多了点，是打肿脸充胖子，哪家捐少了，小气，哪个是想图个名，哪个是怕露了财，哪家榜上没名字，不应该。

杨世乐放下锄头，打量着拿着扁担的胡志清，说他怎么也上了工地，还捐了款。胡志清笑了笑，说几十年前他就在村上生活过，如今又常来村上吃住，出点力挑几担土，搬几块石头，再出点钱，尽自己的一点心意，应该的。杨世乐问他是不是想长住在村上，不回城里去了。他看着杨世乐，问如果他真要长住在村上，欢迎不。杨世乐皱了皱眉头，说他当然是没意见，只是他在村上没一寸地，没一片瓦，总不能老住在老主任家吧。胡志清笑了笑，说反正他是一个人，就跟他住好了。他一口应承下来，说要得，正好有个伴，却马上摆手说不行，不行。

走过来的杨书才笑杨世乐，是不是有了相好的，想讨个婆娘。杨世乐眼一瞪，说他怎么就不能讨个婆娘，偏要讨一个给他看看。杨书才说他要讨了婆娘，那打两壶好酒给他喝。杨世乐指着杨书才，要他记着，可别到时候耍赖。杨书才一默神，说要是一年之内他没讨到婆娘，得打两壶好酒，再加一只鸡。杨世乐眨了眨眼睛，说一年不行，得两年。杨书才目光在杨世乐身上刷了一遍，说两年就两年。杨世乐看着杨书才，心想就他算得精，总是不吃亏，这回就是自己脱两层皮，也非要他打两壶酒来。

杨书才在中间那张榜的头一排看到了自己的名字，又在后两排找到了杨书成，见他只比自己多捐了一百，就想怎么当时要把拿出来的两百又放进裤兜，怎么就不等杨书成先捐了自己再捐，也好胜过他一回，别老让他看不起。

杨达成一手拿着纸，一手拿着笔，从楼上下来了。他在第三张红榜的下方添着名字和金额，说看样子明天就得贴第四张榜了。

见杨达成添写完了，杨书才掏出两百块钱往杨达成手上一拍，说帮他改一下上边的数，或是再帮他添一笔。杨达成把钱还给他，说这回就别改了，也别添了，反正还有下次的。杨书才愣了愣，说不改就不改，不添就不添，自己留着打酒喝去。杨达成哈哈一笑，说要是打酒喝，可别忘了喊他喝一杯。杨书才一哼，要他等着，喝了变成了屎再喊他，逗得胡志清等人哈哈大笑。

见胡春晖跟杨立业边走边说着什么过来了，正要走的胡志清朝胡春晖招了招手。胡春晖小跑过来，问他什么事。胡志清把他拉到一旁，问想好没有，到底是回城里还是留在村上。他问胡志清怎么看，给拿个主意。

“主意还是你自己拿。我只跟你说，一欣是个打着灯笼也难找的好姑娘。但有个事，我得先跟你说清楚，你如果留在村上，那不能做上门女婿。你要真做了上门女婿，那你在别人眼里无形中就矮了三分，说话做事就掉秤了。”

“这我还真没想过，也没跟谁说过。”

“那你给我听好了，我可不答应你做上门女婿。你丢得起那个脸，我可丢不起，祖宗更丢不起。”

“那你要我怎么做？要怎样才不算是做上门女婿？”

“这……一个是不能住在一欣家里，另一个是生的崽只姓胡，不姓黄，还有一个是过年要跟我，这是规矩。”

胡春晖一笑，说当然不住她家里，得有自己的房子，他的崽当然不姓黄，姓胡，至于跟谁过年，那得看情况。胡志清稍一想，说好，只要他不住她家里，崽不姓黄，那好商量，但这两天他得去跟她和她娘说好。

暮色里，在收被单的付秀珍见胡春晖进了院子，可高兴了，又是问寒问暖，又是招呼他快进屋坐。他礼貌地应答着，利索地帮着收拾被单。

付秀珍边炒菜边说这民宿一开，她现在是从早到晚怎么都忙不过来了，得请人打帮手了。胡春晖说那当然，该请的还得请，别太累。他们正说着，黄一欣边打电话边进了门。付秀珍笑黄一欣整天比总理还忙。黄一欣挂了电话，笑胡春晖是不是走错门了。胡春晖嘿嘿笑着，说他是巴不得天天来，只是她比总理还忙，没时间接见，不敢多打扰。她挨着胡春晖坐下，在他手上拧了一把，拧得他“哎哟”一声。付秀珍勺子一扬，要黄一欣轻点，别没轻没重的。又问胡春晖拧疼没有。胡春晖说不疼，心里甜滋滋的。

黄国庆回来了，一见胡春晖就说等下一起喝两杯。黄一欣说黄国庆准是有什么好事。黄国庆说他今天去了县农科所和农机局，联系好了适合村上种植的优质稻种，选好了适合村上耕种的农机，还去找了夏行长，夏行长说农机贷的产品正好适用，可以贷款。胡春晖说一天办成了这么多事，这酒值得喝。

喝了两杯酒，匆匆扒了一碗饭，黄国庆就说他得赶紧去一趟杨立业家。黄一欣说知道他去干什么，跟他一块去。他说不用，她在家多跟胡春晖说说话。

年前，杨立业和黄国庆就多次商讨过怎么通过品种选择和合理搭配、怎么通过人工和机械化耕种结合来扩大种植规模、提升作物品质，达成增产增收，让村民从分红中得到更多实惠。前两次杨立业和黄国庆有分歧，就请了黄一欣参加，上次也就她参加了，这才坚定了黄国庆的信心和决心，促成了他今天去县城。

见胡春晖欲言又止的样子，付秀珍问他是不是有什么事想说。黄一欣一拍他的手，要他别吞吞吐吐的，有什么直说就是，没谁剪他的舌头。

听胡春晖说到时候他和黄一欣不住家里，崽不姓黄，黄一欣就笑了，说不住家里，还住水帘洞不成。付秀珍将碗一搁，说肯定不行。胡春晖愣了愣，一咬嘴唇，说反正他不做上门女婿。

“你要这样，你跟一欣的事就不好说了。”付秀珍脸一板，看着胡春晖，“你也知道，一欣虽然有个哥，但他去外边了，一年难得回来两次。既然一欣回到了村上，又不走了，我跟她爹当然就指望她了，自然是想招个上门女婿。你说是不是?”

“我……”胡春晖一时不知说什么好，眼皮都红了，嘴唇也有点颤抖起来，泪珠在眼里打着滚，只差没滚出眼眶了。

“哎呀，这孩子，看你这急的，急得我都心疼了。”见黄一欣又是连连使眼色又是悄悄打手势，付秀珍忍不住“噗哧”一笑，扯了纸巾递给胡春晖，“我们也是通情达理又疼人的人家，怎么会让你做上门女婿呢？让你做上门女婿，既作践了你，也看轻了一欣。”她看一眼黄一欣，一拍桌子，“那好，这事就听你爸的意思，到时候你们不住家里，崽不姓黄，行不?”

胡春晖一擦眼睛，起身就要给付秀珍鞠躬。付秀珍连忙扶起他，看着他，合不拢嘴地笑着，真是岳母娘看郎，越看越喜欢。

上了楼，将门一关，黄一欣往椅子上一坐，要胡春晖站好了，看着她。胡春晖心里打着鼓，不知道她要干什么。

“你如果留在村上，那你将失去那么好的单位和工作，将失去即将到手的科长和不久的将来的处长，你将成为一个农民，成为一个必须靠自己的劳动从田地里获取报酬的农民，最多成为一个村主任、一个村支书。”黄一欣盯着胡春晖，“我不想勉强你，更不逼迫你，留不留是你的自由。我相信你对我的爱，也请你相信我对你的爱。不管你我在哪里，我相信我们的爱不会变。古诗说得好，两情若是久长时，又岂在朝朝暮暮。”

“一欣，我决定留在村上，除了我对村上有一种天然的情感，还有你和立业支书都深深地感动了我，给我立了一个榜样。也可以这样理解，我决定留在村上，往小里说是为了你，往大一点说是为了村上，再往大里说是想跟你一起探索一条乡村脱贫致富之路，谱写美丽动人的乡村变奏曲。”胡春晖眼睛闪着光亮，“我知道我将成为一个农民，但我要成为一个新时代的新农民，做一个……”

黄一欣手臂一张，箍住胡春晖的腰，头依偎在他的胸前，听着他的心跳。片刻过后，她说她还得统计数据做分析。胡春晖说他也得赶回去整理资料，上报镇里。

这时，杨立业与黄国庆在优质品种的推广上又有了分歧。杨立业主张一步到位，全部改种新品种。黄国庆坚持分步实施，有序推广。见黄国庆红了脸，又拍了桌子，杨立业一想，种植的事毕竟他比自己懂得多，有经验，也就不再争，说由他做主。

听说由自己做主，黄国庆倒是更慎重了，一到家就跟黄一欣商讨起来，又要她请教了许教授。许教授的意见跟他想的如出一辙。他把许教授的意见跟杨立业一说，杨立业哈哈一笑，说黄国庆现在是不是教授的教授了。黄国庆说别笑话他，心里却是乐滋滋的。

春阳暖暖，柳丝袅袅。

听黄一欣一号召，村上的女人们不管老少，大都上山采茶来了。她们就像一只只蝴蝶在茶垄间飞来飞去，生动了这一片山坡、那一线山腰。这边李长花唱起了电影《刘三姐》里的《采茶歌》，那边吴春花唱起了杨钰莹的《茶山情歌》。

见夏时香挎着篓子、拄着拐杖颤颤巍巍地上来了，易美秀连忙跳下去，扶她上来，问她怎么上山来了。她说采茶得赶日子赶时辰，能来摘几片算几片。

田塅里，大片的油菜花铺展开去，与举着或紫或白小花的大片洋芋隔河相望，或是由连接东西的机耕道分隔开来。几丘水田反射着光芒点缀在金黄和翠绿之中。水田里杨书成一手端着簸箕，一手在播撒种谷。

“这采的是明后茶或是谷雨茶了。”茶垄间，黄国庆边采茶边对杨立业说，“明前茶叶芽娇嫩，产量少，不想用机械加工，就还是手工炒制。没想到炒出来的那点茶，没几天就给一欣和柳奎他们在网上卖空了，还卖了个好价钱。这谷雨茶产量就大多了，但也得抢时间、抢天气，采晚了，错过了天气，那等级和品质就不一样了。昨天那几担鲜叶算是试机，今天是正式投产。等会田大志和陈明亮都会亲自送鲜叶过来。他们说是来送鲜叶，其实是想看我们的茶园，跟我们比一比。比我倒是不怕，就怕他们哪个也建茶厂。”

“我不怎么喝茶，对茶也就不太了解，更分不清什么明前茶、谷雨茶。”杨立业将茶叶放进篓子，说，“但我相信，他们谁也不会再建茶厂。”

“但愿吧。”黄国庆拿了一个茶芽，“这明前茶和谷雨茶大体上可以这么来区分，茶形上，明前茶多为芽蕊茶或一芽一叶初展的嫩芽尖，谷雨茶多为一芽二叶的柔嫩芽叶；茶色上，明前茶色泽翠绿，表面带有油光，谷雨茶色泽多偏黄绿，与明前茶相比缺少油润度；茶香上，明前茶冲泡后茶香浓烈持久，谷雨茶冲泡后香气馥郁饱满。”

听到声响，杨立业一抬头，见一个大镜头正对着他采茶的手。亮哥嘿嘿笑着，说不好意思，偷拍了。又说就要这样才自然，才能拍出好画面。在亮哥身后的黄一欣走过来，说他又来村上采风了，还要去拍油菜、拍洋芋什么的。

亮哥望了望田塅和茶园，指点着在连心路上奔跑的车辆和在油菜地里时隐时现的游客，说这就是把种田地、种庄稼种成了风景。

田大志打电话说他快进村了，黄国庆说好，他和杨立业在厂里等他。看着生产线，田大志羡慕不已，说枫树村要是也能来一支这样的帮扶队，也能建这么一个厂多好。杨立业笑了笑，说盆中村可是贫困村，还等着摘帽呢。田大志说现在的盆中村已经不比枫树村差了，等摘了帽就不知要强多少了。赶来的陈明亮说，他是觉得现在已经在后边追了，到时候还不知会落后盆中村多远呢。杨立业说哪里哪里，枫树村和石窝村都比盆中村基础好，许多地方都值得盆中村学习，等连心三路和四路一通车，三个村的联系就更方便、更紧密了，就可以更好地携手共进了。

正说着，只听远处传来轰隆几声巨响，地仿佛都震动了。杨立业慌忙跑出车间，只见连心三路工地那边升起一股白烟。

在店里给人相面的胡文化心一惊，眼皮一跳，心想不好，村上出大事了。他来不及脱帽换衣，骑了摩托就往村上跑。

杨立业刚掏出手机要问，杨达成打电话来了，打着哭腔说不好了，造大祸了，胡春晖压在石头下边了。

胡文化刚过了垭口，就见一辆小车一闪而过朝镇上去了，接着又是一辆小车一闪而过，他认出来了，前边的车是帮扶队的，后边的车是杨立业的。

见杨达成带着几个人正往这边跑，胡文化便在路碑前停下来，问他是怎么回事。杨达成说他也不知道是怎么了，好端端的山上就滚下来两个石头，要不是胡春晖眼明手快，冲上来一把推开郭滔，一把推开石磊，那祸就造得不知有多大了，可惜胡春晖推开了别人，自己却没来得及躲开，给那块小的压住了。杨世乐说还算好，石头只是压住了腿，但人是昏过去了。胡文化要杨达成他们别往镇上去了，去了也没用，反而添乱，快回工地上去。

杨书才正在那唉声叹气地走来走去，见胡文化来了，便要他快算一算，看是土地公公生气了，还是有什么东西在作怪。胡文化看了看凿开阔了的连心四路的路口，又爬上山看了看石头滚落的地方，再看了看峡谷里边，说土地公公没生气，也没什么东西作怪，这样的事往后注意就不会再有了。杨书才双手合拢，闭上眼睛，对着路口边作揖边蚊子叫似的说着什么。胡文化凑到杨书才耳边，说他是要菩萨保佑，再有石头落下来千万别砸在他身上。杨书才一愣，说他真是神了，怎么知道的。胡文化哈哈大笑，说他要连这个都不知道，就不是什么胡半仙，更不是胡天师了。

# 第十六章
# 来之不易

医生一看伤情，说镇上医院毕竟条件有限，要郭滔他们赶紧将胡春晖送县医院。郭滔给夏行长打电话，请她赶紧联系县医院。杨立业跟张县长打电话，请他出面协调一下县医院，安排好医师和床位。

医师一看，面色凝重地出来问谁是家属。围在门口的郭滔等人都心一惊，看着黄一欣。心吊在了喉咙眼上的黄一欣看一眼黄国庆和杨立业，手一举，说她是。医师说人没有生命危险，已经醒了，右腿也还好，不要手术，但左腿比较麻烦，只能要么是截肢，要么是暂时不截肢，先看看，但说不定最终还得截肢，要尽快做出决定，不能耽搁。黄一欣说能不能稍等一等，她想征求一下胡春晖本人和他爸的意见。

武行长听郭滔说了胡春晖的情况，立马让人与省医院联系，请专家赶来会诊，能不截肢尽量不截肢。黄一欣跟胡春晖和胡志清的想法一样，不截肢。

可会诊的结论是截肢比不截肢好，早截肢比迟截肢好。一听这结论，石磊往地上一蹲，双手抱头就痛哭起来，又捶打着自己的头，说都怪他，是他害了胡春晖，他不放那炮，山上的石头就不会松动，就不会滚落下来。郭滔说也怪他，石磊放炮之后，他没有上山去察看是否有石头松动，如果早发现，采取了措施，也就不会这样了。

昨天，想着赶进度，石磊让人打了炮眼，放了一炮。当时有人就提醒他，说郭滔和杨立业都一再强调，这连心三路从头到尾就只能人工凿，机器钻，机械割，不得放炮炸，但石磊想着只放一炮，炸药也不多装，不会有事，等郭滔知道赶过来时，炮已响过了。当时为了降低爆炸的声响和石块的飞溅，石磊还让人在炮眼上覆盖了不少松枝。

听说必须截肢，黄一欣一时也蒙了，不知所措。没想到胡春晖却格外冷静，忍着痛说一切都听医师的，必须截肢就截肢。又安慰黄一欣，要她别着急，还算好，命大，只是伤了腿，要是石头再往上压一点，就不是这样了，又要她别担心，截了肢，到时候安装一个假肢就是，一样可以干活。泪汪汪的黄一欣紧握着胡春晖的手，说不管他怎么样，她会一样爱他，说着又在他脸上亲了亲。

当胡志清和付秀珍赶到医院时，胡春晖已在手术中了。

可当胡春晖从手术室推出来时，他的右腿并没有截去，只是缠满了绷带。就在大家莫名其妙时，护士说医师听说胡春晖是在村上扶贫，又是临危救人才受了伤，而且受伤之后又是这般冷静，也就把自己赌上去了，临时改变了主意，采取了保守治疗的方案。医师看着黄一欣，说她有眼光，看上了这样的好小伙子，又要她放心，手术格外顺利，出人意料地成功，见她脸上放松下来，又说治疗的过程会长一点，也许半年，也许一年，因为中途还会有一次或两次手术。

见胡春晖醒了，付秀珍抹泪一笑，说好了，从今往后她就是他的娘，就是一家人了，有什么只管跟她说。胡春晖点了点头，笑在眼里，笑在脸上。

黄一欣说她留下来照顾胡春晖，村上事情多，大家很忙的，都快回村上去。石磊说他怎么也得留下来陪胡春晖一晚，明天一早回村上。胡志清说他留下就行了，要黄一欣也回家。郭滔和杨立业稍一商量，说就多辛苦胡志清了，石磊和黄一欣今晚留下，明天上午回去，其他人等下都走。石磊说行，但胡志清一个人肯定会照顾不过来，就由他来请一个陪护，代表他来照顾胡春晖，以减轻他内心的不安和愧疚。

回村里的路上，郭滔说必须从这次滚石事件中吸取教训，对各个工地加强安全教育和检查，防范各类安全事故的发生。杨立业说不只是工地、石材厂、砖瓦厂、茶厂等都要搞好安全生产，随着雨季的来临和春耕生产的展开，对河道、沟渠、山塘、堤坝等也都要排查，消除隐患，还要对一些村民的房屋采取相应措施，避免出现去年黄国新和黄秀姑家那样的倒塌事故。郭滔建议就这事召开一个支委扩大会，他在会上做检讨。

远远地见郭滔回来了，柳奎连忙迎了上去，迫不及待地问胡春晖怎么样了。听郭滔说了情况，他高兴得又是拍手又是跳，说腿保住了就好。

看着柳奎这样子，想着自己受武行长的嘱托，带着胡春晖和柳奎来到村上，去年柳奎伤了脚，这回胡春晖差点腿都没了，心底油然涌起一股伤感和酸楚，还有自责和愧疚，不觉潸然泪下，怕柳奎看到，忙扭过头去擦泪。可柳奎已经看到了，也猜到了他想的什么，便说没事，不怪他，谁也不怪，相信胡春晖也不会怪谁。又说他们是来村上干事业的，难免会碰到各种困难，要付出、牺牲。郭滔抑制不住自己的情感，一把抱住柳奎，说谢谢他，同时一种自豪和欣慰一涌而上，将伤感和酸楚稀释开了。

一听杨立业说胡春晖只是伤了腿，贺小英就朝天地作揖，说谢天谢地，又走进堂屋对着神龛作揖，说感谢菩萨保佑，然后看着杨立业，说是不是请胡文化给他做个那个，也消消灾。杨书成横一眼贺小英，说自己小心就行了，花那冤枉钱没用。贺小英说人家就从没收过她的钱。杨书成说那也不用请，免得提心吊胆的，听不是，不听也不是。

杨立业刚要说话，见叶卉和杨一鸣急急忙忙进了门，忙问他们怎么回来了。杨一鸣抢着说来接他回公司。杨书成一惊，问出什么事了。叶卉说自从宁大贵一伙进去之后，公司的生意顺畅多了，今天就和一家公司谈好了一个大项目的合作意向，但合作方的王总认为她和杨一鸣撑不起场面，要求杨立业回公司主持大局，他要不回去，就另找他人了。杨一鸣看着杨立业，说这对公司来说是一个非常难得的机会，机不可失，他就是一时不能真正回公司，也得做个样子，在公司待上几天，跟王总见个面，喝个酒，把合同签了再说。杨书成说要杨立业这时候离开村上不合适，他都不会答应，但不回公司一趟也不行，公司一样要紧。贺小英看着杨立业，要他好好想想，回不回公司由他自己做主。

杨立业在地上快步来回走了一阵，问叶卉要了王总的电话，打了过去，一说就听出来了对方是王大海，就问他怎么电话都变了。他说这些年县上给宁大贵他们弄得乌烟瘴气的，不好搞，只好去外地发展了，年前才回县里来，中了个标，有点大，正想请杨立业回去一块干呢。杨立业道过谢，说了他在村上的情况，说这两年公司由叶卉和杨一鸣打理，干得比他还好。王大海哈哈一笑，说没别的，他相信叶卉和杨一鸣的能力，只是想着如果杨立业回到公司，就能常在一块喝酒了，真没想到村上有那么多事要干，又那么重要、那么紧要。杨立业说感谢他的理解，会有日子一起喝酒的。王大海哈哈大笑，要杨立业安心在村上干大事，哪天来村上看他，又要他放心，项目明天就跟杨一鸣签字。

杨一鸣拉着叶卉就要走，贺小英说吃了饭再走不迟。杨一鸣说不饿，得赶回去再好好准备一下，明天签约可不能让王总笑话。杨立业跟叶卉相视一笑，朝杨一鸣赞赏地点了点头。杨书成说早点回去是好，把事办成了，饿一餐也值得。

听到轻轻的脚步声，伏在床上半睡半醒的黄一欣一抬头，见是杨一鸣和叶卉来了，连忙站了起来。见黄一欣要叫醒胡春晖，杨一鸣连忙摆了摆手，把手中的花束轻轻地放在床头柜上。叶卉拉着黄一欣的手，要她有什么尽管说，千万别客气。她说她明天一早回村上。杨一鸣要她放心回去，他有时间就多过来陪陪胡春晖。

叶卉和杨一鸣没走多久，亮哥就跑来了，说胡春晖的事迹非常感人，可以写一篇很好的人物特写或是人物通讯。黄一欣笑了笑，指了指胡春晖，说这得听他的。亮哥正要选择拍照的角度，胡春晖醒了，一听亮哥说了来意，又摇头又摆手。亮哥说好，低调好，这回就不写了，只做素材的准备。

这时，杨立业打电话给郭滔，建议把支委扩大会开在连心三路的工地上。郭滔说行，就开成一个现场会，明天上午就开。

杨立业刚宣布现场会开始，有人就嚷道："反正村上有了连心一路通往镇上，还将有连心四路连接石窝村。这连心三路工程太复杂、太危险，难的路段没开始就出了这么大的事，往后还不知会怎么样，干脆停工算了，别修了。"

见有人跟着要附和，杨立业往那个滚落下来的大石头上一站，说："这路不仅要修，而且要修好，不仅不能停，而且要加快进度。这路修好了，那不仅打通了连接枫树村的通道，让我们离高速和高铁更近了，也等于疏通了流金河，大片的田地不会再遭水淹。因为我们跟枫树村有一个约定，只要我们把这路修好，枫树村就不会阻拦我们从这过境，就会将河上的老堤坝拆除，与我们联手建一个新坝，造福盆中村和枫树村，消除不知延续了多少代人的恩怨。当然，要从石头窝里开凿出一条大马路来，是不容易，也有危险，但大家都看过电影，人家红旗渠那么长，都从石壁上凿出来了，而这连心三路只几百米呢。还有，大家想一想，当年我们的祖辈们在这悬崖绝壁上凿出脚下这条路来，又是多么不容易，需要多大的勇气和智慧。何况我们只是在先辈们的基础上让路变宽阔，现在的施工工具和技术无论是比先辈也好，比人家修红旗渠也好，那都要先进多了。因此，我看就没什么可怕的。当然，有人担心，怕出事故，这在情理之中。没错，对山对水、对天对地，我们都要有敬畏之心，不能瞎搞，不能蛮干。这就告诫我们，也要求我们，在施工中既要大胆开拓，又要小心谨慎，既要勇于创新，又要严守规定。这次的事故本来是可以避免的，就因为没有按照规定施工。这……"

"这次事故，责任主要在我。"与杨立业并肩站着的郭滔接过话，"我作为村上的第一书记，作为连心三路和四路的负责人，管理不到位、监督不到位，特别是在知道有违规操作发生后，没有及时采取相应措施，导致了事故的发生。我在此做出检讨，并请求组织上给予严肃处理。我……”

“我说两句。”石磊站到另一块滚落下来的石头上，“这次事故的责任都在我，是我一心想着抢进度，想着怎么省时省力省钱，是我阳奉阴违，搞违规施工，又不听劝阻，擅自安排人去放炮，放炮之后又没采取相应措施。是我对不起村上，对不起大家，对不起春晖兄弟。”他深深地弯下腰，好一会儿才直起来，然后跳下去，用手指在石头上已干的血迹上摸了摸，将手指在嘴里吮了吮，猛地用力一咬，殷红的血从指头滴落下来。

血滴在石头上，也滴在每个人的心坎上。

石磊走到那块大石头跟前，写下了一个鲜红的大“干”字。

郭滔和杨立业相视一点头，跳下来，拿起铁锤、钢钎就干了起来。杨达成哨子一吹，龙旗一舞，工地上跟着就响起了劳动的号子声、风钻的轰隆声、石头的撞击声……

医生一番权衡之后，给郭滔打了电话，说县医院与镇医院在治疗的方法和器械等方面都差不多，而治疗效果的好坏与病人的情绪和配合度密切相关，与其让他在这情绪低落，不安心治疗，影响治疗效果，还不如让他转院。

转到镇上医院的当天晚上，黄一欣就骑着摩托，带着付秀珍炖的鸡看胡春晖来了，边喂他吃边说：“县里最大的茶老板今天来村上洽谈，有包销村上茶叶的想法，但我爹没说行，也没说不行，只说等村上研究了再回复他。这些天村上对工地、厂子、危房、堤坝等进行了安全大检查、大整改，并在连心三路开了现场会。现在施工规范了，进度更快了，因为无论是石磊的施工队还是乡亲们，都铆着一股劲，说要用实际行动来报答你，来表达对你的敬意。”

胡春晖欣慰地笑了笑，说：“村上的茶叶虽然好，眼下不愁销路，但从长远考虑，销售要多个渠道、多个市场，好有个比较、有个选择，何况花无百日红，也好到时候能东方不亮西方亮。连心三路不仅没停工，还加快了进度，那就好，我就怕事故一出，路也跟着停下来。”

“春晖，我跟你说，也是郭书记和立业支书的意思，你现在的任务就是在这安心治疗，村上的事就少操心点。”黄一欣一只手握着胡春晖的手，一只手抚摸着胡春晖的脸，“我一有时间就会过来看你，陪你。”

“好。”胡春晖点点头，抓着黄一欣的手亲了亲，“那我就在这看看书，给自己充充电，也再琢磨村上的规划，想一想村上的未来应该是个什么样子。”

黄一欣点点头，看着胡春晖，说：“我有一个想法，就是我们在村上建个自己的房子。前几天李书记来村上指导工作，我跟他汇报了我的想法。他连连说好，又说要来参加我们的婚礼，还说会去县医院看你。”

“李书记来看了我，跟张县长一块来的。房子别太大，够用就行，别浪费资源。房子就建到村上规划好的地方，我们得带这个头。”

“好，真是心有灵犀，我们又想到一块来了！”

“什么又想到一块来了啊？”

黄一欣一扭头，见是武行长进了门，后边跟着郭滔和王俏，还有刘部长和夏行长。王俏说武行长在市里参加银企对接会，一散会就赶来了。

武行长从刘部长手上接过一张报纸，递给郭滔。郭滔浏览了一下，说亮哥还真不愧是亮哥，半个版的文章把一个扶贫队员的事迹写得生动感人，把一个扶贫队员的光辉形象写得跃然纸上。

“你是吃了定心丸，铁定留在村上了？”武行长看着胡春晖，“真愿意舍弃银行的工作，在村上当农民？愿意放弃大城市的生活，在这过一辈子？”

胡春晖点点头，一脸淡定，两眼坚定。

“是什么让你这么淡定、这么坚定、这么义无反顾？”武行长问。

“缘分吧。几十年前，我爸就在村上生活过几年。几十年后，我第一次来村上，一眼就喜欢上了。”胡春晖笑了笑，看一眼胡志清，拉着黄一欣的手，“好，我不说缘分，换一种说法。那是因为村上有我们的爱情，有我们共同的事业。”

“可你这腿……”

“我这腿没事。”胡春晖接过武行长的话，“新时代的农民不一定非要下地干活，我可以成为新型职业农民，成为农民企业家。”

“那好，你看这样行不？”武行长挨着胡春晖坐下，“你可以留在村上，省行保留你的员工身份，照样在行里领工资，享受员工的一切福利，换句话说就是你可以留在村上，也可以随时回到省行来。”

黄一欣睁大了眼睛，看了看武行长，又看了看王俏和刘部长。王俏朝黄一欣点点头，说武行长爱才惜才，高度重视扶贫事业。

“别说我。”武行长朝王俏手一抬，“这是省行党委的集体决定，不是我的个人意见。会上有一位党委成员说得好，我非常赞成，也很感动。他说作为国有银行，就应当承担社会责任。什么是承担社会责任？帮助村上脱贫致富就是，支持胡春晖留在村上就是。我们应当成为他的坚强后盾，解决他的后顾之忧。他还说，胡春晖无论是在行里还是在村上都表现得非常优秀，特别是在危险面前能挺身而出，受伤之后想着的是村上、是事业，难能可贵。我们应该为培养出了这样优秀的员工而感到骄傲、感到自豪，我们应该尊重他的选择，让他在农村这个广阔的天地施展才华，发挥更大的作用，不管他在村上干多久，他始终是我们的员工。这就是我们承担社会责任的具体体现，也是最好的诠释。”

让武行长和王俏他们感到意外的是，胡春晖听了武行长的话，只是平静地表达了感谢，并没有格外激动或兴奋。

一出病房，郭滔就问武行长是住镇上还是住村里民宿。武行长说夜不耽工，去村上，明天到茶厂等地看看就回省行。

一听黄一欣说想在村上建房子，就建在村上规划好的月形山下，在铺床铺的付秀珍将枕头往床上一丢，说想建房子是好事，她支持，但不能建到别的地方去，就建在院子里边的菜地上，或是院子外边的稻田里。黄一欣说建在菜地上不行，稻田里更不行，都占用了耕地。付秀珍说月形山风水不好。

“那里是胡文化胡半仙看好的地方，就在连心二路旁边，后有山、前有水。原来那里是点偏，不太方便，那是因为路不通。”黄一欣边说边铺着床单，“有两户人家的房子已在那里建了，有一户快要封顶了。胡文化前两天也去那里画好了线，过几天就要打基脚了。吴春花还说她是看准了，用不了几年，月形山下的房子就会一栋挨着一栋，一眼看不到头，成为村上的一条街，等她家有了钱，也要在那起房子，到时候开一个小店子。”

“一欣，你少跟我说这些，我可是为你好。”付秀珍拉着黄一欣坐下，“你房子建在菜地上或是稻田里，不说我跟你爹沾你多少光，等你成了家，特别是有了孩子，你就会知道，还是跟我们住得近好，省了很多事，会……”

“这我知道。”黄一欣看着付秀珍，“可我不能带头违反规定，我……”

“你的情况特殊，跟别人不一样，大家会理解，村上、镇上都会支持。”

“特殊也不能搞特殊化，何况没什么特殊的。”

“还不特殊？”付秀珍皱了一下眉头，“你为了村上，那么好的工作都没要了。春晖来到村上扶贫，腿差点没了。”

“这说不上是特殊，只是为了村上做了一点牺牲。我作为村上的一员，为村上付出点什么，也在情理之中。”

“好，算我说不过你，我跟胡春晖说去。”

“你跟他说也没用，他跟我的想法一样。”

“你……你们早串通好了？”

“不是串通好了，是想到一块来了。”

“春晖的腿是保住了，但落不落下残疾难说，你是怎么想的？是不是还那么喜欢他？”

“你是不是有什么新想法了？”黄一欣盯着付秀珍，“那我跟你说，如果就因为现在人家伤了腿，你就有想法了，那我对你也有想法了，瞧不起你了。你应该清楚，人家是怎么受伤的，又是为谁受伤的。如果你真有了想法，你应该感到羞愧，应该……”

“看你说的。”付秀珍推一下黄一欣，“我思想境界就那么低，觉悟那么低？我就那么世故、那么势利眼？我……”

黄一欣哈哈大笑。

付秀珍的手机响了，是郭滔打来的，说武行长他们快到了。付秀珍说床铺铺好了，就下楼去院子门口迎接。

黄一欣边跟付秀珍下楼边打电话给黄国庆，问什么时候回家，快半夜了。黄国庆说还在加班，就睡茶厂了。黄一欣要他加班别太晚，睡觉多盖点，别着凉了，却没说明天一早武行长要去厂里考察。她想让武行长看到真实的情况。

见车间干干净净、摆放有序，员工一个个穿戴整齐、操作规范，武行长说这超出了他的预想。黄国庆说这都是方刚的功劳。

再看了产品，问了销售和利润情况，武行长满意地点点头，也对产品的包装和品牌的推广提出了指导性意见，并要柳奎多动动脑筋，与省行品牌团队多沟通多商讨，这么好的茶叶，一定要把品牌推出去、立起来。又问夏行长贷款发放后来过村上几回，干了什么。夏行长脸一红，说只来过一回，到了茶厂，去了养殖场，还看了石材厂和砖瓦厂。她说着瞟了一眼左右的郭滔和杨立业，凑近武行长的耳朵，说石材厂和砖瓦厂眼下的效益都还不错，石材厂两次提过贷款需求，她都委婉地拒绝了。武行长点点头，看着夏行长，说来一趟村上不容易，来了就要多走一走，多看一看，多想一想，看能为村上多做点什么，能多做成点什么。夏行长连连点头，说她策划好了，准备将金融知识进山村做成一个品牌活动，不只是在盆中村，还将在县内的部分村镇宣讲金融知识、金融政策、金融法规，等等，也看好村上的乡村旅游，下次跟方小竹见了面就好好聊聊。

端午节这天，陈小军一早在村上四处走了走，看了看，问了问，还在牌楼屋场碰到了来村上玩的王娜，回到家就跟在包粽子的吴翠莲说，他看到黄一欣在月形山那建房子了，还在那碰到了李长花，她也说要把新房子建到那里去，秋收过后就动工。正说着，夏时香过来了，说方小竹前两天跟她打电话，要在村上建房子，就建到月形山那边去，到时候好回来陪她养老。吴翠莲说夏时香真是好福气，养了个这么好的女，还有胡文化这么一个不是崽的崽。夏时香嘴一撇，有点不高兴了，说胡文化就是她的崽，比方小竹对她还好，方小竹只知道给她钱，就没陪过她几天，钱再多也没用，她如今牙齿松的松了，脱的脱了，也就吃那么多，穿那么多。她打量着陈小军，说还是他孝顺，知道回来陪爹娘过端午。说着又看了看房子，说这房子也跟她家的一样，要么是翻修一下，要么是建新的，别住了。

见胡文化拎着东西进院子来了，夏时香连忙迎了上去。吴翠莲要她慢点，别摔着。她说没事。吴翠莲说等下粽子熟了就给她送过去。

陈小军说这房子确实是老了，不好住了，干脆去月形山那边以他爹的名义，起个新的，他来出钱。吴翠莲一愣，问他哪来那么多钱，是不是贪污了公家的，或是拿了别人的好处。他说既没贪污公家的，也没拿别人的好处，前些年积攒了一点，这两年在公司收入又不错。吴翠莲说倒不用他一个人出钱，这几年她也攒了一点，去年村上分红的钱也没花，都存在镇上的银行，到时候取出来就是。陈小军说不用，他们的钱还是留着自己花。吴翠莲说她倒是没什么，只是他爹肯定会不情愿，早说了房子不起到别的地方去，就在这老屋的地基上起，要不她跟他爹还是住这，他自己去月形山起去。陈小军摇摇头，说那不行，他没资格在村上起房子，还得由他爹来起。吴翠莲皱了皱眉头，问他怎么一下想起要在村上建房子了，是不是犯了什么错，给公司开除了，没地方落脚了。陈小军说不是，是他不在公司干了，回村上来搞乡村旅游。吴翠莲火气陡地上来，将粽叶一丢，粽子也不包了。陈小军早就想到会是这样，也就任吴翠莲怎么发火也不吭声，只是嘻嘻笑着。

“你呀你呀，我跟你爹辛辛苦苦，背着一屁股债送你读书，就想让你有出息，一家人在村里抬得起头来。”吴翠莲指着陈小军的鼻子，“你倒好，好好的政府的处长不当了，跑到什么公司去当部长，如今又好好的部长不干了，要回村上来，不知你是中了邪了，还是给什么鬼捉着了。正好胡文化来了，等下叫他来给你看看。”

“妈，看你说的，哪来的什么邪，又哪来的什么鬼？”陈小军笨拙地包着粽子，“你说杨立业原来是不是个老板，他是不是回村上来了？黄一欣可是个大学生，学校和农科院都抢着要的人才，可她是不是也回村上来了？还有那个胡春晖，人家可是在省城的银行上班，只等扶贫一结束，回去就会提拔当科长，前途无量，可他是不是要留在村上？”

“他们是他们，你是你。”吴翠莲横一眼陈小军，抢过他手上的粽叶，边说边麻利地包着粽子，“杨立业是老支书请他回来的。他回来倒是好，他要不回来，村上肯定没有现在这个样子。黄一欣不知她是哪根筋搭错了，气得她娘两天脚没落地，嘴没沾水。不过，这两年村上能有这么大的变化，还真少不了她。胡春晖留在村上，那是跟黄一欣对上了眼，舍不得走了。”她看着陈小军，“而你呢，谁请你回来了？你回来干什么？又看上谁了？”

“我呀，”陈小军笑了笑，“立业支书请了我，黄一欣请了我，村上好多人都请了我。我回来不干别的，就干乡村旅游，让更多的人来村上看春天的花、夏天的柳、秋天的叶、冬天的雪，泡温泉、看古树、看瀑布，等等。”

“村上有那么好看？”吴翠莲停下手来，皱起眉头看着陈小军。

“是啊！”陈小军点点头，亮着眼睛，“这两年，随着路一通，加上黄一欣和胡春晖他们将村上的美景往网上一发，黄国庆又把田地种成了风景，村上早已是名声在外了。难道你没看到，来村上的人一天比一天多了？”

“当然看到了，早晨去山上摘粽叶还碰到了那个外国人，她还跟我问路呢。”吴翠莲脸上有了几分得意，“只是没想到村上还有那么好。”

陈小军一笑，说：“你这就叫‘不识庐山真面目，只缘身在此山中’。”

“我听不懂。”吴翠莲盯着陈小军，“你老实告诉我，你回来是不是为了方小竹？是不是还想着她？”

陈小军不知怎么说好，就不吭声，只是嘻嘻笑着。吴翠莲刚要说话，夏时香拎着一个小纸盒来了，说是胡文化买来的咸鸭蛋，好看，也好吃，拿几个过来，尝个味，又说晚上都去她家吃饭，胡文化在那洗腊肉呢。她往回走几步又转过身，问陈小军有对眼的没有。吴翠莲忙抢着说还没有呢。夏时香看了看陈小军，点着头走了。吴翠莲要陈小军快过去帮忙，勤快点。陈小军一笑，去了。

满屋满院都是粽香飘飘了。

正想着要是陈小军回村上来了，方小竹也回到村上，他们又成了，那多好，猛地听到夏时香在喊吃饭了，吴翠莲忙说就来，粽子也熟了。退了灶里的柴火，揭开锅盖，往小篓子里捡了两串粽子拎着，想白日做梦呢，想着就自个笑了。

刚端上碗，方小竹打来电话，说她今天回不来。不等她说完，夏时香没好气地说就没指望她回来。她说她回不来，但胡文化准在陪她过节，她感觉到了。吴翠莲拿过听筒，问还感觉到有谁不。过了几秒钟，那头说还有陈小军。胡文化瞟一眼脸露惊喜之色的陈小军，将一块腊肉塞进嘴里，嚼得油从嘴角溢了出来。

这时，付秀珍将一小簸箕粽子端到桌上。看着那大大小小各种造型的粽子，王娜边惊叫边拍照，而当大家剥开粽子，看着里边有肉的、有豆的，且肉的又有鲜肉的、腊肉的，豆有圆的、扁的、长的、短的，有红的、白的、花的、青的、黄的时，她说这不是粽子，简直是工艺品、艺术品了。

早上，黄一欣就提议，今天这节和住在民宿的游客一块过。

黄国庆举杯说欢迎客人来村上旅游观光，祝贺胡春晖第二次手术成功，顺利出院。胡春晖是今天早上由郭滔和黄一欣一同接回村上的。尽管手术成功，恢复得不错，但医生说拐杖一时不能丢，近段时间也得以卧床为主。

付秀珍敬了胡志清一杯酒，问胡春晖暂时住她家行不行。胡志清愣了愣，看着胡春晖，说随他自己。付秀珍哈哈一笑，说再敬他一杯。一桌人都跟着笑了。王娜拍下了这个瞬间，说真好、真美。

就在王娜拍照的同时，杨世乐拎着一块肉和一包糖站在了黄秀姑家的门口。正往碗里倒酒的田富国装着没看见，背过身去。将菜端上桌的黄秀姑一回头看到了他，愣了愣，笑着说他口福真好，赶上了，那就快进来，一块喝碗酒。

“不知道你图他什么？”杨世乐一走，田富国就问黄秀姑。

“不是图他什么，只是看他对我也是真心实意。我要跟了他，会减轻你的负担，免得拖累你。”黄秀姑看着田富国，“你看你，这么多年了，家也没再成一个。我看着就难过，想着就心疼。前两年山那边还有人来过家里，可一看破烂房子，再看有个旺旺，还有我，就不再来了。”

“我不怕别的，只怕别人笑话你、笑话我，不好在村上做人。”

“富国啊，这我想过，也想清白了。笑不笑是别人的事，过日子是自己的事，再说那笑一阵风就过了，而过日子得一辈子。你在外边打了那么多年工，也算是见过世界的，而我是搭帮连心路通了，才去了镇上去过省里。说起来，你比我见得多、懂得多，应该比我想得更明白。”

田富国默然不语。

“那要不就这样。”黄秀姑咽了咽口水，“我现在还能做点什么，就还是跟你住这边，等不能下地了，就去他那边。你看行不?”

田富国皱了皱眉头，说：“他会愿意?”

黄秀姑说：“他要不愿意，我还不去呢。”

田富国眼睛有点潮了，说让他再想想。

看着升起的又是火球一样的太阳，心急如焚的黄国庆跳下脚踏水车，走到在旁边用手摇水车车水的胡春晖跟前，忧心忡忡地说眼下正是稻子灌浆壮籽，也是油茶、红薯什么的长个的关键时候，如果这几天还不下雨，就靠这水车车水、人工担水，那冲里的和离水源远一点的田地就顾不上了，只能眼睁睁看着减产减收了。

胡春晖放开水车的摇柄，扯着汗衫擦了一把脸上的汗，说要是能有几台大功率的水泵就好了。跟胡春晖摇着同一台水车的柳奎站了起来，说椅子冲倒是不怕，他有个法子，就是用竹笕从水帘洞引水过去，这是他刚才突然想起李群玉那首“一条寒玉走秋泉，引出深萝洞口烟。十里暗流声不断，行人头上走潺湲”的诗句受到的启发。胡春晖说这想法是好，只是等他将笕接到椅子冲，只怕田也干得差不多了，何况水帘洞的水也小多了，没多少水可以分流过去。柳奎叹息一声，说要是水渠早修复好了，也不会是这样。

这时，在前边从流金河往稻田里戽水的杨立业抬起头，看着太阳，对在旁边戽水的郭滔说：“算了，不能等了，慢一分钟就多一分损失，就先借用一下修水渠的钱，赶紧去买两台大水泵来，有什么我一个人担着。”

“那不是借用，是挪用，不行的，原则不能违背。”郭滔直起腰，“我知道你急，怕减产减收，影响村上分红，影响村上摘帽。要说急，我比你还急，可……”

“可原则是死的，人是活的，人不能给尿憋死。就算是挪用，也只是挪一下，过几天就想办法补回去了。”杨立业将戽水的小木盆往地上一丢，盯着郭滔，“我只问你，你说修水渠是不是为了天干的时候田里有水?”

“没错。”郭滔点点头。

“好，既然你说没错，那就是赞同了。”杨立业手一抬，“当然，我还是那句话，有什么跟你无关，我一人担着。”

“不行！”郭滔脚一跺，“我还是那句话，不行，不能挪用！”

“那我今天就挪用了，就算把天捅破也不管了。”杨立业朝正在一百来米外望着这边的杨达成手一招，“走，快一起买水泵去！”

杨达成站在那里，一时不知如何是好。

端午过后快两个月，村上没下过一场像样的雨。前天下午天是阴了，还乌云翻滚，以为是要下大雨了，可结果只打了一阵雷，雨下到枫树村那边去了。于是五大爷就说是修连心三路动了地气，动了龙脉，修连心四路惊扰了青龙潭里青龙的好梦，龙生气了，不出来兴云做雨了。三大爷说云雨有时，久旱必雨，久雨必晴，与修路无关，何况修路都是胡文化看过的。胡文化则说这云雨与修路有关，也无关，路修多了，必然会打破一方原有的地理环境和大气运行，改变原来云雨行走的路线和时间，但眼下修路不会对村上的云雨产生多大的影响，因为村上在修路的同时并没有减少村上的绿化，相反地随着村上种植结构的调整，村上一年四季的绿色还有所增加。

前天晚上，见眼看要落下的雨都跑了，天气预报也说短时间内不可能有雨，忧心忡忡的杨立业提议召开支委会。会上统一了思想，把抗旱作为村上的头等大事来抓，将全部人力物力都投入抗旱中来。

于是，从昨天一早开始，村上无论是田塅还是山冲、田间还是地头，都有了肩挑、手提水桶的身影，有了戽水的声响。杨世才也毫不犹豫地从楼上放下了自家的水车，他扛车头，小满和吴月英扛车尾，一块将水车抬到了河边，先将水车对着了自家那丘田，见吴月英不说话，只是盯着他，便将水车对着了合作社的田。在来的路上，吴月英就说了，先给合作社的田里车水，合作社的田多，合作社的田是村上大家的，自家也有一份。

胡春晖不听付秀珍的一再劝阻，拄着拐杖来到河边，说他虽然脚不能踩水车，但手可以摇。黄一欣说让他去，他不能错过这个全村抗旱的历史性时刻。

一回头，见黄秀姑吃力地提着一桶水往上边来了，杨世乐忙放下水桶，跑过去接过她手上的桶子，要她提不动就别舀这么多，要是没走稳倒了，就可惜了。走在上边田埂上的贺小英朝杨世乐竖了一下大拇指。杨世乐嘻嘻一笑，更来了神，提着水桶跑得更轻快了。

易美秀脚下一滑，一屁股坐在地上，手中的水桶滚了下去。她连忙爬了起来，边追桶边说可惜了、可惜了，能润好几蔸禾呢。走在下边的杨四娥挡住了滚下来的水桶，差点给水桶冲倒在地。

见杨立业往前走了，杨达成只好跟上去。郭滔刚抬腿要追，武行长来电话了，说王俏在网上看到村上全民抗旱的图片，他已让王俏去买了两台水泵，下午就会送过来。

杨达成追上了杨立业，边走边说是不是想想别的办法，还是不动用修水渠的钱好。杨立业一脚跨上连心二路，说一时到哪去弄钱，这只是借用一下，有事他担着，不关任何人的事。杨达成不好再说什么，只是跟着走。

电话来了，不等郑时兴开口，杨立业就说事情急，想挪用一下修水渠的钱买水泵，过几天就想办法还回去。不等他说完，郑时兴就打了一串哈哈，说知道他现在准是心如汤煮，但急也没用，更别乱了阵脚，打错了主意。杨立业说别跟他说这些，他现在脑子里只有水泵。郑时兴说水泵再多也解决不了大问题，要真正解决旱情还得老天爷普降甘霖。杨立业说可老天爷不开眼，这甘霖不知要哪天才降下来。郑时兴说县里对北部几个村，特别是盆中村的旱情非常重视，张县长已组织召开了协调会，责令气象部门近日到村上实施人工降雨。郑时兴前不久升了主任，前主任提前半年退了二线。

挂了郑时兴的电话，郭滔的电话来了，说武行长已安排人去采购水泵了，下午会送到村上。杨立业说好，这就是及时雨。杨达成问还去不，杨立业手一挥说，当然去，多一台就少一分损失。

杨立业刚关上车门，一辆卡车在前边停下了。杨一鸣下车朝蹲在田里边看边记录的黄一欣喊了一声，又扬了扬手。杨立业放下车窗，问他干什么来了。他说送水泵来了，两台。杨立业跑过去看水泵，擂了杨一鸣一拳，说谢谢他。杨一鸣开怀大笑，说他真正要感谢的是叶卉和黄一欣。跑过来的黄一欣边抹脸上的汗水，边说昨天晚上有事打电话请教杨一鸣，说到了村上干旱的事，也提到了水泵。杨一鸣说正好给叶卉听到了，她就要他去买了这两台水泵，送给村上。

杨达成悄悄问杨立业，还去买水泵不。杨立业手一摆，说暂时不去了。

郭滔真没想到，王俏还跟着车来了。王俏说是武行长安排她来的，既是代表他送水泵过来，也是代表他来慰问帮扶队，看胡春晖的腿恢复得怎么样了，还带来了一些防暑降温的药品和食品。

天上闪耀的星星映衬着从村东到村西、从田塅到山冲这一点那一粒的灯光。从流金河畔到老鹰冲里，从蛤蟆滩上到月形山下，到处是水泵的声响，忙碌的身影。

杨书成放下戽水的盆子，扫了扫身上的泥土，在身上擦了擦手，对着青龙潭的方向跪在了田埂上，一连磕了几个头，又双手合拢，口中念念有词，然后起身揉了揉膝盖，接着戽起水来。

听说要抽鱼塘里的水去灌田，杨书才匆匆忙忙跑了回来，说不行，抽了水鱼怎么办，鱼要死了谁来赔。杨立业跑来看了看，捡了一个土块丢进塘里，说不会把水抽干，会适可而止，如果因为抽水灌田而让鱼死了，那是得不偿失，而如果塘里有水不抽，眼睁睁看着稻子干坏，又于心不忍。听杨立业这么一说，杨书才不再阻拦，转身就走。

在戽水的刘晓明一抬头，惊讶地指着连心路，要黄爱国快看，怎么拖来了一门大炮。在扒开稻子观察的黄一欣起身一看，说那不是大炮，是人工降雨用的。黄爱国看看快到头顶的太阳，说天都这么高，太阳这么辣，没一丝云，哪来的雨。

在抬水泵转移地方的柳奎见脚下突然阴了，抬头一看，一片乌云飞到了头顶。他问后边的陈小军是不是歇一下肩，陈小军说歇就别歇了，再坚持一下，换一个肩抬吧，早去一分钟稻子早一分钟解渴。

半个月前，陈小军正式回到村上，和方小竹一起，与杨立业和黄一欣等进行几番商讨之后，签约成立了旅游公司。村上以旅游资源折算入股，占比百分之五十一，只分红，不承担公司亏损，由黄国庆担任董事长。方小竹出资开发村上旅游资源，出任总经理，授权陈小军代理她行使总经理职权。第一期投资用于古树林和青龙潭瀑布的开发，这两处都有特色，又离连心一路和二路较近，投资较少，可以作为投资的先期试验。

当着方小竹和陈小军的面，胡文化笑方小竹跟村上签了一个不平等条约，明摆着村上是只赚不赔。又笑陈小军是狗头军师，这样的条约也让方小竹签。方小竹知道胡文化不是笑她，而是对陈小军回到村上代理她出任总经理心气有点不顺，也就随他说去。陈小军知道胡文化真正笑的是什么，也一句都不辩解，只笑了笑。胡文化知道方小竹是变着法子给村上捐款，心里欢喜着，可由陈小军来代理总经理，他心里真有点不舒服，总觉得陈小军是在打方小竹的主意。

安放好水泵，陈小军将绳子一拉，机子一响，水哗哗地上来了。同时随着几声炮响，云一动，雨哗哗地落了下来。

大雨下着，却没几个人躲避，而是欢呼着、奔跑着，让雨畅快地淋着、浇着。刘晓明脱了上衣，黄爱国也脱了，杨世乐跟着也脱了。

黄国新挥舞着衣服跑到坐在屋檐下，一身还在滴水的刘初菊身边坐下，看一眼下着雨的田塅，边拧着衣服的水，边说这雨一下，村上的贫困帽准给这雨淋走了。刘初菊知道他话里边的意思，却不接着他的话往下说，而是说他可是一个黄花崽。他嘿嘿笑了笑，说那她还是村上的一朵花呢。她说他讨个婆娘，准是想要生个崽的。他说方刚他姨姐六十多了还生了一个七斤多的带把的呢。刘初菊一笑，起身就走，忙着干活去。黄国新在那坐了好一会儿，也笑了好一会儿。

一根大竹笕从屋后的岩洞口接上水，流到屋后小地坪里一截横着的竹笕上，横着的竹笕的水一半落入东边的竹笕，穿窗而过，落进灶屋的水缸里，用于煮饭洗菜，一半掉进西边的水池中，用于洗衣浇菜。

见杨立业龙头一开，水就哗哗地落在了灶台前的水桶里，再龙头一关，水就停了，易美秀便推拉着或转动着竹笕，说她这也是自来水，一样可大可小。杨立业说她这自来水好是好，却是露天的，不卫生，难免有虫蝎之类在里边爬行，有鸟粪落在里面。易美秀说那倒是，有时还有蛇跟着水流进缸里来了。

昨天，黄一欣在月形山起的房子已开始粉墙，而与黄一欣相邻而建的胡文化的房子已完工了。胡文化来接易美秀去看房子怎么摆放，要买些什么东西，到时候让她搬过去，可她就是不肯。胡文化说得要哭了，她还是不肯出门，说她的田土和庄稼都在这冲里，她的猪狗和鸡鸭都在这冲里，她死也要死在这冲里。

恰好今天自来水安装到了易美秀家，胡文化就请杨立业以看自来水安装为名，过来劝劝易美秀。杨立业就笑胡文化，说他一个半仙，一个天师，有那么一张巧舌如簧的嘴都说不动易美秀，他去说肯定是瞎子点灯白费蜡。

果然，不管他怎么变着法子说，易美秀还是那一句话，不去。杨立业说老鹰冲太偏远，出行不方便。易美秀说那么多年都过来了，习惯了。杨立业说这冲里本来就没几户人家，有一户正在月形山那边起新房子，有一户说等村上分了红也就动工，再过两三年这冲里就没什么人住了。易美秀说别人是别人，她是她，哪怕别人都走光了，她也只在这冲里过日子。她说着就进了菜园子，不跟杨立业说了。

而这时，田秀英看着流进缸里的自来水，感慨而又感激地说，这下好了，有了这自来水，不仅方便了，不用到外边去挑水了，也不怕天干没水喝了。

胡文化走出院子，说他娘就这脾气，真是拿她没办法。杨立业回头朝站在院子门口目送他们的易美秀扬了扬手，说她坚持不走自然有她的想法，就随她算了，只是得多回来看看。胡文化说也只能这样了。

一上机耕道，胡文化就跨上摩托，要杨立业也快骑上来，说要是这机耕道也能变成像连心一路、二路那样的马路就好了，那杨立业的车就可以开进来，不用坐他这破摩托，把屁股颠破了。杨立业说会的，连心三路、四路就快修好了，等修好了连心五路、六路，就可以修这路了。胡文化说不过照这样子下去，到时候这冲里真会没几个人住，那这路修着也就没什么用了。杨立业说那可不是，只要这冲里还有一户人家，这路就要修进来，就算没人住了，也得修，因为这冲里还有田地要耕种，还有游客要进来看风景。胡文化说还是他想得远。

正说着，黄国庆打来电话，问杨立业在哪，要他快到村部去。

一见面，黄国庆就报喜似的告诉杨立业，种上新品种的稻田每亩增产多少，每担谷的价格提高了多少，每亩共增收了多少。又说可惜了没听杨立业的多种一些新品种。杨立业说那可不一定，要是不好呢，不亏大了。黄国庆说倒也是，还是一步一步地来好，明年再扩大种植面积。又说他琢磨好长一段时间了，也跟黄一欣探讨过多次，村上得多种有机稻、生态稻，还可以利用山上台地和冲里高处的田地种些传统的红米、紫米，同时加快对村上一些老油茶林和老茶园的有序改造，栽上新的优质品种，这样既可得到上边的改造补贴，也可以提升种植的单位价值。杨立业点点头，说这样好，既有利于村上的长远发展，也是市场的需要。

从镇上散会回来，顺路去看了连心三路的郭滔听黄国庆一说，说那就好，连心三路和四路，还有自来水入户都能如期完工，种植这边大旱之年能增产增收，养殖那边利润也有较大幅度的增加，看来村上的贫困帽是能如期摘掉了。又说李书记给连心五路和六路争取到了县公路部门的项目，流金河的治理也有望争取到县水利部门的专项资金，但村上还得自筹部分配套资金。杨立业没问题，资金大头上边都有了，小头好办，还是老办法，自己的事情自己办。积分管理模式的实施不仅提高了村民管理村级事务的积极性，也让村民更加热心参与村上的公益事业。郭滔点点头，说这正是我们成就每一项工作的基础和前提。

黄国庆说在种植合作社基础上成立种植公司的事他考虑过了，村民就以流转的土地折价入股，公司支付土地流转金，不再设定保底分红，在优先保证村级提留的前提下多赚多分、少赚少分、不赚不分。杨立业说土地流转金要付，村级提留要保证，保底分红也要有，这样才能增强大家对公司的认同感和归属感，更好地支持公司的建设和发展。郭滔说保底分红不在多少，但有比没有好，大家的感觉和感受会不一样，等今年的分红分了之后种植公司就可以挂牌成立，建议公司就由黄国庆来负责。黄国庆说他还有旅游公司和茶厂，只怕管不过来。杨立业说旅游公司有陈小军在，茶厂就交给方刚去管，他主要精力还是在种植这边。黄国庆稍一想，说行，就这样。

这天晚上，田富国跟黄秀姑说他想好了，不怕了，她可以去杨世乐那边，杨世乐来家里也行。黄秀姑说那得去问问杨世乐，也得看个日子。听黄秀姑一说，杨世乐想了想，说那还是去她家好，能帮田富国做些事，等田富国再成了家，或是等田富国哪天不需要他们了再搬出来不迟。杨世乐这么一说，黄秀姑心里更踏实了，田富国也不再说什么。

腊月十八这天，当摘掉贫困帽的消息传来时，村上一下沸腾了，村民们奔走相告，有的人家还燃放了鞭炮和烟花。黄国新放过鞭炮，朝天作揖，说谢天谢地，他可以讨婆娘了，可以有个家了。胡明国眼里闪着泪花，握着杨立业的手，说这下好了，去镇上和县里开会，都可以挺起腰板，不要再坐在角落里了。杨书才说他突然觉得村上的天更高、地更宽了。赶着马车走在连心五路上的黄国有指了指路边的峡谷，再指了指前方豁然开朗的田坝，得意地问小颖和她的同伴，村上摘帽了，是不是更漂亮了。小颖说那当然，还会更漂亮，而比这风景更漂亮的是村上像他这样的人。他哈哈一笑，说他不算什么，也没为村上做什么，村上最漂亮的当数杨立业和黄国庆，还有黄一欣和刘初菊他们，还有帮扶队。

下午，李书记来到村上，接着郑时兴来了，之后张县长又来了。他们都是为祝贺村上的脱贫而来，也是为谋划村上下一步的致富而来。

天边的晚霞尚未消退，李长花就放响了《今天是个好日子》的乐曲，领头跳起了广场舞。从四面拥来的人越来越多，夏时香都拄着拐杖来了，说她也来凑个热闹。张县长、李书记、郑时兴都加入了广场舞的行列，郭滔和杨立业也融入其中。

杨立业说腊月十八真是村上的幸运日。郭滔说这天必将载入盆中村的史册。郑时兴说这天也是一个载入中国史册的日子，因为可以肯定地说，今天别的镇、别的县、别的省也会有摘帽的村庄。李书记说真没想到，就在这么两三年之内，一个深度贫困的山村发生了这么全面而又深刻的改变，实现了脱贫，而且为下一步致富打下了坚实的基础。张县长说盆中村的脱贫摘帽不仅是中国扶贫事业的一个光辉缩影，而且具有一定的社会借鉴意义，特别是那种自力更生、艰苦奋斗的精神，那种村上为人人、人人为村上的风尚，那个村级事务积分管理模式都可推广、可复制，还有那种兼顾壮大集体力量和村民个人受益的集体经济发展和分配模式更是一种有益的创新和探索。

广场舞一散，张县长、李书记、郑时兴就离开了村上，说不给村上添麻烦。

回宿舍的路上，郭滔说这个春节他不回省城了，就让文小慧带着孩子来村上。柳奎说那他也不回省城，就在村上过春节了。

腊月二十六这天，村上到处洋溢着喜庆的气氛。村部前的地坪装扮一新，两套响乐比赛似的吹打着，李长花和胡文化，还有宁丽和陈斌等人轮番上台唱歌跳舞。地坪边上临时砌了一排大灶，炉火正呵呵地笑着。村部的大会议室里摆满了桌凳，桌上已放好碗筷。

在一片欢呼和喝彩声中，胡春晖和黄一欣、黄国新和刘初菊、杨世乐和黄秀姑、黄国有和徐早花等六对新人手牵手一一登台。

台下，三大爷和五大爷同坐一条条凳上，有说有笑地拍着手。看着这情景，杨立业备感欣慰。同杨立业坐一条凳上的郭滔朝他会心一笑，说时间真是能改变许多。

看着台上一对对脸上洋溢着喜悦和幸福的新人，胡文化和陈小军都想到了方小竹，只是胡文化更多的是回忆，而陈小军更多的是期待。

眼里含着泪花的黄国庆突然身子一歪，倒了下去。胡明国和方刚等人连忙伸手扶他。他说没事，是没坐稳，滑下去了。有人说他是喜倒了，也有人说他是累倒了，又有人说他是急倒了，还有人说他是气倒了……其实只有付秀珍和刘初菊真正知道他是为什么。

这时，黄显贵扬着手跑来了，边跑边大声说，他做爷爷了，做爷爷了。

贺小英说又是一桩大喜事，又是一个好兆头。有人去弄来了锅灰，抓着黄显贵就往他脸上抹。他也不躲闪，笑呵呵地任他们抹。

等闹洞房的刘晓明等人一走，黄国新就迫不及待地上了床，可还没几下就完事了。刘初菊笑他，说要他别那么猴急的，偏不听。他说没想到这事还这么有味，可惜到今天才尝到。刘初菊又笑了，说这算什么，还有更有味的时候呢。还在喘着粗气，黄国新又要往刘初菊身上爬。刘初菊要他别急，照她说的来。照她说的一来，大汗淋漓、畅快无比的黄国新说腾云驾雾的，比神仙还舒服，比什么都有味。

黄国新看着刘初菊，说他真没想到，村上就两朵花，现在他也有一朵了，跟黄国庆一样了。刘初菊也不说话，只是看着他，幸福地笑着。黄国新说他最要感谢的是杨立业，没有杨立业就没有他的今天。刘初菊说他说得没错，但最应该感谢的还是党和政府，没有党和政府的关心和关怀，村上就不会这么快脱贫摘帽。黄国新眨了眨眼睛，说也是啊，要不是脱贫摘帽了，这味还不知要等到什么时候才尝得到呢。刘初菊在他鼻子上一刮，说没出息，就想着这么一点东西。黄国新嘿嘿笑着，一翻身又上去了。

明天就是大年三十了，柳奎就在想：过年是去哪家好呢？

郭滔带着下午才到的文小慧和郭亮到村上看夜景去了。此刻柳奎正在看网店，小满兴冲冲地跑上来，拉着他就要走，说下边来了一个漂亮大姐姐，说是找他的。他愣了愣，甩脱小满的手，到窗前一看，要小满快下去，说他不在这，回城里过年去了。小满疑惑地看着他，说他明明在这，怎么说不在这，这是撒谎，不去。柳奎手一抬，说他要不去，就不再教他功课，他就得不到村上的奖了。小满低头一想，一甩手，跑着去了。

柳奎站在窗前一侧，看见小满跟那拖着行李箱的姑娘说了几句，又比画了几下。那姑娘看了看连心二路，再看了看屋里，往院子外边走了几步，突然转身，对着楼上大声喊柳奎，又大声说她是小薇。她的喊声，正准备往回走的郭滔也听到了。

柳奎下楼来，一见小薇就没好气地问她是到村上看风景来，还是干别的什么来，别在这嚷嚷。她说既不是来看风景，也不是来干别的，是陪他过年来了。他说不稀罕，要她要么赶紧离开村上，要么去别的人家。她说都大晚上的了，怎么好离开村上，村上又不认识谁，怎么好去别的人家。他看看她，转身就走。她一把抓住他的手，他一甩，甩得她一个踉跄，好在扶住了站在一旁的小满才没摔倒。小满问她没事不，又指着柳奎，要他别欺负人。柳奎手一扬，说没他的事，走一边去。小满脖子一挺，腰一叉，说他路见不平拔刀相助。说得柳奎和小薇都笑了。

见郭滔匆匆跑过来，小薇像见了救星似的，眼泪一下上来了。郭滔指了指柳奎，说他不像话，人家小薇那么远过来，也不快请人家进屋，给人家倒杯热茶，做个好菜，还让人家站在外边挨饿受冻，哪有这样的。

吃过饭，小薇跟郭滔聊了一会儿。郭滔又去跟柳奎聊了一阵，说小薇突然来村上，是想给他一个惊喜，看得出来小薇对他是真心的，虽然中途走了一段岔路，但现在已经绕回来了。柳奎说其实他有时也无缘无故地想起她，刚才是有意做给她看的，看她到底怎么样。郭滔说既然是这样，那就快去跟小薇好好说说话。柳奎说不急，再试试她，既不见她，还让她明天一早回去。郭滔说行了，适可而止，得懂女孩子的心，她要真的一走，就追不回来了。柳奎想了想，说好，他是队长，也是师傅，就听他的。

第二天，黄一欣领着文小慧和小薇在村上走了走，看了看，还泡了温泉。回到宿舍，小薇一见柳奎就说，还真是不来不知道，一来才知道他参加帮扶队是无比正确的，才真正领悟到他来村上的重要意义，如果她可以来村上帮扶，她也愿意。柳奎笑了，说那正好，帮扶队不久的将来就会撤离村上，她就留在村上接着帮扶好了。她眼睛一转，说反正他去哪，她就去哪。柳奎哈哈一笑，将小薇搂在了怀里。小薇幸福地闭上了眼睛，泪水溢出了眼眶。

郭滔和柳奎商量好了，天一亮就悄悄撤离村上，过了垭口再跟杨立业打电话，再跟乡亲们在微信群里道别，免得麻烦大家，可他们一下楼，站满了大半个院子的人就围过来，这个说舍不得他们走，他们都太好了；那个说他们不能走，得带着大家继续干；这个说一点小意思怎么也得收下；那个说一点小心意不拿着怎么也不行……

快九点了，人还在源源不断地拥来，杨立业只好往梨花树下的石礅上一站，说他也跟大家一样舍不得帮扶队离开村上，可帮扶队已完成了历史使命，也到了规定撤离的时间，再说了，虽然帮扶队撤离了村上，但还有帮扶队的成员扎根在村上了，将继续跟大家一块干，还有，帮扶队虽然撤离了村上，但跟村上和大家都结下了深厚的情谊，往后会一如既往地关心村上、关心大家。

听杨立业这么一说，大家才让开了一条道，请郭滔和柳奎上了车。可车子只能缓缓地移动，车的前后左右黑压压地都是恋恋不舍的人。

车子好不容易到了路碑跟前，郭滔接到刘部长的电话，问他们出发了没有，武行长接他们来了，刚过了垭口。

一辆小车在连心一路上疾驰而来，胡春晖看清了，那是武行长的车。

一见面，不等杨立业开口，武行长就拉他的手，说就怕给村上添麻烦，才没提前告诉他和郭滔，打算接了郭滔他们就走，没想到还是这样了。又说帮扶队进村时他出差了，没机会送，今天帮扶队撤离，他必须接，不能再有遗憾。王俏说武行长昨天出差很晚才回，今天一大早就过来了。刘部长悄悄对胡春晖说，王俏提拔为省分行的副行长，文件这两天就会下来，她原有岗位将由郭滔接任，省行党委已研究过了。

杨立业说村上的变化凝聚着帮扶队的心血和汗水，也离不开武行长的关心和支持。不等杨立业说完，黄国新等人一拥而上，抬起武行长就走。黄秀姑跟着边走边说谁也别想跟她争，武行长中午得去她家吃饭。

见王俏和郭滔都看着自己，杨立业只好追上去劝大家放下武行长。

武行长往路边的石头上一站，动情地说："眼前这场面、这情景，让我十分感动、十分感激。帮扶队虽然今天撤离村上，但他们的心不会离开。村上已然脱贫，接下来还要致富。这致富的路将把银行和村上连接起来，把我们和大家连接起来，一起为村上美好的未来贡献力量。在此，我要衷心感谢村上和大家对帮扶队的支持和信任、帮助和关照。"他深深地弯下了腰。

大家由衷地鼓起了掌，不少人模糊了眼睛……

武行长将胡春晖和黄一欣拉到一旁，说省行党委研究过了，这次帮扶队成员回去之后都将得到提拔，胡春晖可在原部门任科长，也可接替夏行长担任县支行的行长，还可以留在村上，由他自己选择。夏行长另有安排。

# 第十七章
# 忍痛割爱

在院子里拆洗被套的付秀珍听黄一欣说刘初菊怀上崽了，先是一脸的惊讶和疑惑，接着就笑了，说出奇迹了，五十挂零的人还怀上崽了。黄一欣说这不奇怪，人家还有年过花甲照样生崽的。付秀珍看一眼在抽穗的稻田，说看样子易美秀那草药还真是有用。

黄国新和刘初菊成家不久，易美秀就给他们送去了几包草药，说他们都是好人，又是老大不小了才成个家，早些年黄国新吃过她的草药，身上的疮是吃没了，这能不能怀上，要看对不对路，也要看造化。

黄一欣一笑，要付秀珍别羡慕人家，她再怀一个也准没问题。付秀珍哈哈大笑，指着黄一欣的肚子，说她可不是刘初菊，有崽有女的，又快要添孙子了，可不出那个丑。黄一欣又笑了，说老来得子，是许多人都梦寐以求的事，听说杨世乐得知黄国新要做爹了，还特意去找了易美秀，只是易美秀说黄秀姑那藤是真托不起瓜了。付秀珍开怀大笑，腰笑弯了，直抹眼泪。

今天一早，刘初菊请黄一欣陪她去县医院做检查。医生说她们两个的孩子都一切正常，只是都得注意休息、加强营养。可黄一欣说肚子里的孩子不想要了，过几年再生，付秀珍气不打一处来，指着黄一欣说这孩子不要也得要。黄一欣说帮扶队走了，她现在是村主任，担子比以往更重了，事情更多了，可不能因为自己生孩子而耽误了村上的大事，让乡亲们失望。

“谁家不生孩子？不说别的，也不说远了，李长花原来就是村干部，还不一样早早就生了孩子。我看是迟生不如早生，而且是连着把崽女都生了。再说了，生孩子无非就是借用一下你的肚子，等孩子生下来，我来给你带就是。”

“你开着民宿，都忙不过来，哪……”

“这不用你操心，我民宿不搞就是，让别人去搞，反正有人在搞。”

“那不行，你民宿还得搞，而且要搞得更好，因为你现在是村上民宿的标杆，也是村上的一张名片。随着村上景点开放的增加，村上乡村旅游会越来越火，对民宿的需求会越来越旺，要求越来越高，你担子会更重，责任更大。”

“那好，民宿我还开着，但孩子你得给我生下来。民宿我可以增加人手，让他们干去，我只当顾问，主要是给你带孩子，或是我请个靠得住的人来帮你带，我只搭把手，重点还是放在民宿上。反正一句话，孩子你得生，也尽量不耽误工作。耽误了你的工作，我也担待不起。行不？”

“我看行。”

付秀珍扭头一看，见是杨立业，便连忙迎上去，冲黄一欣说：“你看看，立业支书都说了行，你还有什么说的。”

见黄一欣要说话，杨立业手一抬，说：“生孩子和干工作不矛盾、不冲突的。生孩子是为了工作，工作也是为了孩子。”

“对对对，不矛盾、不冲突的。”付秀珍眉开眼笑地朝杨立业竖大拇指，“还是支书说话有水平，能说在理上，说在点子上，说在心坎上。”

“一欣，你就听我一句，孩子一定要生下来，工作也别太累着，一些具体的事情可以让村支两委其他人多分担一点。”杨立业看着黄一欣，“如果你真不要这孩子，我想春晖行长和他爹也会有想法。”

“这倒是。”黄一欣点点头，“春晖他爹听说怀上了，欢喜得跟什么似的。上次春晖回来，我只说这孩子是不是来早了些，还没说不想要，他脸就阴了大半天。”

“春晖行长是修养好，要是我，说不定会吵起来。”杨立业看一眼付秀珍，看着黄一欣，“好了，我再说一句，孩子一定要生下来。”

“其实我很喜欢孩子，也不是不想生。只是想着现在自己是村主任，村上的事情又那么多，乡亲们的期望又那么高，怕受孩子的拖累，影响了工作。今天去县里检查，要不是初菊婶子硬拉着我走，说不定这孩子不在这里边了。”黄一欣指一下肚子，抹了抹有点湿润的眼睛，看着杨立业，“好，我听你的，反正你是我的引路人。你放心，我会生下孩子，也会尽力做好工作。”

杨立业点点头，看着付秀珍，说：“我刚从镇里开会回来。会上李书记说了，后天下午郑时兴将带领全县二三十个村支书来村上参观，会在村上住一晚。这是村上接待的第一个规模较大的团队，而且来自全县各地，得接待好了，不能砸了村上民宿的牌子，也不能丢了村上的脸面。”

“一下来这么多人，还都是村支书？”付秀珍睁大了眼睛。

“怎么，怕了？”杨立业微笑着看着付秀珍。

“怕了？”付秀珍一笑，“我什么时候怕过？又怕过什么？”

“我就知道你不怕，没有能难倒你的事情。”

“那倒也不是，但你放心，这事包我身上了。谁要搞砸了，看我怎么收拾他。你要我做什么、怎么做，你都尽管说。”

“那好，就请你做好两件事：一件是把你自家的民宿整理好，安排好；另一件是对村上别的民宿做一次检查，或者说去做一些指导，就按照你这标准来。”

付秀珍稍一想，说没问题，看她的。她将被套往洗衣机里一塞，掏出手机打起了电话，问这家的民宿这几天入住了多少客人，问那家的民宿添加的床位搞好了没有，问着问着就出了院子，说她到两家民宿看看去。

杨立业说会上李书记还专门谈到了环保问题，透露了近一段时间县里的相关部门会到镇上来进行环保检查。黄一欣说其实她早已关注到国家越来越重视环境保护和生态建设，不少地方早已竖起了“绿水青山就是金山银山”大幅牌子，着手对一些污染环境和破坏生态的项目进行整治，因此修改后的村上规划总体上也是从环保和生态的角度来设计的。杨立业说没错，村上无论是修路也好，景点开发也好，都尽力做到了少占用耕地山林，少破坏原有地形地貌，这还得感谢胡文化当初的提醒和坚持。黄一欣说胡文化虽然是给人看相算八字，给人看地看风水，号称半仙和天师，但他还真跟一般的八字先生不一样，她是打心眼里敬佩。杨立业面色凝重地望了望石村厂和砖瓦厂的方向，轻轻叹息一声，说他担心的是石材厂和砖瓦厂还能不能办下去。

帮扶队撤离一个月后，村支两委进行了改选。杨立业仍是支书，黄一欣全票当选村主任，陈国兴和黄爱国成了支委会成员，刚发展为预备党员的方刚当选村委会委员。跟方刚同批成为预备党员的还有刘初菊。那天回到家，听刘初菊讲她是预备党员了，党员应该如何如何，黄国新肃然起敬，说他往后得更勤劳，更多想着村上、想着集体了。

杨世海有点不耐烦，要胡春晖快给句话，到底行不行，不行他就找别的银行。

十天前，杨世海来找胡春晖，说要利用村上的优质泉水和原料在村上办一个饮品厂，建厂房等方面的资金他有了，只部分设备需要贷款来购买，还有就是收购旺季时需要一些流动资金。胡春晖说在村上办饮品厂是好事，村上及周边村镇原材料充足，产品也有市场，但支行目前没有合适的信贷产品，可以先去找一找别的银行。

今天送货到县城，杨世海去找了另两家银行，一家说厂子离县城较远，不好管理，算是委婉回绝了；一家说厂子小，风险大，不行。

胡春晖看得出杨世海已去找过别的银行，也知道他是说的气话，就要他再等一等，如果急，可以先到农商银行借。他起身一哼，嘟嘟囔囔地走了。

杨立业正在吃饭，一扭头见胡春晖匆匆走进来，连忙起身，问他怎么回来了，快一块吃饭。胡春晖接过贺小英端过来的饭边吃边说，连夜回来找他是为了杨世海贷款办厂的事。杨立业说知道这事，还正想着如果支行这边实在不行，就劝他先去农商银行借，能借多少是多少。胡春晖说对杨世海办饮品厂他是支持的，贷款前天就上报了，只是心里没底，也就没跟杨世海承诺。

正说着，郭滔来电话了，说杨世海的贷款按原有规定是批不下来的，但王俏听了汇报，看了材料，说杨世海这贷款应该放、值得放，虽然有风险，但金额不大，且风险可控，就算贷款形成了不良，其产生的社会效益也会大大高于银行贷款损失的价值，因此，省行通过制度和产品创新，开发了一款适合饮品厂的新产品，得到总行相关部门的认可。杨立业说那太好了，看来帮扶队虽然撤离了村上，但心还真是在村上。

在岔路口，胡春晖正犹豫着是直接回县城还是回家看一下再走，朦胧中看见黄一欣走了过来，便连忙迎上去，说大晚上的，又怀着孩子，怎么还一个人走夜路。黄一欣说没事，明天郑时兴带队来村上参观和交流，杨立业要她介绍情况，她刚才在村部加了一会儿班，又顺路去两家民宿看了看。胡春晖说他是临时回来跟杨立业商量杨世海办厂的事的，刚才郭滔来电话了，贷款已经批了，这两天就可以提款。黄一欣说那就好，又解决了一个难题。胡春晖说送她回家。她说不用，他回去还要那么久，别太晚。他打开车门，扶她上车，说再晚也不晚这几分钟。

黄一欣当选村主任后没几天，一个晚上，她突然问胡春晖，武行长来接帮扶队撤离村上时对他说的话认真想过没有。胡春晖愣了愣，没说话，只是看着黄一欣。黄一欣说她倒是认真想了，觉得武行长给他的三个选择中还是去当行长好。

胡春晖疑惑地看着黄一欣，说："你都一直希望我留在村上的，怎么一下又要我去当行长了，是不是你也想离开村上?”

黄一欣笑了笑，说：“我这一辈子铁了心在村上了，劝你去当行长，是想着我当选了村主任，而我爸又是种植公司的负责人，我妈也开着村上最大的民宿。这次村支两委改选时就有不少人提名你进支委，我一再解释不能这样，大家才不再说什么，但还是觉得遗憾，说下回怎么也得选你当村干部。如果你还在村上，又不让你进村支两委，那既委屈了你，也不利于开展工作，而去当行长，不仅能更好地施展你的才华，也能更好地支持村上的事业和发展。再说，现在交通方便了，来去都快。”

上任后，胡春晖第一时间去拜访了张县长、郑时兴及杨一鸣、王大海等人，又进一步完善了内部激励机制。几个月下来，业绩不错，在全省县支行考核中排名靠前。武行长非常高兴，打电话要胡春晖再接再厉，更上一层楼。

看不见胡春晖的车了，黄一欣才上了楼，往镜前一站，摸着隆起的肚子，想着胡春晖，心想那天在医院幸好给刘初菊拖走了，要不就没有这幸福时光了。

第二天，郑时兴带着村支书们如期而至。下午，大家兴致勃勃地参观了村上的茶厂和两个景点，还有稻田、茶园和油茶林，还去看了养殖公司，直到天黑了才吃饭。吃过饭，有的人在村上看夜景，有的人去了温泉。

次日上午，黄一欣给大家讲解了村上的规划及规划的不断完善过程，描述了村上这些年的变化及未来的愿景。有人就感叹，说可惜了他们村上没有杨立业，没有黄一欣。见有不少人附和，郑时兴说，村上可以没有杨立业，没有黄一欣，但他们的精神、他们的做法，是每个村都可以学习、借鉴的。

可是，让人没想到的是郑时兴从村上回去的第三天就给县纪委传唤了。杨立业虽然心里纳闷，却没多去打听。

听说砖瓦厂要关闭，黄显贵急了，要披着暮色进屋的黄爱国快去跟杨立业说一说，不能关，关不得。黄爱国说石材厂也一样要关闭，他更着急呢，可他是村干部，不好去找杨立业。黄显贵眼一瞪，说那他自己找杨立业。

昨天下午，县环保联合检查组来了村上。检查完后，组长对村上的规划非常感兴趣，认为是将环保和生态建设与种植与乡村旅游相结合的成功典型，同时对石材厂和砖瓦厂提出了整改要求，并暗示迟早会关闭。

今天上午，杨立业和黄一欣对石材厂和砖瓦厂是否关闭、何时关闭、怎么关闭等进行了初步的商讨，决定先放出风声，看看大家的反应再召开相关会议。

杨立业一进门就看到黄显贵没好脸色地坐在椅子上，杨书成递烟给他也不接。一见杨立业，黄显贵开口就问砖瓦厂是不是要关闭，杨立业点了点头。黄显贵说当初砖瓦厂可是村上请他出山搞的，为了这窑，他差点连命都搭进去了，现在搞顺了，挣钱了，却莫名其妙地要关了。听杨立业讲了一堆的道理，他还是想不通，说除非把他放窑里烧了，要不谁也别想关。他撂下这句话就气冲冲地出了门。杨书成笑着追上去，说要是窑都关了，还怎么烧他。他回头一哼，走得更快了，在院子里差点与急急忙忙走来的王成文撞了个满怀。

王成文一开口倒不是不准关，而是问怎么关。杨立业心想王成文还真是老麻雀，一下问到了要害，而这个他和黄一欣是商量过了，但还没想出一个好法子来，而且村支两委也没集体研究，便说村上要关闭的不只石材厂，还有砖瓦厂，而且是先关砖瓦厂，石材厂可以稍缓一缓。王成文说缓不缓他无所谓，他只问怎么关。杨立业说还正想这两天去跟他商量，看他是怎么想的。王成文笑了笑，也不说要村上怎么赔偿，只说他在厂里投入了多少，在村上又捐了多少，现在他每年可以赚多少，现在的设备还可以生产多少年，厂区的石材还能开采多少年。杨立业也笑了笑，说这几年厂里生产了多少石材，实现了多少收入和利润，落入他个人腰包的大概有多少，是他在厂里的投入和给村上捐款的多少倍。又说石材厂产生了大概多少立方的废水废料，制造了多少的粉尘和噪声，直接或间接毁坏了多少耕地和山林。王成文哈哈一笑，说他来也没别的，只是先来表个态，他支持村上关闭石材厂，但他是个生意人，不能让他吃大亏，如果亏吃大了，他就带着厂里的几十号人躺在那。

送王成文出了院子，杨立业一头倒在凉椅上，双手按着太阳穴。杨书成走过来，偏着头指着杨立业，说这支书不好当吧，当初办厂子时要求爷爷告奶奶，如今要关了，麻烦还更大了。贺小英横一眼杨书成，要他别说风凉话。杨书成说他这不是风凉话，是实话，不过也不用急，更不用怕，这几年那么多的事都过来了。贺小英笑了，说他这话说得好，她爱听。杨立业一拍椅子，一跃而起，说有了。杨书成忙问什么有了。杨立业说没什么，大步出了门，可还没出院子又走了回来。刚才他想到了明天带着村支两委的人到砖瓦厂和石材厂的现场去感受一下，应该比坐在会议室里讲道理更有用，就想先去跟黄一欣沟通一下，可想着黄一欣也辛苦一天了，又有孕在身，就没去了，只是跟杨达成简单商量了一下，要他通知明天九点村支两委的成员到石材厂集合，刚挂了电话，又马上打过去，要他别通知了，选一个砖瓦厂烧窑的日子更好。杨立业说着又出了门。杨书成问他去哪。他说随便走一走。

走在连心二路上，听到一个游客边走边说她明年来村上得多住些日子，在这好避暑，食宿都不贵，还空气好，好看的地方多。另一个说村上的村部也好，马路也好，温泉也好，都打扫得干干净净，但有的人家卫生就差了点，垃圾随处倒，随处堆，还有大部分的人说话听不懂，不知道他们说的什么，云里雾里的。杨立业看了一眼秀珍民宿的牌子，隐约听到有游客在院子里开心地说笑，就想进院子跟游客说说话，刚要往院子里走，听到来了人，一回头见是黄国庆。

黄国庆说他昨天去了石窝村，今天又去了枫树村，都是谈连片种植茶叶和油茶的事，田大志和陈明亮都有兴趣，表示全力支持。杨立业拉着黄国庆在民宿牌子下边的石礅上坐下，聊起了石材厂和砖瓦厂的事。两人一聊，杨立业对石材厂和砖瓦厂的关闭更坚定了决心，也更有了信心。

见付秀珍送黄一欣出来，杨立业连忙起身，把路上听到游客说的话跟她们复述了一遍。黄一欣说这个她已注意到了，正琢磨着在村上开展一场讲卫生、讲礼貌、讲公德、讲文明和学礼仪、学文化、学技术、学讲普通话的“四讲四学”活动。付秀珍说那她明天就去每家民宿走一趟，对那些垃圾乱堆乱放的进行警告或是罚款。杨立业说还得建立机制和制度，进一步完善和细化积分管理办法，让大家来献计献策，这事就请黄一欣来牵头。黄一欣说行，这两天她到一些人家走一走，然后开一个村民代表会，同时借鉴一些地方好的做法，拿出一套初步的村民公约。

付秀珍说送黄一欣回家，黄一欣将保温饭盒往车把上一挂，说不用，骑车走了。付秀珍说胡志清扭了脚，给他炖了一点猪脚，让黄一欣带回去。

胡春晖成家后，就把胡志清从方刚家接了过去。离开方刚家时，胡志清和黄桂花都十分不舍。这胡春晖和方刚都看出来了。

出了石材厂，走到离砖瓦厂还有好几百米的地方，杨立业就停下脚步，指着那几道黑里透黄的烟柱，要大家看一看像什么，闻一闻是什么味道。有人说那像从洞里窜出来的几条黑龙，味道像腌坏了的酸菜，又像坏了的鸡蛋……

一阵风刮过，那烟扑面而来，呛得他们直咳嗽、直流泪。黄爱国说平时还好，今天怎么这么厉害。杨达成说今天是两个窑同时烧，又烧得猛，烟当然比平时更多，味道更浓。黄一欣说其实并不是平时就没烟没味，只是大家看惯了、闻惯了，习以为常了。陈国兴说他家离砖瓦厂不太远，这味道是早闻够了，只是想着这砖瓦厂是村上大家受益，自家吃点亏算了，要是关了，那当然是好。

杨达成甩了一把涕泪，说看来这窑还真是不能烧了，石材厂也不能开了。黄爱国看一眼杨立业，说从环境和生态保护的角度来考虑，从村民生活和健康的方面来思考，那当然是关了好，只是一旦都关了，村上的收入就少了一大截，好不容易才摘了的贫困帽只怕是又要戴上了。

今天早上，黄显贵听说这两天村上将开会讨论砖瓦厂和石材厂的关闭问题，就要黄爱国在会上投反对票，如果他不投反对票，就不认他这个崽。黄爱国一路就想着这事，他知道黄显贵对砖瓦厂感情深厚，又知道黄显贵的脾气，说得出口就做得出来，何况他和纪晓霞也都在石材厂拿工资，真要关了，他一家就没了生活来源，可再一想，自己是党员，又是新上任的村干部，这个时候可不能与杨立业唱对台戏，何况砖瓦厂这样子也确实不行。这么想着，他也就只好委婉地说了。

杨立业朝黄爱国点点头，说帽子摘了就摘了，不能再戴上，也不会再戴上。他跟黄一欣交换了一个眼神，要杨达成通知明天上午在村部召开村民代表会。

晚上一进门，黄爱国就对刚进门，正在洗脸的黄显贵说，这下可不能怪他了，他是想说都不好说了。黄显贵拧着毛巾的手停在了那里，连忙问怎么回事。

“还怎么回事，我看你是急昏头了。平日是两个窑轮着烧的，怎么一下子变成两个窑同时烧了？”黄爱国说着往椅子上一坐，看着黄显贵，“烟那么多，昏天黑地的，味道又那么浓，把大伙呛得半死，谁还好说不关？你是打自己的脸，堵自己的嘴。”

“我……我哪知道杨立业还有这一手。”黄显贵叹息一声，“其实那天我去找了杨立业之后，心里就有了数，知道这砖瓦厂是保不住了，就想烧一窑算一窑，也就两个窑一起烧，没想到还落了个把柄在他手上。”

“那倒不是，这把柄早就在人家手上了，只是过去没人在意。”黄爱国想这么一说，就让黄显贵不再说什么，没想到黄显贵将毛巾往洗脸盆里一丢，出门走了。

黄显贵出门没多久，杨立业来了，见黄显贵不在家，就边逗孩子边等黄爱国吃饭。黄爱国匆匆吃了饭，接过纪晓霞递过来的小竹篓就跟杨立业出了门。

窑门口，火光映照在黄显贵那黑一块红一块的脸上。杨立业和黄爱国一左一右在他旁边坐下来。黄爱国从小竹篓里取出碗，递给他，他不接。杨立业接过碗递给他，他还是不接，只是目不转睛地盯着窑火。

工地上的灯光依次熄灭了，田垌一时沉寂下来，只有窑火在呵呵笑着。

三个人默默地坐在那，三个剪影，三座雕塑。

鸡叫了。黄显贵莫名其妙地看了看杨立业和黄爱国，似乎在问他们什么时候来的，又从小竹篓里取出碗，飞快地扒了几口饭，说真有点饿了，再看了看天边的月亮，说时候不早了，要杨立业和黄爱国快点回家。杨立业说一起走，黄显贵摇摇头，说他知道这窑的日子不多了，他得守在这，一刻也不离开。

杨立业的手机响了，是郑时兴打来的。郑时兴还是打了一串的哈哈，问杨立业是不是以为他贪污受贿了。杨立业说没有没有，在他眼里也好，心里也好，郑主任都是清廉的、清白的。郑时兴说有人写举报信，说他跟宁大贵有瓜葛，在宁大贵那得了好处，还说他对盆中村这么关照，那是盆中村对他有利益输送。

前天，有两个人来到村上，找杨立业等人了解郑时兴跟村上的往来，查看了扶贫项目及其资金的使用情况，对村上扶贫项目的实施和成效非常满意，特别是对村上的“自力更生，艰苦奋斗”的精神和“人人为村上，村上为人人”的理念和做法非常赞赏。

村部大会议室里站的站、坐的坐、说的说、喊的喊、笑的笑、骂的骂、哭的哭、闹的闹，乱哄哄的，仿佛煮着一锅粥，好似满塘蛤蟆叫。

“照我看，那两个窑就像是显贵老哥的两个崽。这两个崽生下来了，长大了，都能帮着挣钱了，却一下子不准要了，要打死了。你们说谁舍得啊？”杨世乐边说边四下看着，“别说显贵老哥不愿意，就是我也不会答应。”

“你这比方不对，窑又不是人，有点说不通。”刘晓明站起来，看一眼杨立业，挠了挠头，“应该说就像是种了稻子，刚好抽穗了，却突然说要割掉，或者说是鱼塘放了鱼苗，鱼才长到手板大，突然说这鱼塘有问题，得填了。嗯，也不太对。不过，如果稻子确实该割了，那就割了；鱼塘该填了，那就填了。”

“我可没你们那么多话说，反正是听村上的，听支书的。”黄国新看着杨立业，“支书说关就关，不关就不关。”

“石材厂和砖瓦厂为什么要关，这道理村上已宣传好些天了，黄主任还大着肚子上门跟我聊了小半晌，说得我当时也是心服口服、心顺气顺。”杨书才看一眼黄一欣，“只是过后我又想，一下子把石材厂和砖瓦厂都关了，那么多的人去哪做事，去哪挣钱？村上少了的分红又从哪里补？不瞒大家，这两天我是越想越心慌。”

“没错，我们几个都是辞了外边的工作回来的，石材厂和砖瓦厂都要关了，”田富国指了指左右两个人，“那我们去哪工作，又跟谁领工资？”

“是的，原来打工的厂子肯定是进不去了。听说现在外边找工作也不容易，我没什么技术，更没有什么关系，是只能留在村上了。”田富国左边的那个打着哭腔，“可我早就不会种田，也不想种田了。不瞒你们，我现在是扛不起扮桶，挑不动粪桶了。”

“我也是。”田富国右边的那个擤了一把鼻涕，“要关厂子可以，但得让我有事做，有工资领。我可以不怕苦、不怕累，但我不想面朝黄土背朝天，不……”

“看你们说的什么话？”杨书成指着那两个人，“一个农民不想种田，不会种田，还叫什么农民？”

“我们现在不是农民，是工人啊！”田富国左边那个扯着工作服，“这样的工装都穿了快十年，早就不是农民了。”

“照我看，当农民也好，当工人也好，一样得靠劳动来挣钱吃饭，不管在村上还是在城里，如果游手好闲、好吃懒做，一样不讨人喜欢。”胡明国将长烟筒往桌上一搭，起身看着田富国他们，“这些年村上跟各地一样，有不少人去外边进厂当了工人。有的一去就不回来了，在城里买了房、成了家，也有的回到了村上，在村上当起了工人，或是搞起了种植、养殖什么的。不管你回不回来，不管你在哪，只要是认真做事、老实做人，能有事做，能有饭吃，就是好样的，不丑。现在的农民不完全是过去的农民了，种田不一定非得要你去扛扮桶、挑粪桶，但你得有文化、有知识，懂科学、懂技术。我问你们，现在的黄国庆还是传统的农民吗？不是。他是现代工人吗？也不是。那他是什么？他是一个新型农民，一个新型职业农民，一个懂技术、会管理的新型职业农民。我再问你们，黄一欣是农民吗？她本来可以不是，但如今她成了一个地地道道的农民。她能扛起扮桶吗？不能。她能挑起粪桶吗？也不能。可她现在就是一个农民，一个带着大家奔跑在致富路上的村主任。”

“既然老支书说到了我，我就说两句。”黄国庆朝胡明国一点头，看着杨书才和田富国他们，“你们刚才都问得好，因为你们问的也就是村上和立业支书他们日夜想着的，在千方百计解决的事。那我也问你们，同一丘田是不是世世代代就只能种一个东西，是不是今年种这个品种，明年可以换另一个？村上的田地是不是一开始就是现在的样子，是不是祖辈们一代接一代开出来的？这条路堵了或是塌了，我们是不是可以开辟另一条新路？而这条新路也许比老路更宽阔、更平坦，离目的地更近。”

杨书才和田富国他们相互看了看，都似懂非懂地点了点头。黄国新听得有点莫名其妙，却又不好意思问刘晓明，只好暗自琢磨。

“好，那我再这么说吧。”黄国庆看一眼杨立业，“虽然石材厂和砖瓦厂要关闭了，但新的厂子会跟着建起来，就像竹林，这边砍了几根竹子，那边出土的笋更多了。我可以告诉大家，杨世海的饮品厂已经在调试机械设备，过两个月就可以投产，村上的食用油加工厂应该可以在春节前榨出第一桶菜籽油或是茶油，茶厂也将增添设备，扩大生产规模。这都要人来干活，这干活的就是工人。还有，我们跟枫树村和石窝村都协商好了，将扩大我们的油茶基地和茶叶基地，我们的油茶林和茶园会达到近万亩，都要有人去管理。这也是工人，可以领工资的。”

“还有，”陈小军站了起来，“随着村上古树林、水帘洞、青龙潭瀑布、扯旗寨、石板路等景点的开发，随着温泉度假休闲中心和连心五路、六路的竣工，村上的乡村旅游将更加红火。我告诉大家，方小竹方总说了，她将增加在村上乡村旅游的投资。方总说，我们盆中村夏日是清凉之都，冬季是冰雪之都，是人间仙境，是上天对我们的恩赐。我还告诉大家，红军指挥部已正式成为省级重点文物保护单位，相关部门将有专款安排下来进行修缮，并硬化连接连心二路和指挥部的道路。到时候指挥部不仅是一个旅游景点，也是一个红色教育基地，一举多得。还有，县市旅游部门都对村上的旅游资源，及通过开发旅游资源助力乡村振兴有兴趣，表示会指导和帮助村上开发旅游资源，让村上的乡村旅游成为大雪峰山旅游的重要组成部分。”

“我再补充两句。”黄国庆又站了起来，“今年油菜、油茶、茶叶和水果的收入和利润都比去年要多，从目前的情况来看秋粮丰收在望，加上今年扩大了优质品种的种植，那么秋收的收入和利润也会比去年多。当然，今年由于品种改良和扩大种植规模，还增添了农用机械，在支出上有所增加，但收支两抵后，收入和利润还是会比去年有所增加。”

“对不起，养殖公司今年是拖后腿了。”刘初菊起身，边说边朝四面鞠躬。

“快别这样，你都挺着大肚子呢，快坐下。”坐在刘初菊旁边的吴翠莲扶着刘初菊坐下，“那是天灾，不能怪你的。要不是你有经验，加上一欣妹子有技术，猪和鸡会死得更多，损失更大，听说石窝村两个养猪大户差点栏都空了。”

“不过，大家也别急。”挨刘初菊坐着的宁丽站了起来，“养殖公司虽然上半年是亏了，但下半年会好起来。眼下猪肉价格已在上涨，我们正好踩到了点。我还告诉大家一个好消息，昨天初菊姐跟省里一家公司签了一个大单，每月供应五十头生猪和一千只活鸡，人家看中的是我们的养殖环境和养殖品质。这要感谢各位乡亲父老，更要感谢上天赐予了我们这样的好山好水。”

“我不管你们说得如何天花乱坠，是多也好，少也好。”杨书才一哼，“我反正还是那句话，只要关了石材厂和砖瓦厂，今年的分红不比去年少就行。”

听杨书才这么一说，不少人跟着附和。

“好，那我简单说两句。”见杨立业投过来目光，黄一欣便扶着桌子站起来，“一句是请大家相信，尽管我们关闭了石材厂和砖瓦厂，但我们今年的分红一定不会比去年少；另一句是也请大家相信，明年一定比今年好，分红会更多。”

“说实话，关了石材厂和砖瓦厂，我跟大家一样，也难过，也心疼。”不等掌声平息，杨立业就站起来，“当初说要建厂的是村上、是我，现在说要关厂的也是村上，也是我。那是不是说村上就错了，我就错了？是不是……”

“是错，又没错。”胡文化站了起来，“说错是当初就不该建。当初我就是反对建的。有人说这几年村上不是发洪水就是天旱，都是石材厂和砖瓦厂害的，坏了村上的风水。我看不全对，石材厂和砖瓦厂对村上的风水是有影响，对村上的环境和生态是有破坏，但不至于那么大。说没错，那是正因为有了石材厂和砖瓦厂，有的人才从广东的工人变成了村上的工人，村上才有了路，才脱了贫，村上才有了今天的样子。一句话，此一时彼一时，当初建厂时立业支书的出发点是为村上好、为大家好，现在要关厂还是为村上好、为大家好。”

“文化说得好！”胡明国朝胡文化竖大拇指，“确实是这样，当初建厂是需要，现在关闭一样是需要。”

“大家应该都看到了，现在是想关得关，不想关也得关。因此，与其迟关不如早关，与其让上边逼着关不如自己主动关。这样我们不仅不会被动，还能去上边争取更多的资源。石材厂那边我跟王厂长已协商好了，石材厂关闭之后，他可以在村上的乡村旅游及其他项目上投资。”杨立业扫了一圈会场，“我琢磨着，其实大家关心和担心的主要是两个方面，一个是分红比去年只能多，不能少；另一个是要有事做，要当工人。这前边一欣主任等人都说了，也承诺了。我再做一个保证，如果今年的分红比去年少了，如果谁没事做，你们可以去我家吃饭，也可以骂我、打我，我绝不怪，绝不……”

不等杨立业说完，黄国新就使劲拍起了手，跟着就是掌声四起。

付老六突然冲了进来，往台上一站，手一扬，说盆中村要敢先关了石材厂，就断了盆中村出村的路；谁要敢再说关了石材厂，他就去谁家躺。

一时大多数人面面相觑，不知所措，也有人一副看把戏的样子，跟着起哄、叫好，还有的人一脸气愤，指着付老六就骂。

黄国新拉着刘晓明往付老六跟前一站，鼓起眼睛指着付老六，说他要敢动杨立业一根毫毛，或是敢进杨立业家的门，有他好看的。付老六愣了愣，挥拳就要打。杨立业一把拉开黄国新，胸一挺，付老六的手停在了空中。

跑进来的陈明亮按下付老六的手，笑呵呵地说："看你兔子似的跑得快，好像前边有金子捡，大伙追都追不上。"

杨立业擂了一下付老六，笑嘻嘻地对陈明亮说："他来也没别的，是想问问我们石材厂什么时候关，怎么关。他来得好，我正想请教他呢。"

陈明亮朝杨立业会意地一点头，盯着付老六，问："是这样吧？"

付老六尴尬地嘿嘿笑着，点着头。

"我们石窝村的石材厂比你们盆中村开得早，这回也得关，正愁着不知道哪天关，怎么关。"陈明亮指一下付老六，看着杨立业，"听说他过来了，我就带了几个人过来，一起向你们学习学习。"

"我们是已决定了石材厂和砖瓦厂都要关，村上绝大多数人的思想也通了。"杨立业看着台下，"当然关也不是明天就关，而是等已生产出来的砖坯全烧了，已开采下来的石料全加工了再关，但从现在开始就得准备，到时候该拆除的拆除，该回填的回填，该恢复的恢复。"

陈明亮点点头，说这样好，他们也这样做，看来是不虚此行。在回村里的路上，陈明亮狠狠地训了付老六一通。

"我可是为你好。"付老六瞟一眼陈明亮，"我知道你只是嘴上说得好听，心里是压根就舍不得关的。"

"还为我好？放你的狗屁呢！你分明是打着自己的小算盘，想着两边的厂子关了，你的财路就断了。你又不是我肚子里的蛔虫，怎么就知道我只是嘴上说得好，心里舍不得关？我又什么时候要你去盆中村了，要你去那吵闹了？"陈明亮眼睛一瞪，指着付老六的鼻子，"你知不知道，你去盆中村吵闹，是丢人现眼，是给村上抹黑？"

付老六一声不吭，低头往前走。

给付老六这么一吵，再听杨立业和陈明亮那么一说，那等着看把戏的也好，跟着起哄的也好，脸上都有了羞愧之色。

夜深了，胡文化催陈小军快回村上。陈小军说今晚不回去了，就跟他睡在店里。胡文化说只要他不嫌弃，不怕房子随时垮了，那他睡就是。

陈小军是来找胡文化商量怎么进一步开发青龙溪瀑布的。青龙溪可开发出四级瀑布，眼下还只最下边的青龙潭瀑布开放了，但也只是原始的状态，并没有进行多少人工改造。陈小军想将四级瀑布都开发出来，并对青龙潭瀑布做一定的改造，但又怕正如村上有的人说的惊动了青龙，坏了风水，就来请胡文化回村上去看看。当他来到店里时，见门口挂着的牌子上写着“外出，有事留言或等候”，便在那等着，等了一会儿便打胡文化的电话。胡文化一听是陈小军就说等可以，但他在给人看阴地，只怕得天黑才回来。他以为这么说陈小军会回村上去了，他不想跟陈小军多说话，因为陈小军还惦记着方小竹，没想到当他在暮色里回到街上时，陈小军还坐在店铺外边的石礅上。这一来，他心软了，有了愧疚感，说不好意思，让陈小军久等了。

两人边聊边做饭，吃了饭又接着聊。

“只要心里有青龙、心里有风水就行，这样就会有所顾忌，不会乱来。还是尽量保持自然的原样好，这样会更有特色，更能吸引游客。”胡文化望着店铺外边朦胧的夜色，轻轻地叩击着桌面，“只要不改变瀑布主体的原样，不改变水流的原有方向，不破坏左右山体和上下崖壁，青龙就不会受到惊扰，青龙也会乐于让更多的人来到其身边，会乐于看到村上因为青龙潭而更富裕、更美丽。”

“真是听君一席话，胜读三年书啊！”陈小军把手上那本有关风水的书放下，拿起了一本曲谱，“你又在吹拉新曲？”

“总不能老是那几个曲子吧。”胡文化笑了笑，“得与时俱进才行。”

“那是。社会在变，人也在变。这两年又新写了不少东西吧？”

“也没有，只是每年清明的时候都会写一点有关点师傅的文字。”胡文化从抽屉里取出一个大簿子，“偶尔也写一点有关时令和时事的短文。”

陈小军接过簿子，翻着眼睛就潮了。胡文化站了起来，凭桌而立，凝望着灯影里波光闪跳的河面。

“看来，你心中那个梦还在，还是想成个文化人啊！”

“你看出来了？”胡文化回过头来。

“嗯，看出来了。尽管你没有明着写，但我在字里行间看到了。”

“好，看来你跟小竹一样，算是我的知音了。”胡文化握着陈小军的手，摇了摇，“记得两年前我就跟你说过，老在阴阳两界往来，在人鬼之间穿梭，已是心力交瘁，不想干了，可总是有人来请，又不得不干，但比以往少了。我那两个娘看着也都老了，我得多拿出时间去看看她们，陪陪她们。”

“嗯，也是。我回到村上来，也是想到时候能多照顾一下父母。”

“就只为照顾父母？”胡文化偏着头盯着陈小军。

“我……”陈小军脸一红，嘿嘿笑着。

胡文化哈哈大笑，笑过了，指着陈小军，说好，在心里就行，不一定要说出来。陈小军眨了眨眼睛，也哈哈大笑。

陈小军说想听胡文化吹一个或是拉一个，可刚一出口又说算了，半夜三更的，别吓着人家。胡文化说没事，左邻右舍都早搬走了，就吹起了《打虎上山》，又拉起了《二泉映月》。

收弓曲终，余音绕梁。陈小军扯了纸巾给胡文化擦泪，说他都想起陈秀才来了，感觉陈秀才就站在门外听。胡文化将二胡往墙上一挂，手一抬，要他快别说了，蹲在地上哭了起来。

见胡文化哭得差不多了，陈小军才扶他起来。他坐下，喝了两口水，四下看了看店铺，再望了一眼河湾，说过几天他就要暂时住到村上去了，反正他在村上的房子也弄好了，这店铺过几天就要拆除重建，还有那廊桥也会重修。

陈小军说想喝点酒。胡文化拿出酒，让陈小军自己喝，他只能意思一下。陈小军也不多说，抓过瓶子就往杯里倒。

第二天，陈小军醒来时已是日上三竿，只见桌上放着一张字条，写着“我有事外出，你未时四刻在青龙潭边等我”。

金秋梨熟透了，阳光下反射着耀眼的光芒。易美秀拿了竹竿去打梨子，想给夏时香和胡文化都送几个过去，刚举起竹竿，又放下了，怕梨子掉地上摔坏了，就拖来梯子，好不容易把梯子架上，爬了上去，没想到手刚要摸到树梯子就一斜，人掉了下去，梯子压在身上。不知过了多久，她醒来了，推开梯子，爬到屋里，给胡文化打电话。

此刻胡文化刚跟陈小军看了青龙潭，准备回老鹰冲来看易美秀，也再劝劝她，请她搬到新房子里去。一接易美秀的电话，他骑着摩托疯了似的就跑。

只见从梨树下到屋里一路的血迹，易美秀只能断断续续、含混不清地说话了。胡文化要送她去医院，她无力地摆了摆手，指着他胸前的斑竹笛，又指了指窗外那丛斑竹。胡文化稍一想，点了点头，取下斑竹笛吹了起来。

易美秀嘴角动了动，在笛声中微笑着合上了双眼。

按照易美秀临终的遗愿，胡文化将她安葬在石头的旁边，能看着陈秀才那边。陈秀才的坟就在对面山上，只隔了一条田垄。

易美秀走了，方小竹哭得死去活来，夏时香差点哭瞎了眼睛。

在砖瓦厂和石材厂的修复及板栗林改造上，黄国庆和黄一欣起了争执，引起了胡志清的不满。胡志清说要是黄国庆让黄一欣动了胎气，他可不管亲家不亲家了。付秀珍也狠狠骂了黄国庆一通，说这个时候了还跟黄一欣争什么，真要让她动了胎气，他就别进这个家了。可黄国庆就是不退让，还是坚持自己的意见，说他不是为自己，是为村上。

黄一欣主张石材厂栽花草，建成公园，成为村上的新景点；砖瓦厂复耕复种，板栗林改种油茶。黄国庆虽然赞成黄一欣的砖瓦厂复耕复种、板栗林改种油茶的想法，但坚持石材厂修复后也全部栽上油茶。他说栽上油茶能兼顾到眼前和长远，因为油茶四季常绿，根系发达，具有绿化美化、保持水土、涵养水源、调节气候等功能，还具有净化空气、保护环境、改善生态的作用，而且油茶树开花之时便是果实成熟之日，花果并存，同株并茂，素称“抱子怀胎”，是自然界一大奇观，既是冬季难得的一景，也在少花的冬季为蜜蜂提供了优良的蜜粉源，既有生态效益，也有经济效益。

那天在砖瓦厂修复现场，黄一欣和黄国庆又杠上了，杨立业都劝不了。远远地见胡文化骑着摩托从连心一路下来，上了连心五路，黄爱国连忙边扬手边大声喊着，让他过来。石材厂关停后，黄爱国进了杨世海的食品加工厂。

听黄一欣和黄国庆一说，胡文化笑了，说他们的想法都是生态的，都是讲风水的，但任何事物都得有个度，一过就物极必反、得不偿失。他说到这就不说了，见黄一欣和黄国庆等人都看着他，才接着说这油茶虽然好，是个宝，种植还有补贴，但也不宜种植过多，可以充分有效地利用荒山荒地，却不宜过多地砍了竹木来种植某一种作物，破坏一地的生态平衡。

杨立业要胡文化说说具体怎么办。胡文化说石材厂靠田垄的那一大块废料坪可以建成公园，而原来开采石材的山体部分则栽上油茶。他说着转过身，指着前边的峡谷，再指了指脚下，说这里原来是山体的延伸部分，是蛇形山的头，有必要将这用土重新堆起来，再在上边栽上竹木，这样蛇形山就又活了、好看了，也阻挡了从峡谷刮来的风，保护了后边那一湾田地。

黄一欣和黄国庆都点头，说胡文化说得在理，就照他说的来。胡文化是去镇上给夏时香买药的，她感冒了。易美秀走后胡文化就住在村上了，有人问他还回街上去不，他说等店铺修好再看情况。

吃过饭没多久，黄一欣就说肚子疼得厉害，让胡志清快给付秀珍和胡春晖打电话。付秀珍接了电话，立马骑着摩托去接来了贺小英。

等胡春晖赶到家门口时，正好听到了婴儿的哭声。付秀珍抱着孩子，说他太性急出来了，离预产期还有好几天呢。又说她都还没反应过来就生了。贺小英说生得这么顺，那是胎位正，黄一欣活动得多，孩子配合得好。黄一欣和胡春晖一商量，给女儿取名欢欢。

第二天上午，刘初菊正一只手叉着腰，一只手拿着大铁瓢往食槽里舀着猪潲，舀着舀着肚子就疼了起来，大声喊在后边清洗猪栏的黄国新，喊着就倒在了地上。赶忙跑过来的黄国新一看，吓傻了，不知所措。她要他快开了三轮车去接贺小英过来。

贺小英看了看，摸了摸，听了听，说她奈何不了，得赶紧送镇上医院，又打了杨立业的电话，要他快开了车子过来。

医生一看，问黄国新是保大还是保小。黄国新蒙了，抱头蹲在地上。杨立业恳求医生尽力大小都保，如果非要选择，那就保大。

医生出来了，说谢天谢地，真是大小都命大福大，都保住了，只是大的失血过多，得在医院住几天才行。黄国新对着医生就拜，又对着杨立业和贺小英拜。

杨立业扶起黄国新，笑着问："如果哪天真有一块大石磨罩到村上来，是不是还只留着你和刘初菊，还有我？"

"那不。"愣了愣的黄国新摆着手，"村上的人都得留着，一个也不能少。"

"可磨眼就那么大，只能容纳三个人。干脆就只留着你们一家吧。"

"那不行，就是压着我也不能压着你。"黄国新挠了挠脑袋，"噢，天上好好的，哪有石磨掉下来？就算有，也不会那么大，不可能把村上全盖住，再说，就是掉下来，也应该不会那么巧，说不定掉在石窝村或是枫树村呢。"

杨立业指着黄国新，哈哈大笑。

就在杨立业哈哈大笑时，付秀珍让胡志清下楼给黄桂花开门。昨天晚上，宁丽一回家，黄桂花就说黄一欣生孩子了，只是付秀珍民宿都忙不过来，哪有工夫去给黄一欣带孩子，而胡志清一个大男人的，带不好孩子，也不方便照顾黄一欣。宁丽随口说也是，但他们会有办法的，等反应过来了便说要是有个人帮着带，更好呢。黄桂花试探着说，要不她去帮着带几天看看，白天去，晚上回来。宁丽说反正家里没多少事，去帮一帮也行。

去帮了两三天后，宁丽对黄桂花说她早去晚归的也累，黄一欣晚上没人照顾，不如干脆住在黄一欣家算了。黄桂花瞟一眼宁丽，低头说不方便的。宁丽在心里一笑，说黄一欣家是没有多余的房间，但那好办，在胡志清房间搭个铺就行了。黄桂花脸一红，说那不好吧。宁丽一拍椅子，说没什么不好的。她说着就卷了铺盖，挽起黄桂花的手就走。黄桂花尽管看上去扭扭捏捏，心里却是美滋糍的。可走到半路上又不走了，非要回去。宁丽一再追问，她说怕方世明怪罪。

那天晚上，黄桂花做了个梦，梦见方世明要她去，说胡志清是个好人，他放心。第二天一早，宁丽跑来对黄桂花说，方世明托了梦给她，说那是好事，不会怪谁。

见黄桂花一来，付秀珍就说还搭什么铺，跟胡志清共一个床得了。胡志清却说不行，得去扯了证，热热闹闹地把黄桂花接过来。黄桂花看着胡志清，热泪盈眶。

第二天上午，黄国新和刘初菊带着孩子盼盼回到了村上，一进院子就见田秀英笑嘻嘻地迎上来，接过刘初菊手上的孩子，说鸡炖好了，就等着她吃。吴春花知道刘初菊是今天回来，昨晚就跟田秀英商量好了，刘初菊坐月子由田秀英来服侍。田秀英满口答应，说刘初菊是好人，她愿意。又说只是家里就得辛苦吴春花了。吴春花说没事，累不死人。

田秀英接过盼盼时，胡春晖正坐在办公室纠结着。

快下班时，郭滔给胡春晖打电话，说省行有一个外派指标，他是合适人选，机会难得。他知道这不仅是一次难得的历练，也是一条难得的晋升通道，是许多人梦寐以求的好事，可一想着村上，想着当初的选择和承诺，他没跟黄一欣商量就给郭滔回了电话，说他还是离村上近点好。郭滔说他猜着了。

# 第十八章
# 美丽山村

在年初的一次外出参观中，那个村上的美丽屋场让杨立业是既震撼又羡慕，回村后就跟黄一欣商量在村上也建美丽屋场。可一听美丽屋场得怎么建，建成后又怎么管，有的人就说建成后要屋场的人来维护倒是没什么，反正现在村上的路也是大家自觉在扫，要出钱出力也还好说，反正村上修路大家就没少出钱出力，只是要有人让地，就有点难了，这也不是修路修桥，可有可无的，何况也不知道到时候会是个什么样子。有人这么一说，大多数人就没了兴趣，少数人还坚决反对，表示不会签名。无奈之下，杨立业只好让出了自家的一块田地，又和黄一欣挨户做通了月形山这边的工作，决定将村上首个美丽屋场建在这里。这回杨书成是一听说杨立业表态要让地，不等杨立业跟他开口就主动说让地就让地，不就是一块地吗，没什么。

月形山美丽屋场建成了，污水走地下集中处理，不再是污水横流，垃圾分类集中存放，不再是四处乱堆，活动有了广场，散步跳舞都有了场地，车子可以开到各家门口，地坪边绿树成荫，花坛里鲜花盛开，池塘水清澈透亮，走到哪都是干干净净、清清爽爽……屋场里的人就像生活在花园里、公园里。村上的牌头组也好，蛤蟆滩组也好，还有胡家院子也好，陈家大院子也好，一个个都坐不住了，争着要建美丽屋场。

见会开了小半天，大多数人也都发了言，却还是众说纷纭，杨立业便站了起来，说：“大多数的组和大的院子都想建美丽屋场，这就是群众对美好生活的向往。这是好事，我们必须支持，必须保护好大家的积极性。同时，作为党员和干部，我们不管在什么时候、在什么地方，面对困难时就得冲锋在前，面对好处时就得首先想到群众，就得吃苦在前、享受在后。”

会场一时安静下来。

“记得当初立业支书说要在村上建美丽屋场时，大多数人没兴趣，少数人还明确反对。建设中，也有人怀疑，甚至说风凉话，想看把戏。而到建成了，看到了美丽屋场，那些没兴趣的人如今热情可高了，表示反对的人也成了坚定的支持者。这一点也不奇怪，人对事物的认知总有一个过程，而且这个过程常常不是那么容易。”黄一欣看一眼杨立业，“月形山美丽屋场是建成了，但毕竟是村上的第一个，在规划和设计上还有不少不科学、不完善的地方，在施工中也有一些粗糙和不到位之处。我相信接下来的美丽屋场一定会比月形山的更好。至于下一个是哪里，我想可以综合考虑地理环境、村民意愿、工程难易等多方面的因素，排出一个大概的顺序。”

“来，你说一说，下一个应该是哪里？”杨立业看着陈国兴。

“我……”站起来的陈国兴挠了挠头，“我刚才已经说过了。”

“你是说了，我也听到了。”杨立业笑了笑，“但你只是说了这里行，那里也行，并没有明确说下一个是哪里。”

“那……那下一个是胡家院子，行不？”陈国兴说。

“为什么？”杨立业问。

“我也说不清，感觉应该是。”陈国兴嘿嘿笑着。

“好，你跟我想到一块来了。”杨立业朝陈国兴压压手，“我是这么想的，一来河西已有了一个月形山，下一个应该在河东了；二来胡家院子住户相对较为集中，工程相对不是太复杂；三来胡家院子人心齐，每家都已签字同意建美丽屋场；四来明国老支书对村上贡献大，又受人尊敬，还……”

“好，下一个是胡家院子我没意见。”黄爱国手一举，“那接下来呢？”

“我想接下来是牌头湾组、黄家大院、蛤蟆滩组、陈家大院。”见大家都点着头，杨立业便接着说，“这美丽屋场看起来似乎受益的只是屋场内的人家，其实受益的不只是他们，而是村上所有的人，就像我们修路一样。因此，建美丽屋场也是村上的事，是大家的事，一样得相互支持、相互帮助。”

“我倒是觉得这美丽屋场不在于要建多少个，而是要因地制宜，该建就建，能建就建，好建就建。”一直没怎么说话的方刚站了起来，“如果贪多贪大，达不到应有的效果，起不到应有的作用，那不如不建，别浪费了各种资源。”

“方刚说得好。”杨立业看着方刚，“美丽屋场是国家的民生工程。我们搞美丽屋场，不是做样子，更不是摆政绩，而是为了改善群众的住房条件和生活环境，提高群众的幸福感和生活品质，也是为了节约资源，让村上有限的资源和资金发挥更大更多更好的效益和效应。但这不是你想怎么建就怎么建，想建多少就建多少的，还得将方案上报，批准之后才能实施，才能有配套的资金下来。因此，我想这次村上就先报胡家院子，后报牌头湾组，但愿都能批下来。”

第二天杨立业带着资料去了镇上、去了县里，找了李书记、郑时兴、张县长。他们都说盆中村是情况特殊，理当多支持，但美丽屋场是稀缺资源，指标有限，只能一个一个来，能给村上一个就不错了，枫树村还一个都没有。

不过，没多久，胡家院子和牌头湾组的美丽屋场就先后批了下来，这让杨立业深感意外，心想这应该是李书记和郑时兴还有张县长的关照了。

一早起来付秀珍就对着镜子练普通话，练礼仪。

“看你这练的。”穿衣下床的黄国庆一笑，“你都拿一等奖了，不用练了，再练就可以上电视台做主持人了。”

“你也别说风凉话。”付秀珍指了一下黄国庆，“我可是有自知之明的，离一欣的要求还有一定的差距。不说别的，这 l 和 n、m 和 n、h 和 w 发音的字有时就说不准，别人听不太明白。有的动作做得不太自然，有点别扭。何况一欣说了，学无止境，还得学，还得练呢。”

“那些字是祖上一代一代念下来的，都念了几百年上千年了，要改口可不容易。”黄国庆摇摇头，“我是改不了了，也不想再学了。”

“你就没用心学，三天打鱼两天晒网的，当然学不好了。亏你原来还是村主任，现在又是董事长，又是厂长，可不能半途而废。”付秀珍指了指黄国庆，“我可告诉你，你现在是学也得学，不学也得学，村上现在都已学成风了，七老八十的都在学呢。何况你又不是不知道，现在村上不再是过去那么偏僻、那么封闭、那么落后了，而是开放了、富裕了、漂亮了，村上出外读书的、办事的、打工的、创业的人多了，外边来村上参观的、考察的、游玩的、度假的人也更多了。用一欣的话来说，现在我们是既要会说山里的话，更要会说大家听得懂的普通话；既要懂山里的规矩，更要懂外边的礼仪；既……”

正说着，陈小军打来电话，说杨书才领着几个村上办民宿的在温泉那边闹，不准度假休闲中心开业。付秀珍要陈小军别跟他们争吵，她马上过去。

前几天，村上搞了一场民宿说普通话和礼仪表演比赛。黄一欣请来了亮哥和小周当评委，正好王娜在村上游玩，也成了评委之一。付秀珍能拿到一等奖，正是她用英语向王娜问了好，又简单地交流了两句。田秀英也鼓起勇气登台表演了，尽管有点笨拙，却是尽显真诚和纯朴，拿了二等奖。吴月英虽然一上台就紧张，还差点摔倒，但不一会儿就镇定自若，变得大大方方，越说越流利、越说越清楚，得了三等奖。

连心五路和六路通车之后，村上就开始修从连心二路通到扯旗寨再延伸到邻县的连心七路。路一通，吴春花将房子稍一修缮，开起了民宿。白天她在养殖公司干活，民宿就由田秀英打理。由于田秀英炒得一手好菜，房子又在半山腰上，离扯旗寨近，好看星星月亮，好看田塅风光，好听溪水潺潺，好听泉水叮咚……来客就源源不断了。

见付秀珍来了，杨书才等人一拥而上，说她来得正好，她才镇得住陈小军，除非他答应他们的条件，要不就别想开张。付秀珍问他们的条件是什么。杨书才说他们商量好了，中心得把收入的两成拿来补贴村上开民宿的。付秀珍问他们凭什么，杨书才说中心一开张，肯定会抢了他们的生意，他们就成了受害者。付秀珍哈哈大笑。杨书才问她笑什么。付秀珍说笑他们鼠目寸光，眼睛只看到自己的脚尖，笑他们心比针眼还小，只想着自己那一点点蝇头小利。

“看来，你们是没想到，也没想清楚，那我来给你们说一说，开导开导。”付[illegible]站到台阶上，“你们要弄明白，首先这中心开张是件大好事、大喜事，不仅资源得到了充分利用，村上多了一条增收增效的新渠道，也大大提升村上乡村[illegible]游的美誉度和影响力，因此我们要大力支持，看能帮着做点什么。其次中心开张之后，村上乡村旅游的牌子会更响亮，影响会更广，那无疑到村上来的游客会更多，旅客一多，不仅不会抢我们的生意，只会让我们的生意更好。三是中心会带来先进的管理模式和经验，给我们提供学习和借鉴的场所，有利于我们提升服务品质、降低成本、提高效益。只这三点就可以看出，这中心开张，与我们不冲突、不矛盾，我们不是受害者，而是受益者。你们说是不是这样？”

见有人点头，有人茫然，杨书才在那若有所思，付秀珍便接着说：“还有一点，大家一定要明白，那就是中心有两个老板，一个是出资金的公司，一个是出资源的村上，而且村上是大股东，而构成大股东的是村上的每一家每个人，也就是说村上的每一家每个人到时候是能从中心分红的。如果我们这些人从中心分了成，就等于是少数人瓜分了村上多数人的利益。你们说这合理吗？村上的大多数人会同意吗？”

有人摇头，有人皱着的眉头舒展开了，有人默默地往回走……见杨书才跟两三个人还在那嘀咕，付秀珍眼一瞪，脚一跺，说谁还要再在这胡说八道、胡搅蛮缠，别怪她不客气。杨书才一怔，嘻嘻一笑，说前边是他没想好，现在想好了，没想法了。他说着朝陈小军手一拱，说得罪了，再手一招，领着那几个人快步走了。

陈小军说多亏付秀珍赶过来，他还真不知道怎么应付他们。付秀珍望着远去的杨书才，说看来他爱占便宜的毛病虽然改了不少，但还是没有根除。陈小军说俗话说得好，江山易改，禀性难移，杨书才能变到今天这个样子，已是不容易，改变他的既是他自己，也是这个伟大的时代。

温泉度假休闲中心依山而建，隔着连心二路与男女浴池相对。开张后没多久，中心就跟县市有关部门签了协议，成了劳模和先进工作者休养的地方。

张县长逗着欢欢和盼盼，问他们几岁了。欢欢伸出两个手指，抢着说快三岁了。张县长做出要掐花的样子，盼盼连忙拉住他的手，说爷爷说的，不能摘花。张县长收了手，问爷爷在哪。欢欢和盼盼都指着在前边跟人谈笑的胡志清。

亮哥和小周拍下了这生动的一幕。张县长问他们怎么来了。亮哥说纯属巧合，他们是来村上拍美景的，眼下正是村上最美的时节，那金黄耀眼的稻田，那色彩斑斓的山林，那花果并蒂的油茶，那温泉、那古树、那瀑布、那峡谷、那马路，那美丽屋场、那休闲中心，还有这公园，处处是美景。

小周说去外边学习了一年多，这回感觉村上又有了大变化，不只是村上看上去更美了、更富了，更让人心动和感动的是村上的人都变了，变得不管是老人还是小孩，一个个都谦让有礼，总是面带微笑，而且说话也听得懂了，交流起来很轻松、很愉快。亮哥说这是村上前两年开展的“四讲四学”见了成效。

杨立业满头大汗地跑到张县长跟前，说真不好意思，不知道他来了，既没去迎接，也没陪同。张县长哈哈一笑，说不知道就对了。亮哥说张县长是微服私访，当然是不发通知，不打招呼了。

张县长指了指草地和花坛，再指了指草地上边的油茶林，说把石材厂关了，建成这样的公园，种上这样的油茶林，这创意和规划非常好，有示范和借鉴意义。杨立业说这是黄一欣和黄国庆，还有胡文化的心血和智慧。张县长点点头，说乡村振兴最需要的就是像黄一欣这样有文化、有知识、有情怀、有抱负的人才。

见黄国庆从油茶林走出来，张县长连忙走过去，握住他的手，说：“看来你当年辞了村主任，一心搞种植，是对的。村上能有现在的样子，你功不可没。”

“都是立业谋划得好，又干得好。我没干什么，只是帮他打打边鼓。”

“国庆谦虚了。”杨立业摇摇头，笑了笑，“应该说是我们合作得好，配合得好，一起带着大家把村上这台戏唱活了。”

“立业，我说的是真心话，”黄国庆看着杨立业，“可不是奉承你。”

张县长点点头，说：“看得出来，国庆说的是肺腑之言。”

“张县长，我不瞒你说，当初辞村主任，既是群众对我有意见，说我不称职，自己也感到羞愧，也是对立业有点不满，对他有想法、有看法，同时还赌了一口气，你们说我主任当不好，我就干出点别的名堂给你们看看。后来，立业说的、做的，我都看在眼里、记在心里。看得多了，我对立业的不满就消失了，对他的想法和看法也变了，就打心里觉得他确实比我强，打心里佩服他。”黄国庆停了停，“噢，还有一点，今天我也不隐瞒了，全说了。看到一欣回到村上，铁了心不走了，我就想得给她留出空间，别挡着她的路。”他一声叹息，“不好意思，这是我起了私心，不应该的。”

“我看你不是私心，是人之常情，是让贤，是好事呢。”胡志清看着黄国庆，“这样你和一欣都好，村上也好。”

“欢欢爷爷说得好。你能这么想、这么做、这么说，就说明你现在是襟怀坦白，心底无私。”张县长朝胡志清点头，拍了一下黄国庆的肩膀，指着油茶林，“大概什么时候可以挂果？”

“都是栽的三年期的苗子，这两年长势不错，明年会挂果。”黄国庆指着油茶林，“栽上这油茶，不仅修复了环境，还拿到了油茶补贴。”

“石材厂这里的修复，包括那苗子的钱，还有公园里这些桂花树什么的，都是胡春晖从省行争取下来资金完成的。”杨立业说。

“帮扶队都早撤离了，他们还帮扶村上？”张县长问。

“是啊！郭队长也好，小柳也好，包括武行长，都一直惦记着村上。春晖行长就更不用说了，村上的大事小事他都关心，杨世海的饮品厂也好，村上的食用油加工厂也好，茶厂的扩建也好，都是他去省行争取到了普惠贷款，不仅审批快，还利率低，真正体现了银行的优质服务和社会担当。”杨立业看着张县长，“当然，我们也没让春晖为难，没给他拖后腿，这些项目眼前都还效益不错，贷款都能按时还本付息。”

“好，那就好。”张县长点点头，“像这样的银行，我们就应该从资源上倾斜，像春晖这样的行长，我们就应该给他记功。”

杨立业请张县长去村上别的地方视察。张县长说饮品厂和茶厂都去看过了，还看了休闲山庄和红军指挥部。杨立业说那就去看看黄国庆的油茶和稻子试验基地，再顺路看看刚改造完成的水渠。

站在水渠边，看着欢快奔跑着的水流，望着朝田塅延伸而去的水渠，张县长说水利是农业的命脉，村上能把水渠修复起来，是善于工作的生动体现。

杨立业说通过这几年的努力，村上的道路、河道、水渠、山塘等基础设施的建设已基本完成，接下来是怎么让村上在乡村振兴中更富裕、更美丽。

夜幕降临，路灯一亮，亮出了天上的星星，亮开了田野里的大合唱。

月形山文化广场的灯唰地亮了，游客和村上的男男女女、老老少少从四面八方朝广场拥来。

音乐响起，踩着音乐的节拍，李长花领着男女老少跳着、舞着、哼着、唱着。广场成了欢乐的海洋、幸福的海洋。

黄一欣微笑着端给张县长一杯茶，张县长问她怎么不上场去嗨一嗨。她说她今晚也是志愿者，是来为游客和村民服务的。又说看着那么多人那么开心、那么快乐，自己也享受，就好像自己也嗨了一样。

听着节奏明快的乐曲，看着激情舞动的人群，闻着清风捎来的花香，张县长由衷地赞叹说这美丽屋场真美。李长花扭过来，拉着张县长舞起来。欢欢歪着小脑袋，说李奶奶和张爷爷跳得真好看。

年底，支行和胡春晖果然都受到了县里的表彰，县里还向省行发了感谢信，感谢支行和胡春晖对当地经济社会发展做出的努力和贡献。

看到感谢信后，武行长当即给胡春晖打电话，向他表示祝贺，希望他戒骄戒躁、再接再厉，又问他是否考虑回省行。他说不考虑，就在县支行干。武行长开怀大笑，说知道他会这样回答，对他的坚持和坚守表示欣赏和赞赏。

吴翠莲听说方小竹要回来，而夏时香这两天又有点不舒服，不方便做饭，就跟夏时香说干脆都来她家吃饭。夏时香说行，只是麻烦她了。她说做邻居都几十年了，比自家姐妹都亲，还说什么麻烦不麻烦的。自从易美秀走之后，夏时香身体更虚弱了。

去年陈小军以陈维民的名义建房子，本是想建到月形山那边去，可陈维民说不行，就建在这老地方，这老地方是祖上留下来的地基，是个风水宝地，要不是风水好，那他当不了官，陈小华也赚不了那么多钱。吴翠莲说还是月形山那边好，人多、热闹。又说这真要是风水好，那陈小军的官会当得更大，也不会当着就没了，还回到了村上；陈小华就会赚更多的钱，这几年就不会走下坡路了。陈维民说吴翠莲不懂、太贪，官当大了未必就好，钱赚多了也未必就好，当官也好，发财也好，都得有命。

看陈小军家的房子建在了老地基上，夏时香也就不到别的地方去建了，说像吴翠莲家这样的好邻居是打着灯笼也难找的。方小竹也就听了夏时香的，把老房子拆了，在原地建了新的。建新房子时，夏时香就住在吴翠莲家。胡文化一心想接夏时香住到月形山那边去，见夏时香一再说这里才是她的家，也就不勉强了，只是隔两天就过来看看她。

脚还在门外，方小竹就说米粉肉好香。吴翠莲说知道她打小喜欢吃米粉肉，那粉子是米加香叶一块炒了，自己磨的，当然香了。方小竹说给胡文化打个电话，让他也过来吃饭。夏时香说他肯定来不了，在镇里排节目，忙得连屙尿的工夫都没有。方小竹说那就别打扰他了，等下给他送点吃的过去。正说着陈小军回来了，说等下陪她一块去。

这些年镇上乘扶贫攻坚和乡村振兴的东风，得到了快速发展，成了从县里到市里到省里的示范镇。为进一步加快发展，提升发展质量，镇里决定明后两天召开发展大会，邀请镇里在外工作和经商的社会贤达参加，方小竹在应邀之列。

大会安排了一场文艺晚会。镇长把文艺晚会交给了胡文化，说晚会非常重要，一定得演好。胡文化问演好了是不是就有编了，他就可以到文化站上班了。镇长说还不一定，还得去争取。胡文化说那好，他等着。

一入场，陈小军就见穿西装戴墨镜的胡文化在舞台上跑来跑去地指挥着，十分投入。方小竹说胡文化变了个人似的，差点认不出来了。陈小军让一个在台下歇息的演员去叫胡文化，他一甩手把她推开了，看都没看她一眼。陈小军和方小竹相视一笑，坐了下来，边看边等着。

彩排完了，陈小军边叫好边拍着手和方小竹一起走向舞台。从台上下来的胡文化抹了一把脸上的汗，惊疑地审视着陈小军和方小竹。方小竹将饭盒递给胡文化，说快吃，趁热。胡文化摆摆手，说不饿，还在打量着她和陈小军。方小竹说她是应邀来参加明天的大会的，听说他在这排练节目就过来了，一是来给他送吃的，二也是来先睹为快。她说着打开饭盒，拿出一个鸡腿往胡文化嘴里塞。胡文化接过鸡腿啃了几口，将还带着肉的骨头一扔，朝演员们手一挥，说歇息五分钟，接着排练。有人脸一下阴了，有人噘起了嘴，有人在嘀咕着。胡文化摘下墨镜，一拍椅子，说今晚必须排练好，每一个动作都必须到位，没排练好，谁也别想走。见没谁吭声，他皱了一下眉头，取下胸前的斑竹笛，吹起了《打虎上山》，吹过了，他一抹汗，拿着笛子的手一挥，说明天就演出了，大家再苦再累也就这一下了，明天演好了，县长会接见大家，镇长还会给大家发奖金呢。听他这么一说，有人马上说那还磨蹭什么，快排练起来呗。

胡文化要方小竹和陈小军先回去，别等他，他还不知道要排练到什么时候。方小竹起身说那好，他们先回去，他也早点回，别太累。

老街的房子已全部拆除，打地基的人正在挑灯夜战，河里已矗立起两个高大的桥礅。站在新砌的河堤上，陈小军说老街和廊桥都已在重建，真好，要不是报上去的规划和设计几经修改，应该是早建成了。方小竹点点头，说对镇上的规划和发展，她也是信心满满，又说从张县长到李书记都是实干家，好样的。陈小军说张县长已到外地任县长去了，是名副其实的一县之长，李书记成了副县长，过几天就要去县里上任。方小竹说那就好，这是镇上的福气，也是村上的福气。

前年秋收后，黄一欣提议村上成立文艺队，拟请李长花当队长。李长花却说村上成立文艺队好是好，只是如果成立了，搞不出个名堂来，还不如没有，而要想搞出点名堂来，非请胡文化出马不可，只是人家现在红得很，不会来当这个既没什么权也没钱赚的破队长，就是立业支书三顾茅庐也不会出山的。

黄一欣将李长花的意思跟杨立业说了，请他上门去试试看。杨立业一琢磨，如果胡文化愿意出山，那还真是最合适的人选，可这既不挣钱，还要花费大量的时间，纯是公益，只怕是请不动他。可出人意料的是，杨立业登门一说，胡文化满口就答应了，但有条件，那就是人要由他来挑，队里只能他说了算。杨立业一拍桌子，说好，没问题，就照他说的办。于是，胡文化又有了胡队长这个新称呼。

村上绝大多数人对胡文化来当这个队长不理解，说他是脑壳给牛踢了，进水了，好好的天师不干，大钱不去赚，要来当这个不但不挣钱还要填钱的破队长。有一天陈小军悄悄跟杨立业说了胡文化的那个梦，杨立业恍然大悟，说好，人就得有追求、有梦想。

胡文化去请李长花当副队长。站在门口打望的李长花一拍大腿，打了个哈哈，说就怕他不来请呢。队员有吴春花、宁丽，有陈斌、旺旺、小满，还有胡明国，等等。有人说胡明国年纪那么大了，还能干什么。胡文化说正因为他年纪大了，再加上他的几路拳脚，关键时候就可以镇住场子。胡文化登门去请，胡明国乐呵呵地答应了，当场抄了一条长凳舞起来。胡文化边鼓掌边说真是老当益壮，英勇不减当年。黄一欣申请当队员。胡文化想了想，说欢迎，但她村上的事情多，有时间就参加，没时间就不来。

更让人没想到的是，三个多月后，在镇上的春节文艺汇演中，成立最晚的村上文艺队一炮打响了，胡文化的笛子和二胡联奏荣获一等奖，胡文化自编自导并参演的以村上的变化为题材的三句半获得二等奖，黄一欣参加的小合唱也得了三等奖。这让石窝村和枫树村的人羡慕忌妒恨。陈明亮和田大志都争着请胡文化去当顾问，胡文化一个也没答应，说往后再说。

那晚演出结束后，杨立业喜不自胜地请文艺队去吃夜宵、喝庆功酒，胡文化却说等在县里得了奖再去不迟。但回到家，他自斟自饮地喝起了酒，吹起了笛子，拉起了二胡，旋律时而高亢激越，时而低沉婉转。左邻右舍还没睡的出了门，睡了的起了床。有人说胡队长又癫回去了，成文化癫子了。

去年国庆节，村上的文艺队代表镇上参加县里的文艺汇演，他自编自导的反映乡村振兴的独幕剧荣获一等奖，他的笛子独奏得了二等奖。镇长当场就抱着他转了好几圈，说镇上要重新组建业余文艺队，就请他来当队长。胡文化问那他是不是就可以去镇里的文化站上班了。镇长挠了挠脑袋，说等文化站有编了再请他去。他嘻嘻笑了笑，说好，他等着。

当晚回到家，胡文化恭恭敬敬地站到挂在墙上的陈秀才的画像下边，双手合在胸前，仰头看着陈秀才，说他又要去文化站上班了，又要成为一个文化人了。泪水模糊了眼睛。

陈小军送方小竹到家后就来到胡文化的邻居家里，边看他们几个打跑胡子，边等胡文化回来。有人打了一串的哈欠，说眼皮都睁不开了，回家睡觉去。有人说不行，得打完这一圈。有人说鸡都叫头遍了，该回去了，明天镇上赶场，还要赶早去进货。有人说那就这样，再打四把，臭了庄的不算。

四把才打到第二把，有人说癫子回来了，没心思打了，快散了吧。说着牌一丢，起身要走。陈小军说好好的哪来的癫子，是谁呀。那人说还谁，胡天师胡队长呗，原来癫过，后来不癫了，可当了队长后又癫了，一天到晚只要在家，不是吹就是拉，不是说就是唱，不是癫是什么。有人说人家是文化人，是文化人当然要吹要拉，要说要唱了，可不是什么癫子。

隐约传来了悠扬的笛声，接着笛声变得清亮和激越起来……

一进门陈小军就问胡文化，排练到这么晚，怎么还不嫌累，一路笛子吹到家。胡文化说没别的，高兴呗。陈小军问他什么事，这么兴奋。他说要是明天的晚会演好了，他就可以去镇里的文化站上班了，镇长答应了的。陈小军后退一步，上下看了他两遍，笑了笑，却没说什么。他将笛子挂到胸前，看着陈小军，一本正经地说，明天的晚会肯定能演好。陈小军说有他亲自操持，又亲自登台，必须的。

胡文化虽然眼里满是兴奋的光芒，但头发花白了，背有点驼了，陈小军看着有点莫名地心酸。他说想跟陈小军喝杯酒。陈小军迟疑一下，说可以，但只能喝两杯，他明天还要演出呢。他说行，听陈小军的。

窗外“沙啦沙啦”地响着。胡文化说下霰粒了，今年的雪下得有点早。陈小军说难怪寒意重了。胡文化说那再添两杯。陈小军问他怎么就想当这队长，不干天师的活了。他沉默了一小会儿，蘸了酒一抹额头，说没什么意思，还是这才有味呢。陈小军看着胡文化，说也是想了却陈秀才和自己的心愿吧。胡文化紧握住陈小军的手，摇了又摇，端杯一碰，一口干了。

晚会赢得掌声不断，喝彩四起。胡文化一时搞笛子和二胡联奏，一时与人共演三句半，一时又登台演独幕剧。

谢幕时，镇长上台拥抱了胡文化，握着他的手摇了又摇，说演出非常精彩，非常成功。胡文化说那他明天就到文化站来上班。镇长说暂时别急，等一等。

热泪盈眶的方小竹捧着鲜花，优雅地走上了舞台。胡文化伸手来接，可他的手刚碰触到鲜花就往后一仰，倒了下去……全场的人都站了起来……

听说胡文化倒在台上，夏时香的眼睛失明了，说是哭胡文化哭的。

天一黑下来，星星就出来了。刘晓明正坐在地坪的竹椅上跟两个游客开心地聊着，听到有人下了连心七路，进了地坪，便起身问那人是不是要住宿。那人说没错，住宿。刘晓明将那人带到门口，要正在那埋头烧火的吴春花快安排房间，说着便转身陪客人去了。在那炒菜的田秀英抬头看了看，将手上的菜勺一丢，跑过来抱着那人就哭了。

听到哭声，刘晓明连忙跑了进来。田秀英骂刘晓明眼睛给板油蒙了，连自己的儿子都认不出来；耳朵给棉花塞了，连儿子的声音都不会听。刘晓明说天黑，刘小强说话的声音也跟平日不一样，做梦都没想到他会回来。吴春花说她是前两天梦见他回来的，还带了一个女朋友，女朋友还蛮漂亮的。田秀英指了指刘晓明，一手拉着刘小强，一手拉着吴春花，说还是母子连心呢。

“你怎么突然回来了，也不先给个信？怎么到天黑才进屋，是不是找不到家了？”吴春花看着刘小强。

“就想给你们一个惊喜，也想让村上和家里给自己一个惊喜。”

“你别说，你还真是给了我们一个大惊喜呢。”吴春花边说边打量着刘小强，“你看你这样子，跟几年前比那是长高了、长结实了，也显得老练多了、成熟多了，有点像个老板，还有点像个科学家呢。”

“那你惊喜吗？”刘晓明问刘小强。

“当然啰！”刘小强手一抬，打了个响指，“我本来是中午可以到家的，可一路看过来，是越看越想看，看着就太阳西斜了，下山了，天黑了。我不说村上那一条条的马路，不说那一处处的风景，只奶奶开民宿就给了我一个天大的惊喜。我是真没想到，我奶奶，一个六七十岁，生活在这曾经的穷山沟里，连大字都不认识几个，大山都没走出过的女人，如今却办起了民宿，还会礼仪，会说普通话。这简直就是人间奇迹，是天方夜谭，可事实摆在眼前，你说我能不惊喜吗？”他搂着田秀英就在她脸上亲了一口。皱纹里荡漾着喜悦和幸福的田秀英也亲了一口刘小强，说她这是发自内心，也是礼节。一屋人开怀大笑。

“我这些年先是在上海混了半年多，后来去深圳一家互联网公司干了不到两年，三年前跟人合伙在深圳创办了一个跟民生有关的互联网平台，势头还不错。”刘小强抢着烧火，“中途有过回来看看的想法，但一忙就没有成行。前两天我从网上看到了镇上的发展大会，看到了村上的美丽屋场，就下决心回来了。”

“那你是不是像一欣主任那样，回来就不去了？”吴春花问。

“你说呢？”刘小强微笑着看着吴春花。

“你不会留下来，因为你的心不在村上。”吴春花看着刘小强，“村上这片天空也不属于你，你应该有更广阔的天空，因为你有在更广阔的天空翱翔的翅膀。”

“知音啊！”刘小强搂了一下吴春花。

“那你回来就只是看一看？”刘晓明皱着眉头。

“也不只是看一看。主要的还是想跟黄主任就村上的电商做一个交流，看怎么让村上的电商做得更好，也想给村上捐点款，用于村上的教育事业。”

“好，你这想法好。”田秀英边炒菜边说，“前一阵县里有人说要撤了村上的小学，让孩子们去镇上读书，还是立业支书去找这个求情，找那个说好话，还有村上一些人也跑到镇上找镇长找书记，又是说又是哭的，听说最后还是张县长发了话小学才保留下来，但教育局的人说了，保留下来可以，但得有人来上学，教学质量得上去。”

“镇上我也跟着去了。我是想虽然眼下家里没人上学，但迟早会有人读书的，孩子小，去镇上还是不方便、不安全。”刘晓明叹息一声，“近来立业支书和一欣主任还为这事伤脑筋呢。让他们伤脑筋的一个是学校要改造，要添置教学设备和器具，都得有钱，尽管陈小华等人表示可以捐一点，但还是不够。另一个是要老师，学校本来老师就不够，一个在村上支教的老师又马上要走了，没有人来接手。一欣主任说了，万一没人来，她只好先顶着，可这毕竟不是长久之计。”

“钱也好，老师也好，我相信都会有的。”刘小强若有所思地点头，“村上已是今非昔比，梧桐树有了，凤凰自然会来。”

第二天早上，去茶厂的杨立业走出院子，看到刘晓明和刘小强快步走过来，便大步迎上去。一见面，刘晓明就说杨立业可是他和他们一家的大恩人，要刘小强一辈子都记在心里。刘小强说他知道，杨立业是他做人做事的榜样。杨立业一手拉着刘晓明，一手拉着刘小强，说去家里坐，小强出息了，得好好喝一杯。

杨立业把黄一欣和纪晓霞都请了过来。刘小强跟黄一欣和纪晓霞就下一步村上的宣传怎么搞，电商怎么定位、如何发展等进行了交流和探讨，让黄一欣深受启发，也有了新的思路和做法。黄一欣说想请刘小强做村上的电商顾问，刘小强愉快地答应了。石材厂关闭后，纪晓霞就来打理村上的电商了。

刘晓明和刘小强一走，杨立业就叫上黄一欣一块去了茶厂，说一起去找方刚聊一聊。其实这段时间让杨立业头疼的还不只是学校的事，还有方刚说要走，不在茶厂干了，急得黄国庆昨天晚上大半夜了还跑到家里来，说要是方刚走了，那他是扯做两边也干不过来的，他不是怕苦怕累，而是怕影响了村上，影响了大家。

两个月前，方刚的好兄弟阿明打电话过来，说那年方刚一走，他也离厂了，自己办了一个小厂子，没想到运气还不错，这小厂子现在有了一定规模，想请方刚过去当总经理，收入肯定会比他在村上当这个小茶厂的厂长要高多少倍。方刚也没多想，说看看再说。前几天阿明又打电话来了，要方刚快点过去，给他一个星期的时间准备，过期就另请他人了。方刚挂了电话一想，矛盾了，犹豫了，不知如何是好。回家跟宁丽一说，宁丽沉默了一会儿，说去有去的好处，不去有不去的好处，他自己做主，反正她是铁了心在村上，哪也不去。宁丽的意思他听出来了，但阿明的话又仿佛是一只无形的手，把他往深圳那边拖。于是，他昨天下午去了农林科技公司，跟黄国庆说了他想去深圳，这两天就走。

年初村上将食用油加工厂改名为县金盆农林科技公司，公司经营的范围广，品种多样，往后村上新成立的各种跟农林有关的生产、加工、贸易等实体都将成为它的子公司。这两年由许教授主持、黄一欣和黄国庆负责实施的油茶和油菜科研项目都得到了省农科院和相关部门的认可，并配置了相应的科研经费。

一见杨立业和黄一欣，方刚就知道他们来干什么，不等他们开口，就说他已经决定了，明天跟黄国庆交接好，后天去深圳。

见杨立业用眼神示意自己，黄一欣便朝方刚笑了笑，说感谢他在村上需要的时候坚定地回来了，而且为村上的发展做出了突出贡献，可以说没有他就没有茶厂的今天，就没有村上今天的模样，现在深圳那边需要他，有了对他更好的发展机会，一般人都会心动的，去那边也在情理之中，完全可以理解。

听黄一欣这么一说，方刚心里有点纳闷，她怎么不像黄国庆那样，一听他说要走就急眼，说不行，不能走，不准走，而是对自己表示理解，并没有劝自己留下，更没有说不准走。他不知怎么说好。

黄一欣看了一眼杨立业，说现在村上企业的负责人收入是不太高，但村支两委已经研究过了，往后村上企业的管理人员不再只是拿固定工资，而是在基本工资的基础上进行绩效奖励，这样收入的空间就大了。这一下方刚听明白了，村上为了留他，修改了现有的制度和机制。

来的路上，黄一欣说让方刚动心去深圳的应该主要还是收入问题，如果能让方刚的收入有所增加，也许能把他留下来。杨立业说现在村上企业负责人的工资是不太合理，责权利不对等，应该修改和完善，黄国庆和方刚的工资都偏低。黄一欣说黄国庆倒是从没提起工资的事，只是有时听他说忙不过来，有点力不从心。杨立业说黄国庆事情多，又是公司的事、厂子的事，还要搞科研、做试验，要是方刚一走，他担子就更重了，还真担心他哪天累倒。黄一欣说她没想到，过去他当主任不怎么称职，如今却是这么勤勉敬业了。杨立业说他现在是打心里敬佩黄国庆，常常用他来激励自己。黄一欣听着心里乐滋滋的。杨立业说他突然有了一个想法，如果方刚真的走了，就由一名村干部去接手方刚，但村干部就不能干了，村干部不在企业兼职的原则必须坚持。黄一欣说那她去。杨立业说她不能去，她现在的担子就很重了，接下来还会有更重的担子要挑，打个比方，如果说村上的厂长是将军，她今后就是统领将军的元帅，是要出思想、出战略的。她点点头，又笑了笑，说其实包括她在内，村干部里边也没两个真正懂经营和管理，也许向社会聘请职业经理人会更好。杨立业心想还是培养村上的人更好，如果方刚真要走，就让黄爱国去接手。

见方刚眉头紧蹙，低头不语，杨立业便说了方世明头一个跳下碾子坝清淤泥的情景，又说了方世明带病在工地上修路的场景，还说了方世明临终时的话……见方刚眼睛红了，泪花挂上睫毛了，杨立业便接着说当年老主任盼着修好的路是早通车了，村上如今也不再贫穷，正在致富的路上奔跑，但离村上的目标、离村民的企盼，都还有一定的差距，跟外边不少村庄相比还是落后，还需要全村上下齐心协力、和衷共济，心往一处想，劲往一处使，还需要大家付出更多的努力和汗水，做出更多的奉献和牺牲。又说村上也是一个大舞台，会有更大的发展，会……

不等杨立业说完，方刚就抹了一把脸上的泪，掏出手机，打电话给阿明，说他想好了，不过去了，村上更需要他，他也更需要村上。

方刚打电话给阿明的时候，陈斌回到了村上，说是到村上支教来了。陈国兴尽管一听就黑着脸，但听陈斌说起杨立业和黄一欣，再想着自己还是村干部，也就不多说了，只是说陈斌既然来村上当老师，就一定要当好，别误人子弟。

也就在陈斌回到村上的这天晚上，昏睡了一个多月的胡文化醒来了。陈小军第一个赶到他跟前，说他真是命大，又一次死而复生。他说不是他命大，而是他有心愿未了。

镇长一见胡文化，就说想听他吹《打虎上山》。他取下挂在胸前的斑竹笛就吹，可脸红了脖子粗了，还是吹不出原来那个气势、那个韵味了。镇长便一再安慰他、鼓励他，要他先好好休养，等身体养好了再来文化站。

胡文化一回到村上，夏时香的眼睛就奇迹般复明了。接到陈小军的电话后，方小竹连夜从深圳赶回来，说她要在村上陪胡文化一段日子。可才到第三天，胡文化就把方小竹骂回深圳去了。夏时香也要方小竹走，说有她呢。陈小军一样要方小竹放心去，他会照顾好胡文化。

郑时兴从男浴池出来，踩着连心二路上一地的月光，回头看一眼喧闹的浴池，指一下对面的休闲中心，说还是这好，不要钱，还比那里边更接地气。杨立业说没错，但各有各的味道，各有各的好处，可说一个是阳春白雪，一个是下里巴人。

见前边来了一个人，扛着长扫把，朦胧里虽然看不清，但从形态上已猜出是谁了，杨立业刚要开口，那人却先说话了。

那人说："郑主任好雅兴啊！"

郑时兴一愣，问："是哪位？"

那人打了一串哈哈，走到郑时兴跟前，说："是我，宁大贵。"

"你怎么在这？"郑时兴忙问。

"我出来了啊！"宁大贵又打了一串哈哈，指了指脚下，再指了指杨立业，"我早上从那里边一出来就想到了这里，想到了立业支书，就过来了，就住在前边的民宿里，刚才见有人在扫马路，我也就扛了扫把去扫了一段，又走了走。"他看着郑时兴，"你别说，这扫地的感觉还真好呢，要不你也去扫一扫？"

"看你这说的，我又不是不会扫地。"郑时兴边说边抢过扫把，"只是你这么大一个老板不该住民宿，得住休闲中心里边，也不该来扫地，别掉了身价。"

"我现在是拔了毛的凤凰不如鸡，一个穷光蛋，一文不值，可比不了你这大主任。"宁大贵哈哈一笑，拍了一下郑时兴的肩膀，"我也好，于局长也好，都比不了你，于局长在里边还有两年呢。说来说去，还是你高明，一个不倒翁啊！"

"看你说的，我哪是一个什么不倒翁！"郑时兴也哈哈一笑，边说边扫着地，"我只是行得正、站得稳而已。"

"嗯，好一个行得正、站得稳。"宁大贵拍了拍手，"你一看就不像一个扫地的样子，当心别闪了腰哦。"

"这不用你操心呢。"郑时兴边扫地边说。

"你就别装模作样了，这儿扫过了的。"宁大贵呵呵一笑，"我只是问你，你这回是来视察工作还是来游玩的，还是有别的什么？"

"那我告诉你。"郑时兴直起腰，扶着扫把，看着宁大贵，"我这回既不是来视察工作，也不是来游玩，而是来看老朋友。你也许不知道，是村上的人救了我，是村上给了我第二次生命，我跟村上结下了深厚的情谊，在村上也就有了不少的老朋友，立业支书就是其中的一个。今天在村上走了走，看了看，我是越看越喜欢，越看越想看，越看越为村上的变化而高兴、而自豪。"

"郑主任是村上的恩人，乡亲们自然都会记得你，欢迎你。你还是村上的荣誉村民呢。"杨立业拿过郑时兴手上的扫把。

"噢，宁大老板。"郑时兴朝宁大贵一笑，"我还要告诉你，我前两天已光荣退休，成了一个退休老同志。"

“好，看来你是安全着陆了。”宁大贵点点头，又一笑，“不过，着陆后也有可能冲出跑道，起火爆炸的哟。”

“你又操心了。”郑时兴哈哈一笑，“我已下了机，出大厅了呢。”

“哦，那好。”宁大贵手一抬，“那就祝你一路走好！”

“你这是什么话？”郑时兴指着宁大贵，“我看你是真不会说话呢。”

“那是，我要有你会说话，会来事，我也就成了不倒翁。好了，不跟你多说了。”宁大贵看着杨立业，“怎么不见石磊在村上，他去哪了？”

“他搞完连心五路、六路就撤离了村上，连心七路是怎么也不再投标了，说村上的项目不怎么挣钱，后来村上的项目就大多是王成文中标。”杨立业指着前边，“眼下王成文正在那搞陈家大院的美丽屋场，也快完工了。”

“这石磊本来就不是什么好鸟，一个见利忘义的狗东西，见老子背时了，说什么要跟老子划清界限，还搞鬼吞了老子的公司，真他妈的不是个家伙。”宁大贵呸了一口，“不过，他也别以为老子就真的彻底完蛋了，我虽然倒了，但瘦死的骆驼比马大，何况我还有朋友，到时候有他好看的。”

“说起来石磊也是个商人，是商人谁都想多赚钱，但他还好，还算讲诚信，算不上奸商。”杨立业指了指连心一路和二路，“他在村上修的路也好，做的别的项目也好，都还算是良心工程，确实是没赚到多少钱，也难为他了。”

“因为你是行家，拿得准，算得死，又公道正派，他不能奸，也不敢奸，但并不等于他不想奸。”宁大贵摇摇头，看着杨立业，“我比你更了解他，他其实就是一个有奶就是娘的小人。我……”

“你有点激动了，大贵。时间不早了，都早点回去休息吧。”

“对，时间不早了。”郑时兴说。

“还早呢，才八点多。”宁大贵看着杨立业，“立业支书，立业老板，立业同学，我有一个想法，就是往后每年到村上来住两个月，在这避避暑，也跟着扫扫马路什么的，当然是做义工，不要钱。你欢迎不？”

杨立业哈哈一笑，说来的都是客，村上的休闲中心也好，民宿也好，任他挑。宁大贵咽了咽口水，想说杨立业还就是不一样，有胸怀、有格局，但没说出来，刚伸出又想收回的手却给杨立业一把握住了，一股暖流注入他的心田，流遍全身。

在宁大贵跟杨立业说话的时候，郑时兴一个人默默地走了。他边走边回想着刚才宁大贵说的那些话，不由得心一惊，身一颤，心想还真得感谢村上，感谢杨立业呢，当初要不是杨立业发现了石磊偷工减料，又坚决不退让不妥协，他就不会惊醒；要不是因为杨立业申请扶贫项目他就不会来到村上，就不会看到村上那么贫穷而良心受到触动；要不是在村上落水给人救下，他就不会灵魂得到忏悔，就不会主动与宁大贵划清界限，就不会有现在的安全着陆，当然这一切从开始就做得天衣无缝。

杨立业边走边回味着刚才郑时兴和宁大贵说的话，听到前边有人说笑，猛一抬头，见是有人下了车，大包小包地手上拎着、肩上背着。他知道是李长花领着杨书成和黄国新等人去北京游玩回来了。听说杨书成都舍得花钱去北京玩了，刘初菊要黄国新也去，说这些年他辛苦了，出去见见世面、开开眼界，正好帮着照顾一下杨书成。

第二天一早，杨书才就上门来，问杨书成去北京玩得怎么样。杨书成将带回来的吃的往桌上一摆，说北京怎么好看、怎么好玩，上了长城，进了故宫，还看了天安门升旗，这钱花得值。杨书才一脸的羡慕和向往，说他明年也去。

杨立业刚要启动车子，赶到镇上和县里办事。有人急急忙忙跑来，说蛤蟆滩院子有两家正对骂着，只怕还会打起来，请他快过去调解一下。他连忙给胡文化打电话，说辛苦他马上去蛤蟆滩院子调解一下纠纷。电话那头说行，马上过去。那人掉头就跑，说他能去就好了，放心了。

回到村上一段日子后，一天下午，胡文化打电话给陈小军，说晚上一块喝几杯。两杯一下肚，胡文化就说他想清楚了，那梦做完了，不去文化站了，就一心留在村上。陈小军说好，这样也好。

见胡文化留在村上了，村上来请他评理断事的人也就多了，而经他一评一断，总是能让双方或多方抛弃前嫌，握手言和。

一听杨立业说要辞了支书，让黄一欣来接手，黄国庆火气就陡地上来了，要他赶紧靠边停车，又要他快掉头找镇长评理去。杨立业只是笑着，既不停车，也不掉头。他们刚在镇上开完产业振兴大会。会上杨立业做了如何实现村级产业振兴和壮大集体经济的经验介绍，黄国庆就油茶、茶叶和油菜等的种植上了辅导课。明天黄一欣还将去县里开会，做村级规划及实施方面的典型发言。

“你哑巴啦，倒是说话啊！”黄国庆盯着杨立业，“你到底是什么意思？是不是村上的事就撒手不管了，要回去当你的大老板了？”

杨立业还是不说话，只是笑着。

“我跟你说，当初一欣可是看着你回来了，受到你的唆使和蛊惑才回到村上的，你现在倒是好，想一拍屁股走人了。你这一走，不是害了她吗？如果你一走，一欣跟着也走，那村上怎么办？村上的人又怎么办？你这不是害了村上，又害了一村的人不？你……”

“看你说的，还用上唆使和蛊惑这些字眼了。应该说当初是一欣跟我有共同志趣、共同理想，为了一个共同的目标都回到了村上，成了一条战壕里的战友。”

“正因为你们有一个共同的目标，成了一条战壕里的战友，你就要为了这个共同的目标一起战斗到底，你就不能半途而废、临阵脱逃！”

“看你说的，还临阵脱逃呢。”杨立业一笑，指了指路边，“我只问你，地里的庄稼是不是一季一季的，村上的人是不是一代一代的？”

“没错，是这样。”

“那我再问你，老支书是不是接了前人的手，我是不是接了老支书的手？”

“是这样。”

“那是不是总得有人来接我的手？”

“那当然，你不可能干一辈子。”

“那你看村上谁来接我的手最合适？”

“这……你……”黄国庆指着杨立业，“我上你当了。”

“你没上当，是我们想到一块来了。”

“我可没跟你想一块来。”

杨立业哈哈大笑。

“你笑什么？”

“我笑你口是心非。”杨立业拍了一下黄国庆的肩膀，“国庆啊，我跟你说，一欣这孩子天分好，又勤勉，还有思想、方法，经过这些年的历练，早就成熟了，方方面面都胜过我了。而我呢，现在思想有点僵化了，办法也用尽了，精力也好，体力也好，都有点力不从心了，如果我还不辞了这支书职务，让一欣来接手，乡亲们也会赶我下台了。因此，怎么说都到一欣接手的时候了。”

“你这是给一欣戴高帽子，想把她架在火上烤，也是给自己临阵脱逃找借口，好自己金蝉脱壳。”黄国庆鼻子一哼，“你还要知道，你这一走，也害了我。”

“害了你？”

“是啊！”黄国庆看着杨立业，“这些年来，我要不是看到你一心为村上、为大家，我也不会这么忙碌、这么辛苦。说实话，我要是不来当董事长，不来当厂长，一心只干着自家的那点事，我收入不会少，还不会累得跟狗一样。我……”

“你为村上做了事，为大家挣了钱，大家都会念着你的好。”杨立业眉头一动，看着黄国庆，“既然这么辛苦，那干脆你跟我一样，找个人接手算了。”

“这……这我是想过，可你说村上有哪个能接得下来？”黄国庆摇摇头，“方刚是还不错，可他能把茶厂管好就不容易了。黄爱国在石材厂干过，懂一点管理，人品也好，可杨世海那边又离不开他。田富国虽然在外边干了那么多年，我也想培养他，可他毕竟底子薄，要他做管理还是不放心。陈小军倒是个人才，是个人物，但他有了旅游公司那一块就忙不过来了，也不会来接我的手。他之所以对旅游公司有兴趣，那是有个方小竹。宁丽和吴春花都还想干事，也能干事，但养殖公司那边也要人，不能拆初菊的台。”他叹息一声，“没办法，胡文化给我看过手相的，说我就是一个一辈子劳碌的八字，还真给他说准了。”

“是啊，我比你八字好，有接班人了。”杨立业打了一把方向盘，看着黄国庆，“你这不比我，还真是技术活，要找个接手的人还真不容易。不过，你也别急，人是可以培养的，方刚就可以多给他压点担子，也可以多吸引一些村上在外边创业的人回来。”

“那我问你。”黄国庆侧过身，盯着杨立业，“是不是让一欣接了手，你就不管村上的事，回去一心当你的大老板去了？”

“告诉你，我既不会离开村上，也不会去当老板，更不会不管村上。还告诉你，现在一鸣把公司打理得比我和叶卉都好，叶卉说她要彻底退休了，下个月就住到村上来。到时候我就一心一意给一欣当顾问。当然，要看她是不是需要。”

“其实我知道你不会离开村上，也不会不管村上的事。”黄国庆嘿嘿笑着。

“你既然知道，那怎么还要那样？”杨立业指了指黄国庆。

“怕你那样呗。”黄国庆看一眼杨立业，“你又不说清楚。”

杨立业哈哈大笑。刚笑过，他手机响了，是胡春晖打来的，说郭滔跟他打了电话，周末郭滔会带领部门的全体党员来村上开展主题党日活动，参观红军指挥部，请帮助过红军的后代讲当年帮助红军的故事，并就普惠金融与乡村振兴做调研，活动还邀请了王俏和刘部长参加。武行长年初交流到沿海省份任行长去了，前不久还给黄秀姑寄了月饼过来。

一过垭口，杨立业就将车停在路边，看着夕阳里灿烂如锦的田塅，问并肩而立的黄国庆是否记得当年他们站在这里的情景，还有说过的话。黄国庆说当然记得，一辈子都不会忘记。杨立业说真没想到村上的变化有这么大、这么快，还真成了聚宝盆、大花园。黄国庆说是啊，可惜胡文化不在，真想再看着他吹着笛子从眼前走过。杨立业指了一下垭口。黄国庆扭头一看，一辆中巴车开了过来，跟着来的还有悠扬的笛声。

中巴车停在了路边。胡文化精神焕发地走过来，看了看杨立业和黄国庆，再望了望田塅，笛子一横，吹起了《在希望的田野上》。

2022 年 3 月至 2023 年 8 月初稿

2023 年 9 月至 10 月第一次修改

2023 年 11 月至 12 月第二次修改

2024 年 1 月至 2 月第三次修改